KB056093

이후의 시

파란비평선 0002 이후의 시

1판 1쇄 펴낸날 2017년 4월 16일
지은이 이경수
펴낸이 채상우
디자인 최선영
펴낸곳 (주)함께하는출판그룹파란
등록번호 제2015-000068호
등록일자 2015년 9월 15일
주소 (07552) 서울특별시 강서구 공항대로 59길 80-12, K&C빌딩 3층
전화 02-3665-8689
팩스 02-3665-8690
이메일 bookparan2015@hanmail.net

ⓒ이경수, 2017, printed in Seoul, Korea

ISBN 979-11-87756-03-3 03810

값 25,000원

이경수 비평집

이후의 시

책머리에

2007년에서 2016년 사이에 발표한 글들 중 우리 시의 현재와 미래에 대해 고민하고 발언한 글들을 추려 네 번째 평론집을 묶는다. 비평가로서의 관점과 색깔을 보여 줄 수 있는 글들과 비교적 자유롭게 쓴 글들을 주로 묶었다. 몇 편을 제외하고는 대부분 2008년 가을 흑석동에 새로운 둥지를 튼 이후에 쓴 글들이다.

비평이라는 글쓰기는 내게 절박한 존재 증명 같은 것이었다. 학술적 연구로는 해소되지 않는 글쓰기 욕망을 풀 수 있는, 바깥으로 난 창 같은 것이기도 했다. 비평이라는 글쓰기를 통해 나는 숨을 쉴 수 있었고 살아 숨 쉬는 문학 가까이 있을 수 있었다. 이제 이십대 적 나와 문우들을 떠올리게 하는 오늘의 청춘들과 만나며 시가, 비평이 지금의 내게 어떤 의미인지 가끔 묻곤 한다. 어느새 지천명을 바라보는 나이가 되었고 삶의 몇 고비를 넘었다. 그사이 세상은 점점 더 나빠지는 방향으로 후퇴해 왔다. 몇몇 고비들을 넘으며 일희일비하지 않으려 노력해 왔지만 여전히 이해할 수 없거나 용납할 수 없는 일들이 이 땅에서 벌어지고 있고 마음을 다스리기 힘든 상황이 지속되고 있다. 역사는 두 번 반복된다고 했던가. 한 번은 비극으로, 한 번은 희극으로. 이십대를 다시 살아 볼 기회를 내게 주려는 것일까. 사춘기를 다시 앓는 사람처럼 여전히 나는 들끓고 있는 것도 같다.

　한 가지 깨달은 것이 있다면 살아온 대로 길을 내고, 살아온 대로 죽어 가는 것이라는 사실이다. 그런 점에서 오늘의 한 걸음에 충실한 것이야말로 비평가로서 내가 지킬 수 있는 덕목이 아닐까 한다. 원고를 추리고 정리하며 2008년 이후 내가 살아온 자취를 더듬어 본다. 몰래 꾸었던 꿈도, 잊어버렸던 기억도 원고의 갈피갈피에서 부스스 일어나 눈뜬다. 시를 읽으며 그 속으로 도망치고 싶었던 순간, 부끄럽고 아팠던 순간이 묵혀 두었던 원고 더미에서 눈을 뜬다.

　서 있는 자리가 달라지면 풍경도 달라진다고 했던가. 마흔 넘어, 새 둥지를 튼 이후 쓴 이 원고들을 들여다보는 것이 한동안 두려웠다. 나의 민낯을 마주하는 것 같아서. 아니, 절박함에 기대 써 왔던 내 글들이 이제 어떤 힘으로 써질지 두려웠던 것일 게다. 지금 와서 고백하자면 또 다른 절박함이 있었던 것 같다. 시를 읽고 글을 쓰는 기쁨. 힘들다 투정하면서도 놓아 버릴 수 없었던 그 기쁨을 잃어버릴까 봐 나는 또 조바심을 내고 있었던 것 같다. 그 조바심이 읽혀서 부끄럽고 쑥스럽기도 하지만 그것 또한 나라는 생각에 용기를 내 본다.

　개인 사정으로 인해 일 년 가까이 공백이 있긴 했지만 이만하면 쉬지 않고 꾸준히 우리 시에 대한 글을 써 온 것 같다. 이 비평집에 실린 글들은 크게 둘로 나눌 수 있다. 문학의 장 안에서 '미래파' 이후의 우리 시에 대해 전망하고 모색한 글들. 그리고 2009년의 용산 참사, 고 노무현 대통령의 죽음, 2013년 체제, 2014년 세월호 참사, 2016년 불어닥친 희유의 사태와 촛불의 새 바람 등 우리 사회를 강타한 바깥의 사건에 추동되거나 대응하면서 펼쳐진 우리 시의 새로운 가능성과 고투에 대한 기록들. 특히 2014년 이후에 쓴 글들은 망각과 싸우며 오래 읽고 쓰고 행동하겠다는 '304 낭독회'에서의 다짐을 기억하며 쓴 글들이다. 이렇게 이 비평집은 '이후의 시'라는 이름을 얻었다. 나의 언어는 초라하고 부끄럽지만 이 땅에서 꿈틀거리며 움트고 있는 새로운 문학의 가능성에, 그 불가능성의 가능성에 기대어 읽고 쓰는 일을 계속하려 한다. 오늘도 바람이 분다.

2017년 봄의 문턱, 흑석동에서
저자 이경수

차례

일러두기

본문에 인용한 시와 글 가운데 일부는 현행 맞춤법과 출판사의 표기 원칙에 따라
부분 수정했음을 밝힙니다.

다시,
무엇을 할 것인가?

1.

2013 체제가 시작되었다. 총선에 이은 대선의 패배가 불러들인 예측 가능하되 상상하고 싶지 않았던 결과 앞에서 많은 이들이 망연자실하고 있다. 나 역시 연말 내내 그랬다. 87학번인 나는 입학과 동시에 시대의 급류에 휘말려야 했지만 그 시절에 용기 있게 시위 행렬에 나서지는 못했다. 모두들 거리로 쏟아져 나가던 때에만 겨우 행렬의 꽁무니에 끼어 어색하게 구호를 외치거나 마음으로는 그들을 지지하되 몸은 따라가지 못하는 소시민 근성을 자책하며 우울한 이십대 청춘을 보냈다. 하지만 대학 내내 보이지 않는 손의 억압과 공포에 시달려야 했으므로, 그 시절 많은 이들의 희생으로 얻은 민주화가 비록 형식적인 것에 불과했다 해도 얼마나 소중한 것인지 잘 알고 있다. 많은 이들이 그랬을 것이다. 그래서 더 허탈하고 더 원망스러웠다.

하지만 언제까지 망연자실하고 있을 수는 없다. 아파할 만큼 아파했다면 이제는 앞으로 펼쳐질 2013 체제 아래에서 어떻게 살 것인지를 구체적으로 고민해야 하는 시점이다. 사회의 구성원인 한 개인으로서 무엇을 할 것인지도 고민해야 하지만, 문학판의 일원으로서 2013 체제에서의 문학의 행보에 대해서도 숙고하고 전망해 보지 않을 수 없다. 문학을 통해서 2013 체제를 전망해 보고 문학과 문학인의 역할을 되새겨 보는 것이 이 글의 몫이다.

2.

대선이 끝나고 시를 쓰는 몇몇 학생들의 입에서 이런 말이 나왔다. '다시 시가 흥하겠는데요.' 시의 시대가 다시 도래할지도 모른다는 뼈 있는 농담이 어찌나 슬프게 들리던지. 우리는 쓴웃음을 나누며 연말 내내 서로의 상처 입은 마음을 다독여야 했다. 그러면서 들었던 첫 번째 생각은 우리 사회가 공감의 능력을 상실했다는 것이었다. 「힐링 캠프」라는 방송 프로그램을 비롯해 '88만 원 세대'로 전락한 청춘들을 위로하거나 '명퇴' 압박에 시달리는 불안한 사오십대를 치유하는 각종 힐링 서적들이 쏟아져 나오고 있지만 휑하니 구멍 뚫린 가슴들은 위로받지 못하고 넘치는 힐링은 공해에 가까운 것이 되어 가고 있다. 상처 입은 사람들은 가득한데 가해자는 좀처럼 모습을 드러내지 않고 마음을 다스리고 상처를 치유하라는 충고만이 넘칠 뿐이다. 힐링 또한 과잉의 시대다.

그렇다면 문학은, 또는 문학으로 무엇을 할 수 있겠는가? 생각해 보면 2000년대 중반을 달군 '미래파 논쟁'은 이제 우리 사회의 민주 의식이나 시민의식이 어느 정도의 궤도에 올랐다는 판단에서 분출된 것이었는지도 모른다. 더 이상 1980년대식 문학에서 미래를 볼 수 없다는 판단과 함께 이제는 문학이 시대의 무게를 홀로 짊어지고 가지 않아도 된다는 최소한의 사회적 합의가 '미래파' 시인들의 출현을 가능하게 했던 셈이다. 태생적으로 자유주의자의 기질을 가지고 있는 대개의 시인들은 미래파 시인들의 출현을 목도하고 미래파 논쟁을 겪으며 이제 비로소 마음껏 눈치 보지 않으며 쓰고 싶은 시를 쓸 수 있을 거라는 희망에 잠시나마 부풀었다. 부채감이 없는 시인들의 출현은 사실 많은 이들이 바라던 바일 것이다.

시의 장밋빛 미래가 열릴지도 모른다는 희망은 잠깐의 꿈으로 지나가고 시인들에게 현실이 다시 간섭해 오기 시작한 것은 '6.9 작가 선언'을 즈음한 정국에 직면해서였다. 용산 참사와 고 노무현 전 대통령의 죽음, 쌍용차 노조에 대한 폭력 진압이 이어져 촛불 시위가 끊이지 않던 2009년 젊은 시인, 소설가, 평론가들이 중심이 되어 일종의 시국 선언을 했는데, 흥미로운 것은 평소에 작품을 통해 사회 비판의식을 드러내 온 시인이나 작가들이 중심이 된 선언이 아니었다는 점이다. 그들을 움직인 것은 진영의 논리를 넘어선 공분이었다. 6.9 작가 선언이 1980년대의 시국 선언이나 문학의 정치적 행보와 다른 점은 바로 여기에 있었다. 사실 6.9 작가 선언 자체는 그다지 주목받지도 사회적 파장을 불러일으키지도 못했다. 의도치 않게 문학의 축소된 영향력을 확인하는 결과를 낳기도 했다. 하지만 적어도 젊은 시인, 작가들에게는 6.9 작가 선언이 적지 않은 영향을 미쳤던 것으로 보인다. 누구의 강권에 의해서가 아니라 자발적으로 모여든 젊은 시인, 작가, 비평가들 중에는 평소에 문학의 정치성에 대해 고민하는 모습을 별달리 보여 주지 않았던 작가들이 상당수 포함돼 있었다. 1980년대식 편 가르기와는 분명히 다른 이질적인 흐름이 오늘의 젊은 작가들에게 나타난 셈이다. 아마도 이들을 움직인 것은 생활인의 한 사람으로서 시대에 대해 느낀 분노였겠지만 선언을 준비하고 의견을 조율하는 과정 속에서, 그리고 이후 그 과정을 담은 『이것은 사람의 말』을 출간하면서 이 선언에 참여한 작가들과 그들과 동시대를 살아가는 젊은 작가들은 문학의 정치성이라는 문제에 대해 본격적인 고민을 시작하게 된다. 이후 송경동 시인을 필두로 희망버스의 움직임이 일어난 것도 그 연장선 위에 놓여 있다고 볼 수 있겠다.

18대 대선을 앞두고 SNS를 중심으로 벌어진 '작가 행동 1219'는 젊은 시인과 작가들 사이에 고조된 이대로는 안 되겠다는 분위기가 작용한 결과로 보아야 한다. 이 땅의 촉망받는 젊은 시인, 작가들 중 상당수가 자발적으로 SNS를 통한 정치적 글쓰기를 시도했고, 대선 직전 작가 137명이 경향신문 전면 광고로 정권 교체를 희망하는 선언문을 발표한 데 대해 서울시선거관리위원회가 실무를 맡았던 소설가 손홍규를 선거법 위반으로 대표 고발했으며, 이후 많은 선배 문인들이 법적 조치를 비판하는 칼럼을 여러 일간지에 기고했지만 선관위는 철회 불가의 입장을 밝힌 상태다. 많은 이들이 우려했던 표현의 자유에 재갈을 물리려는 억압적 분위기가 다시 스멀스멀 시작되고 있다. 이에 맞서 '작가 행동 1219'는 '2013 작가 행동'으로 이름을 바꾸고 제주 강정마을을 도서관 마을로 바꾸는 등 사회 현안에 대한 발언과 지원 활동을 계속해 나갈 계획을 드러내기도 했다.

누가 이 시인과 작가들을 거리로, 현장으로 내몰았는가? 아름답고 새로운 언어로 우리의 마음과 감각을 움직이던 이들에게 시와 소설 대신 정치적 발언을 글로 쓰게 하고 현장 지원 활동을 하게 하는 보이지 않는 힘은 어디에 있는가? 그들의 시와 소설을 즐겨 읽던 독자로서 한편으로는 안타깝지만 그들의 선택에 뜨거운 지지를 보낸다. 오래전 김수영이 그토록 갈망했던 표현의 자유, 언론의 자유를 2013년에도 여전히 갈망해야 하는 현실이 안타깝고 씁쓸하지만 자기 검열의 공포에 시달려야 하는 저 억압과 폭력과 야만의 시절로 되돌아갈 수는 없다. 그렇다면 우리는, 문학은 무엇을 할 수 있을까?

2013 체제를 낳은 대선의 패배로 인해 다시 한 번 확실히 깨달은 것이 있다. 세상은 하루아침에 바뀌거나 뒤집히지 않는다는 것이다. 알려진 것처럼 프랑스 대혁명 이후에도 많은 반동의 흐름이 있었고 다시 그 흐름을 바꾸기 위해 많은 이들의 희생이 뒤따라야 했다. 선거로 세상을 바꿀 수 있을 거라는 기대는 어쩌면 너무 순진한 것이었다. 세상은 내가 바뀌지 않는 한 쉽게 바뀌지 않는다. 생활인으로서 자신이 놓인 자리에서 각자 좀 더 나은 세상을 위해 아주 작은 일 하나라도 시도하지 않는다면 세상은 조금도 요동치거나 바뀌지 않을 것이다.

그런 점에서 '2013 작가 행동'의 움직임은 눈여겨볼 만하다. 돌이켜 보면 문학은 늘 사회적 약자의 편에 서 왔다. 문학의 사회적 책임이라는 압박으로부터 얼마간 자유로울 수 있었던 시대를 지나 우리는 다시 문학의 사회적 역할과 책임이 요구되는 시대에 직면해 있다. 물론 과거와 같은 방식으로 문학을 싸움의 무기로 사용할 수는 없을 것이다. 문학이 누려 왔던 특권이 약화된 만큼 문학의 사회적 영향력도 과거에 비해서는 상당히 약화된 것이 사실이다. 하지만 여전히 이 힐링 과잉의 시대, 공감 능력 상실의 시대에 문학만이 할 수 있는 몫이 있다고 나는 믿는다.

상처 입은 사람들에 대한 따뜻한 위로나 이 사회가 옹호하는 가치에 대한 지지는 각종 힐링 서적이나 자기계발서의 몫이 되었다. 이제 문학은 다른 가치를 지지하고 힐링의 분위기 속에 방치된 근본적인 원인과 대책을 사유하는 방향으로 상상력을 전개해 나가야 할 것으로 보인다. 그것은 단일한 선분성을 가로지르며 이질적인 무수한 흐름을 만들어 내는 방향이 될 것이다. 이 사회가 지향하는 가치와 다·

른 가치를 추구하는 것은 사실상 시대를 막론하고 좋은 문학이 늘 감당해 왔던 몫이기도 하다. 2013 체제 이후 대안 언론에 대한 모색이 활발히 전개되는 것처럼 문학의 영역에서도 사회적 약자를 지지하고 더불어 사는 사회를 이루기 위해 문학이 할 수 있는 몫에 대한 다양한 상상력이 필요해 보인다.

최근에 출간된 몇 권의 시집은 그 다양한 가능성을 보여 준다는 점에서 눈여겨볼 필요가 있다. 김선우의 『나의 무한한 혁명에게』, 진은영의 『훔쳐 가는 노래』, 신용목의 『아무 날의 도시』, 박순원의 『그런데 그런데』 등은 각자 개성 있는 어조와 형식으로 이 시대의 문학이 담아야 할 정치·사회적 상상력을 보여 주고 있다. 김선우는 네 번째 시집 『나의 무한한 혁명에게』에서 혁명이란 '나의' 것이면서 무한하게 계속되어야 하는 것임을 직관적으로 꿰뚫어 보고 있다. 수많은 '여(汝/餘)'의 목소리에 귀 기울이고자 하는 김선우의 이번 시집은 일상의 혁명이란 어떻게 지속되어야 하는지에 대한 시인의 고민을 들려준다. "지금 마주 본 우리가 서로의 신"(「나의 무한한 혁명에게」)임을, 바로 거기서 사랑이라는 이름의 '나의 혁명'이 시작됨을 그녀의 네 번째 시집에서 읽을 수 있다.

진은영은 『훔쳐 가는 노래』에서 시와 철학과 정치가 자신의 시에서 어떻게 만나는지를 보여 주는 독특한 상상력을 펼쳐 놓는다. 「멸치의 아이러니」 같은 시에서 드러나는 생활과 문학의 충돌과 모순은 흥미로운 반성적 사유를 보여 준다. 자기모순을 집요하게 들여다보는 시적 화자의 시선에서 정치와 시의 새로운 결합 가능성을 발견하게 된다. "나의 상처들에서" "멀리 있으니까" "엘뤼아르보다 박노해"를 좋아했던 시인은 "너의 노래"와 "혁명"과 "철학"(「그 머나먼」)을 좋아하는 시인이 된다. 진은영에게 시는 "그 머나먼" 아름다움이다. 용산 참사의 기억이나 희망버스 등 시인이 관심을 가져온 사회적 현안이 진은영의 이번 시집 곳곳에서 그 흔적을 드러내기도 한다. 시와 정치의 접속에 대한 시인의 고뇌가 가장 구체적이면서도 심도 있게 모습을 드러낸 시집이 『훔쳐 가는 노래』라고 할 수 있다.

신용목의 세 번째 시집 『아무 날의 도시』는 이전의 시집들과 결별하면서 다른 국면으로 나아가는 폐허의 상상력을 보여 준다. 그의 이번 시집에는 적국의 도시에서 살아가는 포로의 시선이 자주 모습을 드러낸다. 어쩌면 오늘의 시인들은 적국에서 하루하루를 살아가는 포로들의 신세와 다를 바 없을 것이다. "식당 간판에는 배고픔이 걸려 있"고 "약국 간판에는 절망이 걸려 있"(「아무 날의 도시」)는 이 폐허의 도시에서 하루하루 견디며 살아가는 포로들의 모습은 "과거는 주민등록등본 속에", "미래는 보험증권 속에"(「투명한 순간」), 몸은 의사에게 맡겨 두고 그리워하는 마음과 울 줄 아는 마음을 잃어버린 채 살아가는, 죽음 가까이 있는 우리의 모습과 닮아 있다.

최근에 출간된 박순원의 세 번째 시집 『그런데 그런데』는 경쟁의 논리가 지배하는 신자유주의 사회를 맥없이 살아가는 또 다른 삶의 생태를 해학과 풍자가 절묘하게 어우러진 특유의 시선으로 주절주절 늘어놓고 있다. 독특한 목소리를 가진 박순원의 시적 주체는 생활시의 경지를 보여 주면서 오늘의 시가 개척해 갈 정치적 국면을 새롭게 열어 놓고 있다. "두루뭉술하면서도 날렵하게 빠져" 다니는 "그런데"처럼 "천연덕스럽게 자기가 가고 싶은 쪽으로 말머리를 돌"리며 "어디든 갈 수 있"(「아라비안나이트」)는 '그런데'의 미학을 펼쳐 보이면서 박순원의 시는 천연덕스러우면서도 날카롭게 시의 사회적 상상력을 펼쳐 보인다.

이 시인들의 시집 이전에도 송경동의 『사소한 물음들에 답함』, 이영광의 『아픈 천국』, 심보선의 『눈앞에 없는 사람』 등의 시집이 정치적 상상력의 다채로운 빛깔을 이미 보여 준 바 있다. 촛불 시위나 희망버스의 정국이 이들의 시집에 그 흔적을 드러냈던 것처럼 앞으로도 우리 문학은 진영의 논리를 벗어나 자유롭게 횡단하며 새로운 정치적 상상력을 선보일 것으로 보인다.

3.

2013 체제가 어떻게 꾸려질지는 아직 미지수지만, 경색되어 가는 남북 관계나 박근혜 정부의 내각 구성, 언론 통제의 기미 등으로 미루어 볼 때 암담한 기운이 느껴지는 것이 사실이다. 더불어 개인 미디어 시대에 접어들면서 익명의 인터넷 공간에서 다소 폭력적으로 의사 표현을 함으로써 열린 소통의 가능성을 차단하는 움직임이 일고 있는데, 상식적이지 않은 이러한 분위기는 문학의 영향력을 제한하기도 하는 것 같다. 정보는 많은데 읽을거리의 테러라고 할 만큼 질 낮고 자극적인 정보들이 퍼져 있어서 타인의 아픔이나 상처에 공감할 수 있는 능력을 사람들에게서 점점 앗아 가고 있는 것으로 보인다. 잃어버린 공감의 힘을 회복하게 해 줄 수 있는 유일한 가능성이 그나마 문학에 있지 않을까 싶다. 낡은 전언일 수도 있지만, 문학은 결핍으로부터 시작되고 아날로그 친화적이고 태생적으로 사회적 소수자의 편에 서 있어 왔으니 말이다. 그렇다면 다시, 무엇을 할 수 있을 것인가? 문학 본연의 정신과 힘을 회복하는 것. 오늘의 문학이 직면한 현안들 중 하나는 분명 이것이다.

2013 체제가 절망적으로 느껴진 가장 큰 원인은 박근혜 대통령 당선인이 지닌 상징성에만 있지는 않다. 그토록 어렵게 쟁취한 1980-90년대 민주화의 역사를 부정하는 퇴행적 결과도 충격적이긴 하지만,

그보다 더 심각하게 생각해야 할 문제는 더불어 살아가자는 윤리적 가치를 내 것을 빼앗기기 싫다는 이기적인 가치가 눌렀다는 데 있다.

경쟁에서 살아남기 위해서는 다른 이들을 짓밟아도 된다는 정글의 법칙이 윤리나 양심, 타자 존중의 가치를 억누르고 있는 시대를 우리는 살아가고 있다. 우리의 젊은이들이 경쟁 논리에 피멍이 들고 그로 인해 심장이 멎어 가고 있지만, '나' 또는 내 우산 아래 들어온 '우리'만 보듬어 안는 사회는 그들의 비명을 못 듣거나 못 들은 척하고 있다. 우리가 더불어 살아가기 위해 폐기하거나 수정해야 할 경쟁 우선의 신자유주의 논리가 한동안 명맥을 더 유지하며 우리의 아이들과 젊은이들을 짓밟을 거라는 현실이 가슴 아프지만, 어쨌든 우리가 꿈꾸는 나라에 대해 소통하고 공감하는 능력을 회복해야 이 악무한에서 벗어날 동력을 갖게 될 것 같다. 바로 여기에서 2013 체제에서의 문학의 가능성이 열릴 것이다.

이 글에서는 두 가지 방향에 대해서만 언급하고자 한다. 첫째, 물질 만능의 자본주의 사회가 지지하고 추구하는 가치와는 다른 가치를 실험하고 공감케 하는 장으로서의 역할을 2013 체제의 문학이 담당해야 한다. 가치 교육으로서의 문학 교육의 역할이 부상하는 것은 바로 여기에서다. 입시 위주의 교육 풍토로 인해 가정교육은 물론 학교나 사회에서의 가치 교육도 유명무실해졌지만 문학 교육만은 그 역할을 포기해선 안 된다. 우리 사회가 잃어버린 공감의 능력을 회복할 수 있도록 문학 교육이 어떤 역할을 담당해야 하는지 의견을 나누는 장이 마련될 필요가 있다.

둘째, 삶의 현장에서 문학이 담당해야 할 실천적 역할에 대해서도 다양한 방식의 모색이 필요해 보인다. 강정마을 해군기지 건설이나 4대강 사업이 낳은 후유증을 비롯해 쌍용차 해고 노동자 사건 등 사회의 긴박한 현안에 대한 사회적 무관심에 대응하여 사회적 공감대를 형성할 수 있도록 하는 역할을 문학이 담당해야 할 것이다. 과거와 같은 방식의 선동적 역할만으로는 소통과 공감에 실패할 수도 있음을 지난 대선을 통해 경험했으므로, 어쩌면 지금이야말로 문학의 정치적 상상력이 그 어느 때보다도 필요한 시점이 아닐까 싶다. 1980년대 문학을 비판적으로 계승함으로써, 모두가 자신의 글쓰기를 시도하는 개인 미디어 시대에 문학만이 할 수 있는 역할에 대해 숙고해야 한다. 아울러 정치와 문학의 새로운 관계 맺기를 꿈꾸는 상상력을 도모해야 할 때이다. 아마도 그것은 문학의 활로를 모색하는 일과도 맞닿아 있을 것이다.

앞서 살펴본 김선우, 진은영, 신용목, 박순원 등의 최근 시집과 이보다 조금 앞서 출간된 송경동, 이영광, 심보선 등의 시집이 시적인 것과 정치적인 것의 만남에 대한 상상력을 자극하고 있고, 앞으로도 이런 흐름은 한동안 지속될 것으로 보인다. 시인이기에 앞서 생활인인 그들이 다양한 목소리로 펼쳐 보여 주는 상상력을 토대로 2013 체제에서의 시 쓰기는 계속될 것이며, 우리의 삶 또한 지속될 것이다.

멎어 버린 시계,
중지된 말

1. 고백, 혹은 선언

이 글은 참담한 고백의 말로 시작할 수밖에 없다. 그러지 않으려고 책상 앞에 앉는 시간을 유예하고 또 유예했으나 결국 고백의 말이 아닌 말로는 단 한마디도 시작할 수 없었다. 그건 이미 의지의 문제가 아니었다. 4월 16일, 세월호가 침몰하고 304명의 목숨이 바다에 수장되어 버린 바로 그날의 기억과 대면하는 일로부터 이 글을 시작하련다. 그러므로 이 글은 2014년 4월 이후 이 땅에서 살아가는 평범한 486세대의 기록이자 2014년 4월 16일 이후 문학 현장에 대한 체험의 기록이다.

4월 16일, 그날로부터 하루 전 나는 세 번의 방학을 헌납해 가며 대학원생들과 함께 공들여 준비한 책 『다시 읽는 백석 시』(소명출판, 2014)를 출판사로부터 배송받았다. 이미 몇 차례 책을 출간한 경험을 가지고 있었지만 오래 공들인 공동 작업의 결실을 받아든 그 순간의 감격은 말로 표현하기 힘든 것이었다. 나는 벅차올라 책을 안고 찍은 사진을 SNS에 올리고 많은 축하를 받으며 행복한 시간을 보냈다. 그리고 다음 날, 수업이 하루 종일 있었던 날이라 뉴스는커녕 메일 검색도 못한 채로 저녁이 되었다. 전날의 열기가 아직도 내 몸에 남아 있었다. 대학원 수업을 하며 학생들로부터 고등학생들이 수학여행 간 배가 침몰했는데 전원 구조되었다더라는 이야기를 언뜻 들었으나 안도의 숨을 내쉬는 것으로 곧 그 일을 잊었다. 사태가 심상치 않음을 내가 알게 된 것은 4월 16일 밤이 되고 나서였다. 그리고 며칠 간은 대부분 그랬겠듯이 나도 같은 마음으로 같은 시간을 보내야 했다. 기도하는 마음으로 SNS와 인터넷을 통해 실시간으로 사건 현장을 확인하며 "말도 안 돼", "어떻게 이런 일이", "제발" 따위의 말들을 되풀이하며 눈물을 흘리며 그 시간을 살았다. 4월 18일이 되어서야 겨우 몇 문장을 SNS에 남길 수 있었다.

세월호 사건이 우리 모두에게 씻을 수 없는 상처를 남긴 까닭은 생때같은 목숨들이 바닷속으로 가라앉는 것을 눈 뜨고 뻔히 보면서도 단 한 사람의 목숨도 구하지 못한 채 수장시켰다는 데 일차적으로 있었지만, 그 사건을 통해 지금까지 우리가 살아오고 일궈 온 사회의 밑바닥과 민낯을 목도해야 했다는 데도 있었다. 이 사회에 희망이 있을까를 종종 회의하면서도 여전히 희망이라는 단어를 포기하지 않았던 많은 이들이 우리가 잘못 살아왔음을, 우리 사회가 단단히 잘못되었음을 통감한 시간이었을 것이다. 많은 목숨을 구할 수 있는 시간 동안 아무것도 하지 않은 죄, 한 사람이라도 더 구조해야 할 시간에 책임을 전가하고 축소하기에 급급한 죄, 위에서 하는 말을 믿고 가만히 있으라고만 아이들을 가르친 죄, 나만 괜찮으면 그만이라는 생각이 우리 사회 깊숙이 뿌리내릴 때까지 이 사회를 방치한 죄, 문제가 드러나도 근본적으로 해결하려 들기보다 문제를 감추거나 사건의 본질을 흐리기에 급급했던 죄, 잘못되었다는 것을 알면서도 방조한 죄, 우리 아이들에게서 신뢰와 희망과 미래라는 아름다운 단어를 앗아 간 죄, 알아서 살아남으라는 끔찍한 전언으로 이곳을 돌이킬 수 없는 지옥으로 만든 죄…….

4월 16일은 그날을 목도한 이들에게 가장 뼈아픈 기억으로 남을 것이다. 아니, 지금도 우리는 4월 16일 그날의 참담함으로부터 한 발짝도 떼지 못했다. 그날로부터 200여 일 이상이 흘렀지만 세월호 유가족과 시민들이 그토록 바란 '수사권과 기소권을 보장하는 세월호 특별법'의 제정은 물 건너갔고 결국 여야가 합의한 반쪽짜리 특별법에 유가족들이 울며 억지로 동의하는 사태에 이르고 말았다. 하루아침에 세상에서 가장 소중한 자식을 잃은 이들의 아픔을 달래 주기는 커녕 그들을 벼랑 끝으로 몰아세우고 탓하고 상처 입히는 믿기지 않는 일들이 일어났다. 그렇게 인간으로서 지켜야 할 최소한의 윤리가 이 땅에서 자취를 감추고 말았다. 그 자리를 대신한 건 몰염치와 몰상식과 비윤리와 천박한 욕심이었다. 어느새 이 땅은 애도의 시간을 갖는 것조차 용납하지 못하는 지옥이 되어 있었다. 오늘 자 신문에는 세월호 수중 수색 중단에 실종자 가족이 합의했다는 내용이 보도되었다. 차가운 말들로, 자식을 잃은 부모의 아픔과 사랑하는 가족과 친구를 잃은 남은 이들의 아픔을 어찌 대변할 수 있을까. 차가운 말들이, 차가운 심장이 이 땅을, 우리의 마음을 장악해 버렸다. 허수경 시인의 전언을 빌리면 "빌어먹을, 차가운 심장"이 아닐 수 없다.

2014년 문학 앞에 마주 놓인 현실은 이런 것이다. 우리가 사는 사회가 생명보다 돈이라는 가치가 더 숭앙되는 사회임을 노골적으로 보여 준 저 사건 앞에서, 더 이상 희망이나 인간다움을 입에 올리기 어려워진 부끄럽고 기막힌 현실 앞에서, 도대체 무엇을 쓰고 말할 수 있을 것인가? 그러므로 우리의 말은 선언의 형식으로 겨우 시작되었다. 4월 16일 이후 슬픔이 차올라 독이 되고 그것이 말이 되어 토해져 나온 것이 그들의, 아니 우리의 선언이었다. 날것 그대로의 선언. 어쩌면 당분간 시인의 말, '사람의 말'은 이런 선언들로 이루어질지도 모르겠다.

2. 기억, 혹은 물음

고백컨대 이 글을 쓰게 된 계기는 내가 경험한 곤혹스러움과 대면하기 위해서였다. 7월 24일 세월호 참사 100일을 추모하는 문화제가 열린 서울시청 광장에는 연극인, 가수, 시인, 샌드 아티스트 등이 모였고 많은 시민들이 그 현장에 함께했다. 나도 시민의 한 사람으로서 그 자리에 있었고, 대학 또는 대학원 졸업 후 한 번도 만나지 못했거나 소식이 요원했던 이들을 그 자리에서 우연히 만났다. 그들 중에는 시인도 있었고, 비평가도 있었으며, 방송 작가, 교수, 교사, 카피라이터, 초등학생, 중학생, 대학생 등등 다양한 나이와 직업을 가진 이들이 한자리에 한 마음으로 있었다. 나 역시 혼자서 참담한 마음을 부둥켜안고 있기가 힘들어 한 사람의 머릿수라도 더 채운다는 생각으로 광장으로 발길을 향했다.

광장의 바닥은 차가웠지만, 차가운 말과 차가운 심장으로 가득한 이 세계에서 그나마 온기를 느낄 수 있는 곳이었다. 전혀 모르는 사람들과도 그 자리에 함께 있다는 이유만으로 마음을 나눌 수 있는 곳. 광장은 그런 곳이 되어 있었다. 행사가 시작되었고 사람들은 점점 더 많이 모여들었다. 듬성듬성했던 자리가 꽉 채워져 한번 자리를 뜨면 일행을 찾기 어려울 정도였다. 어느새 광장의 가수, 거리의 뮤지션이 되어 버린 이들이 무대에 올라 뜨겁게 노래했다. 그들의 노래는 사람들의 마음을 두드리며 울려 퍼졌다. 그렇게라도 위로받고 싶었던 이들이 달리 할 수 있는 것이 없어서 광장으로 쏟아져 나왔다. 무대가 달궈지고 광장의 열기가 무르익어 갈 무렵, 세월호 사건을 기록한 첫 시집, 『우리 모두가 세월호였다』(실천문학사, 2014)를 출간한 시인들 일부가 시 낭송을 위해 무대에 올랐다. 내로라하는 시인들의 시 낭송이 이어졌다. 내가 곤혹스러움과 마주한 것은 바로 그때였다. 그날의 나는 시민의 한 사람으로서 그 자리에 있었지만 이상하게도 시가 가슴에 잘 들어오지 않았다. 집중하려 애썼지만 애써야 집중할 수 있었다. 그런 감정을 나만 느꼈던 것은 아니었던 것 같다. 시인들의 시 낭송이 왠지 이 지독한 사건이나 이 광장의 열기와 잘 어울리지 않는다는 느낌, 무언가 설명하기 힘든 이질감 같은 것이 느껴졌던 것 같다. 나는 이상하게 그 현장에서 시의 시대는 가 버린 것인가라는 어두운 예감과 마주해야 했다. 말할 수 없었지만 이후 그날의 느낌이 한동안 나를 놓아주지 않고 괴롭혔다.

이 글을 써야겠다는 생각을 하게 된 것은 사실 그 때문이었다. 어떤 방식으로든 저 불편한 느낌과 마주해야겠다는 생각이 들었다. 어쩌면 시의 자리는 늘 그런 자리였는지도 모르겠다. 하나가 된다는 건 의심 없이 한 몸이 된다는 뜻일 텐데 시의 자리는 그런 일사불란함과는 거리가 멀 테니까. 늘 주변을 서성이고 경계를 어른거리는 시의 몸에 어울리지 않는 옷을 입게 하는 현실이 다시 찾아왔다. 골방에서의 칩거가 어울리는 시더러, 시인더러 자꾸 광장으로 나오라고 한다. 송경동 시인처럼 늘 광장에서 살아왔고 거리에서 시를 써 온 시인도 있지만, 광장이나 거리와는 도통 어울리지 않는, 홀로 칩거하며 시를 써 온 시인들까지도 자꾸 광장이 부르고 있다. 그 부름에 응답해 광장으로 나왔으면서도 광장과 온전히 하나 되지 못하는 시인들. 겉도는 시들. 어쩌면 시라는 문자 텍스트의 운명은 그런 것인지도 모르겠다. 중심보다는 주변이 어울리는 언어. 광장에서조차 의심 없이 광장의 중심에는 설 수 없는 언어.

그걸 모르지 않으면서도 점점 더 많은 시인들과 작가들이 자발적으로 광장으로 모여들고 있다. 그들이 꼭 시인으로서, 작가로서, 비평가로서 광장에 나가는 것은 아니다. 아니, 오히려 시민의 한 사람으로서 나가는 경우가 더 많을 것이다. 그러나 그들이 발언하는 순간 그들은 말을 부리는 시인으로서, 작가로서, 비평가로서 광장에 서는 것이 된다. 그들을 광장으로 이끄는 힘은 무엇일까? 특정 단체나 조직이 앞장서서가 아니라 비슷한 생각을 가진 시인, 작가들이 스스로 제안하고 스스로 참여하며 광장에도 나가고 시민들 속에 섞이기도 하고 시민들과 함께 세월호 참사에 대한 한 줄 선언을 하고 낭독회도 하고 있다. '304 낭독회'라는 이름으로 기획된 시민과 함께하는 낭독회는 그렇게 시작되어 2회에 걸쳐 진행되었다. 세월호 사건을 잊지 않기 위한 이 자발적 모임은 "지금 서 있는 시간으로부터 더 먼 시간까지 오래 읽고, 쓰고, 행동하겠다는 마음"을 지닌 이들이 있는 한 언제까지라도 계속될 것이다. 기억 대신 망각을, 애도 대신 모욕을 주도하는 사회에서 기억과 애도의 말, '사람의 말'을 하려는 이들이 있는 한 광장에서 읽고 쓰고 공감하는 문학 활동은 지속될 것이다. 이것이 무엇이 될지는 참여한 시인, 작가들도 알지 못한다. 가만히 있을 수 없어서 할 수 있는 아주 작은 일을 시작한 것이지만 이것이 무엇이 되어야 한다거나 무엇이 될 거라는 기대는 처음부터 없었다. 그런 점에서 이 낭독회는 특별하다면 특별한 자리에 놓여 있다.

아마도 이 자발적 움직임은 한동안 계속될 것이다. 세월호에서 돌아오지 못한 304명을 기억하기 위해 시인, 작가들과 시민들이 함께 만들어 가는 304 낭독회를 비롯하여 『우리 모두가 세월호였다』를 시작으로 세월호 참사를 기억하고 기록하기 위한 시인, 작가들의 글쓰기는 지속되고 있다. 『눈먼 자들의 국가』는 산문의 형식으로 세월호 참사를 기억하고 기록한 글쓰기 실천이었으며, 이후에도 낭독회의 형식이든 연극이나 공연의 형식이든 '사람의 말'을 나누고 말에 깊이를 부여하려는 시인, 작가들의 노력은 계속될 것이다.

첫 낭독회 때 혹시나 사람이 적지는 않을까 하는 마음에 많은 이들이 먼 길을 마다하지 않고 달려왔음을 기억한다. 시인, 작가들과 시민들이 빙 둘러서서 돌아가며 305개의 한 줄 선언을 낭독하는 동안 점점 둘러선 원이 겹으로 두꺼워지던 것을 기억한다. 초등학생으로 보이는 아이부터 할아버지까지 가던 발걸음을 멈추고 한 줄 낭독에 참여하기 위해 광화문 광장에 합류했다. 305개의 문장을 읽어 가는 동안 서서히 마음이 뜨거워지던 경험을 그날의 현장에 있었던 이들은 모두 기억할 것이다. 광장을 모욕하고 찬탈하려는 욕망에 맞서서 우리의 기억은 더욱 견고하고 단단해질 것이다.

그리고 두 번째 낭독회 때 "진실을 밝히는 것이 왜 싸움이 되어야 하는지 모르겠다"고 말했던 한 중학생 소녀의 말이 아직도 귓가에 맴돈다. 그 말은 광화문 광장에 있던 많은 이들의 마음을 울렸다. 이영광 시인의 시 「수학여행 다녀올게요―유령 6」의 낭독을 들으며 많은 이들이 눈물을 쏟은 까닭은 저 어린 소녀의 말이 우리를 한없이 부끄럽게 하고 우리의 얼어붙은 마음을 무장해제시켰기 때문이기도 했다.

기억하고 질문을 던지는 일은 좋은 시가 오랫동안 해 왔던 몫이었다. 2014년 한국 사회는 다시 본래의 역할을 시에게 요구하고 있다. 2014년을 살아가는 시인, 작가, 비평가들이 세월호로 인해 잃어버린 304명이 살았을 삶을 기억하는 글쓰기를 계속해야 한다고 생각한 이유도 바로 여기에 있다. 지우고 싶어 하는 욕망과 맞서 싸우는 일을 끝까지 감당해야 하는 것은 결국 시인과 작가들의 몫일 것이다. 개개인이 각자의 방식으로 글을 쓰며 하게 될 이 지난한 싸움은 어쩌면 우리 시에 작은 생명의 씨앗을 틔울지도 모르겠다.

3. 죽음을 넘어

2014년의 문학은 국가와 자본의 폭력이 초래한 죽음의 시간과 마주하고 있다. 세월호 사건은 우연이 낳은 사고라기보다는 우리 사회가 추구해 온 비정상적이고 비윤리적인 가치가 필연적으로 초래한 사건에 가깝다. 생명이라는 가치보다 돈과 세속적 성공이라는 실용적 가치를 중시해 온 세월이 낳은 결과가 아닐 수 없다. 이것이 우연히 발생한 예외적 사고가 아님을 통감했기 때문에, 우리 사회를 여기까지 끌고 온 우리 하나하나가 근본부터 바뀌지 않는 한 머잖아 비슷한 재난이 다시 도래할 것임을 직감했기 때문에, 우리는 4월 16일 그날의 참경으로부터 전혀 빠져나오지 못하고 있는 것일 게다. 우리 아이들의 귀한 목숨을 앗아 간 이 끔찍한 조짐과 징후를 모른 척하고 아무것도 바꾸지 못한다면 제2, 제3의 세월호는 필연적으로 계속될 것이다. 이제 더 이상 괜찮을 거라 낙관하거나 모른 척 방관해선 안 된다. 자기 목에 칼이 들어오기 전까지는 이 비정상적인 시스템을 지탱하는 나사와 볼트로써의 역할에 충실하게 살아가는 길을 대부분의 사람들이 선택한다면, 단언컨대 우리에게 희망은 없다.

유령이 창궐하고 죽음의 그림자가 길게 드리워진 이 지옥에서 빠져나오려는 싸움은 다양한 방식으로 이루어져야 한다. 우리 시대의 시 역시 국가의 폭력, 자본의 폭력에 맞서 이 땅을 지배하는 물질 만능의 비윤리적인 가치들을 돌파해 균열을 일으키고 생명의 가치를 건져 올리는 역할을 감당해야 한다. 앞으로의 시는, 차가운 심장에 다시 피가 돌게 하는 온기를 불러오지 못한다면 생존하기 어려울지도 모른다. 일찍이 베케트가 「자장가」에서 노래했듯이 "이제 멈춰야 할 시간"이다. 세월호의 침몰과 함께 가라앉은 소중한 가치들을 건져 올리고 이 종말의 날들로부터 우리 자신을 구원하기 위해서는 이제는 정말 멈춰야 할 때이다. 앞으로만 내달리던 욕망을 멈추고, 내가 살기 위해 타인을 짓밟는 행위를 멈추고, 소수만이 특권을 누리는 사회를 멈추고, 더불어 살아갈 수 있는 가능성을 다시 모색해야 한다. 우리가 발 딛고 있는 지반이 가라앉는 것을 목격한 후에도 모두가 자신만 그곳에서 빠져나올 방법을 찾기에 급급해 한다면 결국 공멸할 것임은 불 보듯 뻔하다.

일찍이 모리스 블랑쇼는 죽음의 선고이자 중지를 통해 이야기할 수 없음을 이야기하는 글쓰기의 마력에 주목한 바 있다. 죽음이 전면적으로 선고된 '세월호' 이후 2014년의 시를 논할 때 블랑쇼의 통찰이 떠오르는 것은 우리 시대의 시 쓰기가 맞닥뜨린 운명이 그와 유사해 보이기 때문일 것이다. 그런 까닭에서일까. 유령이 창궐하고 죽음을 기록하는 시들에 자꾸 눈길이 간다.

4. 16. 08:59-10:11

살고 싶어요……를 지나는 시간입니다
수학여행 큰일 났어요 나 울 것 같아요를,
죽을 수 있을 것 같습니다를 지나갑니다
걱정돼요, 한 명도 빠짐없이, 아멘……을 기억하는 시간입니다
실제 상황이야 아기까지 있어 미치겠다가

가만히 있으세요 절대 이동하지 말고가, 기다리세요가 사라졌습니다

기울어지고 기울어지고 기울어지고가 지나갑니다

잠깁니다 잠기고 있습니다 잠깁니다

무섭습니다 무섭습니다 무섭습니다

이제 없어, 가자고가 가 버립니다

오지 않았습니다 들어오지 않습니다 쳐다보며,

안 보았습니다 우리는 여기, 없습니다

마지막 기념을 엄마 보고 싶어요를, 사랑해

사랑해, 나가서 만나를 잃어버렸습니다

내 동생 어떡하지? 아직 못 본 애니가 많은데,

난 꿈이 있는데,

내 구명조끼 네가 입어가 우릴 놓아 버리고

끝났어 끝난 것 같아가 끝납니다 사라집니다

검은 물이 옵니다 물샐틈없는 물이 왔습니다

끝났습니까 끝났습니다 끝났습니까……

4. 16. 11:18-

아니요…… 끝나지 않았습니다

아니요…… 이제 시작입니다 우리는 여기, 있습니다

아니요…… 죽임이 나타났습니다 사선 뒤의 사선이 나타났습니다

뉴스가 꺼지고,

카톡이 안 되는 시간입니다

스마트폰이 숨 거둔 시간입니다

기다려라 기다려나 봐라 기다려 버려라, 없어진

우리는 천천히 오그라듭니다

고통이 너무 많이 천천히, 천천히 옵니다

우리는 천천히, 천천히, 천천히 죽임이 옵니다

우리는 천천히, 천천히, 천천히 죽임이 만집니다

우리는 천천히, 천천히 죽임이 알아봅니다

우리는 다급히…… 죽음을 모릅니다

헤어지지 않습니다, 버려졌으니까 네 손과 내 손을

묶습니다 정말 없어질지도 몰라, 입 맞춥니다

젖은 몸을 안습니다 젖었으니까 안습니다 웁니다

그칩니다 웁니다 어둡습니다

무섭습니다

미끄러지고 뒹굴고 떨어지고 부딪히고 처박힙니다

떱니다

찢어지고 흘립니다 움켜쥐고 끊어지고 긁습니다

부러집니다 꺾입니다 그리고……

어둡습니다

우리는 너무 많이 숨을 안 쉽니다

우리는 너무 자꾸 피에 젖습니다

모면하고 모면하고 모면합니다 실낱같이

가혹해집니다 희미하게 희미하게, 살아집니다

고통이 너무 많이 번개처럼 옵니다

고통이 너무 많이 번개처럼 옵니다

살고 싶어요를……죽고 싶어요를 눌러 죽이는 시간입니다

아픕니다 아팠습니다 아팠던 것 같습니다

아프고 있습니다

끝났습니까 끝났습니다 끝났습니까 끝났습니까……

(중략)

4. 18-

아니요……아무것도 끝나지 않았습니다
아니요……다른 것이 되었습니다
아니요……몸이라는 헛것을, 헛것을 빼앗겼을 뿐입니다
우리는 왜 이유가 없습니까
이유란 대체 무엇입니까

(중략)

0. 00. 00:00

초록 바다 수평선 너머 먼 곳으로 수학여행 가야 해요
수학여행, 가고 싶습니다
수학여행 보내 주세요

아니, 아니……돌아가야 해요
예쁘고 미운 친구들과 괴롭고 즐거운 학교와
인사하던 골목길과 상점들에게로 그렇고 그런 사람들에게로
돌아가야 해요, 꿈꾸고 꿈꾸고 꿈꾸면 괜찮아지던 곳으로,
끝내 와 주지 않던 그, 나라라는 곳으로 돌아가야 해요

무엇보다, 몰래 우는 엄마에게로

숨죽여 울어야 하는 아빠에게로

집으로,

돌아가고 싶습니다

수학여행 다녀오고 싶습니다

수학여행 다녀올게요

수학여행 다녀올게요

—이영광, 「수학여행 다녀올게요—유령 6」

(『두 번째 304 낭독회 자료집』, 304 낭독회, 2014.10.25) 부분

용산 참사로 인해 쓰기 시작한 이영광 시인의 「유령」 연작시는 안타깝게도 이 땅에서 계속 써지고 있다. 죽음이 창궐하고 죽지 말아야 할 목숨들이 아깝게 스러지는 일이 멈추지 않는 한 그의 「유령」 연작시는 계속될 것이다. 이영광의 시에 그려지는 유령들은 바로 우리 자신의 얼굴이기도 하다. 영문도 모르고 죽어 간 이 땅의 수많은 원혼들을 달래기 위해 이영광의 시적 주체는 기꺼이 시무(詩巫)가 되려고 하는 것인지도 모른다.

두 번째 '304 낭독회'에서 낭독된 이 시는 세월호가 침몰한 4월 16일 8시 59분으로부터 시작해 4월 16일 11시 18분을 거쳐, 4월 17일, 18일, 20일, 그리고 무한대로 이어지는 시간의 기록이다. 수학여행을 떠났다 희생된 단원고 아이들의 목소리로 말하는 이 시는 아무리 기억하는 일이 고통스럽더라도 기억하고 기록하는 일이 시의 몫임을 분명히 하고 있다. 분석의 말이 불필요한 이 시가 향하는 시간은 결국 "0. 00. 00:00"의 시간이다. 저 시간은 무한대의 시간이자 영원의

시간이다. 세월호 참사는 우리를 영원의 시간에 가두어 버렸다. 저 시간에 갇힌 것은 희생된 아이들만도 아니고, 희생자의 가족들만도 아니다. 어쩌면 우리야말로 저 시간의 감옥에 영원히 갇혀 버렸다. 기억하고 애도하는 것만으로 이 저주받은 시간에서 벗어날 수는 없다. 누구라도 없을 것이다. 낱낱이 기억하고 애도함으로써 다시 억울한 죽음을 만들지 않는 근본적인 변화를 이끌어 내지 않는 한 우리는 세월호에서 결코 벗어날 수 없을 것이다. 시에서 반복적으로 말하듯이 "아무것도 끝나지 않았"다. "우리는 왜 이유가 없습니까"라고 묻는 혼령들에게 이유를 낱낱이 밝혀 주기 전에는 결코 아무것도 끝날 수 없고 누구도 무사할 수 없다. "망각이 되자고 날뛰는 기억들을 기억"하는 일, 그 지난한 싸움을 앞으로의 시는 마주할 수밖에 없을 것이다. 그것을 하지 못하는 말은 '사람의 말'도, 시도 될 수 없을 것이다.

　레오나르도, 다비드, 가브리엘라, 에드, 마테오, 알베르토, 스테파니아 다섯 살부터 예순이 넘는 내 친구들 모두 안녕한가 이들 때문에 그곳을 다시 찾은 건 아니었어도 누구에게도 연락하지 않았던 건 그들을 잊지 않기 위함이었다

　그들을 그리워하며 한 계절 적막하게 지내고 돌아왔다 대신 죽은 것 같은 사람들이 자꾸 찾아왔다 새 친구들은 스페인에서 왔거나 이스라엘이나 독일 출신이었다 운하 옆 저택은 오래된 팔라초였다

　운하 쪽으로 난 창과 침대 머리맡에 타르초가 매달려 있었다 티베트와 베네치아와 나는 어떤 유연관계로 묶여 있는 걸까 밤과 낮 할 것 없이 죽은 사람들이 드나들었다 그들은 오래된 장식장 안에서 걸어 나오거나 침실의 뒤뜰 창에 붙어서 저녁내 나를 지켜보았다

　한밤 아르세날레로 가는 해안의 가파른 길 아래를 내려다보면 등을

보이며 수초들과 섞여 둥둥 떠다니기도 했다 그들은 한결같이 말이 없어서 고독한 이방인에게 도움이 되지도 방해가 되지도 않았다

조금 불편하다 이내 많이 불편해졌다, 두렵다가 친근해졌다, 무관하다가 다시 두려워졌다, 내가 만들어 낸 헛것이 분명하다고 믿은들 그것은 사실이 아니었다 그렇다고 다른 사람들의 눈에 보이는 것 같지는 않았으니

나는 왜 읽지도 못하는 팔리어 경전을 들고 간 걸까 레오나르도가 잡은 장난감 통에 들어 있던 어린 게들은 자주 가리발디의 운하로 올라오곤 하는 걸까 가브리엘라의 집 발코니에는 아직도 무심히 협죽도가 피어 있을까 안개로 앞이 보이지 않는 카나레지오의 새벽을 나는 여전히 헤매 다니고 있는 걸까

　　　　　　　　—조용미,「베네치아 유감」(『시와 표현』, 2014.가을) 전문

　다섯 권의 시집을 통해 지상의 삶에 대해 근원적인 질문을 던지며 이 삶이 시작된 기원이자 고독의 기원에 관심을 가져온 조용미의 근작 시에는 이처럼 죽음의 그림자가 드리워져 있다. 베네치아라는 머나먼 낯선 곳에 가서 만나는 "죽은 것 같은 사람들"은 고독한 이방인이 되어서도 저 질긴 죽음으로부터 벗어날 수 없음을 시사한다. "밤과 낮 할 것 없이 죽은 사람들이 드나들"기는 그곳도 마찬가지다. 이 도시의 고독한 이방인이라는 점에서, 시도 때도 없이 출몰하는 "죽은 것 같은 사람들"과 '나'는 서로 닮았다. 그리고 그들의 존재는 "티베트와 베네치아와 나"를 유연관계로 묶어 준다. 시적 주체가 본 것이 헛것이든 실재하는 것이든 그들이 만들어 낸 저 죽음의 풍경은 기시감을 갖게 한다. 물과 죽음은 우리에게 지독한 트라우마가 된 것이 분명하다. 살아 있어도 살아 있는 것 같지 않은 이 땅의 삶이 시인들을

점점 죽음에로 이끄는 것인지도 모른다.

4. 광장의 시, 그 불가능의 가능성

우리의 현대시사에서 거리와 광장에서 시가 가장 많이 낭독된 시기는 해방기였다. 해방기의 각종 신문에는 문학가동맹이 주최한 시낭독회에 관한 기사가 자주 실리곤 했다. 해방기에 활발히 활동한 임화, 이용악, 오장환, 설정식을 비롯하여 유진오, 이병철 등의 전위시인은 낭독의 주체이자 광장의 시인이었다. 해방기의 요동치는 정세가 시인들을 거리와 광장으로 내몰았던 셈인데, 1980년대에 시는 다시 거리와 광장에서 읽히고 노래로 불렸다.

2014년의 시단에도 광장의 동력에 이끌리는 시들이 다시 출현하고 있다. 아니, 좀 더 정확하게는 시보다 생활인으로서의 시인이 먼저 광장으로 이끌리고 있다고 말해야 할지도 모르겠다. 이들은 생활인이자 정치적 시민으로서 광장에 서는 것이지만, 이 시대의 문학이 기억하고 기록하는 임무를 운명적으로 떠맡았음을 직감하고 시인으로서 광장에 서는 것이기도 하다. 때론 선언의 형식으로, 때론 온몸으로 받아 적는 시의 형식으로 지금, 여기에서 시인의 말이 써지고 있다.

2014년 이후의 시는, 국가의 폭력과 자본의 폭력에 맞서, 그 바깥의 자리에서 실용적이고 경제적인 가치가 지배하는 세계에 다기한 방식으로 저항할 것을 요청받고 있다. 마음과 몸이 이끄는 대로 부스스 일어나 절실한 '나'의 언어로 다른 이들과 소통하는 자리에 나서는 문학, 그런 현장의 문학에 대한 요구가 다시 일어나고 있다. 다양한 몸과 언어를 가진 시인들이 자발적으로 모여 읽고 쓰고 기억하고자 하는 문학 행위야말로 우리 시대 시가 나아갈 수 있는 하나의 실천적 가능성이 아닐까 싶다. 물론 2014년 이후의 시에 1980년대식 광장의 시를 기대할 수는 없을 것이다. 그러나 '현장으로 들어가 함께 있는 시'에 대한 최근 젊은 시인들의 모색은 과거와는 다른 방식으로 현실 참여시의 가능성을 열어 줄지도 모른다. 아직 진행 중이고 실험 중이어서 무엇이 될지 알 수 없지만 광장의 시, 그 불가능의 가능성을 오늘의 시가 선취할지도 모른다. 그때 비로소 멎어 버린 시계는 돌아가고, 중지된 말은 생명을 얻을 것이다.

절망의 봄,
공감의 노래
─세월호 이후의 시

1.

"그해 겨울이 지나고 여름이 시작되어도/봄은 오지 않았다". 이성복이 일찍이 「1959년」에서 노래한 "어떤/놀라움도 우리를 무기력과 불감증으로부터/불러내지 못했"던 절망의 봄이 다시 시작되었다. 무기력과 불감증이 이 봄을 다시 휘감아 돌고 있다. 4.19에서 5.18로 이어지는, 이제 4.16과 함께 기억될 봄. 계절은 바뀌어 해마다 봄이 오지만 화려한 꽃들의 잔치 앞에서 무너져 내려앉던 마음이 이제 숨조차 멎어 버린 듯 2014년 4월 16일에서 우리의 봄은 한 걸음도 달아나지 못했다.

지난 4월 16일 이후 일 년이 지나 5월이 되도록 아무것도 달라지지 않고 상황은 악화되기만 했다. 304명의 목숨이 수장되고 아직도 돌아오지 못한 9명의 목숨이 세월호와 함께 가라앉아 있는데도 제대로 된 특별법 제정도, 세월호 인양도, 실종자 수색도 아무것도 하지 못한 채 일 년하고도 19일이 흘렀다. 광화문과 청운동의 거리에서 이

지독한 세월을 보내고 있는 세월호 유가족들은 아직도 집으로 돌아가지 못한 채 거리에서 밤을 지새우고 있다. 벼랑 끝으로 내몰린 유가족들을 부정하거나 모욕하거나 소외시키는 말들이 횡행하는 이곳은 지옥의 땅이 되어 가고 있다.

세월호 사건 이후 시인, 작가, 평론가들의 글쓰기 실천도 계속되고 있다. 수학여행 가던 단원고 학생들을 비롯한 일반인 승객들을 실은 배가 과적으로 인해 침몰한 우연한 사고가 아니라, 구할 수 있었는데도 구하지 못한, 아니 구하지 않은 사건을 기억하고 기록하기 위해 거리에서 광장에서 골방에서 글쓰기의 실천은 계속되어 왔고 앞으로도 계속될 것이다. 세월호 사건에서 우리가 마주한 것은 우리의 민낯이었다. 오로지 성장만을 목표로 광란의 질주를 해 왔을 뿐, 그사이 발생한 문제들을 단 한 번도 근본적으로 해결하려 들지 않았던 사회, 수면 위로 떠오르는 문제들을 그때그때 대충 땜질하며 상황을 모면하기만 하면서 달려온 사회가 언젠가는 부닥칠 수밖에 없었던 사고였음을 속수무책 가라앉는 세월호를 보며 비로소 깨달아야 했다. 그것을 인정하는 일은 곤혹스럽고 수치스럽지만 지금 우리의 모습을 정면으로 응시하지 않으면 제2, 제3의 세월호는 계속될 것이다. 어쩌면 지금이 우리에게 주어진 마지막 회생의 기회일지도 모르겠다.

2.

세월호 사건에 작가들이 대응한 글쓰기 실천의 첫 번째 결과물은 세월호 추모 시집 『우리 모두가 세월호였다』의 출간이었다. 2014년 7월에 출간된 이 시집의 수록 시들은 세월호 문화제 현장에서 종종 낭송되었다. 강은교, 고은 등의 원로 시인으로부터 신철규, 최지인 등의 젊은 시인에 이르기까지 69명의 시인이 쓴 69편의 시가 이 시집에 실려 있다. 이후 『문학동네』에 실린 김애란, 김행숙, 김연수, 박민규, 진은영 등 12명의 시인, 작가, 평론가, 연구자들의 글을 묶어 2014년 10월, 『눈먼 자들의 국가』가 출간되었고, 시인, 작가, 평론가와 시민들이 함께하는 '304 낭독회'가 2014년 9월부터 현재에 이르기까지 매달 한 번씩 8회에 걸쳐 이루어졌다. 그 밖에도 세월호 사건을 기록하고 기억하기 위한 다양한 방식의 글쓰기 실천과 그 결과물로서의 책의 출간이 이어지고 있다. 아마도 세월호가 인양되고 실종자 9명이 돌아오고 진상이 철저히 규명되어 유가족과 실종자 가족들이 광화문과 팽목항을 떠나 가족의 품으로 돌아가고 책임자 처벌이 이루어질 때까지 작가들의 글쓰기 실천은 계속될 것이다. 1960년 4월의 봄과 1980년 5월의 봄이 오랫동안 기억되고 노래되었던 것처럼, 아니 그 이상으로 2014년 4월 16일은 오래오래 아프고 부끄럽고 참담한 기억으로 기록될 것이다.

돌아보면 1980년대를 지나 1990년대에 접어들면서 마치 해빙기를 맞은 듯 우리 시에서 사회 현실에 대응하거나 발언하는 실천의 목소리는 다소 움츠러들었었다. 이후 2000년대 중후반 '미래파' 논쟁으로 우리 시의 미래에 대한 논의가 다시 불붙기 전까지 그 흐름은 크게 달라지지 않았다. '미래파' 논쟁 자체는 본격적인 논쟁에 이르지 못한 의사 논쟁으로 평가되기도 했지만 젊은 시인들에게 우리 시의 나아갈 방향에 대해 고민할 기회를 가져다 줬고, 2009년 용산 참사와 고 노무현 대통령의 죽음으로 촉발된 '6.9 작가 선언'을 거치면서 적잖은 시인들이 시와 정치의 만남이라는 문제를 자신의 문제로 받아들여 고민하기에 이른다. 이후 2011년 한진중공업 사태를 맞아 송경동 시인이 제안한 '희망버스'를 비롯해 시인, 작가들의 시적 실천과 정치적 실천은 강정, 쌍용자동차 등 사안마다 자발적으로 접속하며 이루어지곤 했다. 2014년 4월의 세월호 사건은 시인, 작가들의 발걸음을 자연스럽게 시민들 속으로 향하게 함으로써 다양한 장소에서 다양한 시민들의 눈과 귀와 만나는 형식의 새로운 글쓰기와 읽기라는 실천 모델을 만들어 내고 있다. 시인, 작가와 시민들이 쓰고 읽고 낭독하고 듣는 과정에 함께 참여함으로써 문학과 정치가 새롭게 접속하고 공감할 수 있는 가능성을 만들어 가고 있는 것으로 보인다. 낭독하는 이들도 듣는 이들도 온 마음을 다해 말하고 들음으로써 낭독의 힘 못지않게 듣는 힘이 공감력을 만들어 가고 있는 점이 이전의 작가 선언이나 현장에서의 문학적 실천과 구별되는 점이 아닐까 싶다.

시가 거리에서 낭독되고 그것이 군중의 마음을 움직이던 시절이 우리에게도 있었다. 일찍이 해방기에 전위시인 유진오는 국제청년데이 행사장에서 자작시 「누구를 위한 벅차는 우리의 젊음이냐?」를 낭독해 군중의 열렬한 환호를 받았고 정치적 선동을 이유로 투옥되기도 했었다. 전위시인들 외에도 이용악, 임화, 오장환, 설정식 등의 시가 거리에서 낭독되었고 문화대중화운동의 일환으로 시인, 작가, 연극인 등을 중심으로 문화공작대가 조직되어 지방으로 파견되기도 했다. 해방기 문학의 상당수는 거리에서 쓰이고 읽혔으며 당시 문학이 지니는 역동성은 대부분 그로부터 오는 것이기도 했다.

해방기의 역동적인 문학의 흐름은 남북의 단독정부 수립과 분단, 한국전쟁으로 이어지면서 남과 북으로 갈리게 되었고, 이후 남한의 문학에서는 김수영, 신동엽의 1960년대 시를 민나기 전까지 오랫동안 시대 현실에 참여하는 문학의 흐름이 위축되었다. 신경림, 고은, 김지하, 김정환, 김남주, 박노해, 백무산, 송경동, 황규관 등을 거치면서 시대 현실에 참여하거나 저항하는 문학의 흐름은 지금까지도 이어지고 있다.

해방기를 지나 분단의 역사를 거치며 오랫동안 리얼리즘 대 모더니즘의 대립 구도를 보여 왔던 우리 시는 2010년대에 들어와 비로소 이분법적 대립 구도를 허물고 시와 정치가 자유자재로 결합하면서 생활 속으로 시민들 속으로 들어가는 자발적인 시적 실천이 이루어지기 시작한 것으로 보인다. 조직적 실천과는 다른 방식으로 이러한 움직임이 이루어지고 있다는 점에서 이전까지의 시가 보여 준 정치적 실천과는 다른 성격을 지니며 진화하고 있는 것이 아닐까 조심스럽게 전망해 본다.

3.

2014년 7월에 출간된 『우리 모두가 세월호였다』에는 고은, 강은교를 비롯해 69명의 시인이 참여했다. 1933년생인 고은부터 1990년생인 최지인에 이르기까지 다양한 시적 성향을 지닌 시인들이 이 추모 시집에 참여했는데, 이들의 시적 실천은 시집 발간에 그치지 않고 각종 세월호 문화제에서 시집 수록 시를 낭독함으로써 세월호 사건에 대해 더 많은 시민들과 교감하는 역할을 하고 있다.

『우리 모두가 세월호였다』 수록 시들은 크게 세월호 사건의 기록에 충실한 시와 남은 이들의 책임과 새로운 패러다임의 구축을 촉구하는 시로 나누어 볼 수 있다. 한 편의 시에 두 가지 방향을 다 담은 시들도 눈에 띈다. 차마 그 참혹한 슬픔을 시에 담기 힘들었을 것이므로 시인들의 언어에서도 고통과 분노와 곤혹스러움이 그대로 묻어난다. 그중에서도 1980년대의 현실 참여시를 대표했던 시인들의 목소리가 재등장하고 있음을 눈여겨볼 필요가 있다.

최초에 명령이 있었음을 우리는 기억해야 한다

가만있으라, 지시에 따르라, 이 명령은
배가 출항하기 오래전부터 내려져 있었다
선장은 함부로 명령을 내리지 말라, 재난대책본부도
명령에 따르라, 가만있으라, 지시에 따르라

(중략)

삼풍백화점이 무너지고, 서해 훼리호가 침몰하고
성수대교가 무너지고, 지하철이 불타도
세상은 변하지 않았다, 변하지 않을 것이다
분노는 안개처럼 흩어지고, 슬픔은 장마처럼 지나가고
아, 세상은 또 변하지 않을 것이다
이런 재난 따윈 나쁜 것만도 아니라는 저들
촛불 시위와 행진과 민주주의가 더 큰 재난이라 여기는
저들이 명령을 하는 동안은, 결코

뒤집어라, 뒤집힌 저 배를 뒤집어라
뒤집어라, 뒤집힌 세상을 뒤집어야 살린다
탐욕으로 뒤집힌 세상, 부패와 음모와 기만으로 뒤집힌 세상
이게 아닌데, 이럴 순 없어, 뒤집지 못한 우리들
가슴을 치며 지켜만 봐야 하다니, 회한의 눈물을 삼키며
우리가 너희들을 다 죽이는구나, 뒤집어라,
폭력과 약탈로 뒤집힌 세상을 뒤집어야 살린다
이렇게 내버려 둘 순 없어 저 죽음을 뒤집어라
뒤집지 않고서는 살리지 못해 저 죽음의 세력을 뒤집어라

뒤집힌 배에서 가장 먼저 탈출한 그들
돌아앉아 돈이나 세고 있는 그들
자살 행렬은 내 알 바 아니다 약속을 뒤집고
경제 민주화에서 뛰어내려 저만 살겠다고 달아난 그들
이미 구원받은 사람만 구원하는 정치
아이들과 약자들을 외면하고 가진 자들과
힘 있고 능력 있는 자들만 구출하는 구원파 정부
자기 패거리만 구원하고 나머지는 연옥에 밀어 넣는
구원파 정당들, 새나라구원당들
아, 뒤집히고 나서야 보이다니
저들과 우리는 한배를 타고 있지 않았다는 사실이,
한배를 타지 않은 자를 선장으로 뽑다니!

뒤집어라, 그들의 명령과 지시를
그리고 저 고귀한 지시를 따르라, 승객을 버리고
선장과 노련한 선원들이 첫 구조선으로 달아난 그 시각
선원은 마지막까지 배를 지킨다! 구명조끼를 벗어 주고
한 명이라도 더 구하려다 끝내 오르지 못한 스물두 살
4월을 품은 여자 박지영, 그가 최후의 선장이다
그 푸르른 정신을 따르라, 뒤집어진 걸 바로 세우게 하는
죽음을 뒤집는 4월의 명령을!

—백무산, 「세월호 최후의 선장 박지영」

(『우리 모두가 세월호였다』, 실천문학사, 2014) 부분

가만히 있으라는 선내 방송의 지시에 따른 단원고 학생들을 비롯한 승객들이 세월호 침몰 사고의 희생양이 되어 버리면서 이 사건은 우리 사회의 많은 문제점을 노출시켰고 성장을 향해 달려온 우리 사회가 어떤 괴물이 되었는지를 적나라하게 보여 줬다. 그러므로 백무산 시인은 "최초에 명령이 있었음을 우리는 기억해야 한다"고 말한다. "가만있으라, 지시에 따르라". 이 명령은 선내 방송을 통해서 승객들에게만 전해진 것은 아니었다. 선장에게, 선원들에게, 승객들에게, 더 나아가서는 우리 사회 구석구석에 이러한 명령은 하달되었다. 상명하복의 논리로 움직이는 조직 사회 대부분에서 통용되는 이 명령은 사실상 우리 사회 곳곳에서 작동되고 있다. 그러므로 우리는 "가만있으라, 지시에 따르라"라는 명령에 애초에 길들여져 있었던 셈이다. 배가 다 기울고 목까지 물이 차올라도 기다리라는 명령만 작동할 뿐 누구도 책임지지 않았고 그 이후로도 이러한 사태는 계속되었다.

　입신출세와 대박 챙길 일 외에는 관심도 없는 사람들이 관리자의 자리에 있는 나라. 손익을 따지는 계산기만 두드릴 뿐 사태를 수습할 생각도 책임질 생각도 없는 사람들로 가득한 나라. 사고를 사건으로 만든 배후에 있는 나태와 부패와 음모와 은폐와 조작의 검은 손으로부터 우리는 자유로운지 시인은 아프게 묻는다. "삼풍백화점이 무너지고, 서해 훼리호가 침몰하고/성수대교가 무너지고, 지하철이 불타도/세상은 변하지 않"았음을, 아무것도 하지 않고 가만히 있는다면 "분노는 안개처럼 흩어지고, 슬픔은 장마처럼 지나가고" 세상은 앞으로도 변하지 않을 것임을 시인은 경고한다. 저 죽음을 뒤집지 않고서는, 뒤집힌 세상을 다시 뒤집지 않고서는 아무것도 변하지 않을 것이고 앞으로도 끔찍한 죽음을 계속 목도하게 될 것임을, 누구도 살리지 못할 것임을 아프게 예언한다. 자기 패거리만 구하고 나머지는 연옥으로 밀어 넣는 괴물들로 가득한 사회에서 구명조끼를 벗어 주고 한 명이라도 더 구하려다 목숨을 잃은 세월호 승무원 고 박지영 씨야말로 우리를 구원할 유일한 희망임을 직시하라고 그는 말한다. "죽음을 뒤집는 4월의 명령을", "그 푸르른 정신을" 따르는 것만이 이 폭주 기관차 같은 사회를 멈추고 우리의 목숨을 구원할 유일한 길임을 백무산의 시는 선언한다.

아이들은 수학여행 중이었다
교실에서처럼 선실에서도 가만히 앉아 있었다
가만히 있으라, 가만히 있으라,
그 말에 아이들은 시키는 대로 앉아 있었다
컨베이어 벨트에서 조립을 기다리는 나사들처럼 부품들처럼
주황색 구명복을 서로 입혀 주며 기다렸다
그것이 자본주의라는 공장의 유니폼이라는 것도 모르고
물로 된 감옥에서 입게 될 수의라는 것도 모르고
아이들은 끝까지 어른들의 말을 기다렸다
움직여라, 움직여라, 움직여라,
누군가 이 말이라도 해 주었더라면
몇 개의 문과 창문만 열어 주었더라면
그 교실이 거대한 무덤이 되지는 않았을 것이다
아이들은 수학여행 중이었다
파도에 둥둥 떠다니는 이름표와 가방들,
산산조각 난 교실의 부유물들,
아이들에게는 저마다 아름다운 이름이 있었지만
배를 지키려는 자들에게는 한낱 무명의 목숨에 불과했다

침몰하는 배를 버리고 도망치는 순간까지도
몇 만 원짜리 승객이나 짐짝에 불과했다
아이들에게는 저마다 사랑하는 부모가 있었지만
싸늘한 시신을 안고 오열하는 것 말고는 아무것도 할 수 없었다
햇빛도 닿지 않는 저 깊은 바다에 잠겨 있으면서도
끝까지 손을 풀지 않았던 아이들,
구명복의 끈을 잡고 죽음의 공포를 견뎠던 아이들,
아이들은 수학여행 중이었다
죽음을 배우기 위해 떠난 길이 되고 말았다
지금도 교실에 갇힌 아이들이 있다
책상 밑에 의자 밑에 끼여 빠져나오지 못하는 다리와
유리창을 탕, 탕, 두드리는 손들,
그 유리창을 깰 도끼는 누구의 손에 들려 있는가
　　　　　—나희덕, 「난파된 교실」(『우리 모두가 세월호였다』) 전문

　나희덕의 시도 난파된 교실이, 수학여행을 갔다 돌아오지 못한 단원고 학생들의 교실뿐만 아니라 이 땅의 대부분의 교실이 처한 상황임을 고발한다. 어른들의 말만 믿고 구명조끼를 서로 입혀 주며 구조를 기다린 천사 같은 아이들에게 해 줬어야 하는 말은 '가만히 있어라'가 아니라 "움직여라, 움직여라, 움직여라"였음을 통탄한다. 누군가 이 말을 해 주거나 하다못해 몇 개의 문과 창문만 열어 주었더라면 "그 교실이 거대한 무덤이 되지는 않았을 것이다". 단 한 명의 목숨도 구하지 못한 기막힌 참사는 일어나지 않았을 것이다. 수학여행을 떠난 아이들은 그렇게 "교실에 갇힌 아이들"이 되었다. 그리고 지금도 이 땅에는 교실에 갇힌 수많은 아이들이 있다. 경쟁과 입시 위

주의 교육이라는 감옥에 갇혀 "책상 밑에 의자 밑에 끼여 빠져나오지 못하는 다리와/유리창을 탕, 탕, 두드리는 손들"이 도처에 있지만 우리 사회는 여전히 못 들은 척 가만히 있으라고만 한다. 수백 명의 아이들을 두 눈 뻔히 뜨고 수장시켜 놓고도 아무것도 멈추거나 뒤집으려 하지 않는다. "그 유리창을 깰 도끼는 누구의 손에 들려 있는가"라고 나희덕의 시는 아프게 묻는다. 이제 도끼를 들어 유리창을 깨부숴야 할 때라고, 모른 척 가만히 있거나 가만히 있으라고만 한다면 우리는 머잖아 제2, 제3의 세월호와 마주하게 될 거라고 경고하고 있다.

돌려 말하지 마라
온 사회가 세월호였다
오늘 우리 모두의 삶이 세월호다
자본과 권력은 이미 우리들의 모든 삶에서
평형수를 덜어 냈다
사회 전체적으로 정규적 일자리를 덜어 내고
비정규직이라는 불안정성을 주입했다
그렇게 언제 침몰할지 모르는
노동자 세월호에 태워진 이들이 900만 명이다
사회의 모든 곳에서
'안전'이라는 이름이 박혀 있어야 할 곳들을 덜어 내고
그곳에 '무한 이윤'이라는 탐욕을 채워 넣었다
이런 자본의 재해 속에서
오늘도 하루 일곱 명씩 산재라는 이름으로
착실히 침몰하고 있다
생계 비관이라는 이름으로

그간 수많은 노동자 민중들이 알아서 좌초해 가야 했다

그렇게 수없이 많은 이들이 지하 선실에 가두어진

이 참혹한 세월의 너른 갑판 위에서

자본만이 무한히 안전하고 배부른 세상이었다

그들의 안전만을 위한 구조 변경은

언제나 법으로 보장되었다

무한한 자본의 안전을 위해

정리해고 비정규직화가 법제화되었다

돈이 되지 않는 모든 안전의 업무가

평화의 업무가 평등의 업무가 외주화되었다

경영상의 위기 시 선장인 자본가들의 탈출은 언제나 합법이었고

함께 살자는 모든 노동자들의 구조 신호는 외면당했고

불법으로 매도되고 탄압당했다

더 많은 이윤을 위한 자본의 이동은 언제나 자유로운 합법이었고

위험은 아래로 아래로만 전가되었다

그런 자본의 무한한 축적을 위해

세상 전체가 기울고 있고 침몰해 가고 있다

그 잔혹한 생존의 난바다 속에서

사람들의 생목숨이 수장당했다

그런데도 가만히 있으라고 한다

돌려 말하지 마라

이 구조 전체가 단죄받아야 한다

사회 전체의 구조가 바뀌어야 한다

이 처참한 세월호에서 다시 그들만 탈출하려는

이 세월호의 선장과 선원들을 바꾸어야 한다

우리 모두가 이 위험한 세월호의

선장으로 기관장으로 갑판원으로 조타수로 나서야 한다

이 시대의 마지막 남은 평형수로 에어포켓으로

다이빙벨로 긴급히 나서야 한다

이 세월호의 항로를 바꾸어야 한다

이 자본의 항로를 바꾸어야 한다

—송경동, 「우리 모두가 세월호였다」

(『우리 모두가 세월호였다』) 전문

   송경동의 시는 좀 더 단호하게 말한다. "돌려 말하지 마라/온 사회가 세월호였다"라고. 참담하게도 세월호는 우리 사회의, 이 땅의, 그곳에서 살아가는 우리 모두의 자화상이었다. 그것은 더 이상 은유가 아니라고 그러니까 돌려 말하지 말라고 그는 말한다. 자본과 권력이 우리의 일상을 어떻게 지배하고 우리 사회에 불안정성을 어떻게 주입했는지 똑바로 보라고 말한다. "사회의 모든 곳에서/'안전'이라는 이름이 박혀 있어야 할 곳들을 덜어 내고/그곳에 '무한 이윤'이라는 탐욕을 채워 넣"은 결과가 바로 세월호 사건이었음을 직시하라고 말이다. 마치 멀쩡한 사회에서 우연히 발생한 사고인 것처럼 착각하지 말라고 말한다. "자본의 재해 속에서/오늘도 하루 일곱 명씩 산재라는 이름으로/착실히 침몰하고 있"는 것이 바로 우리가 탄 세월호임을, 생계 비관으로 지금도 수많은 노동자 민중이 좌초해 가고 있음을 모른 척하지 말라고 말한다. 생명 존중이라는 가치보다 이윤을 추구하는 경제 논리가 우선시되는 사회에서 세월호 사건은 결코 우연이 아니며 언제든 다시 일어날 수 있고 지금도 일어나고 있는 사건임을 직시하라고 송경동의 시는 외친다. "더 많은 이윤을 위한 자본의 이동은 언제나 자유로운 합법이었고" "함께 살자는 모든 노동자들의 구조 신호는 외면당"하는 사회. 이것이 우리 사회의 민낯임을 송경동의 시는 고발한다. 그러므로 사회 전체의 구조가 바뀌지 않고는, 이 세월호의 항로, 자본의 항로를 바꾸지 않고는 아무것도 달라지지 않는다고 단호하고도 절절하게 외친다.

4.

『우리 모두가 세월호였다』처럼 정식으로 출판된 시집 외에도 세월호에 대한 글쓰기와 말하기는 여러 가지 형식으로 계속되고 있다. 그 중에서도 2014년 9월부터 시작된 '304 낭독회'에서 낭독되는 시들을 눈여겨볼 만하다. 304 낭독회는 세월호 사건을 경험하며 슬퍼하고 분노하던 젊은 시인, 작가들을 중심으로 자발적으로 시작된 행사로 세월호에 수장된 304명의 목숨을 잊지 말자는 의미로 붙여진 이름이다. 2014년 9월 광화문 광장에서 시인, 작가, 평론가들과 시민들이 한 줄 선언을 빙 둘러서 낭독하면서 시작된 이 행사는 시인, 작가들이 자연스럽게 시민들 속으로 들어가 함께하게 된 행사라는 점에서 의미가 있다. 작가들의 한 줄 선언이나 성명서는 6.9 작가 선언을 비롯해 여러 차례 있었지만 304 낭독회의 경우에는 참여 주체를 시인, 작가, 평론가에 한정하지 않고 참여를 원하는 시민들에게도 낭독의 기회가 열려 있다는 점에서 눈여겨볼 만한 문학적 실천의 사례가 되지 않을까 싶다. 잊지 않고 계속 읽고 쓰고 말하겠다는 마음으로 지속성을 가지고 이루어지는 이 낭독회는 공감의 능력을 상실해 가는 우리 사회에 상대방의 이야기를 집중해 듣고 함께 아파하고 울며 공감하는 자리를 만들어 낸다는 점에서 의미를 지닌다고 할 수 있다. 한없이 느리고 작은 규모의 행사이지만 마음으로 공감하는 자리가 만들어 내는 파장은 생각보다 깊은 듯하다.

4. 20-

아니요, 나타납니다…… 나타나고 나타나고 나타납니다

떠는 손과 엎드린 몸, 무너지는 가슴들에 젖고 있습니다

아니요……구조 없는 구조를, 그저 귀찮고 귀찮고 귀찮아 죽겠다는
표정들을,

썩은 돈다발을,

통곡과 능멸의 항구를 떠다닙니다

행진을 가로막는 도심의 장벽을 봅니다

슬픔을 내려치는 칼 위에 앉아 있습니다

우는 누나와 굶는 아빠와 얻어맞는 엄마를 안고 있습니다 조준하듯

망각이 되자고 날뛰는 기억들을 기억하고 있습니다

물속에서 기억합니다, 무사하지 말아요

슬픔을 비웃는 얼굴들을, 기쁜 슬픔들을 보고 있습니다 저격하듯

어떤…… 거짓을 보고 있습니다

악마라 부를 거예요

교통사고야 조류독감이야 미개한 국민이야를

물속에서 듣습니다 아무도 무사하지 말아요 놓아주지 않아요

몰려옵니다 유가족이 벼슬이야가 이제 그만이

사방에서 습격해 옵니다, 말해 주세요 물을 철벽에 허공의 콘크리트
속에

말을 넣어 주세요, 피 속엔 피를 흘려 넣어 주세요

도대체 왜? 도대체 왜? 도대체 왜?

떠나보낸 겁니까…… 악마의 배 속에서 기어 나갈 거예요

땅끝까지 기쁜 악마들을 추적하는 아우성이 될 거예요

안을 수 없고 만질 수 없는 몸이지만 나타날

힘이란 없지만, 나타나기 직전의 발버둥으로

허공인 두 손으로, 그대들을 움켜쥡니다

허공인 두 발로 그대들에게 매달리고 있습니다 긁습니다

허공으로, 그대들에게 엎드려 빌고 있습니다

도대체 왜? 도대체 왜? 도대체 왜?

오지 않은 겁니까…… 우린 죽지 않았습니다 그대들은

살지 않았습니다

수학여행, 가고 있었습니다 수학여행 가고 있을 뿐입니다

우리가 죽어야 그대들은 살아요

그대들이 살아야 우리는 죽어요, 어서

죽여 주세요, 어서 우리를

말해 주세요 살려 줄게요, 말해 주세요

살려 줄게요…… 살려 드릴게요

0. 00. 00:00

초록 바다 수평선 너머 먼 곳으로 수학여행 가야 해요

수학여행, 가고 싶습니다

수학여행 보내 주세요

아니, 아니……돌아가야 해요

예쁘고 미운 친구들과 괴롭고 즐거운 학교와

인사하던 골목길과 상점들에게로 그렇고 그런 사람들에게로

돌아가야 해요, 꿈꾸고 꿈꾸고 꿈꾸면 괜찮아지던 곳으로,

끝내 와 주지 않던 그, 나라라는 곳으로 돌아가야 해요

무엇보다, 몰래 우는 엄마에게로

숨죽여 울어야 하는 아빠에게로

집으로,

돌아가고 싶습니다

수학여행 다녀오고 싶습니다

수학여행 다녀올게요

수학여행 다녀올게요

—이영광, 「수학여행 다녀올게요—유령 6」

(『두 번째 304 낭독회 자료집』, 304 낭독회, 2014.10.25) 부분

이영광의 「유령」 연작시는 용산 참사를 계기로 쓰이기 시작했는데, 세월호 참사를 겪으며 여섯 번째 연작시를 낳게 되었다. 『그늘과 사귀다』(랜덤하우스코리아, 2007)부터 죽음에 대한 관심을 본격적으로 드러냈던 이영광은 세 번째 시집 『아픈 천국』(창비, 2010)에서부터는 사회적 죽음에 대해 목소리를 내기 시작했다. 2014년 4월 16일 세월호 침몰 사고로 희생된 단원고 학생의 목소리로 발화하고 있는 이 시는, 희생자의 목소리로 쓰인 4월 16일부터 20일까지의 기록이자 이후 무한대로 계속될 기억의 시간에 대한 기록이다. 시간의 흐름에 따라 "4. 16. 08:59-10:11", "4. 16. 11:18-", "4. 17-", "4. 18-", "4. 20-", "0. 00. 00:00", 이렇게 여섯 부분으로 이루어진 이 시는 세월호 침몰이 시작돼 구조가 가능했던 바로 그 시간으로부터 비롯된다. 이영광의 시는

침몰하는 배에 타고 있던 단원고 학생들의 목소리를 빌려 사건의 시간을 복원하고 기록하고자 한다.

시의 첫 부분인 "4. 16. 08:59-10:11"에서는 단원고 학생들이 수학여행을 가려고 타고 가던 배에 문제가 생겼고 그것이 실제 상황임을 승객들이 인지했지만 절대 이동하지 말고 가만히 있으라는 방송만이 되풀이되었고, 그렇게 시간이 흘러 심상치 않은 일이 벌어졌음을 깨달은 아이들이 사랑하는 가족에게 영상과 카톡으로 마지막 인사를 남겼던 바로 그 시간을 기록하고 있다. 두 번째 부분인 "4. 16. 11:18-"부터는 마치 주문처럼 기도처럼 "아니요…… 끝나지 않았습니다", "아니요…… 아무것도 끝나지 않았습니다"라는 말로 시가 시작된다. 이영광의 시는 뉴스가 꺼지고 카톡이 끊기고 천천히 아이들이 죽어 가던 그 시간을, 왜 죽어야만 했으며 왜 아무도 오지 않았는지 끊임없이 되묻는 아이들의 목소리를 빌려 기록한다. "4. 17-"에서는 "암전 뒤의 암전 뒤의 이 암전들"이 덮친 시간 속에서 더 이상 "나일 수 없"고 기도하고 싶지만 기도할 힘도 기도하지 않을 힘도 없는 아이들의 모습을 그렸고, "4. 18-"에서는 "우리는 도대체 누구세요?/ 죽었는데, 우리는 왜 자꾸 말을 합니까?"라고 묻는, 이제는 "나타날 수 없는 것이 돼 버"린 아이들의 모습을 그리고 있다.

인용한 부분 중 "4. 20-"은 주문과도 같은 "아니요, 나타납니다 …… 나타나고 나타나고 나타납니다"라는 말로 시작된다. 불과 며칠만에 슬픔을 잊으려는 시도 앞에 "망각이 되자고 날뛰는 기억들을 기억하고 있"는 아이들의 목소리를 들려줌으로써 2014년 4월 16일 이후로 우리 사회를 지배하고 있는 슬픔과 통곡과 거짓과 능멸을 모두보여 주고자 한다. "도대체 왜?" 오지 않았으며 "도대체 왜?" 죽어야 했는지 묻는 아이들의 저 물음에 제대로 된 대답을 하지 못한다면 살아도 산 게 아님을 이영광의 시는 똑똑히 기록하고자 한다. 그 참혹하고 납득할 수 없는 죽음 앞에서 도대체 무슨 일이 있었으며 어떤 잔인하고 흉측한 말들이 오갔는지, 망각으로 덮고자 하는 시도가 어떻게 사람들의 마음에 상처를 남겼는지 고개 돌리지 말고 귀 막지 말고 똑똑히 보고 들으라고 그의 시는 말한다. "우리가 죽어야 그대들은 살아요/그대들이 살아야 우리는 죽어요, 어서/죽여 주세요, 어서 우리를/말해 주세요 살려 줄게요"라고. 당신들이 살기 위해서라도 죽음의 진상을 밝혀야 함을, 세월호의 기억을 망각에 빠뜨리고는 도저히 살아갈 수 없음을, 이영광의 시는 단호히 말한다. 진상이 규명되기 전까지는 그 시간이 "0. 00. 00:00"으로 무한히 계속될 수밖에 없다. 돌아가야 한다고, 돌아가고 싶다고 말하는 아이들에게 "수학여행 다녀올게요"라는 인사를 마칠 수 있는 시간을 되돌려 줘야 한다고 이영광은 신들린 목소리로 말한다.

아빠 미안
2킬로그램 조금 넘게, 너무 조그맣게 태어나서 미안
스무 살도 못 되게, 너무 조금 곁에 머물러서 미안

엄마 미안
밤에 학원 갈 때 핸드폰 충전 안 해 놓고 걱정시켜 미안
이번에 배에서 돌아올 때도 일주일이나 연락 못 해서 미안

할머니, 지나간 세월의 눈물을 합한 것보다 더 많은 눈물을 흘리게 해서 미안
할머니랑 함께 부침개를 부치며

나의 삶이 노릇노릇 따듯하고 부드럽게 익어 가는 걸 보여 주지 못해서 미안

아빠 엄마 미안
아빠의 지친 머리 위로 비가 눈물처럼 내리게 해서 미안
아빠, 자꾸만 바람이 서글픈 속삭임으로 불게 해서 미안
엄마, 가을의 모든 빛깔이 다 어울리는 우리 엄마에게 검은 셔츠를 계속 입게 해서 미안

엄마, 여기에도 아빠의 넓은 등처럼 나를 업어 주는 포근한 구름이 있어
여기에도 친구들이 달아 준 리본처럼 구름 사이에서 햇빛이 따듯하게 펄럭이고
여기에도 똑같이 주홍 해가 저물어
엄마 아빠가 기억의 두 기둥 사이에 매달아 놓은 해먹이 있어
그 해먹에 누워 또 한숨을 자고 나면
여전히 나는 볼이 통통하고 얌전한 귀 뒤로 머리카락을 쓸어 넘기는 아이
제일 큰 슬픔의 대가족들 사이에서도 힘을 내는 씩씩한 엄마 아빠의 아이

아빠, 여기에는 친구들도 있어
이렇게 말해 주는 친구들도 있어
"쌍꺼풀 없이 고요하게 둥그레지는 눈매가 넌 참 예뻐"
"너는 어쩌면 그리 목소리가 곱니,

어쩌면 생머리가 물 위의 별빛처럼 그리 빛나니"

아빠! 엄마! 벚꽃 지는 벤치에 앉아 내가 친구들과 부르던 노래 기억
나?
나는 기타를 잘 치는 소년과 노래를 잘 부르는 소녀들과 있어
음악을 만지는 것처럼 부드러운 털을 가진 고양이들과 있어
내가 좋아하는 엄마의 밤길 마중과 내 분홍색 손거울과 함께 있어
거울에 담긴 열일곱 살, 맑은 내 얼굴과 함께, 여기 사이좋게 있어

아빠, 내가 애들과 노느라 꿈속에 자주 못 가도 슬퍼하지 마
아빠, 새벽 세 시에 안 자고 일어나 내 사진 자꾸 보지 마
아빠, 내가 여기 친구들이 더 좋아져도 삐치지 마

엄마, 아빠 삐치면 나 대신 꼭 안아 줘
하은 언니, 엄마 슬퍼하면 나 대신 꼭 안아 줘
성은아, 언니 슬퍼하면 네가 좋아하는 레모네이드를 타 줘
지은아, 성은이가 슬퍼하면 나 대신 노래 불러 줘
아빠, 지은이가 슬퍼하면 나 대신 두둥실 업어 줘
이모, 엄마 아빠의 지친 어깨를 꼭 감싸 줘
친구들아, 우리 가족의 눈물을 닦아 줘

나의 쌍둥이 하은 언니 고마워
나와 함께 손잡고 세상에 와 줘서 정말 고마워
나는 여기서, 언니는 거기서 엄마 아빠 동생들을 지키자
나는 언니가 행복한 시간만큼 똑같이 행복하고

나는 언니가 사랑받는 시간만큼 똑같이 사랑받게 될 거야,

그니까 언니 알지?

아빠 아빠

나는 슬픔의 큰 홍수 뒤에 뜨는 무지개 같은 아이

하늘에서 제일 멋진 이름을 가진 아이로 만들어 줘 고마워

엄마 엄마

내가 부르고 싶은 노래들 중 가장 맑은 노래

진실을 밝히는 노래를 함께 불러 줘 고마워

엄마 아빠, 그날 이후에도 더 많이 사랑해 줘 고마워

엄마 아빠, 아프게 사랑해 줘 고마워

엄마 아빠, 나를 위해 걷고, 나를 위해 굶고, 나를 위해 외치고 싸우고

나는 세상에서 가장 성실하고 정직한 엄마 아빠로 살려는 두 사람의

아이 예은이야

나는 그날 이후에도 영원히 사랑받는 아이, 우리 모두의 예은이

오늘은 나의 생일이야

　　　　　　　—진은영, 「그날 이후」(『두 번째 304 낭독회 자료집』) 전문

　진은영의 시도 세월호 참사로 희생된 단원고 학생 유예은 양의 목
소리를 빌려 말한다. 시인은 예은이의 생일을 맞아 이 시를 쓰게 됐
다고 고백했다. 세상에서 가장 슬프고 아름다운 생일맞이 시일 것이
다. 음악을 하고 싶어 했던 예은이는 엄마, 아빠, 하은 언니, 동생들과
친구들에게 따뜻한 안부를 전한다. 남겨진 가족이 걱정돼서 미안하다
고 말하고 남겨진 가족이 너무 아파할까 봐 고맙다고 말하고 이곳에

서 친구들과 잘 있다고 말하는 예은이의 목소리를 들으며 마치 정말 예은이가 이야기하는 것처럼 한없이 미안하고 한없이 고마운 감정을 느낄 수 있을 것이다.

예은이를 비롯해 희생된 단원고 학생들 대부분은 그런 아이들이었다. "할머니랑 함께 부침개를 부치며" "노릇노릇 따듯하고 부드럽게" 삶이 익어 갈 아이들이었다. 쌍꺼풀 없이 고요하게 둥그레지는 눈매가 예쁘고 목소리가 예쁘고 물 위의 별빛처럼 빛나는 생머리를 가진 아이. 열일곱 살 맑은 꿈을 가진 아이. 사랑받을 날이 많았던 아이, 아이들. 예은이의 목소리를 빌려 남겨진 가족들을 위로하는 진은영의 시는 걷고 굶고 싸우고 외치며 진실을 규명하기 위해 애쓰는 유가족과 시민들의 일상을 따뜻하게 감싸 안는다. 이 시들이 낭독될 때 시를 읽는 시인들은 물론이고 낭독되는 시를 들으며 둘러앉아 있던 시민들도 흐느껴 울었다. 마음에서 마음으로 전해지는 감정의 파문. 어쩌면 세월호 이후 오늘의 문학이 감당해야 할 몫은 이런 것이 아닐까 싶다.

사실을 기록하고 기억하는 것은 물론, 상상을 통해 공감하고 교감하는 일. 그리하여 남겨진 많은 이들을 위로하고 더 나아가 앞으로도 살아가야 할 이 세상을, 무엇보다도 나 자신을 바꾸는 일. 그러기 위해서는 우리의 슬픔, 우리의 분노, 우리의 부끄러움, 우리의 감정들에 좀 더 솔직해질 필요가 있을 것이다. 자신을 들여다보는 데 솔직하고 서로의 슬픔과 분노를 함께 나누며 공감의 장을 넓혀 가는 일. 그리하여 시가 지닌 공감의 힘을 다시 회복하는 일. 기나긴 이 싸움은 바로 여기서부터 다시 시작되어 오래오래 지속될 것이다.

현실 접속의 실재와 증언문학의 가능성
—세월호 참사 이후의 시적 실천을 중심으로

1. 증언문학의 출현이라는 사건

근대시의 출발을 살펴보면 개인의 발견이라는 과제를 수행하는 데 한국 근대시는 오랫동안 사로잡혀 왔다. 거대 담론이 지배하는 계몽의 시대에 개인의 발견이라는 과제는 문학의 자율성과 짝을 이루며 한국 근대시문학사를 형성해 왔고 이후에도 한국 현대시문학사의 한 축을 이루었다. 1980년대 문학을 이끌어 간 주체의 일원으로서 1980년대 문학을 회고하는 자리에서 정과리는 1980년대 시의 가능성을 개인적 이해의 초월이라는 문제에서 찾으며 재평가를 시도한 바 있다.[1] 민중문학, 노동문학은 물론이고 실험적인 모더니즘 문학도 억압적인 시대 현실의 직간접적 영향을 받았던 1980년대 문학은 개인(적 이해)의 초월이라는 과제를 부여받았고 다양한 방식으로 그 과제

---

[1] 정과리, 「책머리에」, 『1980년대의 북극꽃들아, 뿔고둥을 불어라』, 문학과지성사, 2014, p.11.

를 수행해 왔지만 거대 담론이 압도하는 시대의 한계에 발목이 묶이기도 했다. 1980년대 문학의 공과는 그런 점에서 동전의 양면과도 같다고 할 수 있겠다. 1980년대 문학에 부여된 과제는 거대 담론이 침몰하고 미시 담론의 시대가 열린 1990년대와 2000년대의 문학을 거쳐 오며 다른 의미로 지속되고 있다. 특히 최근 현실 정치의 어둠이 다시 문학의 자유를 간섭하는 사태가 빈번히 일어나면서 문학의 자유와 불온성을 만끽했던 젊은 세대 시인들에 의해 보다 진전된 상상력으로 현실과 접속하는 문학의 가능성이 새롭게 열리고 있다. 어쩌면 오늘의 우리 시에 요구되는 상상력은 이제 개인을 초월하고 타자를 어떤 방식으로 시에 불러들이고 공존할 수 있는지를 끊임없이 되묻는 일이 될지도 모르겠다. 타자에 대한 윤리라는 문제는 오늘을 살아가는 현대인들의 과제인 동시에 현대시의 과제가 되었다고 말해야 할지도 모르겠다.

이러한 변화의 징후를 보여 주는 단초로서 스베틀라나 알렉시예비치의 증언문학 『전쟁은 여자의 얼굴을 하지 않았다』(문학동네, 2015)의 노벨문학상 수상을 들 수도 있을 것이다. 스베틀라나 알렉시예비치의 증언문학이 국내에 알려진 것은 2011년 6월 『체르노빌의 목소리: 미래의 연대기』(새잎, 2011)가 국내에 번역, 소개되면서부터였다. 사실 이 작품이 처음 출간된 것은 1997년이었고 2005년에 전미비평가협회상을 수상하며 화제가 되었지만, 국내에 본격적으로 알려지고 번역된 것은 2011년 3월에 있었던 일본 후쿠시마 원전 사고의 여파가 국내에도 영향을 미치면서 원전의 안전성에 대한 근본적인 문제 제기와 대책 마련에 사회적 관심이 쏠렸기 때문이라고 볼 수 있다. 『체르노빌의 목소리: 미래의 연대기』가 1986년 체르노빌 사고를 경험한 사람들의 생생한 목소리로 원전 사고의 끔찍한 피해와 그 이후에도 지속되는 악몽을 증언했다면, 이번에 노벨문학상을 수상한 『전쟁은 여자의 얼굴을 하지 않았다』는 제2차 세계대전이라는 가장 참혹했던 전쟁의 한복판으로 내몰렸던 사람들, 특히 전쟁의 경험자이자 목격자이자 피해자였던 여성들의 목소리로 어디서도 들을 수 없었던 전쟁의 참상과 그 안에서 지속된 삶을 적나라하게 들려준다. 『전쟁은 여자의 얼굴을 하지 않았다』가 처음 러시아와 벨라루스에서 출판된 것은 1985년이었는데 국내에 번역되기까지는 자그마치 30년이라는 세월이 흘러야 했다. 어쨌든 여성의 목소리로 제2차 세계대전의 은폐된 참상을 생생히 전해 준 증언문학이 노벨문학상을 수상했다는 이례적인 사건을 오늘의 사회가 문학에 요구하는 것이 무엇인지를 단적으로 보여 주는 사례로 읽을 수 있을 것이다.

증언문학이 쓰이고 읽히는 일은 국경 바깥에서만 일어나는 것은 아니다. 2014년 4월 16일 세월호 참사 이후 이 땅에서도 그 어느 때보다 폭발적으로 증언문학이 쓰이고 있으며 다양한 형식으로 실험되고 있다. 물론 증언문학은 그 이전에도 있었다. 1950년의 한국전쟁이나 1980년 5월 광주민중항쟁 등은 전쟁 수기, 르포르타주 같은 증언문학을 촉발하는 계기가 되었다. 그 시절에도 증언문학은 사건을 기억하고 기록하는 일을 담당하면서 현장의 문학으로서 즉각적인 대응을 보여 주었다. 비록 그 문학성을 인정받지는 못했지만 증언문학은 역사와 문학의 경계에서 시대적 역할을 충실히 수행했다. 그렇다면 2014년 4월 16일 세월호 참사 이후에 기록되고 출간되는 증언문학을 비롯한 문학의 다각적인 실험은 이전의 증언문학과 과연 어떻게 다를까? 우리 문학의 다른 활로를 그로부터 찾을 수 있는 가능성이 있을까? 이 글에서는 2014년 이후 한국의 시단에서 벌어지고 있는 변화의 징후를 포착해 그 가능성을 탐색해 보고자 한다. 세월호 참사 이후 문학장에서 벌어지고 있는 현실 접속의 실재를 살펴봄으로써 증언문학을 포함한 우리 시의 가능성을 논할 수 있기를 희망한다.

2. 선언에서 함께하는 낭독으로—'304 낭독회'의 실천

세월호 참사 이후 다각도로 실험되고 있는 현실 접속의 실재 사례들 중 눈여겨보아야 할 것으로는 '304 낭독회'가 있다. 2014년 9월 20일 토요일 오후 4시 16분에 시인, 작가, 비평가들의 자발적인 참여로 시작된 304 낭독회는 처음부터 어떤 기획과 형식을 가지고 시작되었던 것은 아니다. 눈으로 보면서도 믿을 수 없었던 참사를 온 국민이 지켜봐야 했던 2014년 4월 16일 이후 아무것도 밝혀지지 않고 누구 하나 책임지는 사람이 없는 현실 속에서 더 이상 가만히 있을 수 없다는 분위기가 자발적으로 형성되면서, 몇몇 제안자들을 중심으로 누가 먼저랄 것도 없이 '6.9 작가 선언' 같은 선언의 형식으로라도 대사회적 발언을 하자는 쪽으로 의견이 모아졌다. 처음에는 시인, 소설가, 비평가들의 한 줄 선언을 받는 것으로부터 시작했지만 한 줄 선언을 받는 과정에서 군이 시인, 소설가, 비평가로 제한을 둘 필요가 없겠다는 의견이 나왔고, 자연스럽게 참여하는 작가들의 친구나 지인들 중 참여 의사가 있는 사람들의 한 줄 선언을 받는 것으로 일이 진행되어 갔다. 9월 20일 토요일, 첫 번째 304 낭독회 당일까지 305개의 한 줄 선언이 모아졌고, 세월호에 수장된 304명의 목숨을 기리는 의미에서 '304 낭독회'라고 이름을 붙이게 되었다. 각자 자기가 쓴 한 줄 문장을 읽는 방식으로 낭독회를 진행하려고 했다가 현장에서 낭독회 방식에 변화가 일어났다. 모인 사람 전체가 광화문 광장을 빙 둘러 원을 만들어 서서 돌아가며 한 줄 선언을 낭독하기 시작했다. 305개의 문장을 낭독하는 데는 꽤 시간이 소요됐고 그사이 원은 몇 겹으로 점점 더 두꺼워져 갔다. 혹여 사람이 적게 모이지는 않을까 하는 마음에 늦게라도 합류한 시인, 작가들, 그리고 광화문을 지나가던 시민들이 자연스럽게 합류하면서 첫 번째 낭독회는 낭독이 진행되어 갈수록 가슴과 눈시울이 뜨거워지는 특별한 경험을 참여한 시민들과 작가들에게 선사했다. 진실이 밝혀지는 그날까지 304번이라도 낭독회를 계속하겠다는 다짐은 그날의 분위기 속에서 자연스럽게 나온 것이었고, 첫 번째 낭독회 이후 지금까지 매달 마지막 주 토요일 오후 4시 16분이면 어김없이 광화문 광장, 서울시청, 대학로 마로니에 공원, 연희문학창작촌, 안산 단원고, 서울 어린이대공원, 고려대 생활도서관 등에서 장소를 바꿔 가며 낭독회가 진행되어 왔다.

첫 번째 낭독회는 한 줄 선언의 형식으로 진행되었지만 이후의 낭독회는 참여하는 시인, 작가, 비평가, 시민들이 시나 산문을 써 오거나 책의 한 구절을 가져오거나 해서 그것을 낭독하고 함께 듣는 형식으로 진행되고 있다. 최근에는 낭독회의 진행을 준비하는 작가들이 『금요일엔 돌아오렴』의 일부를 가져와 읽으면서 낭독회를 시작하고 있고, 낭독회의 마지막은 첫 번째 낭독회에서 그랬던 것처럼 사회자와 참여한 시민들 전부가 잊지 않고 기억하겠다는 의미의 문장을 함께 낭독하는 것으로 마무리하고 있다. 낭독회를 진행하는 과정에서 몇 가지 바뀐 것도 있다. 한동안은 낭독회 책자에 참여하는 시인, 작가, 비평가, 시민들의 이름뿐 아니라 신분이나 소속을 밝혔었는데 최근에 이르러 이름만 밝히는 방향으로 수정되었다. 시민과 작가가 하나 되어 쓰고 읽고 듣는 낭독회에서 사실상 작가와 시민을 구별하는 것은 별 의미가 없어 보인다. 누구든 참여할 수 있는 열린 낭독회라면 오히려 그런 구별 없이 자신의 이름을 걸고 들고 온 글을 낭독하는 것이 더 취지에 맞아 보인다. 6.9 작가 선언이 일회성 선언에 그치긴 했지만 참여했던 시인, 작가들에게 정치와 문학, 현실과 문학의 접속이라는 문제에 대해 오래 고민하도록 숙제를 내주었다면, 304 낭독회는 앞서의 6.9 작가 선언의 경험을 바탕으로 한 줄 선언이 일회성으로 그치지 않고 지속성을 가질 수 있는 방법과 작가들의 일방적 선언이 아니라 시민과 함께하는 선언이자 함께 읽고 듣고 공감하는 낭독회로서 성장할 수 있는 가능성을 가르쳐 주었다는 점에서 또 다른 의미가 있다.

혼자의 힘으로 숨을 쉴 수 없을 때가 있었습니다. 가슴을 열고 열아홉 시간 동안 수술대에 누워 있었습니다. 의사들은 일흔일곱 팩의 혈액을 제 심장으로 쏟아붓고 있었습니다. 기억이 나는 건 수술실에 들어간 지 나흘 뒤였습니다. 눈을 뜨니 마스크를 낀 부모님이 보였습니다. 제 온몸엔 기계와 바늘과 호스들이 연결되어 있었습니다. 무의식중에 혹 그 기계를 건드릴까 봐 손발이 침대에 묶여 있었습니다. 전 제 힘으로는 숨을 쉴 수 없었고 기계가 숨을 대신 쉬어 주고 있었습니다.

수술실에서 중환자실에서 긴 시간을 보내며 저를 극도로 예민하고 두렵게 만든 건, 스스로의 힘으로는 맘껏 숨을 쉴 수 없다는 것이었습니다. 평소에 모르고 쉬었던 그 숨이 결핍되었을 때 인간은 얼마나 나약한 얼굴을 하는지 알게 되었습니다.

물 밑의 아이들이 티브이에 신문에 나올 때, 의식적으로 외면하려 했던 걸 고백합니다. 숨이 희박해지는 그때의 기억 때문에 도저히 온전한 마음으로 그것들을 마주할 수 없었습니다. 저는 부끄럽고 나약한 사람일 뿐이었습니다. 함께 숨이 막히는 것 같았습니다. 일 년이 지나서야 말하게 되었습니다. 고개를 돌려 미안하다고.

　우린 늘 숨 쉬며 살고 있습니다. 지금도, 맘껏, 너무나 손쉽게 숨을 쉬고 있습니다. 그 당연함이 삶의 가장 절박한 요소가 될 때가 있습니다. 아이들이 숨이 희박해지는 물 밑에 있었다고 생각하니 자주 소름 끼쳤습니다. 누워서 그 생각을 하면 온몸에 죄의식이 내려앉았습니다.

　오늘은 식목일입니다. 세계에 더 많은 나무를 심듯, 아이들에게 더 많은 산소를 주듯, 아이들을 위해 앞으로의 아이들을 위해, 그리고 아직도 물 밑에서 숨이 잠겨 있는 아이들을 위해 말하겠습니다. 이제 꺼내 주세요. 아이들을 꺼내 주세요. 저희 모두를 꺼내 주세요. 이제 아이들에게 산소는 기억입니다. 아이들에게 산소를 뿜어 주듯, 잊지 말아 주세요.

　수술실과 중환자실 밖에 있던 엄마를 생각하면 아직도 커다란 죄책감이 있습니다. 아이들의 어머니께 얘기 드리고 싶어 나왔습니다. 어머니, 식사 꼭 챙겨 드시고 잠도 꼭 푹 주무세요. 아이들이 그래야 조금 더 아름답게, 더 큰 숨을 쉬며, 가볍게, 걸어갑니다.

　어머니 아버지들을 위해, 아이의 형제들을 위해, 그리고 아이들을 위해 진심으로 진심으로 기도하겠습니다.

—성동혁, 「숨」

(『여덟 번째 304 낭독회―함께 대답을 들을 때까지』, 304 낭독회,
2015.4.25) 전문

세월호 참사 1주기가 막 지났을 무렵 있었던 여덟 번째 304 낭독
회에서 낭독된 성동혁 시인의 시이다. 시보다 시를 낭독할 때 흐르던
공기가 더 생생히 기억난다. 어렵게 꺼낸 개인적 아픔의 고백 때문이
었을까. 이 시의 낭독을 들으며 함께 숨이 막히는 것 같은 감각을 경
험했었다. 시의 주체는 물 밑의 아이들이 티브이에 신문에 나올 때,
의식적으로 외면하려 했었다고 고백한다. 차마 가슴 아파 볼 수가 없
어서 외면하려 했던 순간이 많은 이들에게 있었을 것이다. 더구나 가
슴을 열고 열아홉 시간 동안 수술대에 있었던 개인적 아픔의 기억을
세월호의 바다가 환기한다면 더욱 그러했을 것이다. 너무 고통스러워
수술실에 들어간 지 나흘 뒤의 상황부터밖에 기억나지 않는 기억을,
세월호 참사가 아니었다면 결코 들추고 싶지 않았을 그 기억을 성동
혁의 시적 주체는 어렵게 꺼내 놓는다. 그리고 일 년이 지나서야 고
개를 돌려 미안하다고 고백한다. 시인을 낭독회의 자리로 이끈 것은
아이들의 어머니, 아버지에게 건넬 말이 있어서였다. 아마도 많은 시
인, 작가들이 그랬을 것이다. 좀 더 먼저 서거나 좀 더 늦게 서는 차
이는 있을지언정 낭독회 자리에 낭독자로 서거나 서지 못하는 마음
은 사실 그리 다르지 않을 것이다. 돌이켜 보면 고통과 직면하는 것
이 두려워 망각과 외면에 빠졌던 경험이 누구에게나 있었을 것이다.
386세대의 끄트머리에 놓여 있던 나 역시 초등학교 6학년 때 1980년
오월 광주를 9시 뉴스의 보도 장면을 통해 접했고 대학에 와서야 광
주민중항쟁의 진실을 알 수 있었다. 그 이후로도 기억나는 사건 사고
만 꼽아 보아도 1993년의 서해 페리호 침몰 사고, 1994년의 성수대교
붕괴 사고, 1995년의 삼풍백화점 붕괴 사고, 1999년 씨랜드 청소년
수련원 화재 사고, 2003년 대구 지하철 화재 참사, 2009년 용산 참사,
2010년 천안함 침몰 사건, 2013년 태안 해병대 캠프 참사, 2014년 4월

16일의 세월호 참사, 같은 해 5월 28일에 있었던 장성 요양병원 화재 사고 등 대형 참사가 끊임없이 이어졌지만, 사고에 대처하거나 사고를 수습하는 대책은 마련되지 않았고 사고의 기억은 오래지 않아 피해 당사자가 아닌 이들의 머릿속에서 지워지거나 흐려지곤 했다.

일 년이 지나도록 진상 규명도 안 되고 세월호 인양도 안 될 거라고는 슬픔에 잠겨 있던 2014년 당시만 해도 생각지도 못했다. 그러나다시 생각해 보면 그런 망각의 시간이 우리에겐 꽤 자주 있었다. 이 땅에서 살아온 이들에게 대형 참사의 기억은 낯설지 않다. 함께 분노하고 함께 슬퍼하며 다시는 이런 참사가 일어나지 않게 해 달라고 기도했던 숱한 시간들이 반복된 경험이 우리 안에 남긴 것은 무기력과 자책과 회한과 냉소의 감정뿐일지도 모르겠다. 잊지 않으려 애써도어느 순간 우리는 평온한 일상으로 돌아가 있을 것이고 통증을 지닌채 살아남을 것이다. 늘 그랬듯이. 생존 본능은 강하고 기억하려는힘은 약해서 기를 쓰고 잊지 않으려 해도 결국엔 슬픔도 분노도 가라앉아 갈 것이다. 왜 안 그렇겠는가? 체르노빌 원전 사고를 겪고 후쿠시마 원전 사고를 겪고 나서도 원전 건설을 반대하는 여론을 잠재우며 인류의 안전을 담보로 한 원전을 지금도 건설하려 드는 것이 우리가 살아가는 세계의 일임에랴. 그런 까닭에 스베틀라나 알렉시예비치는 체르노빌 사고를 기록한 증언문학 『체르노빌의 목소리: 미래의연대기』에서 "나는 과거에 대한 책을 썼지만, 그것은 미래를 닮았다"고 말했던 것이다. 세월호 이전에도 서해 페리호 사고가 있었고 그때도 우리는 분노했지만 달라지기는커녕 상황은 더욱 악화되었다. 그러므로 기억하는 일, 기억하기 위해 기록하고 말하고 낭독하는 일은문학의 몫이 되어야 할 것이다. 문학만의 몫이 아니라 시민들 속으로함께 들어가 기어이 기억하려는 작은 몸짓이기 때문에 304 낭독회의 이 한없이 미약하고 느리고 고요한 외침은, 그리고 말하고 듣는 데 온전히 집중하는 사람들에 의해서 만들어지는 공감의 분위기는 의미 있는 것일지도 모르겠다. 느리고 작은 몸짓이지만 그렇기 때문에 덜 지치며 기억의 힘을 확장해 나갈 수 있을지도 모르겠다.

3. 현장과 접속하는 시인들의 활동과 '생일시' 창작의 의미

세월호 참사 이후 현장 속으로 들어가 현장의 아픔과 접속하는 시인들과 작가들의 자발적 활동이 점점 확장되고 있다. 작가회의는 『우리 모두가 세월호였다』라는 시집 출간을 계기로 세월호 관련 문화제 현장에서 시 낭송을 이어 가고 있으며, 전영관 시인은 4월 16일 그날의 아픔을 기록한 책 『슬퍼할 권리』(삼인, 2014)를 출간했다. 이후 『문학동네』에 연재한 박민규, 김애란, 황정은, 김행숙, 진은영 등의 세월호에 대한 글을 묶어 문학동네에서는 『눈먼 자들의 국가』를 출간하였고 그 수익금을 세월호 관련 행사에 지원하고 있다. 그 밖에도 민주 사회를 위한 변호사 모임에서 엮은 『416 세월호 민변의 기록』(생각의 길, 2014), 인문학협동조합에서 기획한 『팽목항에서 불어오는 바람』(현실문화, 2015) 등은 또 다른 의미에서 세월호 이후를 증언하는 소중한 기록물이라고 할 수 있다.

그런가 하면 세월호 참사 이후 안산이나 팽목항 같은 세월호 사고의 현장 속으로 직접 들어가 현장과 다양한 방식으로 접속하는 시인들의 활동 또한 이어지고 있다. 세월호 사고가 난 후 안산에 내려가 치유 공간 '이웃'에서 세월호 유가족이나 생존자들의 상처 입은 마음을 치유하는 활동을 하고 있는 정혜신 박사와 오랜 시간 나눈 인터뷰를 기록해 출간한 진은영 시인의 『천사들은 우리 옆집에 산다』(창비, 2015)도 일종의 증언문학이라고 할 수 있겠다. 특히 소중한 가족을 납득할 수 없는 이유로 잃어버린 유가족들과 실종자 가족들이 입었을 마음의 상처를 어디서부터 어떻게 치유하고 위로해야 하는지 알 수 없는 보통의 우리에게 이 책은 치유의 관점에서 가장 중요한 것이 진상 규명이라는 사실을 일러 준다. 또한 마음을 나누지 못하는 사회에서 서로 상처 입고 입히는 우리의 모습을 어떻게 극복해 나가야 하며, 시와 예술이 때론 얼마나 놀라운 치유의 힘을 발휘할 수 있는지를 들려준다. 상처 입은 이들끼리 연대하지 못하고 상처를 잊고 싶은 마음에 회피하는 것이 왜 위험한지, 성찰 없는 마음이 어떻게 폭력이 되는지, 그리하여 지금 우리에게 필요한 것은 무엇인지를 시사해 준다는 점에서 정혜신·진은영의 인터뷰집 『천사들은 우리 옆집에 산다』는 증언문학이 지닌 공감과 치유의 가능성을 보여 준다.

특히 인상적인 부분은 아이들의 목소리로 쓴 시를 통한 치유의 가능성을 보여 주는 대목이다. 세월호 사고로 희생된 단원고 학생들의 육성으로 시인들이 받아 적은 생일시 쓰기 활동은 치유 공간 '이웃'의 문학 치료 프로그램의 일환으로 이루어졌다. 아이들의 목소리로 생일시를 쓰기 위해 시인들은 안산에 내려가 가족과 친구들을 만나거나 다양한 통로를 통해 생일시의 주인공에 대한 이런저런 이야기를 들은 후 영감을 받아 시를 썼으며, 아이의 생일날 안산에 마련된 치유 공간 '이웃'에 생일상을 차려 놓고 시인과 가족과 친구들이 한자리에 모여 시인이 받아 적은 아이를 위한 생일시를 함께 낭독하는 시간을 갖곤 했다. 세월호 유가족들이 견디기 힘든 시간 중 하나가 해마다 돌아오는 아이들의 생일이었을 것이다. 진상 규명도 이루어지지 않았는데 아이의 생일은 어김없이 돌아오고 어느새 사고 이후 두 번의 생일을 치른 가족과 친구들도 있었을 것이다. 아이들의 목소리로 시인이 들려주는 생일시는 대체로 남겨진 가족과 친구들에 대한 걱정으로 가득하다. 생일시를 쓴 시인들은 생일을 맞은 아이에 대해 전해 들은 이야기를 토대로 아이에 대해 생각하고 아이의 마음에 대해 상상하며 아이의 마음이 되어 가족과 친구들에게 못다 한 말을 건넨다. 슬픔에 잠겨 미안해하는 가족과 친구들에게 이곳에서 친구들과 잘 지내고 있다는 안부를 전하며 자신이 없어도 남은 가족이 일상을 유지하며 행복하게 지내기를 소망한다. 위로받아야 할 아이들이 오히려 위로를 건네는 시들, 한없이 다정하고 따뜻하고 그래서 더 아픈 생일시들이 『엄마. 나야.』(난다, 2015)라는 책으로 묶여 나왔다. '단원고 아이들의 시선으로 쓰인 육성 생일시 모음집'인 이 시집의 표지에는 "그리운 목소리로 아이들이 말하고, 미안한 마음으로 시인들이 받아 적다"라고 쓰여 있다. 시집의 구성에서도 시인들의 마음과 배려를 느낄 수 있다. 이 시집은 온전히 아이들과 아이들을 잘 아는 이들의 것이라고 할 수 있는데, 그런 마음을 담아내기 위해 이 시집은 목차에도 아이들의 이름과 소속, 시의 제목만 표기했을 뿐 시인의 이름은 숨겼다. 각 시의 맨 뒤에 '그리운 목소리로 ○○이가 말하고, 시인 ○○○가 받아 적다'라고 밝혔을 뿐이다.

　　여기서는 뺄셈만 배워요. 뺄셈은 아주 가볍죠.
　　고통을 빼고 두려움을 빼고 안타까움을 빼면
　　내게는 추억들만 남아요.

　　나는 매일매일
　　마술사처럼 '짠'하고 추억을 꺼내 보여요.
　　그럴 때마다 저 지상에선 비가 내려요.
　　내가 누렸던 기쁨만큼 빗방울이 떨어지면

내가 사랑했던 사람만큼 우산이 펼쳐져요.

(중략)

오늘은 눈을 내려 볼게요. 마술사처럼 나도 '짠'하고
하얀 추억들을 뿌려야겠어요.

너무 많이 우는 우리 엄마,
너무 많이 미안해하는 우리 아빠,
너무 많이 슬픔을 삼키는 우리 언니,
너무 많이 힘들어하는 내 단짝 주희,

내가 너무 많이 사랑했던 사람들의
너무 많은 마음 위에
깨끗한 눈송이들을 조금씩만 골라 보았어요.

마음이 너무 많아서
천천히 오래오래 곁으로 보낼게요.
비가 오면 손을 뻗고요, 눈이 오면 혀를 내밀어 주세요.
별이며 달이며, 자세히 보면 새로운 모양일 거예요.
제가 제 맘대로 디자인한 거예요.
좋다, 하고 말해 주세요.

—「마음이 너무 많아서」

(곽수인 외저, 『엄마. 나야.』, 난다, 2015) 부분

김소연 시인이 받아 적은 단원고 2학년 9반 김혜선 학생의 생일시
이다. 혜선이는 11월 21일에 태어났다. 혜선이는 편식을 하고 수다 떠
는 것을 좋아하는 평범한 아이였다. 이곳에서 고통과 두려움과 안타
까움을 덜어 내고 추억들만 꺼내 보며 잘 지내고 있다고 혜선이는 안
부를 전한다. 마술사처럼 '짠'하고 추억을 꺼내 보일 때마다 지상에선
비가 내릴 거라고 혜선이의 목소리를 빌려 김소연 시인은 말한다. 하
늘에서 비가 오고 눈이 내릴 때면 별이 된 아이들의 부모는 틀림없이
아이들을 떠올릴 것이다. 그 마음을 잘 아는 아이-시인은 이곳에서
자신은 '날씨를 디자인하는 일'을 맡았다고 말한다. 비와 눈은 아이의
마음인 셈이다. 혜선이는 말한다. "마음이 너무 많아서/천천히 오래
오래 곁으로 보"내겠다고. 비가 오면 손을 뻗고 눈이 오면 혀를 내밀
어 달라고. 그렇게 자신을 잊지 말아 달라고. 그리고 너무 많이 미안
해하거나 너무 많이 슬퍼하지 말라고 마음을 전한다.

공감과 위로와 치유로서의 시에 대해 사실 회의적이었지만, 생일
시 쓰기 활동과 그 결과물들을 보며 한 편의 시를 짓고 그것들을 모
아 책으로 엮기까지 시인들이 지샜을 밤과 버렸을 종이들과, 함께 때
로는 홀로 나누었을 두려움과 고민과 아픔이 느껴졌다. 광화문 광장
으로, 서울 광장으로 향하는 첫걸음이 누구에게나 무겁고 힘겨웠던
것처럼 안산으로, 팽목항으로 향하는 시인들의 발걸음도 다르지 않았
을 것이다. 가지 않으려는 마음과 가려는 마음이 오래 싸우다 무엇이
라도 해 보고자 용기를 낸 것이라 생각한다. 어쩌면 희망이라곤 좀처
럼 찾아볼 수 없는 이 막막한 시대에 시를 빌려 할 수 있는 일 중 하
나가 이러한 치유로서의 시 쓰기일 수 있겠다는 생각을 조심스럽게
해 본다. 이름을 숨기고 기꺼이 아이들과 한마음이 되어 아이들의 목
소리를 받아 적은 시인들의 마음과 용기에 고마움을 전하고 싶다.

엄마. 나야.

모두들 내 생일 축하하러 온 거, 맞죠?
따뜻하게 입고 온 거, 맞죠?

바람.
구름.
빛.
더러워질 줄 모르는 것들.
여긴 그래요.
갓 구운 빵 냄새가 가득하고
야구공의 포물선이 까마득하게 아름다워요.

(중략)

저도 고마워요.
나의 엄마, 나의 아빠, 나의 형, 나의 친구들이 되어 주어서.
나의 16년 5개월이 되어 주어서.

아직도 가슴 벅찬 꿈을 꾸어요.
노래와 야구와 달리기와 책을 좋아하는
멋진 하늘의 경찰이 되는 꿈을.
땅과 바다의 경찰들은 우리를 지켜 주지 않았지만
나는 여기서 나의 가족과 친구들을

그리고 아이들을 지켜 주고 싶거든요.

(중략)

보고 싶었어요.

보고 싶어요.

보고 싶을 거예요.

애타게요.

그럴 때는 살짝 고래를 돌려 옆을 봐요.

내가 팔짱을 끼고 있을 테니까.

바람.

구름.

빛.

더러워질 줄 모르는 것들.

나는 그렇게 곁에 있을 테니까.

　　　　　　　　—「바람과 구름과 빛과 호연이와」(『엄마. 나야.』) 부분

　11월 26일에 태어난 단원고 2학년 4반 김호연 학생의 목소리를 신해욱 시인이 받아 적은 시이다. "엄마. 나야."라는 한마디에 짙은 그리움이 묻어난다. 왈칵 눈물이 쏟아질 것 같은 말이다. "바람./구름./빛./더러워질 줄 모르는 것들"에 둘러싸여 호연이는 여전히 "캐치볼을 하고 기타를 치고 책을 읽으며/부푼 꿈을 꾸고 또 꾸"며 살아간다고 안부를 전한다. 호연이가 더 이상 하지 못하는 것들에 대해 가족들이 느끼는 아쉬움을 신해욱의 시는 담아낸다. 좀 더 살가운 아들이 되지 못해 미안하고 사랑한다고 엄마에게 못다 한 말을 전하기도 하

고, 친구들과 함께 있으니 외롭지 않고 괜찮다고 아빠에게 안부를 전하기도 한다. 무엇보다도 "나의 16년 5개월이 되어 주어서" 고맙다는 호연이의 말은 마음을 울린다. 보고 싶고 보고 싶어 하는 마음은 호연이에게도 남겨진 가족들과 친구들에게도 오래오래 지속될 것이다. 바람과 구름과 빛과 함께 호연이도 늘 "그렇게 곁에 있을" 것임을 신해욱의 시는 말한다.

치유 공간 '이웃'에서 시작된 생일시 쓰기는 먼저 간 아이들을 위한 생일시이기도 하면서 남겨진 가족과 친구들을 위한 생일시이기도 하다. 생일시를 통해 말하는 아이들은 물론 아이의 목소리로 쓰인 생일시를 듣는 가족들과 친구들, 대신해서 시를 받아 적은 시인들까지 이 활동에 참여한 모든 사람들이 위로를 받고 마음의 치유를 얻었을 거라고 생각한다. 실제로 예은이의 생일시를 쓴 진은영은 "예은이의 마음과 목소리를 담기 위해서 예은이 아빠 유경근 씨의 페이스북도 열심히 기웃거리고 예은이가 친구들과 봄날 벚꽃 아래서 노래 부르던 동영상이나 해 질 녘 해먹에 누워 있는 사진을 오랜 시간 물끄러미 바라보며 지낸 일주일이" "참 특별하고 치유적이었"[2]다고 고백한 바 있다. 그런 점에서 생일시 쓰기는 주체가 따로 없는, 모두가 주체인 문학 치유 프로그램이라고도 할 수 있겠다. 먼저 간 아이들의 넋을 위로하고 남겨진 이들의 마음을 어루만지는 시. 누군가의 영혼을 어루만질 수 있다면 그 또한 이 시대의 시가 감당할 수 있는 역할 중 하나가 아닐까. 시가 현실과 접속할 수 있는 또 하나의 가능성을 생일시는 적극적으로 실험하고 있는 것으로 보인다.

---

2 정혜신·진은영, 『천사들은 우리 옆집에 산다』, 창비, 2015, p.210.

4. 세월호 유가족 육성 기록과 증언문학의 가능성

세월호 이후의 다양한 문학 활동이나 저술 작업 중에서 단연 눈에 띄는 것은 4.16 세월호 참사 시민기록위원회 작가기록단이 쓴 240일 간의 세월호 유가족 육성 기록 『금요일엔 돌아오렴』의 집필과 출간이었다. 『금요일엔 돌아오렴』은 4.16 세월호 참사 후 240여 일 간 유가족들이 겪은 내밀한 이야기를 들려준다. 이 증언문학에 참여한 작가기록단은 기록 작업이 "부모들의 고통을 온몸으로 받아들이고 직시하는 과정이었다"[3]고 고백한다. 결코 쉽지 않은 그 과정에 함께한 것은 거기에 "세상이 반드시 바라봐야 할 삶의 진실"[4]이 있다는 믿음 때문이었다고 한다. 실제로 세월호 참사를 겪고 이후 진상 규명을 위해 시민들과 함께 싸우고 때로는 등 돌린 세상을 향해 마음을 다해 외치면서 세월호 유가족들은 많은 변화를 겪었다. 작가기록단은 "부모들이 평범한 자신의 삶에 대해 '성찰'하기 시작"[5]했다고 말한다. "자식에 대한 애틋한 사랑으로 터득한 이 성찰 이후 부모들은 우리의 가장 밑바닥인 '영혼의 중심'이 되었다"[6]는 것이다.

세월호 참사 이후 많은 저작들이 쏟아져 나왔다. 슬픔과 분노를 쏟아 낸 목소리부터 인문적 관점에서 거리를 두고 참사가 가리키는 의미를 분석한 책까지 많은 책들이 출간되었고 지금도 쓰이고 있지만 『금요일엔 돌아오렴』만큼 마음을 울린 책은 드물었다. 세월호 참사에 관한 글을 쓰는 행위는 잊지 않고 끝까지 기억하기 위한 일종의 기억 투쟁이다. 그러므로 앞으로도 더 많은 글이 쓰이고 읽혀야 하지만

---

3 4.16 세월호 참사 시민기록위원회 작가기록단, 『금요일엔 돌아오렴』, 창비, 2015, p.6.
4 4.16 세월호 참사 시민기록위원회 작가기록단, 위의 책, p.6.
5 4.16 세월호 참사 시민기록위원회 작가기록단, 위의 책, p.7.
6 4.16 세월호 참사 시민기록위원회 작가기록단, 위의 책, p.7.

아마 앞으로도 유가족들의 육성 기록이 주는 울림을 뛰어넘기는 쉽지 않을 것이다. 『금요일엔 돌아오렴』을 증언문학이라고 부를 수 있는 까닭은 여기에 있다. 그 형식은 스베틀라나 알렉시예비치가 『체르노빌의 목소리: 미래의 연대기』와 『전쟁은 여자의 얼굴을 하지 않았다』에서 시도한 인터뷰 기록 방식과 별반 다르지 않다. 차이가 있다면 유가족을 만나 인터뷰하고 육성 기록을 들려준 작가가 해당 유가족을 어떻게 처음 만났는지를 기록한 여는 말을 글마다 실어 놓고 있는 점이다. 긴 인터뷰 전체를 날것 그대로 싣지는 못했지만 유가족들의 육성을 그대로 담고자 한 기록물이라는 점에서 이 책은 증언문학의 새 장을 열어 줄 것으로 보인다.

실제로 304 낭독회 현장에서 『금요일엔 돌아오렴』의 일부가 낭독되고 있으며, 금요일 저녁이면 광화문 세월호 광장에서 '금요일엔 돌아오렴 기다림 낭독회'가 열린 지도 꽤 시간이 흘렀다. 수학여행을 떠난 단원고 학생들이 돌아오기로 했던 금요일을 기억하며 아이들을 향한 그리움과 미안함의 마음을 담아 써 온 글을 낭독하고 함께 노란 리본을 만드는 형식의 낭독회이다. '기다림 낭독회'에는 '세월호엔 아직 9명의 사람이 있다'는 사실을 잊지 않겠다는 의미도 함께 들어 있다.

구할 수 있는 아이들을 구하지 못했다는 사실 앞에 속수무책으로 무너지던 마음과 차고 넘치던 슬픔과 분노도 점차 가라앉아 가고 있다. 아니, 잊지 않겠다는 다짐에도 불구하고 잊혀 가고 있기도 하고 그보다 더 많이는 지쳐 가고 있다고 말하는 것이 정확한지도 모르겠다. 그래도 『금요일엔 돌아오렴』, 『눈먼 자들의 국가』, 『엄마. 나야.』 같은 책이 많이 팔리고 읽히고 있다는 사실, 연달아 올해의 좋은 책으로 선정되고 있다는 사실, 상영관을 많이 잡지는 못했지만 「나쁜 나라」의 단체 상영이 해외에서도 지속적으로 이어지고 있다는 사실,

아직도 일상 곳곳에서 노란 리본을 마주치게 되고 그때마다 가슴 깊은 곳이 아려 온다는 사실을 기억하고자 한다. 세월호 유가족들의 육성을 기록한 『금요일엔 돌아오렴』 같은 증언문학은 단지 과거를 기억하는 글이 아니라 미래를 쓰는 글이라는 점에서 그 의미를 찾을 수 있을 것이다. 서해 페리호 사건 이후에도 우리는 세월호 참사를 경험할 수밖에 없었지만, 세월호 참사 이후에는 제2, 제3의 세월호 참사를 막아 보겠다는 다짐. 그러기 위해서 이 사회의 시스템을 바꾸고 무엇보다도 우리 자신을 바꾸기 위한 첫걸음을 어렵게 떼는 일. 그것은 잊지 않고 기억하고 그 기억을 나누는 일, 현장에 있었던 이들의 증언을 기록하는 일로부터 시작될 것이다. 오늘의 시와 문학이 담담히, 고통스럽게, 고요히 이 길을 걷기 시작했다. 이 길이 우리를 어디로 이끌지는 알 수 없지만, 그래서 두렵고 망설여지지만, 두려움과 망설임을 안은 채 느리게 오래오래 이 길을 걸어야 할 것 같다. 다른 미래를 상상하는 일이 아직도 가능하다면 이 느리고 오랜 걸음이 향하는 곳도 그와 다르지 않을 것이다.

시도하라!
실패하라!!
다시 실패하라!!!

1. 시 장르의 경계라는 불가능성

오랫동안 시, 그중에서도 서정시는 관습적으로 운율을 가진 주관적 장르로 규정되어 왔다. 하지만 시에 대한 정의는 시대에 따라 시인이나 시론가에 따라 달라져 왔고, 시의 정의의 역사는 T. S. 엘리엇의 말처럼 오류의 역사였다고 볼 수 있다. 시를 정의하는 일은 쉽지 않을 뿐만 아니라 이제는 무모해 보이기까지 한다. 시대마다 좋은 시는 관습적인 시의 정의로부터 일탈하는 데서 시작되었다고 해도 과언이 아니다. 헤겔을 비롯해 슐레겔, 괴테, 함부르거, 에밀 슈타이거 등등이 서정시라는 장르를 정의하려는 시도를 해 왔지만, 이러한 역사적 시도를 살펴본 르네 웰렉은 서정시나 서정적인 것의 일반적 특성을 정의하려는 시도들을 포기해야 한다고 단언한 바 있다. 그러한 시도에서 나오는 어떤 것도 일반론을 넘어설 수 없다는 것이다.[1] 이

---

1 르네 웰렉 저, 조광희 역, 「장르 이론·서정시·〈체험〉」, 김현 편, 『장르의 이론』, 문학

는 시에 대해서도 마찬가지다. 시 장르의 경계는 사실상 시가 시작된 이래 계속해서 확장되어 왔다고 할 수 있다.

이렇게 볼 때 '시 장르의 경계는 어디까지인가?'라는 물음은 우문에 가깝다. 장르 규칙의 위반은 오히려 장르에 필연적으로 동반되는 것이라 볼 수 있다. 그렇지 않다면 문학의 독창성이란 존재하기 어려울 테니 말이다. 김행숙의 지적대로 중요한 것은 '시란 무엇인가'라는 인식론적인 물음이 아니라 '시는 어떻게 있는가'라는 존재론적인 물음일 것이다.[2] 그럼에도 이런 질문이 계속해서 던져지는 까닭은 무엇일까? 일차적으로는 이미 이상과 김수영과 황지우의 시를 경험한 우리에게도 낯설게 느껴지는 시가 계속 쓰이고 있기 때문일 것이다. 이론적이고 역사적인 시 장르에 대한 이해가 확장되어 왔음에도 불구하고 여전히 관습적이거나 상식적인 기대지평으로 작동하고 있었던 최소한의 경계마저 오늘의 시가 뛰어넘고 있다는 반증일지도 모르겠다. 그런 점에서 이런 질문이 환기하는 문제들은 여전히 유의미하다고 말할 수 있다.

우리는 이미 역사가 된 것, 투쟁의 시기를 지나 역사적으로 용인되고 정리된 것에 대해서는 대체로 관대한 편이다. 1930년대 당대에는 독자들의 맹렬한 항의로 연재 중단까지 초래했던 이상의 「오감도」 연작시들도 한국 현대문학사에서 반(反)전통이라는 하나의 계보를 형성하며 전통의 일부로 자리 잡았다. 이후 우리는 시 장르에 "산문은 세계의 개진"이라는 산문성을 도입해 일상어의 시어화와 장르의 확장을 체현한 김수영을 체험한다. 이상과 김수영을 통해 '비시적(非詩的)

과지성사, 1987, p.51.
2 박진·김행숙, 『문학의 새로운 이해』, 청동거울, 2004, p.156.

인 것'이 오히려 시가 되는 경험을 우리는 충분히 하게 된다. 사실상 시 장르의 경계는 이들에 의해 이미 상당히 붕괴되었다고 해도 과언이 아니다. 1980년대에는 황지우의 시를 통해 신문 기사나 4단 만화, 신문 광고, 벽보 등도 충분히 시가 될 수 있음을 경험함으로써 시의 관습적 경계는 더욱 확장된다. 다만, 이상과 김수영과 황지우를 의심 없이 하나의 전통으로 받아들이면서도 여전히 오늘의 시가 지니는 새로움에는 관대하지 못한 것이 우리 시단의 현실이기도 하다. '시란 무엇인가?', '시 장르의 경계는 어디까지인가?'라는 질문은 바로 여기서 탄생한다.

2. 모자이크, 장르 혼용의 시

이 글에서는 시 장르의 관습적 기대지평이 허물어져 온 실패의 역사를 대략적으로나마 살펴보고자 한다. 이상과 김수영과 황지우에 대해서는 이미 많은 논의가 있었으므로 1990년대 후반 이후 최근에 이르기까지 창작된 시 장르의 경계를 실험해 온 시들을 통해 시의 경계에 대한 논의를 시작해 볼까 한다. 이것은 시 장르라는 경계의 진동을 탐색하려는 시도이다. 그 경계가 단선적이지 않으며 고정되어 있지 않고 늘 움직이고 있음을 아는 데서부터 새로운 시를 향한 모색은 다시 새로운 에너지를 얻게 될 것이다.

박정대는 다양한 대중문화의 장르를 시에 삽입, 혼용하는 혼성모방의 기법을 첫 시집 『단편들』에서부터 적극적으로 활용한 시인이다. '난편들'이라는 시집의 제목이 의미하는 바도 시, 소설, 영화, 광고, 음악 등등 조각조각의 단편들이 모여 하나의 시를 이루는 형식을 가리키는 것으로 보인다.

그 거리를 지나 그들이 당도한 골목 끝에 섬처럼 여관이 하나 떠 있었다. 여관은 검객의 차양모 같은 지붕을 뒤집어쓰고 낡은 간판을 펄럭이고 있었는데 여관의 이름이 취생몽사였는지 동사서독이었는지 난초 잎사귀 속의 호랑이였는지 호텔 바그다드였는지 페루 여관이었는지는 아무도 기억하지 못한다. 암튼 그들은 지친 육체를 이끌고 그곳에 당도한 가엾은 한 쌍의 새였다. 동사가 티브이를 틀었고 서독은 침대 위에 무너져 오래도록 누워 있었다. 아주 오래도록 누워 있었는데 동사와 서독 사이로 바람이 불고 바람은 화병에 그려진 벵갈 호랑이를 피워 내려고 무진 애를 쓰고 있었다. 티브이 화면에서도 심하게 바람이 불고 지익 직 소리를 내며 폭설이 내리고 있었다. 폭설 속에서 밤은 또 워터멜론처럼 푸르게 푸르게 익어 가고 있었을 것인데, 동사의 담배 연기만이 벽에 걸린 액자 속 여인의 두툼한 허벅지를 쓰다듬고 있었다. 벽에 걸린 여인은 동사의 담배 연기가 간지러웠던지 맥주잔을 든 채 몸을 비비꼬고 있었는데 그녀의 가랑이 사이로 태평양의 산호섬이 보이고 푸른 물결이 넘실거리고 있었다. 서독은 액자 속 야자수 너머의 어떤 한 점을 응시한 채 계속 말없이 누워 있었고 그런 그녀에게 담배를 물려 주며 동사는 그가 지나온 거리와 앞으로 가야 할 길을 생각하고 있었다. 길이 끝나는 곳에 다리가 있었다. 담배를 피워 문 채 동사는 다리를 지나 서독의 몸 속으로 들어갔다. 담배를 피워 문 채, 담배가 다 타는 동안만 그들은 사랑을 나누었다. 가벼워졌어? 담배를 재떨이에 비벼 끄며 동사가 물었다. 네 몸이 나를 가볍게 해, 그렇게 대답하며 서독은 동사의 몸 한가운데를 물고 다시 어디론가 날아올랐다.

—박정대, 「단편들」(『단편들』, 세계사, 1997) 전문

박정대의 인용 시에는 영화 「동사서독」의 몇몇 장면과 인물들, 주

요 소재를 비롯해「바그다드 카페」의 제목,「바톤 핑크」의 한 장면, 로맹 가리의 소설『새들은 페루에 가서 죽다』, 리차드 브라우티건의 소설『워터멜론 슈가에서』등이 뒤섞여 있다. 그는 제목이나 이미지, 특정 장면이나 소재 등을 가리지 않는다. 다양한 텍스트의 조각들이 절묘하게 병치되어 전혀 다른 새로운 시 한 편을 만들어 내는 이런 창작 방법은 이젠 박정대 시의 전매특허가 되었다. 하늘 아래 새로운 것이 없다는 선언이 있은 지 오래지만, 박정대는 텍스트의 조각을 짜깁기하는 듯한 이런 창작 방법을 활용해 자본의 논리가 지배하는 이 세계에 대해 그 나름의 방식으로 저항하고 있는 셈이다.

그의 시를 이해하기 위해 조각을 이루는 텍스트 하나하나를 다 알 필요는 없다. 단편들은 저 인용 텍스트를 이루는 조각조각의 텍스트이기도 하고, 동사와 서독으로 대표되는 저들의 황폐한 사랑처럼 소외된 존재들 하나하나이기도 하다. 가볍고 황폐하고 소외된 관계로부터 자유로울 수 없는 이들은 모두 저 단편들의 일부가 될 것이다.

박정대의 시가 길어질 수밖에 없는 이유는 여기에 있다.『내 청춘의 격렬비열도엔 아직도 음악 같은 눈이 내리지』를 비롯해『삶이라는 직업』,『모든 가능성의 거리』까지 그의 시는『단편들』의 가능성을 더욱 확장하고 심화하는 방향으로 나아간다. 여전히 다양한 대중문화의 코드는 그의 시 곳곳에 편린들처럼 흩어져 있고, 사진이나 그림, 각주, 시작 메모 등이 시의 일부로 자연스럽게 들어앉아 있다. 장르와 장르가 뒤섞인 모자이크 같은 시를 박정대의 시는 실현하고 있는 셈이다.

때: 알 수 없는 **사이**

공간: 언어의 공동(空洞)

등장인물: 미지의 혀

이 극에서 '암전'은 극 전반을 감싸는 소재와 상징으로 사용된다.

어둠 속에서 언어들만이, 지면 속에서 떠올라, 우리가 알 수 없는 자연을 떠돌아다니듯이 부유하면 좋다. 극의 시작부터 끝까지 암전.

음악 역시 특별히 따로 사용하지 않는다.

이 (지면이라는) 무대를 이해하기 위해선 한 가지 염두에 둘 사항이 있는데 그건 우리가 음악을 느낄 수 있는 것은 우리 몸 안에 박동이 존재하기 때문이라는 사실을 틈날 때마다 상기하는 것이다. 박동은 박동으로 인식되고 소리는 소리로 구별된다. 그것은 음악을 이해하는 중요한 지점을 획득한다. 개가 짖는다. 그 개 소리를 인식할 수 있는 것은 우리 몸에 개가 아니라 소리가 존재하기 때문이다. 우리는 매 순간, 심장에서 자신의 형신(形神)으로 퍼지는 파동이 피와 살을 떠가며 뜻 모를 파장에 각운과 각주를 다는 일을 느낀다. 그러므로 음악에 대한 신뢰는 호흡은 머지않아 하나의 형(形)이 된다는 믿음에서 시작해야 한다. 자신이 빚어지기 전의 상태에서 지금의 여기까지 연결된 몸의 박동은 음악에 가장 가까운 언어다. 우리가 여기서 사용하는 무대의 이명(耳鳴)은 배 속의 태동을 간직하고 있는 그 언어에 호흡기를 다시 대 주는 일이다. 그것이 내게 필요한 형신이며 음악이다.

그런 점에서 우리가 세상에 흘러나와 음악이라고 부르는 타인의 정의들은 어쩌면 가장 낯설고 모호한 영역인지도 모른다는 예술가의 말은 존중되어야 한다. 음악은 보다 내연의, 자신만의 특별한 정의를 필요로 한다. 사토브리앙은 음악을 만지고 본다라고 말하지 않았는가. 반드시 귀에 의존해야 하는 것이 음악의 속성은 아니라는 것만 명기해 둔다. 음악은 시차를 갖는 순간 다른 언어가 되기 때문이다.

여기 등장하는 시(시어)는 허공이 질료가 된 리듬이거나 언어 뒤에 숨어 있는 생태계이므로 객(客)은 작가의 의지를 자신의 언어로 상상할 것이고 상상력은 그 의지를 배반할 수 있다.

연출의 의도가 분명하고 운이 좋다면, 이 극은 들리지 않는 음악으로만 만들어진 음악극이 될 수도 있을 것이다. 그렇지만 이것은 언어들이 지면에서 빚어내는 무대이면서 언어극이라는 것을 잊어서는 안 된다. 하나하나 언어들을 섬세하면서도 모호하지 않게 다루어야 할 것이다.

그 언어가 심중에 보인다면 우리들 생의 배우이며 배후인 언어를 상대하는 것이다.

이 극은 **사이**에서 빚어지고 **사이**에서 지워진다.

—김경주, 『기담』(문학과지성사, 2008) 부분

그런가 하면 김경주의 두 번째 시집 『기담』은 시와 극이라는 장르의 낯선 결합을 보여 준다. 첫 시집 『나는 이 세상에 없는 계절이다』에서 시와 음악의 경계 허물기를 시도했던 김경주는 두 번째 시집 『기담』에서 기이한 이야기들로 가득한 '기형'의 알레고리를 시집 전체에 걸쳐 구현해 낸다. "시간을 기묘한 형신(形神)으로 견디고 있는 그곳으로 묽게 흘러가 보는 작업은 시 같은 것에 가까울지 모른다는"

그의 생각은 기형의 추구를 향해 나아간다.

　김경주는 『기담』에서 작정하고 시와 극의 결합을 시도한다. 이 시집은 마치 무대 위에 올린 연극처럼 세 개의 막으로 구성되어 있다. '제1막 인형(人形)의 미로', '제2막 인어의 멀미', '제3막 활공하는 구멍'. '제1막 인형의 미로'는 인용한 부분으로 시작된다. 마치 희곡의 지문처럼 이 기이한 시-극이 펼쳐지는 시간과 공간과 등장인물에 대해서 알려 주고, 앞으로 펼쳐질 시-극을 이해하기 위한 최소한의 정보를 제공해 준다. 그의 설명에 따르면, 이 시-극은 알 수 없는 사이의 시간에 언어의 공동(空洞)에서 펼쳐지며 시-극에 등장하는 인물은 "미지의 혀"다. 미지의 사이의 시간에 "미지의 혀"가 풀어놓는 기이한 이야기가 김경주의 두 번째 시집이 의도한 새로운 시인 셈이다.

　그는 자신이 펼쳐 놓은 "이 (지면이라는) 무대를 이해하기 위해선" "우리가 음악을 느낄 수 있는 것은 우리 몸 안에 박동이 존재하기 때문이라는 사실을 틈날 때마다 상기하는 것"이 중요하다고 말한다. 첫 시집에 이어 두 번째 시집에서도 김경주는 음악과 하나가 되는 몸의 언어에 대한 고민을 계속한다. 극의 형식을 낯설게 시에 도입함으로써 시와 극의 결합을 시도하고 온갖 괴이한 실험을 계속하면서도 김경주의 시가 놓치지 않는 것은 음악이라고 할 수 있다. 그는 자신의 두 번째 시집이 누군가에게는 "들리지 않는 음악으로만 만들어진 음악극"이 될 수 있기를 희망한다. 사이에서 빚어지고 사이에서 지워지는 이 기이한 시-극에서도 그가 포기할 수 없었던 최종 심급은 음악이었는지도 모르겠다. 김경주에 의해 시와 극이라는 장르는 지금까지 한 번도 시도되지 않았던 방식으로 융합된다.

　김경주 외에도 황병승, 장석원 등에 의해 이전까지의 긴 시와는 다른 형식의 긴 시들이 지속적으로 쓰이고 있다. 이들의 시적 실험에 대해서는 이미 '에세이-시'라는 명명이 이루어지기도 했고 독특한 형식의 '장시'로 주목받기도 했는데, 시 장르의 관습적 경계를 허물고 에세이와 시의 장르적 특성을 뒤섞는 장르 혼종적 상상력을 보인다는 점에서 시 장르의 경계를 확장하는 실험의 첨단에 이들 또한 서 있다고 볼 수 있다.

3. '생활-시'의 창안

박순원은 앞서 언급한 시인들과는 전혀 다른 방향에서 시 장르의 경계를 확장하는 시적 실험에 도전하고 있다. 1992년에 출간된 첫 시집 『아무나 사랑하지 않겠다』에서도 그는 이미 시와 유머의 경계를 허무는 실험을 시도한 바 있었다. 이후 두 번째 시집 『주먹이 운다』(2008)에서 생활 체험으로부터 솟아나는 웃음기와 삶에 대한 통찰을 보여 준 바 있는 박순원은 최근에 출간된 세 번째 시집 『그런데 그런데』(2013)에서 '생활-시'라는 새로운 장르를 개척하고 있는 것으로 보인다.

김종훈 결혼식이다 태풍이 중국까지 왔다는데 밤새 비가 억수같이 쏟아지고 천둥이 치고 아내가 돌아누우며 차 가져가지 말고 버스 타고 올라가요 나도 글쎄 하면서 돌아누웠는데

결혼식은 김종훈 결혼식이었는데 내가 아는 선후배가 다 모였다 낯만 익고 이름이 가물가물한 후배들도 빼곡히 다 모였다 나는 비를 맞아 후줄그레한 정장 차림에 맨발이었는데 만나는 사람마다 비가 와서 오랜만에 비가 와서 깨끗한 물 밟느라고 되도 않는 변명을 하는데 결혼식은 안 하고 축하 공연만 계속하다가 날이 저물었다 공연은 어설펐지만 재

있었다 시국과 관련된 소박하고 힘찬 내용이 계몽적이면서도 진실한 감
동이 느껴졌다 나중에 신랑이 청바지 차림에 머리는 산발을 하고 나타
나 구겨 신은 운동화를 바로 신으며 결혼식은 조금 있다 할 거라고 태평
스레 제 친구들과 뭐라고 뭐라고 떠드는데 생각해 보니 이 북새통에 신
부는 어디 있는지 있기는 있는지 결혼식 하고 나면 점심도 안 먹은 이
많은 사람들이 밥은 또 어떻게 먹는지

　　이튿날 아침 비가 그쳐서 차를 몰고 올라가다가 고속도로에서 폭우
를 만났다 결혼식이 끝날 때까지 그치지 않았다 초복이었는데 김종훈
결혼식이었는데 결혼식장에서 소주 두 병을 마시고 예약한 맥줏집에 일
착으로 가서 오백 서너 개를 마시니까 사람들이 몰려왔다 다 아는 사람
들이었다 결혼식은 김종훈 결혼식이었는데 취해서 혼자 신이 나서 돌아
다니면서 떠들다가 미친놈 소리도 듣고 후배들 따라와라 내가 술 사 줄
게 결혼식은 김종훈 결혼식이었는데 후배들을 횟집으로 몰고 가서 미친
듯이 술을 마시고 나중에 따라 나온 김종훈이 계산을 하고 내가 술 산다
고 했는데 김종훈 결혼식인데 신부가 최은숙인데 둘은 호텔에서 잘 거
니까 난 서울에서 잘 데 없으니까 아파트 열쇠 내놔라 아내가 아침에 깨
끗하게 다려 준 새 옷은 이미 엉망이 되어 결혼식은 김종훈 결혼식이었
는데 새까만 후배 두 명만 남아 그래 또 술 사 줄게 결혼식은 김종훈 결
혼식이었는데 나중에는 다 가고 나 혼자 남아 흥얄흥얄 축한지 뭔지 이
젠 비도 그치고 우산도 잃어버리고
　　　　　　　―박순원, 「결혼식」(『그런데 그런데』, 실천문학사, 2013) 전문

　시인의 체험이 시에 녹아드는 일은 주관적 장르로 분류되는 서정
시에서 흔히 볼 수 있는 일이다. '시'를 '허구'의 대척점에 놓는 장르적

배치도 허구인 소설과 달리 시인의 주관적 체험이 시에는 작용하고 있다는 판단에 따른 것이겠다. 하지만 시인의 주관적 체험이 반영된 시라 해도 시에 진술된 내용이 사실에 정확히 부합한다고 생각하는 독자는 별로 없을 것이다. 박순원의 인용 시가 낯섦을 유발하는 것은 바로 이러한 관습적 기대지평 때문이라고 할 수 있다.

이 시에 등장하는 인물들은 실재하는 인물의 실명이며 벌어진 사건 또한 실제로 일어난 사건이다. 1연은 김종훈 결혼식에 가기 전날 태풍이 와서 걱정하는 사연을, 2연은 걱정하다 잠든 시인이 꾼 꿈을, 3연은 실제로 김종훈 결혼식에서 만난 사람들과 벌어진 사건을 그리고 있다. 시인의 꿈이야 실제로 꾼 것인지 아닌지 정확히 알 수는 없지만 그날 결혼식장에 갔던 사람들은 이 시를 읽으며 그날의 장면이 생생히 떠올라 웃지 않을 수 없을 것이다. 생활 체험을 옮겨 놓은 글은 어디까지 시가 될 수 있을까? 이 시는 그런 질문을 과감히 던진다. 물론 이 시는 형식적으로는 연 구분도 되어 있고 "김종훈 결혼식이었는데"라는 구절과 '-는데'라는 연결어미로 이루어진 구절이 여러 번 반복되면서 리듬을 형성하고 있어서 시임을 의심할 여지가 없다. 그럼에도 이 시가 낯설게 느껴지는 것은 시인의 생활 체험이 별다른 변형이나 각색 없이 시에 고스란히 녹아 있기 때문일 것이다.

종훈이 은숙이 결혼할 때 서울에 올라가 술이 떡이 되도록 먹고 홍알홍알 또 그 얘기를 시로 써서 아는 사람들끼리 키득거리며 돌려 읽었는데 은숙이는 배가 불러오면서 볼 때마다 종훈이는 딸 낳았다고 축하한다고 전화를 하니까 시 하나 또 쓰라고 지랄들을 한다 예쁘냐니까

예쁜단다 예쁘겠지 예뻐야지 많이많이 실컷 예뻐해라 종훈이는 저나

나나 학원 강사 하면서 등록금 댔는데 밤 한 시 넘어서 일 끝나면 털썩 주저앉아서 산 오징어 세 마리에 소주 두 병 입맛을 쩝쩝 다시며 일어나 헤어졌는데 등록금도 다 내고

아주아주 일이 끝나던 날 가락시장에서 삼만 원짜리 농어 한 마리 둘이서 배 터지도록 먹고 익지도 않은 사과 한 박스를 육천 원인가 칠천 원에 떨이로 사서 짊어지고 밤늦게 술 퍼마시는 후배들을 찾아

하나씩 하나씩 나눠 주고 많이 가져가는 놈은 봉지에다 담아 주고 술집 주인도 바가지에 담아 주고 그땐 그게 행복인 줄 알고 밤새도록 춤추고 난리치고 정말 행복했는데 오코야 너는 좋겠다 종훈이 딸로 태어나서 은숙이 딸로 태어나서

은숙이는 최설인데 신춘문예나 신인상이나 본심에서 번번이 떨어진다 재작년부터 작년 올해 내가 아는 것만도 대여섯 번이다 시인이 되려고 그렇게 아등바등하는데 이제 거의 다 된 것도 같은데 아무래도

독한 마음이 좀 모자라나 보다 순하디 순한 감자 같아서 아직 으깨지고 있는 중인가 보다 오코야 이것이 이 세상에 네가 오기 전에 있었던 일이란다 네가 이 낯선 세상에 오기 전에 우리는 이렇게 살고 있었단다
　　　　　　　　　　　　　—박순원, 「오코」(『그런데 그런데』) 전문

「결혼식」에 이어지는 2탄이라고 할 수 있는 이 시에서는 더 나아가 앞서 결혼한 후배 부부의 간청에 의해 두 번째 시가 쓰였음을 고백하고 있다. 앞서의 시가 '결혼식' 전날과 당일이라는 짧은 시간에 이

루어진 일을 서술하고 있다면, 이 시는 후배 부부의 예쁜 딸 오코에게 들려주는 엄마 아빠의 이야기를 서술하고 있다. 후배 종훈이와 학원 강사를 하면서 함께 고생하던 시절의 이야기, 신춘문예 본심에서 자꾸 미끄러지는 후배 은숙이의 안타까운 이야기를 취사선택한 것은 어디까지나 시인의 몫이므로 형식적으로는 시 장르의 경계를 허물고 있다고 보기는 어렵다. 하지만 「결혼식」과 함께 시인의 생활 체험이 별다른 각색 없이 녹아 있다는 점에서는 시 장르의 관습적 경계를 확장하는 시라고 볼 수 있다.

　　권정우 함기석 김덕근 송찬호 부부 이종수 박순원 함께 술을 마셨다 권정우 열 시 넘으니까 시 쓴다고 들어갔다 함기석 박순원 송찬호 부부 이종수 노래방에 갔다 맥주 시켜 놓고 춤추고 지랄지랄 한참 있다

　　송찬호 부부는 언제나처럼 몰래 계산하고 보은으로 이종수 함기석 박순원이 남았다 막판에는 꼭 이종수하고 함기석하고 어깨동무를 하고 노래를 부른다 진정한 락커들이다 생각해 보니까 함기석 시집

　　『오렌지 기하학』이 나와서 모인 것이다 우선 몇 마디 입에 발린 소리로 축하를 하고 바로 깐풍기에 옌타이 고량주 시 낭송도 했는데『오렌지 기하학』은 수학 책 같아서 낭송할 수 있는 시가 별로 없다

　　가물가물 함기석이 무슨 시 하나를 낭송하고 박수 치고 노래방 이후 함기석은 언제나처럼 한잔 더 하자고 이종수는 언제나처럼 비스듬히 쓰러져 눈을 감고 음냐음냐 박순원은 고개를 절레절레 흔들고

언제나처럼 대리운전 043-2222-×××× 차에서 내려서 집을 못 찾
아 돌아가던 대리기사한테 전화해서 엉뚱한데 내려 주시면 어떻게 하느
냐고 다시 돌아온 대리기사가 맞다고 보시라고 코아루아파트라고 친절
하게 일러 주고

왕짜증을 내고 다시 돌아갔다 어떻게 어떻게 집은 찾아 들어갔는데
어디서 안경을 잃어버렸다 테가 겉은 짙은 회색 안쪽으로는 오렌지색으
로 직접 보지 않은 사람한테는 설명하기 힘든 오래된 아끼는 안경이었
는데 그런데

김덕근은 언제 없어졌는지 모르겠다 이 모든 것이 삼차원의 공간에
서 오렌지 껍데기 위에서 시간의 순서에 따라 벌어진 일이다
　　　　　　　　—박순원, 「오렌지 기하학」(『그런데 그런데』) 전문

　가령 이런 시는 오창과 청주를 중심으로 이루어지는 박순원 시인
의 생활이 어떤 것인지 적나라하게 보여 준다. 누구와 술을 먹었는
지, 왜 먹었는지, 노래방엔 누구와 갔는지, 술을 얼마나 마셨는지, 집
에는 어떻게 들어갔는지, 술 먹고 잃어버린 것은 없는지 등에 관한
정보를 이 시를 통해 알 수 있다. 이 시도 연 구분을 하고 '오렌지 기
하학'이라는 그럴싸한 제목을 붙임으로써 의심할 여지없는 시의 형식
을 취하고 있지만, 일반적인 서정시의 장르 관습에서는 낯설게 느껴
지는 것이 사실이다. 생활과 시의 결합은 어디까지 가능하며 생활에
서 시적인 것을 길어 올리는 일은 어떻게 새로울 수 있는지 박순원의
시는 새로운 각도에서 실험을 계속할 것으로 보인다. 그가 "나는 반
서정적이다"(「…」)라고 단언하는 까닭도 '생활-시'라는 새로운 범주를

향해 그의 시적 실험이 나아가고 있음을 직감하고 있기 때문은 아닐까?

4. 불가능한 것의 가능성

시 쓰기의 역사는 어쩌면 실패의 역사다. 이 돌이킬 수 없는 자본주의의 파국 앞에서 한없이 무력한 서정시는 예정된 실패의 길을 걸을 수밖에 없다. 이것을 인정하지 않고는 한 걸음도 나아가기 힘들다. 가능성은 불가능함을 인정하는 데서부터 열릴 수 있을 것이다. 시의 역사는 장르의 경계를 허물고 확장해 온 역사라고 할 수 있다. 이상과 김수영과 황지우가 그랬듯이. 이후의 많은 시인들이 그래 왔듯이. 이들의 시도가 모두 성공적이라고 볼 수는 없지만, 적어도 이들의 시적 실험을 통해 시 장르의 경계는 계속해서 확장되어 왔다고 볼 수 있다. 어쩌면 지젝이 자주 인용하는 사무엘 베케트의 말처럼 시도하고 실패하고 다시 더 낫게 실패하는 것 외에 다른 길은 없는지도 모른다. 실패를 두려워하는 시인은 시 장르의 관습적 기대지평에 갇힐 것이고, 실패를 두려워하면서도 새로운 실험을 시도하는 시인은 불가능한 바로 그 자리에서 실패를 통해 한 걸음 나아갈 것이다. 무엇을 선택할 것인가는 우리 자신에게 달렸다.

다시,
'혁명'을 노래하는 시절

1. 시와 혁명

파블로 네루다의 실화를 소재로 해서 잘 알려진 영화 「일 포스티노」에는 두 명의 시인이 등장하는데 공교롭게도 이들은 둘 다 혁명을 꿈꾸는 시인이기도 하다. 한 사람은 반체제 인사로 낙인 찍혀 고국을 떠나 망명자의 신세가 된 세계적인 시인 파블로 네루다이고, 또 한 사람은 네루다를 만나 시적 감수성에 눈을 떠 비로소 시인이 된 청년 마리오이다. 잠자고 있던 시심을 일깨워 시인이 된 마리오는 시위 대열의 선두에 서서 시를 낭송하다가 일찍이 산화한다. 그가 남긴 자리를 다시 찾아와 그를 기억하는 일은 네루다의 몫이 된다. 지루하게 반복되는 일상을 살던 섬마을의 일거리 없는 우체부 청년 마리오는 시를 알게 된 후 사랑하는 여인을 만나게 되고, 시인이 된 후 세상을 향해 뜨거운 열정을 불태우다 거리에서 전위의 시인으로 산화한다. 가장 선두에 서서 가장 먼저 죽는 전위의 길을 온몸으로 실천한 셈이다.

우리에게도 그런 시인이 있었음을 기억한다. 그가 꿈꾸었던 혁명은 엄밀히 말하면 시적 혁명에 가까운 것이었지만 시의 언어가 얼마나 놀라운 혁명적 힘을 지닐 수 있는지, 시의 언어적 실천이 어떻게 그 자체로 하나의 혁명이 될 수 있는지 김수영의 시는 보여 준다. 그가 남긴 온몸의 시론은 지금도 안녕하지 못한 청춘들의 가슴을 뛰게 한다.

그리고 아직도 486세대의 가슴을 뛰게 하는 시인 김남주와 고정희와 기형도. 그들은 1980년대 혹은 1990년대 초에 고인이 됨으로써 한 시절을 상징하는 시인의 자리를 선취하게 된다. 혁명 시인이라는 말이 누구보다도 잘 어울리는 김남주 시인은 올해(2014년) 20주기를 맞이했으며 고정희 시인은 여성주의 시의 자리를 개척한 또 다른 의미에서의 전위시인이라 불릴 만하다. 기형도는 1980년대 우울과 죽음의 표상으로, 영원한 청춘의 아이콘으로 여전히 살아 있는 시인이다. 지난 시절을 애도할 때 기형도의 시를 거치지 않을 수 있을까.

민중시, 노동시를 거치면서 시적 혁명의 시대를 구가한 1980년대를 지나, 이후 우리 시문학사에서 '혁명'은 더 이상 뜨겁게 호명되지는 못했다. 혁명으로 세상을 바꿀 수 있다는 순진한 이상이 짓밟힌 위악적인 시대를 우리가 살아가고 있기 때문이기도 하고, 혼종적으로 뒤얽힌 이 시대를 진단하거나 돌파하는 데 더 이상 '혁명'이라는 표상이 유효하지 않다는 판단 때문이기도 할 것이다. 그럼에도 불구하고 최근의 우리 시에서는 '혁명'이라는 시어가 다시 호명되기 시작했다. 생명력을 부여받지 못하고 낡은 언어로 떠돌던 '혁명'이라는 말에 새로운 표상이 달라붙기 시작한 것일까. 최근의 시집에서 '혁명'이라는 시어를 매력적으로 사용한 진은영, 김선우, 박정대의 시를 통해 이러한 의문에 다가가 보려고 한다.

2. 저 머나먼 꿈, 혁명 같은 시 쓰기―진은영의 시

2012년에 출간된 진은영의 세 번째 시집 『훔쳐 가는 노래』에는 자기 고백적인 발화가 종종 등장한다. 시는 가장 내밀한 고백의 언어이지만 이전의 시보다 좀 더 시인 진은영을 보여 주는 시들로 이번 시집은 구성되어 있다. 그와 관련이 있는 것일까. 진은영의 세 번째 시집에서는 '혁명'이라는 시어가 이따금 모습을 드러낸다. 물론 첫 시집의 표제 시 「일곱 개의 단어로 된 사전」에도 '혁명'이 "눈 감을 때만 보이는 별들의 회오리/가로등 밑에서는 투명하게 보이는 잎맥의 길"로 등재되어 있었다. 시의 출발점에 선 진은영에게 의미 있는 일곱 개의 단어에 '혁명'이 포함되어 있었던 셈이다. 그렇다고 해서 진은영이 그의 앞서의 시집들에서 '혁명'에 대한 새로운 사유나 상상력을 보여 주거나 했던 것은 아니다. 이번 시집에 등장하는 '혁명'은 그런 점에서 유독 눈길을 잡아끈다. 아무래도 자전적 고백이 스며 있는 그의 시에서 '혁명'이라는 말에는 좀 더 의미 있는 무게가 실린다.

> 홍대 앞보다 마레 지구가 좋았다
> 내 동생 희영이보다 앨리스가 좋았다
> 철수보다 폴이 좋았다
> 국어사전보다 세계대백과가 좋다
> 아가씨들의 향수보다 당나라 벼루에 갈린 먹 냄새가 좋다
> 과학자의 천왕성보다 시인들의 달이 좋다
>
> 멀리 있으니까 여기에서
>
> 김 뿌린 센베이 과자보다 노란 마카롱이 좋았다

더 멀리 있으니까
가족에게서, 어린 날 저녁 매질에서

엘뤼아르보다 박노해가 좋았다
더 멀리 있으니까
나의 상처들에서

연필보다 망치가 좋다, 지우개보다 십자나사못
성경보다 불경이 좋다
소녀들이 노인보다 좋다

더 멀리 있으니까

나의 책상에서
분노에게서
나에게서

너의 노래가 좋았다
멀리 있으니까

　　　기쁨에서, 침묵에서, 노래에게서

혁명이, 철학이 좋았다
멀리 있으니까

집에서, 깃털 구름에게서, 심장 속 검은 돌에게서

—진은영, 「그 머나먼」(『훔쳐 가는 노래』, 창비, 2012) 전문

진은영의 시적 주체에게 시는 "그 머나먼" 것이다. 시가 운명적으로 그녀를 잡아끈 힘은 그것이 지닌 저 머나먼 곳으로 달아나는 힘, 머나먼 곳을 끈질기게 향해 있으되 달아나 사라져 버리지는 않는 긴장의 동력에 있을 것이다. 시적 주체는 고백적인 어조로 노래한다. "홍대 앞보다 마레 지구가", "내 동생 희영이보다 앨리스가", "철수보다 폴이 좋았다"고. 마찬가지로 "국어사전보다 세계대백과가", "아가씨들의 향수보다 당나라 벼루에 갈린 먹 냄새가", "과학자의 천왕성보다 시인들의 달이" 좋았는데 그 이유는 "여기에서" "멀리 있"기 때문이다. 1연에서 시적 주체가 좀 더 끌리는 것들의 목록을 확인할 수 있다면 3연과 4연에서는 멀리 있는 것을 선호하는 그가 달아나고 싶어 한 것이 무엇이었는지를 짐작하게 해 준다. 시적 주체는 가족에게서 벗어나고 싶었는데 "어린 날 저녁 매질"은 가족이 그에게 행사한 억압과 상처를 짐작하게 해 준다. "엘뤼아르보다 박노해가 좋았다"고 고백하는 대목에서는 초현실주의 시인으로서의 폴 엘뤼아르와 1980년대의 대표적 노동자 시인으로서의 박노해를 먼저 떠올리게 되지만, "나의 상처들에서" "더 멀리 있으니까" 박노해가 좋았다고 말하는 것으로 보아서는 어려서부터 몸이 약해 폐결핵으로 요양하기도 한 엘뤼아르의 생애가 몸이 약했던 진은영의 시적 주체와 좀 더 가까이 있는 것으로 느껴진 것이 아닐까 싶다. 이후 멀리 있는 것의 목록에 추가되는 것으로는 망치, 십자나사못, 불경, 소녀들이 있다. 이들은 각각 연필, 지우개, 성경, 노인보다 시적 주체에게서 멀리 있는 것으로 그려진다. 노동보다는 책상에, 불경보다는 성경에 더 가까이 있

다는 것은 어렵지 않게 이해가 되지만 진은영의 시적 주체가 노인보다 소녀들이 자신에게 더 멀리 있다고 느꼈다는 사실은 특기할 만하다. 발랄하고 건강한 소녀들의 모습보다는 차라리 쇠락해 가는 노인의 모습에 자신이 더 가깝다고 느꼈을 만큼 그는 또래들의 감성과는 동떨어져 있었던 것으로 보인다. "너의 노래가 좋았"던 까닭도 "나의 책상에서/분노에게서/나에게서" 너의 노래가 멀리 떨어져 있기 때문이었을 것이다. '너의 노래'처럼 멀리 있어서 그가 좋아하는 것의 목록에는 '혁명'과 '철학'이 추가된다. 너의 노래, 즉 시와 혁명과 철학은 "그 머나먼" 곳을 지향한다는 점에서 서로 닮은꼴을 하고 있다.

> 이보오 스물한 살의 용접공 아가씨
> 다섯 손가락에 불꽃을 달고 강철의 굳은 표정을 멋대로 자르고 이어
> 대는
> 사랑스런 당신
> 당신은 먼 후일
> 더 높은 곳에 오르게 될 것이오
>
> 이봐요 아가씨
> 삶은 정말 주머니들로 가득한 옷 같소
> 이렇게 많은 감정을
> 이렇게 많은 사람을 전부 담을 수 있다니
>
> 이것은 마야콥스키의 말투라오
> 나는 당신과 닮은꼴인 시인들의 아름다운 목소리를 여럿 번역했지
> 물론 감옥에서 말이오

죽음의 발길질이 언제 시작될지 모른 채

가장 빛나는 은빛 양동이에 모든 노래와 소망을 다 담으려 했지

가장 낡은 변두리에서 흘러나오는 더운 하수 같은 노래를

미로처럼 생긴 거리들에서 일제히 떠오르는 빨간 풍선 같은 소망을

거짓 없는 흰 발로 올라선 나의 양동이가 차이기 전

내가 마지막으로 작은 수첩에 적은 말은

해방

제국으로부터의 해방

모든 제국으로부터의 해방

이보시오 영리한 아가씨

당신은 서로 다른 풍경 뒤에 놓인 동일한 원인을 잘 알고 있다오

수빅의 노동자를 착취하려는 손길이

아(亞)제국의 노동자를

제국과 아(亞)제국의 이 어두운 거리들에 물끄러미 세워 놓는다는

것을

장난감 병정처럼

모두 떠나간 놀이터 모래밭

팔다리가 부러진 채 간신히 꽂혀 있는 파란 병정처럼

금지된 일터로부터 망명한 당신

다시 돌아가기 위해 26년을 기다리게 될 당신

이보오 올해가 그 마지막 해라오

힘을 내요 당신은 꼭 돌아가게 될 것이오

이봐요 환하게 웃는 반백의 아가씨

당신의 삶은 정말 주머니들로 가득한 옷 같소

얼마나 많은 슬픔

얼마나 많은 기쁨

얼마나 많은 분노

얼마나 많은 영혼을 한꺼번에 담을 수 있는지

당신을

아침저녁으로 읽기 위하여

사람들은 점점 높아 가는 가을의 고요하고 무거운 하늘을

올려다볼 것입니다

당신이 야윈 목에 매달고

찰랑이며 올라가는 슬픔과 기쁨의 양동이를

나는 그들과 함께 올려다볼 것입니다

그것이 마지막 나의 할 일

　　　마지막 나의 소망

1994년 2월, 어느 병실에서

—진은영, 「Bucket List」(『훔쳐 가는 노래』) 전문

　　"시인 김남주가 김진숙에게"라는 부제가 붙어 있는 시이다. 김남주 시인의 목소리를 빌려서 한진중공업 정리해고 철회를 요구하며 한진중공업 부산 영도조선소 35미터 높이의 85호 크레인에 올라가 309일

간 고공 농성을 벌였던 김진숙 씨에게 건네는 말로 구성된 이 시의 제목은 '버킷 리스트'이다. 잘 알려져 있다시피 이 말은 중세 시대 교수형을 집행할 때 사형수가 딛고 올라선 양동이를 걷어찬 데서 유래해 '죽기 전에 꼭 하고 싶은 일들의 목록'을 가리키는 말로 쓰인다.

시인이자 시민·사회 운동가였던 김남주는 인혁당 사건, 남민전 사건으로 투옥되었으며, 1980년 남민전 사건으로 징역 15년형을 받고 수감되었다가 1988년 12월 형 집행정지 처분을 받고 9년 3개월 만에 석방되었다. 이후 췌장암으로 건강이 악화되어 1994년에 작고하였다.

1980년대를 정치범으로 수감 생활을 하며 보낸 김남주 시인은 1980년대의 상징이자 민주 투사의 상징으로 우리 문학사에 기록되었다. 냉엄했던 시절을 감방에서 보낸 만큼 그는 수감 생활 내내 죽음과 마주하고 있었을 것이다. 작고한 1994년까지 내내 병마와 싸워야 했으므로 투옥한 후의 삶도 사실 다르지 않았다. 그러니 시인에겐들 죽기 전에 꼭 하고 싶은 일들이 많지 않았겠는가.

시인 김남주의 목소리는 "스물한 살의 용접공 아가씨"인 1982년의 김진숙을 향해 있다. 1982년 김진숙은 한진중공업의 전신인 대한조선공사에 최초의 여성 용접공으로 입사했지만 1986년 명령 불복종을 이유로 해고당한다. 당시 함께 해고된 노동자들이 20여 년 간의 복직 투쟁을 거쳐 회사로 돌아간 후에도 김진숙은 복직 대상에서 제외된다. 2011년의 크레인 고공 농성의 싹은 사실상 21살의 김진숙에게서 시작된 것이다. 김남주의 목소리를 빌려 인용한 시는 마치 예언의 말처럼 "당신은 먼 후일/더 높은 곳에 오르게 될 것"이라고 말한다.

그런 김남주 시인의 버킷 리스트는 무엇으로 채워져 있었을까? "해방/제국으로부터의 해방/모든 제국으로부터의 해방"이라고 이 시는 노래한다. "금지된 일터로부터 망명한 당신/다시 돌아가기 위해

26년을 기다리게 될 당신"에게 1994년 2월의 어느 병실에서 김남주 시인은 응원의 말을 건넨다. "힘을 내요 당신은 꼭 돌아가게 될 것이오"라고. 사실상 이것은 진은영의 시적 주체가 상상한 김남주 시인의 말이자 진은영 시인 자신이 김진숙 씨에게 건네고 싶은 말이었을 것이다. "환하게 웃는 반백의 아가씨"에게 "당신의 삶"이 "얼마나 많은 슬픔/얼마나 많은 기쁨/얼마나 많은 분노/얼마나 많은 영혼을 한꺼번에 담을 수 있는지" 그는 일러 준다. "당신이 야윈 목에 매달고/찰랑이며 올라가는 슬픔과 기쁨의 양동이를" "그들과 함께 올려다볼" 거라는 화자의 다짐은 시인 진은영의 것이기도 하다. 그가 생각하는 해방과 혁명은 결국 "사랑스런 당신"을 "아침저녁으로 읽"는 일과 크게 다르지 않다.

3. 우리가 서로를 의지하는 뜨거운 사랑, 혹은 혁명─김선우의 시

2012년에 출간된 김선우의 네 번째 시집 『나의 무한한 혁명에게』에서도 '혁명'이라는 말은 새로운 옷을 입고 다시 태어난다. 건강하게 꿈틀대거나 타자를 품어 안고 벅차오르는 여성의 생명력을 일관되게 노래해 온 김선우의 이번 시집은 지향점에서는 이전의 시집들과 다르지 않지만 그사이 소설 쓰기를 체험하고 쓴 시이기 때문인지 눈에 띌 만한 변화를 보이기도 한다. 가장 눈여겨볼 만한 변화는 당대의 현실을 환기하거나 일반적으로 남성적 공간으로 인식되어 온 장소가 김선우의 이번 시들에서 등장한다는 것이다. 2011년 한진중공업 해고 철회를 외치며 고공 농성을 벌인 김진숙 씨를 연상시키는 "철골 크레인"(「나의 무한한 혁명에게」)이라든가 "우리 마을의 자랑이었"던 "축구장"(「축구장 묘지」) 등이 특히 그러하다.

그 풍경을 나는 이렇게 읽었다

신을 만들 시간이 없었으므로 우리는 서로를 의지했다

가녀린 떨림들이 서로의 요람이 되었다

구해야 할 것은 모두 안에 있었다

뜨거운 심장을 구근으로 묻은 철골 크레인

세상 모든 종교의 구도행은 아마도

맨 끝 회랑에 이르러 우리가 서로의 신이 되는 길

흔들리는 계절들의 성장을 나는 이렇게 읽었다

사랑합니다 그 길밖에

마른 옥수숫대 끝에 날개를 펴고 앉은 가벼운 한 주검을

그대의 손길이 쓰다듬고 간 후에 알았다

세상 모든 돈을 끌어모으면

여기 이 잠자리 한 마리 만들어 낼 수 있나요?

옥수수밭을 지나온 바람이 크레인 위에서 함께 속삭였다

돈으로 여기 이 방울토마토꽃 한 송이 피울 수 있나요?

오래 흔들린 풀들의 향기가 지평선을 끌어당기며 그윽해졌다

햇빛의 목소리를 엮어 짠 그물을 하늘로 펼쳐 던지는 그대여

밤이 더러워지는 것을 바라본 지 너무나 오래되었으나

가장 낮은 곳으로부터 번져 온 수많은 눈물방울이

그대와 함께 크레인 끝에 앉아서 말라 갔다

내 목소리는 그대의 손금 끝에 멈추었다

햇살의 천둥번개가 치는 그 오후의 음악을 나는 이렇게 기록했다

우리는 다만 마음을 다해 당신이 되고자 합니다

받아 줄 바닥이 없는 참혹으로부터 튕겨져 떠오르며

별들의 집이 여전히 거기에 있고

온몸에 얼음이 박힌 채 살아온 한 여자의 일생에 대해

빈 그릇에 담기는 어혈의 투명한 슬픔에 대해

세상을 유지하는 노동하는 몸과 탐욕한 자본의 폭력에 대해

마음의 오목하게 들어간 망명지에 대해 골몰하는 시간이다

사랑을 잃지 않겠습니다 그 길밖에

인생이란 것의 품위를 지켜 갈 다른 방도가 없음을 압니다

가냘프지만 함께 우는 손들

자신의 이익과 상관없는 일을 위해 눈물 흘리는

그 손들이 서로의 체온을 엮어 짠 그물을 검은 하늘로 던져 올릴 때

하나씩의 그물코,

기약 없는 사랑에 의지해 띄워졌던 종이배들이

지상이라는 포구로 돌아온다 생생히 울리는 뱃고동

그 순간에 나는 고대의 악기처럼 고개를 끄덕인다

태어난 모든 것은 실은 죽어 가는 것이지만

우리는 말한다

살아가고 있다!

이 눈부신 착란의 찬란,

이토록 혁명적인 낙관에 대하여

사랑합니다 그 길밖에

온갖 정교한 논리를 가졌으나 아무 일도 하지 않은 채

옛 파르티잔들의 도시가 무겁게 가라앉아 가는 동안

수만 개의 그물코를 가진 하나의 그물이 경쾌하게 띄워 올려졌다

공중 천막처럼 펼쳐진 하나의 그물이

무한 하늘 한 녘에서 하나의 그물코가 되는 그 순간

별들이 움직였다

창문이 조금 더 열리고

두근거리는 심장이 뾰족한 흰 싹을 공기 중으로 내밀었다

그 순간의 가녀린 입술이 이렇게 말하는 것을

나는 들었다 처음과 같이

지금 마주 본 우리가 서로의 신입니다

나의 혁명은 지금 여기서 이렇게

—김선우, 「나의 무한한 혁명에게」

(『나의 무한한 혁명에게』, 창비, 2012) 전문

이 시에는 "2011년을 기억함"이라는 부제가 붙어 있다. '2011년'이라는 시기와 "철골 크레인"이라는 시어는 한진중공업 사태, 김진숙 노동자, 크레인, 고공 농성, 희망버스 등의 사건을 자연스럽게 환기한다. 이 시는 일차적으로는 김진숙 씨의 고공 농성을, 더 나아가서는 그를 지지하기 위해 희망버스를 기획하고 희망버스에 올라 기꺼이 희망을 함께 나눈 많은 이들을 기억하며 쓰였다. 이 시의 대부분이 독백체로 쓰인 것과 달리 이탤릭체로 쓰인 부분은 청자를 향한 발화이다. "신을 만들 시간이 없었으므로 우리는 서로를 의지했다". 불경스러워 보일 수 있는 이 전언은 신의 죽음이 선언된 지 오래인 시대에 우리가 스스로를 구원할 수 있는 방법에 대해 생각하게 한다. "세상 모든 종교의 구도행은 아마도/맨 끝 회랑에 이르러 우리가 서로의 신이 되는 길"일 것이다. 어쩌면 2011년 김진숙 씨의 고공 농성에 화

답해 우리가 스스로 역사를 만들어 간 희망버스는 "우리가 서로의 신이 되는" 구원의 길이었을 것이다. 크레인 위에서 바라본 "흔들리는 계절들의 성장"에서 '사랑'을 발견하는 까닭도 그 때문일 것이다. 일찍이 김수영이 그랬던 것처럼 김선우의 시적 주체가 생각하는 혁명은 '사랑' "그 길밖에" 없다. "세상 모든 돈을 끌어모"아도 "여기 이 잠자리 한 마리" 만들어 낼 수 없고, "여기 이 방울토마토꽃 한 송이" 피울 수 없음을 누구보다 잘 알기 때문이다. "가장 낮은 곳으로부터 번져 온 수많은 눈물방울이/그대와 함께 크레인 끝에 앉아서 말라"가는 풍경은 타인과의 연대가 어떻게 사랑을 이루어 내고 세상을 바꿀 수 있는지 보여 준다. "우리는 다만 마음을 다해 당신이 되고자" 한 것인데 그것이야말로 시적 주체가 생각하는 혁명이다.

다소 직설적인 어조로 시적 주체는 말한다. "사랑을 잃지 않겠습니다 그 길밖에/인생이란 것의 품위를 지켜 갈 다른 방도가 없음을 압니다"라고. 탐욕스런 자본의 폭력 앞에서 노동하는 몸이, 우리가, 품위를 지켜 갈 다른 방도는 없다. "가냘프지만 함께 우는 손들" "자신의 이익과 상관없는 일을 위해 눈물 흘리는/그 손들"이야말로 '사랑'의 화신이다. "이 눈부신 착란의 찬란"을, "이토록 혁명적인 낙관"을 어찌 사랑하지 않을 수 있겠는가. 가슴 벅찬 사랑을 온몸으로 체험했기에 시적 주체는 낯뜨거워하지 않고 당당히 말한다. "지금 마주 본 우리가 서로의 신입니다"라고. "나의 혁명은 지금 여기서 이렇게" 시작된다.

일 년에 한번 자궁경부암 검사받으러 산부인과에 갈 때

커튼 뒤에서 다리가 벌려지고

차고 섬뜩한 검사 기계가 나를 밀고 들어올 때

세계사가 남성의 역사임을 학습 없이도 알아채지

여자가 만들었다면 이 기계는 따뜻해졌을 텐데
최소한 예열 정도는 되게 만들었을 텐데
그리 어려운 기술도 아닐 텐데
개구리처럼 다리를 벌린 채
차고 거만한 기계의 움직임을 꾹 참아 주다가

커튼이 젖혀지고 살짝 피가 한 방울,

이 기계 말이죠 따뜻하게 만들면 좋지 않겠어요?
처음 본 간호사에게 한마디 한 순간 손바닥이 짝 마주쳤다
두 마리 청개구리 손바닥을 짝 마주치듯 맞아요, 맞아!
저도 가끔 그런 생각한다니깐요, 자요, 어서요, 하이파이브!
　　　　　—김선우, 「하이파이브」(『나의 무한한 혁명에게』) 전문

그것은 가령 "일 년에 한번 자궁경부암 검사받으러 산부인과에 갈 때"마다 느꼈던 "차고 섬뜩한 검사 기계가" "밀고 들어"오는 불편함과 불쾌함, 즉 여성의 몸과 마음을 전혀 배려하지 않아 온 "남성의 역사"가 가져온 불편한 경험으로부터 '따뜻한 기계'를 상상하는 힘과 다르지 않다. "차고 거만한 기계의 움직임"에 대한 불만을 "처음 본 간호사"와 나눌 수 있는 힘, "두 마리 청개구리 손바닥을 짝 마주치듯 맞아요, 맞아!" 거리낌 없이 "하이파이브!"를 나눌 수 있는 힘. 그것이야말로 여성끼리의 연대의 힘이자 나날의 일상에서 비롯되는 혁명일 것이다. 차가운 기계로 상징되는 남성의 역사가 타자를 배제하고

배려하지 않는 역사라면 따뜻한 기계를 상상하는 여성이 만들어 갈 역사는 타자와 연대하고 타자를 배려하는 역사라 할 수 있다. 저 연대와 혁명 속에 남성과 남성의 역사 또한 포함됨은 물론이다.

4. 달아나라, 아나키스트—박정대의 시

2011년에 두 권의 시집을 출간한 박정대 시인이 2014년에 선보인 시집『체 게바라 만세』는 어느새 일곱 번째 시집이다. 첫 시집에서부터 자유자재의 게릴라적 삶을 꿈꿔 온 그의 이번 시집의 제목은 아예 노골적이다. 시집의 발문에서 강정은 박정대 시인이 이미 오래전부터 '체 게바라 만세'라는 제목으로 시집을 내고 싶어 했음을 이야기한다. "시집 제목을 체 게바라 만세로 하자"(「언제나 무엇인가 남아 있다」,『삶이라는 직업』)라는 시인의 제안에 돌아오는 반응은 늘 사람들의 웃음이었다. 그리고 마침내 '체 게바라 만세'라는 제목의 시집이 세상에 나왔다. 이 제목을 거부하지 않을 출판사를 만난 것일 수도 있지만 무엇보다도 다시 체 게바라를 그리워하는 시절이 되었기 때문인지도 모른다.

노골적으로 '체 게바라 만세'를 외치는 시집이지만 그의 이번 시집에 자주 등장하는 '체 게바라'나 '혁명'이라는 말은 사실상 박정대 시인이 늘 추구해 왔던 자유주의자 아나키스트의 표상에 가깝다. 때로는 게릴라로, 때로는 동사서독으로, 사막의 눈먼 검객으로, 음악 같이 내리는 눈으로, 그리고 '무가당 담배 클럽'의 멤버로 모습을 바꿀 뿐 박정대의 시적 주체는 영원한 자유주의자라는 점에서는 달라지지 않았다. 이제 그는 현실에서도 '인터내셔널 포에트리 급진 오랑캐 밴드'의 멤버로 활동 중이다.

난 눈 내리는 아프리카에 가고 싶어, 죽을 거니까 떠나야만 해, 난 영원히 쓰레기통을 뒤지고 싶어, 더 이상 단어들이란 없어, 더 이상 할 말도 없어, 말을 가르치는 걸 중단해 버려야 해, 학교를 없애 버리고 묘지를 늘려야 해, 어쨌든 일 년이나 백 년이나 마찬가지야, 그런 게 새들을 노래하게 하지, 그런 게 새들을 지저귀게 해, 로베르토 주코는 고장 난 공중전화기를 들고 이렇게 말하면서 떠나지, 자신의 아버지를 죽인 것과 동일한 방식으로 자살한 주코의 이야기를 유작으로 남긴 작가가 있었지, 나도 눈 내리는 아프리카에 가고 싶어, 죽을 거니까 아무튼 어디론가 떠나고 싶어, 난 영원히 대자연의 품속을 헤맬 테니까, 더 이상 이런 시는 필요 없어, 더 이상 할 말도 없어, 말을 가르치고 시를 가르치는 걸 중단해 버려야 해, 학교를 없애고 교회와 국가를 없애고 인간이란 종족 자체를 없애야 해, 세상은 묘지로 뒤덮이겠지, 그 묘지 위를 나는 새들은 새로운 종족을 퍼트릴 거야, 그런 게 이 세상에 유일한 유작으로 남아야 해, 우주로 날아가 영영 되돌아오지 않는 우주선의 고독도 언젠가는 이곳에 당도할 거야, 우리는 그것을 우리 모두의 슬프고도 아름다운 유작이라고 하자, 슬프고도 아름다운 그대여, 나는 이제 그대의 이름을 잊었고, 눈 내리는 아프리카에 가고 싶어

—박정대, 「아주 멀리 도시 속으로 말을 타고 달아나기」

(『체 게바라 만세』, 실천문학, 2014) 전문

시인에 따르면 이 시의 제목이기도 한 「아주 멀리 도시 속으로 말을 타고 달아나기」는 베르나르-마리 콜테스가 쓴 소설의 제목이다. 1948년 프랑스 북동부의 메스에서 태어난 베르나르-마리 콜테스는 사무엘 베케트와 장 주네의 뒤를 이어 프랑스를 대표하는 극작가로 평가받고 있으며, 「목화밭의 고독 속에서」, 「사막으로의 회귀」, 「로베

르토 주코」 등의 작품은 국내에서도 무대에 올려졌다. '야만적 서정주
의'라는 평가를 받는 그의 작품은 대사의 이중성, 폭력적 언어, 엉뚱
한 상상력 등을 특색으로 드러낸다. 박정대는 시의 부기에서 베르나
르-마리 콜테스의 책을 보다가 「감정의 고독」과 「아주 멀리 도시 속
으로 말을 타고 달아나기」, 두 편의 시를 얻었음을 밝히고 있다.

　박정대의 시적 주체에게 혁명이란 "아주 멀리 도시 속으로 말을 타
고 달아나기"와 같은 것이다. 아주 멀리 달아나는데 '도시 바깥으로'
가 아니라 '도시 속으로' 달아난다는 것도 흥미롭고 말을 타고 달아난
다는 것도 흥미롭다. 제목이 함유하고 있는 모순과 아이러니가 어느
한쪽에 쉽게 포획되지 않는 박정대의 시적 주체의 자유로움과 비애
를 동시에 드러내 준다. 시적 주체가 가고 싶어 하는 곳은 "눈 내리는
아프리카"이다. 눈 내리는 풍경과 아프리카의 공존하기 힘든 모순 형
용(킬리만자로의 만년설을 떠올릴 수도 있겠지만)을 통해 지금, 여기에 존재
하지 않는 유토피아를 보여 주고자 한 것이다.

　하늘 아래 새로운 것이 없음은 물론, 인터넷과 SNS까지 가세해 말
이 흘러넘치는 시대를 살아가는 시인이라면 누구나 한 번쯤 그런 생
각을 해 본 적이 있을 것이다. "더 이상 단어들이란 없어, 더 이상 할
말도 없어". 박정대의 시적 주체는 여기서 한 발 더 나아간다. "말을
가르치는 걸 중단해 버려야 해, 학교를 없애 버리고 묘지를 늘려야
해". 학교 대신 묘지가 선택된 까닭은 무엇일까? 우리가 살아가는 이
자본주의 세상은 온통 생산성에 초점이 맞추어져 있다. 생산성이 있
느냐 없느냐, 돈이 되느냐 안 되느냐가 모든 판단의 기준이 된다. 생
산성이 무로 돌려지는 그 자리에 놓이는 것이 바로 죽음이다. 어쩌면
아주 멀리 달아나는 일은 죽음을 통해서만 가능하다. 그러므로 학교
의 반대편에 묘지가 놓이는 것은 당연하다. 시적 주체에게 "눈 내리

는 아프리카에 가"는 것과 "죽을 거니까 아무튼 어디론가 떠나"는 것
은 동일시된다. 그는 한층 더 단호하게 말한다. "더 이상 이런 시는
필요 없어, 더 이상 할 말도 없어, 말을 가르치고 시를 가르치는 걸
중단해 버려야 해, 학교를 없애고 교회와 국가를 없애고 인간이란 종
족 자체를 없애야 해". 박정대야말로 진정한 아나키스트다. 모든 제
도와 제도화된 말을 거부하는 시인. 그런 점에서 그는 "아무튼" 달아
나는 시인이다. 묘지로 뒤덮인 세상을 나는 새들의 이미지. "우주로
날아가 영영 되돌아오지 않는 우주선의 고독"처럼 그것은 "우리 모두
의 슬프고도 아름다운 유작"이다. 우리 모두 가세해 우리 시대가 낳은
슬프고 아름다운 유작. 아주 멀리 도시 속으로 말을 타고 달아나는,
실행되지 못할 꿈은 세상에서 가장 고독하고 아름답고 슬픈 꿈이다.

나는 내성이 없는 물질처럼 외로웠다, 우주의 가장 갸륵한 한구석에
서 나의 점유는 섬세하게 고독하다, 폭발하는 유성들이 음악을 목적으
로 그렇게 된 것은 아니다, 허공에서 생을 마친 어떤 새의 고독이 공중
에 얼어붙어 있다, 그것이 별이다

끓어오르는 주전자 속의 물이 커피 속으로 뛰어들기를 기다리고 있
다, 사물의 뒤섞임과 동기성, 내 미세한 의지는 그것을 도울 것이다, 나
는 햇살과 한 잔의 물과 커피 가루와 나의 상념을 뒤섞어 한 잔의 커피
로 만들 것이다, 커피 한 잔, 그것이 내가 아침에 듣는 유일한 음악이다

나무에 물을 주면 물은 뿌리로 달려간다, 달려간다는 것은 어딘가에
닿고자 하는 본질적 욕망을 내장하고 있다, 햇살은 잎사귀로 달려와 물
을 펌프질한다, 고요하고 평화로운 한 그루 욕망의 제국이다, 고요함과

평화는 격렬함과 치열함을 전제로 한다, 나무에 물을 줄 때마다 나는 격렬한 음악 소리를 듣는다

그것은 담배로부터 왔다, 사물의 뒤섞임과 나의 동기성, 사물을 자극하는 미세한 욕망의 움직임, 움직이는 모든 것이 시라면 움직이는 모든 것이 내는 소리는 고독의 실황 공연이다. 나는 담배를 피운다, 그러니까 내가 뿜어내는 담배 연기는 인터내셔널 포에트리 급진 오랑캐 밴드의 실황 공연인 셈이다

갱스부르는 가끔 갱스바르가 되기도 한다, 페르난두 페소아가 가끔 알베르투 카에이루가 되듯, 인터내셔널 포에트리 급진 오랑캐 밴드가 초원을 지나 달빛 환한 파미르 고원을 넘어가고 있다, 저 고원을 넘으면 오랑캐 밴드는 혁명의 달 두루마리 결사가 될 것이다

혁명적 인간이 시를 쓰고 공연을 한다
—박정대, 「인터내셔널 포에트리 급진 오랑캐 밴드」
(『체 게바라 만세』) 전문

박정대의 일곱 번째 시집 『체 게바라 만세』에는 '혁명'이라는 시어가 여러 번 등장한다. 시집 제목에서도 '체 게바라'를 내세우고 있고 시집의 표지마저 붉은 자줏빛을 취하고 있지만 그렇다고 해서 그의 시가 1980년대식 혁명을 꿈꾸는 것은 아니다. 그는 낡은 체제를 전복하고 새로운 체제를 세우는 일에는 관심이 없다. 차라리 그는 모든 체제를 부정하고 싶어 한다. 그는 "시를 쓰고 공연을" 하는 "혁명적 인간", 모든 제도와 체제를 부정하는 아나키스트이다.

그러므로 그는 자신처럼 외로운 존재들에게 유독 예민하다. 가령 "내성이 없는 물질"이나 "허공에서 생을 마친 어떤 새의 고독"이나 그것이 "공중에 얼어붙어 있"는 "별" 같은 것들. 박정대의 시적 주체가 생각하는 시인의 표상은 아마도 그런 것에 가까울 것이다. 그에겐 음악 또한 그러하다. 음악은 도처에 있다. "햇살과 한 잔의 물과 커피 가루와 나의 상념을 뒤섞어" 만든 "한 잔의 커피"는 "내가 아침에 듣는 유일한 음악"이며, "나무에 물을 줄 때마다" "뿌리로 달려"가는 물의 "격렬한 음악 소리를 듣는다". 시적 주체의 일상의 도처에 음악이 있다. "사물의 뒤섞임과 나의 동기성, 사물을 자극하는 미세한 욕망의 움직임"을 그는 음악이라고, 시라고 부른다. 그러므로 그의 시에서는 담배 연기도 음악이 되고 시가 된다. 그 이름도 거창하고 급진적인 "인터내셔널 포에트리 급진 오랑캐 밴드"의 공연이 시작되면 "혁명의 달 두루마리 결사"가 이루어질 것이다. 그가 노래하는 혁명 또한 일상의 도처에 있다. 밴드의 음악에도, 시에도, 담배 연기에도, 커피 한 잔에도. 자유와 고독과 낭만과 슬픔을 구가하며, 모든 제도와 낡은 언어와 안녕을 고하며, 그렇게.

5. 비루한 시절의 불온한 시

모든 전위문학은 불온하다고 선언했던 김수영을 굳이 기억하지 않더라도 문학이 아직도 살아 있는 생명력을 지니기 위해서는 죽은 언어와 끝없이 결별하고 낡은 언어로부터 달아나며 비루하고 속된 이 시대를 내파할 수 있어야 할 것이다. 박정대의 언어를 빌려 말하자면, 사물, 혹은 세계의 뒤섞임과 나의 동기성이 만나야 김수영 식의 끓어 넘침이 가능할 것이다. 몸을 바꾸는 일에도 달아나는 일에도 누구보다도 발 빠른 자본의 시대에 우리를 구원하고 우리의 꿈을 구원할 길은 과연 열릴 것인가. 지그문트 바우만의 진단처럼 유동적인 이 '액체근대'의 시대에 해방을 노래하고 혁명을 노래하는 일은 쉽지 않다. 울리히 백에 따르면 "우리가 어떻게 살아가는가가 바로 체제 모순에 대한 전기적 해법"[1]이 되어 버린 시대에 사회적으로 위험과 모순은 끊임없이 생겨나지만 그것을 해결할 의무와 필요는 지극히 개인적인 차원의 문제가 되어 버린 것이다. 이 곤경을 어떻게 빠져나갈 것인가. 2011년 김진숙의 고공 농성으로 촉발된 희망버스는 분명 우리에게 희망을 다시 품게 해 주었다. 다시, 답답하고 막막한 시절이지만, 무엇보다도 무소불위의 자본 권력 앞에서 세상의 부조리를 보면서도 생계와 생활에 매여 눈감거나 비겁을 선택하는 일이 흔한 시절이지만, 아니, 그마저도 자기 합리화해 버리는 시절이지만, 그래도 우리가 기댈 곳은 사람과 사랑과 연대, 또는 달아나고 또 달아나며 저 무소불위의 권력에 포획당하지 않는 것, 않으려 노력하는 것뿐이다. 다시 '혁명'을 노래하기 시작한 시인들도 비슷한 꿈을 꾸고 있는 것이 아닐까.

---

1 지그문트 바우만 저, 이일수 역, 『액체근대』, 도서출판 강, 2010, p.57에서 재인용.

모국어의 실험과
새로운 전통 수립의 가능성
─한국(적인) 시, 가능한가?

1.

국가와 시, 민족과 시를 연결하는 상상력이 의심의 여지없이 통용되어 온 것은 언제부터일까? 식민지를 경험하고 해방 후 근대국가 건설을 지상 과제로 설정하면서 한국문학계에서는 민족문학의 수립을 오랫동안 열망해 왔다. 이후 한국문학을 정의할 때 사용되어 온 일반적인 정의는 한국시, 좀 더 좁혀서 한국 현대시를 정의하면서도 장르의 특성에 대한 내용이 추가되었을 뿐 대체로 통용되어 왔다. 한국어를 모국어로 하는 한국인이 한국인의 사상과 정서를 담아 한국어로 창작한 현대시라는 일반적인 정의는 개별 시 작품을 읽을 때 별다른 영향을 미치지는 못했지만 오랫동안 별다른 의심 없이 통용되어 왔다. 이에 대한 의심이 시작된 것은 '탈국가', '탈민족' 담론이 부각되고 민족을 '상상된 공동체'로 보는 시각이 일반화되면서부터였다.

국가와 민족의 가치가 예전처럼 절대적인 것으로 여겨지지 않고 국가와 민족을 벗어난 상상력이 요구되는 시대에 한국 현대시라는 개념이 실정성을 가질 수 있을지 의문을 품는 것은 당연해 보이기도 한다. 시인의 국적이나 민족적 정체성이 오늘날 어떤 의미를 지니느냐는 질문에 대답하기란 쉽지 않다. 그러나 탈국가, 탈민족 담론이 보편적으로 통용되는 시대에도 프랑스어로 프랑스 땅에서 쓰인 시와 한국어로 한국 땅에서 쓰인 시가 아무런 차이가 없는 시라고 말할 수는 없을 것이다. 한국어를 모국어로 사용하는 시인들에 의해 쓰인 시를 범박하게 한국시라고 지칭하고 언어적·문화적·역사적·현실적 차이가 빚어낸 그런 시의 특수성에 대한 논의를 하는 것이 여전히 의미가 없다고 할 수는 없을 것이다. 한국시라는 것이 아직도 가능하고 한국시의 개성과 차이에 대해 논하는 것이 가능하다면 그것은 아마도 한국어라는 언어의 특성과 한국적 상황의 특수성과 밀접히 닿아 있을 것이다. 오늘날 한국시를 논의하는 일이 가능하다면 바로 여기서 출발할 수 있지 않을까.

2.

근대시 초기에서부터 '한국' 근대시에 대한 고민은 시작되었다. 김억은 번역 시집 『오뇌의 무도』(1921)를 출간하고 창작 시집 『해파리의 노래』(1923)를 출간하면서 한국어로 써진 한국 근대시에 대한 고민을 일찌감치 시작한다. 그는 한국적 음률성을 고민하며 자신의 번역시와 창작시에서 '-어라' 등의 고어적 종결어미를 실험한다. 이후 한국적 음률의 형식 실험은 김소월에게서 시적 성취를 이룬다. 그런가 하면 김소월과 동시대의 시인이었던 한용운은 타고르의 영향을 받아 시적 주체인 '나'와 '님'의 관계를 새롭게 형성함으로써 한국시의 정신적 높이를 선취한다. 『조선불교유신론(朝鮮佛敎維新論)』을 통해 형성된 불교적 사상의 깊이와 식민지 조선이라는 현실적 상황에 대한 인식이 한용운에게 기룬 대상으로서의 '님'의 출현을 가능하게 했고, 현실태로 존재하지 않는 '님'을 그리워하며 미래의 가능성으로 불러오는 시적 구조를 완성하게 했다고 볼 수 있다. 1920년대 시사에서 또 하나의 중요한 줄기를 형성한 프로문학의 경우 한국적 현실에 바탕을 둔 한국시에 대한 고민이 무르익지는 못했지만 임화의 단편서사시는 낭만성과 서사성이 결합하는 시적 성취로서의 가능성을 선보이고 언어나 문학을 대하는 태도에 있어서 세계주의자이자 보편주의자였던 임화도 해방 이후에는 '민족'에 대한 고민을 시작한다.

김소월의 시론 「시혼(詩魂)」은 한국시의 가능성에 대한 탐색으로서도 의미를 지닌다. 김소월에 따르면 '시혼(詩魂)'은 영원불변하는 것이다. 스승 김억이 김소월의 시 「님의 노래」에 대해 시혼이 너무 얕다고 비판한 데 대한 반론으로 쓴 「시혼」에서 김소월은 '시혼'은 영원불변하는 것이라 시에 따라 얕고 깊고 하는 식으로 변화할 수 없으며 달라지는 것은 '음영(陰影)'일 뿐이라고 설파한다. '시혼'이 김소월이 지향한 시정신에 가까운 것이었다면 개별 시 작품에 따라 달라질 수 있다고 본 '음영'은 시혼이 구체적인 시 작품에 형상화된 것이라 볼 수 있을 텐데, 영원성과 가변성을 한 편의 시가 모두 품고 있다는 점에서 시혼과 음영의 관계는 마치 변화무쌍하면서도 지속성을 가지고 순환하는 자연의 속성을 닮았다. 김소월이 「산유화(山有花)」에서 그린 순환하는 자연과 그 속에 담긴 변화는 소월이 생각한 시혼과 음영이 시에 현현된 것으로 볼 수도 있겠다.

이후 김억, 김소월과 동향의 후배 시인 백석은 식민지 조선의 변방 언어인 평북 정주 말과 표준어, 그리고 제국의 언어라고 할 수 있는 일본어와 영어라는 복합적인 언어 현실 속에서 평북 정주 말과 조선어를 사용해 시를 쓴다는 것이 어떤 의미를 지니는 것인지 분명히 인식하며 첫 시집『사슴』의 언어 선택을 감행한다. 백석은 첫 시집『사슴』(1936)을 출간하기 1년 반쯤 전인 1934년 8-9월에 걸쳐 러시아 비평가 미르스키의 논문「죠이쓰와 애란문학」을 번역해『조선일보』에 연재하면서, 아일랜드의 극서 지방에만 간신히 보존되고 있을 뿐 점차 영어에 포섭되어 가는 아일랜드어의 현실과 식민지 조선어가 처한 현실, 그중에서도 조선의 변방이라고 할 수 있는 평북 정주 지역의 언어가 처한 현실을 겹쳐 놓는다. 아일랜드어와 조선어의 현실을 견주어 보면서 당시 백석은 제국의 언어에 완전히 포섭되지 않으며 모국어로서의 조선어(평북 정주의 지역어를 포함해)를 보존하는 문제에 대해 고민한 것으로 보인다. 백석의 시적 실천은 사실상 그가 처한 언어 현실에 대한 인식을 바탕으로 한 것이었다. 평북 정주의 언어와 고어는 백석이 의식적으로 보존하려고 한 고향의 언어이자 모국어의 뿌리였지 그에게 익숙한 생활 언어는 아니었던 것으로 보인다.『사슴』이후 그의 시에서 평북 정주 지역어나 고어 등의 사용이 현저히 줄어든 것은 아마도 그 때문일 것이다.

김기림에 의해 우리 시에 현대의 호흡과 맥박을 불어넣은 시인으로 평가받았던 정지용은 새로움을 추구하며 모던한 시적 출발을 보이지만,『백록담』으로 대표되는 일제 강점기 말의 시에서는 초기 시의 새로운 감각에 종교시를 거치며 형성된 정신의 높이를 더해 최동호가 동양적 산수시의 세계라 지칭한 경지를 보여 주기에 이른다. 금강산, 한라산을 비롯한 조선의 땅을 발로 찾아다니며 형성된 정지용의 현실감은 그의 시에 조선적 정서와 사상을 불어넣게 되고 이는 '한국'시의 또 다른 가능성을 열어 주게 된다.

정지용과 시문학파 동인이기도 했던 김영랑은 전남 강진의 자연에서 형성된 상상력과 음악성을 통해 김소월의 시가 구축한 한국 현대

시의 리듬을 계승한다. 끝없이 펼쳐진 강진의 들판과 끝없이 강물이 흐르는 탐진강, 그리고 바다와 산이 경계 없이 이어진 강진의 자연 경관은 김영랑 시 특유의 이미지와 리듬을 형성하게 하는데, 이러한 영랑의 시 또한 한국적 색채를 지닌 시라 부를 수 있을 것이다. 경계를 지우며 끝없이 이어진 자연의 모습과 그런 자연을 닮은 리듬과 이미지는 시문학파 동인이자 김영랑과 동향의 시인인 김현구의 시에서도 눈에 띄게 발견되는 것이다.[1]

정지용에 의해 『문장』지로 시단에 나오게 된 박목월과 조지훈은 시와 시론을 통해 한국적 정서의 시적 표현에 골몰한다. 박목월은 명사로 끝나는 특유의 시 형식을 통해 한국적 여백의 미를 창조하였고, 조지훈은 초기 시에서는 고전미의 추구를 통해, 시론에서는 전통과 신라 문화에 대한 탐색을 통해 한국적인 시의 가능성을 모색하였다. "전통은 역사적으로 생성된 살아 있는 과거이지만, 그것은 과거를 위해서가 아니라 도리어 현실의 가치관과 미래의 전망을 위해서만 의의가 있는 것"[2]이라는 것이 전통에 대한 조지훈의 관점이었다. 현실의 가치관과 미래의 전망을 위해 살아 있는 과거로서 전통을 이해하는 그의 전통관은 역사성과 비평 정신을 중시했다는 점에서 엘리엇의 영향의 흔적을 떠올리게 한다. 그가 신라 문화에 남다른 관심을 보인 것도 유럽 문화의 맥락 속에서 전통을 논했던 엘리엇처럼 우리 문화가 찬란했던 흔적으로서 신라 문화를 호명하고 지속적으로 탐구한 것으로 추정된다.

---

1 이경수, 「김현구 시에 나타난 공간 표상의 변모와 그 의미」, 『한민족문화연구』 49, 한민족문화학회, 2015.2, pp.419-448.
2 조지훈, 「전통의 현대적 의의」, 『조지훈 전집』 7, 나남출판, 1996, p.209.

『화사집』의 강렬한 에로티시즘으로 출발한 서정주는 해방 이후의 시단에서 한국적 전통 서정시의 가능성을 모색했다는 점에서 독자적인 의미를 지닌다. 신라 정신으로 표상된『귀촉도』와『서정주 시선』, 『신라초』,『동천』의 세계에서 서정주의 시는 이 땅에서 살아가는 보통 사람의 정서로부터 우러나온 한국적 전통을 추구한다. 그의 정치적 삶은 권력 지향적인 면모를 띠었지만 그의 시는 보편 민중의 삶에 닿아 있는 정서를 보여 준다. 사실상 서정주의 시적 지향과 성취가 아쉬움을 남기는 이유는 그의 시적 모색이 한국적 시의 가능성을 상당 부분 가지고 있었다는 데 있기도 하다. 삶의 행적에 친일과 친독재로 얼룩진 심각한 오점을 남기지 않았다면 서정주의 시적 모색은 한국적 전통의 수립 가능성을 논하는 유용한 근거로 좀 더 적극적으로 활용되었을 것이다. 1950년대 전통론에서 최일수가 서정주의 시를 중요한 사례로써 활용한 이유도 바로 여기에 있을 것이다. 그의 신라 정신이 현실에서 도피한 자리가 아니었다면, 아니 서정주가 활동한 시기의 보편 민중의 생활과 현실에 그의 시가 좀 더 뿌리를 내리고 있었더라면 그가 생각한 한국적 전통에 근거한 시는 좀 다른 모습이 되었을지도 모르겠다.

한국적인 시, 또는 한국시의 전통에 대해 논할 때 오랫동안 엘리엇의 전통에 대한 생각은 하나의 범례로 여겨졌다. 새로운 시인, 새로운 작품은 늘 출현하게 마련이지만 새로운 작품이 출현하며 파괴된 기성의 문학은 다시 새로운 작품까지 포함하여 전통이 재구축되면서 그 범위가 확장된다. 새로운 문학적 실험과 전통이 당대에는 대립하는 것처럼 보이지만 사실상 멀리 보면 새로운 문학적 실험을 통해서 전통은 늘 새롭게 수립될 미래적 가능성을 지니게 되는 것이기도 하다. 미래를 견인하지 않는 전통은 살아 있는 전통이라 부르기 어려울 것이다. 이상의 시와 김수영의 시가 전통으로 자리 잡으면서 한국 시 문학사가 풍성해진 것이 하나의 예가 될 수 있다.

그런데 지금껏 우리 시사에서 한국적인 시의 가능성은 전통 서정 시와 관련해서만 주로 논의되어 온 것이 사실이다. 여기에는 서정성 에 대한 오랜 편견이 작용하고 있었고 모더니즘과 리얼리즘과 전통 서정시가 한국 현대시사에서 대립 구도를 형성하면서 새로운 문학, 실험적인 문학을 한국적인 문학 내지는 전통적인 문학의 대척점에 놓아 왔기 때문이다. 꽤 오랫동안 당연시 여겨져 온 이런 편견은 한 국적인 시, 전통, 서정에 대한 새로운 논의를 다소 어렵게 했다.

1920년대의 프로시를 거쳐 1930년대부터 해방기까지에 걸쳐 활동 한 임화, 이용악, 오장환, 해방기의 유진오, 김상훈, 김광현, 이병철, 박산운 등의 전위시인들과 설정식, 1960년대의 신동엽, 1970년대의 김지하, 고은, 신경림, 조태일, 1980-90년대의 김남주, 김준태, 고정 희, 박노해, 백무산, 2000년대의 송경동 등으로 이어지는 시대 현실 에 맞서 비판적 목소리를 내는 리얼리즘 시의 전통이 꾸준히 우리 시 사에 있었지만, 한국적 시대 현실의 현장에서 발언하고 비판적 목소 리를 내 온 이런 시인들의 시와 이 시 작품에서 뿜어져 나오는 언어 의 힘과 정서를 한국적 전통으로 충분히 포섭해서 논의해 오지는 못 했던 것으로 보인다. 모더니즘의 시 전통 역시 마찬가지였다. 1930년 대의 김기림, 이상, 김광균 등을 거쳐 해방기의 '신시론' 동인들, 1950 년대의 '후반기' 동인들과 김수영과 김춘수, 1960-70년대의 '현대시' 동인들, 1980년대의 오규원, 황지우, 이성복, 최승자 등으로 이어지 는 모더니즘의 전통도 문학사적 연속성을 가지고 이어져 왔지만 한 국적인 시를 논하는 자리에서는 대체로 배제되어 왔다. 모더니즘 시 의 전통에서 꽤 오랫동안 현실의 항을 배제해 오다가 다시 현실에 대한 관심을 보이기 시작한 것도 따지고 보면 1980년대 이후의 일이다. 그러고 보면 한국적 전통에 기반한 한국적인 시라는 것이 따로 있다는 허상에 우리는 꽤 오랫동안 사로잡혀 있었던 것도 같다. 시대 현실에 굳건히 뿌리내린 시들과 새로운 언어 실험을 시도하는 시들을 배제한 한국적인 시라는 발상이야말로 지나치게 편협한 생각이 아닐 수 없다. 한용운과 이육사의 시는 한국적 시의 전통으로 포섭해 논의하면서 시대 현실에 저항해 왔던 해방기의 전위시인들과 신동엽, 김남주, 백무산, 송경동 등의 시에 대해서는 한국적 시의 전통이라는 차원에서 논의해 오지 않은 태도에 대해서 이제 반성적 검토가 필요해 보인다.

3.

최근의 우리 시에는 국경을 넘어서는 상상력, 탈국가·탈민족의 상상력이 눈에 띄면서 한국(적인) 시를 논하는 것을 시대착오적인 일로 느끼게 하기도 하지만, 이 땅의 현실에 굳건히 발을 디디고 있는 모국어에 기반한 시에 대한 모색은 아직도 현재진행형으로 계속되고 있다. 모국어가 지닌 무한한 가능성을 실험하고 확장할 수 있는 연금술사이자 언어의 혁명가가 시인이라면 시는 늘 새롭게 써져야 하며, 시인은 언어 규범을 초월해 한국어가 지닌 새로운 가능성을 실험하고 모색하기를 멈추지 말아야 한다. 또한 시대 현실에 굳건히 발을 디디면서도 시대 현실을 초월하고자 하는 지향을 보여 주는 시기 씌어질 때 한국적인 시의 전통은 살아 있는 생명력으로 꿈틀댈 수 있을 것이다. 돌아보면 우리 현대시사에서 우뚝한 봉우리로 서 있는 시와 시인들은 모두 시대 현실을 온몸으로 겪으며 그 현실을 초월하고자 하는 갈망을 보인 시들이었다. 김소월과 한용운의 시가 그랬고, 이육사와 윤동주의 시가 그랬으며, 정지용의 후기 시, 이상의 시, 백석과 이용악의 시, 김수영과 신동엽의 시, 황지우와 김남주와 박노해와 백무산의 시, 오늘날 써지는 송경동과 진은영과 이영광과 김행숙의 시도 그런 점에서 다르지 않다.

황현산은, 시는 언어적 직관에 많은 것을 의지하기 마련이므로 "시인의 모국어로 쓰이는 것이 원칙"[3]임을 분명히 하면서도 "번역도 원칙적으로는 자기 모국어로 글을 쓰는 작업"[4]이라는 사실에 주목했다. "시의 번역은 자기 언어를 그 표현의 한계에까지 몰고 가는 작업"[5]이므로 번역을 통해 모국어의 가능성이 실험되고 '모국어 속의 외국어성'이 발견되고 궁극적으로는 모국어의 확장과 심화를 이룰 수 있다는 생각이다. 하재연에 의해 연구되었듯이 한용운의 타고르 시 번역이 한용운의 시 창작에 창조적 영향을 미쳤고[6] 백석의 경우에도 마르샤크의 『동화시집』을 번역, 출간하면서 새로운 종결어미를 실험하고 의성어, 의태어를 실험함으로써 『집게네 네 형제』라는 동화시집의 창작에까지 이를 수 있었다.[7] 사무일 야코블레비치 마르샤크와의 만남은 분단 이후 재북 시기의 백석이 아동문학을 통해 문학적 활로를 찾을 수 있도록 도와준다. "번역의 기획이 현대시의 언어적 모험과 상통한다"[8]는 황현산의 견해를 받아들일 때 번역뿐만 아니라 외국어로

---

3 황현산, 「번역과 시」, 『잘 표현된 불행』, 문예중앙, 2012, p.96.
4 황현산, 위의 글, p.97.
5 황현산, 위의 글, p.97.
6 하재연, 「'조선'의 언어로 한용운에게 찾아온 '생각'─『기탄잘리』와의 비교 분석을 통해 본 한용운의 『님의 침묵』」, 『한국근대문학연구』 20, 한국근대문학회, 2009.10, pp.275-302.
7 이경수, 「마르샤크의 『동화시집』 번역을 통해 본 『집게네 네 형제』 창작의 의미」, 『Comparative Korean Studies』 제23권 1호, 국제비교한국학회, 2015.4, pp.179-212.
8 황현산, 위의 글, p.113.

된 문학의 독서 체험도 시인들에게 비슷한 경험을 하게 하고 시적 영감을 주지 않았을까 싶다.

모국어의 가능성을 무한히 실험하는 시 창작을 통해 모국어의 확장과 심화가 이루어지면서 한국 현대시는 이상과 김수영을 만나고 황지우와 이성복과 최승자를 만나고 김남주, 박노해, 백무산, 송경동 등을 만나게 된다. 이들이 모국어의 가능성을 적극적으로 실험함으로써 한국시의 가능성은 확장되고 심화된다. 2000년대 중반 이후 한국 시단을 종횡무진하는 황병승, 김민정, 김행숙, 신해욱, 하재연, 이근화, 김경주 등의 시와 진은영, 심보선, 이영광, 송경동 등 새로운 정치시를 모색하고 있는 시인들의 시가 감행한 시적 실험들도 한국어의 잠재력을 실험하고 확장하는 데 기여했다. 최재서의 표현을 빌리자면, 엘리엇은 "새로운 작품의 출현에 의하여 반드시 구질서는 파괴되지만, 그러나 전통은 어느새 그것을 포섭하여 '탄탈루스의 눈사람'처럼 커진다"[9]고 보았다. 새로운 문학이 출현할 때마다 새로운 문학에 의해 전통이 파괴되는 것처럼 보이지만 결국 새로운 문학까지 포섭하면서 우리 시의 전통은 점점 확장되어 간다고 말할 수 있을 것이다.

군부독재와 오월 광주로 얼룩진 1980년대라는 시대 현실을 온몸으로 겪으며 1980년대의 한국시는 전례 없이 풍성한 창작열을 보여 주었고, 황지우, 이성복, 최승자, 최승호, 정호승, 김영승, 기형도, 허수경, 박노해, 백무산 등 많은 시인들이 시대의 아픔을 넘어서는 시적 성취를 보여 주었다. 1987년 6월 항쟁과 형식적 민주주의의 달성을 경험한 후 1990년대의 한국시는 다시 신서정과 전통으로 회귀하는 경향을 보인다. 2000년대의 '미래파' 시들은 신서정의 전통을 파

---

9 최재서, 「비평과 모랄의 문제」, 『최재서평론집』, 청운출판사, 1961, p.20.

괴하고 이국적이고 이질적이고 파편적인 언어 실험을 감행하여 찬사와 비판을 동시에 받는다. 이들이 감행한 새로운 언어와 형식 실험은 새로운 전통을 모색하기 위한 파괴로 문학사적 의미를 충분히 지니는 것이었으나 시대 현실에 대한 반발력과 비판력, 역사성 등에 있어서는 다소 아쉬움을 남기기도 했다. 2000년대 중반에서 후반까지 이어진 '미래파' 논쟁은 소득 없이 공전하며 마무리되는 듯했으나, 정작 그 결실은 2009년 용산 참사와 고 노무현 전 대통령의 서거를 경험하면서 새로운 국면으로 접어들게 된다. 2009년 6월 젊은 시인, 작가들을 중심으로 이루어진 '6.9 작가 선언'은 작금의 사태에 대한 젊은 시인, 작가들의 비판적 발언이었는데 '미래파' 시인들로 분류된 시인들의 상당수가 자발적으로 참여한 선언이었다는 점에서 의미를 지닌다. 당시 '6.9 작가 선언'이 사회적 파장을 불러왔다고 말할 수는 없지만 적어도 선언에 참여한 시인, 작가들에게는 적지 않은 의미심장한 변화를 가져왔다. 시대 현실에 대한 시인들의 비판적 문제의식은 일회성 선언으로 그치지 않고 이후 오늘에 이르기까지 지속성을 가지고 글쓰기의 실천으로 이어지고 있다.

최근의 우리 시는 시대 현실에 대한 비판적 문제의식을 안고 점점 삶의 현장으로 걸어 들어가고 있다. 2014년 4월 16일에 벌어진 세월호 참사를 기억하기 위한 시인, 작가, 평론가들의 글쓰기는 지금도 계속되고 있고, '304 낭독회' 등을 통해 시민들 속으로 걸어 들어가 읽고 쓰고 기억하는 실천이 지속되고 있다. 현장성을 좀 더 높게 지닌 시의 특성 탓인지 낭독회 현장에서도 많은 시가 써지고 읽혀지고 있다. '6.9 작가 선언'이 시인, 작가들이 중심이 된 상징적인 성격의 선언이었다면 최근의 세월호 참사를 두고 벌어지는 시적 실천은 시민들 속으로 걸어 들어가 시민들과 함께 읽고 쓰고 기억하는 실천이라는 점에서 한 단계 진일보한 것으로 의미를 부여할 수 있겠다. 낭독을 위해 시를 쓰고 진심을 다해 그것을 읽고 귀 기울여 온 마음을 다해 그것을 듣는 집중의 시간이 낭독회에 형성되어 가고 있다.

　해방기를 가슴 뜨겁게 살았던 많은 시인들은 거리의 시인이었다. 거리에서 읽힌 시들은 군중의 열광적인 반응을 얻곤 했다. 거리에서 시가 낭독되던 전통은 1980년대에 다시 살아났지만 오래가지는 못했다. 이제 시민들과 함께하는 한층 더 진일보한 형식으로 낭독의 전통이 되살아나고 있다. 오늘날 한국적인 시를 논하는 자리에서 한국적 시대 상황과 현실을 고려하지 않을 수는 없을 것이다. 어쩌면 오랫동안 한국적인 시를 논하는 자리에서 정작 논외였던, 한국적 현실에 뿌리내린 시의 전통이 새롭게 쓰일 가능성이 오늘의 시에 찾아왔는지도 모르겠다. 세월호 이후의 한국(적인) 시가 우리 시의 전통을 어떻게 허물고 어떻게 새롭게 구축하며 우리 시를 어디로 이끌지는 아직 알 수 없지만, 한국(적인) 시를 꿈꿀 새로운 가능성을 그로부터 찾을 수 있을지도 모르겠다. 현실과 비현실을 자유자재로 넘나들며 새로운 전통을 구축해 온 우리 시의 언어가 현실의 아픔에 발을 딛고 현실 너머를 꿈꾸는 방향으로 움직이고 있다. 한국(적인) 시가 가능하다면 그것은 바로 이 시간을 우리가 어떻게 경험하고 통과하느냐에 달려 있지 않을까.

우리는 무엇을
뒤섞고 싶었을까
—2000년대 시와 혼종성에 관한 단상

1. '경계도시'가 사라진 곳

'혼종성'이라는 키워드로 2000년대 시단을 정리해 보는 원고를 앞에 두고 줄곧 나를 사로잡은 것은 몇 주 전에 본 「경계도시 2」라는 영화였다. 재독 학자 송두율 교수의 귀국 문제를 다룬 다큐멘터리 영화 「경계도시 1」의 뒤를 이어 2003년 마침내 고국으로 돌아온 송두율 교수를 둘러싸고 벌어진 사건을 다룬 다큐멘터리 영화 「경계도시 2」가 개봉되어 예술영화전용관에서 약 2주 정도 상영되었다. 벼르고 별러서 본 「경계도시 2」는 송두율 교수 사건을 통해 오늘의 한국 사회와 우리 자신을 돌아보게 하는 영화였다.

영화는 예상대로 선 굵은 다큐멘터리 영화였다. 보는 내내 한숨이 나왔지만 그것은 스크린을 채우고 있는 사람을 향해서라기보다는 나 자신을 포함한 우리 모두를 향해서였다. 이미 알고 있는 현실을 확인하면서도 영화를 보는 내내 막막하고 갑갑했다. 평생을 경계인으로 살아온 재독 철학자 송두율 교수는 아직도 이데올로기의 선명한 경계가 살아 있는 모국에서 평생 지켜 온 신념을 포기해야 했다. 한국에 온 것을 후회하느냐는 기자의 물음에 착잡한 표정으로 그렇다고 대답하는 그의 지친 모습을 보며 2003년의 나를 떠올리지 않을 수 없었다. 그 시절의 나는 무엇을 하고 있었나? 2003년 2월 박사 학위를 받았고, 『작가와 비평』 동인들과 인연이 닿아 비평 전문 잡지에 대해 구상하면서 비평가로서의 정체성에 대해 고민하고 있었으며, 학위 취득과 함께 밀려드는 일들 앞에서 어지럼증을 느끼고 있었다. 하지만 먹고살아야 하는 눈앞의 현실에 치여 일주일에 스무 시간 정도 강의를 하면서, 영화 속에 그려진 대부분의 사람들처럼 나 역시 신문지상을 통해 접하던 송두율 교수 사건을 서서히 잊어 가고 있었다.

영화 속에 그려진 한국 사회는 경계인을 절대 용납하지 못하는 경직된 사회였다. 세계가 인정한 재독 학자 송두율 교수는 오랜만에 돌아온 모국에서 전혀 이해받지 못했다. 한국 사회는 그가 어떻게 경계인으로서 평생을 살아왔는지 관심을 두지 않았으며, 그에게 남이냐 북이냐, 이쪽이냐 저쪽이냐를 분명히 선택하도록 강요했다. 체제 바깥의 인간을 수용하기엔 한국 사회는 아직도 지나치게 경직되어 있었다. 안타깝게도 그 점에 있어서는 좌파와 우파 사이에 별 차이가 없었다.

영화를 보는 내내 착잡했던 것은 1990년대 후반에서 2000년대에 이르기까지 한국 사회를 전반적으로 뒤흔든 화두가 '경계'라는 말이었다는 사실이 떠올랐기 때문이기도 했다. 경계를 자유롭게 넘나들어야 한다는 생각은 한국의 지식인 사회는 물론 대중문화 전반에까지 널리 퍼져 있었고, 그로 인해 우리는 경계를 자유롭게 넘나드는 경계인의 삶을 살고 있는 듯한 착각에 사로잡히기도 했다. 당시 우리의 학계는 들뢰즈에 중독되어 있었다. 그러나 2003년 송두율 교수 사건을 다룬 영화 「경계도시 2」는 한국 사회를 지배한 경계를 횡단한다는 담론이 얼마나 허위와 위선으로 가득 찬 것이었으며, 우리의 실상이 당시 구축된 담론과 얼마나 달랐는지, 심지어 우리 사회의 경직성이 평생을 경계인으로 살아온 한 학자의 삶을 순식간에 얼마나 초라하고 굴욕적인 것으로 만들어 버렸는지 적나라하게 보여 준다.

1990년대 이후 한국 사회의 담론을 지배한 중요한 키워드 중 하나가 '혼종성'이었다. 시단의 경우도 예외가 아니어서 '혼종성'은 2000년대의 시를 읽는 핵심적인 키워드들 중 하나였다고 할 수 있다. 1990년대에 이어 2000년대까지 경직된 흑백논리를 넘나들며 경계를 횡단하는 것은 문학에서 여전히 매력적인 테마였다. 중심과 변경 사이에서 일어나는 상호 연관성과 관계의 협상과 이동을 '혼종성'이라고 볼 때 2000년대 한국 사회와 시단에서는 혼종성의 징후들을 읽을 수 있다. 이제 그 징후들이 무엇을 가리키고 있었는지 살펴보고자 한다.

2. 무엇이 뒤섞였나—2000년대 시단의 풍경 1

2000년대의 시단에서는 고정적인 이분법을 허물고 경계를 자유롭게 횡단하는 상상력이 지배적이었다. 사실상 이러한 경계 횡단의 상상력은 1990년대 중반 이후부터 다양한 형식으로 이루어져 왔다. 포스트모더니즘의 유입과 함께 유행한 '혼성모방'은 장르의 경계를 허물고 중심을 해체하는 상상력의 일종이었으며, 이러한 탈경계의 상상력은 2000년대에도 지속된다. 뚜렷한 경계와 구획을 가지고 있었던 것들을 허물고 중심과 주변의 차이를 허무는 상상력은 호미 바바에 의해 그 저항적 성격이 주목되기도 한다. 이 글에서는 호미 바바의 '혼종성'에 대한 이해를 수용하면서도 그 저항적 가능성에 대해서는 양가적 시선을 유지하고자 한다. 2000년대 우리 시에 나타난 혼종성이 국경 및 고정된 장르를 허무는 데 기여한 것은 사실이지만, 그것이 저항적 성격을 지니고 있었는지에 대해서는 좀 더 면밀히 따져 볼 필요가 있어 보인다. 2000년대 우리 시에 나타난 혼종성은 전 지구적 자본주의 시대의 다문화적 양상과도 관련이 있어 보이기 때문이다.

2000년대 시단을 정리할 때 눈에 띄는 특징으로는 '젊은' 시인들[1]의 실험적인 시적 경향을 들지 않을 수 없다. 그들에게선 공통적으로 새로움에 대한 추구가 나타나는데, 이는 기존의 시에 대한 고정관념을 허무는 시적 작업이었다. 사실상 새로운 시에 대한 시적 실험은 이미 1980년대 후반의 황지우, 최승자, 박남철, 장정일 등에 의해 상당 부분 진행되었다고 할 수 있다. 2000년대의 시가 이룩한 새로움은 혼종성으로 명명할 수 있는데, 크게는 탈장르적 경향과 탈국가적 상상력에서 혼종성이 나타난다.

태양남자 애인 하나 없이 46억 년 동안 하루도 **빼놓지** 않고 지구를 비췄다 왜, 무엇 때문에, 무슨 영화(榮華)를 누리겠다고. 여름, 일 년에 한 번 나 자신을 강렬하게 책망했다

늙은 나무들 과수원 바닥에 사과 배 대추 감, 열매들이 떨어질 땐 너희들이 먹어도 좋다는 게 아니고 우리들이 또 한 번 포기했다는 뜻이다,

---

1 사실 '젊은' 시인들이라는 기준은 얼마나 모호한 것인가? '미래파' 논쟁에서 대체로 2000년대에 등단한 1970년대생 시인들을 2000년대의 젊은 시인들이라고 일컬어 왔지만, 생물학적 나이와 시적 경향은 사실상 무관한 것이기도 해서(같은 조건을 만족시키면서도 여전히 전통적 의미의 서정성을 추구하는 시인들도 적지 않으니 말이다) 그 기준은 따져 볼수록 모호하고 부정확한 것이 될 수밖에 없다. 기성의 시에 대해 '다른' 상상력을 추구하는 시인들을 '젊은' 시인들이라고 부르는 것이 오히려 타당할지도 모르겠다.

가을

미스터 정키 어떤 계절은 남녀를 가리지 않을 정도로 뜨겁고 또 어떤 계절은 순식간에 싸늘해져서 남자도 여자도 그 어느 누구도 사랑할 수 없을 정도로 뿌리부터 차가워지지

힙합 소년 j 친구들은 늘 우정이 어쩌구 선후배가 어쩌구 떠들어 대지만 스윗 숍(sweet shop) 앞을 지날 때면 부모 형제도 몰라봅니다 친구들은 커서 달콤한 가게의 핌프(pimp)가 되겠죠

나는 다릅니다 나는 생각이 있어요 붓질을 잘하면 도배사 하지만 글을 배워서 서기(書記)가 되지는 않을 거예요

이소룡 청년 차력사인 아버지의 쉴 새 없는 잔소리에 머리가 늘 깨질 듯이 아팠다 쌍절곤 휘두를 힘도 없다 가끔 정키 씨를 불러 리밍을 시켰다

저팔계 여자 벽을 따라 게처럼 걸었죠 귀에는 이어폰을 꽂고 볼륨을 높였지만, 녀석들의 킬킬거리는 소리가 땅 파는 기계처럼 내 몸을 흔들었죠⋯⋯

그러나 더는 울지 않는 여자, 거리의 핌프들에게 심한 모욕을 당한 뒤 방문을 걸어 잠그고 날마다 순돈육 소시지를 먹었다

그리고 겨울 날개를 가진 짐승들은 모두 남부 해안으로 떠나고 이제 비유 없이는 한 발짝도 전진할 수 없는 계절

깊은 밤이었고 눈이 내렸다

스윗 숍에서부터 시작된 불길은 에로틱파괴어린빌리지 전체로 번져
나갔다

늙은 나무들은 포기를 모르고 맹렬히 타올랐다

힙합 소년 j는 달콤한 가게의 구석방에서 창녀 셋과 뒤엉킨 채 숯불
구이가 되었고

이소룡 청년은 차력사인 아버지를 때려눕히고 아비요! 교성을 지르며

늙은 남자의 항문에 쌍절곤을 쑤셔 박았다

죽음도 삶도 아닌 세계, 붉은 해초들이 피어오르는 환각 속에서

미스터 정키는 끝없이 헤엄쳐 나갔고

태양남자, 언덕 위에 누워 46억 년 만의 휴식처럼

에로틱파괴어린빌리지의 겨울을 내려다보았다

누가 만든 불일까, 잘 탄다

저팔계 여자는 순돈육 자지를 달고 불 속을 걸었다

—황병승, 「에로틱파괴어린빌리지의 겨울」

(『여장남자 시코쿠』, 랜덤하우스중앙, 2005) 전문

황병승의 시는 모든 기성의 것을 거부하는 데 바쳐진다. 시 장르의
관습은 황병승에겐 허물기 위해 존재하는 것에 불과하다. '여장남자
시코쿠'라는 새로운 시적 주체를 위해 그는 "에로틱파괴어린빌리지"
같은 새로운 공간을 구축해 낸다. 그곳에선 남성 젠더와 여성 젠더라
는 성적 경계, 국가와 국가의 경계를 나누는 국경 등 모든 경계가 의
미가 없어진다.

"에로틱파괴어린빌리지"는 시인이 상상 속에서 구축한 세계이다. 에로틱하면서도 파괴적인 성향을 지닌 세계에서 각양각색의 주체들은 매번 얼굴을 바꾸며 살고 있다. "에로틱파괴어린빌리지"에 사는 인물들에겐 고유명사의 이름 대신 그들의 외양이나 성격을 극대화해서 나타내는 상징적인 이름들이 붙여진다. 고딕체로 표기된 태양남자, 늙은 나무들, 미스터 정키, 힙합 소년 j, 이소룡 청년, 저팔계 여자 등은 "에로틱파괴어린빌리지"라는 그들만의 세계에서 살아간다. 그들은 하나같이 보편적인 세계에서 소외되고 배척당한 존재들이다.

황병승의 시를 비롯한 2000년대 젊은 시인들의 시는 기성의 제도와 억압을 뛰어넘어 어떤 것을 구분 짓는 경계를 자유롭게 오가는 상상력을 보여 주고자 한다. 혼종과 횡단은 2000년대 시단을 대표하는 중요한 키워드이다. 플럭서스 운동의 정신을 첫 시집 곳곳에서 보여 준 바 있는 김이듬의 시나 성과 속의 경계, 음악과 시의 경계를 자유롭게 오가는 조연호의 시, 연극의 기법을 적극적으로 시에 도입함으로써 장르의 경계를 적극적으로 무너뜨린 김경주의 시, 하위문화적 어법과 상상력이 발랄하게 스며들어 있는 김민정과 오은의 시, 각주와 시의 본문이 서로 넘나들고 간섭하며 새로운 의미를 생성해 내고 있는 장석원과 채상우의 시, 힙합과 시의 경계를 허물고 있는 이승원의 시 등은 혼종성이 시에 실현된 예로 기억될 수 있을 것이다. 이들에게 경계는 기성의 제도와 억압을 표상하는 것으로, 자유롭게 넘나들어야 하는 것이다.

「여장남자 시코쿠」에서 황병승은 "찢고 또 쓴다"라는 도마뱀의 시작법을 표방하는데, 이것은 황병승의 시적 주체의 생존법이기도 하다. 꼬리를 끊고 도망가는 도마뱀처럼 그는 자신의 존재를 찢고 쓰기를 자유자재로 한다. 자신을 틀 지우는 경계를 찢고 새로운 시를 쓰고자 하는 욕망이 요즘 시인들에게서는 공통적으로 나타난다. 저마다 방식은 달라도 장르의 경계를 허물고 서로 다른 장르적 속성이 뒤섞이거나 하위문화적 요소들이 뒤섞이는 일이 2000년대 젊은 시인들의 시에서는 흔하게 일어난다.

사실상 오늘의 세계에서 국경을 비롯한 경계들을 가장 자유자재로 넘나드는 장악력과 흡수력을 지닌 것은 자본이다. 신자유주의를 표방한 자본주의의 전 지구적 확장은 이질적인 존재들이 서로 뒤섞여 있는 혼종성을 자연스러운 삶의 조건으로 만드는 힘을 가지고 있다. 어떤 이질적인 것도 흡수해 버리는 자본의 장악력 역시 저항적 가능성을 상실한 혼종성이라고 볼 수 있다. 전 지구적으로 작동하는 자본의 위력은 신자유주의의 외피를 입고 민족과 국가의 경계를 넘어 다문화주의로 표출되기도 한다.

국가의 경계를 넘는 탈국가적 상상력을 보여 주거나 디아스포라적 상상력을 보여 주는 시들이 2000년대에 많이 창작된 것은 다문화주의의 출현과 무관하지 않다. 특히 하종오는 외국인 노동자들이나 '코시안'[2]들의 삶을 통해 오늘의 우리를 다시 보고자 하는 기획 아래 다문화적 상상력의 시를 지속적으로 써 왔다. 이제 2000년대에 그가 펼친 시작 활동은 하나의 다문화주의 운동이라고까지 명명해도 과언이

---

2 '코시안'이란 말은 다문화가정에서 그들 스스로를 가리키는 말로 처음 사용되었는데, 인종차별적 요소를 지니고 있어서 국립국어원에서는 '온누리안'이라는 용어를 쓰도록 권장하고 있다. 한국인도 아시아인의 일부이면서 '코시안'이라는 용어를 사용함으로써 아시아인과 스스로를 구별하려는 욕망을 보인다는 점에서 이 용어는 '신종 오리엔탈리즘'이라고 해석될 여지가 있다. 더구나 같은 아시아 국가라도 한국보다 소득 수준이 높은 국가 출신에 대해서는 이 용어를 쓰지 않는다는 점, 2세들이 대한민국 국적을 가진 한국인임에도 이국적인 외모에 따른 차별적 지칭이라는 점에서 사실상 문제가 많은 용어이다. 이 글에서는 하종오의 시에서 그런 차별적 현실을 드러내기 위해 사용한 '코시안'이라는 용어를 같은 맥락에서 사용했다.

아닐 정도에 이르렀다. 우리 역시 식민지 경험을 가지고 있으면서도 역사를 거울로 삼지 못하고 지배자의 시선을 취하고자 한 우리의 위선을 들여다보게 한 점은 이러한 유형의 시가 거둔 성과라고 할 수 있다. 다만, 진정한 의미의 디아스포라 시는 한국의 국적을 취득한 '코시안' 2세 시인들의 손에 의해 써질 때 이들을 타자화할 위험이나 오해로부터 벗어날 수 있을 것으로 보인다. 호미 바바가 말한 의미의 혼종성의 저항적 가능성을 2000년대 우리 시에서 찾을 수 있다면 그것은 아마도 여기쯤이 될 것이다. '나와 같아져라'라고 말하면서도 정작 같아지기를 바라지 않는 지배자의 양가적 시선을 우리 역시 지니고 있었다는 깨달음이 하종오가 하나의 운동에 가까운 사명감을 가지고 폭발적으로 탈국경의 디아스포라 시를 쓰는 이유일 것이다.

김경주가 두 번째 시집 『기담』에서 시도한 연극과 시의 장르적 혼종성은 2000년대 우리 시가 도달한 또 하나의 파격이라고 할 수 있겠다. 첫 시집 『나는 이 세상에 없는 계절이다』에서도 그는 음악과 시의 장르적 혼종을 실험해 보기도 했는데, 두 번째 시집에 와서 혼종성의 실험은 훨씬 과격하고 대담해진다. 그 밖에도 장석원의 『태양의 연대기』의 제3부에 실린 동명의 장시 「태양의 연대기」에서 비교적 확연히 드러나는 임화, 김수영, 백무산 등 선배 시인들의 흔적은 이질적인 것들이 뒤섞인 혼종성의 또 하나의 예라고 볼 수 있다. 그가 영향을 받은 시인은 많았겠지만, 그중에서도 몇몇 시인들의 시구절을 차용하여 자신의 시와 접합해 새로운 시를 창작해 냄으로써 자신의 시적 계보를 그리고자 한 것이 장석원이 시도한 혼종성의 의도였다고 할 수 있겠다.

3. 무엇이 섞이지 못했나─2000년대 시단의 풍경 2

2000년대의 시는 자유자재로 수많은 경계를 뛰어넘었다. 고정된 장르의 벽이나 국경도 그들에겐 넘지 못할 경계가 아니었다. 거칠게 말하면, 기성의 시는 곧 그들에게 넘어야 할 경계가 되었다고 말할 수 있겠다. 이미 1980년대 후반 포스트모더니즘이 유행하던 시절에 시에 대한 고정관념을 상당 부분 뛰어넘었지만, 2000년대의 '젊은' 시인들은 시의 언어에 대해 남아 있는 고정관념을 모조리 부수고자 한다. 그야말로 시의 이름으로 섞이지 못할 것이 없는 혼종의 시대였다.

하지만 2000년대 시단에서도 끝내 섞이지 못한 것이 있었다. 의사 논쟁이었다는 진단에 이른 '미래파' 논쟁의 전개 과정은 약 2년 간 각종 시 잡지들의 기획 특집란을 메웠지만 제대로 된 논쟁이 되지 못한 채 일단락되고 말았다. 2000년대 시단에 새롭게 등장한 일부 젊은 시인들의 새로운 경향에 대해 권혁웅이 '미래파'라는 명명과 함께 기성 시의 어법을 벗어난 이들의 시에서 우리 시의 미래를 긍정적으로 점치면서 '미래파' 논쟁은 시작된다. 이들의 시적 경향을 어떻게 볼 것인가에 대한 미학적 입장 차이가 드러나기 시작하면서 '미래파' 논쟁은 미학 논쟁의 가능성을 배태하게 된다. 그런가 하면 '미래파' 논쟁을 우리 문학사에서 종종 있어 왔던 세대 논쟁의 일환으로 이해하는 시각도 제기되었다. 또한 '서정시', '서정성'처럼 오랫동안 통용되어 오면서 면밀히 검증되지 않았던 용어의 범주에 대한 재고찰 역시 '미래파' 논쟁이 촉발한 것이었다.

2005년에 출간된 황병승, 김민정, 이민하, 장석원 등의 시에 대해 처음 '미래파'라는 명명이 붙은 이후 '미래파'의 범주를 어떻게 볼 것인지에 대해서는 논자들마다 의견이 달랐다. '미래파' 시인들의 시적 경향을 적극 옹호한 권혁웅은 가급적 많은 젊은 시인들을 '미래파'의 범주 안에 넣고자 해서 김이듬, 김경주, 김행숙, 이근화 등등 논의를 거듭할수록 그 범주에 속하는 시인들을 점점 늘려 나갔다. 그런가 하면 '미래파'로 묶인 시인들 사이의 차이를 섬세하게 고려해서 이들을 갈라내야 한다는 견해도 제기되었다. 이들 중에는 첫 시집에서는 '미래파'로 지칭된 시들과 거리를 유지하고 있다가 두 번째 시집 이후로 급격히 실험적인 성향으로 급선회한 김경주 시인도 있다.

구체적인 시를 대상으로 미학적 입장 차이에 대한 논의가 첨예하게 이루어졌다면 '미래파' 논쟁은 논쟁이라는 말에 걸맞은 내용을 갖게 되었을지도 모르겠다. 하지만 '미래파' 시에 대한 논의는 되풀이된 세대 논쟁 내지는 '모더니즘-리얼리즘' 논쟁의 속편, 또는 주류 대 비주류 간의 논쟁 정도로 이해되면서 논의에 참여한 논자들을 편 가르기 하는 방식으로 전개되어 나갔다. 대립각을 세워야 논쟁이 가능해지는 면이 없는 것은 아니지만, '미래파' 논쟁에서 무엇을 대립각으로 세웠어야 했는지에 대해서는 반성적 성찰이 필요해 보인다. 비록 뒤늦은 일이라 하더라도 말이다.

'미래파' 논쟁은 '우리 시의 미래가 어떤 것이어야 하는가'라는 물음을 향하고 있는 미학 논쟁의 가능성을 가지고 있었다. 물론 구체적으로 우리 시의 미래를 열어 가는 것은 시인들의 몫이지만 동시대의 비평가로서 그에 대한 견해를 제기할 권리와 의무는 있다. 그것은 사실상 우리가 자유롭게 넘나들고 싶은 것이 무엇이며 넘어야 할 것은 무엇인지에 대한 물음을 포함한 것이기도 했다. 나는 진정한 논쟁이 이루어지기 위해서는 논쟁에 참가하는 이들끼리의 경계 허물기가 필요하다고 생각한다. 공고한 집을 지어 놓고 그 안에 둥지를 튼 채 바깥에 대해서 이야기하는 방식이 아니라, 다른 존재를 이해하려는 노력이 바탕이 된 허심탄회한 대화가 이루어질 때 서로 다른 타자에 대한 이해가 가능해질 것이다. 그런데 '미래파' 논쟁은 점점 선을 명확하게 그어 가는 방식으로 진행되어 갔다. 서로의 자리를 확인하고 방어의 논리를 공고히 하려는 데서 그쳐서는 생산적인 논쟁이 될 수 없다.

논쟁이 대화를 낳기보다는 반복적인 자기 확인 작업에 그치는 형태로 진행되면서 시단 전체가 지쳐 갔지만 그래도 '서정성'이라든가 '서정시' 같은 모두가 다른 범주로 사용하면서도 그러려니 통용되던 개념들에 대한 재고가 이루어진 점은 '미래파' 논쟁이 낳은 성과라고 볼 수 있다. 논쟁이 지속되는 동안에도 시인들은 계속해서 시를 써 나가야 한다. 대부분의 시인들은 애써 관심 없다는 태도를 취하면서 논쟁으로부터 거리를 두는 것처럼 보였지만, 끊임없이 좋은 시에 대해 고민하면서 새로운 시를 써 온 시인들의 시적 성과는 '미래파' 논쟁이 안고 있던 고민들을 육화한 좋은 사례라고 할 수 있겠다.

비평이 중심이 된 논쟁은 회색 지대를 만드는 데 실패했지만, 시는 자기 나름의 방식으로 시적 실천을 통해 이도 저도 아닌 모호한 지대를 끊임없이 만들어 내고 있는 것으로 보인다. 이제 2000년대 '젊은' 시인들의 시적 경향을 묶어서 무엇이라 명명하고 분류하는 행위 자체는 큰 의미가 없어졌다. 그것이 무엇이라 불리든 독자적인 길을 걸으며 시를 쓰고 있는 시인들에 의해 우리 시의 가능성은 점점 넓어지고 있다. 무엇이라고 명명해야 할지 모르지만 좋은 시들, 잘 모르면서도 그냥 좋은 시들이 많아지면 많아질수록 기존의 질서에 편입되지 않는 영역은 점점 넓어질 것이다. 시란 결국 그런 미지의 영역들을 끊임없이 만들어 내는 생성의 활동이라고 할 수 있다.

그런 점에서 '미래파' 논쟁 이후의 젊은 시인들의 시에 좀 더 주목해 볼 필요는 있겠다. 아무래도 2000년대 중·후반기를 뜨겁게 달군 '미래파' 논쟁의 여파로부터 이들의 시가 전적으로 자유롭지는 못했을 것이다. 꼭 논쟁을 의식하지는 않았다 하더라도 그 이후에 쓰인 시들에서 시인들의 시에 대한 고민은 한층 더 깊어진 것으로 보인다. 진은영과 심보선의 시가 보여 준 미학을 통한 정치적인 것의 실현 가능성, 최금진의 시가 보여 준 적나라한 현실과 그것을 비틀어 보는 아이러니의 시선, 이영광의 시가 보여 준 서정적 낭만성의 극치와 죽음에 대한 탐색, 이근화의 시가 보여 준 긍정적인 발랄함의 언어와 '우리'에 대한 탐색, 신해욱의 시가 보여 준 '나'로 통일되거나 통제되지 않는 '나' 바깥의 존재에 대한 인식과 상상력, 하재연의 시가 보여 준 '다른' 시간과 공간, '사이'의 시간과 공간에 대한 탐색의 시선, 김승일의 시가 부모의 갑작스런 죽음이라는 상황을 통해 보여 준, 영원히 어른이 되고 싶어 하지 않는 '양아치' 소년의 어법 등은 나름의 매력적인 자리를 만들어 가며 우리 시를 풍요롭게 하고 있다.

4. 우리가 나아가거나 물러난 자리

2010년 봄, 최근의 나를 가장 뒤흔든 영상물은 「경계도시 2」였고 최근의 내 마음을 가장 크게 움직인 글은 '김예슬 선언'이었다. 장르도 성격도 다르지만 2010년 봄에 조용히 울려 퍼진 이 두 가지 사건은 경계의 안과 밖에 대해서, 그리고 경계 바깥의 삶에 대해서 많은 생각을 하게 했다. 비록 「경계도시 2」는 소수만 봐서 그렇게 파장이 크지 않은 영화였고, '김예슬 선언'은 선언이라는 형식으로 '다른' 삶에 대한 상상을 표출하기는 했지만, 이 사건들이야말로 지난 촛불 정국 이후 아주 조금이나마 달라진 우리 사회의 변화가 반영된 것이 아닐까 싶다. '다른' 삶으로의 이행은 어쩌면 그렇게 조금씩 이루어지는 것일지 모른다. 작은 반역의 시간들이 쌓이고 쌓여서…….

별다른 주목을 끌어내지는 못했지만 젊은 시인들을 중심으로 자발적으로 이루어진 '6.9 작가 선언'은 적어도 선언에 참여한 시인들에게 '다른' 경험의 진폭을 가져다주었다는 점에서 의미 있는 선언이었다고 생각한다. 오랜 실패의 경험을 통해서 우리는 어느 날 하루아침에 세상이 변하지는 않는다는 것, 아무것도 하지 않으면 아주 조금씩도 나아지기는커녕 오히려 악화된다는 것을 알게 되었다. 근거 없는 낙관주의보다는 차라리 비관주의가 낫다. 아주 조금씩이라도 나아지려고 노력하지 않으면 우리는 조금도 나아가지 못하고 퇴보하게 될지도 모른다.

1990년대 후반으로부터 2000년대에 이르기까지 내내 우리는 '혼종성'의 시대를 살아왔다. 경계를 넘고 허물어뜨린다는 말이 더 이상 아무런 충격을 주지 않는 일상이 되었을 정도로 우리는 '혼종성'이나 '경계', '융합'과 같은 말에 익숙해졌다. 하지만 그 익숙함의 정도가 우리 사회의 변화를 드러내 주는 표지가 되지는 못했다. 「경계도시 2」는 그것을 확인시켜 준 영화였다. 2000년대 우리 시는 많은 것을 경계 없이 뒤섞고자 했다. 장르의 경계도 국경의 경계도 현실과 환상의 경계도 그곳에선 자유롭게 넘어설 수 있었다. 시와 시 아닌 것의 보이지 않는 경계도 2000년대 시들에 의해 많이 무너졌다. 하지만 그럼에도 아직 서로 섞이지 못한 것, 여전히 경계가 선명한 것들이 우리에겐 남아 있다. 우리가 허물지 못한 것은 우리가 나아가지 못한 자리를 간접적으로 지시한다. 우리는 무엇을 허물고 뒤섞고 싶었던 것일까? 그리고 우리가 아직도 허물지 못한 것은 무엇일까? 2000년대를 마감하며 우리가 피하지 않고 던져야 할 질문은 바로 이것이다.

목소리들의
세계사

1. 다른 목소리들의 출현

서정시는 동일성의 원리에 의해 구축되고 써진다는 굳건한 믿음이 지배하던 시절이 있었다. 이제 이 믿음은 과거형으로 진술될 수밖에 없다. 오늘날의 시인들은 서정시의 지배적인 원리라고 믿어져 온 각종 장르적 규율들을 거침없이 배반하고 있다. 그중 대표적인 것이 하나로 통어되는 서정적 자아, 또는 시적 화자의 목소리를 가진다는 서정시의 오랜 믿음이다. 심지어 다성성을 주창한 바흐친조차 서정시의 경우에는 예외라고 언급했을 정도로 전체를 통어하는 하나의 목소리가 있다는 특징은 서정시를 대표하는 원리로서 오랫동안 상론되어 왔다.

그러나 오늘의 시인들은 더 이상 그런 믿음을 고수하려 들지 않는다. 아니, 따지고 보면 패러디와 패스티쉬의 기법이 공공연히 시에 쓰이기 시작한 1980년대 후반기의 포스트모던한 시로부터 전체를 통어하는 하나의 목소리에 대한 환상은 깨졌다고 말해야 할지도 모른다. 패러디와 패스티쉬 기법을 차용한 황지우의 1980년대 후반의 시들은 이미 다성성에 대한 실험을 시작한 것으로 볼 수 있다. 각종 신문 기사를 짜깁기해 놓은 그의 시에서 전체를 통어하는 하나의 목소리로서의 서정적 자아나 시적 화자를 찾는 일은 별로 의미 없어 보인다. 오히려 다양한 방향으로 찢겨진 이질적인 텍스트들이 충돌하면서 발생하는 다양한 의미와 이질적인 목소리들 그 자체가 의미를 지니는 것이라 보아야 할 것이다. 바흐친도 다성성의 예로 패러디를 든 바 있음을 상기할 필요도 있겠다.

복잡다단하게 변하고 분기하고 있는 현대 자본주의 사회에 어울리지 않는 시라는 장르가 이 시대와 불화하면서도 그 명맥을 유지하기 위해 자기 변신을 시도한 하나의 예로 다성성을 들 수 있겠다. 전체를 통어하는 하나의 일관된 목소리에 대한 믿음을 갖기에는 '지금, 여기'가 너무 불순하고 불온한지도 모르겠다. 주체에 대한 믿음이 사라져 가고 있는 시대에 시인들도 회의와 불신의 목소리에 더 많이 이끌리고 있다. 통제 불능의 목소리들의 존재 그 자체를 인정하고 존중하는 편에 서기를 오히려 오늘의 시인들은 희망하는 것 같다. 그들은 신적인 자리에 앉기를 거부한다. '인간-신'의 자리 또한 감당할 수 없음을 안다. 그들은 미미한 존재로서의 주체, 다른 존재와의 관계 속에서 변화하고 그 관계에 의해 영향받는 변화무쌍하고 유동적인 주체임을 희망하거나 선언한다.

다성성은 이와 같이 변화한 주체의 목소리들을 나타내는 징표이다. 그것은 2000년대 들어서 하루아침에 일어난 변화는 아니다. 1980년대 후반 황지우, 박남철, 장정일, 최승자 등의 포스트모더니즘 시에서 시도한 패러디와 패스티쉬, 키취 등의 실험이 다성성의 문을 열었으며, 이후 1990년대를 거치면서 다성적인 목소리의 실험이 지속적으로 이어졌다. 1990년대 후반 노혜경의 「멀티미디어 베이비 자장가」 연작시라든가 김행숙의 「귀신 이야기」 연작시들도 이러한 맥락에서 이해할 수 있다. 2000년대를 강타한 '미래파' 시의 실험도 다성성에 대한 실험을 포함하고 있다. 이 글에서는 2000년대 후반 들어 좀 더 세밀하게 분화하고 있는 다성적인 목소리들의 징후에 대한 이야기를 꺼내 보려고 한다.

2. '나'라고 불리는 '나'는 누구인가

신해욱의 두 번째 시집 『생물성』에는 하나의 일관된 목소리로 통어하는 시적 주체를 의심하는 새로운 시적 주체의 목소리가 등장한다. 신해욱의 시에 자주 등장하는 '나'는 이전의 서정적 주체로서의 '나'는 아니다. '나'라고 불리지만 이전의 서정시에 등장하던 '나'와는 다른 '나'이다. 오히려 그것은 '나'라고 불리는 '나'는 누구인지 의심하는 '나'이며, 하나로 통합되는 '나'를 거부하는 '나'이다. 그런 점에서 일인칭 '나'는 단수가 아닌 복수의 성질을 띤다. 그것은 고정되지 않는 성질을 지니며 산포되어 있는 '나'이다.

나는 쉽게 길어진다.
예측 불허의
이야기 같다.

하지만 할 일은 자꾸만 저쪽에 있다.

힘껏 던져 버려도
교실은 그대로 사각형이고

창밖으로는 대신

그림자가 조용히 늘어지고

나는 여전히 노란 완장을 찬 채

아무렇게나 굽이쳐도 상관없는

등뼈를 따라 걸어간다.

유관순 양과 복도에서 마주치면

가볍게 목례를 해야지.

오늘은 세상에 한 번뿐인 기념일.

생각은 내가 가는 쪽으로 흐르고

네가 누구더라도

나는 너와 나이가 같다.

　　　　　—신해욱, 「나의 길이」(『생물성』, 문학과지성사, 2009) 전문

　신해욱의 시적 주체 '나'는 "예측 불허의/이야기"처럼 어디로 튈지
모르며, "쉽게 길어"지는 자유자재의 길이를 가졌다. '나'의 몸은 어디
로든 갈 수 있지만 "할 일은 자꾸만 저쪽에 있다." 나의 행방을 결정
하는 인자는 내 안에 있지 않고 바깥에 있다. 그것은 억압일 수도 있
고 자극일 수도 있고 욕망일 수도 있다. "자꾸만 저쪽에 있"는 무언가
가 나를 잡아당긴다. 그런데 그것은 한 방향으로 움직이지 않으며 일
사천리로 움직이지도 순차적으로 움직이지도 않는다. 동시다발적 욕
망이 나를 끌어당기기도 한다. 그럴 때 나는 여러 방향으로 길어진

다. 나의 몸은 나로부터 자꾸 달아난다. 내 몸이 가는 쪽으로 생각도
흐르고 "네가 누구더라도/나는 너와 나이가 같다." 나의 유연함은 놀
라울 정도다. 예측 불허의 이야기처럼 나는 나로부터 달아나 다른 존
재가 된다.

아무도 모르게 체조 선수가 되었다.

옷 속에 팔과 다리를 잘 집어넣은 채로
나는 태연하게 걸어 다닌다.

잠 속에서만 팔다리가 길어진다는 건
억울한 일이지만
줄 없이도 줄넘기를 할 수 있는 밤들.
나쁘지는 않다.

달리면 나 대신
공중의 시간이 부드러워지지만
아주 약간일 뿐.
내가 나에게로
어이없이 돌아오는 일은 없다.

세상에는 언제나
한 명의 체조 선수가 부족하고
나는 심장이 뛴다.

그것은 아무도 모르는

무척 아름답고 투명한 일이다.

　　　　　　　　　　　　　—신해욱, 「비밀과 거짓말」(『생물성』) 전문

　아무도 모르게 체조 선수가 되었다고 화자는 고백한다. 이것은 비밀일까, 거짓말일까. 그것은 '나'만의 비밀이지만 다른 사람들에겐 거짓말이기도 하다. 비밀을 들키면 안 되므로 "옷 속에 팔과 다리를 잘 집어넣은 채로/나는 태연하게 걸어 다닌다." '나'에게 체조 선수가 된 '나'는 비밀이므로 그런 '나'를 숨기고 그냥 '나'인 척한다. 그런 속임의 나날이 계속되다 보면 어떤 것이 진짜 '나'인지 알 도리가 없다. '나'는 체조 선수가 된 '나'이기도 하고 그냥 '나'이기도 하다. '나'의 목소리는 체조 선수의 것이기도 하고 내 것이기도 하다. '나'의 발화로부터 체조 선수의 발화와 '나'의 발화를 분리하기는 쉽지 않다. '나'는 그 균열을 포함하고 있는 '나'이다. '나'는 "잠 속에서만 팔다리가 길어진다". 꿈속은 논리나 이성이 통하지 않는 무의식의 세계이므로 무엇이든 가능하다. "줄 없이도 줄넘기를 할 수 있"고 내 팔다리도 무한대로 길어질 수 있다. 그곳에선 애써 비밀을 지키려 들거나 애써 거짓말을 꾸며 댈 필요가 없다. 그런 밤들을 가지고 있다는 건 분명 "나쁘지는 않다."

　"세상에는 언제나/한 명의 체조 선수가 부족하고/나는 심장이 뛴다." 서 한 명의 체조 선수는 동일한 체조 선수가 아니다. '나'는 언제나 부족한 한 명의 체조 선수를 대신하지만 그 선수는 늘 다르다. 그러므로 "내가 나에게로/어이없이 돌아오는 일은 없다." '나'는 체조 선수가 될 수도 있고, 다른 무엇도 될 수 있다. "그것은 아무도 모르는/무척 아름답고 투명한 일이다."

신해욱의 시적 주체의 목소리는 '나'로 환원되지 않는다. '나'로 불리는 '나'에는 이미 너무 많은 균열이 있다. 그 균열의 목소리가 신해욱이 새롭게 만들어 내고 있는 다성성의 정체다.

열두 살에 죽은 친구의 글씨체로 편지를 쓴다.

안녕. 친구. 나는 아직도
사람의 모습으로 밥을 먹고
사람의 머리로 생각을 한다.

하지만 오늘은 너에게
나를 빌려주고 싶구나.

냉동실에 삼 년쯤 얼어붙어 있던 웃음으로
웃는 얼굴을 잘 만드는 사람이 되고 싶구나.

너만 좋다면
내 목소리로
녹음을 해도 된단다.

내 손이 어색하게 움직여도
너라면 충분히
너의 이야기를 쓸 수 있으리라 믿는다.

답장을 써 주기를 바란다.

안녕. 친구.

우르르 넘어지는 볼링핀처럼

난 네가 좋다.

　　　　　　　　—신해욱, 「보고 싶은 친구에게」(『생물성』) 전문

　하나의 '나'로 통합적으로 인식되거나 통어되는 '나'를 거부하며 자유자재로 달아나는 신해욱의 주체는 "열두 살에 죽은 친구의 글씨체로 편지를 쓴다." 이 목소리는 친구의 목소리인가, 그녀의 목소리인가. 지금은 이 세상에 없는 친구에게 '그녀-나'는 이렇게 인사를 건넨다. "안녕. 친구. 나는 아직도/사람의 모습으로 밥을 먹고/사람의 머리로 생각을 한다." '그녀-나'는 사람의 모습에 가까워진 자신에 대해 낯설어한다. "오늘은 너에게/나를 빌려주고 싶"다는 바람은, 오늘 하루만큼은 사람에 가까워진 자신을 잊고 다른 존재로 살아가고 싶어 하는 '나'의 바람이자 지금은 사람이 아닌 친구에게 하루만이라도 사람의 모습을 빌려 줘 다른 존재로 살아 보게 하고 싶어 하는 바람이다. '나'는 "냉동실에 삼 년쯤 얼어붙어 있던 웃음"을 꺼내어 오늘만큼은 "웃는 얼굴을 잘 만드는 사람이 되고 싶"어 한다. 그것은 '나'의 목소리이기도 하고 친구의 목소리이기도 하다. 열두 살에 죽은 친구의 글씨체를 아직도 기억하며 그 친구의 글씨체로 죽은 친구에게 편지를 쓰고, 그 친구에게 자신의 몸을 빌려주고 싶어 하고, 삼 년이나 웃음을 잃은 채 살아왔을 정도로 '나'의 오늘은 외롭고 고단하고 불행하다. 신해욱의 시에서 새롭게 나타나는 다성성은 지독한 외로움이 목소리의 균열을 드러내는 것이라 볼 수 있다.

3. 나를 구성하는 타자들의 흔적

장석원의 시는 타자들의 흔적으로 이루어졌다 해도 과언이 아니다. 그의 첫 시집 『아나키스트』의 해설에서 권혁웅은 명민하게 장석원 시의 다성적 목소리를 지적한 바 있다. '무시무시한 독재자'(권혁웅)로서의 시적 주체의 목소리를 의심하는 데서 시작된 장석원의 시적 주체는 그러므로 운명적으로 아나키스트의 목소리를 훔친다. 목소리의 아나키스트. 완강한 시의 공화국에 대항하는 무정부주의자 시인. 그것이 첫 시집 『아나키스트』에서 장석원의 시가 취한 독특한 자리였다.

두 번째 시집 『태양의 연대기』에서 장석원은 다성적 목소리의 실험을 계속한다. 주체의 고정된 자리를 지우고 타자들의 목소리가 그 자리에 들어선다. 거기엔 시인이 영향을 받은 임화, 백석, 김수영, 백무산 등의 목소리가 틈입하고 있기도 하다.

3. 침묵의 6월

그들은 자신의 힘과 열광을 기술에 결합시켰고

그들의 모든 동작은 형식적인 아름다움을 초월했다

해머와 못, 작업복과 근육

추상도 아니고 사물도 아닌

이데올로기가 거세된

인간의 몸

불안이 날 파먹는다

바람이 날 부식시킨다

5분이 지났을 뿐

거리에
나는 서 있다
영속하는 것은 없다

어찌하여 여기까지 왔는가 모든 것을 잃어버린 자 되어 왜 울고 있는가 슬픔은 왜 형체조차 없는가 나는 파열할 날을 기다려 온 불꽃 나의 파편들 그의 목을 향해 날아간다

햇살 부서지는 6월의 오후
나는 완벽한 타인이다
그를 만나기 전에 나는 파쇄된 사물이었다
바람의 절벽에 오후의 햇살 얼룩진다

아무것도 달라지지 않았지만
나는 돌아간다 옛날의 나에게 다가선다

한 남자와 한 여자의 사랑이 나를 만들었다, 타인과 타인이 나를 이루었다

사랑을 회의하라
운명을 회의하라
두려워하라
치명적인 햇빛을

그것이 나의 언어를 만들었다

그건 혼재

(중략)

4. 이것은 거짓이다

로마의 프롤레타리우스. 자신의 노동력을 판매하여 생활하는 무산자. 러시아의 프롤레타리아트. 생존을 위하여 자본가에게 노동력을 판매하고 임금을 지불받아 살아가는 계급. 나는 어린 고양이처럼 두렵다. **조기에 폐절…… 각성하여 …… 전면적 투쟁……** 나의 룸펜 프롤레타리아…… 나의 공포…… 우리의 발톱…… 부유하는…… 시작은 분명하나 끝이 사라진…… **프롤레타리아, 고양이**

이곳에는 경찰서, 굴뚝, 가로수, 게양대의 태극기[1)]

흐르는 길 때문에 나는 전율한다[2)]

(중략)

어둠을 가르는 바람[12)]

네거리에서[13)]

나는 말한다[14)]

ecce home—

이것은 거짓이다[15]

───────────────

1) 나의 여행은 그와 더불어 시작되었다. 나는 바람이다. 그를 따라나선다.

2) 리기다소나무 너머로 태양이 빛난다. 논틀밭틀을 걷는다. 까치내 둑방길 따라 상여가 온다. "드디어 나는, 죽음 위에 정박한 작은 배로구나. 죽음이여, 그러면 내게 오라. 내가 그대 위에 드리운 그늘을 온통 밤으로 덮어, 그 그늘의 작은 한 조각을 지워 버리도록, 육중한 어둠이여, 이제는 오라, 까마귀들로 더불어, 그러면 오라, 죽음이 거느릴 저 아리따운 아씨들, 빛이 아닌 빛으로 깃털을 장식한, 저 까마귀들로 더불어, 흑단 같은 발을 내디뎌 내게 이제는 오라."(박상륭) 햇빛 속 꽃당혜 신고 걸어오는 그림자. 손 사진기로 담은 기억. 스러지는 일생 앞에서, 기억만이 顚覆의 방법이다. 둑길 따라 걸어가면 까치가 물 마신다는 까치내. 나를 따라오는 하루살이 떼, 뒤의 어둠.

(중략)

12) 길 잃은 바람의 말—山이여, 바람이여, 불이여. 이제 끝이다. 한 시절의 우리 사랑 끝났으므로, 침몰하지만, 山처럼 높고 깊은 사랑 흔들리지 않았고, 바람처럼 후회 없이 달려간 세월도 있었기에, 불처럼 가볍고 명징한 꿈이 우리 사랑 흔들리지 않게 했다. "봄·여름·가을·겨울이 내민 손들이, 물·불·바람·흙 들을 조금씩 취해, 반죽하고, 뭉치고, 늘이고, 말려 바람 한 낱 싸잡아 꿰맨, 우리라는 거품이, 어떻게 시나브로 시나브로 풍화하는지……"(박상륭) 여기서 헤어지지만, 우리의 생애 끝나지만, 山, 바람, 불, 그 모든 것을 품고 있는 그대.

13) 아진교통 19번 버스는 사라지고 없다. 실재하지 않았던 것 같다. 폐멸된 구제도처럼. 길은 사라지지 않았는데, 내 앞의 길은 과거에서 시작되어 네 갈래로 갈라지는데, 버스는 없어졌고, 추억도 망실되었다. 도봉산에서 도봉산으로 이어지는 길. 심장에서 뻗어 나와 심장으로 빨려 드는 길. 나는 이곳에서 그리고 그곳에서 살아가거나 흔들리거나 실신한다. 사라진 19번, 사라진 시스템, 사라진 숫자, 사라진 고유명사. 전력을 다해도 잊혀지지 않는 것이 있고, 사력을 다해도 지워지는 것이 있다.

14) 정신이란 어떠한 경우에도 否定의 정신이다—Hegel.

15) 어떤 일이 일어났는가 일어나지 않았는가, 있을 것인가 없을 것인가, 도대체 있었는가 없었는가―Nietzsche.

―장석원, 「태양의 연대기」

(『태양의 연대기』, 문학과지성사, 2008) 부분

장석원의 두 번째 시집의 표제 시 「태양의 연대기」는 "1. 단 한 번의 여름", "2. 다른 날의 다른 공간의", "3. 침묵의 6월", "4. 이것은 거짓이다", "5. 19시 15분에, 소멸되는", "6. 10월의 장마", "7. 죽지 않는, 죽일 수 없는", "8. 대화", "9. 나뭇잎 텍스트", "10. 이 사람을 보라", "11. 불멸"로 이루어진 장시이다. 11개의 부분으로 나뉘어져 있는 긴 길이의 시이지만, 이전의 서사적 구성을 가지고 있는 장시와는 구성이 다른 미학적 텍스트이다.

이번 시집에서도 장석원의 다성성 실험은 지속된다. 다성적 목소리는 그의 시에서 다양한 방식으로 끼어든다. 그가 주로 영향을 받거나 사숙한 임화, 백석, 김수영, 백무산 등의 텍스트가 그의 시 곳곳에 산발적으로 삽입되어 있기도 하고,[1] 그의 다양한 독서 편력이 시의 곳곳에 흔적을 드러내기도 한다.[2] 또한 그가 즐겨 쓰는 각주시 형태는 본문을 능가하는 또 하나의 시적 텍스트로 시집 곳곳에 산재해 있다. 각각의 각주가 발산하는 목소리와 상상력은 장석원의 시에서 더

---

[1] 「태양의 연대기」만 보더라도, "나비가 날아오른다/비 갠 여름날 오후의 공단 네거리/신비는 내게도 문 열어/나는 움직이기 시작했다"에서는 백무산의 「플라타너스」가 강하게 연상되고, "나는 사라지는 먼지/나부터 혁명되어야 한다/사랑부터 혁명되어야 한다"에서는 김수영의 흔적이, "나는 사랑을 잃어버려/죽음도 잊었다/네거리에서"에서는 임화의 흔적이 강하게 느껴진다.

[2] 인용한 시에서도 박상륭, 헤겔, 니체의 흔적은 물론이고 그가 섭렵한 대중음악 및 미술, 각종 문화예술의 흔적이 그의 시에 강하게 틈입해 있다.

이상 하나로 통어되지 않는다. 각주를 통해 박상륭, 니체, 헤겔 등 그의 다채로운 독서 체험의 흔적을 확인할 수 있다. 드러나 있는 것 외에도 시인을 뚫고 지나온 수많은 문화적 체험이 그의 시에 다양한 형태로 새겨지거나 산포되어 있다.

굵은 고딕체의 효과 또한 다른 목소리를 드러내기 위한 장치이다. 영속하는 것은 없으며 장석원의 시적 주체 "나는 완벽한 타인"이 된다. "타인과 타인이 나를 이루었"음을 그는 잘 알고 있다. 어차피 고정된 '나'라는 건 처음부터 없었다. '나'는 타인과 타인이 만나 이룬 무엇일 뿐이며 나를 스쳐 지나간 수많은 타인들의 흔적이 '나'를 구성하고 있는 것이다. 그러므로 그것은 끊임없이 진행 중이고 변화하는 나일 수밖에 없다. 고립된 채로 지금 바로 죽어 버리지 않는 한 말이다.

> 빈 골목이 캔버스 같다 보미가 걸어온다 스르륵 내게 다가오는 아랫집 보미 내 앞에서 끊긴 검은 선 하나 바람이 아이를 밀고 간다 비닐봉지가 날아오른다 보미가 말한다 비닐이 춤을 추네
>
> 거울 앞에서 뒤돌아설 수 없다
> 그것도 나이기 때문에
> 형제이자 배반자처럼
> 우연이 나를 물들인다
>
> 보미 앞에 멈춰 서서
> 보미의 눈을 본다
> 날아가 버린 나를 본다

비닐봉지와 보미와 바람은

오래전에 있었던 일

지금 일어나고 있는 일 또한

오래전에 있었던 일

거기에 내가 있었다

골목의 모퉁이에

　　　—장석원,「오래전, 깊은 곳으로 떠나간」(『태양의 연대기』) 전문

　빈 골목에서 오래전 깊은 곳으로 떠나간 보미가 걸어온다. 보미는 "스르륵 내게 다가"와 비닐봉지가 날아오르는 것을 보고 "비닐이 춤을 추네"라고 말한다. 오래전, 깊은 곳으로 떠나간 사람들이 그런 식으로 '나'에게 다가온다. 내가 보는 것은 "비닐봉지와 보미와 바람"만은 아니다. 거기에 있었던 나, "날아가 버린 나를 본다".

　오래전, 깊은 곳으로 떠나간 나는 지금의 내가 아니다. 골목의 모퉁이에 있던 나도 지금의 내가 아니다. 하지만 지금의 나도 그때의 나도 날아가 버린 나도 모두 나라는 사실은 부정할 수 없다. 그렇게 "우연이 나를 물들인다". '나'를 스쳐 지나간 우연이 '나'를 구성한다. 장석원 시의 다성적 목소리의 핵심은 타자들의 흔적이 '나'를 구성한다는 생각에 있다.

4. 다시, 우리라고 호명되는 것들

　2009년에 출간된 이근화의 두 번째 시집 『우리들의 진화』는 '우리'라는 인칭에 대한 새로운 실험을 감행한다. '나'가 시적 화자로 주로 출현하는 현대시에서 '우리'라는 인칭은 여간해서 자주 쓰이지 않

는데, 이근화의 시는 의도적으로 '우리'라는 1인칭 복수 표현을 자주
쓴다.

흥미로운 것은 그녀가 사용하는 '우리'라는 인칭이 매우 특별하다
는 데 있다. 이근화는 '우리'라는 말이 가진 폭력적 동일성을 벗어나
고자 하는 의도에서 '우리'라는 말을 집중적으로 사용한다. '우리'라
는 말이 형성하는 공동체는 수많은 타자들을 끌어안고 있지만, '우리'
를 구성하는 그 목소리들은 공통적인 것을 지향하는 통일성을 거부
한다. '우리'라는 인칭을 사용함으로써 그녀는 '소울 메이트'로서의 감
정적 공유를 넓혀 가고자 한다. 그것은 달리 말하면 다성적 목소리를
그녀다운 방식으로 실험한 것이라 할 수 있다.

신해욱, 장석원, 이근화의 시적 주체가 들려주는 목소리는 기존의
다성성을 추구하거나 실험한 시들과는 거리가 있다. 다성성을 실험한
이전의 시들이 다른 목소리의 화자를 시 속에 삽입하는 방식을 주로
취했다면, 이 글에서 주목한 세 명의 시인들은 고정된 주체의 목소리
에 대한 회의를 전제로 한다. '나'로 환원되지 않는 '나'의 목소리들을
들을 수 있고, 나를 스쳐 간 수많은 타자들의 흔적으로서의 목소리를
들을 수 있으며, 심지어 '우리'라고 지칭하는 목소리에서조차 폭력적
동일시의 흔적은 발견되지 않는다. 다성성의 새로운 실험은 이 세 시
인이 마련한 산포와 균열의 자리에서부터 시작될 것이다.

사랑,
그 위험한 열도

1. 낭만적 사랑을 넘어서

사랑에 빠진 이가 가장 행복한 순간은 언제일까? 서로의 감정을 확인하고 불타오르는 바로 그 순간인 것 같지만 아이러니하게도 바로 그 순간부터 불안이 싹트기 시작한다. 이 행복이 깨질지도 모른다는 불안감, 이 사람이 나를 떠날지도 모른다는 불안감, 이 사람에게 무슨 일이 생길지도 모른다는 불안감. 김소월의 「진달래꽃」은 사랑을 하면서도 이별을 예감하는 이의 복잡한 마음을 절제와 감춤의 미학으로 드러낸 절창이다. 그러고 보면 누군가에게 사랑의 감정을 느끼면서 설레는 순간, 사랑의 합일에 도달하기 바로 전까지의 순간, 그 사람의 눈빛 하나, 손짓 하나, 말 한마디에도 설레며 상상력을 작동시키는 바로 그 순간이야말로 가장 행복한 순간이 아닐까? 비록 그것이 착각에 불과한 것이라 해도 말이다. 백석이 꿈꾸는 낭만적 사랑은 오히려 그 순간이 빚어내는 아름다움에 가깝다.

가난한 내가
아름다운 나타샤를 사랑해서
오늘 밤은 푹푹 눈이 나린다

나타샤를 사랑은 하고
눈은 푹푹 날리고
나는 혼자 쓸쓸히 앉아 소주를 마신다
소주를 마시며 생각한다
나타샤와 나는
눈이 푹푹 쌓이는 밤 흰 당나귀 타고
산골로 가자 출출이 우는 깊은 산골로 가 마가리에 살쟈

눈은 푹푹 나리고
나는 나타샤를 생각하고
나타샤가 아니올 리 없다
언제 벌서 내 속에 고조곤히 와 이야기한다
산골로 가는 것은 세상한테 지는 것이 아니다
세상 같은 건 더러워 버리는 것이다

눈은 푹푹 나리고
아름다운 나타샤는 나를 사랑하고
어데서 흰 당나귀도 오늘 밤이 좋아서 응앙응앙 울을 것이다
  —백석, 「나와 나타샤와 흰 당나귀」(『여성』 3권 3호, 1938.3) 전문

오지 않는 나타샤를 기다리는 나의 끝날 줄 모르는 기다림이 이 시

의 사랑을 완성한다. 이 사랑은 처음부터 이루어질 가능성이 희박하다. 아름다운 나타샤를 사랑하는 나에게는 가난함이라는 장벽이 가로놓여 있다. 가진 것 없는 내가 나타샤를 위해 줄 수 있는 것이라곤 사랑하는 마음뿐이다. 그러므로 나는 오지 않는 나타샤를 기다리며, 틀림없이 나타샤가 올 거라고 믿으며 혼자 소주를 마신다. 수동적으로 나타샤를 기다리는 일, 나타샤가 올 때까지 무작정 기다리는 일. 내가 할 수 있는 것이라곤 이것밖에 없다. 혼자 쓸쓸히 앉아 소주를 마시며 나는 점점 취기가 오르고 눈은 푹푹 내려 점점 더 쌓이고 밤은 깊어 간다. 깊어 가는 밤의 어둠도, 온통 하얗게 뒤덮여 가는 바깥의 순백색 세상도, 취기가 올라 붉어져 가는 나의 얼굴도, 나타샤를 향한 나의 그리움도 점점 짙은 색을 띠며 깊어 간다. 이 깊어진 그리움이 나타사를 불러내 이야기하게 하고, 그리움이 깊어진 겨울밤의 고요 속으로 흰 당나귀의 울음소리가 울려 퍼진다. 응앙응앙……. 마치 나와 나타샤의 사랑을 축복하기라도 하듯 당나귀 울음이 울려 퍼진다. 시를 읽는 우리의 마음속으로도…….

올 수 없는 나타샤를 두고도 이 시가 아름다운 연애시로 읽힐 수 있는 이유는 나의 기다림에 있다. 무작정 그녀를 기다리는 대책 없는 나를 위로하기라도 하듯, 쌓여 가는 눈과 깊어 가는 겨울밤과 취기와 그리움의 절묘한 조화가 이 시의 낭만적 사랑을 아름답게 완성한다.

그런가 하면 김수영은 낭만적 사랑을 넘어서서 사랑 개념을 확장하고 변주한다. 김수영에게 사랑이란 아슬아슬한 절도의 자리이자 혁명의 자리이다. 낡은 것과 새로운 것, 부정적인 것과 긍정적인 것 모두를 끌어안고 다른 가능성을 꿈꾸는 일. 김수영의 사랑은 그런 것이다. 우리 시에서 사랑의 개념은 김수영에게 와서 낭만적 사랑의 개념을 넘어서 새롭게 발명된다. 그것은 주전자의 물이 끓어올라 넘치기 직전의 모습처럼 무한한 가능성을 가진 열도이다. 김수영의 시에서 사랑과 혁명을 나란히 놓을 수 있는 근거는 바로 여기에 있다.

2. 사랑의 부재, 혹은 이별의 능력

김수영 이후의 현대시에 와서 사랑은 어떻게 노래되었을까? 예나 지금이나 우리 시에는 사랑으로 인한 환희의 순간보다는 사랑이 부재하는 자리가 더 많이 그려진다. 사랑이 떠나고 남은 빈자리가 사랑을 환기하고, 지나간 사랑은 기억으로 남아 나를 간섭해 온다. 롤랑 바르트는 부재에는 항상 그 사람의 부재만이 존재한다고 했다. 언제나 떠나는 것은 그 사람이며, 남아 있는 것은 나 자신이다. 그는 사라지는 자이고, 나는 움직이지 않는 자이자 유보된(en souffrance) 자이다. 사랑의 부재는 일방통행이다. 바로 여기서 외로움과 쓸쓸함이 발생한다. 바르트 말대로 항상 현존하는 나는 끊임없이 부재하는 너 앞에서만 성립된다.[1]

> 잘 있거라, 짧았던 밤들아
> 창밖을 떠돌던 겨울 안개들아
> 아무것도 모르던 촛불들아, 잘 있거라
> 공포를 기다리던 흰 종이들아
> 망설임을 대신하던 눈물들아
> 잘 있거라, 더 이상 내 것이 아닌 열망들아
>
> 장님처럼 나 이제 더듬거리며 문을 잠그네

---

1 롤랑 바르트 저, 김희영 역, 『사랑의 단상』, 동문선, 2004, pp.30-31.

가엾은 내 사랑 빈집에 갇혔네

　　—기형도, 「빈집」(『입속의 검은 잎』, 문학과지성사, 1989) 전문

　화자는 사랑했던 이와 함께했던 시간들과 그 시간 속을 함께했던 존재들 하나하나를 호명해 작별을 고한다. 사랑하는 이와 함께 있었기 때문에 짧았던 밤들과, 추운 겨울밤이 무르익도록 헤어질 줄 모르는 연인들을 창밖에서 기웃거리며 떠돌던 겨울 안개들과, 사랑하는 연인의 자리를 밝혀 주던 아무것도 모르던 촛불들이 차례로 호명된다. 사랑하는 이에게 무슨 말을 해야 할지 몰라 흰 종이 앞에서 무수히 망설이던 시간과 공포를 기다리던 흰 종이들에게도, 사랑하는 이의 망설임을 대신하던 눈물들에게도, 사랑이 끝났기 때문에 이제 더 이상 내 것이 아닌 열망들에게도 하나하나 작별을 고한다. 잘 있거라, 잘 있거라. 부디 잘 있거라.

　알랭 바디우는 시와 사랑의 선언이 언어활동에 책임이 부여되었다는 엄청난 위험성을 갖고 있다는 점에서 상호 친화적이라고 말한다. 시가 그런 것처럼 사랑의 선언도 존재 안에서 그 효과가 무한할 수도 있는 말을 입 밖으로 꺼낼 수 있다. 가장 단순한 낱말들이 거의 지탱할 수 없을 정도의 강렬함으로 가득 채워지는 혁명과도 같은 일이 사랑의 선언에서도, 시에서도 일어날 수 있다.[2] "공포를 기다리던 흰 종이"를 사랑의 이별 의식에 초대한 기형도는 사랑의 언어가 가진 이러한 속성을 직관적으로 알았던 것인지도 모른다.

　이별의 의식을 치른 화자는 장님처럼 더듬거리며 문을 잠근다. 사랑을 잃었으므로 그는 장님이 되었다. 이제 더 이상 자신과 자신의

---

2 알랭 바디우 저, 조재룡 역, 『사랑 예찬』, 길, 2010, pp.54-55.

세계를 반짝반짝 빛나게 하던 빛을 볼 수 없다. 사라진 빛. 그것은 사라진 그/녀가 가져가 버렸다. 가엾은 내 사랑은 빈집에 갇혔다. 문을 잠가 버렸으므로 나올 수도 없고, 빈집에 갇혔으므로 내 사랑은 텅 빈 것이 되어 버렸다. 텅 빈 사랑의 자리만이 덩그러니 남았다. 마치 시인의 빈자리처럼 아련하고 그리운 그 자리. 있었으되 사라졌고 사라졌지만 또한 부재를 기억하게 하는 그 자리. 보고 싶다, 기형도!

이 세상의 애인은 모두가 옛 애인이지요
나의 가슴에 성호를 긋던 바람도
스치고 지나가면 그뿐
하늘의 구름을 나의 애인이라 부를 순 없어요
맥주를 마시며 고백한 사랑은
텅 빈 맥주잔 속에 갇혀 뒹굴고
깃발 속에 써 놓은 사랑은
펄럭이는 깃발 속에서만 유효할 뿐이지요
이 세상의 애인은 모두가 옛 애인이지요
복잡한 거리가 행인을 비우듯
그대는 내 가슴의 한복판을
스치고 지나간 무례한 길손이었을 뿐
기억의 통로에 버려진 이름들을
사랑이라고 부를 수는 없어요
지나가는 모든 것과 다가오는 그 모든 파도를
나의 바다라고 부를 수는 없어요
이 세상의 애인은 모두가 옛 애인이지요
맥주를 마시고 잔디밭을 더럽히며

빨리 혹은 좀 더 늦게 떠나갈 뿐이지요

이 세상에 영원한 애인이란 없어요

이 세상의 애인은 모두가 옛 애인이지요

—박정대, 「이 세상의 애인은 모두가 옛 애인이지요」

(『단편들』, 세계사, 1997) 전문

좀 더 '쿨하게', 짐짓 괜찮은 척, 이별 따위엔 도가 터서 상처받지 않는 척 노래하는 시인도 있다. "안드레이 보즈네센스키에게"라는 부제가 붙어 있는 이 시는 안드레이 보즈네센스키의 시 「이 세상에 옛 애인은 없어요」에 대한 화답시로 쓴 시이다. 안드레이 보즈네센스키의 시에서는 헤어지고 나면 더 이상 옛 애인이라는 존재는 없고 사본만이 있을 뿐이므로 옛 애인에게 돌아가지 말라고 말한다. 궁극적으로는 애인과 헤어지면 그것으로 끝이니, 애인을 떠나지 말라는 메시지를 담고 있는 시이다. 충고를 듣지 않을 거라는 안타까움의 말을 뒤에 남기고는 있지만 영원한 사랑에 대한 희구가 이 시에는 담겨 있다. 그에 비해 박정대의 화답시는 모든 사랑이 언젠가는 끝날 것임을 쿨하게 받아들이는 데서 시작한다. 이 세상의 애인은 모두가 옛 애인이라는 아포리즘은 모든 연인이 언젠가는 헤어질 것이고 따라서 이 세상에 존재하는 모든 애인은 잠정적인 옛 애인이라는 뜻을 담고 있다.

영원한 사랑을 부정하며 사랑의 유효기간에 의문을 제기하는 이 시는 지나간 사랑을 "무례한 길손", "기억의 통로에 버려진 이름"이라 부르며 그것을 사랑이라고 부르는 것을 강하게 거부한다. 이러한 태도에서 느껴지는 것은 사실상 사랑에 상처 입은 화자의 모습이다. 빨리 혹은 좀 더 늦게 떠나갈 뿐 언젠가는 다 떠나게 마련이라는 화자의 냉소적인 진술 속에서는 쿨함 뒤에 가려진 상처가 드러난다. 의심하고 더 나아가 부정하기는 하지만 영원한 사랑이라는 것에 대해 가지고 있는 화자의 존중의 태도는 어쩌면 훨씬 완강한 것인지도 모른다.

나는 기체의 형상을 하는 것들.
나는 2분 간 담배 연기. 3분 간 수증기. 당신의 폐로 흘러가는 산소.
기쁜 마음으로 당신을 태울 거야.
당신 머리에서 연기가 피어오르는데, 알고 있었니?
당신이 혐오하는 비계가 부드럽게 타고 있는데
내장이 연통이 되는데
피가 끓고
세상의 모든 새들이 모든 안개를 거느리고 이민을 떠나는데

나는 2시간 이상씩 노래를 부르고
3시간 이상씩 빨래를 하고
2시간 이상씩 낮잠을 자고
3시간 이상씩 명상을 하고, 헛것들을 보지. 매우 아름다워.
2시간 이상씩 당신을 사랑해.

당신 머리에서 폭발한 것들을 사랑해.
새들이 큰 소리로 우는 아이들을 물고 갔어. 하염없이 빨래를 하다가
알게 돼.
내 외투가 기체가 되었어.
호주머니에서 내가 꺼낸 건 구름. 당신의 지팡이.
그렇군. 하염없이 노래를 부르다가
하염없이 낮잠을 자다가

눈을 뜰 때가 있었어.

눈과 귀가 깨끗해지는데

이별의 능력이 최대치에 이르는데

털이 빠지는데, 나는 2분 간 담배 연기. 3분 간 수증기. 2분 간 냄새

가 사라지는데

나는 옷을 벗지. 저 멀리 흩어지는 옷에 대해

이웃들에 대해

손을 흔들지.

　　　—김행숙, 「이별의 능력」(『이별의 능력』, 문학과지성사, 2007) 전문

　그런가 하면 진정한 '쿨함'이 무엇이며, 어떤 위력을 발휘할 수 있
는지 보여 주는 시도 있다. 이별에 관한 한 가장 도발적이고 긍정적
인 상상력을 보여 주는 이 시의 화자 역시 처한 상황이 크게 다르지
는 않다. "기쁜 마음으로 당신을 태울 거야"라고 말하는 화자는 이별
에 직면해 있다. 하지만 실연을 당한 사람들이 일반적으로 겪는 바닥
의 감정을 이 시의 화자는 드러내지 않는다. 대부분 실연을 당한 사
람들은 드러눕거나 두문불출하거나 몇 날 며칠을 펑펑 울거나 이별
했다는 사실을 받아들이지 못하고 상대에게 집착하거나 세상이 끝나
버린 것처럼 바닥으로 한없이 가라앉는다. 존재의 무게가 참을 수 없
을 만큼 무거워진다.

　그런데 실연당한 이 시의 화자는 무겁게 바닥으로 가라앉는 대신
기체의 형상이 되어 가볍게 떠오르고자 한다. "2분 간 담배 연기. 3분
간 수증기. 당신의 폐로 흘러가는 산소"가 되어 당신을 기쁜 마음으
로 태우는 유쾌한 '-되기'의 상상력을 선보인다. 내가 태워 버렸기 때

문에 당신의 머리에서는 연기가 나고 비계는 부드럽게 타고 내장은 연통이 되고 피가 끓고 세상의 모든 새들이 모든 안개를 거느리고 이민을 떠난다. 당신은 연소되고 낭만적 상징들은 모두 사라져 버린다. 그러고 나서 화자는 2시간 이상씩 노래를 부르고 3시간 이상씩 빨래를 하고 2시간 이상씩 낮잠을 자고 3시간 이상씩 명상을 한다. 지극히 일상적인 행위들이 반복된다. 사랑이 사라진 자리를 채우는 것은 이 시의 화자의 경우에도 크게 다르지는 않다. 다만, 이별 뒤에도, 그를 태워 버린 뒤에도 그녀는 말한다. "2시간 이상씩 당신을 사랑해." "당신 머리에서 폭발한 것들을 사랑해." 하염없이 노래를 부르고 하염없이 낮잠을 자다가 문득 호주머니에서 당신의 구름을 꺼내기도 하고 당신의 지팡이를 발견하기도 한다. 그렇게 당신의 흔적, 당신이 남긴 자리는 이별 후에도 수시로 발견된다. 화자는 슬퍼하거나 자책하는 대신 그렇게 발견된 당신의 흔적을 2시간 이상씩 사랑하는 선택을 한다. 이 얼마나 적극적이고 긍정적인 태도인가? 그녀의 선택이 사랑스럽지 않은가?

그녀는 이별에도 능력이 필요함을 깨닫는다. 이별의 능력치가 최대치에 이른다면 우린 좀 더 '쿨하게', 덜 아프게 사랑하는 이와 헤어질 수 있을까? 덜 아플 수는 없겠지만, 적어도 이별로 인해 발생하는 어두운 기운으로 자신을 상하게 하지는 않을 것이다. 아니, 이 시의 화자도 노래하고 빨래하고 낮잠 자는 평범한 일상을 무한 반복함으로써 간신히 이별의 아픔을 견뎌 내고 있지만, 회피하거나 자기를 부정하지는 않는다. 그리하여 이별의 시간을 충분히 아파하고 견딘만큼 이별을 감내할 수 있는 힘이 그녀에게 생긴다. 이별의 능력치가 최대치에 이른 것이다. 고통의 시간을 가벼운 기체 되기의 상상력으로 극복한 그녀는 진정한 이별의 능력자다.

3. 기다림, 그 마법의 시간

사랑은 늘 기다림의 시간을 동반한다. 사랑하는 이를 기다리는 동안 많은 감정이 일어났다 사라지기를 반복하며, 때로는 백석의 「나와 나타샤와 흰 당나귀」에서처럼 사랑하는 이를 불러오는 마법을 일으키기도 한다. 롤랑 바르트는 기다림(ATTENTE)을 사랑하는 이를 기다리는 동안 대수롭지 않은 늦어짐으로 인해 야기되는 고뇌의 소용돌이라고 정의한다.[3] 사랑하는 이를 기다리는 행위는 하찮은 것일 수도 있지만 사랑에 빠진 이에게는 비장한 기다림과 그 무게가 다르지 않은 절박한 것이다. 사랑에 빠진 이에게는 크기에 대한 감각이 없다.[4]

기다림은 하나의 주문(呪文)이다. 기다리는 이가 오지 않으면 기다림의 힘으로 그를 불러내 환각하기도 한다. "나는 내 사랑하는 능력과 그를 필요로 하는 것에 따라 그를 끊임없이 만들어 내고 또 만들어 낸다." 그러므로 기다림은 일종의 정신착란이다.[5]

네가 오기로 한 그 자리에

내가 미리 가 너를 기다리는 동안

다가오는 모든 발자국은

내 가슴에 쿵쿵거린다

바스락거리는 나뭇잎 하나도 다 내게 온다

기다려 본 적이 있는 사람은 안다

세상에서 기다리는 일처럼 가슴 애리는 일 있을까

---

3 롤랑 바르트, 앞의 책, p.64.
4 롤랑 바르트, 위의 책, p.64.
5 롤랑 바르트, 위의 책, p.67.

네가 오기로 한 그 자리, 내가 미리 와 있는 이곳에서

문을 열고 들어오는 모든 사람이

너였다가, 너일 것이었다가

다시 문이 닫힌다

사랑하는 이여

오지 않는 너를 기다리며

마침내 나는 너에게 간다

아주 먼 데서 나는 너에게 가고

아주 오랜 세월을 다하여 너는 지금 오고 있다

아주 먼 데서 지금도 천천히 오고 있는 너를

너를 기다리는 동안 나도 가고 있다

남들이 열고 들어오는 문을 통해

내 가슴에 쿵쿵거리는 모든 발자국 따라

너를 기다리는 동안 나는 너에게 가고 있다

—황지우, 「너를 기다리는 동안」

(『게눈 속의 연꽃』, 문학과지성사, 1990) 전문

황지우의 시는 바로 그런 기다림의 마법을 적실하게 표현하고 있다. 사랑하는 이와의 만남은 언제나 가슴 설레고 기다려진다. 그런 까닭에 때로는 약속 장소에 먼저 가서 그/녀를 기다리기도 한다. 이 시의 화자도 네가 오기로 한 그 자리에 미리 가 너를 기다린다. 그때 부터 나의 모든 감각은 너를 향해 예민하게 곤두선다. 문이 열리면 네가 아닐까 돌아보고 네가 아님을 확인한 순간 실망하고 동시에 안 도하고, 다시 가슴은 쿵쿵거리기 시작한다. 다가오는 모든 발자국 소 리가 너의 발자국 소리로 느껴지고, 문이 열리고 들어오는 이를 확인

하기까지 들어오는 모든 이는 "너였다가, 너일 것이었다가"를 되풀이한다. 네가 나타날 때까지 그 무한 반복이 계속된다.

그리하여 "오지 않는 너를 기다리며/마침내 나는 너에게 간다." 기다림의 시간은 주관적인 시간 감각이 극대화된 시간이다. 너를 기다리는 동안 나는 무한한 시간을 겪고 있기 때문에 "아주 먼 데서 나는 너에게 가고/아주 오랜 세월을 다하여 너는 지금 오고 있"는 것이다. 너를 기다리는 동안은 너에게 가고 있는 중이다. 사랑하는 이가 사랑하는 대상을 기다릴 때 발생하는 착란은 이처럼 기다림의 마법이 불러온 것이다. 이런 착란의 상태에 빠진 사랑하는 이를 바르트는 "절단된 다리에서 계속 아픔을 느끼는 불구자"[6]에 비유하기도 했다.

> 하나의 이야기를 마무리했으니
> 이제 이별이다 그대여
> 고요한 풍경이 싫어졌다
> 아무리 휘저어도 끝내 제자리로 돌아오는
> 이를테면 수저 자국이 서서히 사라지는 흰죽 같은 것
> 그런 것들은 도무지 재미가 없다
>
> 거리는 식당 메뉴가 펼쳐졌다 접히듯 간결하게 낮밤을 바꾼다
> 나는 저기 번져 오는 어둠 속으로 사라질 테니
> 그대는 남아 있는 환함 쪽으로 등 돌리고
> 열까지 세라
> 열까지 세고 뒤돌아보면

---

6 롤랑 바르트, 앞의 책, p.67.

나를 집어삼킨 어둠의 잇몸
그대 유순한 광대뼈에 물컹 만져지리라

착한 그대여
내가 그대 심장을 정확히 겨누어 쏜 총알을
잘 익은 밥알로 잘도 받아먹는 그대여
선한 천성(天性)의 소리가 있다면
그것은 이를테면
내가 죽 한 그릇 뚝딱 비울 때까지 나를 바라보며
그대가 속으로 천천히 열까지 세는 소리
안 들려도 잘 들리는 소리
기어이 들리고야 마는 소리
단단한 이마를 뚫고 맘속의 독한 죽을 휘젓는 소리

사랑이란 그런 것이다
먹다 만 흰죽이 밥이 되고 밥은 도로 쌀이 되어
하루하루가 풍년인데
일 년 내내 허기 가시지 않는
이상한 나라에 이상한 기근 같은 것이다
우리의 오랜 기담(奇談)은 이제 여기서 끝이 난다

착한 그대여
착한 그대여
아직도 그쪽의 풍경은 환한가
열을 셀 때까지 기어이 환한가

천 만 억을 세어도 나의 폐허는 빛나지 않는데

그 질퍽한 어둠의 죽을 게워 낼 줄 모르는데

—심보선, 「식후에 이별하다」

(『슬픔이 없는 십오 초』, 문학과지성사, 2008) 전문

그런가 하면 이별을 예감한 연인들이 경험하는 기다림의 시간을 노래한 시도 있다. 마주 앉아 식사를 하는 것이 평범한 일상이 되어 버린 연인들. 그들에게 이별의 시간은 오고야 만다. 어쩌면 누가 먼저 침묵을 깨느냐, 서로가 예감하고 있는 이별이라는 말을 누가 먼저 입에 올리느냐에 달려 있을 뿐. 아무렇지도 않게 함께 식사를 하고 난 후, 둘 중 한 명이 '이제 그만'을 선언한다. 이 시는 그렇게 식후에 이별을 한 정황을 그리고 있다.

하지만 어떻게 아무렇지 않을 수 있겠는가? 아무리 오래된 연인일지라도, 그래서 상대방을 향한 촉수가 무디어졌다고 할지라도 이별의 예감을 모를 리 없다. 평소와 다른 그의 침묵, 평소와 어딘지 다른 수저질, 헛기침 하나에서도 다른 기류를 읽고 불길한 예감을 가질 것이다. 서로의 머릿속에 무수한 생각이 오가고 온갖 장면이 그려지는 이 이별의 의식과도 같은 마지막 식사는 평소의 식사보다 느리고 더디게 흘러갈 것이다. 이별의 시간을 유예하는 기다림의 시간. 심보선의 시는 거기에 관심을 갖는다.

이별을 앞둔 연인은 더 이상 '너'나 '당신'으로 호명되지 않는다. 적정한 거리를 유지한 '그대'라는 말은 이별을 앞둔 연인에 대한 거리감과 이제 타인이 될 연인에 대한 존중의 태도를 이중적으로 드러낸다. 이 예의바른 호칭이 더욱 서글프게 느껴지지만 여기까지 이른 연인이 돌아갈 길은 대개 없다. 두 사람의 사이에 발생한 간격을 없는 척

모르는 척 눈감는 것 외에는. 하지만 그런 관계 유지가 무슨 의미가 있겠는가?

어쩔 수 없음을 아는 화자는 "이제 이별이다 그대여"라고 담담히 말한다. 하나의 이야기가 마무리되면 다른 이야기가 시작되는 것처럼 이별은 자연스러운 일이다. 오래된 연인들의 관계란 대개 고요한 풍경 같은 것. "아무리 휘저어도 끝내 제자리로 돌아오는", 수저 자국이 사라진 흰죽 같은 것이다. 폭풍 같은 사랑을 경험했기 때문에 자극 없는 평온함, 안정감을 더욱 견딜 수 없는 것인지도 모른다. 하지만 이별 또한 두 사람이 하는 것. 한 사람의 일방적인 선언만으로 이별이 마무리될 수는 없다. 화자도 그것을 모르지 않으므로 그대를 위한 이별의 의식을 마련한다. 가령 "나는 저기 번져 오는 어둠 속으로 사라질 테니/그대는 남아 있는 환함 쪽으로 등 돌리고/열까지 세라"는 전언 같은 것. 열까지 세는 동안은 이별을 위한 기다림의 시간이다. 먼저 이별을 선언한 죄로 화자는 그대를 환한 세상에 남겨 두고 스스로 어둠을 선택한다. 내가 심장을 겨누어 총알을 날려도 그것을 잘 익은 밥알로 받아먹는 그대의 생명력에 기대어 화자는 죄책감을 조금은 덜어 보려고 한다. 착하지만 생명력 강한 그대여. 그대는 나 없어도 괜찮으리.

하루하루가 풍년이었지만 일 년 내내 허기가 가시지 않는 "이상한 나라에 이상한 기근 같은 것"이 우리의 사랑이었다고 화자는 마지막으로 고백한다. 함께한 세월을 전면적으로 부정하여 어둠 속으로 밀어 넣는 대신 그 시간의 풍요로움을 인정하되 그럼에도 갈증이 해소되지 않음을 고백함으로써 함께한 시간에 최소한의 예의를 갖추고 이별에 대해 그대의 동의를 구한다. "착한 그대여/아직도 그쪽의 풍경은 환한가"라는 물음 속에는 비록 내가 떠났지만 그대의 환한 세계가 그로 인해 훼손되지 않았기를 바라는 미안한 마음이 숨어 있다. 비겁한 변명과 핑계에 불과할지라도 어쩔 수 없이 겪어야 하는 이별이라면, 어차피 폐허의 강을 끝없이 건너야 하는 우리의 사랑이라면 이런 고백 또한 위로가 되지 않겠는가.

4. 사랑, 충동과 열정의 이름으로

사랑에 빠진 이는 초능력을 발휘한다. 사랑하는 대상을 향해 예민하게 움직이는 촉수는 텔레파시를 경험하게 하고, 마침내 우연이라는 이름의 기적 같은 일이 벌어지기도 한다. 사랑에 빠진 순간, 우리는 홀린 사람이 되거나 들린 사람이 된다. 충동과 열정의 에너지가 어디로 흐르느냐에 따라 죽음 충동을 향해 나아가기도 하고 무한 긍정의 힘을 발휘하기도 한다. 위대한 사랑의 에너지여! 롤랑 바르트는 사랑의 중요한 속성 중 하나로 '빠져 들어가는 것(S'ABÎMER)'을 들며, "절망 또는 충족감으로 사랑하는 사람에게 나타나는 사라짐의 충동"[7]이라 정의한다. 사랑으로 인해 상처 입었을 때뿐만 아니라 행복감으로 충만할 때에도 수렁에 빠지고 싶은 충동이 우리를 사로잡는다.

파트리스 르콩트 감독의 「사랑한다면 이들처럼(Le Mari De La Coiffeuse)」은 바로 그런 충동을 아름답고도 충격적으로 묘사한 영화다. 이발소 주인과 결혼하고 싶다는 꿈을 가진 소년 앙트완은 성인이 되어 이발소 주인 마틸다를 만나 사랑에 빠지고 오랜 구애 끝에 결혼에 이르게 되지만, 서로만을 간절히 원하는 이상적인 사랑을 나누던 이 연인에게 이별은 갑작스럽게 충동적으로 찾아온다. 심하게 번개가 치고 비

---

7 롤랑 바르트, 앞의 책, p.25.

가 내리던 어느 날, 격정적으로 사랑을 나눈 뒤 마틸다는 한 통의 편지만을 남긴 채 폭우 속으로 사라져 버린다. "당신의 사랑이 식기 전에 떠나려 합니다. 그러면 우리의 사랑을 남겨 둘 수 있으니까요." 그렇게 그녀는 행복의 절정에서 자신의 사랑을 영원히 지키기 위해 강물에 몸을 던진다. 인생의 가장 빛나고 아름다운 순간을 잊을 수 없는 아름다운 영상과 엇갈리는 두 남녀의 안타까운 사랑으로 빚어낸 왕자웨이 감독의 영화 「화양연화(花樣年華)」도 사랑의 순간이 짧고 충동적임을 다른 방식으로 그려 낸다.

바람이 많이 부는 날이야 누군가 길에 내놓은 의자는 목이 긴 여자처럼 혼자 서 있다 골목을 돌면 또 다른 골목이 나타나고 나는 내 얼굴이 기억나지 않아 상점의 유리를 쳐다본다 투명하고 희미하게 우리는 닮아 있어 너는 잠든 내 얼굴을 쳐다보기도 하는 것일까 바람이 많이 부는 날이야 창백한 인형들이 줄지어 약국으로 들어간다 검은 새들이 유리문을 쪼아 댄다 어둠이 이 거리를 우주 저 먼 시간으로 옮겨 놓을 때까지

너를 읽다가 너를 베고 누웠다 눈을 뜨고 감는 사이 어쩌면 이것은 우아한 카니발리즘의 세계 내가 너를 씹어먹고 네가 나를 흡수하고 서서히 가늘고 희미해져 가고 말라 가고 뼈만 남는다 우리는 가장 가벼운 책이 되고 싶었지 바람이 불면 한 장씩 날아가 침묵에 이르는, 바람이 많이 부는 날이다 낮잠에서 문득 깨어나 팔을 깨물어 본다 좀비가 된다는 건 어떤 기분일까

꿈의 어떤 장면에서는 비가 내리고 나는 우산도 없이 달린다 어떤 사람에게 나는 죽을 때까지 한 가지의 인상으로 존재할 것이다 나는 달린

다 뼈들이 부딪혀 경쾌한 소리를 낸다 한밤중에 내리는 빗소리처럼

—강성은, 「살인은 연애처럼 연애는 살인처럼」

(『구두를 신고 잠이 들었다』, 창비, 2009) 전문

누벨바그의 거장 프랑수아 트뤼포가 알프레드 히치콕의 영화에 대해 평가한 "살인은 연애처럼 연애는 살인처럼"이란 말은 영화의 기법에 대한 설명이지만 실제 연애의 속성을 설명하는 데도 탁월한 혜안을 보여 준다. 강성은은 살인과도 같은 강렬한 죽음 충동에 시달리는 연애의 속성을 그린 시에서 이 구절을 인용한다. 너를 읽고 싶다는 욕망이 강해지면 너를 베는 살인 충동에 이르기도 하는 게 사랑이다. 시인의 말마따나 "어쩌면 이것은 우아한 카니발리즘의 세계"이다. 사랑에 빠진 연인들은 대개 상대방이 하는 말 한마디, 몸짓 하나도 놓치지 않으려고 애쓴다. 더 나아가 그의 세계 속으로 온전히 들어가고 싶은 욕망에 시달리기도 한다. 그들 사이엔 "내가 너를 씹어먹고 네가 나를 흡수하고" 하는 일이 빈번히 일어난다. 서로를 잘근잘근 씹어서 먹어치우다 보면 어느새 뼈만 남은 채 가벼워질 것이다. 그마저도 사라질지도 모른다. "낮잠에서 문득 깨어나 팔을 깨물어" 보는 행위는 살아 있는지 확인하는 행위인 셈이다. 살아 있으되 살아 있는 것이 아닌 몸. 여기서 화자는 좀비가 된다는 건 어떤 기분일까 생각한다.

강성은의 첫 시집 『구두를 신고 잠이 들었다』에는 사랑의 감정을 달리는 행위나 속도에 비유한 장면이 종종 등장한다. 위의 시에서도 "우산도 없이" 빗속을 달리는 장면이 등장한다. "나는 달린다". 그리고 "뼈들이 부딪혀 경쾌한 소리를 낸다". 꿈의 장면에 등장하는 달리는 행위는 사실상 사랑 충동을 표현한 것으로 읽을 수 있다. 같은 시

집에 실려 있는 「오, 사랑」에서도 "중세의 검은 성벽으로 악어가 살고 있는 뜨거운 강물 속으로" 달려가는 우리, "눈가를 검게 화장한 여배우처럼" "글러브를 끼고 아스피린을 먹으면서/짧지도 길지도 않은 즉흥곡 사이를" 달려가는 우리를 통해 사랑의 감정을 표상한다. "우리를 읽지 못해 장님이 되는 밤"에 "우리는 달리면서 눈을 감는"다. 사랑은 "어둠 속에서 총으로 서로의 심장을 정확히 쏘는 마술"이나 "톱으로 잘라 낸 피투성이 몸을 다시 이어 붙이는 마술"처럼 충동적이고 격정적인 에너지를 동반한다.

> 당신이 나를 당신의 안으로 들여보내 준다면
> 나는 아이의 얼굴이거나 노인의 얼굴로
> 영원히 당신의 곁에 남아
> 사랑을 다할 수 있다.
> 세계의 방들은 처음부터 끝까지 햇살로 가득하지만,
> 당신이 살아 있는 사실, 그 아름다움을 아는 이는
> 나 하나뿐.
> 당신은 당신의 소년을 버리지 않아도 좋고
> 나는 나의 소녀를 버리지 않아도 좋은 것이다.
> 세계의 방들은 온통 열려 있는 문들로 가득하지만,
> 당신이 고통스럽다는 사실, 그 아름다움을 아는 이는
> 나 하나뿐.
>
> 당신이 나를 당신에게 허락해 준다면
> 나는 순백의 신부이거나 순결한 미치광이로
> 당신이 당신임을

증명할 것이다.

쏟아지는 어둠 속에서

우리는 우리의 아이가 아니라

우리 자신을 낳을 것이고

우리가 낳은 우리들은 정말로

살아갈 것이다.

당신이 세상에서 처음 내는 목소리로

안녕, 하고 말해 준다면.

나의 귀가 이 세계의 빛나는 햇살 속에서

멀어 버리지 않는다면.

—하재연, 「안녕, 드라큘라」

(『세계의 모든 해변처럼』, 문학과지성사, 2012) 전문

하재연이 노래했듯이, 사랑은 둘만의 비밀스런 세계를 구축한다. "당신이 살아 있는 사실, 그 아름다움을 아는 이는/나 하나뿐"이다. 세계의 방들은 온통 열려 있는 문들로 가득하지만, "당신이 고통스럽다는 사실, 그 아름다움을 아는 이"도 "나 하나뿐"이다. 이 모든 일은 "당신이 나를 당신의 안으로 들여보내" 주어야만 이루어지는 것이다. 알랭 바디우의 말을 빌리면, 사랑은 구축이되, 순간의 황홀감에 그치지 않고 지속되는 하나의 구축이 되어야 한다.[8] "당신은 당신의 소년을 버리지 않아도 좋고/나는 나의 소녀를 버리지 않아도 좋은" 사랑. 사랑이 지속되는 하나의 구축이 될 수 있다면 이 시의 화자가 꿈꾸는 사랑 또한 가능하지 않겠는가.

---

8 알랭 바디우, 앞의 책, p.43.

오로지 여인의 피만 빨아먹는 드라큘라와의 사랑은 매 순간 목숨을 건 사랑이 될 수밖에 없을 것이다. 이렇듯 극단적이고 절박한 상황 설정을 통해 하재연의 시는 죽음을 불사하는 사랑의 열정을 그려낸다. 사랑의 열정이 멈추지 않는다면 "우리가 낳은 우리들은 정말로" 이 세계를 "살아갈 것이다."

5. 사랑의 클리나멘을 상상하며

'목숨을 건 사랑'이라는 수사가 흔히 쓰이던 시절도 있었다. 「로미오와 줄리엣」 같은 고전이나 「타이타닉」 같은 영화가 여전히 사랑받는 이유는 낭만적 사랑의 극치를 보여 주기 때문일 것이다. 하지만 요즘은 사랑에 목숨을 거는 경우를 만나기도 어려울 뿐더러 사랑에 목숨 거는 일에 대한 가치 판단에도 변화가 생겼다. 순정이 스토킹이 될 수 있는 세상이니 말이다(물론 순정이라는 이름의 폭력이 존재했던 것은 사실이다). 이제 사랑을 하면서도 사람들은 위험 부담을 안는 것을 꺼리게 되었다. 안전한 사랑. 위험이나 모험을 감수하지 않는 사랑. 하지만 그런 것을 사랑이라고 부를 수 있을까? 알랭 바디우는 단호하게 위험이 부재하는 체제에서 존재에 부여하는 '증여'는 결코 사랑이 될 수 없다고 말한다. 더 나아가 안전과 안락에 대항하여 위험과 모험을 다시 창안해야 한다고 역설한다.[9]

그것은 애초에 사랑이 가지고 있었던 열정의 에너지를 회복하는 일이면서 동시에 자신이나 사랑의 대상을 상하게 하는 부정적인 힘을 긍정적인 힘으로 돌려놓는 일이기도 하다. 가령, 연인들 사이의 낭만적 사랑만이 아름다운 사랑의 전범인 것처럼 생각하는 고정관념

---

[9] 알랭 바디우, 앞의 책, pp.17-20.

에서 벗어나 사랑이 지닌 혁명적 힘을 환기할 필요가 있다. 심보선이 두 번째 시집 『눈앞에 없는 사람』에서 보여 준 다음과 같은 깨달음이 하나의 예가 될 수 있겠다. "나는 어쩌다 보니 살게 된 것이 아니다./ 나는 어쩌다 보니 쓰게 된 것이 아니다./나는 어쩌다 보니 사랑하게 된 것이 아니다./이 사실을 나는 홀로 깨달을 수 없다./언제나 누군 가와 함께……"(「인중을 긁적거리며」). 그의 두 번째 시집에서는 유독 타 자와의 관계가 중요하게 부상하는데, 이러한 시인의 태도를 사랑의 능동적 확장으로 읽을 수도 있을 것이다.

관성적인 운동과 중력에서 벗어나려는 힘을 가리키는 클리나멘 (Clinamen)이라는 말을 들뢰즈는 탈주의 적극적이고 능동적인 속성을 의미하는 말로 전유한 바 있지만, 사랑이야말로 클리나멘을 회복할 필요가 있어 보인다. 자발적이되 예측 가능하지 않은 방향으로 관성 적인 운동에서 벗어나려는 힘. 그런 사랑의 힘을 회복할 수 있을 때 '둘의 무대'가 '둘의 지속'이 되고, 더 나아가 더 많은 사람들이 행복하 게 어울릴 수 있는 지속의 무대가 될 것이다. 이제, 다시 사랑에 관한 시인들의 도발적인 상상력이 필요한 때이다.

우리는
아직 진행 중

1. '미래파' 논쟁 이후의 세대

2000년대 시단을 정리할 때 제일 먼저 떠오르는 단어는 '미래파'일 것이다. '의사 논쟁'이었든 그들끼리의 논쟁이었든 '미래파' 논쟁은 2000년대 시단에 새롭게 등장한 세대를 둘러싼 세대 논쟁의 징후를 보여 주었다. 그 폭풍의 눈에 황병승, 김민정, 이민하 등이 있었다면 그들과 거리를 유지하면서 자기 시 세계를 펼쳐 간 시인들의 목록으로 김행숙, 장석원, 신해욱, 하재연, 이근화, 김경주, 진은영, 심보선 등을 들 수 있을 것이고, 이들과 좀 더 먼 거리를 형성하면서 2000년대 시단의 또 다른 풍경을 이룩한 시인으로 최금진, 이영광, 신용목, 송경동 등을 들 수 있을 것이다. 어쨌든 2000년대의 시단은 양적으로나 질적으로 풍성했다.

그것은 대체로 2000년대 후반에 등단한 1980년대생 시인들[1]에겐

---

1 사실상 생물학적 나이가 시인들의 시 세계의 특징을 구별 짓는 표지가 되지는 못한

상당한 부담이자 억압으로 작용할 수밖에 없었을 것이다. 더구나 과거의 세대 논쟁과는 달리 한 세대는커녕 몇 년 지나기도 전에 논쟁의 여파가 가라앉으며 새로운 시에 대한 소비가 훨씬 빨라진 오늘의 시단에서 이들이 느끼는 부담감은 더 컸으리라 짐작된다. 새로움의 상징처럼 여겨진 '미래파' 시인들이 불과 몇 년을 사이에 두고 이들에겐 극복해야 할 선배 시인이 되었으니 말이다.

2000년대 후반에 등단한 20대에서 30대 초반의 젊은 시인들로는 김승일(『현대문학』 2009년 등단, 1987년생), 박성준(『문학과 사회』 2009년 등단, 1986년생), 김상혁(『세계의 문학』 2009년 등단, 1979년생), 주하림(『창작과 비평』 2009년 등단, 1986년생), 민구(2009년 『조선일보』 신춘문예 등단, 1983년생), 안웅선(2010년 『세계의 문학』 등단, 1984년생), 한세정(2008년 『현대문학』 등단, 1978년생), 이은규(2008년 『동아일보』 신춘문예 등단, 1978년생) 등이 있다. 이들은 기성의 언어에 균열을 내고 갖가지 실험을 하면서 자기 언어를 찾아가고 있는 시인들이다. 이미 독특한 개성을 확보한 시인들도 있지만 대개는 모색 중이고 진행 중인 젊은 시인들이다. 이들에게서 굳이 공통점을 찾는다면 서정적인 전략을 활용하는 시인들이 드물다는 점이다. 이들의 시는 '미래파'로 분류된 시인들의 시만큼 파격적이지는 않아 보이지만 새로운 언어를 향한 갈망만은 그에 못지않은 듯하다. 서정적인 전략이 약해진 것은 사실상 이들 세대의 특징이라고 보아야 할 것이다. 2000년대 후반에 등단한 시인들 중에도 서정적인 색채를 지닌 시인들이 적지 않지만 이들의 경우 적어도 30대 중후반 이상의 나이를 지니고 있는 경우가 대부분이었다. 생물학적 나이와 시적 취

다. 2000년대 후반에 등단한 20대의 젊은 시인들을 대체로 1980년대생 시인들이라 지칭하기는 했지만, 이 글에서는 2000년대 후반에 등단한 1970년대 후반생 시인들까지 여기에 포함해서 다루고자 한다.

향은 별개의 문제지만, 우리 사회의 변화에 따른 경험의 진폭은 젊은 시인들의 시에 영향을 미치고 있는 것으로 보인다.

또 한 가지 기억할 만한 이들 세대의 특징으로는 이미 고등학교 시절부터 문명을 날리던 이른바 문예특기생 출신의 시인들이 많아졌다는 것이다. 전국 각지의 고교 백일장을 휩쓰는 안양예고 출신 시인들이 많아졌고 그 밖에도 문예특기생으로 각 대학의 문예창작학과나 국어국문학과에 진학해 등단의 절차를 거친 시인들이 상대적으로 많아졌다. 이 또한 2000년대 후반에 등단한 1980년대생 젊은 시인들에게서 상당히 두드러지게 나타나는 특징이라고 볼 수 있겠다. 김승일, 박성준, 주하림 등이 여기에 속하는 대표적 시인이다. 2000년을 전후해 각 대학에 생긴 문예특기생 제도는 초창기에는 이렇다 할 문인들을 배출하지 못하는 경우가 많았는데, 2000년대 후반에 들어서면서 각 대학의 문창과 및 국문과에 진학한 문예특기생들을 중심으로 등단의 성과가 나타나고 있는 것으로 보인다. 이들 중 상당수가 김경주, 김민정 등 지금 한창 활동 중인 '미래파'로 분류되었던 젊은 시인들에게서 시를 배웠다는 점도 특기할 만하다. 이들에게서 서정적인 시가 잘 발견되지 않는 까닭은 이와 무관해 보이지 않는다. 고등학교 시절부터 시를 어떻게 써야 하는지 방법적인 측면을 빨리 익힌 이들 세대에게 새로움을 획득하는 것은 자신의 존재감을 획득하는 일로 인식되었을 것이다.

이 글에서는 2000년대 후반에 등단한 1980년대생 시인들에게서 공통적으로 발견되는 특징이 있는지 살펴보려고 한다. 등단한 지 1년도 채 안 된 시인들이 적지 않으므로 이러한 기획은 처음부터 무리수를 안고 있는 게 사실이다. 이들의 시가 진행 중인 것처럼 이 글 역시 완성을 목적으로 하기보다는 진행 중이라고 고백하는 것이 솔직할 것이다. 2000년대 후반에 등단해 활동하고 있는 1980년대생 시인들 중 눈여겨볼 만한 시인들을 중심으로 끝나지 않을 글을 이제 시작해 보려 한다.

2. 버림받은 '양아치'의 고백—김승일의 시

김승일은 2000년대 후반에 등단한 시인들 중 단연 눈에 띄는 시를 쓴다. 김승일 시의 화자와 어조는 전에 보지 못한 새로움을 지니고 있다. 그의 화자는 매우 도발적인데 그것은 대체로 그가 취하는 시적 상황으로부터 유발된다. 그의 시에서 시적 화자는 어느 날 갑자기 부모가 동시에 죽고 나서 졸지에 동생과 덩그러니 남아 가장이 되고 만 소년의 목소리를 취한다. 부모가 살아 있었다면 그 또래 아이들처럼 평범하게 살았을지도 모르는 소년은 자신도 돌볼 수 없는 나이에 동생까지 떠맡아야 하는 신세가 된다. 이때 김승일의 시적 화자인 소년이 취하는 삶의 방식은 겉멋을 추구하는 양아치의 삶이다. "학교에 가지 않는 양아치보다는 학교에 가는 양아치가 더 멋있다는"(「부담」) 이유로 학교에 가서 말썽을 부리는 양아치. 그것이 김승일의 시적 주체이다.

자기 고백적인 어조를 취하고 있지만 이 시적 화자는 김승일이 선택적으로 쓴 가면에 불과하다. 당선 소감에서 그는 부모가 살아 계심을 간접적으로 언급한 바 있다.[2] 그렇다면 이런 시적 화자의 선택은 김승일이 취하는 시적 전략으로 읽어야 한다. 졸지에 부모를 모두 잃은 고아이자 동생을 돌봐야 하는 소년 가장의 상태에 그는 자기 세

---

2 당선 소감에 나오는 "엄마 없이 살아 본 적도 없고, 시 없이 살아 본 적도 없다." "어머니 아버지 사랑해요" 등의 구절.

대, 더 정확하게는 시인으로서의 자신의 위치를 비유한다. 이는 마치 "나를 키운 것은 팔 할이 바람"이라고 선언한 서정주의 언술을 떠올리게 한다. 동시에 부모를 잃고 가장이 된 소년의 처지에 스스로를 비유함으로써 김승일은 시인으로서 그가 기대고 의지할 곳이 없다는 도발적 선언을 감행한다.

동생의 마음이 이해가지 않는 것은 아니다. 나도 양아치였으니까. 그렇지만 나는 깨달아 버린 것이다. 학교에 가지 않는 양아치보다는 학교에 가는 양아치가 더 멋있다는 사실을.

부모가 죽고 세 달이 흐르자, 숙제가 밀리면 그 숙제는 하지 않는다. 그것이 형의 방식. 형이라서 라면을 먹어, 역기도 들고, 찬송하고, 낮잠을 때리지. 형이라서, 형이라서 배탈이 났어요. 나는 학교에 늦게 간다. 하고 싶다면 너도 형을 해. 그러나 네가 형을 해도. 네가 죽으면 내 책임이지.

학교에서, 나는 농구하는 애. 담배 피는 애. 의자로 후배를 때린 선배. 아버지가 엄마보다 늦게 죽을 줄 알았어. 자주 앓는 사람이 오래 사는 법이니까. 부모가 동시에 죽고, 이제 누가 화장실 청소를 하나? 형이라서 배탈이 났어요. 이십 분 간격으로 물똥을 눈다. 창피하게. 동생이 옆에서 샤워를 한다. 구석구석.

친구들이 모두 집에 돌아간 뒤에도 나는 학교에 남아 침을 뱉는다. 구령대에서, 나는 침을 멀리 뱉는 애. 부모가 죽고 세 달이 흐르자. 부모가 죽고 네 달이 흐른다. 그리고 운동장을 가로지르며 동생이 뛰어온다. 변기에서 쥐가 튀어나왔어. 괜찮아. 내일부터 학교에 오자. 똥은 학교에서 누면 되지. 그래 그러면 된다.

—김승일, 「부담」(『시와 반시』, 2009.가을) 전문

졸지에 부모가 사라져도 잘 자라는 아이들도 있겠지만, 김승일이 그리는 시적 화자는 그야말로 제멋대로의 삶을 살아간다. 학교에 늦게 가고 싶으면 늦게 가고, 안 가고 싶으면 안 간다. 그를 규제하는 것은 아무 데도 없다. 그가 학교에 가는 이유는 단지 학교 안 가는 양아치보다 학교 가는 양아치가 더 멋있어 보이기 때문이다. "부모가 죽고 세 달이 흐르자, 숙제가 밀리면 그 숙제는 하지 않는다." 아등바등 매달리고 집착하는 것이 그에겐 사라졌다. 밀리거나 늦으면 하지 않아 버리는 방식, 해 보려고도 하지 않고 바로 포기해 버리는 방식을 그는 취한다. 그것은 부모나 기성 사회에 의해 늘 되풀이되던 '열심히 살아라', '최선을 다해라', '오늘 할 일을 내일로 미루지 마라' 등과 같은 원칙에 가볍게 등 돌리는 일이기도 하다. 그의 모든 행동에는 "형이라서"라는 핑계가 따라붙는다. 그것은 어떤 일을 하거나 하지 않는 이유와 핑계가 되지만, 역설적으로 그만큼 '형'이라는 사실을 그가 엄청난 부담으로 느끼고 있다는 것을 보여 준다. "하고 싶다면 너도 형을 해"라는 아무렇게나 내뱉어진 한마디는 그리고 보면 '억울하면 네가 사장/상사/주인/기타 등등을 하든가'라고 뻔뻔하게 말하던 지배자의 논리를 빼닮았다. 그러나 그는 "네가 형을 해도. 네가 죽으면 내 책임"임을 이미 잘 알고 있다.

나이에 어울리지 않는, 상황에 의해 억지로 주어진 형이라는 책임

감과 부담감은 "형이라서 배탈이 났어요"라는 언술을 단번에 이해하게 만든다. "이십 분 간격으로 물똥을" 눌 정도로 화자가 느끼는 부담감은 엄청나다. "부모가 죽고 세 달이 흐르자" 아무렇지도 않게 "부모가 죽고 네 달이 흐른다." 세 달과 네 달 사이에는 많은 일들이 있었겠지만 중요한 것은 부모가 죽었다는 변하지 않는 사실일 뿐 시간은 무서운 속도로 흘러간다. 변화가 있다면 집안이 구석구석 엉망이 되어 가고 있다는 것 정도일 것이다. 아이들만 살고 아무도 돌보지 않는 집이 어떻게 망가질지는 보지 않아도 훤히 짐작이 간다. "변기에서 쥐가 튀어나"오는 일쯤은 아무것도 아닐지 모른다. 형의 해결책은 간단하다. "괜찮아. 내일부터 학교에 오자. 똥은 학교에서 누면 되지." 그래 그러면 된다. 많은 것들이 그렇게 간단히 통용된다.

김승일의 시는 문장 중간에 마침표를 사용해 끊는 형식을 자주 사용한다. "그러나 네가 형을 해도. 네가 죽으면 내 책임이지."라든가 "부모가 죽고 세 달이 흐르자. 부모가 죽고 네 달이 흐른다." 같은 문장에 쓰인 마침표의 기능을 눈여겨볼 필요가 있다. 힘주어 끊어 말하는 구어적 어투를 마침표를 사용해 표현한 김승일 식 문장 구조는 단호한 결의의 어조를 드러내는 데 효과적이다. 깊이 생각하기 싫어하는 '양아치' 형이 말하고 결심하고 선언하는 방식을 드러내는 데도 이러한 어조는 효과적이다. 시인으로서 김승일이 느끼는 자기 세대의 위치도 이런 것일지 모른다. 졸지에 기댈 부모가 사라진 세대의 젊은 시인들은 앞선 모든 선배 시인들의 시에 죽음을 선언하면서 아무렇게나 쓸 것을 선언한다. 그의 세대가 느끼는 부담감은 엄청난 것이겠지만 그는 "그래 그러면 된다"라는 허용의 자세를 취한다.

무엇이든 만들 수 있으니까, 나는 시멘트를 가능성이라고 불렀다. 수

건걸이를 설치할 때. 가능성에 못이 박혔다. 이봐, 가능성 기분이 어떤가? 가능성엔 기분이 없었다.

바닥에 고인 물 때문에 미끄러지는 일이 없도록. 타일은 간격을 원했다. 물은 간격을 타고 하수구로 간다. 천천히. 동생이 샤워를 하면서 오줌을 눈다. 변수로군. 나는 동생을 변수라고 불렀다. 이봐, 간격에게 사과를 하지 그래? 변수는 배신이었다.

엄마는 변기에 앉아 거실을 바라보았다. 왜 문을 열고 싸는 거야? 텔레비전이 하나잖아. 아빠는 거실이었다. 부모가 죽자. 변수에게 거실은 학교였다. 변수는 급식도 먹지 않고 하루 종일 누워 있었다. 형이 학교에서 돌아와 학교로 들어오면 변수는 일어나서 샤워를 했다. 형은 자꾸 지각이었다. 거실이 사라지고 있었다.

부모가 죽고 세 달이 흐르자. 아무도 화장실을 청소하지 않았다. 네 달이 흐르고. 변기에서 쥐가 튀어나왔어. 그렇다면 변기는 수영장이로군. 다섯 달과 여섯 달을. 나는 행진이라고 불렀다.

지각은 지각인데도. 쥐가 무서워서 똥을 누지 않았고. 나는 화장실이라 화장실에 가지 않았다. 다시 행진. 이제 나는 캄캄한 창고 같았고. 학교가 된 거실처럼. 간격은 변수 같았다. 이봐, 수영장. 창고 안에 고여 있는 기분이 어떤가? 똥이 없어서 쥐가 죽었어. 가능성에게 화장실을 맡기고, 굶어 죽은 쥐를 보러. 나는 창고에 갔다. 캄캄한 가능성 위에 부모처럼 누워. 배신이 기다리고 있었다.
　　　　—김승일, 「화장실이 붙인 별명」(『세계의 문학』, 2009.겨울) 전문

등단한 해인 2009년에 김승일이 발표한 시 중에는 부모가 예고 없이 동시에 죽고 난 후 남겨진 형제의 상황을 전제로 하는 시들이 여러 편 눈에 띈다. 일종의 자기 복제라고도 할 수 있는 이런 형식의 시를 그가 서슴지 않고 발표하는 것은 자신이 어디에도 얽매이거나 빚지지 않았음을 보여 주려는 시인의 전략으로 읽힌다. 그는 마치 '왜 안 되는데?'라고 고개를 빳빳이 들고 묻고 있는 듯하다. '양아치' 소년의 행동 양식을 자신의 시적 전략으로 선택한 시인의 거침없는 도발이라고 볼 수도 있겠다.

　인용한 시에서 김승일은 새로운 명명을 시도한다. 무엇이든 만들 수 있다는 이유로 시멘트를 가능성이라고 부르고, 동생이 타일 사이의 간격을 고려하지 않은 행동을 한다는 이유로 동생을 변수라고 부르고, 사과하지 않는 동생은 이내 배신이라고 불린다. 주로 거실에 앉아 있던 아빠는 거실로 명명되고 부모가 죽자 변수(동생)에게 거실은 학교가 된다. 부모가 죽은 후 자꾸 지각하는 형은 지각이라 명명되고 아무도 청소하지 않아 쥐가 튀어나오는 변기는 수영장이 되고 부모가 죽고 흐르는 다섯 달과 여섯 달을 화자는 행진이라고 부른다. 화장실에 가지 못하는 '나'(형)는 몸에 화장실을 지닌 셈이라 화장실이 되고, 부모가 죽고 없는 막막한 현실 속에서 '나'는 캄캄한 창고가 된다. 시인의 명명 행위는 그칠 줄 모르고 계속된다. 이렇게 독특한 명명의 형식을 그가 취하는 이유는 어디에 있을까?

　김승일의 명명법은 일종의 치환은유의 변형인 셈인데, 그의 명명법에서 취지와 수단 사이에는 최소한의 유사성도 개입하지 않는 것처럼 보인다. 그의 명명법은 유사성에 근거한 필연적인 선택이라기보다는 즉흥적이고 돌발적이다. 이 또한 제멋대로의 '양아치'식 명명법이라고 부를 수 있겠다. 황병승의 시에서도 독특한 명명법을 볼 수 있었지만 그의 시에서는 대상의 특징을 포착해서 명명하는 방식을 선호했다면 김승일의 명명법은 훨씬 막무가내다. 어디에도 기대지 않은 것처럼 보이는 이러한 막무가내식 명명법이 김승일 시의 개성을 구축한다.

「방관」(『시와 반시』, 2009.가을)도 화자가 동생으로 바뀌었을 뿐 같은 상황을 그린 시이다. 부모가 죽고 형제만 남자, 모든 규율과 질서가 무너지고 삶이 엉망진창이 되어 가는 상황을 여러 편의 시에서 변주하면서 김승일은 기성의 시에 대한 막무가내식 도발을 감행한다. 거기엔 "그래 그러면 된다"는 허용의 태도가 바탕에 깔려 있다. 이는 기성의 윤리와 제도에 대한 김승일 식 거부 방식이라고 할 수 있다.

3. 나쁜 피, 또는 나를 훔쳐보는 나의 시선─김상혁의 시

2009년 『세계의 문학』 신인상으로 등단한 김상혁은 당선 소감에서 자신은 "뿌리에 대한 미련이 적다. 단단한 지면을 그리워하지 않고 세계의 부유물로 사는 일이, 그래서 불편하지 않다"고 고백한다. "성이 세 개"라는 자전적인 고백을 하면서도 그는 결핍이 자신에게 고통이 아니라고 말한다. 어디가 아파서가 아니라 아파야 하는 자리가 아프지 않아서 아플 만한 곳을 찾아서 찔러 보려고 시를 쓰는 것이라는 그의 고백을 귀 기울여 들을 필요가 있다. 김상혁 역시 자신의 시가 체험으로부터 빚어진 결핍을 메우기 위한 시가 아니라고 말하고 싶어 한다. 이러한 언술에서는 기존의 시에 대한 관점, 시란 고통스러운 것이고 무거운 존재감을 드러내는 것이라는 통념을 부정하고 싶어 하는 시인의 태도가 느껴진다.

뿌리에 대한 미련이 적다는 것은 그만큼 기성의 시로부터 자유롭다는 것을 의미한다. 그것이 시인의 의도적인 언술이든 그렇지 않든 그는 여느 젊은 시인들처럼 기성의 시에 대한 고정관념으로부터 자유로운 시를 꿈꾼다. 빚진 것이 별로 없다는 점에서 김상혁의 시는 김승일의 시와 태도의 면에서 닮은 데가 있다. 그러나 표현된 방식에서 김상혁의 시는 김승일의 시만큼 도발적이지는 않다. 김상혁의 시적 주체는 자신의 태생에 대해 종종 고백한다.

> 내가 죽도록 훔쳐보고 싶은 건 바로 나예요 자기 표정은 자신에게 가장 은밀해요 원치 않는 시점부터 나는 순차적으로 홀홀히 눌어붙어 있네요 아버지가 만삭 어머니 배를 차고 떠났을 때 난 그녀 배 속에서 나도 모를 표정을 나도 몰래 지었을 거예요 어머니가 그런 아버지 코를 닮은 내 매부리코를 매일 들어 올려 돼지코를 만들 때도 그러다가 후레자식은 어쩔 수 없다며 왼손으로 내 머릴 후려칠 때도 나는 징그럽게 투명한 표정을 지었을 거예요 여자에게 술을 먹이고 나를 그녀 안으로 들이밀었을 때도 다음 날 그 왼손잡이 여자에게 뺨을 맞았을 때도 내가 궁금해한 건 그 순간을 겪는 나의 표정이었어요 은밀하고 신비해요 모든 나를 아무리 잘게 잘라도 단면마다 다른 표정이 보일 테니 나를 훔쳐볼 수만 있다면 눈이 먼 피핑톰(peeping Tom)이 소돔 소금기둥이 돼도 좋아요 거기, 거울을 들이밀지 마세요 표정은 보려는 순간 간섭이 생겨요 맑게 훔쳐보지 않는 한

> ―김상혁, 「정체」(『세계의 문학』, 2009.봄) 전문

시란 원래 나로부터 비롯되는 욕망이긴 하지만, 최근의 젊은 시인들은 유독 나에 집중하는 경향이 있다. 자신의 남다른 태생에 대해 고백하는 시들이 젊은 시인들에게서 적잖이 발견되는 것도 이러한 경향과 무관해 보이지 않는다. 관음의 시선은 대개 타인을 향하게 마

련인데, 이 시의 화자는 "죽도록 훔쳐보고 싶은 건 바로 나"라고 고백한다. "자기 표정은 자신에게 가장 은밀"하다는 것을 직감적으로 알아 버렸기 때문이다. 상처 입은 자들은 표정을 감추는 데 익숙해진다. 솔직한 감정을 얼굴 표정에 드러내는 일이 타인과의 관계에서 결코 유리하지 않음을 여러 차례 경험했기 때문일 것이다. 관계에서 우위를 점하려면 자신의 감정을 드러내지 않고 쉽게 읽히지 않는 표정을 지을 필요가 있을 것이다.

이 시의 화자는 상처 입은 영혼이다. "아버지가 만삭 어머니"의 "배를 차고 떠"나 버렸기 때문에 어머니와 단 둘이 산 '나'는 떠난 아버지를 증오하는 어머니의 감정에 의해 종종 상처 입는다. "후레자식은 어쩔 수 없다며 왼손으로 내 머릴 후려"치는 어머니 앞에서 화자는 "징그럽게 투명한 표정을 지었을 거"라고 생각한다. "모든 나를 아무리 잘게 잘라도 단면마다 다른 표정이 보일" 거라고 그는 상상한다. 이런저런 난처하거나 모멸감을 느낄 만한 상황에서 자신이 지었을 표정을 궁금해하는 화자는 일종의 관음증적 태도를 보이는데, 그것은 병적으로 자신을 향해 있다. "보려는 순간 간섭이 생겨" 좀처럼 그 정체를 파악하기 힘든 '나'의 정체를 파악하고자 하는 욕망이 김상혁의 시에서는 느껴진다. 거울이라는 간섭 없이 어떤 대상을 맑게 훔쳐보고 싶은 욕망. 이것이 시인으로서 김상혁이 가지고 있는 욕망이라고 할 수 있겠다.

"눈이 매섭고 손이 억"센 "호랑이 엄마"로부터 김상혁의 시적 주체는 글을 배우고 "자주 꾸중을 들었다". "자세한 내막은 몰랐으나/아버지는 쫓겨난 것이었고/거짓말쟁이였"으며, 자신은 "엄마를 사랑하지 않을 수가 없었다"(「호랑이 엄마」, 『세계의 문학』, 2009.봄)고 고백한다. "나를 금방 비밀로 삼"는 "사랑하는 사람들"(「묵인」, 『세계의 문학』, 2009.

봄) 속에서 김상혁의 시적 주체는 시선 뒤의 은밀한 표정을 의식하게 되었으며, 거짓과 비밀을 걷어 낸 대상을 맑게 훔쳐보고 싶다는 욕망에 사로잡힌다.

4. '나'를 겨눈 방아쇠—한세정의 시

논자들마다 '미래파'의 범주 설정이 달랐기 때문에 어디까지 '미래파' 시로 봐야 할지에 대해서는 논란의 여지가 많지만, '미래파' 논쟁 초기에 주로 거론된 젊은 시인들의 시 중 여성 시인들의 시로는 김민정, 이민하 등의 시가 있었는데 이들의 시는 대개 절단의 상상력을 통해 1990년대 여성 시인들의 시에서 나타나던 몸의 상상력의 극치를 보여 준다. 그런가 하면 김행숙, 하재연, 신해욱, 이근화 등의 시에서는 새로운 여성시의 상상력이라고 부를 만한 변화가 나타난다. 이들의 시도 어떤 면에서는 분명 여성(주의)적이지만 그것은 그 이전의 여성시를 읽으면서 우리가 여성(주의)적이라고 명명했던 특성들과는 확연히 거리를 둔다. 오히려 그녀들의 시는 지나치게 건조한 어조를 띠거나 우리의 감각으로 잘 포착되지 않는 사이나 감각 바깥의 영역에 예민한 촉수를 드리운다. 이전의 여성시가 지니고 있던 공격성의 언어 대신 이들은 내면의 무늬를 포착하는 예민한 시선과 오감이나 칠정으로는 파악되지 않는 '다른' 감각과 정서를 지니고자 한다. 나는 이들의 그런 특성을 '탈'여성적 시라고 지칭하기도 했는데, 이들의 시가 우리 여성시의 새로운 국면을 열어 가고 있는 것은 분명해 보인다.

2000년대 후반에 등단한 젊은 여성 시인의 경우에는 바로 앞의 선배 시인들과 어떻게 변별되는 자신의 자리를 찾을 것인지 고민하지 않을 수 없을 것이다. 2008년 『현대문학』으로 등단한 한세정의 시 역시 이런 과제로부터 자유로울 수 없다. 그녀의 등단작들이 단단히 조여진 언어로 구성되어 있는 것은 그런 고민의 반영일지도 모르겠다.

1.

단 하나의 과녁을 위하여

새의 부리는 제 몸을 향해 자란다

2.

나는 예고되지 않는 끝을 보기 위해

눈이 먼 사람의 눈동자를 기억한다

구름의 그림자가 눈동자를 덮을 때마다

내 몸에서 융기하는 산맥이 지평선 밖으로 윤곽을 뻗는다

바람의 파문(波紋)을 따라 빙산이 결빙되고

나의 윤곽은 구름을 관통한다

하여, 나는 허공의 빛줄기를 수혈하는 자

온몸에 새겨지는 모반(母斑)의 무늬들

그러므로 나는 오직 흔적으로만 기억되는 자

3.

나에게는 아직 지워지지 않은

태양의 흔적이 남아 있다

나의 눈은 지금 흑점이다

—한세정, 「태양의 과녁」(『현대문학』, 2008.6) 전문

모든 생명을 지닌 것들은 저마다 단 하나의 과녁을 가지고 있을지도 모른다. 단 하나의 과녁을 위하여 제 몸을 향해 자라는 새의 부리의 이미지는 응집과 확산의 상상력이 팽팽하게 긴장감을 형성하는 장면을 탁월하게 보여 준다. 한세정의 시는 이렇게 주체와 타자 사이, 대상과 대상 사이에서 형성되는 힘의 긴장 관계에 대해 관심을 가지고 있다.

　　그녀의 상상력은 우주적 상상력과 긴밀히 관련된다. 우주의 무한 팽창과 폭발, 태양의 확산 에너지와 흑점이 형성하는 응집의 상상력이 그녀의 시에서는 균형을 이룬다. 손바닥에 우주가 있듯이, "내 몸에서 융기하는 산맥"은 "지평선 밖으로 윤곽을 뻗는다". '나'의 몸과 자연은 한세정의 시에서도 서로 관련을 맺는데, 취지와 수단의 관계로 맺어져 어느 하나가 다른 하나를 위해 봉사하는 방식이 아니라, 모든 생명체가 각자 자기 안에 단 하나의 과녁을 지니고 있는 형국이다.

　　눈이 먼 사람에게 눈동자는 더 이상 아무 기능도 하지 못하는 쓸모 없는 흔적이지만 한세정 시의 화자는 바로 그런 것을 기억한다. 자신에 대해 "오직 흔적으로만 기억되는 자"라고 명명할 때 화자는 그 아픔과 외로움을 누구보다도 잘 알고 있을 것이다. 다만, 그녀의 시는 감정의 흔적을 최대한 절제하고 숨긴다.

　　　귓속을 채우는 소리를 제거하라
　　　나의 관자놀이는 나만의 것이므로
　　　내 손 안의 권총은
　　　몸 밖으로 열린 두 개의 귀를 관통할 것이다
　　　총성은 유리벽을 뚫고

오후 네 시의 거리를 향해 울려 퍼질 것이다

탄환이 일직선으로 날아가는 거리
당신의 뒤통수가 달아오르고
전신주는 수직으로 몸을 뻗는다
나의 목표는 관자놀이를 분쇄하는 것
관자놀이는 나를 위한 것이므로
과녁을 꿰뚫는 건 손을 가진 자의 자유이므로

망막을 찢고 들어오는 눈동자들을 몰아내라
내 손 안의 권총은
몸 밖으로 열린 귀를 사수하고 있으므로
권총에 대해 나는 여전히 승자이므로
당신의 관자놀이는 나의 과녁과 무관하므로,

          —한세정, 「내 손 안의 권총」(『현대문학』, 2008.6) 전문

    목표물의 과녁을 겨냥해 명중하면 발사된 탄환은 목표물의 한가운데를 꿰뚫을 것이다. 그렇게 목표물의 핵심을 관통하는 운동과 그것이 일으키는 효과에 한세정의 시는 관심을 가진다. "내 손 안의 권총"은 시인의 언어이기도 한데 그것은 "몸 밖으로 열린 두 개의 귀를 관통할 것이다". 시인은 자신이 선택해 발사한 언어의 총성이 "유리벽을 뚫고/오후 네 시의 거리를 향해 울려 퍼"지기를 바란다.

    탄환이 발사되어 일직선으로 날아가는 동안 "당신의 뒤통수가 달아오르고" "전신주는 수직으로 몸을 뻗는다". 그녀는 자신의 손 안에 든 권총으로 "귓속을 채우는 소리"와 "망막을 찢고 들어오는 눈동자

들을 몰아내"고자 한다. 권총을 손에 들고 무언가를 겨냥했을 때 일어나는 집중과 긴장의 힘이 그녀의 시에서는 팽팽하게 그려진다. 일상의 감각을 무너뜨리는 시의 언어에 대한 갈망이 한세정의 시에서는 "내 손 안의 권총"으로 그려진 것으로 보인다.

5. '김예슬 선언'과 그 이후

이상에서 살펴본 바와 같이 2000년대 후반에 등단한 1980년대생 젊은 시인들에게 두드러진 공통점을 발견하기란 아직 쉽지 않다. '미래파'로 명명된 시인들의 영향을 받거나 그 시인들에게 시를 배운 시인들이므로 '미래파'의 그림자로부터 온전히 자유롭지 못하다는 점, 새로움을 추구하고 기성의 것에 대해 도전적인 태도를 보인다는 점, 기존의 시에 안주하기보다는 그것을 넘어서는 자기 언어를 추구하고 있다는 점 등을 공통점으로 들 수 있겠다.

젊은 시인들을 중심으로 세상을 향해 '6.9 작가 선언'이라는 형식의 자발적인 외침이 있었고, 동세대의 20대 젊은이들에 대해 '88만 원 세대'라는 명명이 있은 지도 오래되었지만, 아직 그 여파가 시에 분명한 모습을 드러내고 있지는 않다. 하지만 대학 현장에서 느끼는 20대 청춘의 불안감은 점점 그들의 일상을 장악해 가고 있다. 최근 대학가를 강타한 '김예슬 선언'은 바로 그 불안감으로부터 튕겨져 나온 상징적인 외침이다. '보통대학 불행학과 경쟁학번'으로 표상되는 요즘 대학생의 현실에 언제까지 주눅 들어 길들여진 삶을 살 수는 없다는 선언. 더 이상 사회가 원하는 규격품의 인생을 살지는 않겠다는 선언. 잘못 든 길이 지도를 만들듯이 일찌감치 '다른' 길을 가겠다는 선언. 취업 공장으로 전락한 대학에서 더 이상 배울 게 없다는 도발적 선언. 그것이야말로 최근에 읽은 어떤 시보다도 마음을 움직이는 글이었다.

'김예슬 선언'이 일으킨 파장이 아무 일도 없었다는 듯이 가라앉지는 않을 거라 감히 전망해 본다. 그런 작은 균열들이 어쩌면 비정상적으로 치달리고 있는 우리 사회에 제동을 걸 수 있는 힘이 될지도 모르겠다. 기획되지 않고 예측하지 못한 자발적 움직임이 지니는 파장은 더욱 큰 법이다. 2000년대 후반에 등단한 1980년대생 시인들 중에는 아직 대학생 신분인 시인들도 적지 않다. 이 세대가 느끼는 불안감, 이 세대가 사는 방식의 당당함, 또는 혼란스러움은 이 세대의 시인들에게도 존재론적 토양이 될 것이다. 1980년대생 젊은 시인들의 시가 어디로 갈지는 아직 짐작하기 어렵다. 아직은 진행 중인 이들의 시에 대해 섣불리 규정하고 싶지는 않다. 다만, 이들의 존재론적 고민이 이들의 시에 긍정적인 에너지가 되기를, 그래서 '복사씨와 살구씨'가 사랑에 미쳐 날뛸 날이 머잖아 오기를 가슴 설레며 기다려 본다.

외로운 영혼들이
소통하는 법
—시와 소통의 문제

1. 사막에 갇힌 영혼들

한 사내가 있었다. 그는 한 여자를 사랑했는데, 그녀 곁에 머물지
못했고, 그녀를 붙잡아 두지도 못했다. 어느 날 그녀는 그의 형수가
되었다. 그녀가 다른 남자 곁으로 떠나고 나자 그는 비로소 자신이
그녀를 몹시 사랑했음을 깨닫는다. 그녀의 곁에 머물 수도 그녀를 잊
을 수도 없었던 그는 그녀의 곁을 떠나 사막으로 가 버린다. 모든 것
을 버리고 잊기 위해 사막에 왔건만 그는 그녀를 지우지 못했다. 그
는 사막에 집을 짓고 그곳에 갇혀 살아간다. 탁 트인 사막에서조차
그의 영혼은 자유롭지 못했다.

또 한 사내가 있었다. 그는 자신의 아내를 지독하게 사랑했다. 그
런데 그녀는 다른 사내와 사랑에 빠져 버렸다. 복사꽃이라는 이름을
지닌 그녀는 자신의 욕망을 뒤늦게 후회했지만 때늦은 후회였다. 사
랑하는 여인에게 배신당한 후 그 사내는 시력을 잃어 간다. 맹목의
사랑이 눈을 멀게 한 것이다. 그녀를 지워 버렸으면 좋았을 것을 그

는 그러지 못했다. 그의 집착이 그의 눈을 멀게 했다. '맹무살수'라 불리는 이 사내는 결국 사랑하는 아내에 대한 집착 때문에 목숨을 잃게 된다. 눈이 먼 상태로 마적 떼와 싸우면서도 현란한 칼 솜씨를 보이던 그는 사랑하는 아내의 얼굴을 떠올린 순간 목이 달아나 버린다. 눈이 멀어서도 끝내 한 여자만 보았던 사내는 그렇게 사막의 모래바람 속에 나뒹구는 시체가 되어 버린다.

한 여인이 있었다. 그녀는 한 사내를 사랑했는데 그는 늘 그녀를 외롭게 했다. 그는 그녀 곁에 머물지 않고 언제나 다른 곳으로 떠돌았다. 그의 외유를 견디지 못하고 그녀는 그의 형과 결혼해 버린다. 하지만 그를 마음속에서 완전히 지우지 못했다. 결혼해서 아이를 낳은 후에도 그녀는 여전히 외로웠다. 그녀의 마음은 사막으로 가 버린 사내의 곁에 머물렀다. 그녀의 마음을 얻지 못한 그녀의 아이는 자폐증에 걸려 버렸고, 그녀는 자신의 분신 같은 아이의 뒷모습을 바라보며 후회 속에서 살아간다.

또 한 여인이 있었다. 그녀는 남편의 지고지순한 사랑을 모르지 않으면서도 다른 사내와 사랑에 빠진다. 아마도 그것은 욕정이었을 것이다. 그녀는 그 사내에게 버림받는다. 이제 그녀는 돌아갈 데가 없어졌다. 남편은 눈이 먼 채 먼 길을 떠나 버렸고, 그녀가 사랑했던 남자는 다른 여자를 사랑하고 있었다. 그녀는 외로움과 후회와 그리움에 몸을 떨면서 살아간다. 결국 그녀의 욕망은 한 사내의 목숨을 앗아 가고 만다.

왕가위 감독의 영화 「동사서독」에는 하나같이 외로운 영혼들이 등장한다. 그들의 사랑은 일방적이고 소통 불가능하다. 상처 입은 이 영혼들은 상처를 치유하는 법을 배우지 못했다. 그들은 다른 이의 마음을 짓밟고 거기에 생채기를 내면서 사막에 갇힌 채 살아간다. 그들은 타인을 믿지 못하고 세상에 대해 냉소한다. 그러므로 사막을 떠돌면서도 그들의 영혼은 자유롭지 못하다. 그들은 살아갈 이유를 잃어버렸으며 긍정적인 에너지를 상실했다. 무협의 코드를 빌리고 있음에도 「동사서독」이 퇴폐적으로 읽히는 이유는 상처투성이의 몸과 마음을 지닌 채 자기 안에 침잠하는 인물들로 가득한 사막을 그리고 있기 때문이다. 사막은 은유적 공간이다.

오늘의 현대시에도 사막이라는 은유적 공간이 자주 출몰한다. 그만큼 자기 상처에 갇힌 외로운 영혼들이 널려 있기 때문일 것이다. 이상기류가 감도는 '시인공화국'에서 시인을 꿈꾸는 사람들은 여전히 많지만 시는 점점 더 소수만이 읽는 주변적인 장르로 내몰리고 있다. 대중과의 소통을 포기한 시, '따라올 테면 따라와 봐'의 포즈를 취하는 시들이 점점 더 많아지고 있다. 카메라의 발명 이후 재현을 포기하고 특정 집단의 소유물이 되어 버린 현대미술처럼 현대시도 점점 더 소수의 언어가 되어 가고 있다. 아직 언어라는 유일무이한 도구를 가지고 있고, 그 도구가 치명적으로 위협당하지 않았는데도 불구하고 오늘의 시인들은 자발적으로 소통 가능성을 포기하고 있는 것처럼 보이기도 한다. 왜 그럴까?

우선은 언어의 재현적 기능에 대한 회의가 큰 이유를 차지할 것이다. 우리가 살아가는 이 세계를 재현해 내는 일은 불가능하다는 절망감이 언어에 대한 믿음을 앗아 가 버렸다. 하지만 언어에 대한 그들의 욕망은 버릴 수 없는 것이어서 소통 가능성을 포기하고 그들은 점점 더 자신만의 언어의 세계로 빠져든다. 현대미술이 걸어간 길을 현대시도 따라가고 있다. 어쩌면 그것은 현대시의 필연적 운명 같은 것인지도 모른다. 현대인들은 저마다 「동사서독」의 사막에 갇혀 살아가는 외로운 영혼들처럼 사막을 걷고 있다. 그들은 하나같이 외로운데 자신의 외로움을 타인과 나누거나 소통하려 들지는 않는다. 사막 위에서도 그들은 독방에 갇혀 있는 사람들처럼 고립되어 있다. 시인들의 언어도 마찬가지다. 상처 입은 이들의 외로운 목소리와 신음은 가득한데 저마다 끙끙 앓고 있을 뿐 타인의 아픔에 관심을 기울이지는 않는다. 자신의 아픔을 돌보기에도 여유가 없어 보인다. 그렇다면 우리 시엔 소통 가능성이 없는 것일까?

2. 불통의 시대에 소통을 말하는 방식

소통이라는 말이야말로 폭력적이라는 시선이 있다. 소통을 강조하다 보면 시란 어떠해야 한다, 어떤 시를 써야 한다는 식의 당위적인 교조 비평이 이루어질 수밖에 없고, 그건 결국 시를 쓰는 시인들에게 폭력이 될 수밖에 없다는 것일 게다. 소통이 하나의 윤리이자 당위로써 이야기될 때 그런 우려가 없지 않다는 데 기본적으로 동의한다. 최근의 젊은 시인들의 시가 소통의 단절을 드러내는 까닭도 따지고 보면 '지금, 여기'의 세상이 불통의 세상이기 때문이다. 이런 세상에서 자칫 소통의 의욕을 앞세우다 보면 대중의 요구에 적당히 타협하는 상업적인 시를 쓰게 되기 쉽다. 이미 그런 시들은 널릴 대로 널려 있다. 더 이상 시집이 베스트셀러 목록에 오르는 일은 없어졌지만 그래도 간혹 그런 일이 일어난다면 그것은 대개 대중의 말초적 감성을 자극하거나 대중의 요구에 타협한 상업적인 작품인 경우이다.[1] 이런

---

1 아주 예외적으로 김경주의 첫 시집 『나는 이 세상에 없는 계절이다』와 두 번째 시집 『기담』이 시집 베스트셀러 목록에 오르는 이변이 있었지만, 이 역시 시집 판매량을 대상으로 한 베스트셀러이므로 1980년대에 베스트셀러에 올랐던 서정윤이나 도종환의 시집들만큼 반향이 컸다고 보기는 어렵다. 최근 몇 년 간 시집 베스트셀러 목록에 오르는 시집들 중 상업적인 목적으로 기획된 시집이 아닌 경우는 매우 드물어졌다.

유의 시들은 대중과의 소통에 일시적으로 성공할지 모르지만, 그 생명이 길지는 않다. 이런 시들에 이끌리는 독자들은 대개 시의 독자로 오래 머물지 않는다. 유행처럼 끓어올랐다가 더 말초적인 자극이 있는 곳을 향해 떠나가게 마련이다. 시가 주는 위안에 잠시 자신의 상처를 달래고는 시의 존재를 잊고 다른 문화적 자극을 찾아가거나 일상으로 돌아가게 될 것이다.

시는 내밀한 고백의 언어이지만 정서적 공감은 시를 읽을 때에도 전제되어야 한다. 내가 막연하게 느꼈지만 흘려보냈던 감정이나 시간이 누군가의 시를 읽으며 재생되고 기억될 때가 있다. 형체가 분명하지 않았던 감정을 어떤 시인이 예민하게 포착해 감각적으로 그려 낸 것을 보면서 지난 감정을 다시 경험하거나 뒤늦게 경험하게 될 때도 있다. 그런 시 읽기의 과정을 거치면서 우리는 존재하고 있었지만 미처 인식하지 못했던 자신의 모습과 생각과 감정을 비로소 붙잡아 둘 수 있게 된다. 놓쳐 버릴 수도 있었던 자신을 좀 더 잘 들여다보게 되면서 가깝게는 자신을 한층 더 이해할 수 있게 되고, 더 나아가서는 타인에 대한 이해를 넓힐 수도 있게 된다. 시는 나로부터 출발해 나의 감각과 언어로 타인과 세계를 인식하는 장르다. 그렇다면 가족이나 친구끼리도, 심지어 자신과도 소통하지 못하는 이 불통의 시대에 소통 가능성을 넓히는 길은 어디에 있을까? 우선은 자신과 소통하는 것으로부터 시작해야 할 것이다.

나를 들여다보고 나와 대화하고 나의 상처를 어루만지는 일. 그 과정을 충실히 거치지 않는다면 나를 넘어선 타인과의 대화에 성공할 리 없다. 이상이 거울 속 자신의 모습이 거울 밖 자신의 모습과 영원히 화해할 수 없는 운명임을 깨달았을 때 절망할 수밖에 없었던 이유도 바로 거기에 있었을지 모른다. 자신과 손을 맞잡고 화해하는 일이 불가능함을 깨닫는 순간 그의 시는 절망적이고 병적인 색채로 물든다. 그러나 그가 시대를 앞서 체험한 절망감은 오늘날 자신과 화해하지 못하는 적잖은 현대인들과 비로소 소통하고 있다. 이상의 「오감도」 연작시들이 그가 살았던 당대에 많은 독자들의 항의를 불러일으켰지만 오늘날에 와서 그의 시는 여전히 새롭게 읽히는 매력적인 시로 자리 잡았다.

불통의 시대이다 보니 오늘의 시가 점점 더 자기 폐쇄적이 되어 가는 것은 사실이지만, 그렇다고 해서 이 시들이 불통을 지향하는 것은 아니다. 자신이 경험하고 느끼는 세상을 자기 고유의 언어로 표현하고자 하는 욕망이 강한 것이라고 말할 수 있겠다. 달리 말하면, 자신의 결핍과 아픔을 다스리는 데 충실한 것이라고 할 수도 있겠다. 이 시인들 역시 소통을 갈망한다. 다만, 소통을 위한 도구로 시를 이용하지 않을 뿐이다. 소통을 위해 자신의 언어와 감각을 대중적 감각에 맞추거나 타협하는 일을 하지 않을 뿐이다. 소수의 독자일망정 누군가 자신의 언어와 교감하고 자신의 언어를 통해 위로받거나 다른 세계를 만날 수 있기를 그들은 기다리는 것인지도 모른다. 「오감도」 연작시를 독자들의 항의로 중단한 후, 이상은 푸념 어린 어조로 자신의 시를 이해하지 못하는 독자들에 대한 불만을 이야기했었다. 이미 시대와 불우했던 선배 시인들을 간접 경험한 오늘의 시인들은 좀 더 의연하게 자신의 길을 걸어가고 있는 것인지도 모르겠다. 독자들이 자신의 언어를 향해 다가오기를 기다리면서 말이다.

3. 대중의 감성에 호소하는 시의 위험성

시에서의 소통의 문제를 논하다 보면 자칫 대중의 감성에 호소하는 쉬운 시를 하나의 대안으로 거론하는 오류를 범할 수 있다. 난해성에 대한 비판이 누가 읽어도 쉽게 이해할 수 있는 쉬운 시에 대한 지향으로 향한다면, 그것은 문제의 본질을 왜곡하는 일이다. 사실 대중의 감성에 호소하는 시들은 지금도 충분히 써지고 있고 서점의 시집 코너의 상당 부분을 채우고 있는 시들도 이런 상업적인 시들이다. 이런 시들은 소통을 핑계로 사실상 상업성에 영합하는 것에 불과하다. 좋은 시를 읽음으로써 우리는 미처 경험하지 못했던 새로운 세계를 경험하게 되기도 하고, 우리가 미처 인식하지 못하고 있었던 감각을 깨닫게 되기도 하며, 자신의 상처를 바로 응시할 수 있게도 된다. 그만큼 우리의 삶은 풍요로워질 수 있다. 무엇보다도 좋은 시는 오래 두고 읽어도 좋고, 읽으면 읽을수록 새로운 맛이 난다. 그러나 말초적인 감성을 자극하는 상업적인 시들은 일시적인 위안이 될 수는 있어도 그 시적 울림이 오래가지는 않는다. 정서적 깊이가 얕고 긴장이 이완된 시는 마음을 울리는 힘을 가지고 있지 않다. 문제는 이런 시집이 타깃으로 삼는 독자층이 대개 청소년이라는 데 있다. 감정의 동요가 가장 심하고 정서적으로도 불안한 청소년들에게 얄팍한 감상이 주를 이루는 시가 정서적으로 좋은 영향을 끼칠 리 없다.

시인들에게도 소통을 위한 고민이 없을 수 없겠지만, 소통을 위한 고민은 시를 대중에게 맞춰 가는 방식으로 이루어져서는 곤란하다. 독자들이 시에 다가갈 수 있게 만드는 방식으로 시의 소통이라는 문제는 사유되어야 한다. 어떤 소통이냐를 문제 삼지 않고 소통에 대한 논의가 진행될 경우, 자칫하면 대중의 감성에 영합하는 상업적인 시를 옹호하는 결과를 초래할 수도 있다. 쉬운 시가 무조건 나쁘거나 질이 떨어지는 것은 물론 아니다. 질박한 감성의 쉬운 시가 오래도록 우리의 마음을 울리는 경우도 있다. 사실 좋은 시는 수많은 시론이나 작시법에서 주장하는 바를 단번에 뛰어넘기도 한다. 평생을 시를 써 온 시인들도 시가 어렵다거나 시가 뭔지 모르겠다는 말을 진심으로 하게 되는 까닭은 아마도 시가 지닌 바로 이런 속성, 단순하게 포획되지 않는 속성에 있을 것이다.

최근의 젊은 시인들 중에는 감동을 겨냥하는 시보다는 새로운 감각으로 새로운 언어를 빚어내는 시를 지향하는 시인들이 더 많은 것이 사실이지만, 마음을 울리는 힘을 지닌 시의 매력을 부인하기는 쉽지 않다. 다만, 익숙한 정서와 낡은 감각에 의존하지 않고 삶의 체험으로부터 빚어지는 감동을 자아내기가 그만큼 쉽지 않기 때문에 점점 더 새로움에 이끌리게 되는 면도 있다. 20대의 젊은 시인들이 체험으로부터 새로운 언어와 감각을 길어 올려 독자들의 마음을 움직이기가 쉬울 리도 없다. 하지만 좋은 시는 그런 어려움을 정면으로 돌파하기도 한다.

2000년대의 시에 대한 논의 중에는 요즘 젊은 시인들의 시에 생활인으로서의 체험이나 사회역사적 상상력이 사라져 가고 있는 것이 아니냐는 우려가 있었다. 이는 오늘날 시가 대중적으로 사랑받는 장르는 아니라고 하지만 지나치게 개인적인 영역에 스스로를 가두고 좁아져 버리는 것에 대한 우려이기도 했다. 다양성과 자유로운 상상력이 옹호되어야 하는 시에서조차 특정 경향의 시만이 주류가 되거나 유행이 되어 버리는 현상은 바람직해 보이지는 않는다. 같은 세대라 하더라도 그들이 지닌 감각과 정서는 다양할 수 있으며, 또한 그런 다양성이 용인될 수 있는 것이 시가 가지고 있는 매력이기도 하다. 그런 점에서 유독 사회·역사적 관심을 철회한 것처럼 보이는 젊은 시들이 조금은 우려되었던 것도 사실이다.

이런 맥락에서 볼 때 젊은 시인들이 주축이 되어 이루어진 '6.9 작가 선언'은 의미심장해 보인다. 물론 이들의 사회·역사적 관심이나 발언의 결과가 시로 써지고 있다고 말하기는 아직 이르지만, 적어도 사회인이자 생활인으로서의 시인들이 그런 관심을 가지고 있고 자기 목소리를 낼 수 있다는 것은 일단 긍정적인 현상으로 보인다. 6.9 작가 선언에 적극적으로 참여했던 시인들 중에 이미 시로서 자기 목소리를 내고 있는 시인도 있지만, 그것이 꼭 중요해 보이지는 않는다. 사실 나는 행사시를 불신하는 사람이다. 바깥의 동인에 의해 써지는 시보다는 내적 동인에 의해 써지는 시가 더 믿음이 간다. 감정의 겉치레나 허위의식이 아니라 그들의 내면으로부터 우러나오는 목소리에서 오늘의 세상을 비판적으로 바라보는 시선이 묻어나기를 이제 조금은 진득하게 기다릴 수 있을 것 같다.

4. 끼리끼리 소통하기의 방식

소통 부재와 소외 현상은 최근 우리 문학에서 집중적으로 나타나는 주제이다. 시뿐만 아니라 소설에서도 그려지는 방식이 달랐을 뿐 소통 부재와 소외라는 주제는 중요하게 취급되어 왔다. 이렇게 볼 때 요즘 젊은 시인들의 시는 자신이 체험하는 세계를 나름대로 충실히 시에 담아내고 있다고 볼 수도 있다. 막상 대학 현장에서 시를 가르쳐 보면, 종류를 불문하고 시에 대해 도통 관심이 없거나, 시는 어렵다거나 자신과는 거리가 먼 세계의 것이라는 편견을 가지고 있는 경우가 적지 않다. 사실상 시를 마음으로 공감하며 읽는 법을 배우지 못한 채 입시 위주의 시 교육의 희생양이 되어 버린 학생들은 시에 대한 각종 편견을 가지고 있게 마련이다. 그중 대표적인 편견이 시가 어렵다는 것인데—사실 시는 알면 알수록 어려운 면이 있기는 하지만— 이 편견은 완강해서 시를 읽으려는 시도 자체를 원천 봉쇄해 버리기도 한다. 시를 마음으로 읽고 공감하기 전에 시구절의 의미를 찾고 주제를 찾으려고 하는 독서 습관에 길들여진 경우도 적지 않다. 이런 경우에도 자신의 눈으로 시를 읽는 법을 체득하기는 어렵다.

흥미로운 것은 시를 어려워하는 학생들의 경우, 특정 경향의 시들만 어려워하는 것은 아니라는 점이다. 이들에겐 문태준의 시도 황병승의 시 못지않게 어렵다. 그도 그럴 것이 자연이라고는 텔레비전이나 영화 화면으로 본 것이 전부고, 기껏해야 소풍이나 여행 가서 접한 자연이 전부인 도시에서 나고 자란 학생들에게 농경적 삶에 기반을 둔 문태준의 정서는 낯선 것일 수밖에 없다. 오히려 이들에겐 황병승이 보여 주는 우울하고 병적인 정서가 더 공감이 갈 수도 있다.

그러므로 소통의 문제를 거론하면서 실험적인 성격이 강한 특정 경향의 시만을 문제 삼는 것은 판단 착오일 수 있다. 기성세대의 독자가 황병승이나 김민정의 시에 대해 느끼는 낯섦에 비해 젊은 세대가 이들의 시에 대해 느끼는 낯섦은 소소한 것에 불과할지도 모른다. 우리는 누구나 자기 세대의 공통감각을 가지고 있고, 그로부터 전적으로 자유롭기는 쉽지 않다. 10대, 20대 때 좋아하며 들었던 음악을 평생 가장 강렬한 강도로 좋아하는 것도 그런 이유에서일 것이다. 새로운 감각과 정서에 적응하기 위해 노력하고 훈련하면 낯선 감각을 파악해 내는 새로운 감각이 열리기는 하지만, 그렇다 해도 그 정서의 토대를 형성하는 것은 10대, 20대 때의 감각일 것이다.

시도 다르지 않다. 기성세대가 소통한다고 느끼는 시와 젊은 세대가 소통한다고 느끼는 시는 따라서 다를 수밖에 없다. 아니, 좀 더 정확하게 말하면 세대의 감각이나 정서에 포획되지 않는 개개의 감각과 정서도 있다. 그러므로 어떤 시는 소통이 되는 시고 어떤 시는 소통이 되지 않는 시라고 말할 수는 없다. 단순한 이분법적 구획 자체를 좋은 시는 거부한다.

새로운 감각을 계발하고 자기 언어를 찾기 위해 끊임없이 노력하는 시인들은 자기만의 방식으로 우리 언어의 새로운 경지를 열어 가고 있다. 시의 언어는 일상적인 언어의 경계를 넘어서는 언어이므로 소통의 문제를 너무 단순하게 말하거나 소통이 잘 되는 시가 좋은 시라는 식의 가치 평가가 개입하게 되면, 자칫 대중의 정서와 소통하는 시의 창작을 촉구하는 다소 위험한 논리에 빠질 수 있다.

특정한 경향의 시가 지나치게 유행하는 것은 분명 경계해야 하는 일이지만, 그것이 시에서의 소통을 강조하는 교조 비평으로 흘러서는 곤란하다. 그보다 우선되어야 할 것은 시를 시로서 읽는 것을 방해하는 각종 장벽과 편견을 허무는 일이다. 시의 언어는 끊임없이 변하는 언어이기도 해서 교과서적인 시론에서 오랫동안 주장되고 지지되어 온 견해도 하나의 편견이 될 수 있다. 그것을 인정하는 열린 마음을 먼저 가질 때 소통을 위한 최소한의 준비가 갖춰진 것이다.

끼리끼리 소통하는 것은 사실 실험적인 경향의 시를 쓰는 젊은 시인들에게만 해당되는 특징은 아니다. 기성세대 역시 서정적인 언어의 감옥에 갇혀 있는 경우가 적지 않다. 일반 독자 대중 역시 일상적인 언어의 감옥에 갇혀 시와의 소통을 스스로 가로막고 있기도 하다. 시를 통한 소통과 연대가 가능하려면 결국 저마다 자신이 갇혀 있는 언어의 감옥을 허물려는 시도를 해야 할 것이다. 다만, 다가가는 몫은 독자 대중과 비평가의 것이어야지 시인에게 강요될 수 있는 것은 아니다. 아니, 시인에게도 소통을 위한 최소한의 노력은 필요하겠지만 그것이 자신의 언어를 포기하는 방향으로 가서는 곤란하다.

5. 다시, 초심으로 돌아가서—시의 소통 가능성과 시 교육의 역할[2]

결국 시의 소통이라는 문제는 많은 부분 시 평론과 시 교육의 문제로 귀결될 수밖에 없다. 강의실에서 시에 대해 이런저런 이야기를 나누며 학생들과 소통하다 보면 문득 벽을 느낄 때가 있다. 이미 중고등학교를 거치면서 대학 입시를 위해 밑줄을 그어 가며 시의 주제와 의미를 파악하는 데 익숙해져 버린 학생들은 시란 어려운 것이라는 편견에 완강하게 사로잡혀 있는 경우가 적지 않다. 그 학생들이 제도 교육에 혹사당하면서 쌓아 올린 굳건한 장벽을 허물기는 생각만큼 쉽지 않다. 간혹 시에 대한 열망을 몰래 키워 온 학생들이 드물게 있기도 하지만, 대부분의 학생들에게 시는 가까이 하기엔 너무 먼 존재일 뿐이다. 일반 독자 대중들이 시로부터 멀어지게 되는 이유도 이와 근본적으로 다르지는 않아 보인다.

시의 소통 가능성을 열어 주는 것은 평론가와 시 교육자의 몫이 되어야 한다. 내가 시론 수업을 시에 대한 편견의 장벽을 허무는 것으로 시작하는 까닭은 여기에 있다. 강의실에서도 소통은 늘 중요한데, 특히 시를 가르치는 수업은 서로 마음을 열고 다가갈 준비가 되어 있지 않으면 수업을 꾸려 가기가 어렵다. 시는 자신의 가장 내밀한 곳을 은밀하게 드러내는 문학 장르다. 결핍이 없고 상처가 없는 사람은 대개 시를 쓰려고 하지도 않고 시를 읽고 싶어 하지도 않는다. 시 말고도 우리를 유혹하거나 즐겁게 해 주는 것들은 도처에 널려 있다. 그러니 굳이 시가 아니어도 사는 데 불편함을 느끼거나 하지는 않는다.

실용적인 가치가 중시되는 세상에서 시를 가르치며 그 황홀한 매

---

2 이 부분은 『중대신문』 2009년 6월 7일자 '강단으로부터의 사색' 코너에 실린 필자의 「가난하고 외롭고 높고 쓸쓸한 시의 시대」의 내용을 일부 수정·보완한 것임을 밝힌다.

력에 대해 호소하는 일은 때론 곤혹스러울 때가 있다. 마치 다른 세상의 표지를 지닌 이방인이 보이지 않는 표지를 몸속 깊이 감추고 있는 또 다른 이방인들을 찾아 사막을 헤매는 것 같다. 하지만 애써 찾지 않아도 시가 어느새 우리 마음속으로 들어올 때가 있다. 외로움에 지치고 가까운 사람들에게 상처 입고 당장 먹고사는 것도 힘든데 미래는 더 암담하게 느껴질 때, 한 편의 시가 위안이 되기도 한다. 시가 꼭 따뜻한 위로의 말을 건네서는 아니다. 담담하고 건조하게 몇 발짝 거리를 두고 아픔을 들여다보는 시가 때론 더 큰 위로가 되기도 한다. 시인 김행숙이 「이별의 능력」에서 실연 이후의 시간에 대해 "나는 2시간 이상씩 노래를 부르고/3시간 이상씩 빨래를 하고/2시간 이상씩 낮잠을 자고/3시간 이상씩 명상을 하고, 헛것들을 보지. 매우 아름다워"라고 말할 때, 그리하여 마침내 "이별의 능력이 최대치에 이르"러 "저 멀리 흩어지는 옷에 대해/이웃들에 대해/손을 흔들지"라고 말할 때, 우리는 우리 안에 잠재된 이별의 능력을 발견하고 낮잠에서 깨어난 말간 얼굴로 상처를 딛고 일어설 용기를 얻게 된다. 시인 이근화가 결코 아름답거나 자랑할 만한 구석이라고는 없는 자신의 보잘것없는 인생에 대해 "나는 내 인생이 마음에 들어"(「나는 내 인생이 마음에 들어」)라고 말하며 꼬리치며 웃을 때, 초라하고 못난 우리의 인생도 사랑할 만한 것임을 문득 깨달으며 시인을 따라 슬며시 웃음을 지어 보게도 된다.

파블로 네루다와 그의 젊은 친구 마리오의 일화를 다룬 마이클 래드포드 감독의 이탈리아 영화 「일 포스티노」의 한 장면은 시의 소통에 관해 많은 이야기를 들려준다. 칠레의 시인 파블로 네루다가 겪은 실화를 다루었다고 해서 화제가 된 이 영화는, 어느 날 갑자기 찾아온 시(詩)가 섬마을의 한 평범한 청년과 유명한 시인을 어떻게 변화시키는지 잘 보여 준다. 네루다에게 마리오는 자신에게 날아오는 팬레터를 배달해 주는 우편배달부일 뿐 관심 밖의 존재였는데, 섬마을의 아름다운 자연을 바라보며 이야기를 나누고 마리오의 사랑에 조언을 해 주다가 네루다는 마리오의 순수함에 마음을 빼앗기게 된다. 마리오는 네루다가 낭송하는 바다에 관한 시를 들으며 뱃멀미를 느낄 정도로 시에 관해 귀 밝은 청년이었는데, 시와 소통하는 일이 가능했던 것은 그만큼 그가 편견 없는 자유로운 영혼의 소유자였기 때문이기도 하다.

마리오는 네루다를 통해 자신이 태어나고 자란 불편하기 짝이 없는 섬마을이 아름다운 곳임을 재발견하게 되고, 네루다는 순수한 청년 마리오를 통해 매너리즘에 빠져 있던 마음의 장벽을 허물고 처음 시를 쓰던 마음을 기억하게 된다. 마리오와 네루다 둘 다에게 시가 찾아든 것이다. 영화의 마지막 장면에 등장하는 시에서 네루다가 고백한 것처럼……. "내가 그 나이였을 때/시가 날 찾아왔다……/나는 그게 어디서 왔는지 모른다//그게 겨울이었는지…… 강이었는지……/언제 어떻게였는지……/나는 모른다.//그건 누가 말해 준 것도 아니고/책으로 읽은 것도 아니고/침묵도 아니다.//내가 헤매고 다니던 길거리에서/밤의 한 자락에서/뜻하지 않은 타인에게서//활활/타오르는 불길 속에서/고독한 귀로길에서/그곳에서/나의 마음이 움직였다."

일찍이 백석이 「흰 바람벽이 있어」에서 노래했듯이, 가난하고 외롭고 높고 쓸쓸한 시의 운명이, 세계적으로 유명한 시인 파블로 네루다에게도 어느 날 갑자기 찾아들었을 것이다. 마리오에게도 예고 없이 시가 찾아왔고, 그것은 그의 삶을 통째로 바꿔 놓았다. 시는 가난하고 외롭고 높고 쓸쓸한 이들에게 그렇게 어느 날 갑자기 찾아온다.

1980년대가 아이러니하게도 시의 시대였던 까닭도 그만큼 가난하고 외롭고 높고 쓸쓸한 이들이 많았던 시대였기 때문일지도 모른다. 다시, 시의 시대가 다가오고 있다. 사막을 거니는 외로운 영혼들이 많아질수록 그 시기는 더 빨라질 것이다. 그때가 되면 애써 장벽을 허물지 않아도 시가 우리를 찾아올 것이다. 예고 없이 찾아든 시 앞에서 마음의 빗장이 스르르 열리는 체험을 할 수 있는 날이 당신에게도 올지 모른다. 편견을 허물고 자유로운 영혼을 수호하고 마음을 잃어버리지 않는다면, 어쩌면 그날은 좀 더 빨리 올지 모른다.

리얼리즘 시의
새로운 가능성

1. 팽창된 자본주의와 시의 존재 이유

20여 년 전, 내가 다닌 모교 대학가에는 처음으로 패스트푸드점이 하나 생겼다. 국내 브랜드의 패스트푸드점이었지만 그때의 이질감은 아직도 기억난다. '우리 학교 앞에도 드디어 이런 게 생기는구나'로부터 뭔가 잘못되어 가고 있다는 생각까지 이런저런 반응이 있었지만, 그게 본격적인 자본주의 물결의 확산인 줄을 그때는 정확하게 몰랐다. 민주화의 열기가 아직은 대학가를 지배하고 있었고, 여전히 최루탄과 전경들의 모습을 대학가에서 흔히 볼 수 있던 시절이었다. 이따금 학교를 들어갈 때 학생증을 내밀어야 하는 일이 일어나기도 했다. 하지만 그와 함께 이 땅에서 무슨 일이 벌어지고 있는지 그때는 정확하게 알지 못했다.

20여 년이 흐른 지금, 대학가는 소비문화의 산실이자 근거지가 되어 버렸다. 각종 외국 브랜드의 패스트푸드점은 말할 것도 없고 커피 전문점, 호화 음식점, 패션 상가들이 대학가를 장악해 버렸다. 그 틈에서 밀려난 것은 인문사회과학 서적을 주로 취급하던 서점들과 경쟁에서 밀려난 막걸리 주점 등이었다. 모교의 대학가는 20여 년 전의 흔적을 찾아볼 수 없을 정도로 탈바꿈했다. 아니, 아예 대학 캠퍼스 안으로 들어가 자리 잡은 커피 전문점 및 식당가도 있었다. 이제 대학생들은 더 이상 그런 것에 문제의식을 느끼지 않는다. 편리함이 최우선의 가치가 되면서 가장 건전한 20대의 문화도 소비 지향적인 문화로 변질되어 버린 것이다.

겉모습의 변화보다 더 무서운 것은 실용주의적 가치가 지배하는 작금의 한국 사회의 현실이다. 실용주의가 늘 나쁜 것은 아니라 해도 그것이 최상의 가치가 되는 순간, 인간적이고 윤리적인 가치는 무시될 수밖에 없다. 실용주의의 이름으로 상상력이 짓밟히고 경제 논리의 이름으로 인문주의적 가치가 무시되는 일이 이 땅의 곳곳에서 벌어지고 있다. 상아탑의 상징이라고 불렸던 대학 역시 예외는 아니다. 개개 학문의 개성과 가치는 실용주의 가치관에 밀려 낡고 개선되어야 할 것으로 전락하고 만다. 더 나은 삶을 향한 꿈은 물질적으로 더 풍요로운 삶에 대한 바람으로 대체된다.

역사를 통한 수많은 경고와 실패의 사례에도 불구하고 인간의 욕망은 제어될 줄 모르고 끝을 향해 치달려 가고 있다. 신자유주의의 기치를 내걸고 쾌속 질주하는 전 지구적 자본주의의 흐름이 가져다 줄 끝은 뻔하다. 우리는 더 바빠지고 그만큼 물질적으로 좀 더 풍요로워지겠지만 사실상 더 불행해질 것이다. 물질적 풍요라는 건 상대적인 것이어서, 20여 년 전의 나와 지금의 나를 비교하기보다는 지금의 나와 지금의 다른 사람을 비교하기 쉬운 법이다. 내가 누리는 것보다 남들이 누리는 것에 시선이 향하는 한 우리는 행복을 느끼기 어려울 것이다.

물질의 유혹, 실용주의적 가치의 유혹, 더 나은 생활을 보장해 주는 스펙 쌓기의 유혹. 이런 것을 뿌리치기란 쉽지 않아 보인다. 일상의 삶을 바꾸는 일은 생각만큼 쉽지 않다. 불행하고 고독하고 불안한 현대인들에게 잃어버린 표정을 돌려주는 역할을 할 수 있는 많지 않은 것 중의 하나가 문학, 특히 시라고 나는 여전히 믿는다. 자기 상처를 들여다보는 것으로부터 시작해 남의 상처를 돌보는 일까지 할 수 있는 시야말로 세상이 실용주의적 가치에 침윤되어 가는 이 시대에 여전히 존재 이유를 갖는다. 1980년대가 리얼리즘 시의 전성기였다면 오늘의 시단에서 리얼리즘 시는 겨우 연명하고 있는 것처럼 보이는 게 사실이다. 리얼리즘 시의 갱신에 대해서 많은 논의가 있었지만 그 결실이 그리 풍성하지는 않았다. 이 글에서는 최근에 주목할 만한 시적 성취를 보여 주고 있는 최금진, 이영광, 송경동의 시를 중심으로 리얼리즘 시의 새로운 가능성에 대해 논해 보고자 한다.

2. 도발적 냉소의 힘—최금진의 시

최금진의 첫 시집 『새들의 역사』는 그로테스크 리얼리즘을 구현한 시집으로 평가되면서 주목을 받았다. 「웃는 사람들」, 「조용한 가족」, 「팝니다, 연락주세요」 등에서 느껴지는 냉소와 아이러니는 최금진의 시가 신자유주의가 지배하는 자본주의 사회를 겨냥하고 있음을 적절히 보여 준다. 2007년에 출간된 최금진의 첫 시집 『새들의 역사』는 지루하게 공전하던 '미래파' 논쟁의 끝 무렵에 나옴으로써 젊은 시인들의 시에서 새로운 가능성을 보게 해 주었다. 최금진의 시에서도 냉소를 발견할 수 있지만, 그의 경우 신자유주의가 지배하는 시대에 대한 정확한 인식과 그에 대한 비판적 태도가 냉소의 뒤에 깔려 있었다. 가난의 체험으로 인해 터득한 세상을 파악하는 눈, 그로부터 비롯되는 도발적 시선과 냉소는 최금진 시의 개성을 형성한다.

로또가 얼마나 끔찍한 악몽인지
로또방에서 만나는 사람들은 눈을 마주치지 않는다
그러나 끝자리를 분석하거나 홀짝의 조합을 분석하는 일은
여느 사무직과 다르지 않다
왜 사느냐,를
왜 로또를 사느냐,로 이해해도 무방하다
이 늦은 밤에 왜 또 여기로 왔는가,
자신에게 몰래 질문을 던지며
덜덜 떨리는 손으로 번호를 찍는다
로또를 사지 않는 10%의 고소득층은 얼마나 좋을까
로또를 사지 않아도 천사가 지켜 주니까
하지만 얼마나 나쁜가, 빈익빈 부익부의 나라에서
왜 사느냐,를 묻지 않아도 되니까
오십이 더 넘은 사내는
누가 볼까 봐 손을 가리고 찍는다
술 냄새에 절어 들어온 사내는 앉자마자 묵상을 한다
갓 스물을 넘은 청년은 줄을 서지 않는 자들을 무섭게 흘겨본다
순서를 어기는 것은, 누군가 자신을 앞서 가는 것은
견딜 수 없이 우울하다
빈호에 대한 집념은 때 묻지 않은 종이와 같아서
어떤 검은색이든 쭉쭉 빨아들인다
예수를 부르고, 조상님께 기도하고, 아이 생일을 떠올리며
아무도 답하지 못하는 질문에 답이라도 하듯

숫자를 체크해 나가는 손들

두툼한 돈뭉치를 한 번만이라도

남의 멱살처럼 당당하게 움켜잡아 보고 싶은 불쌍한 분노들

왜 사는가, 왜 로또를 사는가, 묻지 말자

다만 살 뿐이다,

그러므로 로또를 안 사는 사람들은 심각하게 죄질이 나쁘다

그게 비록 숫자일지라도

단 한 번도 뭔가에 평생을 걸어 본 적이 없기 때문이다

—최금진, 「로또를 안 사는 건 나쁘다」 전문

　　매주 로또를 사면서 일확천금을 꿈꾸는 사람들을 한탕주의다 사행심 조장이다 비판하기는 쉽지만, 그런 사람들이 한 가지 놓치는 것이 있다. 로또를 살 수밖에 없게 하는 사회적 분위기를 고려하지 않는다면 이런 비판은 공허한 것이 되기 쉽다. 이 시의 화자는 "왜 사느냐"는 질문을 "왜 로또를 사느냐"는 질문으로 바꿔 읽을 수 있다고 말한다. 매주 로또를 사기 위해 로또방에 오는 사람들은 취미 삼아 그곳에 오는 것이 아니다. 그만큼 절박한 생존의 이유를 가지고 있는 것이다. 로또를 사지 않는 10프로의 고소득층이야말로 얼마나 좋겠냐고 화자는 말한다. 하지만 그것은 동시에 매우 나쁜 일이 된다. 빈익빈 부익부의 나라에서 왜 사느냐를 묻지 않아도 되는 선택받은 사람들이라는 이유만으로 그들은 나쁜 존재가 된다. 양극화가 심해져 가는 세상에서 가진 것 없는 사람들이 가진 자가 되는 일은 여간해선 일어나지 않는다. 가진 것 없는 사람들이 확률이 지극히 낮은 로또를 사는 일에 인생을 걸면서 한탕주의에 기대는 이유는 바로 여기에 있다. 몸을 바쳐 열심히 일하는 것만으로 신분 상승이나 계급 상승이

일어나지 않는다는 것을 경험을 통해 너무 잘 알고 있기 때문이다.

한 번도 그렇게 절박하게 무언가를 걸어 본 적이 없다면 로또를 사는 사람들을 함부로 비난하지 말라고 화자는 말한다. 이런 화자의 태도에서 옹졸한 공격성을 읽을 수도 있겠으나, 줄을 서서 로또 복권을 사고 번호 하나하나를 고르는 그들에게는 그들 나름의 진실이 있다. 평생 우울하게 새치기만 당한 그들의 인생을 종이 쪼가리에 기대어 단번에 넘어 보고자 하는, 바닥을 체험한 사람들의 처절한 현실이 거기에는 있다. 그 절박함을 경험해 보지 않았다면 왜 로또를 사는가 묻지 말라는 것이다. 그들에겐 그것이 '왜 사는가'만큼이나 절박한 질문임을 화자는 일러 준다.

물론 이런 화자의 태도에 전혀 문제가 없다고 말할 수는 없을지도 모른다. 하지만 지배자의 시선, 사회가 요구하는 안전한 윤리의 시선에 익숙해지고 자동화된 사람들에겐 다른 관점의 시선은 보이지 않을 것이다. 우리의 시선은 대개 경험의 한계 안에 갇혀 있게 마련이다. 사회적·경제적 차이로 인해 형성되는 계급의 차이가 결국 시선의 차이를 만들어 낸다. 우리도 모르는 사이에 앵무새처럼 지배계급의 시선으로 말하거나 거기에 동조하고 있을지도 모른다. 최금진의 시는 도발적 냉소를 통해 그런 익숙한 시선을 한 번쯤 뒤집어 보게 한다. 시인의 역설이 우리에게 새로운 관점을 열어 준 것이다.

낮이든 밤이든 내가 나타나는 자리마다 물길이 열리고
월셋방에서 표류하는 식구들 오뎅처럼 불어 터진 눈알이 슬슬 물러서고
오늘은 좀 어떠신지, 약은 드셨는지,
새끼지만, 나를 죽이고 싶은 어머니의 부처님 같으신 얼굴이

부글부글 끓고 있는 나를 수시로 간 본다

술을 마시면 나비가 왱왱 사이렌을 불며 날고

나는 어린애처럼 주먹을 휘두르며 넘어지고 엎어지고

더 멀리 갈 수도 있었는데 벌써 마흔이 된 나는

주님, 주님, 오래전 애인의 이름을 부르면서 자꾸 외롭다

정말 되는 일도 없구나, 백수처럼 살아오며 깨달은 결론을

독버섯 백과사전에 열쇠처럼 끼워 돌리면

미치광이 광대버섯, 책 속으로 사라진 한 번도 오지 않은 나의 전성

시대가

싸구려 벽지에 시커멓게 곰팡이 피는데

창밖에서나 꿈에서나 아무 데서나 나를 발견하는 피해망상

장맛비 속을 걸어 다니는 귀신들도 나를 간 보며

고개를 절레절레 흔든다

나를 왜 낳았는지도 모르는 가축 같은 어머니는 자꾸 웃고

아내의 머리통에선 양파 싹이 불꽃처럼 돋고

지겨운 생을 피워 올리느라 아내도 지겁고

계란을 부화시켜 세상을 닭으로 채우고 싶은 아이의 소망은 바보 같고

무엇보다 그건 돈이 안 되고

돈도 없고 빽도 없는 식구들 일확천금은 장담할 수 없으며

어머니의 퇴행성 관절염은 뉴스에도 안 나온다

돈 떼어먹고 달아난 집주인은 나보다 힘이 세고

나는 두통밖에 믿을 게 없어서 툭하면 자리에서 못 일어나고
그릇을 집어던지면
아이는 슬금슬금 제 방으로 들어가 문을 걸어 잠그고
어릴 때 소주병에 잡아넣고 보던 반딧불이가 혼령처럼 떠다니는 밤

숨을 쉬기 위해 최대한 숨을 아껴서 쉬어야 하고
이것마저 사라지면 안 될 것 같은 게 하나라도 있으면 좋겠는데
교회조차 안 다니는 식구들의 미래가 갈수록 불쌍하고
순한 가축처럼 힐끗힐끗
아직 살아 있니, 어머니가 든 생명보험 증권만 나를 간 보고
새벽에 거실에 누워 있으면 꺼진 TV만 검은 혀를 내밀어 나를 핥고
                                            —최금진, 「마흔 살」 전문

　최금진은 별 볼 일 없는 마흔 살의 인생을 적나라하게 그려 낸다.
젊은 날의 가난과 고생은 사서라도 한다는 말이 있지만, 마흔 살은
아직 젊은 나이임에도 지금까지 살아온 인생의 반전을 도모하기에
이른 나이는 아니다. 빈익빈 부익부 현상과 양극화 현상이 점점 심해
져 가고 있는 오늘날의 한국 사회에서는 희망을 입에 올리기 쉽지 않
은 나이이다. "월셋방에서 표류하는 식구들"의 "오뎅처럼 불어 터진
눈알이 슬슬 물러서고" "새끼지만, 나를 죽이고 싶은 어머니의 부처
님 같으신 얼굴이/부글부글 끓고 있는 나를 수시로 간" 보는 것은 모
두 마흔 살의 나이에도 벗어나지 못하는 가난 때문이다. 대책 없는
마흔 살 아들을 둔 어머니의 마음도 힘들겠지만 그런 어머니의 시선
을 누구보다도 잘 아는 마흔 살 화자의 마음도 부글부글 끓기는 마찬
가지다.

이 우울한 가족의 풍경은 모두 가난 때문이다. "돈도 없고 빽도 없는 식구들"에게 "일확천금은 장담할 수 없"고 아이는 돈이 안 되는 꿈을 꾸고 어머니의 퇴행성 관절염처럼 괴롭지만 이슈가 되지 못하는 지리멸렬한 일상만이 되풀이된다. 마흔 살 화자는 강자에게 약하고 약자에게만 시비 거는 못난 인생이다. 돈 떼어먹고 달아난 집주인은 나보다 힘이 세서 항의 한번 제대로 못 해 보고, 그러다 생긴 두통으로 툭하면 자리보전하고 눕는 신세이고, 애먼 그릇이나 집어던져서 아이는 슬금슬금 제 방으로 들어가 문을 걸어 잠근다.

"이것마저 사라지면 안 될 것 같은 게 하나라도 있으면 좋겠"다는 화자의 말은 바닥을 체험해 본 자에게서 나오는 말이다. 교회조차 안 다니는 식구들의 미래는 갈수록 불쌍해지고 어머니가 든 생명보험 증권만 '나'를 간 보는 희망 없는 마흔 살. 그 절망감을 최금진의 시는 적나라하게 그린다. 그런 좌절감으로 가득한 마흔 살이 어디 이 시의 화자뿐이겠는가. 양극화로 나뉜 오늘의 한국 사회에서 가진 자가 아닌 대다수의 마흔 살 이상의 기성세대는 이런 절망감을 체험했을 것이다. 최금진의 시는 신자유주의 시대를 살아가는 이 시대의 가진 것 없고 기댈 데 없는 평범한 사람들의 삶을 적나라하게 보여 줌으로써 이 시대를 냉소하고 있다.

3. 사회 비판적 울림을 지닌 서정성—이영광의 시

첫 시집 『직선 위에서 떨다』와 두 번째 시집 『그늘과 사귀다』를 출간해 좋은 반응을 얻고 있는 이영광의 시는 전통 서정시의 정서를 계승한 시로 주목받았지만, '지금, 여기'의 사회 현실에 대한 관심을 지속적으로 보이고 있는 시도 꾸준히 창작하고 있다. 첫 시집에서는 이 시대에도 지속되고 있는 이라크전과 이라크 파병 문제에 대한 냉소를 통해, 미국의 패권주의와 여전히 미국 의존적인 한국 사회를 동시에 비판한 바 있다. 두 번째 시집은 '죽음'에 대한 사유를 보여 주는 시들로 주로 묶여 있어서 사회 현실에 대한 비판과는 거리를 둔 것처럼 보이기도 했지만, 죽음에 대해 시인이 취하는 태도를 통해 보여 준 '죽음을 기억하라'는 그의 전언은 지난 시대에 대한 후일담으로 그의 시를 읽을 여지를 열어 주었다. 그리고 시집 이후에 발표하는 시들에서 이영광 시인은 사회 비판적인 색채를 좀 더 분명히 한다. 물론 여기에는 '6.9 작가 선언'을 통해 표방한 바 있는 이 시대의 현실 상황에 대해 시인이 느끼는 위기의식이 하나의 원인으로 작용하고 있다.

조간은 부음 같다
사람이 자꾸 죽는다

사람이 아니라고 여겨서
죽였을 것이다
사람입니다, 밝히지 못하고
죽었을 것이다

죽이고 싶었다고…죽였을 것이다
죽이고 싶었는데…죽였을 것이다
죽이고 싶었지만…죽였을 것이다

죽은 사람은,
죽을 것처럼 애도해야 할 텐데

죽인 자는 여전히
얼굴을 벗지 않고
심장을 꺼내 놓지 않는다

여전히, 진압 중이고
침입 중이고
폭행 중이다

계획적으로
즉흥적으로
합법적으로
사람이 죽어 간다

전투적으로
착란적으로
궁극적으로, 사람이 죽어 간다

아, 결사적으로
총체적으로
전격적으로
죽은 것들이, 죽지 않는다

죽은 자는 여전히 농성 중이고
투신 중이고

신음 중이다

유령이 떠다니는 현관들,
조간은 부음 같다

나는, 고아처럼 울고 일어나
유령과 더불어

유령처럼 울고 일어나
산 자들과 더불어

—이영광, 「유령 3」 전문

　‘6.9 작가 선언 북 콘서트’ 당시 현장에서 낭송된 이영광의 시다. 간
결하면서도 단호하게 반복되는 표현과 그것이 만들어 내는 리듬은
낭송시에 제법 어울린다. 현장에서 낭송됨으로써 이 시는 많은 사람
들의 가슴을 울리며 공감의 힘을 자아냈을 것이다. 죽음을 노래한 시
라는 점에서는 『그늘과 사귀다』에 실린 시들과 일맥상통하지만, 가족
의 죽음 체험과 그로 인해 얻게 된 죽음과 삶에 대한 태도를 그리는
데 주력했던 『그늘과 사귀다』의 시편들과는 달리, 인용 시는 오늘의
현실에서 일어나는 부조리한 죽음이라는 현실 앞에서 죽음에 맞서는
태도를 생각하게 하는 시라는 점에서 분명 차이가 있다.
　조간을 통해 죽은 자들의 소식이 자꾸 전해진다. 조간을 펼칠 때마
다 부음 같다는 생각이 들 정도로 사람이 자꾸 죽어 나간다. 죽인 자
들은 그들이 사람이 아니라고 여겨서 죽였을 것이라고 화자는 말한
다. 자신과 같은 사람이라고 생각했다면 절대 그렇게 죽이지는 못했

을 거라는 화자의 분노가 그 안에는 들어 있다. 용산 참사라는 이미 일어난 죽음 앞에서 각자 이유야 있었겠지만 중요한 건 죽였다는 사실에 있다. 누군가의 죽음을 초래했다는 것. 그럼에도 불구하고 애도는커녕 "죽인 자는 여전히/얼굴을 벗지 않고/심장을 꺼내 놓지 않는다"는 것. 많은 이가 죽었건만 죽음의 행렬은 멈추지 않고 계속되고 있다. "여전히, 진압 중이고/침입 중이고/폭행 중이다".

그러나 현재 진행 중인 것은 비단 죽임의 행위만은 아니다. 합법적으로 가장한 죽임에 맞서 "죽은 자는 여전히 농성 중이고/투신 중이고/신음 중이다". "결사적으로/총체적으로/전격적으로/죽은 것들이, 죽지 않"을 것이다. 죽은 자들은 유령이 되어 떠다니고, 산 자들은 유령과 더불어, 산 자들과 더불어 이 죽음에 맞서 싸울 것이다. 반복과 점층의 묘미를 잘 살린 이 시에서 이영광은 죽은 자들의 유령이 떠도는 오늘의 현실을 보여 주면서 독자들의 공감을 촉구하고 있다.

아름답고 싱싱하던 몸에 대한 사랑도
정신없이 앓던 몸에 대한 사랑을
이기지 못하고,
아픈 몸에 대한 사랑은 또
죽어 숨 그친 몸에 대한 사랑을
누르지 못하지만,
죽은 몸에 대한 사랑도 봄이 다하도록
죽임 당한 몸에 대한 눈먼 사랑을
달래지 못한다

죽은 혼은 목이 없어 울음이 없는 것

사방에서 기척 없이 불어오는 것

곱고 힘찬 죽음들이 공중에 피어 있다

나는 오직 죽음만을 생각한다

나는 어느 터질 듯한 울음에 당도한다

—이영광, 「등꽃 홀릭」 전문

『문학사상』 2009년 10월호에 발표된 인용 시에서 시인은 아픈 몸과 죽은 몸에 주목한다. 사랑에의 도취, 또는 환영이라는 꽃말을 가진 등꽃은 서로의 몸을 타고 오르는 등나무에 다닥다닥 매달려 있다. 아주 짧은 날 꽃을 피워 올리고 바로 스러지는 등꽃의 이미지는 순간 타오르는 눈먼 사랑을 비유하기에 적절해 보인다.

점층적 표현은 이 시에서도 활용된다. 아름답고 싱싱하던 몸에 대한 사랑은 정신없이 앓던 몸에 대한 사랑을 이기지 못하고, 아픈 몸에 대한 사랑은 죽어 숨 그친 몸에 대한 사랑을 이기지 못하며, 죽은 몸에 대한 사랑은 죽임 당한 몸에 대한 눈먼 사랑을 달래지 못한다. 등꽃에서 화자가 보는 것은 "사방에서 기척 없이 불어"와 공중에 피어 있는, "곱고 힘찬 죽음들"이다. 오직 죽음만을 생각하는 화자의 몰입의 상태는 마침내 화자를 "어느 터질 듯한 울음에 당도"하게 한다. 아픈 몸을 기원 삼아 시를 써 온 이영광은 최근에 죽음이라는 문제에 집중하고 있다. 『그늘과 사귀다』에서 보여 준 '죽음을 기억하라'는 태도는 최근의 시들에서도 여전히 이어진다. 이번에는 훨씬 강한 현실적 메시지를 담고 도처에 널린 이 죽음들을 보라고, 산 자들과 더불어 이제 이 죽음에 대해 말해야 할 때라고 터질 듯한 울음을 참으며 시인은 말한다. 죽음이라는 자신의 테마를 놓치지 않으면서도 그 의미를 현재적인 데로 확장한 이영광의 목소리는 주목할 만하다. 그의 목소리가 더 많은 이들의 공감을 이끌어 낼 수 있을지 지켜볼 일이 이제 남아 있다.

4. 리얼리즘 시의 새로운 도전

2000년대에 주목할 만한 시집을 내며 활발히 활동하고 있는 최금진과 이영광의 시는 21세기 리얼리즘 시의 새로운 도전과 가능성에 대해 기대감을 갖게 한다. 2000년대의 젊은 시인들의 시가 새로운 감각으로 무장한 허무주의적인 목소리를 내는 '미래파' 시의 경향에 경도되어 있는 데 비해 최금진과 이영광의 시는 그런 목소리와 거리를 유지하면서 구체적인 삶의 체험에 토대를 둔 서정성을 길어 올리고 있다. 물론 이들의 시에서도 냉소적이고 회의적인 태도가 발견되지 않는 것은 아니다. 차마 희망을 입에 올리기 어려운 요즘 같은 시대에 어쩌면 그것은 지극히 당연한 일일 것이다.

이들의 냉소가 누군가의 마음을 움직이는 힘을 가질 수 있으려면 구체적인 삶의 체험에 바탕을 둔 냉철한 현실 인식과 전망이 뒤따라야 할 것이다. 희망 없는 마흔 살의 현실을 적나라하게 그려 내는 최금진의 시선으로부터 신자유주의의 기치를 내걸고 전 지구적으로 확장된 자본주의를 근본적으로 비판하고 냉소하는 태도가 마련될 것이다. 그것은 사회가 요구하는 일반적이고 보편적인 시선을 거부하는 다른 시선이자 다른 목소리이기도 하다. 두 번째 시집에서부터 죽음의 문제에 깊은 관심을 보인 이영광은 이제 현실의 죽음에 대해 말하기 시작했다. 아픈 몸과 죽은 몸에 대한 그의 관심이 웅숭깊은 목소리로 희망의 언어를 길어 올릴 수 있을지도 기대된다.

최금진, 이영광 외에도 최근에 활발한 시작 활동을 벌이고 있는 송경동의 시는 2000년대 리얼리즘 시의 가능성을 말할 때 특별히 거론

될 만하다. 제도권 밖의 시가 사라져 가는 오늘의 한국 시단에서 송경동은 여전히 치열한 현장의 목소리로 시를 쓰고 낭송하는 보기 드문 시인이다. 「점거는 끝나지 않았다」는 이랜드·뉴코아 여성 비정규직 투쟁 300일에 부쳐 쓴 시로 현장에서 써지는 시가 갖는 울림의 힘을 보여 준다. 「사소한 물음들에 답함」에서는 출신 성분과 소속된 조직을 묻는 편 가르기식 질문에 "나는 저 들에 가입되어 있다고/저 바다 물결에 밀리고 있으며/저 꽃잎 앞에서 날마다 흔들리고/이 푸르른 나무에 물들어 있으며/저 바람에 선동당하고 있다고" 대답함으로써 이분법적 사고를 넘어서는 서정의 힘을 보여 준다.

21세기에 써지는 리얼리즘 시는 더 이상 '리얼리즘 시'라는 구획이나 명명을 필요로 하지 않을 것이다. 최금진과 이영광의 시는 '리얼리즘 시'라는 명명의 한계 안에 갇히는 시는 아니다. 다만 현실을 바라보는 이 시인들의 태도에서 현실에 상상력의 토대를 둔 시의 새로운 가능성에 대해 아직 꿈꿔 볼 수 있을 따름이다. 송경동의 시는 최금진과 이영광의 시에 비해 상대적으로 그 이전의 리얼리즘 시를 직접적으로 계승하고 있는 것처럼 보이지만, 송경동의 시에서도 이분법적 사고를 넘어서는 가능성이 발견된다는 점을 눈여겨볼 필요가 있다. 앞으로의 우리 시는 신자유주의의 기치를 내걸고 전 지구적으로 확장된 자본주의 사회에서 실용적이고 경제적인 가치가 아닌 인간적이고 윤리적인 가치의 중요성을 어떻게 제기할 수 있을 것인가의 문제와 마주할 수밖에 없다. 최금진, 이영광, 송경동 등의 시는 이런 질문에 나름의 방식으로 대답해 나갈 것이다. 그 대답이 21세기 리얼리즘 시의 새로운 가능성을 열어 줄 것이다.

오늘,
그리고 내일의 서정

1. 이후의 풍경

2000년대의 시단은 서정성에 대한 논란이 그 어느 때보다도 본격적으로 활발하게 일어났다. 오랫동안 '서정시＝시'의 공식이 암묵적으로 인정되어 왔다면, 2000년대의 시단에서는 서정성이란 무엇이며, 서정시란 무엇인지, 서정성이 과연 시의 핵심적 자질이라고 볼 수 있는지 등에 관한 물음이 끊임없이 제기되었다. 그중에는 서정성을 여전히 시의 핵심적 자질로 보면서 옹호하는 견해도 있었지만, 좁은 의미의 서정성에 대해 회의적인 시선을 보낸 견해도 적지 않았다. 그런가 하면 서정성의 개념을 폭넓게 확장하는 것으로 문제의 본질에 접근하려는 태도도 있었다.

2000년대 상반기 시단의 특성을 둘러싸고 이른바 '미래파' 논쟁이 벌어지면서 서정성과 서정시에 대한 관심은 더욱 고조되었다. 그 와중에 좁은 의미의 서정성을 옹호하며 전통 서정시를 충실히 계승한 시를 쓰는 젊은 시인들은 서정성의 옹호를 낡은 것으로 취급하는 젊은 시단의 분위기에 얼마간 영향을 받기도 했다.

시적 갱신에 대한 고민은 늘 시인들의 몫이었지만 2000년대 시단에서는 그것이 바깥의 욕망에 의해 주도된 면이 없지 않았다. 새로운 언어 실험을 무엇보다도 중시하는 '미래파' 시인들의 시가 시단의 집중적인 주목을 받으면서 전통 서정시 계열의 시를 쓰는 시인들은 상대적인 박탈감과 위기의식을 느껴야 했다.

그러나 한편에서는 새로움만을 좇는 젊은 시인들의 실험시적 성향에 대한 비판적 시각도 만만치 않았다. 서정성에 대한 논란과 함께 난해성 논란, 소통에 대한 논란이 끊이지 않았던 것은 '그들만의 리그'가 되어 버린 시에 대한 불만의 표시이기도 했다. 특히 '지금, 여기'의 사회 현실이 날로 강퍅해지면서 그런 사회 현실과 무관해 보이는 시들이 불만의 대상이 되기도 했다.

2000년대의 한국 사회가 치열한 이념의 대립을 지금까지와는 다른 방식으로 겪고 있는 것처럼 2000년대 한국 시단에서도 '시란 무엇인가?'에 대한 생각의 차이를 둘러싼 미학적·이데올로기적 논쟁이 지속적으로 전개되고 있다. 그것을 의식하든 의식하지 않든, 2000년대 한국 시단은 끊임없이 분화하고 이합집산하면서 한국 현대시의 현재와 미래에 대해 치열하고 진지한 고민을 지속하고 있는 것으로 보인다.

2000년대 시에 나타난 서정의 새로움에 대해 논하기 위해서는 오늘의 시단의 지형에 대한 이러한 인식으로부터 시작하지 않을 수 없다. 2000년대 시단에서 서정의 변신은 안팎에서 모두 원하는 것이었다고 볼 수도 있겠다. 한국 현대시의 역사에서 서정성의 의미 확장이 지속적으로 이루어져 왔던 것을 생각하면 2000년대는 1990년대 이후 다시 한 번 서정의 갱신이 요구되는 시점이기도 했고, 시인들 스스로도 실험적인 시와는 또 다른 방식으로 서정성을 구현하면서도 어떻게 말할 것인가의 문제를 고민하지 않을 수 없는 상황에 놓여 있었다. 1990년대는 탈근대의 담론이 활발히 일어난 시대이기도 했지만 역설적으로 서정의 시대이기도 했다. 한편으론 리얼리즘과 결합한 서정시의 안일하거나 상업적인 방법적 대응에 대한 비판이 집중적으로 일어나던 시대이기도 했다. 2000년대의 서정시는 1990년대의 서정시가 맞닥뜨렸던 고민을 넘어서면서도 서정시의 새로운 갱신을 보여 줘야만 하는 이중고 앞에 놓여 있다.

2. 세련된 말과 체험을 얻은 오늘의 서정시―문태준과 신용목의 시

1994년에 『문예중앙』으로 등단한 문태준은 2000년대를 대표하는 시인이다. 첫 시집 『수런거리는 뒤란』이 2000년에 나왔고 『맨발』(2004), 『가재미』(2006), 『그늘의 발달』(2008)로 이어지는 시집이 모두 2000년대에 연달아 출간되어, 그는 2000년대에만 네 권의 시집을 출간했다. 또한 1970년생 시인으로서는 보기 드물게 소월문학상, 미당문학상 등 각종 문학상을 휩쓴 시인이기도 하다. 2000년대의 시단을 가장 소란스럽게 한 '미래파' 논쟁에도 불구하고 정작 문학상은 문태준 시인에게 많이 돌아갔다는 이유로, 그는 2000년대 시단에서도 여전히 서정시가 주류라는 모종의 피해의식을 실험적인 경향의 시인들에게 심어 주기도 했다.

생생한 일상의 체험이나 감각으로부터 시가 촉발되어 그것을 구현하는 아름답고 직절한 언어를 얻고, 새로운 인식의 발견이나 깨달음을 통한 감동으로까지 나아간다는 점에서 문태준의 시는 전통 서정시의 계보를 정통으로 잇고 있다. 「맨발」에서 「가재미」로 이어지는 놀라운 관찰력과 그것을 형상화하는 언어의 힘은 서정성이 왜 아직도 시에서 힘을 갖는지를 단적으로 보여 준다.

어두워지는 순간에는 사람도 있고 돌도 있고 풀도 있고 흙덩이도 있고 꽃도 있어서 다 기록할 수 없네

어두워지는 것은 바람이 불고 불어와서 문에 문구멍을 내는 것보다 더 오래여서 기록할 수 없네

어두워지는 것은 하늘에 누군가 있어 버무린다는 느낌, 오래오래 전의 시간과 방금의 시간과 지금의 시간을 버무린다는 느낌, 사람과 돌과 풀과 흙덩이와 꽃을 한 사발에 넣어 부드럽게 때로 억세게 버무린다는 느낌, 어두워지는 것은 그래서 까무룩하게 잊었던 게 살아나고 구중중하던 게 빛깔을 잊어버리는 아주 황홀한 것, 오늘은 어머니가 서당골로 산미나리를 얻으러 간 사이 어두워지려 하는데

어두워지려는 때에는 개도 있고, 멧새도 있고, 아카시아 흰 꽃도 있고, 호미도 있고, 마당에 서 있는 나도 있고…… 그 모든 게 있어서 나는 기록할 수 없네

개는 늑대처럼 오래 울고, 멧새는 여울처럼 울고, 아카시아 흰 꽃은 쌀밥 덩어리처럼 매달려 있고, 호미는 밭에서 돌아와 감나무 가지에 걸려 있고, 마당에 선 나는 죽은 갈치처럼 어디에라도 영원히 눕고 싶고…… 그 모든 게 달리 있어서 나는 기록할 수 없네

개는 다른 개의 배에서 머무르다 태어나서 성장하다 지금은 새끼를 밴 개이고, 멧새는 좁쌀처럼 울다가 조약돌처럼 울다가 지금은 여울처럼 우는 멧새이고, 아카시아 흰 꽃은 여러 날 찬밥을 푹 쪄서 흰 천에 쏟아 놓은 아카시아 흰 꽃이고…… 그 모든 게 이력이 있어서 나는 기록할 수 없네

오늘은 어머니가 서당골로 산미나리를 베러 간 사이 어두워지려 하

는데

이상하지, 오늘은 어머니가 이것들을 다 버무려서

서당골에서 내려오면서 개도 멧새도 아카시아 흰 꽃도 호미도 마당
에 선 나도 한 사발에 넣고 다 버무려서, 그 모든 시간들도 한꺼번에 다
버무려서

어머니가 옆구리에 산미나리를 쪄 안고 집으로 돌아왔을 때 세상이
다 어두워졌네

─문태준, 「어두워지는 순간」(『맨발』, 창비, 2004) 전문

어두워지는 순간의 느낌을 구체적인 시의 언어로 옮겨 놓음으로써
시인이 느낀 어두워지는 순간의 분위기를 독자에게 고스란히 전하는
일을 이 시는 성공적으로 해낸다. 그것은 시인이 고백하듯이 인간의
언어로 다 기록할 수 없는 것이지만, 그것을 언어로 기록하고 싶은
욕망이야말로 시인의 것이다. "어두워지는 것은 하늘에 누군가 있어
버무린다는 느낌, 오래오래 전의 시간과 방금의 시간과 지금의 시간
을 버무린다는 느낌, 사람과 돌과 풀과 흙덩이와 꽃을 한 사발에 넣
어 부드럽게 때로 억세게 버무린다는 느낌"이라고 그가 구체적으로
풀어 말할 때 우리는 우리가 숱하게 지나온 어두워지는 순간을 다시
체험하게 된다.

시가 진행될수록 시인이 어두워지는 순간을 기록할 수 없다고 말
하는 이유가 드러나는데, 그것은 모두 다른 풍경이고 그 풍경을 이루
는 구성 요소들도 저마다 각기 다른 모습이며 서로 다른 이력을 지
니고 있기 때문이다. 이렇게 매번 다른 작은 존재 하나하나의 이력을
모두 기억하고자 하는 것이 시인의 마음이자 시의 욕망이다. 어두워
지려는 순간에는 그 하나하나의 이력이 살아 있다. 시인은 "개도 멧

새도 아카시아 흰 꽃도 호미도 마당에 선 나도 한 사발에 넣고 다 버무려"진 그때 비로소 세상이 다 어두워졌다고 말한다. 각각의 내력이 하나하나 살아 있으면서 또한 그것을 버무린 어둠. 그것이야말로 시의 언어가 지닌 매력이 아닐까. 문태준의 시는 서정시의 핵심을 관통하고 있다.

김천의료원 6인실 302호에 산소마스크를 쓰고 암 투병 중인 그녀가 누워 있다

바닥에 바짝 엎드린 가재미처럼 그녀가 누워 있다

나는 그녀의 옆에 나란히 한 마리 가재미로 눕는다

가재미가 가재미에게 눈길을 건네자 그녀가 울컥 눈물을 쏟아 낸다

한쪽 눈이 다른 한쪽 눈으로 옮겨 붙은 야윈 그녀가 운다

그녀는 죽음만을 보고 있고 나는 그녀가 살아온 파랑 같은 날들을 보고 있다

좌우를 흔들며 살던 그녀의 물속 삶을 나는 떠올린다

그녀의 오솔길이며 그 길에 돋아나던 대낮의 뻐꾸기 소리며

가늘은 국수를 삶던 저녁이며 흙담조차 없었던 그녀 누대의 가계를 떠올린다

두 다리는 서서히 멀어져 가랑이지고

폭설을 견디지 못하는 나뭇가지처럼 등뼈가 구부정해지던 그 겨울 어느 날을 생각한다

그녀의 숨소리가 느릅나무 껍질처럼 점점 거칠어진다

나는 그녀가 죽음 바깥의 세상을 이제 볼 수 없다는 것을 안다

한쪽 눈이 다른 쪽 눈으로 캄캄하게 쏠려 버렸다는 것을 안다

나는 다만 좌우를 흔들며 헤엄쳐 가 그녀의 물속에 나란히 눕는다

산소호흡기로 들여마신 물을 마른 내 몸 위에 그녀가 가만히 적셔 준다
—문태준, 「가재미」(『가재미』, 문학과지성사, 2006) 전문

산소마스크를 쓰고 암 투병 중인 그녀가 누워 있는 곳은 하필 김
천의료원 6인실이다. 그럴 듯한 유명한 병원도 아니고 2인실은커녕
하다못해 4인실도 아닌 6인실에서 생의 마지막이 서럽게 저물어 가
고 있다. 바닥에 바짝 엎드린 가재미처럼 누워 있는 그녀 옆에 나란
히 누워 가재미가 가재미에게 눈길을 건네듯 그녀와 눈높이를 맞춰
그녀를 바라보니, 병실에 오래 누워 있어 "한쪽 눈이 다른 한쪽 눈으
로 옮겨 붙은 야윈 그녀가 운다". 죽음만을 보고 있는 그녀에게서 화
자는 그녀가 살아온 파랑 같은 날들을 본다. 이것이야말로 시인의 시
선이 아닐 수 없다. 문태준의 시선은 섬세하고 따뜻하다. 그녀의 오
솔길이며 그 길에 돋아나던 대낮의 뻐꾸기 소리며 가는 "국수를 삶던
저녁이며 흙담조차 없었던 그녀 누대의 가계"가 시인의 눈길에 의해
되살아난다. 그녀를 지나온 세월의 갈피갈피를 떠들어 보며 "그녀의
숨소리가 느릅나무 껍질처럼 점점 거칠어"지는 것을 본다.

죽어 가는 그녀를 위해 화자가 해 줄 수 있는 것이라곤 병실 옆에
나란히 누워 물살을 헤쳐 온 가재미 같은 그녀의 삶을 기억해 주는
것뿐이다. 그녀에게도 눈부시게 아름다웠던 청춘이 있었을 것이고 남
들과 비슷한 꿈을 꾸며 가족과 더불어 행복했던 시절도 있었을 것이
다. 화자의 마음이 그녀에게도 전해진 것일까? 그녀는 "산소호흡기로
들여마신 물을 마른 내 몸 위에" "가만히 적셔 준다". 그녀가 오히려
화자를 위로해 주는 이 장면에서 이 시의 감동은 밀려온다.

2000년에 『작가세계』 신인상으로 등단해서 2000년대에 두 권의
시집을 출간한 신용목은 바람을 부릴 줄 아는 시인이다. 『그 바람을

다 걸어야 한다』, 『바람의 백만 번째 어금니』 등 두 권의 시집에서 그는 집요하게, 때로는 아름답게 바람을 형상화하고 있다. 그의 시는 세심한 관찰력과 묘사의 묘를 얻었다는 점에서 2000년대 서정시의 한 가능성을 보여 주고 있다.

새의 둥지에는 지붕이 없다
죽지에 부리를 묻고
폭우를 받아 내는 고독, 젖었다 마르는 깃털의 고요가 날개를 키웠으리라 그리고

순간은 운명을 업고 온다
도심 복판,
느닷없이 솟구쳐 오르는 검은 봉지를
꽉 물고 놓지 않는
바람의 위턱과 아래턱,
풍치의 자국으로 박힌

공중의 검은 과녁, 중심은 어디에나 열려 있다

둥지를 휘감아 도는 회오리
고독이 뿔처럼 여물었으니

하늘을 향한 단 한 번의 일격을 노리는 것

새들이 급소를 찾아 빙빙 돈다

환한 공중의, 캄캄한 숨통을 보여 다오! 바람의 어금니를 지나
그곳을 가격할 수 있다면

일생을 사지 잘린 뿔처럼
나아가는 데 바쳐도 좋아라,
그러니 죽음이여
운명을 방생하라

하늘에 등을 대고 잠드는 짐승, 고독은 하늘이 무덤이다, 느닷없는
검은 봉지가 공중에 묘혈을 파듯
그곳에 가기 위하여

새는 지붕을 이지 않는다

—신용목, 「새들의 페루」
(『바람의 백만 번째 어금니』, 창비, 2007) 전문

신용목의 두 번째 시집 『바람의 백만 번째 어금니』는 바람을 관장
하는 시집이다. 그는 바람을 부릴 줄 알며 바람의 움직임을 놓치지
않는다. 인용한 시에서도 바람과 새와 검은 봉지의 움직임을 세밀하
게 포착하고 있다. 거기에 "순간은 운명을 업고 온다", "중심은 어디
에나 열려 있다", "하늘을 향한 단 한 번의 일격을 노리는 것", "고독
은 하늘이 무덤이다" 같은 아포리즘을 적절히 배치함으로써 삶에 대
한 비유로 읽힐 다른 가능성을 열어 놓는다.

세심한 관찰을 바탕으로 한 구체적인 묘사와 거기에 새로운 의미

를 부여하는 시인의 시선이 절묘하게 어우러진 점은 신용목이 전통 서정시의 뒤를 이으면서도 특유의 표현의 묘를 얻은 시인임을 알게 해 준다.

느닷없이 솟구쳐 오르는 검은 봉지를 꽉 물고 놓지 않는 바람의 어금니를 포착하는 시인의 시선은 사물을 대하는 그의 태도를 짐작하게 한다. 급소를 찾아 빙빙 도는 새처럼 그 역시 하늘을 향한 단 한 번의 일격을 노리면서 시를 향한 야심찬 일격을 노리고 있는지도 모른다. 지붕을 이지 않는 새처럼, 새들이 가서 죽는다는 페루, 그 근원지를 향한 시인의 욕망은 집요하고 또한 자유롭다. 그곳에 가기 위하여 그 역시 시에 몰입하고 있음에 틀림없다.

3. 오늘의 감각과 서정의 변신 가능성—이영광과 최금진의 시

문태준과 신용목의 시가 세련된 언어 감각과 섬세한 관찰력으로 통찰해 낸 삶의 핵심을 관통하며 오늘의 서정시의 한 경지를 열어 주었다면, 이영광과 최금진의 시는 또 다른 측면에서 주목할 만한 서정시의 갱신을 보여 준다. 이들의 시는 절절한 체험으로부터 얻은 인식을 울림 있는 언어로 형상화하는 데 탁월하다. 특히 아픈 몸으로 길어 올린 이들의 서정이 오늘의 현실과 만났을 때 그것은 힘 있는 울림을 만들어 낸다. 오늘에 대한 감각을 가지고 있는 이영광과 최금진의 시를 통해 바라보는 우리 서정시의 미래는 결코 어둡지 않아 보인다.

너거 부모 살았을 때 잘하거라던 말은

타관을 오래 떠돈 나에게

무슨 침 뱉는 소리 같았다

나 이제 기울어진 빈집,

정말 바람만이 잘 날 없는 산그늘에 와 생각느니

살았을 적에 잘하는 것이 무슨 소용 있으랴

무대 위에서 잠깐 어른거리는 것은

막(幕) 뒤의 오래고 넓고 깊은 어둠에 잠기기 위한 것,

산다는 것은 호두나무가 그늘을 다섯 배로 늘리는 동안의 시간을

멍하니 앉아서 흘러가는 것

그 잠깐의 시간을 부여안고 아득히 헤매었던 잠깐의 꿈결을 두 손에

들고

산다는 것은, 고락(苦樂)을 한데 버무려 짠 단술 한 모금 같은 것

흐르던 물살이 숨 거두고 강바닥에 말라붙었을 때

사랑한다는 것은, 먼지로 흩어진 것들의 흔적 한 톨까지도

끝끝내 기억한다는 것

잘한다는 것은 죽은 자를 영원히 잊지 못한다는 것,

죽은 자가 모두의 기억 속에서 깡그리 죽어 없어진 뒤에도

호두나무 그늘을 갈구리벌레처럼 천천히 기어가

바지에 똥을 묻힌 채 헛간 앞에서 쉬던 생전의 그를,

젖은 날 마당을 지나가는 두꺼비마냥 뒤따라가

그의 자리에 앉아 더불어 쉬는 것,

살아서 잘하는 것이 무슨 소용 있으랴

호두알이 떨어져 구르듯 스러진 그를 사람들은 잊었는데

나무 그늘 사라진 자리, 찬바람을 배로 밀며

눕기 위해 그가 집 안으로 들어오는 것, 아무도 보지 못하는데

　　　　　　　　　　　　—이영광, 「호두나무 아래의 관찰」

　　　　　　　　　　(『그늘과 사귀다』, 랜덤하우스코리아, 2007) 전문

　육친의 죽음은 누구에게나 닥쳐오지만 견디기 힘든 일이다. 사실 그렇기 때문에 그 아픔을 시로 그리기란 쉽지 않아 보인다. 이영광의 두 번째 시집 『그늘과 사귀다』는 갑자기 닥친 육친의 죽음 이후 시인이 외롭게 견딘 세월을 고스란히 보여 준다. 살아서 부모에게 잘하라는 충고는 효를 중시하는 유교 문화의 영향 아래에서 생성된 것일 텐데, 화자처럼 타관을 오래 떠돌며 살아온 사람에겐 늘 마음에 걸리는 말이었을 것이다. '풍수지탄'으로 대표되는 이 말은 한편으론 산 사람은 살아야 한다는 지극히 현실적인 장례 문화와도 관련되어 있다.

　그런데 화자는 이 말을 뒤집으며 육친의 죽음을 대하는 다른 태도를 보여 준다. "사랑한다는 것은, 먼지로 흩어진 것들의 흔적 한 톨까지도/끝끝내 기억한다는 것"이라고 그는 말한다. 살아서 잘한들 죽은 자를 금세 잊어버리고 그의 흔적마저 지워 버려서야 어디 잘한다고 할 수 있을까 그는 묻는다. 잘한다는 것은 죽은 자를 영원히 잊지 못한다는 것. 즉, 살았을 적의 그에 대한 기억과 더불어 살아가는 것임을 그는 고집스럽게 말하고자 한다. 어쩌면 우리의 삶이란 무대 위에서 잠깐 어른거리는 것에 불과한지도 모른다. 막 뒤의 오래고 넓고 깊은 어둠에 잠기기 위해 무대 위에서 잠깐 어른거리는 것이란 생각을 하고 나면, 가까운 이의 죽음을 견디는 것도 자신의 외로운 삶을 견디는 것도 참을 만한 일이 될지도 모른다. 아니, 깡그리 잊고 흔적을 지워 버리는 것이 아니라 기억을 안고 더불어 살아가는 것임을 받

아들이고 나면 남은 생이 달라질지도 모른다.

조간은 부음 같다
사람이 자꾸 죽는다

사람이 아니라고 여겨서
죽였을 것이다
사람입니다, 밝히지 못하고
죽었을 것이다

죽이고 싶었다고…죽였을 것이다
죽이고 싶었는데…죽였을 것이다
죽이고 싶었지만…죽였을 것이다

죽은 사람은,
죽을 것처럼 애도해야 할 텐데

죽인 자는 여전히
얼굴을 벗지 않고
심장을 꺼내 놓지 않는다

여전히, 진압 중이고
침입 중이고
폭행 중이다

계획적으로
즉흥적으로
합법적으로
사람이 죽어 간다

전투적으로
착란적으로
궁극적으로, 사람이 죽어 간다

아, 결사적으로
총체적으로
전격적으로
죽은 것들이, 죽지 않는다

죽은 자는 여전히 농성 중이고
투신 중이고
신음 중이다

유령이 떠다니는 현관들,
조간은 부음 같다

나는, 고아처럼 울고 일어나
유령과 더불어

유령처럼 울고 일어나

산 자들과 더불어

　　　　　　　　　　　　　　　　　　　─이영광, 「유령 3」 전문

　　얼마 전 '6.9 작가 선언 북 콘서트'에서 낭송한 이영광 시인의 시다.
나는 사실 이영광의 이런 시들도 좋아한다. 그런데 기울어진 빈집이
되어 호두나무가 그늘을 다섯 배로 늘리는 시간을 멍하니 앉아서 흘
려보내는 시인의 모습과 오늘의 폭력적인 현실을 비판적으로 바라보
는 시인의 모습은 그리 멀지 않아 보인다. 용산 참사, 노무현 전 대통
령의 죽음, 쌍용자동차 사태, 그 밖에도 알려지지 않은 죽음들이 계
속 이어지고 있다. 갑자기 세상이 거꾸로 가고 있다는 생각을 적잖은
사람들이 할 것이다. 특히 20대를 광주민중항쟁의 억압과 최루탄의
향연 속에서 보낸 486세대들은 결코 돌아가고 싶지 않았던 20여 년
전 암울한 청춘으로 돌아간 듯한 느낌을 받을지도 모르겠다. 이 난데
없고 예고 없는 죽음 앞에 무슨 말이 필요하겠는가.
　　이영광의 시는 요란한 수식어들을 버리고 간결한 어조로 말한다.
조간은 부음 같다. 사람이 자꾸 죽는다라고. "사람이 아니라고 여겨
서/죽였을 것이다"라고 말할 때 시인의 조용한 분노가 느껴지고, "사
람입니다, 밝히지 못하고/죽었을 것이다"라고 말할 때 시인의 안타까
움이 느껴진다. 입을 다물게 하는 저 기막힌 죽음 앞에 그는 간결한
어조로 죽음을 고한다. 그리고 "여전히, 진압 중이고/침입 중이고/폭
행 중"임을 알린다. 그들의 죽음이 계획적이고 즉흥적이고 합법적이
었음을 고발하고, 전투적으로 착란적으로 궁극적으로 사람들이 죽어
감을 시인의 목소리로 알린다. 현장에서 낭송된 이 시는 상당한 폭발
력을 가졌을 것이다.
　　그가 정말 하고 싶은 말은 "결사적으로/총체적으로/전격적으로/

죽은 것들이, 죽지 않는다"는 말일 것이다. 죽였다고 생각했겠지만 죽은 것이 아니다. 그들은 유령이 되어 떠돌며 "여전히 농성 중이고/투신 중이고/신음 중이다". 시인은 "고아처럼 울고 일어나/유령과 더불어" "산 자들과 더불어" 농성하고 투신하고 신음할 것이다. 사변적이고 냉소적인 언어로 현실을 비판하던 이영광의 시들도 좋지만, 이처럼 절제된 목소리로 단호하지만 살아 있는 사람의 숨결과 의지를 느끼게 하는 시도 좋다. 읽는 이들의 심장을 뛰게 하는 시다. 유령과 더불어 산 자들과 더불어 하다못해 신음이라도 함께 내며 함께 아파하며 살아야 하지 않겠냐고 시인은 조용히 말한다.

> 로또가 얼마나 끔찍한 악몽인지
> 로또방에서 만나는 사람들은 눈을 마주치지 않는다
> 그러나 끝자리를 분석하거나 홀짝의 조합을 분석하는 일은
> 여느 사무직과 다르지 않다
> 왜 사느냐,를
> 왜 로또를 사느냐,로 이해해도 무방하다
> 이 늦은 밤에 왜 또 여기로 왔는가,
> 자신에게 몰래 질문을 던지며
> 덜덜 떨리는 손으로 번호를 찍는다
> 로또를 사지 않는 10%의 고소득층은 얼마나 좋을까
> 로또를 사지 않아도 천사가 지켜 주니까
> 하지만 얼마나 나쁜가, 빈익빈 부익부의 나라에서
> 왜 사느냐,를 묻지 않아도 되니까
> 오십이 더 넘은 사내는
> 누가 볼까 봐 손을 가리고 찍는다

술 냄새에 절어 들어온 사내는 앉자마자 묵상을 한다
갓 스물을 넘은 청년은 줄을 서지 않는 자들을 무섭게 흘겨본다
순서를 어기는 것은, 누군가 자신을 앞서 가는 것은
견딜 수 없이 우울하다
번호에 대한 집념은 때 묻지 않은 종이와 같아서
어떤 검은색이든 쭉쭉 빨아들인다
예수를 부르고, 조상님께 기도하고, 아이 생일을 떠올리며
아무도 답하지 못하는 질문에 답이라도 하듯
숫자를 체크해 나가는 손들
두툼한 돈뭉치를 한 번만이라도
남의 멱살처럼 당당하게 움켜잡아 보고 싶은 불쌍한 분노들
왜 사는가, 왜 로또를 사는가, 묻지 말자
다만 살 뿐이다,
그러므로 로또를 안 사는 사람들은 심각하게 죄질이 나쁘다
그게 비록 숫자일지라도
단 한 번도 뭔가에 평생을 걸어 본 적이 없기 때문이다
　　　　　　　　　—최금진, 「로또를 안 사는 건 나쁘다」 전문

　한편으로는 로또를 만들어서 팔고 매주 보란 듯이 공중파에서 당
첨 번호를 알려 주면서 다른 한편으로는 한탕주의나 사행심은 나쁘
다고 가르치는 사회. 하지만 사실상 정말 나쁜 것은, 없는 자들이 신
분 상승의 유일한 기회로 로또 당첨이나 바라게 되어 버린 사회이다.
이제 교육조차 신분 상승을 위한 제구실을 못하게 되었으니 말이다.
'개천에서 용 난다'는 속담은 옛날 일이 되어 버렸고 공부도 족집게
과외 선생을 붙여 주고 사교육에 목숨 걸 수 있는, 있는 집 자식들이

더 잘하는 세상이 되어 버렸다. 계란으로 바위 치기의 세상에서 가난한 사람들은 로또나 사면서 인생을 탕진한다. 그런 줄도 모르는 채 말이다.

로또를 사지 않는 10프로의 고소득층은 사람들이 줄지어 서서 기다려 로또를 사는 이유를 절대로 모를 것이다. 대다수 없는 사람들에게 로또를 왜 사느냐의 문제는 왜 사느냐의 문제와 통한다. 즉, 생존의 문제라는 것이다. 로또를 사서 숫자를 체크해 나가는 저 손들은 "두툼한 돈뭉치를 한 번만이라도/남의 멱살처럼 당당하게 움켜잡아 보고 싶은 불쌍한 분노들"이다. 생존에 이유를 물을 수 없듯이 로또를 왜 사는지 묻지 말라고 시인은 말한다. "로또를 안 사는 사람들은 심각하게 죄질이 나쁘다"고 그가 단호하게 말할 때 거기서는 분노와 절박함이 느껴진다. 그것은 전 지구적으로 확산된 자본주의 시대를 살아가는 슬픈 생존법이기도 하다.

첫 시집에서부터 드러나던 최금진의 도발적인 문제의식은 시집 이후에도 지속되고 있다. 이영광 시인 역시 두 권의 시집을 출간한 이후에도 자본주의 시대에 대한 오늘의 감각을 여전히 유지하고 있다. 나는 이영광과 최금진이 지닌 이러한 문제의식을 신뢰한다. 이 시인들이 보여 주는 오늘의 감각에 우리 서정시의 미래를 걸어도 좋을 것이라고 감히 말하고 싶다.

4. 진화하는 서정성

1990년대의 서정시는 생태주의적 문제의식이나 리얼리즘의 갱신이라는 문제의식과 종종 만났는데, 그것은 이따금 상업주의적 결탁이라는 비판을 감당해야 했다. 2000년대 시단을 떠들썩하게 했던 '미래파' 시인들의 출현에는 1990년대의 서정시가 한몫을 했다고 볼 수도 있다. 이제 2000년대의 막바지에서 다시 우리 서정시의 미래를 논해야 할 때다.

이 글에서는 문태준, 신용목, 이영광, 최금진의 시를 중심으로 우리 서정시의 오늘과 미래에 대해 살펴보았다. 2000년대에도 실험적인 경향의 시인들 못지않게 서정시의 갱신을 시도한 시인들이 적지 않았지만 지면의 한계로 인해 다 다룰 수는 없었다. 손택수, 이병률, 박성우, 장만호, 송찬호, 이승희, 박순원 등 더 논의해야 할 시인들이 많지만 아쉬움은 다른 지면으로 미뤄야겠다.

문태준과 신용목이 성취한 예민한 언어 감각과 체험을 형상화하는 힘으로서의 서정성, 이영광과 최금진의 세계에 대한 인식과 냉소적이면서도 비판적인 시선을 통해 도달하는 새로운 서정성 등은 2000년대와 그 이후 우리 시의 새로운 서정을 논할 때 복기되어야 한다. 이시인들이 굳건하게 자신과 세상을 들여다보며 시를 쓰는 한, 내일의 서정시는 더 세련되고 질박한 몸을 얻게 될 것이다. 그리고 새로운 서정시는 달아난 독자들을 다시 시의 매력 속으로 불러들일 수 있을 것이다. 로또를 사지 않고도 시를 통해서 위로받을 수 있는 영혼들이 도처에 널려 있다. 아프지만 어쩌면 그래서 다시 시의 시대가 꿈틀거리며 다가올지도 모른다고 조심스럽게 전망해 본다.

'전위'와 '감각'
이라는 쟁점이 남긴 것들

1. '전위'란 무엇인가?

'역사적 아방가르드'라 불린 전위가 있었다. 그들은 다다이즘과 초현실주의라는 깃발을 내걸고 치열하게 투쟁했으며 장렬히 전사했다. 전위란 제일 먼저 죽는 운명임을 그들은 처음부터 예감하고 있었는지도 모른다. 그래서였을까? 그들에게 미학적 전위와 이념적 전위는 구별되지 않았다. 아니, 구별될 필요가 없었다. 그들은 자신들의 작품에서 참을 수 없는 실험들을 감행했으며, 그것은 종종 이념적 움직임을 동반했다. '미래파'라 불렸던 그들에게 정작 미래는 없었지만 자신의 신념 앞에 그들은 그야말로 모든 것을 내던지며 올인했다. 온몸을 불사른 그들의 작품은 지금도 '역사적 아방가르드'라는 이름으로 불리고 있다.

우리 문학사에서도 초창기에 다다이즘의 매력에 빠졌던 시인들의 수는 적지 않다. 프롤레타리아 시의 상징으로 남아 있는 임화도 초기에는 다다풍의 시를 썼고, 모더니즘의 총아에서 산수시의 대가로 이름을 남긴 정지용도 초기 시에서는 「파충류동물」 같은 다다이즘의 시를 썼다. 그러나 이들의 다다이즘에는 전위라는 이름을 붙이기는 어렵다. 그것은 오히려 젊은 날의 치기 어린 한때의 관심에 가까운 것이었지 모든 것을 내건 문학적 기투는 아니었다.

아마도 우리 문학사에서 전위라는 이름을 붙일 수 있는 시인이 있다면 그것은 이상과 김수영의 몫이 되어야 할 것이다. 「오감도」 연작시에서 시도한 이상의 실험이나 김수영의 온몸의 시학과 그 실천으로서의 시는 온몸을 내던진 문학적 행위이자, 일제 강점기와 4.19의 실패 이후 군사독재 정권에 맞서 싸워 온 그들의 삶 그 자체였다. 한 사람의 인간으로서의 그들의 고민은 시적 언어로 표출되었으며, 덕분에 우리는 '전위'라는 이름으로 불려도 손색이 없는 두 사람의 시인을 얻을 수 있었다.

그리고 오랜 세월이 흐른 후, 2000년대의 우리 시단에서 다시 '전위'라는 말이 유행하기 시작했다. 한 명민한 평론가에 의해 '미래파'로 명명된 이 시인들은 이상과 김수영의 후예임을 자처하기도 했고, 필요에 의해 그렇게 호명되기도 했다. 요즘 시를 쓰는 젊은 시인들치고 이상과 김수영의 매력에 빠져 보지 않았거나 그들의 영향을 받지 않은 시인들은 오히려 드물 것이다. 새로운 언어에 대한 최근 젊은 시인들의 갈망은 자연스럽게 이상과 김수영을 본받게 했을 것이다.

그러나 '미래파'로 명명된 시인들에게 선두에 서서 제일 먼저 죽는 전위의 이름을 부여하기엔 뭔가 석연치 않은 점이 있다. 이들의 움직임이 자의에 의한 것이든 타의에 의해 명명된 것이든 간에 집단적 움직임을 보였다는 점에서는 얼마간 그렇게 불릴 만한 자격이 부여된 것처럼 보이기도 하지만, 이들의 움직임이 미학적 실천에 한정되어 있었다는 점에서는 '전위'라는 이름에 값하기엔 어딘지 부족해 보이는 것 또한 사실이다. 미학적인 것과 정치적인 것은 분리될 수 없다. 그것은 세상이 달라졌다 해도 변하지 않을 것이다. 랑시에르의 말처럼 미학은 우연히 정치적인 것이 아니라 본질적으로 정치적이다. 정치를 대체할 수 있는 힘을 지닌 미학, 이견과 뒤섞임 속에서 해방을 추구하는 미학이 비로소 '전위'가 될 수 있을 것이다.

2000년대의 '미래파' 논쟁은 많은 것을 남겼지만 그중 '전위란 무엇인가?'라는 질문을 다시 제기한 점은 의미 있는 것이었다고 판단된다. 시는 새로움을 지향한다는 점에서 본질적으로 전위의 속성을 지니는 장르이기도 한데, 극단적인 데까지 나아가는 것을 꺼리는 우리 문화의 흐름은 정작 전위를 많이 낳지는 못했다. 이상과 김수영이 아직도 전위의 상징으로 여겨지고 있다는 점은 그런 점에서도 곱씹을 만한 현상이다.

2. '미래파' 이후

2000년대 중반 이후 일군의 젊은 시인들의 시에 대해 '미래파'라는 명명이 있었다. 이러한 명명에 대해서는 여러 가지 차원의 반론이 제기되기도 했고, 그에 대한 옹호와 지지가 이루어지기도 하면서 '미래파' 시를 둘러싼 논란은 조용했던 시단에 하나의 쟁점으로 부상하게 된다. 대체로 1970년 이후 출생이면서 2000년대에 등단한 이 시인들[1]의 실험적인 경향의 시에 대해서 '미래파', '외계어', '다른 서정' 등의 명

---

1 이장욱(1968년생, 1994년 등단), 김행숙(1969년생, 1999년 등단), 장석원(1969년생, 2002년 등단)처럼 이런 조건에 정확하게 부합하지 않지만 '미래파'의 대표 주자로 불린 시인들도 있었으니, 1970년 이후 출생, 2000년대 등단이라는 조건은 하나의 상징적 의미로 받아들이는 편이 좋겠다. 비록 물리적으로 구분된 세대론은 아니어도 이들이 공통 감성을 지닌 상징적 의미의 동세대라는 사실은 부인하기 어려울 것이다.

명 작업이 이루어지면서 이들의 시는 시단의 중심으로 떠오르게 된다. 2000년대에 출간된 시 잡지들은 하나같이 이들에 대한 특집을 기획했으며, 여러 가지 방식으로 이들의 시 세계에 대한 진단과 평가가 이어졌다. 또 하나의 세대론이 아니냐는 판단으로부터 이들의 시적 실천을 진정한 새로움이라고 볼 수 있느냐는 판단까지 이들을 둘러싼 쟁점은 분화해 가는 것처럼 보였다.

미학적 논쟁으로 자리 잡지 못했다는 점에서 '의사 논쟁'이라고 불리기도 한 '미래파' 논쟁은, 결국 '미래파'라 명명된 시인들의 이후 행보를 통해 검증되고 논의가 지속되어야 한다. 비슷한 성향의 시들이 동시다발적으로 쏟아져 나왔다는 점에서 이들의 시를 하나의 경향으로 묶고 거기에 집단적인 움직임으로서의 의미를 부여할 수도 있겠지만, '미래파'라는 명명 자체가 시인들의 자발적인 움직임에 의한 것이었다기보다는 한 평론가에 의한 명명 행위였다는 점에서 이 시인들의 두 번째 시집이 갖는 의미는 더욱 크다 하겠다.

'미래파'로 묶인 시인의 범주가 사실상 논쟁의 진행 과정에서 점점 더 확산되어 갔기 때문에[2] 마치 젊은 시인들의 시가 미래파 시와 (전통) 서정시로 나뉘는 듯한 인상을 줬던 것도 사실이다. 범주의 지나친 확산은 아무래도 그 원래의 의미를 퇴색시키기 쉽기 때문에 바람직한 현상은 아니라고 판단된다. 더구나 '미래파' 시가 젊은 시인들의 시의 주류로 인식되면서 유행처럼 그런 경향의 시를 쓰려는 움직임이 있었던 것도 사실이었으니 말이다. 물론 그에 대한 반대급부도 없

---

2 처음 '미래파'라는 명명을 시도한 권혁웅의 글에서 '미래파'의 대표 시인으로 거론된 시인은 황병승, 김민정, 장석원, 이민하 등이었다. 이후 논쟁 과정에서 권혁웅은 실험적인 성향을 지닌 대부분의 젊은 시인들을 '미래파' 안에 포섭하고자 한다. 그 과정에서 '미래파'에 포함된 대표적인 시인이 김경주라고 할 수 있겠다.

었던 것은 아니다. 2000년대 후반기에 최금진, 이영광, 심보선 시인의 시가 주목받은 맥락 속에는 이들의 시가 좋고 개성이 있어서라는 점도 작용했지만, '미래파' 시가 시단의 주류를 형성하면서 '다른' 시에 대한 갈망이 요구되고 있었다는 사실도 간과할 수는 없을 것이다.

'미래파'로 묶이는 데 큰 이의가 없는 시인들 중 두 번째 시집을 출간한 시인으로는 황병승, 김경주, 김행숙, 장석원, 이민하, 진은영, 김이듬, 이근화 등이 있다.[3] 미래파의 대표적 시인으로 거론되었으면서도 아직 두 번째 시집을 출간하지 않은 시인으로는 김민정과 유형진이 있다.[4]

'미래파' 시인의 대표 주자였던 황병승의 두 번째 시집 『트랙과 들판의 별』은 2007년에 상당히 빠르게 출간되었다. 그도 그럴 것이 '미래파' 논쟁 속에서 황병승의 시는 가장 많이 소비되었으며 수많은 시잡지들에 황병승의 시가 실리면서 그의 두 번째 시집 출간 시기가 빠를 것이라는 점은 얼마간 예견된 일이기도 했다. 출판사 입장에서도 가장 수요가 많고 빠르게 소비될 때 두 번째 시집을 출간하고 싶었을 것이다. 결과적으로 이러한 선택은 나쁜 결과를 낳았다. 황병승의 두

---

3 사실상 나는 김경주의 경우 그 본질이 낭만성에 있다는 점에서, 장석원의 경우 비록 언어 혁명으로 치환했다 하더라도 임화, 김수영, 백무산으로 이어지는 혁명의 향수를 간직하고 있다는 점에서, 진은영의 경우 정치적 실천으로서의 시 쓰기를 나름의 방식으로 실현하고 있다는 점에서 '미래파' 시로 묶이기에 적절하지 않다는 생각을 가지고 있다. 그러나 이들 역시 '미래파'로 묶인 다른 시인들과 공통감각을 공유하고 있는 것은 사실이며, 전통적인 서정시에 대한 불만을 품고 있다는 점에서는 공통된 정서를 가지고 있는 것 또한 사실이다.

4 이 글을 쓴 시점까지는 그랬지만, 이후 김민정은 『그녀가 처음, 느끼기 시작했다』 (2009), 『아름답고 쓸모없기를』(2016)이라는 두 번째, 세 번째 시집을, 유형진은 『가벼운 마음의 소유자들』(2011), 『우유는 슬픔 기쁨은 조각보』(2015)라는 두 번째, 세 번째 시집을 출간했다.

번째 시집은 혹평과 무관심 속에서 빠르게 잊혀 갔다.

2년 만에 출간된 황병승의 두 번째 시집에서 다른 무언가를 기대하는 것이 오히려 지나친 욕심이었는지도 모르겠다. 2007년은 아직도 '미래파' 논쟁의 열기가 일부 남아 있던 시기였으며 남은 열기 속에서 황병승은 여전히 소모되고 있었다. 그 속에서 그가 자신의 시와 거리를 두기란 쉽지 않은 일이었을 것이다. 좀 더 묵혔다 두 번째 시집을 냈어야 했다고 말할 수는 있을지언정 두 번째 시집에서 다른 가능성을 기대하기란 현실적으로 어려웠던 것이 사실이다. 결국 첫 시집 『여장남자 시코쿠』에서 크게 달라지지 않은 그의 두 번째 시집은 평단과 독자들의 냉랭한 반응에 직면해야 했다.

성적 소수자의 모습을 띤 황병승의 시적 주체는 『트랙과 들판의 별』에 와서 한층 노골화되고 집단화되어 모습을 드러낸다. 그러나 이들의 발언이 더 이상 첫 시집만큼 위험하고 불온하게 들리지는 않는다. 굵은 글씨로 반복되는 **"창작, 긁어 대기 시작한다"**(「첨에 관한 아홉소(ihopeso) 씨(氏)의 에세이」)에 드러나듯이, 그의 시 쓰기 행위는 피부를 긁어 댈 때 떨어지는 살비듬처럼 사소한 것이 되어 버린다. 상처는 피부에 흔적으로 남겠지만 그것이 다른 이들에게 자극이 되거나 충격이 되지는 않는다. 자신의 가려움을 해소하는 일로서의 긁어 대기처럼 그에게 시 쓰기 행위가 사소하고 의미 없는 일임을 황병승의 시는 자조적으로 고백하고 만다. 첫 시집을 출간한 후 2년 동안 자신의 시가 쉴 틈 없이 소비되는 것을 체험하면서 그로부터 비어져 나온 고백임을 염두에 두면, 이러한 자조적 고백으로부터 그의 시가 달라질 가능성을 점쳐 볼 수도 있을 것이다. 두 번째 시집의 실패는 어쩌면 시인 황병승에겐 잘된 일일지도 모르겠다.

김경주는 첫 시집 『나는 이 세상에 없는 계절이다』(2006)를 출간하면서 평단과 독자의 고른 지지를 받는다. 특히 눈여겨볼 만한 것은 시적 취향이나 세대와 상관없이 그의 시를 지지하는 평론가들이 많았다는 점이다. 단적으로 말해 '미래파' 시에 대해 회의적인 눈길을 보내던 평론가들 중 상당수도 김경주의 시에 대해서만은 호의적이었다. 몇 차례 언급한 적이 있지만, 그 힘의 원천은 낭만성에서 찾을 수 있다. 김경주의 첫 시집에는 모든 시가 근원적으로 꿈꾸는 낭만적 지향이 들어 있었다. 그것이 김경주의 새로운 언어에 공감의 힘을 불어넣었다. 그런데 이런 지지 기반을 등에 업고 김경주는 첫 시집을 낸지 2년 만인 2008년에 파격적인 실험으로 가득한 두 번째 시집 『기담』을 출간한다.

『기담』은 김경주가 시로 해 보고 싶었던 파격적인 실험을 과감하게 시도한 시집이라고 할 수 있는데, 흥미롭게도 시집 베스트셀러 목록에 오를 정도로 잘 팔리기도 했다. 물론 이 중 상당수는 첫 시집으로 인해 이미 확보한 독자층의 선택이었다고 판단되지만, 눈여겨볼 만한 현상이 아닐 수 없다. 『기담』은 '제1막 인형(人形)의 미로', '제2막 언어의 멀미', '제3막 활공하는 구멍'으로 구성되어 있는데, '부'가 아닌 '막'으로 시집을 나누어 구성했다는 점에서부터 희곡의 구성을 염두에 둔 두 번째 시집의 색다른 실험적 시도가 느껴진다. 「시인의 말」에서도 이러한 의도는 드러난다. "시를 쓰건 쓰지 않건 시를 생각하는 행위에는, 언어를 열고 보면 그 속에 존재하는 멀미와 미로 때문에라도 언어 속의 가로등과 진피가 재구성되어야 한다. 그것은 실험이라고 보기에는 혁명에 가깝고, 혁명에 가깝다고 보기엔 너무나 원초적인 주저함에 가까워서 우리는 조금씩 열렬한 불순물에 가까워질 뿐이다." 김경주는 두 번째 시집에서 바로 그런 언어의 미로와 멀미를 형상화함으로써 새로운 세계를 재구성하는 혁명적 실험을 감행한다. 시인의 의도적 기획에 의해 재구성된 그 세계는 "열렬한 불순물"에 가까워진 세계다. 그것은 기이한 이야기와 기이한 형상으로 가득한 기형의 세계다. 기형을 통해 김경주는 부정의 정신을 현현한다. 부정의 힘은 "바깥에 무슨 일이 있어도 멈추지 말아야 할/참혹 같은"(「짐승을 토하고 죽는 식물이거나 식물을 토하고 죽는 짐승이거나」) 것이다. 참혹이 다하는 날 부정의 힘도 그치고 시도 그칠 것임을 그는 잘 알고 있다.

김행숙도 두 번째 시집 『이별의 능력』(2007)에서 첫 시집 『사춘기』(2003)의 산만함을 벗고 특정한 의도를 가지고 탄탄히 기획된 시집의 면모를 보여 준다. 그녀의 두 번째 시집은 마치 아름다운 언어로 다시 써진 프란시스 베이컨의 그림들 같다. 들뢰즈의 '기관 없는 신체'를 그림으로 그려 낸 것이 프란시스 베이컨의 그림들이라면(사실상 베이컨의 그림이 들뢰즈에게 그런 영감을 줬다고 말하는 게 순서상 더 적합하겠지만), 시로 써낸 것이 김행숙의 『이별의 능력』에 실린 시들이라고 할 수 있겠다. 얼굴은 세계와 직접 대면하는 하나의 표상이다. 얼굴의 표정과 움직임을 통해 우리는 세계의 표정을 읽을 수 있다. 얼굴은 더 이상 고정된 실체가 아니다. 김행숙의 시에 등장하는 얼굴들은 함몰되고 흘러넘치며 일그러져 있는 고깃덩어리의 형상을 하고 있다. 무정형에 가까운 그 얼굴들은 재현과는 거리가 멀다.

「이별의 능력」에서 '나'는 기체의 형상을 하고 있는 자유자재한 존재다. '나'는 고정된 실체가 아니다. "나는 2분 간 담배 연기. 3분 간 수증기. 당신의 폐로 흘러가는 산소"이다. '나'에 대한 자유로운 상상은 '나'의 이별의 능력치를 최대로 끌어올린다. 이별에 대한 부정적이고 우울한 이미지를 뒤집고 김행숙의 시는 능동적이고 '쿨한' 이별에 대해 말한다. 고정된 형상의 파괴가 새로운 상상을 가능케 한다. 서로 "모르는 얼굴들"(「모르는 사람」)이 되어 이별의 능력치를 최대로 끌어올리고 가볍게 날아오르는 일을 김행숙의 시는 꿈꾼다. 무정형의 얼굴에 대한 상상은 김행숙이 그리는 주체의 탄생과 몰락, 그리고 그녀가 그리는 세계를 상상케 한다.

2008년에 출간된 장석원의 두 번째 시집『태양의 연대기』는 그의 시적 주체의 탄생기이자 연대기이다. 거창한 제목의 표제 시를 빌려 시인은 자신의 언어가 임화, 김수영, 백무산 등의 시인에게 빚지고 있음을 고백한다. 첫 시집『아나키스트』에서도 386세대의 후일담으로서의 성격을 얼마간 드러내면서 다른 '미래파' 시인들과 차이를 보였던 장석원의 시는 두 번째 시집『태양의 연대기』에 와서 좀 더 소통 가능한 언어로 말하기 시작한다.『태양의 연대기』는 사랑과 혁명의 형식으로 쓴 386세대의 후일담이다. 장석원이 애용하는 '사랑'과 '혁명'이라는 말은 거의 동급으로 써지는데, 여기서는 김수영의 흔적이 강하게 풍긴다.

장석원의 두 번째 시집에서는 지나간 시간과 공간이 종종 등장한다. 그는 기억을 통해 지난 시간과 공간을 불러온다. 그의 시에 자주 등장하는 '잊다'와 '잊혀지다'라는 동사들은 그가 잊지 못하고 있는 지난 시절을 강하게 환기한다. 그가 불러낸 시간 속에는 "나무와 나무 사이 뻗어 나간 길을 쳐다보며" "다음 목적지의 스카이라인을 떠올리며/슬픔과 배반과 개그로 소란한 거리를 떠나" "다음 목적지로" 향하는 "우리"가 있다. 과거 우리의 모습이기도 했던 "청년 학생들"은 지금도 무사히 그 거리를 걷고 있다. 다음 목적지가 어디인지는 중요하지 않다. "늦었지만 그것은 문제가 아니다". "목적을 잃어버렸지만 그것도 문제가 아니다". 중요한 것은 우리가 그 "거리를 통과하는 중"이라는 사실이다. "우리는/통증 없이 지나갈 것이고//다시 하나가 될 수 있을 것이다". 그 믿음이 부질없으리란 것을 우리는 이미 알고 있지만, 그래도 "무사히 무사히 영원히"(「청년 학생들은 무사히 무사히 영원히」) 청년 학생들은 그 거리를 통과 중이다. 아니, 그럴 거라는 헛된 희망이 "무사히 무사히 영원히" 계속되고 있다. 끝을 알면서도 가는 그 길은 일찍이 임화가 걸었고 김수영이 걸었고 백무산이 걷고 있는 그 길을 닮았다.

두 번째 시집을 낸 '미래파' 시인들은 저마다 자신의 길을 걷고 있는 중이다. 진행 중인 그들의 시에 대해서 섣불리 뭐라 진단을 내릴 수는 없다. 다만, 그들이 자신들의 첫 시집을 넘어서기 위해, 때로는 첫 시집의 부담으로부터 벗어나기 위해 노력 중이라는 사실만은 부정하기 어려울 것이다. 그런 점에서 황병승의 실패마저 소중한 경험이다. 나는 솔직히 그의 세 번째 시집이 기대가 된다. 아직 장고를 거듭하고 있는 것으로 보이는 김민정의 두 번째 시집도 솔직히 기대된다. 어디로 가야 할 것인지에 대해 누구보다도 오래 숙고하고 있다는 사실만으로도 그녀의 두 번째 시집에 신뢰를 보내고 싶어지기도 한다.

3. 차원의 이동─'감각'의 문제

감각의 문제를 말하려고 하면 나는 먼저 랩 음악과 컬트영화를 처음 접했던 때가 생각난다. 록 음악이나 포크 음악, 발라드 등에 익숙해져 있던 내게 랩 음악은 처음엔 무척 낯선 감각으로 다가왔다. 듣다 보니 어깨가 절로 움직이게 되었지만 랩 음악을 들을 때 나는 여전히 눈과 귀가 느리고 입이 굼뜨다. 아마도 그것이 세대의 감각이라는 것일 텐데, 그래도 이제 랩 음악이 더 이상 낯설게 들리지는 않는다. 컬트영화가 유행처럼 밀려들어 오던 때도 기억난다. 낯선 충격이었지만 애써 참고 보려고 했던 기억이 난다. 그러다 보니 컬트의 감각에도 어느 순간 익숙해졌다. 그런데 아직 한 가지 돌파하지 못한 감각이 있다. 「파이브 스타 스토리즈」라는 판타지 만화에 한번 도전해 봤지만 엄청난 분량의 매뉴얼 앞에서 나는 그 세계로 진입하는 것을 포기해야 했다. 다행히 그 만화를 읽지 않고도 다른 만화를 통해 판타지의 세계에 진입하는 데는 성공했지만, 「파이브 스타 스토리즈」의 세계에 진입하는 데 실패했기 때문에 내가 획득하거나 학습하는 데 실패한 감각도 있었을지 모른다.

'미래파' 논쟁이 한창이던 당시에 '미래파' 시들을 바라보던 또 하나의 담론은 '감각'의 차이라는 문제였다. '제8의 감각'이라는 명명이 단적으로 보여 주듯이, '미래파' 시는 다른 감각의 시로 받아들여졌다. 감각이라는 것도 훈련되는 것이라는 데 착안해서, 이들의 시가 낯설게 느껴진 원인을 감각의 차이에서 찾는 견해가 적지 않았다.

감각과 관련해서 눈여겨볼 만한 시인으로는 하재연, 진은영, 이근화, 신해욱 등의 시인이 있다. 이들을 '미래파'로 묶는 일은 그 가능성 여부를 떠나 더 이상 부질없어 보인다. 다만, 미처 경험하지 못한 낯선 감각을 예민하게 열어 주고 있다는 점에서 이들의 시를 주목할 필요가 있다. 하재연의 시는 순간 사라지는 것, 서로 다른 공간에서 동시에 일어나지만 우리의 감각이나 시선으로 감지되지 않는 일, 여성 주체가 체험한 사춘기의 소녀적 감수성을 새롭게 재구성해 내는 일 등에 관심을 기울인다. 휘파람이나 바람 소리처럼 흔적 없이 사라지면서도 공기를 미묘하게 바꿔 놓는 것들에 하재연은 예민한 감각을 드리운다. 어릴 적 소녀들이 하고 놀던 인형놀이나 각종 금기 등도 하재연의 감각에 의해 독특하게 재구성된다. 이러한 성향은 첫 시집 『라디오 데이즈』로부터 그 이후에 발표하는 시들에까지 이어지고 있다.

진은영의 시는 익숙한 말의 의미를 해체하거나 새롭게 구성한다. 첫 시집에서부터 「일곱 개의 단어로 된 사전」이나 「이전 詩들과 이번

詩 사이의 고요한 거리」 같은 시에서 이런 경향은 두드러졌다. 두 번째 시집『우리는 매일매일』에 와서 그녀가 구사하는 말의 결은 한층 더 섬세해졌다. 가령 그녀는 "내가 바다로 갔다고 믿는" "정말로 낙관주의자"(「멜랑콜리아」)인 그의 믿음과 실재의 나 사이에 발생하는 균열로 인해 형성되는 감정을 '멜랑콜리아'라고 이름 붙인다. 일반적으로 우리는 뭔가 좀 우울한 기분이 들 때 멜랑콜리하다고 말하지만, 저마다의 느낌의 결은 다르다. 진은영의 시는 일상의 감각 너머의 감각을 표현하고자 한다.

『칸트의 동물원』,『우리들의 진화』라는 두 권의 개성적인 시집을 낸 이근화의 시는 발랄하면서도 우울하고 슬프면서도 매혹적이다. 그녀의 시는 우리가 미처 경험해 보지 못한 감각을 생기발랄한 언어로 일깨운다. 우리가 지나치는 무수한 "사이사이"에서 "사라지는 무한정 아름다운 꼬리와 단 하나의 꼬리"(「눈뜬 이야기」), 그리고 그 사이를 이근화의 시는 눈여겨본다. 사라지는 것들의 흔적이 그녀의 시에서는 꼬리로 형상화된다. 그것은 잡히지 않아서 더 아름다운 뒤태로 남아 있다. 우리가 놓친 저 수많은 사이들에서 이근화의 시는 눈을 뜬 것이다. 결코 행복해 보이거나 성공한 것으로 보이지 않는 인생을 향해 "나는 내 인생이 마음에 들어"라고 발랄하게 말하며 "꼬리치며 웃기 시작"하는 그녀의 모습은 한편으론 사랑스럽고 한편으론 섬뜩한 매혹을 풍긴다(「나는 내 인생이 마음에 들어」). 두 번째 시집을 통해 한층 진화한 그녀의 감각을 바라보는 일은 색다른 즐거움을 안겨 준다.

신해욱의 시는 간결하고 행간이 넓은 언어로 또 다른 감각을 열어가고 있다. 첫 시집『간결한 배치』에서 그녀의 시는 우리가 흔히 놓치거나 주목하지 않는 옆의 감각이나 뒤의 감각을 섬세하게 그려 냄으로써 인간의 내면과 단절된 관계에 주목했다. 최근에 출간한 두 번째 시집 『생물성』에서 신해욱의 시는 제각기 달아나는 신체의 일부로서의 목과 손에 주목하거나 피와 물의 상상력을 통해 그녀의 무의식 속에 짙게 드리워진 죄의식과 상처를 낯선 방식으로 고백한다. 첫 시집에서 철저하게 배제되었던 자기 고백적인 언사가 이번 시집에서 문득문득 고개를 드는 순간은 무척 매력적이고 아프다.

과거의 여성시들이 적나라하게 까발려진 몸의 상상력을 통해 투사형의 시를 써 왔다면, 하재연, 진은영, 이근화, 신해욱 등에 의해 써지는 최근의 여성시들은 여성만의 예민한 감각으로 우리 시가 미처 경험하지 못했던 다른 감각을 열어 주고 있다. 아마도 이들 시에 대해 '제8의 감각'을 열어 가고 있다고 말해도 좋을 듯하다. 이들의 시는 노골적으로 여성적이지는 않고 오히려 중성적인 포즈를 취하고 있지만, 그동안의 시에서 배제되어 왔던 사춘기 소녀적 감수성이나 경험의 결을 감상적이 아닌 다른 방식으로 그려 내는 데 성공하고 있다는 점에서 다른 의미의 여성시, 또는 '(탈)여성시'를 열어 가고 있다고 말해도 좋을 것이다.

4. 논쟁 이후의 풍경

'미래파' 논쟁이 2000년대 시사에서 갖는 의미가 있다면 그것은 논쟁 이후의 풍경을 통해 평가되어야 한다. 여러 가지 미학적 쟁점들을 부각시키거나 큰 의심 없이 자동적으로 써 온 시학적 개념들—예를 들면 서정성, 서정시 등—에 대해 재고해 보게 한 점 등이 '미래파' 논쟁이 낳은 결과로서 우선 주목되어야 할 것이다. 또한 1980년대 시에 대한 과도하게 일방적인 비판에 의해 수면으로 가라앉아 버린 시의 현실 비판적 기능이나 사회·역사적 상상력에 대해 문제 제기를 한 점도 논쟁의 결과로 들 수 있겠다. 또 한 가지 논쟁 이후의 풍경을 형성하는 것으로 최금진과 이영광과 송경동의 시에 대한 시단의 주목을 들 수 있다.

'미래파' 논쟁 이후 유행과 거리를 둔 시에 대한 갈구가 평단과 독자들에게 있었고, 최금진의 첫 시집 『새들의 역사』와 이영광의 두 번째 시집 『그늘과 사귀다』는 적절한 시기에 나온 좋은 시집으로 평단과 독자의 고른 지지를 받았다. '그로테스크 리얼리즘'의 방법으로 서정성과 리얼리즘의 결합 가능성을 보여 주고 있는 최금진의 시와 죽음이라는 테마에 몰입했던 두 번째 시집 『그늘과 사귀다』 이후 현실에 대한 관심을 드러내는 시를 주로 쓰고 있는 이영광의 시는, 서정성이나 현실에 대한 관심을 우리의 젊은 시가 전적으로 철회하지 않았음을 상징적으로 보여 주고 있기도 하다. 이후 송경동의 시가 새롭게 주목받고 있는 현상도 이와 무관해 보이지 않는다. 노동 현장의 목소리나 시위 현장의 목소리가 거의 사라져 가고 있는 우리 시단에서 제도권 바깥의 목소리를 전해 주는 역할을 감당하고 있는 송경동의 시는 나름의 존재 의미를 획득하고 있다. '미래파' 논쟁을 거치면서, 우리 시의 바람직한 미래를 위해서는 다양한 경향의 시가 자유롭고 균형 있게 존재할 필요가 있다는 데 적잖은 평자와 독자들이 공감하게 된 것으로 보인다.

글을 마무리하면서 한 가지 더 언급하고 싶은 것이 있다. '미래파' 논쟁이 실험적인 경향의 우리 시를 집중적으로 다루었는데도 여전히 소외된 시인들이 존재한다는 점이다. 어쩌면 이들의 시야말로 전위의 극단에 가까운 성격을 가지고 있는지도 모르겠다. 나는 조연호의 시를 특별히 언급하고 싶다. 1990년대 중반에 등단해서 첫 시집과 두 번째 시집을 모두 2000년대에 출간한 조연호의 두 번째 시집 『저녁의 기원』(2007)은 일부 마니아층을 형성했음에도 정작 평단의 주목을 많이 받지는 못했다. 더불어 그는 '미래파' 시의 대표 주자로 언급되지도 못했다. 물론 그의 등단이 상당히 빨랐다는 물리적인 시간의 차이도 그 원인으로 들 수 있겠지만, 그보다 더 큰 원인은 그의 시가 어떤 분류나 구획에 쉽게 포섭되지 않는 특징을 가지고 있다는 데 있을 것이다. 이것을 조연호 시의 외부성이라고 명명할 수 있겠다. 그의 시는 무척 아름답고 그 아름다움이 운명적 무게를 지니고 있다. 그의 시는 분석을 거부하는 불온한 기운을 품고 있다. 다른 언어로 번역되지 않는 언어라는 점에서 조연호의 시는 전위의 가능성을 지니고 있다. 2000년대 시에 대한 많은 논의들에서 배제된 시를 건져 올리는 일은 2000년대를 마무리하며 반드시 해야 하는 일들 중 하나이다. 그로부터 2000년대 시단이 남긴 '전위'와 '감각'에 대한 사유는 다시 시작되어야 할지도 모른다.

시의 기원을 둘러싼
풍경들

1. 기원의 신화

기원에 대한 물음이 한창이다. 21세기 들어 많은 것들이 존재론적 위기에 부딪치면서 기원으로 돌아가 그 의미를 짚어 보는 사유가 유행하고 있다. 낯선 기원과의 마주침을 통해 오늘날 자명하다고 믿어지는 것이 사실은 처음부터 자명한 것은 아니었음을 보여 주고자 하는 것이다. 이미 신화가 되어 자명하다고 믿어지는 기원을 탈신화화함으로써 새로운 사유를 열어 가고자 하는 문제의식이 문학 현장에서도 폭발적으로 분출하고 있다.

2007년에 시의 기원에 대해 묻는 것이 의미를 가지는 까닭도 바로 여기에 있다. '시란 무엇인가?', '서정시란 무엇인가?'라는 본질적인 질문들이 충돌하고 있는 오늘의 한국 시단에서 시의 기원을 묻는다는 것은 '시란 무엇이었으며, 무엇인가?'라는 질문을 다른 방식으로 던지는 것이라 볼 수 있다. 그것은 다시 말하면 '지금, 여기'에서 '시란 이런 것이다'라는 생각에 어떤 지각 변동의 징후가 일어나고 있음을 감지하고 그것이 의미하는 바가 무엇인지를 기원에 대한 탐색을 통해 알아보려는 시도라고 할 수 있겠다.

오늘날 '시=서정시'라는 등식이 일반적으로 통용되는 가운데, 시의 기원을 살펴보려는 글에서 반드시 짚고 넘어가야 하는 것이 이러한 일반화가 통용되기 시작한 시점이 언제부터였는지 따져 보는 일이다. 사실 시를 어떻게 정의하느냐에 따라 시의 기원을 어디로 보느냐의 설정도 달라질 수밖에 없지만, 아무래도 시의 기원을 살피면서 '시=서정시'라는 등식이 일반화된 지점을 눈여겨보지 않을 수 없다. 더구나 이런 개념으로 시가 정의되기 시작한 것이 근대시의 기점과 일치한다는 꽤 가능성이 높은 추측은 시의 기원을 따져 보는 작업을 한층 복잡하게 하면서도 흥미롭게 만든다.

이 글에서는 우선적으로 서구에서의 시의 기원과 동양적 문화권에서의 시의 기원을 살펴보고자 한다. 인간의 정서와 감정을 담는 운율을 지닌 문학 장르로서 시가 출발했다는 점에서는 서구나 동양이나 큰 차이가 없다고 볼 수도 있겠지만, 서구와 동양의 경우 문화권의 차이로 인한 시의 기원의 차이가 얼마간 존재했던 것도 사실이다. 이때 우리가 문제 삼는 '시'는 엄밀하게 말하면 오늘날 논의의 대상이 되는 '시'와는 거리를 지닌다. 따라서 오늘날 논의의 대상이 되는 '시'의 기원으로서 근대시의 기원에 대해서도 별도로 살펴보고자 한다. 특히 근대시의 기원과 관련해서는 시와 음악의 분리, 개인의 발견이라는 문제가 중요한 논의의 지점이 될 수밖에 없을 것이다. 이러한 문제는 흥미롭게도 오늘의 시단에서 다시 논쟁거리를 제공하는 문제이기도 하다. 따라서 오늘날과는 무관한 기원이 아니라 오늘날의 시와의 관련 아래서 읽을 때 더 의미 있는 기원이라는 의미를 이러한 논의 과정을 통해 발견할 수 있을 것으로 기대한다.

2. 시의 서구적 기원—창작물로서의 시에서 서정의 결합으로

아리스토텔레스의 『시학』에서는 시의 기원으로 모방 본능과 함께 화성과 율동에 대한 감각을 들고 있다.[1] 인간이 지닌 모방 본능과 화성과 율동에 대한 감각이 시라는 장르를 필연적으로 탄생시켰다는 것이다. 이는 이후 미메시스와 재현, 리듬에 관한 이론으로 이어지며 시학과 소설 이론, 희곡 이론의 토대가 된다. 아리스토텔레스의 『시학』에 따르면 시란 오늘날과 같이 '서정시'를 의미하는 장르 개념이었다기보다는 서정시, 서사시, 극시를 모두 포괄하는 창작 문학이라는 개념에 가까웠다. 이 세 장르는 모두 운문문학이라는 공통점을 가지고 있기는 했지만, 오히려 오늘날의 시, 소설, 희곡의 장르로 발전해 갔다고 볼 수 있다. 플롯에 대한 설명 등은 소설의 이론으로 활용되고 있고 비극에 관한 서술은 희곡 이론에 직접적으로 관련되니 말이다. 어찌 됐든 오늘날 시라고 할 때 통용되는 서정시가 고대 서구에서부터 하나의 장르로 자리 잡고 있었던 것은 아님을 짐작할 수 있다.

고대 희랍의 서사시를 보더라도 하나의 인물이 등장할 때마다 관용적으로 따라붙는 수식 표현이 반복적으로 쓰이고, 운문으로 구성되어 있다는 점 등에서 '시'로 불릴 만한 특성을 가지고 있기는 하지만 장르의 발전상으로 보면 고대 희랍의 서사시는 오히려 소설 장르의 기원으로서 기능했다고 보는 편이 좀 더 정확할 것이다. 다양한 영웅 군상들이 등장하고 그들의 파란만장한 일생과 운명이 서술되는 이야기는 서사성과 관련해서 논의될 만하다.

물론 오늘날에도 시를 장르 구분할 때 서구적 장르 구분에 따라 서정시, 서사시, 극시로 관습적으로 나누기는 하지만, 우리의 경우 서사

---

1 아리스토텔레스 저, 천병희 역, 『시학』(개역판), 문예출판사, 1991, pp.35-36.

시와 극시에 엄밀히 부합하는 시 작품이 많지 않아 개념 규정에서부터 늘 논란의 대상이 되어 온 것 또한 사실이다. 서구 문화권에서 그들의 역사와 문화를 바탕으로 형성되어 온 장르 개념이 우리와 정확하게 부합하지 않는 것은 어찌 보면 당연한 일인데, 바깥에 기준을 두고 우리 시를 논하다 보니 우리의 '서사시'나 '극시'를 표방한 시들은 늘 미달인 시로 평가되곤 했던 것이다.

에밀 슈타이거가 『시학의 근본 개념』에서 서정시, 서사시, 극시와 같은 장르 구분의 어려움을 호소하면서 서정적인 것, 서사적인 것, 극적인 것의 특성을 규명하려 시도한 것도 개별 시와 시인의 출현과 발전에 따라 서정시와 서사시와 극시라는 장르를 규정하는 기준이 달라질 수밖에 없음을 간접적으로 시인한 결과라 할 수 있다. 서정적인 극이나 소설, 서사적인 시, 극적인 시나 소설 등이 가능함을 그는 일찌감치 깨닫고 있었던 셈이다. '시=서정시'로 등치시키거나 '서정시=서정적인 것'을 동일시하는 태도를 슈타이거는 철저히 거부했지만, 그럼에도 불구하고 서정적인 시 작품을 "고독 속에 같은 정조의 느낌에 의해 들려지는 고독의 예술"[2]로 규정하는 그의 견해라든가 대대적으로 이루어지는 시 낭송회에 대한 그의 회의적 견해 등에서는 서정시를 극히 개인적이며 대중에 대해서는 무관심하고 자신을 위해 쓰는 시로 인식하는 태도를 읽을 수 있다. 서정시에 대한 이러한 태도는 이후 우리에게도 계승되어 하나의 고정관념으로 이어진다. '시=서정시'라는 등식이 일반화되면서 서정시의 특징은 자연스럽게 시의 특징으로 이행하게 되는데, 그런 점에서 슈타이거의 '서정적인 것', 또는 '서정시'에 대한 생각은, 그의 입장과는 상관없이, 이후 시에

---

2 에밀 슈타이거 저, 이유영·오현일 공역, 『시학의 근본 개념』, 삼중당, 1978, p.78.

대한 하나의 관습적 인식을 마련하는 데 기여하게 되는 것 또한 사실이다. 특히 그가 서정시의 특징으로 언급한 '회감(回感, Erinnerung)'[3]은 이후 서정시의 본질적 특성으로 자리 잡게 되면서 서정시에 대한 하나의 편견을 양산하는 데 기여하기도 한다.[4]

서정시는 'lyric poem'의 번역어로 음악과 관련된 어원을 가지고 있다. '리릭(lyric)'은 알려진 바와 같이 하프를 닮은 고대 그리스의 현악기인 '라이어(lyre)'에서 유래한 용어다. 서정시의 원형으로는 그리스 시형을 대개 드는데, 발라드(담시), 엘레지(비가), 오드(송가) 등의 종류가 있었다고 한다. 이들은 형태적 차이는 있지만 모두 주관적인 개인의 정서와 감정을 읊은 운율을 가진 시라는 공통점을 가지고 있다. 서정시의 대표 격으로 흔히 서구에서는 소네트를 드는데, 단테나 페트라르카에 의해 소네트의 형식은 완성되었다고 본다. 서정시가 완성되었다고 하는 중세에만 해도 형식적 완결성을 엄밀히 갖추고 있었다고 할 수 있겠는데, 근대 서정시로 넘어오면서는 이러한 고전적인 시형에 변화가 일어나게 된다. 19세기 말 보들레르나 투르게네프 등을 거치면서 근대 서정시는 자유시와 산문시의 형태를 띠며 발전하게 된다. 이러한 과정은 정형시에서 자유시로 이동하는 우리 근대

---

3 에밀 슈타이거, 앞의 책, p.96.
4 편견이라는 말에는 오해가 있을 수 있겠다. 그러나 슈타이거가 회감에 대해 '주체와 객체의 간격 부재'라든가 '서정적인 상호 융화'라고 설명하면서 서정시의 해석 불가능성을 말하거나 서사시와 극과는 달리 서정시는 역사적 기능을 갖지 않는다고 본 점 등은 이후 오랫동안 서정시에 대한 하나의 고정관념을 형성해 온 것 또한 사실이다. 동일성의 시학이라는 관점에서 서정시를 규정하는 견해도 이러한 견해의 연장선상에서 이해될 수 있겠다. 현대시의 상당수는 이러한 서정시의 조건에 부합하지 않는 것이 많다는 점을 염두에 두면, 서정시에 대한 슈타이거의 견해가 하나의 중요한 참조 사항은 될 수 있을지언정 서정시를 규정짓는 필수적인 조건이자 감옥으로 작용하는 것은 곤란하다고 생각한다.

시의 풍경과 얼마간 겹치기도 한다.

이상에서 살펴본 바와 같이 고대 서구의 시는 서정시, 서사시, 극시 등과 같은 장르 개념으로 엄밀하게 나누어져 있지 않았다. '시=서정시'라는 등식은 중세를 거쳐 근대로 넘어오면서 마련된 것이지 시의 기원에서부터 찾아볼 수 있는 것은 아니었다. 근대 이전, 특히 고대의 경우 공통적으로 가지고 있었던 미분화의 특성을 시의 기원을 둘러싼 풍경에서도 확인할 수 있다는 점은 흥미롭다.

3. 시의 동양적 기원—교화적 기능으로서의 시

유협은 『문심조룡』에서 시와 노래를 구별한 순임금의 견해를 인용하며 시에 대해 다음과 같이 정의한다. "인간의 마음속에 있는 것을 사상과 감정이라 하고, 언어와 문자를 사용해서 그것을 표현한 것을 시라고 한다."[5] 덧붙여 그는 생각을 바르게 함으로써 인간의 성정(性情)을 바르게 하려는 것이 바로 시라고 말한다. 시를 '생각함에 사특함이 없는 것(思無邪)'으로 규정하는 『시경』의 시관도 이와 다르지 않다. 동양적 시관은, 도를 싣는 그릇으로 문(文)을 이해하는 태도와 사실상 다르지 않아 보인다. 한나라 때 정현이 쓴 『시보서(詩譜序)』에서는 『우서(虞書)』를 인용하면서 시의 기원을 우순 시대에서 찾았다. 『우서』에서 말한 '시언지(詩言志)'라는 것도 결국 뜻을 말한 것을 시라고 보는 입장으로, 내용이나 의미를 중시하는 관점이 시의 기원에서부터 작용하고 있었다고 본 것이다.

서구의 경우에도 고대에는 시가 장르상 미분화되어 있었던 것은 사실이지만, 시를 정의하는 데 교화적 속성이 동원되지는 않았다. 그

---

5 유협 저, 최동호 역편, 『문심조룡』, 민음사, 1994, p.91.

에 비해 동양에서 시는 인간의 성정을 바르게 하려는 '교화'의 목적과 처음부터 밀접히 관련되어 있었던 것으로 보인다.

시의 기원에 대한 견해들 중 눈여겨볼 만한 것으로는 주광잠이 『시론』에서 펼쳐 보인 생각이 있다. 그는 시의 기원을 좇는 학자들의 태도가 대부분 역사의 기록 중에서 가장 오래된 시를 찾으려는 데로 모아졌다고 말하면서 이런 방법으로는 영원히 시의 기원을 찾지 못할 것이라 논평한다.[6] 더 나아가서 그는 시의 기원은 역사적인 문제가 아니라 심리학적인 문제라고 하면서, 시의 기원을 이해하려면 먼저 '인류는 왜 노래를 부르고 시를 써야만 했는가'라고 물어야 한다고 지적한다. 이러한 질문은 단지 역사적으로 어떤 작품이 최초였는지를 따지는 데서 한 걸음 더 나아가 시가 써질 수밖에 없었던 필연적인 이유를 찾는 데로 문제의 초점을 옮겨 놓았다는 점에서 의미가 있다.

주광잠은 바로 정감의 표현에서 인류가 시를 써야만 했던 이유를 찾는다. 뜻이 가는 바가 곧 시라는 『모시서(毛詩序)』의 견해 역시 마음에 가진 뜻을 말로 드러내어 표현하는 것을 시라고 본 것으로 주광잠의 견해와 유사하다. 아리스토텔레스는 『시학』에서 모방 본능에서 시의 기원을 찾은 바 있는데, 이 역시 정감을 표현하려는 욕구에서 시가 발생했다는 견해와 무관하지 않아 보인다. 다만, 아리스토텔레스의 『시학』에서는 정감을 어떻게 표현할 것인가의 문제에 좀 더 관심을 가진다. 자연을 모방하거나 재현함으로써 정감을 표현하고자 한 것이라 본 것이다.

동양의 경우 시의 기원을 논할 때 반드시 짚고 넘어가야 하는 것이 『시경』이다. 시경의 육의(六義)는 '풍, 아, 송, 부, 비, 흥'을 가리키는

---

6 주광잠 저, 정상홍 역, 『시론』, 동문선, 1991, p.15.

데, 그중 '풍, 아, 송'을 일종의 장르 개념이라고 볼 수 있으며 '부, 비, 흥'을 창작 방법이라고 볼 수 있다. '풍, 아, 송' 중에서도 오늘날의 시, 특히 서정시에 가장 근사한 것은 '풍(風)'이라고 할 수 있다. 오늘날의 민요에 해당하는 민간 가요로서의 성격을 지니고 있었기 때문이다. 다만, 국풍의 경우에도 개인의 감정을 술회하는 데 그치지 않고 당시 사회상이나 정치 현실을 풍자하는 의미를 바탕에 깔고 있었다는 점에서 교화적 기능을 가지고 있었음을 기억할 필요는 있겠다.

동양에서 시는 오랫동안 삶이나 정치 현실과 분리되지 않았다. 개인의 감정이나 정서를 노래한 것처럼 보이는 시들도 사실은 당시의 정치 현실을 풍자하거나 하는 다른 의미를 내포하고 있는 경우가 많았다. 물론 우리의 경우 남아 있는 고대가요의 대표작이라 평가되는 「공무도하가」나 「황조가」에는 노래를 지은 이의 개인적 정서와 감정이 녹아 있기는 하다. 다만, 주광잠이 지적한 바 있듯이 현존하는 최고의 작품을 통해 시의 기원을 추적하는 방식에는 한계가 있을 수밖에 없다. 더구나 멸실된 자료가 많은 우리의 경우에는 더욱 그러하다. 자료의 배후와 이면과 공백을 함께 보지 않는 이상 주어진 자료만으로 특정한 결론을 도출해서 일반화하는 것은 한계를 가질 수밖에 없을 것이다.

서구나 동양이나 기원으로서의 시는 미분화해 있었다는 점에서는 공통된다. 고대 서구의 시는 서정시, 서사시, 극시의 장르 개념으로 엄밀히 나누어져 있지 않았으며, 동양의 경우에도 시와 노래는 분리되지 않은 채 오랫동안 시가(詩歌)라 불렸다.

4. 한국 근대시의 기원 1―시와 음악의 분리

우리의 경우 오랫동안 시와 노래는 분리되지 않았다. 지금은 눈으로 읽는 텍스트에 불과한 시조의 경우에도 당대에는 시조창의 형태로 불렸다. 고대가요인 「공무도하가」의 경우에도 공후인이라는 악기를 사용해 노래로 불린 흔적이 남아 있으며, 고려가요의 경우에도 궁중악과 함께 연주되곤 했다. 노래와 춤과 노랫말이 미분화된 채 하나였던 발라드 댄스가 예술의 기원, 즉 시의 기원이었다면 시가에서 '가(歌)'가 분리되면서 눈으로 읽는 형태의 시가 등장한 것은 근대 이후의 일이다.

이는 각종 인쇄 매체의 발달과도 결코 무관해 보이지 않는다. 노래와 한 몸일 때 시가는 입에서 입으로 구전되는 성격이 더 강했다고 할 수 있다. 물론 근대 이전에도 기록의 문화가 정착해서 양반 사대부 계층의 경우에는 운자를 따라 한시를 짓는 일이 취미와 전문적인 일의 영역에 두루 걸쳐 있었으며, 서민 계층의 경우에도 민요나 가사, 사설시조 등을 읊고 창작하는 일이 일반화되어 있었다. 그러나 소설 장르와는 달리 시는 눈으로 읽는 감상의 대상과는 다소 거리가 있었다. 소설조차도 대신 읽어 주는 사람이 있었던 시대였으니 말이다.

눈으로 읽는 시의 등장은 근대 계몽기에 각종 신문, 잡지 등의 대중매체가 널리 보급되기 시작한 현상과 떼어 놓고는 생각하기 힘들다.[7] 근대 계몽기에도 과도기의 장르라고 할 수 있는 '개화가사'나 '창가' 같은 경우에는 '노래'로 불리는 가요로서의 성격을 함께 가지고

---

7 고은지는 「계몽가사의 문학적 형상화 방식과 그 의미」(고려대학교 박사학위논문, 2004.6, p.20)에서 근대적 인쇄 매체의 등장이 근대 계몽기 계몽 담론의 물적 토대를 형성하고 새로운 문학 소통 환경을 구축하는 데 결정적인 기여를 하게 된다고 보았다. 또한 전문적인 작가의 성장 환경을 조성하는 데 신문이 결정적으로 기여했다는 점을 지적한다. 신문의 등장으로 글쓰기가 생계의 수단이 될 수 있다는 '자본주의적 경험'이 축적되면서 문·사·철이 결합된 전통적인 글쓰기에서 문학적 글쓰기가 독립하여 전문적인 예술 행위로 이행하는 단초를 마련하였다고 본 것이다(고은지, 같은 논문, p.46).

있었다. 정형률에 입각한 형식을 지니고 있었던 까닭도 노래로 불린다는 특성과 무관하지 않았을 것이다.

'새로운 형식과 내용'을 담은 시를 창작해야 한다는 문제의식에서 모집 광고를 내면서 정착하게 된 장르인 '신체시'를 거쳐서 '자유시'라고 불리는 시가 쓰이고 발표되고 시인들 사이에서 대세를 형성하게 되면서 정형적인 율격에서 벗어나고 노래로 불린다는 특성으로부터 독립한 새로운 형식의 시가 써지게 된다. 형식이 새로워지면 내용도 새로워지는 법이다.

근대 자유시는 '내재율'이라는 자유로운 형식에 새로운 내용을 담고자 했다. 새로운 사상과 감정과 정서를 담기에는 정형적인 율격이 어느 순간 감옥이 되어 버린 것이다. 새로운 역사가 시작되는 장면은 대개 이러한 변화를 겪게 마련이다. 익숙한 틀이 어느 순간 갑갑하게 옥죄어 오는 감옥이 되어 버리는 경험 말이다.

근대 자유시의 출현 이후 낭독의 문화는 점점 사라져 가고 눈으로 읽는 시가 일반화되어 갔다. 시에 곡을 붙여 노래로 만드는 일이 근대 이후에도 계속되었지만, 동시적(同時的)인 작업은 아니었으며, 일부의 시에 해당하는 일이었다. 곡을 붙이기 위해 시가 변형되는 일도 비일비재했다. 최근에 들어 다시 시 낭송회가 일반화되고, 시에 곡조를 붙여 '노래시 운동'을 벌이거나 시에 랩을 붙이거나 하는 활동을 하는 창작 집단이나 동인이 증가하는 현상은 이런 관점에서 볼 때 흥미롭다. 노래를 떼어 버리고 독립했던 시가 대중성을 잃어버린 후 다시 노래와의 결합을 시도하고 있는 것으로 볼 수 있기 때문이다.

5. 한국 근대시의 기원 2─개인의 발견

미분화된 창작물로서의 시를 지나 '시=서정시'라는 인식이 일반화되어 간 것은 근대시 이후의 일이다. 표현의 욕구와 모방 본능에서 시가 시작되었다고 보는 것은 일반적인 견해지만, 개인의 의미가 중시되고 개인의 정서를 드러내는 것이 시라는 생각이 일반화된 것은 근대시 이후의 일이다.

엄밀하게 말하면 근대시 이전에도 개인의 정서와 감정을 노래한 시가 없었던 것은 아니다. 최초의 고대가요라고 추정되는 「공무도하가」나 「황조가」에서도 이별을 아쉬워하는 화자의 심리 상태가 잘 그려져 있었으니 말이다. 다만, 근대시 이전에 쓰이던 시와 근대시 사이의 간극을 떠올려 보면 근대시가 개인의 발견이라는 의미에서 왜 중요한 자리를 차지하는지 알 수 있다. 집단 이데올로기나 유교적 이념이 그 이전에 쓰이던 시의 배후에 작용하고 있었던 데 비해 근대 자유시의 주체들이 그런 이데올로기로부터 한층 자유로워진 것은 사실이다.

이는 비단 시에만 해당되는 문제는 아니다. 이광수의 「문학이란 하오」, 「문학의 가치」 등의 글에서 근대 이전의 문학과는 다른 개념으로 '문학'이라는 말이 쓰이고 있음을 발견할 수 있다. 이광수는 자신이 사용하는 문학이라는 말이 재래의 문학의 개념과는 다른 것임을 분명히 하면서 문학을 서양의 'literature'의 번역어로 한정 짓는다. 우리말로는 동일하게 '문학'이라고 쓰이지만, 이때 이광수가 사용한 '문학'은 재래의 말이 아닌 신어(新語)가 된다. 과거의 문학이 도덕·정치·사상 등과 미분화된 형태의 것이었다면 금일의 문학은 도덕·정치·사상으로부터 독립된 자율적인 것이라고 인식한 것이다.

그렇다면 이광수가 과거의 문학과 다르게 인식한 새로운 문학이란 무엇인가? 그는 새로운 문학을 세 가지로 정의하면서 배제의 권력을 행사한다. 첫째, 문학은 문자로 기록되어야 한다는 것이다. 지금은 너무 당연해 보이기도 하는 이 명제는 구비문학을 배제하는 논리로 활용된다. 오늘날은 오히려 넓은 의미의 문학에 구비문학을 포함시키는데 비해 근대 초기에 이광수를 비롯해 서구 문학의 수혜를 입은 문인들은 문자로 기록된 것을 새로운 문학의 조건으로 인식했던 것으로 보인다. 물론 이것은 문학의 유통 과정이 변화한 상황과도 밀접히 관련되어 있을 것이다. 시가에서 시와 노래가 분리되면서 낭독에서 묵독으로 독서의 방식이 변화하고 그에 걸맞은, 눈으로 읽는 시가 등장하게 되는 맥락도 이러한 인식과 무관해 보이지 않는다. 둘째, 시, 소설, 극, 평론 등을 문학의 형식으로 인식하는 장르 인식을 가지고 있었다. 문자로 기록한 글이라고 해서 모두 문학이 되는 것은 아니고, 서구의 장르 개념에 입각한 새로운 장르에 포함되는 것만을 문학이라고 보았다. 즉, 문자로 기록한 것이라도 물리, 박물, 지리, 역사, 법률, 윤리 등 과학적 지식을 기록한 것은 문학이라고 지칭하기 어렵다고 본 것이다. 사람의 사상과 감정을 기록한 것만이 문학이라고 이광수는 밝히고 있지만,[8] 이러한 애매모호한 정의에 덧붙여 서구의 장르 개념을 문학의 가부를 결정하는 또 하나의 판단 기준으로 삼은 것이다. 셋째, 미추희애(美醜喜哀)의 감정, 즉 감각을 중시하였다. 과거의 문학이 일반 학문을 의미했다면 이광수가 인식하는 새로운 문학은 학문과는 달리, 사물을 연구하는 것이 아니라 감각(感覺)하는 것이다. 문학은 사람의 정(情)을 만족케 하는 서적이라는 이광수의 생각은 여기서 다시 한 번 강조된다. 감각과 정(情)을 중시한다고 해서 이광수의 문학관이 지(知)와 의(意) 같은 요소를 전적으로 배제하는 것은 아니다. 다만, 새로운 문학에서는 지와 의의 요소보다는 정의 요소가

---

8 이광수, 「문학이란 하오」, 『이광수 전집 1』, 삼중당, 1964, p.507.

훨씬 중요한 역할을 한다고 함으로써 자연스럽게 일반 학문으로서의 문학의 의미는 배제되기에 이른다.

근대 계몽기를 지나면서 널리 퍼진, 감각과 정과 미에 대한 인식과 문학의 자율성에 관한 담론은 근대 자유시의 탄생에도 긴밀한 영향을 미친다. '시가'와는 달리 노래를 떼어 버린 시, 『시경』이나 동양 고전에서 논의되던 교화 기능을 하던 '시'에서 벗어나 개인의 정서를 표현한 주관적인 장르로서의 '시'가 출현하게 된 것이다. 근대 계몽기에는 새로운 시대의 사상과 정서를 담은 새로운 시의 출현에 대한 기대와 함께 문학의 계몽적 역할과 대사회적 발언에 대한 시대적 요구 또한 충천했던 시기이므로 이전의 시와 새로운 시가 공존해 있었다면, 1920년대에는 새로운 시대의 요구에 걸맞은 근대 자유시가, 3.1 운동의 실패 후에 당대 지식인들에게 형성된 절망적이고 퇴폐적인 분위기 속에서 정착하기에 이른다.

6. 기원의 탈신화화

최근 들어 낭송시의 중요성이 부각되면서 대중에게 다가가기 위해 시와 음악이 재결합하는 현상 등이 널리 퍼지고 있다. 문학 관련 행사에서 시 낭송은 하나의 의례적인 절차로서 자리 잡아 가고 있다. 물론 이런 현상이 문학 현장의 일부에서 일어나고 있는 것이지 아직 대중적인 영향력을 가지고 확산되고 있는 것은 아니다. 하지만 시 낭송 음반이나 낭송된 시를 메일로 보내 주는 사업 등을 통해 시의 대중화에 대한 노력이 지속적으로 이루어지고 있는 것은 사실이며, 디지털과 인터넷이라는 변화된 환경이 시의 대중화에 얼마간 영향을 미칠 것이라는 짐작을 해 볼 수도 있다. 읽는 시, 즉 근대시에 깊이 감염된 우리에게 아직 이런 시의 흐름은 낯선 것이 사실이다. 하지만 시의 역사를 놓고 볼 때 지금과 같은 의미의 시가 써진 역사는 오히려 그리 길지 않았다고도 할 수 있다. 시가 개인의 정서를 드러내는 서정적 장르라는 인식 역시 역사 속에서 형성된 것일 뿐 본질적이거나 불변하는 것은 아니다. 시가에서 '시'와 '가'의 분리가 이루어졌다가 다시 미분화의 상태, 즉 시와 노래의 재결합으로 가는 것은 시의 역사가 원하는 또 하나의 흐름이라고 볼 수도 있을 것이다. 물론 시와 노래의 분리를 체험하지 못한 상태에서의 시가와, 시와 노래의 분리를 근대 이후의 역사 속에서 경험하고 충분히 실험해 본 이후의 시가의 결합은 분명 차이가 있을 것이다.

마찬가지로 최근의 젊은 시인들에게서 나타나는 장시화의 경향 역시 '시=서정시'라는, 근대 이후 우리 시에 정착된 고정관념 하나를 허무는 과정으로 이해할 수도 있을 것이다. 길이가 길어지는 것은 물론, 일관된 화자의 목소리에 의해 세계의 자아화가 실현되고 있다고 보기 어려운 시들이 양산되고 있지만 그렇다고 해서 이들의 시에 서정성이 없다고 말하기는 어려운 것 또한 사실이다. '서정성'에 대한 고정관념을 허물고 '서정성'의 개념과 '시=서정시'라는 인식에 변화를 일으키고 있는 최근의 시의 흐름도 고정된 장르의 경계가 허물어지고 근대문학을 넘어 근대 이후의 문학이 형성되어 가는 과정으로 이해할 수 있을 것으로 보인다.

어쩌면 이제 어느 것 하나만을 시라고 고집하기는 어려운 시대임을 인정할 수밖에 없다. 기원을 찾는 사유를 통해 우리가 얻을 수 있는 것이 있다면 지금, 우리가 자명하다고 믿는 것이 사실은 그렇게 오랜 역사를 가진 것이거나 본질적인 것이 아니며 자명한 것이 아니었음을 깨닫는 데 있다. 기원과 '지금, 여기'의 불일치가 우리에게 마련해 주는 새로운 상상력과 돌파구야말로 앞으로 새롭게 써 나갈 시의 역사를 열어 주는 것이라 할 수 있겠다.

시의 숙명,
혹은 필연

1. 난해성이라는 문제

우리의 현대시사에서 난해성의 문제가 본격적인 논란의 대상이 된 것은 1934년 이상의 「오감도」 연작시가 『조선중앙일보』에 연재되다가 당시 독자들의 빗발치는 항의 때문에 중단되는 사태가 일어나면서부터였다. 이후 시의 난해성이라는 문제를 거론한 시론가들마다 이상을 실례로 든 이유도 여기에 기인한다. 이상 스스로도 연재 중단 사태에 대해 납득할 수 없다는 견해와 함께 조선의 시단 및 예술 풍토에 대한 불만을 표시한 바 있었는데, 이 사건 이후 이상은 난해시의 상징과도 같은 존재로 한국 현대시사에 자리 잡게 된다.

시의 난해성이라는 문제는 결국 독자와의 소통이라는 문제와 맞닿아 있다. 이상을 경험하고 김수영과 김춘수를 경험하고 그 이후 무수히 많은 실험적인 경향의 시인들을 가지게 된 오늘의 시단에서 새삼 난해성이라는 문제를 다시 제기하게 된 맥락은 독자와 어떻게 소통할 것인가라는 문제에서 비롯된다고 볼 수 있다. 시를 고도의 함축적 언어로 이루어진 장르로 보던 과거의 시에 대한 정의에서부터 난해성의 문제는 사실상 배태되어 있었다고 볼 수 있다. 최근의 젊은 시인들 중에는 오래 공들여 쓴 시를 한번 죽 훑어 읽고는 어렵다고 말하는 독자의 태도에 대해 불만을 표시하는 경우도 적지 않다. 시를 기존의 익숙한 언어, 자동화된 관습에 대한 낯설게 하기라고 봤을 때 기본적으로 시의 언어는 어려움을 동반할 수밖에 없다. 그런데도 시의 난해성에 대한 논란이 계속되는 이유는 결국 독자와의 소통이라는 문제와 난해성의 문제가 맞닿아 있기 때문일 것이다.

일찍이 김종길은 『시론』에서 난해성의 문제에 대해 논하면서 엘리엇과 말라르메를 인용하였다. 엘리엇을 들어 현대 문명의 다양성과 복잡성에서 현대 언어, 특히 시어의 포괄적이고 풍유적이고 간접적인 특성, 즉 난해성이 연유한다고 보았으며, 덧붙여 시를 수수께끼를 푸는 재미로 생각한 말라르메의 존재가 현대시의 애매성을 낳았다고 보았다. 그러나 현대시가 난해성을 띠게 된 무엇보다도 근본적인 원인은 1차 대전을 전후한 시기가 예술에 있어서 전 세기의 인습에 대립하는 혁명기였고 그 혁명이 급격한 것이었다는 데 있다고 보았다.[1] 보수적인 대중과 천재적이고 급진적인 예술과의 거리는 현대시를 비롯한 현대 예술의 필연적인 운명이라는 것이다. 이렇게 현대시의 난해성을 지극히 당연하고 자연스러운 현상으로 본 김종길도 당대의 한국 현대시가 지닌 난해성에 대해서는 "대부분 표현 부족에서" 오는 것 같다는 부정적인 평가를 서슴지 않는다. 여기에는 시의 난해성이 시인의 예술적인 성실이 낳은 부득이한 결과일 뿐 그것 자체가 미덕이나 목적이 될 수 없다는 그의 판단이 작용하고 있다. 아울러 영미

---

1 김종길, 『시론』, 탐구당, 1985, p.27.

의 현대시에 비해 한국의 현대시가 수준이 미치지 못한다는 판단이 난해성에 대해 원론적으로는 지지하면서도 그 실례로서 써지는 시에 대해서는 회의적인 시선을 드리우게 한 것으로 보인다.

유종호는 『시란 무엇인가』에서 현대시가 어렵다는 것은 시를 읽지 않는 시 독자들의 상습적인 불평임을 인지하면서도 해답이 내장되어 있지 않은 수수께끼, 즉 난해한 시가 더러 있음을 인정한다. 하지만 시의 난해성에 대해 그는 쉬운 시와 어려운 시가 있는 것이 아니라 훌륭한 시와 신통치 않은 시가 있다고 본다. 난해한 시의 대표 격으로 논의되어 온 이상에 대해 유종호는 "너무 일찍 태어났거나 너무 늦게 태어난 인물"이라고 보면서 그의 시는 우리에게 인지의 충격을 주지 못한다고 비판한다. 이상은 산문에서는 무서운 아이이지만 시에서는 무서워하는 아이일 뿐이므로 더 이상 그의 시에 농락당할 필요가 없다는 것이 유종호의 단호한 생각이었다.[2] 시의 난해성 자체를 부정한 것은 아니지만 역시 우리의 시단에서 써지는 난해한 시들 중에는 신통치 않은 시가 상당수 있는데도 독자들이 그것을 분별하지 못하고 속아 넘어간다는 생각을 유종호는 기본적으로 가지고 있었던 것으로 보인다.

최근에 권혁웅은 기존의 시론을 비판적으로 검토하면서 새로운 체계로 시학의 원리와 구조를 밝히고 있는 의욕적인 저서 『시론』에서 시학의 모든 요소들을 의미론과 연결 지어 해명하려 시도하면서 세계의 객관적 실상을 시학에서 찾아 해명하기 위해서는 반드시 의미론을 경유해야 함을 단언한다.[3] 무의미시의 주장을 믿지 않는다는 그

---

2 유종호, 『시란 무엇인가』, 민음사, 1995, pp.55-77.
3 권혁웅, 『시론』, 문학동네, 2010, p.7.

의 단언은 결국 해석되지 않는 시의 존재를 부정하는 것이기도 하다. 분석가의 그물로 모든 시를 포획할 수 있다는 그의 자신감은 시의 난해성이라는 문제의 상당 부분을 비평의 무능으로 돌리는 태도를 내포하고 있는 것처럼 여겨지기도 한다.

솔직히 말하면 나는 다른 언어로 풀어서 말해질 수 없고 분석되지 않는 잉여를 가지고 있는 시가 더 좋은 시라는 생각을 가지고 있다. 이런 관점에서 보자면 난해성은 시의 숙명과도 같은 것이라 할 수 있겠다. 적어도 시의 난해성이라는 문제는 찬반의 관점으로 접근할 수 있는 문제는 아니라고 생각한다. 굳이 찬반을 나누자면 나는 난해성을 옹호하는 자리에 설 수밖에 없다. 하지만 그런 방식의 논의가 생산적일 리 없다. 난해성에 대한 논의는 난해성이 어디서 발생하는가라는 문제로 옮겨져야 할 것이다.

2. 난해성이 발생하는 자리

시의 난해성 자체를 문제 삼는다는 것은 자칫 매우 위험한 발상이 될 수 있다. 사실상 우리의 모국어는 새로운 시인들에 의해 늘 새롭게 실험되어 왔고, 그들의 새로운 용법 실험에 의해 우리말이 지닌 다양한 가능성이 확장되어 왔다. 사전이 기존의 표준어 규범에 맞는 언어를 분류하고 정의하는 사후 작업을 중심으로 이루어지는 언어의 집적물이라면, 시는 사전에 담을 수 없는 훨씬 더 넓고 풍요로운 우리말의 다양한 실례들을 활용하고 실험할 수 있는 무대라고 볼 수 있다. 최근의 사전은 방언이나 북한의 문화어까지 꽤 많이 수용해 사전에 등재하고는 있지만, 여전히 사전에 실릴 수 없는 말들, 표기되지 않는 말들은 무수히 많다. 또한 규범문법에 의해 인정받지 못한 말들이나 표현들도 많고, 변화의 와중에 있거나 비규범의 영역에서 규범의 영역으로 이동 중인 말들도 많은 게 사실이다. 이러한 가능성의 영역을 활용하고 실험할 수 있는 거의 유일한 영역 중 하나가 문학작품이며, 그중에서도 시는 그 정수를 보여 줄 수 있다.

피로와 파도와 피로와 파도와
물결과 물결과 물결과 물결과

바다를 향해 열리는 창문이 있다라고 쓴다
백지를 낭비하는 사람의 연약한 감정이 밀려온다

피로와 파도와 피로와 파도와
물결과 물결과 물결과 물결과

한적한 한담의 한담 없는 밀물 속에
오늘의 밀물과 밀물과 밀물이
어제의 밀물과 밀물과 밀물로 번져 갈 때

물고기들은 목적 없이 잠들어 있다
물결을 신은 여행자가 되고 싶었다

스치듯 지나간 것들이 있다라고 쓴다
눈물과 허기와 졸음과 거울과 종이와 경탄과
그리움과 정적과 울음과 온기와 구름과 침묵 가까이

소리 내 말하지 못한 문장을 공책에 백 번 적는다

씌어진 문장이 쓰려던 문장인지는 분명하지 않다

피로와 파도와 피로와 파도와
물결과 물결과 물결과 물결과
　　—이제니, 「피로와 파도와」(『아마도 아프리카』, 창비, 2010) 전문

　이제니의 시는 시어의 질감과 리듬, 시어와 시어가 만나 부딪히며 발생하는 독특한 분위기에서 시적인 것이 솟아오르는 시이다. 그녀의 시를 의미론의 영역에서 애써 분석하는 일은 그녀 시의 아름다움을 읽어 내는 데 그리 효과적이지 않다. 비슷비슷하면서도 다른 언어가 부딪혀 만들어 내는 리듬이 마치 끊임없이 밀려왔다 밀려가는 파도의 움직임처럼, 우리 몸을 짓누르는 피로감의 물결처럼 이 시에 독특한 리듬을 형성하고 그것이 슬프고도 고독한 분위기를 만들어 낸다. 그리고 자꾸 되뇌고 싶어지는 이 말이 우리의 피로를 다독여 주며 위로의 악수를 건네 온다. 이제니 시의 아름다움은 여기서 발생한다.
　이제니의 첫 시집 『아마도 아프리카』는 기존의 시의 언어에 대한 당돌한 반란을 품고 있다. 의성어와 의태어, 형용사, 색채어 등을 그녀의 시는 집중적으로 사용하며 이 말들의 새로운 용법을 실험하는데, 사실상 이 말들의 잦은 사용은 오랫동안 시에서 금기시되어 오기도 했다. 동시가 아닌 현대시에서 의성어와 의태어의 반복적 사용을 집중적으로 실험한 예는 드물다. 게다가 그녀의 시는 '요롱요롱'이라든가 '분홍 설탕 코끼리', '독일 사탕 개미', '녹슨 씨의 녹슨 기타', '완고한 완두콩'처럼 잘 쓰이지 않거나 서로 인접해 쓰이지 않았던 말들을 나란히 놓음으로써 독특한 분위기와 리듬감을 만들어 내는 데 성공한다. 우리말의 특징 중 하나를 풍부한 의성어와 의태어, 색채어

등에서 찾으면서도 문학어에서는 이 말들이 관습화된 죽은 말로 다루어져 왔는데, 이제니의 발굴과 실험에 의해 리듬을 가진 우리말의 새로운 가능성이 열렸다고 볼 수 있다.

때: 알 수 없는 **사이**

공간: 언어의 공동(空洞)

등장인물: 미지의 혀

이 극에서 '암전'은 극 전반을 감싸는 소재와 상징으로 사용된다.
어둠 속에서 언어들만이, 지면 속에서 떠올라, 우리가 알 수 없는 자연을 떠돌아다니듯이 부유하면 좋다. 극의 시작부터 끝까지 암전.

음악 역시 특별히 따로 사용하지 않는다.
이 (지면이라는) 무대를 이해하기 위해선 한 가지 염두에 둘 사항이 있는데 그건 우리가 음악을 느낄 수 있는 것은 우리 몸 안에 박동이 존재하기 때문이라는 사실을 틈날 때마다 상기하는 것이다. 박동은 박동으로 인식되고 소리는 소리로 구별된다. 그것은 음악을 이해하는 중요한 지점을 획득한다. 개가 짖는다. 그 개 소리를 인식할 수 있는 것은 우리 몸에 개가 아니라 소리가 존재하기 때문이다. 우리는 매 순간, 심장에서 자신의 형신(形神)으로 퍼지는 파동이 피와 살을 떠가며 뜻 모를 파장에 각운과 각주를 다는 일을 느낀다. 그러므로 음악에 대한 신뢰는 호흡은 머지않아 하나의 형(形)이 된다는 믿음에서 시작해야 한다. 자신이 빚어지기 전의 상태에서 지금의 여기까지 연결된 몸의 박동은 음악에 가장 가까운 언어다. 우리가 여기서 사용하는 무대의 이명(耳鳴)은 배 속의 태동을 간직하고 있는 그 언어에 호흡기를 다시 대 주는 일이다. 그것이 내게 필요한 형신이며 음악이다.

그런 점에서 우리가 세상에 흘러나와 음악이라고 부르는 타인의 정의들은 어쩌면 가장 낯설고 모호한 영역인지도 모른다는 예술가의 말은 존중되어야 한다. 음악은 보다 내연의, 자신만의 특별한 정의를 필요로 한다. 사토브리앙은 음악을 만지고 본다라고 말하지 않았는가. 반드시 귀에 의존해야 하는 것이 음악의 속성은 아니라는 것만 명기해 둔다. 음악은 시차를 갖는 순간 다른 언어가 되기 때문이다.

여기 등장하는 시(시어)는 허공이 질료가 된 리듬이거나 언어 뒤에 숨어 있는 생태계이므로 객(客)은 작가의 의지를 자신의 언어로 상상할 것이고 상상력은 그 의지를 배반할 수 있다.

연출의 의도가 분명하고 운이 좋다면, 이 극은 들리지 않는 음악으로만 만들어진 음악극이 될 수도 있을 것이다. 그렇지만 이것은 언어들이 지면에서 빚어내는 무대이면서 언어극이라는 것을 잊어서는 안 된다. 하나하나 언어들을 섬세하면서도 모호하지 않게 다루어야 할 것이다.

그 언어가 심중에 보인다면 우리들 생의 배우이며 배후인 언어를 상대하는 것이다.

이 극은 **사이**에서 빚어지고 **사이**에서 지워진다.

사이

〈극이 시작되기 전 잠시 1-3막까지 각 막을 한번 드르륵 넘겨 주길 바라며〉

막이 오르면
언어들이 미로와 멀미 속에서 활공하고 있다.
어디선가
들려오는
자음과 모음의 항해들

긴 사이

지면 속에서 빠져나오는 언어
천천히 지면을 걸어 다닌다.
언어가 허공에 입을 천천히 벌리며

'나는 내 세계의 바깥에 너희들이 있다고 생각하지 않아 너희들은 나를 가지고 춤을 추고 세계를 이야기하지만 너희들의 세계는 내가 보는 너희들의 세계와 다르지 않아 우리는 모두 인형들이고 너희들이 들고 있는 인형 역시 나일 것이지만 너희들이라는 인형을 들고 있는 유령 역시 바로 나이지 너희들이 나를 들고 있을 때 나는 너희가 유령처럼 느껴지고 너희가 나를 유령이라 발음할 때 너희는 나라는 유령이 들고 있는 인형일 테니까 나는 지금 우리가 머무는 세계의 유령을 들고 있는 인형의 웃음이지'

반대편에서 허공들 하나씩 등장한다.

언어 속으로 하나씩 천천히 스미기 시작한다.

사이

반대편에서 다른 언어 등장한다.

여긴 어디지?

언어의 속인 것 같아.

어떤 곳이지?

그렇지 우리가 연연하는 곳일세.

춤추는 언어들

아련하고 요밀한

긴 사이

우리가 모르는 수면으로부터 들려오는 시

—김경주, 『기담』(문학과지성사, 2008) 부분

인용한 시는 김경주의 가장 실험적인 시집 『기담』의 제일 앞에 수록된 시로, 전체 시집에서 일종의 프롤로그의 역할을 하는 부분이다. 시집 전체를 기이한 이야기라는 하나의 알레고리로 읽을 수 있는 이 시집은 연극적 형식 및 성격을 시에 과감히 도입하고 있다는 특징을 지닌다. 시집 전체는 제3막으로 구성되어 있으며, '제1막 인형(人形)

의 미로'에 실린 첫 번째 시 「기담(奇談)」의 앞에 바로 인용한 부분이 실려 있다. 희곡의 앞부분에 시간적, 공간적 배경과 등장인물에 대한 소개와 지문이 배치되어 있는 것처럼 김경주의 연극적인 시집 『기담』의 앞에도 말들의 연극이 펼쳐질 '때'와 '공간'과 '등장인물' 및 이 극의 무대와 음악에 대해 설명하는 지문이 배치된다.

김경주의 시는 알 수 없는 사이의 시간과 언어의 공동(空洞)이라는 공간에서 미지의 혀가 노는 극이다. 기존의 감각으로는 포착해 낼 수 없는 시간과 공간에 그의 시는 존재한다. 그는 언어의 속에 존재하는 멀미와 미로와 구멍을 자신의 시로 감각해 내고자 한다. 하지만 그의 시도는 이미-항상 실패한다. 그의 시는 **"사이**에서 빚어지고 **사이**에서 지워진다." "우리가 모르는 수면으로부터 들려오는 시"를 감지하기 위해서는 우리도 저 알 수 없는 사이의 시간과 언어의 공동 속으로 투신해야 한다. 그렇지 못할 때 그의 시는 소통에 실패하고 난해하다는 편견과 마주서게 된다.

3. 필연적 숙명

시의 중요한 역할 중 하나는 모국어의 새로운 가능성을 끊임없이 실험하는 일이다. 시는 사전에 등재된 표준어, 텔레비전 뉴스 프로그램의 정제된 말이나 일상의 관습적인 말들이 이미 상실한 언어의 생명력에 새로운 맥박과 호흡을 불어넣고, 지금까지와는 전혀 다른 방식으로 언어가 숨 쉬고 움직이게 해 준다. 시의 언어가 가지고 있는 낯설게 하기 효과, 긴장의 힘은 이와 관련되어 있다. 난해성은 오늘의 현대시가 도달하게 되는 필연적 숙명과도 같은 것이다. 그 자체가 목적이 될 수는 없지만, 우리말의 새로운 용법과 가능성을 실험하는 시인들의 창작 행위를 통해 자연스럽게 동반하게 되는 것이 난해성이라고 할 수 있다.

　기성의 언어가 가진 보수성을 지지하거나 그 자장 안에서 읽고 쓰는 일을 계속하는 독자들에게 난해성은 비판의 대상이 될 수 있다. 난해성이 목적이 되어 버려서는 곤란하다는 생각을 나 또한 가지고 있다. 하지만 소통의 문제를 제기하면서 난해성을 비판하거나 부정하는 시각은 자칫 더 위험한 생각을 불러올 수 있다. 시의 상상력으로 건너서는 안 되는 영역이나 건널 수 없는 영역이 미리 제한되거나 상상되어서는 안 된다. 난해성에 대한 비판이 기성의 보수적인 언어나 시를 지지하는 방식으로 귀결되는 것에 나는 동의하지 않는다.

구름과 바람과 달의
노래

> 낭만주의 예술은…… 영원히 완성되는 일 없이 언제나 진행
> 중이다. 그 무엇도 그것의 깊이를 헤아리지 못하며…… 오직
> 그것만이 홀로 무한하고 자유로우니, 그것의 제일 법칙은 창
> 조자의 의지, 어떤 법칙도 따르지 않는 창조자의 의지이다.
>
> ─프리드리히 슐레겔

1. 부활하는 디오니소스

시는 근원적으로 낭만성을 가지고 있다. 문예사조로서의 낭만주의
에 한정하지 않는다면, 시는 늘 현실 너머를 꿈꾼다는 점에서 낭만성
을 지닌다고 할 수 있다. 그렇다면 왜 새삼 낭만주의가 문제가 되는
가? 문예사조로서의 낭만주의라고 했을 때는 고전주의의 이성적이고
합리적인 미학에 대한 거부와 부정으로서의 자유의 정신을 먼저 떠올
릴 수 있을 것이다. 우리 문학사에서는 1920년대에 낭만주의가 수입
된 바 있다. 물론 그때의 낭만주의는 사실상 퇴폐적인 세기말 상징주
의에 더 가까운 것이었지만 꿈과 죽음과 몽환과 감상은 당시 낭만주의
시의 주조를 이룬다. 이후 낭만주의는 우리 문학사에서 침체의 길을
걷는 듯 보였지만, 사조로서의 낭만주의를 떠나 현실 너머를 꿈꾸는
상상력으로서의 낭만적 정신은 이후의 우리 문학사에서도 지속된다.

1920년대 카프문학에 현현되었던 혁명적 낭만주의는 1980년대의
민중시에서 다시 부활의 기미를 보인다. 그리고 최근 시에서 낭만주

의는 다시 문제로 떠오르고 있다. 오늘날 문제가 되는 낭만주의는 한 편의 시를 잘 조직된 언어의 구조로 보는 시각에 대해 문제를 제기하는 것이라 볼 수 있다. 아폴로와 디오니소스는 이성과 감성, 합리와 비합리, 더 나아가서는 고전주의와 낭만주의의 상징으로까지 볼 수 있는데, 그렇게 볼 때 낭만주의가 다시 문제시된다는 것은, 디오니소스의 자유분방한 매력이 부활하고 있는 조짐으로 읽을 수도 있겠다.

낭만주의에 대해 이론적으로 접근하기 시작하면 그 개념 정의만도 수없이 많아 낭만주의는 '한번 들어가면 결코 살아서 돌아오지 못하는 폴리페모스의 동굴'이라는 결론에 이르기 쉽지만, 그렇다고 낭만주의라고 지칭된 것들 사이에서 공통 정신을 찾는 것이 불가능하지는 않다. 끊임없이 세계를 창조하고 변화시키는 힘을 긍정하는 정신은 시대를 초월한 낭만주의의 매력이라고 할 수 있다. 변화를 인정하지 않는 구조를 거부하는 동력이 그 안에는 꿈틀대고 있는 것이다. 그렇게 볼 때 낭만주의는 시의 정신과 본질적으로 통한다. 특히 기존의 '시라는 것'에 대한 고정관념을 부수고 싶어 하는 오늘의 한국시에서는 낭만주의의 정신이 다시 부활하고 있다고 진단할 수도 있겠다.

이 글에서는 그중에서도 최근에 두 번째 시집을 출간하며 개성적인 시 세계를 열어 가고 있는 김경주와 진은영의 시를 중심으로 최근 우리 시에서 부활의 조짐을 보이고 있는 낭만주의에 대해 살펴보고자 한다.

2. 음악에 몸을 싣고 기이한 이야기 속으로—김경주의 시

김경주의 시는 그 존재 양태가 음악을 닮았다. 첫 시집 『나는 이 세

상에 없는 계절이다』에서 비문들을 건너게 하던 힘도 음악이었고, 김
경주 시의 낭만성의 연원을 이룬 것도 음악이었다. 음악에 몸을 싣듯
이, 그렇게 김경주 시를 읽는 순간 그의 시의 리듬에 자연스럽게 빨
려 들게 된다. 음악은 머리로 이해하기 이전에 귀를 거쳐 들려오는
데, 그 음악에 몸이 먼저 반응하게 된다. 마찬가지로 김경주의 시도
의미를 생각하는 작용 이전에 그의 시의 매력에 먼저 빠져들게 된다.
논리와 이성을 뛰어넘는 힘을 지니고 있다는 점에서 김경주의 시는
다분히 낭만주의적이다.

외로운 날엔 살을 만진다

내 몸의 내륙을 다 돌아다녀 본 음악이 피부 속에 아직 살고 있는지
궁금한 것이다

열두 살이 되는 밤부터 라디오 속에 푸른 모닥불을 피운다 아주 사소
한 바람에도 음악들은 꺼질 듯 꺼질 듯 흔들리지만 눅눅한 불빛을 흘리
고 있는 낮은 스탠드 아래서 나는 지금 지구의 반대편으로 날아가고 있
는 메아리 하나를 생각한다
나의 가장 반대편에서 날아오고 있는 영혼이라는 엽서 한 장을 기다
린다

오늘 밤 불가능한 감수성에 대해서 말한 어느 예술가의 말을 떠올리
며 스무 마리의 담배를 사 오는 골목에서 나는 이 골목을 서성거리곤 했
을 붓다의 찬 눈을 생각했는지 모른다 고향을 기억해 낼 수 없어 벽에
기대 떨곤 했을, 붓다의 속눈썹 하나가 어딘가에 떨어져 있을 것 같다는

생각만으로 나는 겨우 음악이 된다

나는 붓다의 수행 중 방랑을 가장 사랑했다 방랑이란 그런 것이다 쭈
그려 앉아서 한생을 떠는 것 사랑으로 가슴으로 무너지는 날에도 나는
깨어서 골방 속에 떨곤 했다 이런 생각을 할 때 내 두 눈은 강물 냄새가
난다

워크맨은 귓속에 몇 천 년의 갠지스를 감고 돌리고 창틈으로 죽은 자
들이 강물 속에서 꾸고 있는 꿈 냄새가 올라온다 혹은 그들이 살아서 미
처 꾸지 못한 꿈 냄새가 도시의 창문마다 흘러내리고 있다 그런데 여관
의 말뚝에 매인 산양은 왜 밤새 우는 것일까

외로움이라는 인간의 표정 하나를 배우기 위해 산양은 그토록 많은
별자리를 기억하고 있는지 모른다 바바 게스트 하우스 창턱에 걸터앉은
젊은 붓다가 비린 손가락을 물고 검은 물 안을 내려다보는 밤, 내 몸의
이역들은 울음들이었다고 쓰고 싶어지는 생이 있다 눈물은 눈 속에서
가늘게 떨고 있는 한 점 열이었다

—김경주, 「내 워크맨 속 갠지스」
(『나는 이 세상에 없는 계절이다』, 랜덤하우스중앙, 2006) 전문

워크맨으로 음악을 들으며 그가 음악과 함께한 시간이 이렇게 아
름답게 고백된다. 음악을 들으며 외로운 날을 견뎌 본 적이 있는 사
람에게 그의 고백은 음악처럼 스며들 것이다. 워크맨은 귓속에 몇 천
년의 갠지스를 감고 돌리기를 반복하고, 창틈으로는 죽은 자들이 강
물 속에서 꾸고 있는 꿈 냄새가 올라온다. 꿈 냄새를 맡으며 시인은

갠지스를 산다. 외로운 날엔 살을 만지는 것은 화자이기도 하지만 음악이기도 하다. 음악은 시인의 몸의 내륙을 다 돌아다녀 보았다. 열두 살이 되는 밤부터 시인은 라디오에서 흘러나오는 음악을 들으며 영혼이라는 엽서 한 장이 날아오기를 기다리며 살았다고 고백한다. 골목을 서성거리는 어느 외로운 밤, 그는 겨우 음악이 된다.

음악과 함께 그는 쭈그려 앉아서 한생을 떠는 방랑을 시작한다. 골방 속에서 음악을 들으며 떠는 그의 두 눈에서는 강물 냄새가 난다. 이미 그의 몸이 음악이 되었기 때문일 것이다. 강물은 꿈 냄새를 피워 올린다. 살아서 미처 꾸지 못한 꿈 냄새가 도시의 창문마다 흘러내린다. 음악은 그에게 꿈을 피워 올리는 강물이자 이미 그의 몸이다. 김경주의 낭만주의는 이렇게 음악과 함께 시작된다.

"일찍이 음악으로 스며든 바람은 살아남지 못했다 음악은 유적지를 남기지 않지만 어느 먼 나라에서는 음악이 방금 다녀간 나라들을 허공이라 부른다". 김경주도 김경주의 시도 그러므로 허공이다. "음악 속으로 시간을 유배해 버린" 그의 "열렬한 회의"(「음악은 우리가 생을 미행하는 데 꼭 필요한 거예요」)가 아마도 그의 낭만주의의 씨앗이 되었을 것이다.

"낭만주의의 이론은 일반적으로 합리주의와 맞서고 '장르' 이론과도 빈번히 충돌한다."[1] 김경주의 시는 그런 면에서도 다분히 낭만주의적이다. 그의 시는 그 언어 운용이나 상상력에서 합리주의와는 거리가 멀다. 김경주는 첫 시집에서는 음악을 끌어들임으로써 혼종성을 실험하더니 이번 시집에서는 '시극'이라는 형식을 통해 장르의 경계

---

[1] 쿠르트 바인버그 저, 「낭만주의 개관」, 최상규 편, 『낭만주의 문학의 재조명』, 예림기획, 1998, p.8.

를 무너뜨리고 있다. 고유한 장르가 있다는 믿음을 김경주의 시는 무너뜨린다.

김경주의 두 번째 시집 『기담』은 서시 격의 제목 없는 시로 시작된다. 서시의 성격을 지닌다는 것을 염두에 둘 때 이 시는 『기담』 전체가 하나의 시극으로 이루어져 있음을 짐작케 한다. 시극의 시간적·공간적 배경과 등장인물에 대해 다음과 같이 소개하며 시는 시작된다. "때: 알 수 없는 **사이**", "공간: 언어의 공동(空洞)", "등장인물: 미지의 혀". "이 극은 **사이**에서 빚어지고 **사이**에서 지워진다"고 시인은 말한다. '사이'는 김경주의 두 번째 시집 『기담』이 표방하는 시간 이데올로기다.

이 극에서 '암전'은 극 전반을 감싸는 소재와 상징으로 사용된다.
어둠 속에서 언어들만이, 지면 속에서 떠올라, 우리가 알 수 없는 자연을 떠돌아다니듯이 부유하면 좋다. 극의 시작부터 끝까지 암전.

음악 역시 특별히 따로 사용하지 않는다.
이 (지면이라는) 무대를 이해하기 위해선 한 가지 염두에 둘 사항이 있는데 그건 우리가 음악을 느낄 수 있는 것은 우리 몸 안에 박동이 존재하기 때문이라는 사실을 틈날 때마다 상기하는 것이다. 박동은 박동으로 인식되고 소리는 소리로 구별된다. 그것은 음악을 이해하는 중요한 지점을 획득한다. 개가 짖는다. 그 개 소리를 인식할 수 있는 것은 우리 몸에 개가 아니라 소리가 존재하기 때문이다. 우리는 매 순간, 심장에서 자신의 형신(形神)으로 퍼지는 파동이 피와 살을 떠가며 뜻 모를 파장에 각운과 각주를 다는 일을 느낀다. 그러므로 음악에 대한 신뢰는 호흡은 머지않아 하나의 형(形)이 된다는 믿음에서 시작해야 한다. 자신이 빚어지기 전의 상태에서 지금의 여기까지 연결된 몸의 박동은 음악에 가장 가까운 언어다. 우리가 여기서 사용하는 무대의 이명(耳鳴)은 배 속의 태동을 간직하고 있는 그 언어에 호흡기를 다시 대 주는 일이다. 그것이 내게 필요한 형신이며 음악이다.

그런 점에서 우리가 세상에 흘러나와 음악이라고 부르는 타인의 정의들은 어쩌면 가장 낯설고 모호한 영역인지도 모른다는 예술가의 말은 존중되어야 한다. 음악은 보다 내연의, 자신만의 특별한 정의를 필요로한다. 사토브리앙은 음악을 만지고 본다라고 말하지 않았는가. 반드시귀에 의존해야 하는 것이 음악의 속성은 아니라는 것만 명기해 둔다. 음악은 시차를 갖는 순간 다른 언어가 되기 때문이다.

여기 등장하는 시(시어)는 허공이 질료가 된 리듬이거나 언어 뒤에숨어 있는 생태계이므로 객(客)은 작가의 의지를 자신의 언어로 상상할것이고 상상력은 그 의지를 배반할 수 있다.

연출의 의도가 분명하고 운이 좋다면, 이 극은 들리지 않는 음악으로만 만들어진 음악극이 될 수도 있을 것이다. 그렇지만 이것은 언어들이지면에서 빚어내는 무대이면서 언어극이라는 것을 잊어서는 안 된다.하나하나 언어들을 섬세하면서도 모호하지 않게 다루어야 할 것이다.

그 언어가 심중에 보인다면 우리들 생의 배우이며 배후인 언어를 상대하는 것이다.

이 극은 **사이**에서 빚어지고 **사이**에서 지워진다.

—김경주, 『기담』(문학과지성사, 2008) 부분

한 편의 시극이기도 한 이 한 권의 시집을 소개하는 이 시에서도 음악은 특별한 존재로 언급된다. 이 시극에서 음악 역시 특별히 따로 사용하지 않는다고 하면서도, 이 무대를 이해하기 위해선 "우리가 음악을 느낄 수 있는 것은 우리 몸 안에 박동이 존재하기 때문이라는 사실을 틈날 때마다 상기"하도록 특별히 언급한다. 시인의 말마따나 "음악에 대한 신뢰는 호흡은 머지않아 하나의 형(形)이 된다는 믿음에서 시작해야 한다. 자신이 빚어지기 전의 상태에서 지금의 여기까지 연결된 몸의 박동은 음악에 가장 가까운 언어다." "음악은 보다 내연의, 자신만의 특별한 정의를 필요로 한다." 김경주의 시는 음악에 가장 가까운 언어를 지향하고자 하는 것으로 보인다. 상상력은 작가의 의지를 배반할 수 있다. 배반의 가능성이 항상 열려 있는 시. 그것이 김경주의 시를 낭만주의로 읽게 하는지 모른다.

지도를 태운다
묻혀 있던 지진은
모두, 어디로
흘러가는 것일까?

태어나고 나서야
다시 꾸게 되는 태몽이 있다
그 잠을 이식한 화술은
내 무덤이 될까?

방에 앉아 이상한 줄을 토하는 인형(人形)을 본다

지상으로 흘러와

자신의 태몽으로 천천히 떠가는

인간에겐 자신의 태내로 기어들어 가서야

다시 흘릴 수 있는 피가 있다

—김경주, 「기담(奇談)」(『기담』) 전문

　스스로 음악이 된 김경주의 시는 이번 시집에서 온갖 기이한 이야기를 풀어놓는다. 태어나고 나서야 다시 꾸게 되는 태몽처럼 그의 이야기는 두서없고, 선조적 시간이나 논리를 따르지 않는다. 그런 점에서 그의 시는 고전주의적 음악과는 거리가 멀다. 비약으로 가득한 현대음악에 가깝다고 보아야 할 것이다. 방에 앉아 이상한 줄을 토하는 인형을 보는 것은 김경주의 시를 읽는 독자들의 모습에 대한 비유로도 읽힌다. 음악을 듣듯이 그저 기이한 이야기를 보고 들을 뿐이다. "지상으로 흘러와/자신의 태몽으로 천천히 떠가는" 저 음악을, 저 기이한 이야기를, 그리고 그것들이 어디로 흘러가는지를……. 그의 음악/시를 흐르게 하는 힘은 "부정의 힘"이다. 그는 "부정의 힘으로 여기까지 왔다"(「짐승을 토하고 죽는 식물이거나 식물을 토하고 죽는 짐승이거나」).

　몇 세기 전 지층이 발견되었다

　그는 지층에 묻혀 있던 짐승의 울음소리를 조심히 벗겨 내기 시작했다

　사람들은 발굴된 화석의 연대기를 물었고 다투어서 생몰 연대를 찾았다

그는 다시 몇 세기 전 돌 속으로 스민 빗방울을 조금씩 긁어내면서
자꾸만 캄캄한 동굴 속에서 자신이 흐느끼고 있는 것처럼 느껴졌다

동굴 밖에선 햇불이 마구 날아들었고 눈과 비가 내리고 있었다

시간을 오래 가진 돌들은 역한 냄새를 풍기는 법인데 그것은 돌 속으로
들어간 몇 세기 전 바람과 빛 덩이들이 곤죽을 이루고 있기 때문이다
그것들은 썩지 못하고 땅이 뒤집어져야 모습을 드러내는 것이다
동일 시간에 귀속되지 못한다는 점에서 그들은 서로 전이를 일으키
기도 한다

화석의 내부에서 빗방울과 햇빛과 바람을 다 빼내면
이 화석은 죽을 것이다

그는 새로운 연구 결과를 타이핑하기 시작했다

'바람은 죽으려 한 적이 있다'

어머니와 나는 같은 피를 나누어 가진 것이 아니라
똑같은 울음소리를 가진 것 같다고 생각한 적이 있다
                                        ─김경주, 「주저흔」(『기담』) 전문

"몇 세기 전 지층이 발견되었다". "사람들은 발굴된 화석의 연대기
를 물었고 다투어서 생물 연대를 찾았다". 사람들이 관심 있어 하는
건 오로지 숫자다. 무언가 분명한 의미를 그로부터 찾고자 하는 것이

다. 시를 읽는 태도라고 다를까? 아마도 대개는 저 지층의 의미를 찾기에 급급할 것이다. 김경주의 시는 그런 태도에 대해 단절을 선언한다. "그는 지층에 묻혀 있던 짐승의 울음소리를 조심히 벗겨 내기 시작"하면서 "자꾸만 캄캄한 동굴 속에서 자신이 흐느끼고 있는 것처럼 느껴졌다"고 고백한다. 그 감정의 정체를 논리적으로 설명하기는 어려울 것이다.

자살을 기도한 흔적을 가리키는 주저흔을 보았을 때의 감정도 대개 그런 것이 아닐까 싶다. 가까운 이의 손목에서 주저흔을 발견했다면 그 자체로 마음이 흔들리겠지만, 그것은 '언젠가 너도 삶이 고달팠구나', '나처럼 너도 그렇게 흐느낀 적이 있었겠구나'라는 공감으로 인한 흔들림일 것이다. 주저흔에서 호기심이 발동한다면 그것은 발굴된 화석의 연대기를 묻고 생몰 연대를 찾는 사람들의 태도와 다를 바 없다고 시인은 생각하는지도 모르겠다. 주저흔은 그저 화인(火印)처럼 한순간 마음에 와서 박히는 것일 뿐 그래서 흐느낌으로 서로 공감하는 것일 뿐, 낱낱이 분석될 수 있는 성질의 것은 아니다.

"바람은 죽으려 한 적이 있다". 똑같은 울음소리를 가진 존재가 어디 어머니와 나뿐이겠는가. 주저흔을 지닌 사람들도, 주저흔을 보고도 애써 외면하는 사람들도, 화석에서 오래전의 흐느낌을 읽은 사람들도 똑같은 울음소리를 가진 이들이 아니겠는가. 김경주의 시는 낭만주의적 태도로 분석과 논리를 거부한다. 그리고 그로 인해 더 많은 이들의 공감을 이끌어 낸다.

3. 다가가면 불현듯 튀어 오르고—진은영의 시

진은영의 시는 돌발적이다. 첫 시집 『일곱 개의 단어로 된 사전』에서부터 시인은 "이 시에는 아무것도 없다/네가 좋아하는/예쁜 여자,

통일성, 넓은 길이나 거짓말과 같은 것들이"라고 말하면서 이전 시와의 단절을 선언한 바 있다. "쉽게 말할 수 있는 미래와/뭐라 규정할 수 없는 "지금 여기/더듬거리는 혀들"(「이전 詩들과 이번 詩 사이의 고요한 거리」)이 차라리 그녀가 쓰는 시에는 있다. 기존의 시에 있었던 것, 또는 흔히 말하는 '시적인 것'을 그녀의 시에서 기대한다면 그 기대는 곧 배반당할 것이다. 그녀는 배반을 즐기는 시인이다.

첫 시집 뒤의 자서에서 시인은 이렇게 말한다. "언제부터인가 내 삶이 엉터리라는 것뿐만 아니라, 너의 삶이 엉터리라는 것도 나를 고통스럽게 한다. 너라도 이 경계를 넘어가 주었으면. (중략) 돌이 아니라, 쏟아지는 별들에 맞아 죽을 수 있는 행복. 그건 그냥 전설일 뿐인가? 친구, 정말 끝까지 가 보자. 우리가 비록 서로를 의심하고 때로는 죽음에 이르도록 증오할지라도." 경계를 넘어가는 것을 그녀의 시는 끊임없이 꿈꾼다. 쏟아지는 별들에 맞아 죽을 수 있는 행복을 현실에서 구하는 것은 낭만주의적 발상이다. 하지만 그런 낭만주의적 발상이야말로 시의 상상력을 자극한다. 죽음에 이르도록 증오할지라도 끝까지 가 보자는 태도. 끝을 두려워하지 않는, 아니 두려워하면서도 가는 저 태도야말로 시적 낭만주의의 본질이 아니고 무엇이겠는가.

위대한 악을 상속받았던 도둑들은 모두 사라졌다
밤(夜) 속에 가득하던 전갈들도

혼자 바닷가를 걷다가
바위와 바위 사이 구멍에 끼인 발

부어올라 빠지지 않는,
밀물이 들어오는 시간

검은 비닐봉지조차 가끔은
주황 지느러미가 빛나는 금붕어를 쏟아 낸다

어떤 표정을 지어야 할까? 이런 예언을 듣고,
모든 표정이 사라지는 한밤중에

—진은영, 「모두 사라졌다」
(『일곱 개의 단어로 된 사전』, 문학과지성사, 2003) 전문

  갑작스런 사라짐은 불길하다. 더구나 모두 사라지는 일은 끔찍하
지 않을 수 없다. 종말에 대한 무수한 예언들이 겨냥하는 바도 이런
원초적인 두려움이 아닐까. 진은영의 시는 갑자기 모든 존재가 증발
해 버리는 상황을 통해, 예고 없이 다가오는 불길함에 대해 노래한
다. 그것은 마치 혼자 바닷가를 걷다가 바위와 바위 사이 구멍에 발
이 끼어 버렸을 때의 두려움과 흡사할 것이다. 밀물이 들어오는 시간
까지 부어올라 빠지지 않는 발. 죽음이 째깍째깍 초를 다투며 다가오
는 상황이 바로 이렇지 않겠는가. 이런 예측 불허 앞에서 우리는 어
떤 표정을 지어야 할까? 어쩌면 이 표정은 진은영의 시를 대하는 독
자들의 표정과 닮았을 것이다. 그녀가 생각하는 시란 이렇게 예측 불
허의 것이다. 미지의 것이기 때문에 한없이 두려운 것. 진은영이 꿈
꾸는 시는 이런 것이다.

  오늘 네가 아름답다면

죽은 여자 자라나는 머리카락 속에서 반짝이는 핀과 같고

눈먼 사람의 눈빛을 잡아끄는 그림 같고

앵두 향기에 취해 안개 속을 떠들며 지나가는

모슬린 잠옷의 아이들 같고

우기의 사바나에 사는 소금기린 긴 목의 짠맛 같고

조금씩 녹아들며 붉은 천 넓게 적시다가

말라붙은 하얀 알갱이로

아가미의 모래 위에 뿌려진다

오늘

네가 아름답다면

매립지를 떠도는 녹색 안개

그 위로 솟아나는 해초 냄새의 텅 빈 굴뚝같이

　ㅡ진은영, 「아름답다」(『우리는 매일매일』, 문학과지성사, 2008) 전문

　두 번째 시집 『우리는 매일매일』에서 시인이 표현하는 아름답다는 감성은 보편적인 아름다움과는 거리가 멀다. 시인이 아름다움을 어떻게 정의하고 어떻게 느끼는지는 그 미학의 핵심을 구성한다. 가정법을 사용해서 시인은 아름답다는 것에 대해 비유적으로 표현한다. 그녀는 "죽은 여자 자라나는 머리카락 속에서 반짝이는 핀"이라든가 "눈먼 사람의 눈빛을 잡아끄는 그림"이라든가 "앵두 향기에 취해 안개 속을 떠들며 지나가는/모슬린 잠옷의 아이들"이라든가 "우기의 사바나에 사는 소금기린 긴 목의 짠맛"에서 아름다움을 느낀다. 그것들은 모두 현실 너머의 풍경이다. 가령 그녀는 "죽은 여자 자라나는

머리카락 속에서 반짝이는 핀과 같"다. 죽은 여자의 머리카락이 자라
난다는 설정 자체가 비현실적이어서 그 속에서 반짝이는 핀의 이미
지는 더욱 기이하고 신비롭다. 진은영의 시에는 현실 논리를 넘어서
는 상상력이 자주 출현한다. 그녀가 아름답다고 느끼는 이미지는 대
개 비현실적이거나 신비한 이미지다. 그녀의 시에 유독 눈부시게 반
짝이는 색채 이미지가 자주 동원되는 까닭도 아마 거기에 있을 것이
다. "매립지를 떠도는 녹색 안개"의 이미지도 현실 속 이미지라기보
다는 아름다운 영상을 통해서 봤거나 꿈에서 봤을 법한 이미지다. 진
은영의 시가 지어내는 아름다움은 비현실적인 이미지를 구축한다는
점에서 넓은 의미의 낭만주의에 가깝다. 현실 너머를 향하는 그녀의
상상력, 온갖 규정들을 벗어나 개성적인 언어를 펼쳐 보이는 그녀 시
의 색깔이 지향하는 바도 그렇다.

그는 나를 달콤하게 그려 놓았다
뜨거운 아스팔트에 떨어진 아이스크림
나는 녹기 시작하지만 아직
누구의 부드러운 혀끝에도 닿지 못했다

그는 늘 나 때문에 슬퍼한다
모래사막에 나를 그려 놓고 나서
자신이 그린 것이 물고기였음을 기억한다
사막을 지나는 바람을 불러다
그는 나를 지워 준다

그는 정말로 낙관주의자다

내가 바다로 갔다고 믿는다

　　　　　　—진은영, 「멜랑콜리아」(『우리는 매일매일』) 전문

　"그는 정말로 낙관주의자다"라고 말하는 화자의 시선은 다소 냉소적이다. 그 냉소에는 한편으로 그의 낙관주의적 시선에 대한 부러움도 들어 있을 것이다. 무언가를 믿고 그 믿음에 확고한 의지를 가지고 있는 사람들은 한편으로는 단순해 보이지만 동시에 행복해 보이기도 한다. 아마도 그들은 멜랑콜리의 정서와는 대개 거리가 멀 것이다. 그들의 믿음을 바라보는 화자에게서, 그리고 그 괴리를 바라보는 독자에게서 발생하는 정서가 바로 멜랑콜리에 가깝지 않을까. '나'는 그에 의해 정의되거나 파악된다. 그는 나를 달콤하게 그려 놓고 '나'를 그런 존재라고 믿는다. 그리고 자신이 그린 '나' 때문에 늘 슬퍼한다. 그가 그린 '나'와 실재 '나'(그런 것이 있기는 하다면) 사이의 거리에서 멜랑콜리는 발생한다. 어쩌면 '나'는 누구의 부드러운 혀끝에도 늘 닿지 못할 것이다. 그리고 그 닿을 수 없는 거리를 바라보는 독자들 역시 멜랑콜리의 정서를 체험한다. 그것은 현실과 현실 너머 사이에서 발생하는 정서라는 점에서 낭만주의적이면서 동시에 낭만주의를 넘어선다.

　진은영의 시는 야릇하다. "너의 얇은 바짓가랑이 사이를 휙 지나가는 그것을 느낄 것"(「비평가에게」)이라고 그녀가 비평가들에게 충고하는 이유도 그녀 시가 가진 순간의 바람 같은 속성 때문일지 모른다. 아무것도 줄 수 없기에 헌사를 바친다고 말했던 롤랑 바르트의 언술을 빌려 그녀는 말한다. "사랑하는 이여, 줄 것이 없다. 당신을 위해 부른다고 깊이도 믿었던 이 어리석은 노래들밖에는"이라고. 그렇게 "야릇한 것이 시작되었다"(「어떤 노래의 시작」). 그 야릇한 노래는 끊임없이 고정된 것으로부터 미끄러진다는 점에서 낭만주의적이다. 그녀 자신은 아마도 부정하겠지만.

4. 낭만주의, 시의 오래된 미래

프랑스 상징주의 시인 폴 발레리는 새로움에 대해 "어떠한 음식보다 더 없어서는 안 될 것이 되어 버리고 만 자극적인 독 중의 하나"라고 말한 바 있다. 대개의 독이 그렇듯이 그러한 독에 한번 사로잡히게 되면 죽음에 이를 위험을 감수할 정도로까지 점점 더 양을 늘려 나갈 수밖에 없게 된다. "이런 식으로 사물들 중 결국 사라져 버리고 말 부분", 바로 거기에서 새로움이 생긴다고 그는 보았다. 새로움이 죽음을 감수할 수밖에 없는 이유도 여기에 있는 것이 아닐까.

최근의 시에서 낭만주의가 귀환하는 현장을 목도할 수 있는데, 이때의 낭만주의라는 것도 현실 너머를 향한 끝없는 추구를 보여 준다는 점에서 항상 새로움을 담지하게 된다. 김경주의 시는 시극 등의 다양한 형식 실험을 통해 장르의 경계를 넘어서고 혼종성을 실험하고 있다는 점에서, 진은영의 시는 고정관념을 허무는 언어의 새로운 경지를 지속적으로 열어 간다는 점에서 낭만주의의 정신을 새롭게 추구하고 있는 것으로 보인다.

이 글에서 다루지는 못했지만 최근에 『바보사막』이라는 시집을 출간한 신현정 시인의 경우에도 "사람들은 알아보지를 못"하는 "모자를 쓰고"(「모자」) 고래와 난쟁이와 달과 토끼와 장수하늘소와 더불어 사는 그의 모습 자체가 낭만주의를 온몸으로 살고 있는 것처럼 보이기도 한다. 홀로 무한하고 자유로운 창조의 의지가 느껴지는 시라면 그 시에 낭만주의라는 이름을 붙여 줘도 되지 않을까. 시가 써지는 한, 낭만주의는 항상 새롭게 호명될 수밖에 없을 것이다.

대지의 생산성과
가이아의 딸들

1. 땅과 여인들

조상 대대로 내려오는 토지를 지키기 위해 강인한 여성이 될 수밖에 없었던 『토지』의 최서희, 내일은 또 내일의 태양이 떠오를 거라 스스로를 다독이며 미국 남부 여성의 강인한 생명력을 보여 준 「바람과 함께 사라지다」의 스칼렛 오하라, 여성들로 이어지는 가계의 중심에 우뚝 서서 손수 농사짓고 씨 뿌리며 마을에 새로운 공동체를 건설해 간 「안토니아스 라인」의 안토니아. 그녀들에게서 공통점을 찾는다면 대지로부터 이어받은 질긴 생명력일 것이다. 일제 강점기 일본 순사의 위협에도 당당히 맞서며 남편을 대신해 가장으로서의 역할을 충실히 해내며 기울어진 집안을 일으켜 세운 최서희의 모습과 사랑하는 딸을 잃고 남편을 잃고 또 애슐리와 레트 버틀러 등 사랑하는 남자들을 잃고도 잡초처럼 강인하게 다시 일어서는 스칼렛의 생명력과 손녀딸 테레사를 강간한 피터에게 장총을 들고 찾아가 저주의 말을 퍼부으며 위협하던 안토니아의 위엄 있는 모습은 하나로 겹쳐진다. 식민지 조선과 남북전쟁 당시의 미국과 전후의 이탈리아. 그녀들의 조국과 처한 현실은 모두 다르지만, 그녀들이야말로 땅의 여신이자 생명의 여신이라는 가이아(Gaia)의 현신일 것이다.

　대모신(大母神)의 상상력은 우리 시에서도 제법 뿌리가 깊다. 대지와 여성을 연결 짓는 이러한 상상력은 거슬러 올라가면 흥미롭게도 백석의 시에서 발견된다. 백석의 시집 『사슴』에 실려 있는 「가즈랑집」에 등장하는 '가즈랑집 할머니'는 승냥이가 새끼를 칠 정도로 으슥하고 험준한 가즈랑고개를 넘어서야 이르는 가즈랑집에 사는 할머니로 마을의 병자를 치료하거나 마을의 대소사를 관장하는 일을 한다. 마을과 동떨어진 곳에 살면서 마을에 험한 일이 생기면 찾아가곤 하던 가즈랑집 할머니는 일종의 무당의 역할을 한 셈이다. 『사슴』 이후의 시 「넘언 집 범 같은 노 큰 마니」에도 집안의 어른인 "넘언 집 범 같은 노 큰 마니"가 등장한다. 손주들을 회초리로 때려 가며 가르칠 만큼 엄한, 집안의 큰 어른이지만 자상한 면모도 가지고 있었던 "넘언 집 범 같은 노 큰 마니"는 농경 사회의 모계를 잇는 인물로 한 집안을 일으키고 지켜 낸 강인한 여성이었다. 백석은 남성 시인임에도 대모신의 이미지를 지닌 여성—할머니, 어머니 등—을 형상화함으로써 우리 시의 독특한 계보를 형성하고 있다.

　현대시에서도 땅의 생명력을 이어받은 강인한 여성의 계보는 이어진다. 이 글에서는 현재까지도 활발히 활동하고 있는 여성 시인들의 시를 중심으로 대지와 여성으로 이어지는 시의 계보를 확인해 보고자 한다. 여성 시인의 시에 주목하는 이유는 여성 시인들의 시에서 이러한 상상력이 눈여겨볼 만한 갈래를 형성하며 분화하고 있다는 판단 때문이다.

2. 뿌리와 어미—나희덕의 시

우리 시에서 모성을 논할 때 빠질 수 없는 시가 나희덕의 시다. 그
녀의 시는 '여성주의 시'라고 할 수는 없지만, 모성으로서의 여성성
을 구현한 시임에는 분명하다. 나는 그녀의 시를 읽을 때마다 가이아
의 모습을 떠올리곤 한다. 아마도 가이아의 현신은 나희덕 시에 등장
하는 어미를 닮지 않았을까. 그러고 보면 그녀의 시는 등단작이자 첫
시집의 제목부터 "뿌리에게"였다. 그녀 시의 원천과 지향점을 짐작해
보게 하는 제목이 아닐 수 없다.

깊은 곳에서 네가 나의 뿌리였을 때
나는 막 갈구어진 연한 흙이어서
너를 잘 기억할 수 있다
네 숨결 처음 대이던 그 자리에 더운 김이 오르고
밝은 피 뽑아 네게 흘려보내며 즐거움에 떨던
아 나의 사랑을

먼 우물 앞에서도 목마르던 나의 뿌리여
나를 뚫고 오르렴,
눈부셔 잘 부스러지는 살이니
내 밝은 피에 즐겁게 발 적시며 뻗어 가려무나

척추를 휘어 접고 더 넓게 뻗으면
그때마다 나는 착한 그릇이 되어 너를 감싸고,
불꽃같은 바람이 가슴을 두드려 세워도
네 뻗어 가는 끝을 하냥 축복하는 나는

어리석고도 은밀한 기쁨을 가졌어라

네가 타고 내려올수록
단단해지는 나의 살을 보아라
이제 거무스레 늙었으니
슬픔만 한 두릅 꿰어 있는 껍데기의
마지막 잔을 마셔 다오

깊은 곳에서 네가 나의 뿌리였을 때
내 가슴에 끓어오르던 벌레들,
그러나 지금은 하나의 빈 그릇,
너의 푸른 줄기 솟아 햇살에 반짝이면
나는 어느 산비탈 연한 흙으로 일구어지고 있을 테니

　　　　　—나희덕, 「뿌리에게」(『뿌리에게』, 창작과비평사, 1991) 전문

　뿌리, 즉 근원을 향한 갈망은 나희덕 시의 원천을 이룬다. 인용한
시의 화자와 청자의 관계는 연한 흙과 뿌리의 관계이다. '나'는 뿌리
를 지탱하고 뻗어 오르게 하는 바탕이 된다. 막 갈구어진 연한 흙이
었던 '나'는 뿌리였던 '너'를 잘 기억한다. 그런데 연한 흙이었던 화자
가 '너'는 '나의 뿌리'였다고 고백한다. 이 고백으로 흙과 뿌리였던 이
들의 관계는 이미 한 몸인 예사롭지 않은 관계가 된다. "네 숨결 처음
대이던 그 자리에 더운 김이 오르고/밝은 피 뽑아 네게 흘려보내며
즐거움에 떨던" 모습은 다름 아닌 사랑하는 연인의 모습이다.
　착한 그릇이 되어 뿌리를 감싸고 뻗어 가는 뿌리 끝을 한없이 축복
하면서 어리석고도 은밀한 기쁨을 만끽하는 마음은 사랑의 마음이자

무한한 희생을 마다 않는 종교애에 가까운 마음이다. 그것은 단지 자신을 희생해서 뿌리를 단단히 하는 데 그치지 않고 궁극적으로는 "깊은 곳에서 네가 나의 뿌리였을 때/내 가슴에" 벌레들이 끓어오르던 생명의 충만감을 누리게 해 준다. 튼실한 뿌리가 푸른 줄기를 솟아오르게 하듯 '나' 역시 "어느 산비탈 연한 흙으로 일구어지"면서 생명의 뿌리이자 바탕으로서 살아가고 있을 것이다. 이것이야말로 어미의 마음, 생명을 지닌 것들을 품어 안아 사랑을 주고 무럭무럭 자라게 하는 모성이 아니겠는가.

그 마음은 곧 "집에 돌아와 한 그릇의 밥을 푸면서" "가출한 두 아이"의 얼굴을 떠올리는 마음과 닮아 있다. "가출한 두 아이를 찾아" 나서 "어두운 레스또랑 구석, 오락실, 만화가게,/미성년자 출입 금지 팻말이 붙은/여관 골목들을" 뒤지고 다니는 마음은 "한 그릇의 밥을 푸면서/한 알도 흘리지 말아야 하"고 "더러는 발밑에 떨어진 것도 주워 담아/제 입에 넣고 맛있게 씹"어야 하는 교사의 마음과도 같은 것이다(「한 그릇의 밥」). 밥을 하고 밥을 푸는 마음은 바로 어미의 마음인데, 모성 본능은 나희덕의 초기 시에서 상상력의 중요한 원천이 된다.

어디서 나왔을까 깊은 산길
갓 태어난 듯한 다람쥐 새끼
물끄러미 나를 바라보고 있다
그 맑은 눈빛 앞에서
나는 아무것도 고집할 수가 없다
세상의 모든 어린것들은
내 앞에 눈부신 꼬리를 쳐들고
나를 어미라 부른다

괜히 가슴이 저릿저릿한 게

핑그르르 굳었던 젖이 돈다

젖이 차올라 겨드랑이까지 찡해 오면

지금쯤 내 어린것은

얼마나 젖이 그리울까

울면서 젖을 짜 버리던 생각이 문득 난다

도망갈 생각조차 하지 않는

난만한 그 눈동자,

너를 떠나서는 아무 데도 갈 수 없다고

갈 수도 없다고

나는 오르던 산길을 내려오고 만다

하, 물웅덩이에는 무사한 송사리 떼

—나희덕, 「어린것」

(『그 말이 잎을 물들였다』, 창작과비평사, 1994) 전문

물끄러미 자신을 바라보는 세상의 모든 어린것들의 눈빛 앞에서 아무것도 고집할 수가 없는 마음. 그것이야말로 어미의 마음이다. 시의 화자는 "내 앞에 눈부신 꼬리를 쳐들고/나를 어미라" 부르는 어린것의 몸짓 앞에서 "괜히 가슴이 저릿저릿한 게/핑그르르 굳었던 젖이" 도는 것을 느낀다. 모성이란 타고나는 것이 아니라 이렇듯 아이를 낳아 악전고투하며 길러 봄으로써 비로소 학습할 수 있는 것이 아닐까 싶다. 배고픔에 빽빽 울어 대는 아이를 보면 "젖이 차올라 겨드랑이까지 찡해 오"는 그 느낌. 속수무책 자신만을 바라보는 다람쥐 새끼의 눈빛을 보자 화자는 젖을 물려 줘야 할 것만 같은 생각에 사로잡힌다. 아마도 그것은 체험으로 인해 갖게 된 일종의 환상통 같은

것일지도 모른다.

자신을 보고도 경계하거나 도망갈 생각조차 하지 않고 난만한 눈동자로 물끄러미 바라보기만 하는 다람쥐 새끼의 모습을 보며 시의 화자는 잊었던 어미의 마음을 기억해 낸다. 그와 함께 젖몸살을 하던 기억, 젖이 불어 짜내어 버리던 기억, 온전히 자신에게만 기대어 오던 한 어린 생명체에 대한 기억 등이 떠올랐을 것이다. 결국 화자는 오르던 산길을 그만 내려오고 만다. 아마도 그것은 정복의 욕구를 잃어버린 것을 의미하는 듯하다. 산에 오르는 마음이 무언가 다잡아 보거나 성취하려는 마음이라면, 하산하는 마음은 성취욕을 접고 마음을 비우는 것, 다시 말해 어미의 마음을 회복하는 것에 가까울 것이다. 그 마음으로 인해 "물웅덩이에는 무사한 송사리 떼"가 있는 것이고, 그 마음으로 인해 비로소 물웅덩이의 송사리 떼를 보고 감탄할 수 있는 것일 게다.

세상에!
오동나무 한 그루에
까치가 이십 마리라니.

크기는 크지만
반 넘어 썩어 가는 나무였다.

그 나무도
물기로 출렁거리던 때
제 잎으로만 무성하던 때 있었으리.

빈 가지가 있어야지,

제 몸에 누구를 앉히는 일

저 아닌 무엇으로도 풍성해지는 일.

툭툭 터지는 오동 열매에

까치들 놀라서 날아올랐다가

검은 등걸 위로

다시 하나둘 내려앉고 있었다.

—나희덕, 「품」(『그곳이 멀지 않다』, 민음사, 1997) 전문

반 넘어 썩어 가는 오동나무 한 그루에 까치가 이십 마리나 앉아 있는 모습을 보고 화자는 놀란다. 이미 죽음 가까이 간 나무가 보여 주는 넉넉한 품 때문이다. 그 풍경을 보면서 화자는 저 오동나무에게도 "물기로 출렁거리던 때/제 잎으로만 무성하던 때"가 있었을 것이라는 데 생각이 미친다. 그의 말처럼 젊음으로 충만하던 시절에는 누군가를 들어앉히는 일에 관심도 없고 그런 여유를 갖기도 힘들다. "제 몸에 누구를 앉히는 일/저 아닌 무엇으로도 풍성해지는 일"은 "빈 가지가 있어야지" 가능한 일임을 시인은 너무 잘 알고 있다.

나희덕 시인 역시 저렇듯 넉넉한 품을 자신의 시에 들이고 싶은 것인지도 모르겠다. 그녀의 시가 모성과 밥과 뿌리에 대해 지속적인 관심을 가지고 있는 것도 그 때문이 아닐까? 자신의 시적 원천이 어디에 있는지 그녀는 누구보다도 잘 알고 있을 테니 말이다. 반 넘어 썩어 가는 오동나무는 "툭툭 터지는 오동 열매"를 아직 가지고 있는 나무이기도 하다. 오동 열매 터지는 소리에 잠시 놀라서 날아올랐던 까치들이 다시 내려앉는 오동나무의 넓은 품은 시인의 품을 꼭 닮았다.

뿌리 뽑힌 줄도 모르고 나는
몇 줌 흙을 아직 움켜쥐고 있었구나
자꾸만 목이 말라 와
화사한 꽃까지 한 무더기 피웠구나
그것이 스스로를 위한 조화(弔花)인 줄도 모르고

오늘 밤 무슨 몰약처럼 밤비가 내려
시들어 가는 몸을 씻어 내리니
달게 와 닿는 빗방울마다
너무 많은 소리들이 숨 쉬고 있다

내 눈에서 흘러내린 붉은 진물이
낮은 흙 속에 스며들었으니
한 삼 일은 눈을 뜨고 있을 수 있겠다

저기 웅크린 채 비를 맞는 까치는
무거워지는 날개만큼 말이 없는데
그가 다시 가벼워진 깃을 털고 날아갈 무렵이면
나도 꾸벅거리며 밤길을 걸어갈 수 있겠다

고맙다, 비야. …… 고맙다. …… 고맙다. ……

　　　　　　　　　　　—나희덕, 「몰약처럼 비는 내리고」

　　　　　　　　　(『어두워진다는 것』, 창작과비평사, 1994) 전문

　　이 시에서도 나희덕은 아직 움켜쥐고 있는 몇 줌 흙에 대해 말한다. 화사한 꽃까지 한 무더기 피운 흙이다. 하지만 자신이 이미 뿌리 뽑혔다는 것을 화자는 뒤늦게 깨닫는다. 움켜쥔 흙에서 피워 올린 한 무더기 꽃까지도 스스로를 위한 조화(弔花)임을 그제야 알아차린다.

화자는 어떤 절망감에 사로잡혀 있다. 그 절망감의 정체는 무엇일까? 2연과 3연에 오면 조금 실마리가 풀린다. "오늘 밤 무슨 몰약처럼 밤비가 내려/시들어 가는 몸을 씻어 내리"더니, "내 눈에서 흘러내린 붉은 진물이/낮은 흙 속에 스며들었으니/한 삼 일은 눈을 뜨고 있을 수 있겠다"고 화자는 말한다. 몰약처럼 내리는 비가, 몸에 쌓이고 눈에 들어온 황사를 씻겨 준 것이다. 나희덕의 시에는 '황사'가 종종 등장하는데, 그것은 죽음의 빛깔을 띠고 있다.

몰약처럼 내리는 비가 화자에게 깃든 죽음의 그림자를 씻겨 내리고 있다. 시인이 움켜쥔 몇 줌 흙에도 비가 내려 촉촉해지면 다시 생명의 빛이 감돌지도 모른다. 마치 웅크린 채 비를 맞는 까치가 지금은 무거워진 날개를 지니고 있지만 비에 씻겨 황사 먼지가 사라지고 나면 다시 가벼워진 깃을 털고 날아갈 수 있게 되는 것처럼 말이다. 그때쯤이면 자신도 꾸벅거리며 밤길을 걸어갈 수 있겠다고, 화자는 고맙다고 연거푸 비에게 말한다. 비로 인한 물기는 그녀가 움켜쥔 흙과 그녀의 시에 생명의 기운과 긍정의 힘을 불어넣어 주고 있다.

3. 땅과 자궁—김선우의 시

김선우의 첫 시집 『내 혀가 입속에 갇혀 있길 거부한다면』은 밥과 똥과 자궁의 상상력으로 가득하다. 그것들은 모두 둥글고 부드러운 이미지를 지니고 있다. 밥은 똥이 되어 몸 밖으로 나와 거름이 되어 땅으로 돌아가고, 여성성의 상징인 자궁은 생명을 잉태하는 집이자 거름으로 땅과 맞먹는 생명력을 지닌 공간으로 그려진다.

어릴 적 어머니 따라 파밭에 갔다가 모락모락 똥 한 무더기 밭둑에
누곤 하였는데 어머니 부드러운 애기호박잎으로 밑끔을 닦아 주곤 하셨
는데 똥 무더기 옆에 엉겅퀴꽃 곱다랗게 흔들릴 때면 나는 좀 부끄러웠
을라나 따끈하고 물랑한 그것 한나절 햇살 아래 시남히 식어 갈 때쯤 어
머니 머릿수건에서도 노릿노릿한 냄새가 풍겼을라나 야아— 망 좀 보그
라 호박 넌출 아래 슬며시 보이던 어머니 엉덩이는 차암 기분을 은근하
게도 하였는데 돌아오는 길 알맞게 마른 내 똥 한 무더기 밭고랑에 던지
며 뇌들 것은 다아 거름이어야 하실 땐 어땠을라나 나는 좀 으쓱하기도
했을라나

양변기 위에 걸터앉아 모락모락 김 나던 그 똥 한 무더기 생각하는
저녁, 오늘 내가 먹은 건 도대체 거름이 되질 않고
—김선우, 「양변기 위에서」
(『내 혀가 입속에 갇혀 있길 거부한다면』, 창작과비평사, 2000) 전문

양변기 위에 걸터앉아 일을 보던 화자는 문득 어릴 적 어머니 따라
파밭에 갔다가 거기서 모락모락 똥 한 무더기를 밭둑에 누곤 했던 사
실을 떠올린다. 그 시절에는 밭둑에 눈 똥 무더기도 그냥 버리지 않
고 거름으로 주곤 했던 것이다. "망 좀 보그라" 한마디를 던지고 어머
니도 나도 엉덩이를 드러내 놓고 밭둑에서 큰일을 볼 수 있었던 것은
땅이 삶의 터전이던 농경 사회이기에 자연스러운 일이었다. 도시 한
복판에서라면 상상할 수도 없는 일이다. 어머니는 돌아오는 길에 알
맞게 마른 화자의 똥 한 무더기를 밭고랑에 던지며 "뇌들 것은 다아
거름이어야" 하셨다.
이 다소 낭만적인 풍경은 양변기 위에 앉아 있는 화자의 모습과 바

로 대조된다. 몸 밖으로 나오자마자 바로 물속으로 떨어지는 양변기에서라면 "모락모락 김" 나는 모습을 볼 수 없다. "모락모락 김 나던 그 똥 한 무더기"를 화자가 "생각"할 수밖에 없는 까닭이다. 그 모든 것을 가능케 하는 것이 땅이었음을 김선우의 시는 새삼 일깨워 준다. 도시에서의 삶이란 이렇듯 오늘 내가 먹은 것이 "도대체 거름이 되질 않"는 삶이다. 그녀는 "세상에서 제일 좋은/눈물 많은 밥 냄새"(「우리 말고 또 누가 이 밥그릇에 누웠을까」)를 몹시 그리워하는데, 이 그리움의 정체 역시 밥 냄새가 지닌 생명력에 대한 그리움에 있다.

그녀를 지날 때 할머니는 합장을 하곤 했다. 어린 내가 천식을 앓을 때에도 그녀에게 데리고 가곤 했다. 정한 물과 숨결로 우리 손주 낫게 해 줍소. 그러면 나무는 쏴아, 쏴아아 소금 내 나는 바람을 일으키며 내 목덜미를 만져 주곤 하였다.

오래된 은행나무. 노란 은행잎이 꽃비 내리는 나무 아래 할머니가 오줌을 누고 계셨다. 반가워 달려가니 머리가 하얀 할머니는 엄마로 변해 있었다. 참 이상한 꿈길이지. 오줌 방울에 젖은, 반짝거리는 은행잎이 대관령 고갯마루로 날아오르고 있었다.

죽었다고, 시름시름 앓더니 어느 날 벼락을 맞았다고 했다. 그 땅에 새 길이 포장될 거라고, 길이 나면 땅값이 오를 거라고 은근히 힘주어 한 사내가 말하였다.

이상도 하지, 자살이란 말이 떠오른 건. 꿈 없는 길, 인간에 절망한 그녀의 자살 의지가 낙뢰를 불러들였는지도 몰라. 부러진 가지, 그녀가 매달았던 열매 속에서 피 흘리는 엄마들이 걸어 나왔다.

　　대관령을 넘으며 내가 꾼 낮꿈은 엄마가 나를 가질 때 꾸었다는 태몽
과 닮아 있었지만, 오래된 은행나무, 그녀를 몸 삼아 산보하던 따뜻한
허공의 틈새로 절룩거리며 걸어오는 늙은 오후가 보였다. 순식간에 늙
어 버린 대기의 주름살 속으로 반짝거리며 사라져 가는 태앗적 내가 보
였다.

―김선우, 「어미木의 자살 1」

(『내 혀가 입속에 갇혀 있길 거부한다면』) 전문

　　"어린 내가 천식을 앓"거나 할 때면 할머니가 어김없이 데려가던
'어미목(木)'은 마을 사람들이 소원을 빌 일이 생길 때면 찾는 당산목
같은 것이었을 게다. 정한 물과 숨결로 "우리 손주 낫게 해 줍소" 하
고 할머니가 합장을 하며 빌면, 나무는 소금 내 나는 바람을 일으키
며 내 목덜미를 만져 주곤 하였다. 그러면 천식도 거뜬히 낫곤 했을
것이다.
　　그 오래된 은행나무의 꿈을 화자는 갑자기 꾼다. 꽃비 내리는 나무
아래 할머니가 오줌을 누고 계셨는데 반가워서 달려가니 머리가 하
얀 할머니가 엄마로 변해 있는 꿈이었다. 시간을 거꾸로 돌려 회춘이
라도 하는 듯한 묘한 꿈과는 달리 은행나무는 시름시름 앓더니 어느
날 벼락을 맞고 죽었다는 소식이 들려온다. 은행나무가 있던 땅에 새
길이 포장될 거라고, 길이 나면 땅값이 오를 거라고 좋아하는 사내의
모습을 보면서 화자는 문득 은행나무의 죽음이 자살이 아닌가 의심
한다. 인간에게 절망한 그녀의 자살 의지가 낙뢰를 불러들였는지도
모른다는 화자의 추측은 왠지 설득력을 지닌다. 은행나무 가지는 부

러지고 열매 속에서는 피 흘리는 엄마들이 걸어 나온다. 수많은 엄마들과 그들의 엄마들을 살게 했던 은행나무가 죽음을 맞이하자 대기도 순식간에 늙어 버려 주름살 가득한 모습이 되고, 그 속으로 태앗적의 내가 사라져 가는 모습이 보인다.

오랜 세월 마을 사람들의 기원을 품은 채 마을의 역사와 함께 살아온 '어미목'을 죽음으로 이끈 것은 개발에 대한 인간의 욕심과 욕망이라고 시인은 말하고 싶었을 것이다. 결국 그것은 나무 한 그루를 죽이는 일에 그치지 않고 우리의 생명 하나하나를 위협하는 일을 초래하게 될지도 모른다는 사실을 김선우의 시는 생태주의를 표 나게 드러내지 않으면서 알려 준다. 그녀의 시가 바라는 궁극은 물론 생명에 있다.

같은 시집에 실린 「입춘」이라는 시에서 "먼 들판 지천으로 퍼지는/애기똥풀 냄새"를 맡으며 아이를 갖고 싶다는 바람을 드러내는 것도 생명을 품은 "둥근 배"에 대한 시인의 갈망인 셈이다. "둥근 배"같이 둥글고 부드러운 것이 형성하는 이미지는 김선우의 초기 시부터 이후의 시에 이르기까지 지속적으로 발견되는데, 이는 생명을 품은 어미의 배이다. "내 몸속에 자라는 또 한 생명을 위해/밥과 국물을 나누어 먹고" 말을 나누고 몸을 나누는 경험은 매우 신비롭고 특별한 사랑의 경험으로 시인의 몸에 새겨진다.

반쯤 죽은 호두나무가
파란 호두알을 매달았다

호두알 속에 옹송그린
쪼글쪼글한 아기들

검버섯 핀 몸속에
어머니는 호두나무를 키웠다

태양이 폐광 위를 지나고
물통 속의 바람이 호두나무를 만지고
어머니가 산통을 앓는다

여울목을 지나면서
쪼글쪼글해진 호두나무

어머니는 지금
어머니의 자궁 속에 들어 있다

　　　　　　　　　　　　　　　—김선우, 「어미木의 자살 5」

　　　　　　　(『내 몸속에 잠든 이 누구신가』, 문학과지성사, 2007) 전문

　2007년에 나온 시집 『내 몸속에 잠든 이 누구신가』도 밥과 사랑과
몸의 상상력이 펼쳐진다는 점에서 앞선 두 권의 시집(『내 혀가 입속에 갇
혀 있길 거부한다면』, 『도화 아래 잠들다』)의 연장선 위에 있다. 달라진 점이
있다면 죽음에 대한 사유가 눈에 띈다는 점과 타자를 향한 관심을 녹
여내 시가 한층 웅숭깊어졌다는 것일 게다.

　반쯤 죽은 호두나무가 파란 호두알을 매달고 있다. 호두나무라는
몸 안에 죽음과 삶이 공존해 있는 것이다. 그것은 이내 어머니의 몸
으로 옮겨 간다. 호두알 속에 옹송그린 쪼글쪼글한 아기들처럼, 우리
의 어머니들도 그렇게 검버섯 핀 몸속에 호두나무를, 호두알을 키워

왔으리라. 자신의 몸은 죽어 가는지도 모르고 새 생명을 키우기 위해 자신의 몸을 바쳤을 것이다. 어머니의 몸을 밑천으로 새 생명은 자란다. 이것은 비유가 아니다.

태양이 폐광을 지나고 물통 속의 바람이 호두나무를 만지는 시간, 그 시간의 흐름 속에서 어머니가 산통을 앓는다. 여울목을 지나면서 쪼글쪼글해진 것이 어디 호두나무뿐이겠는가. 여러 번의 산통을 겪으며, 늘 처음 같은 산통을 겪으며, 그렇게 어머니도 어머니의 삶도 쪼글쪼글해졌을 것이다. 파란 호두알을 영글게 하기 위해 죽어 가는 호두나무. 이것 역시 호두나무의 자살, 즉 '어미목'의 자살이라 부를 수 있을 것이다.

"어머니는 지금/어머니의 자궁 속에 들어 있다". 생명을 싹 틔워 품어 안아 낳는다는 자궁. 그 속에서 어머니도 새 생명을 얻을 수 있을까? 우리네 어머니의 자궁이 새 생명을 낳고, 다시 그 생명이 자라 어머니가 되어 또 새 생명을 낳고……. 그러니 어머니의 자궁 속에는 어머니가 들어 있는 셈이다. 죽음으로써 새 생명을 사는 '어미목'의 삶. 그곳에서라면 "보도블록 콘크리트를 걷어 내고/꽃잎을 놓은 댓잎 자리 위에 누워" "사랑"(「Everybody shall we love?」)을 할 수도 있을 것 같다. 김선우의 이번 시집은 '사랑'이 바로 죽음을 뚫고 나오는 것임을, '피'를 보지 않고는 '사랑'을 이루어 낼 수 없음을 보여 주고 있다. 그것이야말로 모든 것을 다 바쳐서 비로소 한 생명을 일궈 내는 자궁의 힘이자 땅의 힘이자 또한 시의 힘이 아니겠는가?

4. 감자의 시간과 모국어—허수경의 시

허수경의 첫 시집 『슬픔만 한 거름이 어디 있으랴』에는 남도 여인의 슬프고도 생명력으로 넘치는 가락이 생생히 살아 있다. 그녀는 때

로는 「폐병쟁이 내 사내」에게 흐벅진 허벅지 살을 내어주는 지극정성
과 생명력으로 넘치고, 때로는 핍박받는 한국 여성의 표상이 되어 파
괴하고 짓밟는 데 몰두해 온 남성들 중심의 역사를 질타한다. 때로는
원폭 피해라는 슬픈 역사를 되풀이하지 않기 위해 아이를 갖는 꿈을
도려내는 독한 여성의 얼굴을 하고 있기도 하다. 슬프고도 강인한 남
도 여성의 이미지를 허수경의 시보다 더 아름답게 그려 낸 시를 나는
아직 보지 못했다. 그녀의 시에서 남도 여인의 이미지는 비로소 완성
된다.

그 사내 내가 스물 갓 넘어 만났던 사내 몰골만 겨우 사람 꼴 갖춰 밤
어두운 길에서 만났더라면 지레 도망질이라도 쳤을 터이지만 눈매만은
미친 듯 타오르는 유월 숲 속 같아 내라도 턱하니 피기침 늑막에 차오르
는 물 거두어 주고 싶었네
산 가시내 되어 독 오른 뱀을 잡고
백정집 칼잽이 되어 개를 잡아
청솔가지 분질러 진국으로만 고아다가 후후 불며 먹이고 싶었네 저
미친 듯 타오르는 눈빛을 재워 선한 물같이 맛깔 데인 잎차같이 눕히고
싶었네 끝내 일어서게 하고 싶었네
그 사내 내가 스물 갓 넘어 만났던 사내
내 할미 어미가 대처에서 돌아온 지친 남정들 머리맡 지킬 때 허벅살
선지피라도 다투어 먹인 것처럼
어디 내 사내뿐이랴

—허수경, 「폐병쟁이 내 사내」
(『슬픔만 한 거름이 어디 있으랴』, 실천문학사, 1988) 전문

내가 이 시를 처음 읽은 것은 1989년이었는데, 그때의 충격을 나는 아직도 잊지 못한다. 아마도 화자가 그 사내를 만났을 때처럼 스물 갓 넘은 나이의 여자아이였기 때문일지도 모르겠다. 몰골만 겨우 사람 꼴을 갖춘 폐병쟁이 사내의 미친 듯 타오르는 유월 숲 속 같은 눈매에 반해 "산 가시내 되어 독 오른 뱀을 잡고/백정집 칼잽이 되어 개를 잡아/청솔가지 분질러 진국으로만 고아다가 후후 불며 먹이고 싶었"다는 그녀의 고백은, 당시 이십대였던 시인의 입에서 나온 고백치고는 참으로 당차고 놀라운 데가 있었다.

결국 그것은 그 사내를 살리고 싶은 마음의 표현이었던 셈인데, 지금 와 생각해 보면 이때부터 허수경의 시는 생명을 살리는 시를 꿈꿔 왔던 것 같다. 그녀는 천성적으로 누군가를 거둬 먹이고 살리는 데 타고난 재주를 지닌 시인이었는지도 모르겠다. "내 할미 어미가 대처에서 돌아온 지친 남정들 머리맡 지킬 때 허벅살 선지피라도 다투어 먹인" 바로 그 핏줄을 허수경 시인은 천형처럼 이어받은 것인지도 모른다. 그녀가 직감한 시인의 운명도 그런 것이었을까? "어디 내 사내뿐이랴", 무심코 내뱉는 이 시의 마지막 행은 솔직히 소름 끼친다. 폐병쟁이 내 사내뿐 아니라 모든 사내를, 더 나아가 죽어 가는 모든 존재를 살려 내고 싶다던 이 맹랑한 이십대 시인은 지금도 먼 이역 땅에서 평화의 노래를 모국어로 짓고 있다.

피로 이어지는 천역의 삶
더 이상은
남기지 말자

두 번째 유산을 하고 쓰러질 듯 돌아오는

최 여인은 원폭 캘로이더로
사지무기력증에 빠진 조국의 개망초 둑길을 걸어오는
최 여인은 다짐하고
또 다짐합니다
남기지 말자

설핏 노을이 지고
어느새 만월

한 번도 온전하게 채워 보지 못한
거딜 난 원폭의 자궁
태어나면 천역을 온몸에 이고
서럽게 살아야 할 아기는
에미 칼에 찔려 피투성이로 뒹굽니다
남기지 말자

용서해라
나의 자궁은 저 만월만큼 꽉 차 보지 못할지니
조국이여
빼앗기기만 했던 원통한 에미의 삶과
에미한테 죽은 아기의 태어나지 않은 꿈과
　　　　　—허수경, 「원폭수첩 4」(『슬픔만 한 거름이 어디 있으랴』) 전문

　첫 시집의 상당 부분에서 허수경은 오래 핍박받아 온 이 땅의 역사
를 노래한다. 아마도 그녀가 남도의 여성 시인이었기 때문에 가능한

일이었을 것이다. 「원폭수첩」 연작시는 히로시마 원폭의 피해로 죽음 같은 삶을 살고 있는 사람들에 대해 노래한다. 일본의 경우에는 가해 자로서의 자신들의 얼굴을 지우기 위해서라도 원폭 피해를 집요하게 주목하곤 했는데(심지어 전 세계적으로 인기를 끌었던 「반딧불의 묘」 같은 애니메 이션에서도 원폭 피해자로서의 일본의 모습을 눈물과 감동의 드라마와 함께 부각시킨 다), 정작 당시에 마찬가지로 원폭 피해를 입은 우리 민족의 경우에는 해방의 기쁨에 가려 주목되지 못한다. 그들이야말로 역사에 의해 두 번 죽은 존재들이라고 할 수 있을 것이다.

허수경의 「원폭수첩」 연작시는 바로 역사의 희생양이 되어 이미 죽 은 존재들인 원폭 피해자들의 아픔과 한을 그린 시이다. "피로 이어 지는 천역의 삶"을 "더 이상은/남기지 말자"는 뜻으로 두 번째 유산 을 하고 돌아오는 길에 최 여인은 다짐하고 또 다짐한다. "한 번도 온 전하게 채워 보지 못한/거덜 난 원폭의 자궁"을 다시는 생명으로 채 우지 않을 것. 설사 태어난다 한들 어미처럼 천역을 온몸에 이고 서럽게 살아야 한다는 것을 그녀는 누구보다도 잘 알고 있다. 그녀의 독한 마음의 칼에 찔려 아기는 피투성이로 뒹군다. 그것은 물론 이 미 겪은 유산의 이미지이기도 하다. "빼앗기기만 했던 원통한 에미의 삶과/에미한테 죽은 아기의 태어나지 않은 꿈" 앞에서 그녀는 용서 를 빈다. 빼앗기기만 했던 것은 그녀의 삶뿐만이 아니다. 그녀의 조 국 역시 그러했다는 것을 시인은 또한 누구보다도 잘 알고 있다. 낯 선 이국으로 떠난 후에도 허수경의 시가 모국어와 평화라는 문제에 집착하는 이유도 그 때문일지 모른다. 빼앗기기만 한 역사를 지닌 사 람들이 희망을 둘 데는 어쩌면 평화밖에 없을 테니 말이다.

아이들 자라는 시간 청동으로 된 시간

차가운 시간 속 뜨겁게 자라는 군인들

아이들이 앉아 있는 땅속에서 감자는
아직 감자의 시간을 사네

다행이군요,
땅속에서 땅사과가 아직도 열리는 것은
아이들이 쪼그리고 앉아 땀을 역청처럼 흘리네

물 좀 가져다주어요
물은 별보다 멀리 있으므로
별보다 먼 곳에 도달해서
물을 마시기에는
아이들의 다리는 아직 작아요

언젠가 군인이 될 아이들은 스무 해 정도만 살 수 있는 고대인이지
요, 옥수수를 심을 걸 그랬어요 그랬더라면 아이들이 그 잎 아래로 절
숨길 수 있을 것을 아이들을 잡아먹느라 매일매일 부지런한 태양을 피
할 수도 있을 것을

아이들을 향해 달려가는
저 푸른 마스크를 쓴 이는 누구의 어머니인가,
저 어머니들의 얼굴에 찍혀 있는 청동의 총,
저 아이를 끌고 가는 피곤한 얼굴의 사람들은

아이들의 어머니인가

원숭이 고기를 끓여 아이에게 주는 푸른 마스크의

어머니에게 제발 아이들의 안부 좀 전해 주어요

아이들이 자라는 그 청동의 시간도, 그 뜨거운 군인이 될 시간도

—허수경, 「물 좀 가져다주어요」

(『청동의 시간 감자의 시간』, 문학과지성사, 2005) 전문

언젠가 군인이 될 아이들은 청동으로 된 시간을 산다. 아이들은 군인으로 길러지고, 곧 소모되어 사라진다. 그러므로 "아이들은 스무해 정도만 살 수 있는 고대인"과 다르지 않다. 청동으로 된 시간은 누군가를 죽이는 전쟁을 일으키는 시간이자 무기를 생산해 내는 시간이므로 차가운 죽음의 시간이다. 그 차가운 시간 속에서 군인들이 뜨겁게 자란다는 것은 자신이 살아남기 위해서, 때로는 더 많은 것을 누리기 위해서 다른 이들을 죽이는 욕망을 키우게 됨을 의미한다. 아이들은 아직 누군가를 죽이는 군인은 아니지만, 미래의 군인으로 길러진다. 전쟁이 일어나는 땅에서, 전쟁 같은 나날을 보내는 경쟁의 나날들 속에서 누구도 예외는 없다.

여기서 시인은 감자의 시간에 주목한다. "아이들이 앉아 있는 땅속에서 감자는/아직 감자의 시간을" 산다. 군인들이 지배해 버린 청동의 시간 속에서도 감자에게는 감자의 시간이, 땅사과에게는 땅사과의 시간이 아직 살아 있다. 다행이라고 시인은 말한다.

쪼그리고 앉아 땀을 역청처럼 흘리는 아이들을 보며 시인은 "물 좀 가져다주어요"라고 말한다. 밑도 끝도 없어 보이는 말이지만, 물은 아이들이 흘리는 땀을 식혀 주고 머잖아 군인이 될 아이들의 뜨거운 욕망을 식혀 줄 수 있는 존재이다. 감자가 자라기 위해서도 땅사과가

열리기 위해서도 물은 필수적이다. 아이들을 잡아먹을 듯한 태양이 내리쬐는 곳에서라면 더욱 그렇다. 별보다 멀리 있는 물이지만 어쩌면 이 물이 아이들의 시간을 청동의 시간에서 감자의 시간으로 돌려 놓을 수 있을지도 모른다.

청동의 시간과 감자의 시간은 대비되는 시간이다. 청동의 시간이 전쟁을 일으키고 욕망을 좇아 다른 생명체를 죽이는 시간이라면, 감자의 시간은 전쟁의 와중에도 생명의 씨앗을 영글게 하는 살림의 시간이다. 청동의 시간은 보란 듯 햇볕에 노출되어 있지만, 감자의 시간은 땅속에 몸을 숨기고 있다. 보이지 않는 곳에서 생명을 키우기 위한 사투를 벌이는 시간인 것이다.

이 시에서 태양은 청동의 시간을 작동하게 하는 에너지로써 부정적인 의미를 지닌다. 아이들은 햇빛을 받으면 자라지만 아이들이 자란다는 것은 곧 군인이 된다는 것을 의미하기 때문이다. 아이들의 성장을 촉진시키는 태양을 피하기 위해 "옥수수를 심을 걸 그랬"다는 화자의 말이 이어지는 까닭도 바로 여기에 있다.

달아오른 청동을 식혀 주고 감자알을 굵어지게 만들고 역청처럼 흘리는 아이들의 땀을 식혀 줄 수 있는 유일한 존재는 물이다. 그런데 "물은 별보다 멀리 있으므로/별보다 먼 곳에 도달해서/물을 마시기에는" 아이들로서는 역부족이다. 물을 마시러 "별보다 먼 곳"까지 가기 위해서는 아이들이 더 자라야 하는데, 그것은 곧 군인이 되어야 하는 청동의 시간에 가까워지는 일이기도 하다. 그러므로 시인은 세상을 향해 목청 높이 외친다. "물 좀 가져다주어요"라고 말이다.

아이들에게 물을 가져다주는 발걸음은 절박한 도움 요청에 응하는 구원의 몸짓이라고 할 수 있다. 물을 가져다주는 발걸음이 하나둘씩 늘어 갈수록 생명이 자라는 '감자의 시간'은 무르익을 것이고, 반면 전쟁이 가속화되는 '청동의 시간'은 그 광기가 식어 갈 것이다. "물 좀 가져다주어요"라는 절박한 외침을 듣기라도 한 것인지 "푸른 마스크를 쓴" 어머니들이 "아이들을 향해" 달려간다. "저 푸른 마스크를 쓴 이는 누구의 어머니인가"? 아마도 "아이들의 어머니"일 것이다. 어느 한 아이의 특정한 어머니가 아니라 아이들 모두의 어머니일 것이다. "저 어머니들의 얼굴에"는 "청동의 총"이 찍혀 있다. 전쟁의 낙인이 이미 어머니들의 얼굴에도 찍혀 있는 것이다. 어른의 세계에 속해 있는 이상 어머니라고 해서 예외일 리는 없다.

그러나 전쟁의 시간에 속해 있어도 어머니의 모습은 군인의 모습과는 다르다. 총은 어머니의 손에 들려 있는 것이 아니라 어머니의 '얼굴'에 찍혀 있다. 얼굴에 찍혀 있는 총은 다른 이를 향해 발사될 수 없다. 어머니 역시 어른인 이상 전쟁의 책임으로부터 온전히 자유로울 수는 없지만, 그렇다고 해서 총부리를 들이대며 학살에 참여하지는 않는다. 오히려 구원을 요청하는 아이들에게 누구보다도 먼저 달려가고 지친 아이들을 끌고 가는 역할을 한다. 어머니의 움직임은 아이들에 의해 이루어지는데, 그것은 어머니의 눈과 귀가 아이들을 향해 예민하게 열려 있다는 것을 간접적으로 암시한다.

어머니가 쓰고 있는 "푸른 마스크"는 어머니를 군인들과 구별해 주는 또 하나의 표지이다. "푸른 마스크"는 대개 공격의 의미보다는 방어의 의미를 상징적으로 갖는다. 방어를 할 뿐 공격을 하지는 않는다는 점에서 어머니는 군인들과는 근본적으로 다르다. 전장에서 어머니들이 하는 일이라곤 아이들의 부름에 응해 달려가는 것이거나 지친 아이들을 끌고 가는 것, 그리고 아이들에게 "원숭이 고기를 끓여" 주는 것이다. 어머니들은 누군가를 죽이는 일이 아니라 아이들을 먹이고 북돋아 주고 살리는 일에 자신을 던진다. 어머니들이 궁금해하는 것은 오로지 아이들의 안위이다. 아이들이 있는 곳이면 달려가 음식을 끓여 주고 물을 떠다 주고 하는 것도 아이들의 안부를 묻기 위해서이다. 이미 누구의 아이인지는 중요하지 않다. 전쟁은 어머니들의 안타까운 눈물과 한숨을 낳을 수밖에 없다.

전쟁의 폭력과 광기마저 끌어안는 시인의 생명력은 따지고 보면 연원이 오랜데, 어딘지 어머니의 모습을 닮았다. 폐병쟁이 내 사내를 돌보던 거침없는 손길(「폐병쟁이 내 사내」), "금방 울 것 같은 사내의 아름다움"을 끌어안고 다독이던 외롭고 따뜻한 품(「혼자 가는 먼 집」), 집 나간 아이를 찾아 온 동네 변소를 휘젓고 다니던 어머니의 모습(「두렵지 않다, 그러나 말하자면 두렵다」)은 결국 허수경의 시에서 하나가 된다. 시집마다 다른 모습으로 변모한 것 같았지만 허수경 시인의 여성성은 점점 더 그 뿌리가 깊어졌을 뿐이다. 그녀의 시는 '진주 말'을 회복함으로써 모국어의 아름다움을 다시 기억할 수 있게 되면서 생명을 키우는 감자의 시간을 회복해 가고 있는 것처럼 보인다.

5. 붉은 밭과 여성 가장의 생명력—최정례의 시

최정례의 시에서도 이 땅에서 살아가는 여성으로서의 삶은 중요한 시적 원천을 이룬다. 한 남자의 아내이자 아이의 어머니이자 한 어머니의 딸이기도 한 여자의 일생은 그녀 시의 중요한 원천을 이루고, 여성으로서의 시선은 곧 그녀가 세상을 바라보는 독특한 시선이 된다. 최정례의 시에서는 현실 속의 시간과 신화 속의 시간이 겹치는 일이 빈번하게 일어나는데, 이 낯선 겹침이 새로운 시간과 공간을 창출해 내기도 한다. 우리가 놓친 시간들이 그녀의 호명에 의해 불쑥 솟아오르기도 하고 낯선 시간과 공간에 우리를 데려다 놓기도 한다. 낯선 시간과의 마주침을 통해 그녀의 시는 가난하고 고단한 일상을 견디는 힘을 준다.

나는 지금 두 손 들고 서 있는 거라
뜨거운 폭탄을 안고 있는 거라

부동자세로 두 눈 부릅뜨고 노려보고 있는 거라 빠빳한 수염털 사이
로 노랑 이그르한 빨강 아니 불타는 초록의 호랑이 눈깔을

햇빛은 꽝꽝 내리퍼붓고
아스팔트 너무나 고요한 비명 속에서

노려보고 있었던 거라, 증조할머니 비탈밭에서 호랑이를 만나, 결국
집안을 일으킨 건 여자들인 거라, 머리가 지글거리고 돌밭이 지글거리
고, 호랑이 눈깔 타들어 가다 못해 슬몃 뒤돌아 가 버렸던 거라, 그래 전
재산이었던 엇송아지를 지켰고, 할머니 눈물 돌밭에 굴러 싹이 나고 잎
이 나고

그러다가 떡 하나 주면 안 잡아먹지 하는
식의 호랑이를 만난 것이라
신호등을 아무리 노려봐도 꽉 막혀서

─다리 한 짝 떼어 놓으시지
─팔도 한 짝 떼어 놓으시지

이젠 없다 없다 없다는데도

나는 증조할머니가 아니라 해도

―머리통 염통 콩팥 다 내놓으시지
―내장도 마저 꺼내 놓으시지

저 햇빛 사나와 햇빛 속에 우글우글
아이구 저 호랑이 새끼들

―최정례, 「햇빛 속에 호랑이」

(『햇빛 속에 호랑이』, 세계사, 1998) 전문

세 가지 상황이 겹쳐 있는 흥미로운 시이다. 첫 번째 상황. 시의 화
자는 지금 폭염 속 아스팔트 위에서 신호가 바뀌기를 기다리며 서
있다. "햇빛은 쾅쾅 내리퍼붓고/아스팔트 너무나 고요한 비명 속에
서" 화자는 "뜨거운 폭탄을 안고 있는" 듯한 착각에 빠져 신호등을 노
려보고 있다. 노랑 빨강 초록의 신호등 불빛이 순간 호랑이로 보인
다. 두 번째 상황. 증조할머니가 비탈밭에서 호랑이를 만났으나 다행
히 호랑이로부터 전 재산이었던 엇송아지를 지켜 낸다. 돌밭에서 싹
이 나고 잎이 나는 일도 가능하게 했을 만큼 증조할머니는 질긴 생명
력을 지니고 있었다. 세 번째 상황. 전래동화 「해님 달님」에 등장하는
할머니는 떡 하나 주면 안 잡아먹지 하는 호랑이를 만난다. "다리 한
짝 떼어 놓으시지" "팔도 한 짝 떼어 놓으시지" 호랑이의 협박은 점점
거세지고 마침내 "머리통 염통 콩팥 다 내놓으시지" "내장도 마저 꺼
내 놓으시지" 하며 할머니의 생명을 강하게 위협해 온다. 거래의 기
본을 모르는 양심 불량 호랑이다.
　시간적 배경도 공간적 배경도 모두 다른 세 가지 상황에서 공통적

으로 등장하는 것이 바로 호랑이다. 서로 다른 상황이지만 호랑이는 항상 화자와 그녀의 증조할머니와 전래동화 속 할머니가 목숨 걸고 맞서야 하는 존재였다. 전래동화 속 할머니는 목숨을 부지하는 데 실패하지만, 대신 아이들의 목숨은 구할 수 있었고, 화자의 증조할머니는 호랑이로부터 집안의 전 재산이었던 엇송아지를 지켜 내는 데 성공한다. 증조할머니의 기세에 눌려 호랑이는 슬며시 뒤돌아가 버린다. 그렇다면 현재의 화자는 어떠한가? 그녀가 마주한 것이 신호등에 불과하다면 신호가 바뀌고 건너감으로써 모든 갈등이 해소되겠지만, 폭탄과 호랑이는 사실 그녀의 불안감을 드러내는 표징에 불과하다. 호랑이가 화자를 비롯한 여성들의 삶에서 필연적으로 맞서야 하는 적대적인 존재들이라면, 화자가 그들을 대하는 태도는 마지막 연에서 드러난다.

"저 햇빛 사나와 햇빛 속에 우글우글/아이구 저 호랑이 새끼들"! 그녀가 맞서서 이겨 내야 하는 적대적인 존재들이 세상에 우글우글함을 그녀는 바로 깨닫는다. 더구나 그들 중에는 아직 "호랑이 새끼들"에 불과한 존재들도 있다. 잠재된 적대자들을 향해 시인은 "아이구"라는 감탄사를 내뱉는다. 그것은 놀라거나 기막힐 때 쓰는 말이기도 하고 절망하거나 좌절했을 때 내는 말이기도 하다. 때론 반갑거나 좋은 일이 있을 때 쓰이기도 한다. 여기서는 자신의 앞을 가로막은 호랑이들과 우글우글한 호랑이 새끼들을 보며 기막혀 하면서 다소 자조적으로 내뱉는 말이지만, 그리 절망적으로 들리지는 않는다. 그녀의 증조할머니가 이겨 냈듯이, 그녀 역시 우글우글한 호랑이들을 이겨 내고 그녀 자신을 지켜 낼 수 있을 거라는 믿음마저 생긴다. '전래동화 속 할머니-증조할머니-나(화자)'로 이어지는 핏줄과 내력이 집안을 일으키고 지켜 낸 여성 가장의 생명력을 그녀에게도 전수해

줄 것이다. 그것이야말로 농사짓고 가계를 일군 땅의 생명력으로부터
나온 것이기도 하다.

한때 아기였기 때문에 그녀는 늙었다

한때 종달새였고 풀잎이었기에

그녀는 이가 빠졌다

한때 연애를 하고

배꽃처럼 웃었기 때문에

더듬거리는

늙은 여자가 되었다

무너지는 지팡이가 되어

손을 덜덜 떨기 때문에

그녀는 한때 소녀였다

채송화처럼 종달새처럼

속삭였었다

쭈그렁바가지

몇 가닥 남은 허연 머리카락은

그래서 잊지 못한다

거기 놓였던 빨강 모자를

늑대를

뱃속에 쑤셔 넣은 돌멩이들을

그녀는 지독하게 목이 마르다

우물 바닥에 한없이 가라앉는다

일어설 수가 없다

한때 배꽃이었고 종달새였다가 풀잎이었기에

그녀는 이제 늙은 여자다
징그러운
추악하기에 아름다운
늙은 주머니다

—최정례, 「늙은 여자」(『붉은 밭』, 창작과비평사, 2001) 전문

여기 늙은 여자가 있다. 한때 아기였다가 빨강 모자 같은 소녀 시절을 보내고, 남자를 만나 연애도 하고, 그중 한 남자와 결혼도 하고, 자신을 닮은 아기를 낳아 기르고, 그러던 중 어느새 나이 들어 이제 더듬거리고 이가 빠지고 손을 덜덜 떨고 지팡이 없이는 한 발짝도 떼어 놓기 힘든 늙은 여자가 되었다. 한 여자의 일생이란 대개 이런 것일 게다. 한때 순진무구한 아기였고 배꽃이었고 종달새였고 풀잎이었던 여자는 이제 징그럽고 추악하지만 그러기에 여전히 아름다운 늙은 여자가 되었다.

늙은 여자를 이보다 더 아름답게 그린 시를 나는 알지 못한다. "추악하기에 아름다운/늙은 주머니"의 현재로부터 한때 아기였고 종달새였고 풀잎이었고 배꽃이었던 시절을 보는 시인의 시선은 눈물겹기까지 하다. 시간과 인과관계의 역전을 통해 시인은 "한때 아기였기 때문에 그녀는 늙었다"고 말한다. "한때 종달새였고 풀잎이었기에/그녀는 이가 빠"지고 "한때 연애를 하고/배꽃처럼 웃었기 때문에/더듬거리는/늙은 여자가 되었다".

깜빡 잠이 들었었나 봅니다 기차를 타고 가다가 푸른 골짜기 사이 붉은 밭 보았습니다 고랑 따라 부드럽게 구불거리고 있었습니다 이상하게 풀 한 포기 없었습니다 그러곤 사라졌습니다 잠깐이었습니다 거길 지날

때마다 유심히 살폈는데 그 밭 다시 볼 수 없었습니다

　　무슨 일 때문인지는 기억나지 않습니다 엄마가 내 교과서를 아궁이
에 쳐넣었습니다 학교 같은 건 다녀 뭐하냐고 했습니다 나는 아궁이를
뒤져 가장자리가 검게 구불거리는 책을 싸들고 한 학기 동안 학교에 다
녔습니다 왜 그랬는지 모릅니다

　　타다 만 책가방 그후 어찌했는지 기억나지 않습니다 그 밭 왜 풀 한
포기 내밀지 않기로 작정했는지 그러다가 어디로 사라졌는지 알 수 없
습니다 가끔 한밤중에 깨어 보면 내가 붉은 밭에 누워 있기도 했습니다
　　　　　　　　　　　　　　　　　—최정례, 「붉은 밭」(『붉은 밭』) 전문

　　붉은 밭은 불모의 땅이다. 풀 한 포기 자랄 수 없고 생명을 키울 수
없는 땅. 밭은 밭이되 풀 한 포기 자라지 않는 밭. 이 척박한 땅은 생
명의 모태가 될 수 없는 여성을 상징하기도 한다. 최정례의 시에서는
그 붉은 밭이 "풀 한 포기 내밀지 않기로 작정"한 땅으로 그려진다.
기차를 타고 가다가 푸른 골짜기 사이에서 언뜻 붉은 밭을 보았지만
고랑 따라 부드럽게 구불거리던 그 붉은 밭은 곧 사라져 그 후 다시
는 볼 수 없었다고 한다. 풀 한 포기 자라지 않는 그 땅의 강렬한 척
박함이 시인의 가슴에 들어와 자리 잡았지만 아직도 영문을 알 수는
없다. 그럼에도 시인은 붉은 밭이 풀 한 포기 내밀지 않기로 작정했
을 거라 말한다. 붉은 밭은 시인의 감정이 이입된 땅이다.
　　다시 어릴 적 기억이 떠오른다. 엄마가 교과서를 아궁이에 처넣어
가장자리가 검게 구불거리는 책을 싸들고 학교에 다녀야 했던 기억.
학교 같은 건 다녀 뭐하냐는 엄마의 말은 기억에 남아 있지만, 정작

무슨 일 때문인지는 기억나지 않는다. 타다 만 책가방도 그 후 어찌했는지 기억이 나지 않는다. 한때는 치명적이었을 일도 이렇게 시간이 흐르고 나면 아렴풋해지게 마련이다. 증오도, 원망도, 한도 다행히 영원히 기억에 남지는 않는다. 다만, 붉은 밭의 이미지만이 남아 시인의 밤을 이따금씩 간섭해 올 뿐이다.

최정례 시인에게 모성 혹은 여성성은 그 자체로 풍족하고 넉넉한 품성으로 그려지지는 않는다. 차라리 풀 한 포기 자라지 않는 붉은 밭의 형상처럼 상처 입고 아픈 기억으로 그녀의 무의식에 자리한다. 하지만 호랑이로부터 엇송아지를 지켜 낸 증조할머니의 생명력이 그녀의 밑바닥에도 흘러, 낯선 시간으로의 여행을 통해, 그녀의 시는 이 불모의 시간을 견뎌 낸다.

6. 여성시의 생명력과 가능성

그 밖에도 백두대간의 상상력을 선보이고 있는 이향지의 시라든가 지리산의 정기를 이어받은 고정희의 시를 대지의 상상력과 관련해서 읽을 만하다. 이 글에서는 지면 관계상 비교적 비슷한 시기에 활동하며 서너 권 이상의 시집을 낸 여성 시인인 나희덕, 김선우, 허수경, 최정례의 시를 중심으로 대지와 여성이라는 문제를 다루어 보았다.

여성을 땅에 비유하는 상상력은 꽤 뿌리가 깊은데, 그 연원을 거슬러 올라가면 그리스 신화에 등장하는 가이아(Gaia) 여신에 이른다. 땅을 인격화한 신 가이아는 만물의 어머니로서 모든 신과 인간의 원초가 되는 신이라 할 수 있다. 그 존재를 무엇이라 부르든 모든 만물의 근원인 모신(母神)을 가리키는 상상력은 인류의 역사에서 매우 뿌리가 깊다. 아마도 그것은 땅이 지닌 생산성과 여성의 생산성을 유사성의 상상력으로 인식한 탓이 아닐까 싶다.

1970년대 초 영국의 대기학자 제임스 러브록은 지구의 역사와 생물의 진화에 관한 새로운 이론을 제시한다. 지구가 살아 있는 거대한 하나의 유기체라는 이 학설에 그는 '가이아 가설(Gaia Hypothesis)'이라는 이름을 붙인다. 지구가 생물과 무생물의 복잡한 유기체로 이루어져 있고, 지구의 생물권이 주변 환경에 적응해서 살아가는 단지 수동적인 존재가 아니라, 주변 환경을 적극적으로 변화시키기도 하는 능동적 존재임을 발견해 낸 것이다. 아마도 그는 지구가 지닌 이 놀라운 생명력에 '가이아'라는 신화적 이름을 붙이고 싶었는지도 모른다.

대지와 관련해서 여성성을 사유하는 시들은 대개 여성이 지닌 무한한 생명력에 주목하는데, 그것은 자연스럽게 모성과 관련될 수밖에 없다. 여자이자 어머니인 여성의 삶이 그녀들의 삶을 구속하는 감옥이기도 하고 또한 동시에 그녀들에게 무한한 생명의 기쁨을 누리게 하는 원천이기도 했을 것이다. 하지만 늘 그렇듯이 생명이란 죽음과 함께 존재하는 것이므로 그녀들의 기쁨의 원천은 동시에 그녀들의 고통의 원천이기도 했다.

이 글에서 살펴본 나희덕, 김선우, 허수경, 최정례의 시는 여성으로서의 정체성으로부터 비롯되는 슬픔과 아픔과 기쁨과 발견을 온몸으로 충실하게 견뎌 내고 감당해 내고자 한다. 나희덕과 김선우에게서는 좀 더 표 나게 지속적으로, 허수경과 최정례에게서는 좀 더 은밀하게 단속적으로 여성으로서의 삶과 대지의 상상력이 펼쳐진다. 아마도 이후에도 그녀들의 시의 뿌리는 이 생명의 근원에 닿아 있을 것이다. 다행스럽게도 서너 권 이상의 시집을 출간하면서 이들의 시는 여전히 매력적이고 아침 녘의 말간 얼굴처럼 낯익으면서도 또한 새롭다.

1990년대 후반에서 2000년대 이후에 등단한 최근의 젊은 여성 시인들은 더 이상 대지의 상상력에서 자신의 뿌리를 찾지는 않는 듯하다. 물론 이들에게서도 여성으로서의 정체성이 시적 원천으로 중요하게 나타나는 경우가 적지 않지만, 그것이 표출되는 방식은 모성이나 대지의 상상력과는 거리가 멀다. 이들이야말로 여성/남성의 이분법적 분할을 허무는 의미에서의 여성성에 육박해 있다고 할 수 있을지도 모르겠다. 이 젊은 시인들에게 '여성시'라는 명칭이 낯선 이유는 그 때문이 아닐까. 어쩌면 이 글에서 살펴본 네 명의 시인들이 대지와 여성에 상상의 뿌리를 대고 있는 마지막 세대의 여성 시인이 아닐까 조심스럽게 전망해 본다.

알레고리의 확장과
반시(反詩)의 미학

1. 풍경의 재배치

이른바 '미래파' 시인들로 분류되던 시인들의 두 번째 시집이 상당
수 출간되었다. 이들의 첫 시집이 대개 2005년에서 2006년 사이에
출간되었다는 사실을 상기하면 두 번째 시집의 출간이 꽤 빨랐다는
사실을 알 수 있다. 물론 3-4년의 시간이면 적절하다고 볼 수도 있지
만, 문제는 이들의 첫 시집에 대한 논의가 비교적 최근까지도 이어지
고 있었다는 데 있다. 한동안 쟁점이 없던 시단에 '미래파' 시인들을
둘러싼 논쟁은 두고두고 우려먹을 만한 사건이었고 그로 인해 이들
의 두 번째 시집에 대해서는 심리적으로 느끼는 시간적 거리가 상대
적으로 빠르다고 인식되는 결과를 낳기도 했다.

2008년에서 2009년 사이에 출간된 이들의 두 번째 시집 중에는
의심의 여지없이 '미래파'라는 분류의 대표적 시인으로 거론되던 시
인들도 있지만(아무래도 제일 대표적인 예로는 황병승을 들 수밖에 없을 것이다),
그 귀속이 모호한 시인들도 있다. 논자들마다 '미래파' 시인들로 묶은

범주가 달랐기 때문에 '미래파' 시인들이 두 번째 시집을 냈다고 했을 때 과연 어디까지를 논의의 범주로 다루어야 하는지 문제가 생길 수밖에 없다.

그것은 애초에 이 용어를 처음 사용한 평론가 권혁웅이 수사적 용어로 '미래파'라는 용어를 사용하면서도 거기에 '우리 시의 미래'를 이끌어 갈 시인들이라는 가치를 부여하면서부터 어느 정도 예견된 일이기도 했다. 이른바 '미래파' 논쟁이 촉발되고 2000년대에 실험적인 성향의 시를 쓰는 젊은 시인들을 대거 '미래파'로 지칭하는 경향이 나타나면서(다종의 시 잡지들이 이러한 경향을 주도했고, 여기에 대응하는 평론가들의 적극적인 호명이 이어지면서 정작 '미래파'로 분류된 시인들의 의사와는 크게 상관없이—물론 시인들의 무언의 대응 속에는 무언의 긍정과 무언의 불만, 무관심 등 여러 가지 반응들이 있었지만—'미래파'라는 용어는 2000년대의 한국 시단에서 하나의 상징성을 부여받게 된다) 논자마다 그 범주가 다른 기이한 현상이 빚어지기도 했다.

'미래파' 시인들의 두 번째 시집을 통해 21세기 한국시의 알리바이를 묻는 이 글을 쓰면서 가장 고민이 되는 것은 어디까지 이 글에서 다루어야 하는가라는, 대상의 범주를 설정하는 문제였다. 나는 결국 두 번째 시집을 판단 기준으로 삼기로 했다. 첫 시집에서 다른 욕망이 끼어들 가능성이 좀 더 많은 데 비해 두 번째 시집에서는 정말 쓰고 싶은 것을 쓸 수 있는 자유를 좀 더 확보했을 거라는 가정이 이러한 판단에 얼마간 작용했다. 물론 첫 시집에서 문단의 주목을 받은 시인들일수록 두 번째 시집에서 그것을 넘어서거나 이어받아야 한다는 부담이 작용하기도 했겠지만, 최소한의 평가와 독자를 이미 확보했다는 점에서, 미지의 땅을 개척하는 두려움과 설렘 속에서 출간하는 첫 시집과는 다른 맥락이 작용하고 있었을 것이다.

실험적인 성향의 젊은 시인들 중 최근에 두 번째 시집을 출간한 시인들로는 황병승, 김행숙, 장석원, 김경주, 김이듬, 이민하, 정재학, 진은영 등을 꼽을 수 있는데, 이 글에서는 정재학은 2000년대 시인들로 귀속시키기에 이견이 있을 수 있다는 점에서, 진은영은 그녀가 추구하는 시 세계가 '미래파' 시인들로 묶이는 시인들과 약간의 차이가 발견된다는 점에서 제외하기로 한다. 김경주는 첫 시집만 보면 '미래파'로 분류하기 어려운 맥락을 가지고 있지만 두 번째 시집이 오히려 시인이 지향하는 세계를 솔직히 보여 준다는 판단 아래 '미래파' 시인의 범주에서 다루고자 한다. 이 글에서는 두 번째 시집을 출간한 젊은 시인들 중 황병승, 김경주, 장석원의 시를 통해 2000년대 우리 시의 알리바이를 묻고자 한다.

2. 음악이 되기 위해 발버둥 치는 아름다운 센텐스―황병승의『트랙과 들판의 별』

황병승의 두 번째 시집『트랙과 들판의 별』은 2007년에 상당히 빠르게 출간된다. 2005년에 그의 첫 시집이 출간되어 두 번째 시집이 나오기 직전까지 시단의 화제의 중심에 놓여 있었던 것을 생각하면 그의 두 번째 시집은 시기적으로 지나치게 빠른 감이 없지 않았다. 물론 발표된 작품의 양이야 넘치고도 남았으리라 짐작이 된다. 첫 시집보다 더 두껍게 출간된 시집의 두께를 확인하지 않더라도 첫 시집 출간 이후 그가 잡지에 발표한 작품의 양은 엄청났으니 말이다. 주목할 만한 좋은 시인이 등장하면 너 나 할 것 없이 원고 청탁을 해서 그의 시를 소비하고 결국에는 시인의 창작 에너지를 고갈시켜 버리는 최근의 문단 분위기가 황병승을 놓칠 리 없었다.

그러고 보면 황병승의 두 번째 시집이 실패한 데는 빨리 소비하고 빨리 잊어버리는 이러한 시단의 분위기가 하나의 원인으로 작용한 셈이다. 그렇더라도 시인이 소비되지 않고 버텨 주기를 바랄 수는 있겠지만 모든 책임을 전적으로 시인에게만 돌릴 수는 없는 노릇이다.

황병승의 두 번째 시집이 출간되었을 때, '미래파' 시인들 중에서도 단연코 대표성을 띠고 있었던 시인이 황병승이었던 만큼 문단의 기대도 자못 컸다. 기대치가 높았던 만큼 그의 두 번째 시집에 대한 실망도 컸다. 시단과 독자의 반응은 상당히 냉혹했다. 첫 시집에 쏠린 지나칠 정도의 기대는 고스란히 두 번째 시집에 대한 실망으로 이어졌다. 그리고 그것은 철저한 침묵이라는 반응을 낳았다.

왜 그토록 황병승의 두 번째 시집에 실망한 것일까? 첫 번째 반응은 달라진 게 없다는 것이었다. 첫 시집 『여장남자 시코쿠』에서 그는 '시코쿠'로 대표되는 성적 소수자를 등장시켜 이성애주의, 민족주의, 국가주의 등 오랫동안 우리 사회를 지배해 온 담론을 마치 담장을 도끼로 내리찍듯이 정면으로 돌파하고 부정했다. 우리 사회의 가장 예민한 지점을 날카롭게 건드렸다는 데서 그의 첫 시집의 의미를 찾을 수 있을 것이다. 그러나 한편으로 그의 첫 시집이 지닌 매력은 2000년대 시단에서 충분히 소비되고 향유되었다. 그의 시집을 지지하든 그렇지 않든 그의 시는 2000년대 시단의 중심에 놓여 있었고 시의 독자치고 그의 시를 읽지 않은 사람은 없을 정도였다. 황병승의 시는 2000년대 시단의 하나의 징후이자 현상이었던 셈이다.

그리고 근질거리는 여름이 왔다

창작, 긁어 대기 시작한다
창작, 긁어 대기 시작한다

희미한 불빛 아래, 욕조에 널브러진 남자 책장을 넘기려다 그만 멈춰 버린 손가락 풀어헤쳐진 머리칼, 그날 밤 창백한 얼굴의 남자가 커다란 욕조를 차지하고 드러눕자 웅성거리는 나체의 사람들, 악취 속에서 누군가는 떠밀고 누군가는 고함치고 누군가는 부둥켜안은 채로 카메라가 돌았다, 첫 씬(scene)인지 마지막 씬인지 운문인지 산문인지, 네 멋대로 해라, 고다르가 오케이 컷,이라고 읊조렸고 순간의 침묵 속에서…… 그리고 조명이 꺼졌다

필름, 온리 누벨바그

조명은 꺼졌고,
침묵하겠다면 침묵하는 것이다

서서히 아주 서서히 몸속의 세균이 고름으로 흘러내리는 시간들처럼 서서히 그리고 나는 완전히 그 어떤 것을 이해했다
첨, 그러자 그것에 대해 나는 더 이상의 의혹을 품지 않게 되었고 그것을 생각해도 더 이상 그게 서지 않았다, 그것은 겨우 그런 것이다

서지 않는다면 서지 않는 것
첨, 비극을 그렇게 이해하자

나는 그러길 바래

쥬뗌므,라는 발음을 알지? 그 말의 의미가 아니라 그 말의 발음이 끌

고 다니는, 쥬와 뗌과 므가 인사시켜 준 빛 혹은 선(線)들

　그 슬픔으로 가득한……

　첨, 나는 너의 사람이 되고 싶어 진심으로, 그럴 수 없겠지만 **우리들
숨 찬 미래** 네가 네 자신을 어리석고 별 볼 일 없고 천박하다고 믿었기
때문에 우리 집 창문을 부수고 달아났지 너를 쫓아가 네 주먹의 피를 씻
겨 주었을 때, 나는 네가 '형' 혹은 '아저씨'라고 불러 주기보단 머뭇거리
는 두 팔을 뻗어 포옹을 청해 주었으면, 하고 간절히 바랐다 진심으로
우리들 숨 찬 미래 그럴 수 없어서 너는 그냥 '병신, 난쟁이 주제에' 하고
는 부리나케 달아났지

　첨, 내 사람의 이름
　나는 그러길 바래

　늙은 수사자가 젊은 암사자를 바라보듯이
　처음부터 죽을 때까지

　빛 혹은 선들 속에서

　온리 누벨바그
　온리 누벨바그
　　　—황병승, 「첨에 관한 아홉소(ihopeso) 씨(氏)의 에세이」 부분

시단의 기대를 한 몸에 받으며 2년 만에 나온 그의 두 번째 시집

『트랙과 들판의 별』은 첫 시집과 너무 많이 닮아 있었다. 여전히 그의 시는 인디 문화라고 불릴 만한 하위문화에 기반을 두고 있었으며, 첫 시집보다 그런 징후를 좀 더 노골적으로 드러내고 있을 뿐 첫 시집의 지향과 큰 차이는 없었다. 우리 사회의 주류 담론에 의해 소외당한 비주류를 대변하는 황병승의 시적 주체는 이번 시집에서도 이성애주의에 의해 상처 입은 성적 소수자의 얼굴을 띠고 나타난다. 첨을 향한 아홉소의 감정이나 기억도 그로부터 벗어나 있지 않다. "첨, 나는 너의 사람이 되고 싶어 진심으로, 그럴 수 없겠지만"에서 드러나는 첨을 향한 아홉소의 욕망과 그 불가능을 예감하는 발화는, '여장 남자 시코쿠'에서 한 발 더 나아가 성적 소수자의 연애 감정을 좀 더 노골적으로 드러낸다. 굵은 글씨로 표기된 **"서지 않는다면 서지 않는 것"**이라든가 **"우리들 숨 찬 미래"** 같은 표현에서는 성애의 장면이나 분위기가 연상된다. "늙은 수사자가 젊은 암사자를 바라보듯이" 첨을 바라보는 아홉소의 심정이 시의 전반적인 분위기를 주도하는 것이다.

'누벨바그'로 상징되는 새로움을 지향하는 분위기와 「네 멋대로 해라」로 대표되는 누벨바그의 거장 장 뤽 고다르의 영화가 환기하는 분위기가 이 시를 지배하는 가운데 첫 시집 『여장남자 시코쿠』에서 지속되던 성적 소수자의 소외된 연애 감정이 황병승의 두 번째 시집에서도 한층 더 노골적으로 그려진다. 그리고 그것은 시 쓰기의 태도와 만난다. 굵은 글씨로 표기되어 주문처럼 반복되는 **"창작, 긁어 대기 시작한다"**는 첫 시집의 표제 시 「여장남자 시코쿠」에서 반복되던 "도마뱀은 쓴다/찢고 또 쓴다"의 변형인 셈이다. 꼬리를 잘리고도 죽지 않고 달아나는, 자기 분열적 시 쓰기는 두 번째 시집에서 **"창작, 긁어 대기 시작한다"**로 변형되는데, 찢고 씀의 절박함에 비해 긁어 댐의 시 쓰기는 어딘지 자조적인 느낌을 풍긴다. 어쩌면 황병승 시인 스스로도 자신의 시 쓰기가 가려움을 긁어 대는 것처럼 어딘지 표피적이라고 느꼈을 수도 있을지 모르겠다.

이 시에 복합적인 의미를 더하는 것은 '첨'과 '아홉소'가 유발하는 말장난(pun)이다. '첨'과 '아홉소'는 연애 감정을 느끼는 사촌 동생과 사촌 형의 관계지만, 첨은 '처음'과, 아홉소는 '나는 그러길 바라'와 병치되면서 첨을 향한 아홉소의 근원적인 욕망과 욕망의 좌절("너는 그냥 '병신, 난쟁이 주제에' 하고는 부리나케 달아났지"), 그리고 좌절되었기 때문에 더 절실해진 욕망을 환기한다. 황병승은 '에세이'라는 새로운 시 형식을 통해 탈장르적이고 탈제도적인 자신의 시 쓰기를 두 번째 시집에서도 실현해 보인다.

2

부기주니어는 묻는다 "너의 마음을 내가 이해해도 되겠니?"
마음이 마음에게 말을 건넨다는 것
너의 마음을 내가 이해해도 되겠느냐고
나는 부기주니어의 얼굴을 가만히 들여다본다

로제 언니는 우리들 앞에 사 등분한 가루를 내놓았다

부기주니어는 그것을 코로 힘껏 들이마시며 다시 묻는다 "이봐 나오코, 그러니까 내가, 너조차도 어쩌지 못하는 너의 마음을, 그것을, 내가 조금 나눠 가져도 되겠니?"
마음이 마음에게 재차 묻는다는 것

너조차도 어쩌지 못하는 마음을

내가 조금 나눠 가져도 되겠느냐고

마음이 마음에게 묻고

마음이 마음을 멈칫하게 하고

다가서고

벌리려 하고

하나의 마음이 하나의 마음속으로 들어가

흔들고

나누고

알게 되는 것

　나는 코끝에 묻은 가루를 털며 부기주니어의 얼굴을 가만히 들여다 본다

　그의 얼굴이 참 얇다는 생각이 들자 나뭇잎처럼 벌 벌 벌 떨리는 부기주니어의 얼굴 나는 눈물이 왈칵 쏟아져 나오려는 것을 꾹 참는다 부기주니어, 나의 마음도 너의 마음을 부르고 싶어 아직은 너의 얼굴에 조금씩 눈발이 흩날리지만, 가루가 몸속에 퍼지면, 그때는 순식간에 눈 속에 파묻힐 너의 얼굴, 더 늦기 전에 너의 마음을, 나는 너에게 아무 말이라도 해 주고 싶어, 주먹을 움켜쥐고,

　"이봐, 부기주니어…… 미안하지만, 나는 불러 본 적이 없어, 한 번도 마음속으로 누군가를 찾아본 적이 없다, 널 어떻게 부르지, 너라는 마음을, 지난밤엔 냐라키 언니가 떠났어, 너도 알지, 매일매일 누군가는 떠나, 냐라키, 이제 언니를 어떻게 부를까, 너를 어떻게 부르지, 나는 누구도 부르고 싶지 않아, 냐라키라는 마음을, 그리고 너라는 마음을, 또는 그 전체를…… 그리고 동시에…… 또 그 가운데……"

내가 아주 어렸을 때, 언니 때문에 한자(漢字)라는 것을 처음 알았을 때 그리고 한자를 쓴답시고 종이 위에 삐뚤삐뚤 몇 개의 획을 그렸을 때, 냐라키 언니는 기묘한 표정을 지으며 그것이 '흉(凶)' 자라고 일러주었다, 잊혀지지도 않는다

'부기주니어…… 너를 어떻게 부를까, 너라는 두려움을'

다락 속의 가루 가루 속의 난쟁이 난쟁이의 외투 외투 속의 구름 구름 속의 배지 배지와 낚시 낚시와 목이 긴 장화

오스본, 메기와 부기주니어 우리는, 우리들이 찾는 것은, 우리들이 도망치듯 찾아 헤매는 것은
음악이 되기 위해 발버둥 치는
아름다운 센텐스

사람들은 나에게
너는 옷을 참 못 입지 못 입어
말하지만, 옷을 못 입는 게 아니라
어떤 옷도 나에게
어울리지 않는다는 사실을 깨닫는 데
십 년(十年)

그동안 사들인 옷들을 생각하면
mother fucker big black shit

너는 참 어리석구나, 어리석어

사람들은 나에게 말하지만

나는 어리석은 게 아니라

어떠한 가르침도 나에게

도움을 주지 못한다는 사실을 깨닫는 데

십 년

그동안 받은 질책을 생각하면

mother fucker big black shit

—황병승, 「눈보라 속을 날아서(하)」 부분

「눈보라 속을 날아서(상)」과 「눈보라 속을 날아서(하)」에서는 '에세이-시'라는 탈장르적 시 쓰기가 좀 더 본격화된다. 부기주니어, 나오코, 로제 언니, 냐라키, 오스본, 메기 등 다국적의 인물이 여럿 등장하는 긴 연작시에서 황병승은 동성애, 마약, 스너프 필름, 갱, 사창가, 집단 성행위, 욕설 등 느와르적이고 퇴폐적인 분위기의 하위문화를 한층 더 노골적으로 드러낸다.

그러나 어떤 장면도 그다지 충격적이지는 않다. 이미 우리는 영화 등의 다른 장르를 통해 퇴폐의 극단을 충분히 맛봤다. 그리고 황병승의 첫 시집 『여장남자 시코쿠』를 통해 그것의 시적 전환이 갖는 미적 충격과 매력도 충분히 맛본 셈이다. 인용한 시에서 황병승은 "눈보라 속을 날아서"라는 제목과 "사 등분한 가루", "코끝에 묻은 가루" 등에서 연상되는, 마약을 했을 때와 같은 몽환적인 분위기를 연출하지만 그것은 "음악이 되기 위해 발버둥 치는/아름다운 센텐스" 그 이상이 되지는 못했다.

3. 기형의 극단을 향한 질주―김경주의 『기담』

2000년대 중후반의 시단을 달군 또 한 권의 시집으로 김경주의 『나는 이 세상에 없는 계절이다』를 꼽을 수 있다. '미래파' 논쟁이 한창 시단을 뜨겁게 달구던 2006년에 출간된 그의 첫 시집은 전 세대의 지지를 고르게 받았다는 점이 우선 눈에 띈다. 김경주의 시집 역시 '미래파'의 범주에 포함시켜 논한 평론가들도 있었지만,[1] 황병승, 김민정 등으로 대표되는 미래파 시인들의 시가 새로운 시적 실험을 선호하는 시적 취향을 지닌 시인, 평론가, 독자들의 지지를 주로 얻었던 데 비해 김경주의 시집은 시적 취향에 관계없이 고른 지지를 얻었다는 점이 흥미로웠다. 나는 김경주의 시가 지닌 낭만적 성향에서 그 원인을 찾기도 했다.

김경주 역시 첫 시집을 낸 지 2년 만인 2008년에 상당히 빠른 간격으로 두 번째 시집 『기담』을 출간한다. 2000년대 시단이 낸 최고의 히트 상품이었던 두 시인이 2년 간격으로 두 번째 시집을 출간했다는 점은 이들의 시집 출간에 출판사의 의지가 상당 부분 작용했을 거라는 추측을 하게 만든다. 물론 이미 상당수의 독자를 확보한 시인들의 욕망도 작용했을 것이다.

두 번째 시집 『기담』에서 김경주는 첫 시집에서 훨씬 더 나아가 과감한 실험을 감행한다. 『기담』은 '제1막 인형의 미로', '제2막 언어의 멀미', '제3막 활공하는 구멍'으로 이루어져 있는데, '부'가 아닌 '막'으

---

1 이러한 판단의 근거로는 서정적인 시풍의 그의 등단작 「꽃 피는 공중전화」가 첫 시집에서 제외되었다는 것도 얼마간 작용하고 있었다.

로 시집을 나누어 구성했다는 점에서부터 두 번째 시집의 색다른 시도가 느껴진다. 「시인의 말」에서도 시인의 의도는 드러난다. "시를 쓰건 쓰지 않건 시를 생각하는 행위에는, 언어를 열고 보면 그 속에 존재하는 멀미와 미로 때문에라도 언어 속의 가로등과 진피가 재구성되어야 한다. 그것은 실험이라고 보기에는 혁명에 가깝고, 혁명에 가깝다고 보기엔 너무나 원초적인 주저함에 가까워서 우리는 조금씩 열렬한 불순물에 가까워질 뿐이다." 김경주는 시집의 1부와 2부에서 바로 그런 언어의 미로와 멀미를 형상화함으로써 새로운 세계를 재구성하고자 한다. 재구성된 그 세계는 열렬한 불순물에 가까워지는 세계, 다시 말해 기형의 세계다. 바로 그런 불순물들이 세계를 활공하는 모습을 이번 시집에서 보여 주고자 한다.

지도를 태운다
묻혀 있던 지진은
모두, 어디로
흘러가는 것일까?

태어나고 나서야
다시 꾸게 되는 태몽이 있다
그 잠을 이식한 화술은
내 무덤이 될까?

방에 앉아 이상한 줄을 토하는 인형(人形)을 본다

지상으로 흘러와

자신의 태몽으로 천천히 떠가는

인간에겐 자신의 태내로 기어들어 가서야
다시 흘릴 수 있는 피가 있다

—김경주, 「기담(奇談)」 전문

표제 시인 「기담」에서 김경주는 "방에 앉아 이상한 줄을 토하는 인형"의 형상을 그려 낸다. 이상한 줄을 토하는 인형이 만들어 내는 기괴한 이미지는 "태어나고 나서야/다시 꾸게 되는 태몽"이라든가 "자신의 태내로 기어들어 가서야/다시 흘릴 수 있는 피"와 어우러지면서 한결 기이한 분위기를 형성한다. 자신의 태내로 기어들어 가서야 다시 흘릴 수 있는 피가 있다는 것은, 태내에 기어들어 가서 새롭게 탄생하는 생명을 의미한다. 김경주는 자신의 시가 그런 근원으로부터의 혁명에 도달하기를 희망한다. 그가 꿈꾸는 기이한 이야기는 바로 그런 혁명, 자신의 언어로 이루어 내는 혁명이다.

이번 시집은 전체적으로 연극의 구성을 띠고 있다. 일종의 극시라고 할 수 있는데, '제1막 인형의 미로'를 시작하면서 시인은 때와 공간과 등장인물을 다음과 같이 설정하고 있다. 때는 알 수 없는 사이이고, 공간은 언어의 공동(空洞), 등장인물은 미지의 혀이다. 결국 김경주는 언어가 만들어 내는 존재하지 않는 시간과 공간을 그려 내고 싶어 하는 것이다. "**사이**에서 빚어지고 **사이**에서 지워"지는 기형의 극을 연출하는 연출자인 시인-인형은 수많은 관객-인형들이 토해 놓는 줄들로 미로를 만들고 그 미로 위를 인형들이 활공하도록 놓아둔다.

부정의 힘으로 여기까지 왔다

삶이여 내 혐오의 가장(家長)이여

그래, 누구나 자신과 가장 가까운 짐승 한 마리
앓다 가는 거지

식물은 자기 안의 짐승을 토하다 가는 거고
인간은 피를 토하고 죽는 것이 아니야
자기 안의 식물을 모두 토하고
가는 거지
(나는 그 극의 이 부분이 수정되기를 원하지 않았다)

그래, 바깥에 무슨 일이 있어도 멈추지 말아야 할
참혹 같은 거

부정의 힘으로 식물은 짐승을 앓고 있고
짐승은 식물의 소리로 울고 있지

생이란 부정을 저지르면서
매우 사적인 방식이 되어 간다

자기부정을 수정할 때
열 손가락에서 생겨나는 얼
거짓말의 글쓰기
같은 거,

(채찍이 노예를 만든다)

그래, 우린 아주 다정하게
사적인 방식으로 멀어지고 있지

나는 이제 그 극의 억양을 수정하련다
이 얼은 언어의 옆에서 낭떠러지가 될 것이다
　　　　　　　—김경주, 「짐승을 토하고 죽는 식물이거나
　　　　　　　　　식물을 토하고 죽는 짐승이거나」 전문

　김경주의 두 번째 시집에서 일관된 정신이 있다면 그것은 부정의
정신이다. 시인은 "부정의 힘으로 여기까지 왔다"고 고백한다. 자
기 안의 짐승을 토하고 죽는 식물이나 자기 안의 식물을 토하고 죽
는 짐승의 이미지는 그로테스크하다. 줄을 토하는 인형(人形)과 인
어(人語)-언어(言魚), 프리지어를 안고 있는 프랑켄슈타인 등 기괴
한 이미지가 시집 전체에 가득 펼쳐진다. 그는 두 번째 시집을 통해
시의 언어로 가능한 모든 것을 실험해 본다. 마치 한 편의 실험극
을 올린 연출자처럼 시인은 시집의 뒤에 연출, 주연, 원작, 각색, 사
운드, 편집 등에 자신의 실명을 올려놓은 자막과 '연출의 변'을 실어
놓는다.
　사실 김경주의 첫 시집에서도 혼종성은 드러났었다.[2] 첫 시집에서
는 특히 음악과 시의 결합을 적극적으로 시도함으로써 비문에도 '음
악 같은 눈'을 내리게 한다. 다만, 첫 시집에 흐르는 낭만적 분위기가

---

2 이에 대해서는 이경수, 「잡종성의 두 얼굴」, 『리토피아』, 2006.겨울 참조.

혼종성을 실험의 경지로까지 끌고 가지는 않는다. 첫 시집의 성공 이후 김경주는 기형의 추구를 극단까지 몰아붙이며 극단의 언어 실험을 강행한다. 시인의 표현을 빌리면 '실험이라기보다는 혁명에 가까운' 언어의 난장을 벌인다. 부정의 힘은 "바깥에 무슨 일이 있어도 멈추지 말아야 할/참혹 같은" 것이다. 어쩌면 시인은 그 참혹을 견디기 위해 시를 쓰는 것일 게다. 자기 안에 가득 찬 무언가를 토해 놓지 않고는 견딜 수 없는 글쓰기. 그러므로 시집의 제일 뒤에 실린 시 「구운몽」에서 시인은 헛간에서 돌을 깎는 도공의 모습에 자신을 겹쳐 놓는다. "자신이 만든 무릎 위에 머리를 베고 잠이" 든 도공은 꿈속에서 구름을 피워 올리며 새로운 세계를 창조한다. 도공의 "입속의 벌어진 이물(異物)들이 구름 속으로 천천히 오르"면서 꿈속의 세계를 완성해 간다. 이물들이 만들어 내는 그 세계야말로 시인 김경주가 그려 내고 싶어 하는 기형의 세계일 것이다. 김경주는 두 번째 시집 『기담』으로 그의 첫 시집에 열광했던 독자들의 일부를 잃었겠지만, '기형'의 알레고리를 활용하며 자신의 언어를 극단까지 실험해 봤다는 점에서 그 의의를 인정해 줄 필요가 있다.

4. 사랑과 혁명이라는 형식의 후일담―장석원의 『태양의 연대기』

황병승, 김민정 등과 함께 '미래파'의 대표 시인으로 거론되어 온 장석원도 2005년 후반에 출간한 첫 시집 『아나키스트』에 이어 두 번째 시집 『태양의 연대기』를 2008년에 출간한다. 첫 시집과 두 번째 시집 사이에 3년의 간격이 있지만, 황병승의 시집을 시작으로 미래파 시인들의 두 번째 시집이 쏟아져 나온 때에 같이 나온 시집이므로 그 간격에 큰 의미를 둘 필요는 없을 것이다.

장석원의 첫 시집 『아나키스트』는 권혁웅에 의해 '미래파' 시로 일찌감치 분류되었지만, 엄밀하게 말하면 다른 미래파 시인들의 시와는 지향점이 달라 보였다. 아마도 그것은 '아나키스트'라는 제목을 통해 시인 스스로 아나키스트로서의 지향을 선언했음에도 그의 첫 시집이 지난 시대에 대한 감성과 향수를 여전히 지니고 있었기 때문일 것이다. 아버지로 상징되는 이름을 부정함으로써 자신을 부정하고 자신의 피를 부정하는 장석원의 시에서는 지나간 시대에 대한 환멸이 풍겼지만 그럼에도 그의 시는 지금, 여기를 강력하게 환기한다는 점에서 '미래파' 시인들의 시와 구별되는 점이 있었다.

첫 번째 시집에서도 386세대가 체험한 지난 시대의 후일담이라는 성격이 얼마간 드러나긴 했지만 색깔이 다소 모호했던 데 비해 작년에 출간된 두 번째 시집 『태양의 연대기』에서는 기억의 코드를 활용하면서 후일담으로서의 성격을 한층 분명히 한다.

> 잊는다는 것은 아름다워 이제 모두 잊혀질 것 같아서
> 편안하게 비트에 맞춰 머리를 흔들어 좌우로 좌우로
> 잊기 위해 노력하는 중 잊혀지기 위해 더 빠르게 무한히
> 잊혀질 수 있기를 나는 나보다 더 나를 사랑하기 위해
> 당신을 잊기 위해 나보다 더 나를 사랑하는 당신은
> 버석이는 알갱이 알갱이 실리카겔처럼 잊혀지기를
> 한 번의 생각으로 나는 당신과 당신이 흔적 없이 지워지는 순간으로
> 나는 당신과 함께 나의 생을 뒤로하고 뒤를 지우고 뒤 없는 세계로
> 당신과 나는 또다시 당신은 동시에 당신과 나의 모든 것은
> 발밑 세계로 밑이 빠진 어둠 속으로 눈뜬 침묵 쪽으로
> 앞으로 살아야 할 나날을 위해 잊혀지는 것은 잊혀지고
> 잊혀진 것을 위해 잊혀지는 것은 더욱 아름다워지고 나와 당신

잊혀진 모든 것이 아름다워 문득 없어진 모든 것이 입을 벌릴 때

　　　　　　　　　　　　　　　—장석원, 「이레이저 헤드」 전문

　데이빗 린치의 동명의 컬트영화 「이레이저 헤드」에서 제목을 따온 이 시는 영화와 직접적으로 관계가 있어 보이지는 않는다. 온갖 기괴한 악몽 같은 이미지들로 가득한 영화이지만, 정석원의 시에서는 오히려 잊는다는 망각의 이미지만을 가져온다. 영화에서 시로 계승되는 것이 있다면 그것은 허무주의적인 분위기 정도이다.

　이번 시집에서 장석원은 지나간 시간에 대한 집요한 관심을 보인다. 그것은 때로는 잊혀지는 것의 아름다움으로, 때로는 기억하는 것의 집요함으로 흔적을 드러낸다. "잊는다는 것은 아름"답다. "이제 모두 잊혀질 것 같아서" '나'는 "잊기 위해 노력하는 중"이다. 하지만 이런 발언들은 잊는다는 것이 그만큼 어려운 일임을 동시에 강력하게 환기한다. '나'는 잊는다는 것이 아름답다는 사실을 잘 알고 있고, 잊기 위해 열심히 노력하는 중이며, 어쩌면 모두 잊혀질 것도 같다고 생각하지만, 잊는다는 말을 떠올릴수록 기억은 점점 더 또렷해진다. "앞으로 살아야 할 나날을 위해 잊혀지는 것은 잊혀"지게 놓아두고 싶지만 "문득 없어진 모든 것이 입을 벌"리는 순간이 다가오곤 한다. 잊어야 한다는 강박이 심해질수록 기억 또한 또렷해져 간다.

　장석원의 두 번째 시집 『태양의 연대기』에는 지나간 시간과 공간이 종종 등장한다. "내가 있었"던 "거기" "골목의 모퉁이"에서 "보미가 걸어"와 "스르륵 내게 다가오"기도 하고, "비닐봉지가 날아오"르기도 한다. "보미 앞에 멈춰 서서" 장석원 시의 주체가 보는 것은 "날아가 버린 나"(「오래전, 깊은 곳으로 떠나간」)이다. 그는 잃어버린 시간을 그렇게 기억해 내고자 한다. 그가 불러내는 시간 속에는 "나무와 나무

사이 뻗어 나간 길을 쳐다보며" "다음 목적지의 스카이라인을 떠올리며/슬픔과 배반과 개그로 소란한 거리를 떠나" "다음 목적지로" 향하는 "우리"의 모습이 있다. 청년 학생들은 지금도 무사히 그 거리를 걷고 있다. "천천히 중심을 해체시키며/저항은 쓸모없고 신념은 고통이라고 주문 걸며/가야 할 먼 길 위에 쏟아지는 별빛/그 허위를 위해 전심전력으로 탈출하기 위해" 다음 목적지로 향하고 있는 것이다. 다음 목적지란 어디일까? 대체 있기는 한 걸까? 그런 질문이 떠오르겠지만 그것은 문제가 아니다. "늦었지만 그것은 문제가 아니다". "목적을 잃어버렸지만 그것도 문제가 아니다". "우리는 일요일 오전의 3분 동안/고요해질 거리를 통과하는 중"이다. "우리는/통증 없이 지나갈 것이고//다시 하나가 될 수 있을 것이다". 그 믿음이 부질없으리란 것을 알고 있으므로 과거에도 그랬고 지금도 그러한 청년 학생들의 모습은 우리의 눈을 아프게 한다. "무사히 무사히 영원히"(「청년 학생들은 무사히 무사히 영원히」) 계속되는 것은 어쩌면 헛된 희망뿐이다. 그럼에도 청년 학생들은 저 거리를 통과할 것이다. 통과할 수밖에 없을 것이다.

장석원의 두 번째 시집 『태양의 연대기』는 사랑과 혁명이라는 형식으로 쓰인 386세대의 후일담이다. 또한 동시에 장석원의 시가 어디에 뿌리를 두고 있는지를 연대기의 형식으로 보여 주는 시집이기도 하다. 그는 임화, 백석, 김수영, 백무산을 호명하며 자신의 시를 계보화한다. 시집의 3부에 실려 있는 표제 시 「태양의 연대기」는 "햇빛 먹고 자라나는/땀을 피로 만들어 살아가는/말을 뼈로 만들어 지탱하는/한 그루 나무"로 "이렇게 만들어"진 '나'의 탄생을 알리며 시작된다. 「태양의 연대기」는 전체 11부분으로 나누어져 있는데, 그 각각은 다음과 같이 구성되어 있다.

1. 단 한 번의 여름

2. 다른 날의 다른 공간의

3. 침묵의 6월

4. 이것은 거짓이다

5. 19시 15분에, 소멸되는

6. 10월의 장마

7. 죽지 않는, 죽일 수 없는

8. 대화

9. 나뭇잎 텍스트

10. 이 사람을 보라

11. 불멸

여름날 태어나 "시대의 햇빛/국가의 햇빛/체제의 햇빛"이 내리쬐는 거리에서 강건해져 가면서 침묵의 6월과 "아무것도 나를 배반하지 않았고, 아무것에서도 사랑을 확인하지 못했으며, 아무것도 이루어지지 않"은 네거리를 지나, 거리에서 내가 사라지는 것과 10월의 장마를 지나, 마침내 "나의 몸에서 저녁의 이파리들 돋아"나는 불멸에 이르게 되는 연대기를 기술하고 있는 것이다. 그중 '8. 대화'의 한 부분을 잠깐 인용해 보자.

머리 위 펄럭이는 6월의 태극기

한 선동가가 말한다

—전체를 따지지 마라. 체제는 살과 뼈와 피와 눈물로 유전된다. 전

체와 부분의 관계. 나와 그의 관계. 자유는 집단의 문제인데, 구성원 개인의 욕망과 사랑이라는 부분의 문제를 조화시킬 수 있는 방법. 현실에 충실하라. 나와 당신의 관계를 분석하면 무엇이 남는가. 남겨진 것의 실체를 본 적 있는가. 알려고 하지 마라. 나와 당신이 이루는 관계, 나와 당신 사이에 존재하는 전체. 당신 없이는 살 수 없다는 것, 당신과 나의 싸움, 사랑하는 싸움, 사랑과 죽음의 싸움. 현실의 바람 속에 나부끼는 잎새들.

(중략)

나비가 날아오른다
비 갠 여름날 오후의 공단 네거리
신비는 내게도 문 열어
나는 움직이기 시작했다

거리의 바람을 휘감고 침묵 속에서
내가 푸른 입술과 눈을 갖게 될 때
나부끼는 머리카락 햇빛 받는 나뭇잎 될 때
한 그루 나무 될 때
햇빛 속으로 숨어든
나비는 팔랑거리며 흔들리며 번지며
날 갉아먹는다

나는 사라지는 먼지
나부터 혁명되어야 한다

사랑부터 혁명되어야 한다

나는 사랑을 잃어버려
죽음도 잊었다
네거리에서

　　　　　　　　　—장석원, 「태양의 연대기」 부분

　"신이 강림한 듯 종말이 다가온 듯/긴 홍수의 시절은 끝났고/하늘
과 거리엔 축복의 광휘뿐인" 시절 뒤로 위험의 실체가 다가오고 있
음을 알지 못하던 바로 그때를 지나, 한 선동가와 나의 대화가 이어
진다. 선동하는 체제는 살과 뼈와 피와 눈물로 유전된다고 말하면서
전체와 부분의 관계에 주목할 것을 주장한다. 이어서 나는 선동가에
게 "삶보다 더 기이하고 광적인 것은 없"음을 말한다. 그리고 이어지
는 구절은 백무산의 시 「플라타너스」와 김수영의 '사랑'과 '혁명'과 임
화의 '네거리'를 강력하게 환기한다. 하지만 백무산의 '플라타너스'가
비 갠 여름날 공단 천변에서 한 그루가 두 그루, 세 그루, 여러 그루
가 되어 마침내 숲을 이루는 것인 데 비해, 장석원의 비 갠 여름날 오
후의 공단 네거리에선 나비가 날아올라 "팔랑거리며 흔들리며 번지
며" 그의 시적 주체를 "갉아먹는다". "나는 사라지는 먼지"이며 "나부
터 혁명되어야" 하고 "사랑부터 혁명되어야" 함을 인정하는 데서부터
장석원의 시적 주체는 새로운 생명을 얻는다.
　첫 시집에서 두 번째 시집에 이르기까지 '아버지-가족'의 알레고리
는 장석원 시에서 중요하게 작용하는데, 「태양의 연대기」를 통해 그
의 '아버지-가족' 알레고리는 '국가-사회-제도'와 '지금, 여기'의 현실
을 환기함이 좀 더 분명하게 드러난다. 그것은 종종 공포스러운 초록

빛깔을 띠고 나타난다. 식물성은 그의 시에서 종종 번식성을 지니고 있고 수목적 질서를 지닌 것의 표상으로 등장한다. "우리를 먹여 살리는 아버지의 식사"가 "식탁의 조직의 시스템의…… 질서를"(「식탁과 아버지의 지구과학」) 동반한 것임을 깨닫게 함으로써 우리의 식탁을 조여 오는 시스템의 위력을 알려 준다.

'지금, 여기'와 그의 시적 주체가 고통스럽게 지나온 과거의 시간을 부지런히 오가며 장석원의 시는 386세대가 뒤늦게 고백하는 후일담을 때로는 아름답게 때로는 과장되게 들려준다. 사랑과 혁명이라는 형식으로 쓰인 그 후일담을 우리가 통증 없이 지나가기는 쉽지 않을 것이다.

5. 반시(反詩)의 미학으로서의 파편화된 알레고리

이른바 '미래파'로 분류되었던 시인들 중 두 번째 시집을 출간한 황병승, 김경주, 장석원의 시를 중심으로 보았을 때 이들의 시에서 두드러진 현상 중 하나는 알레고리의 기법을 적극적으로 사용하고 있다는 점이다. 황병승의 시에서는 첫 시집에 이어서 동성애 코드 및 하위문화의 다양한 코드가 알레고리로써 기능하고 있었고, 김경주의 시에서는 다채로운 '기형'의 코드가 두 시집을 관통하는 알레고리로써 기능했다. 장석원의 시에서도 '아버지', '사랑', '혁명' 등이 지난 시대와 오늘의 현실을 넘나들며 알레고리로써 기능했다. 이러한 현상은 이들 세 시인에게만 국한된 것은 아니다. 시 텍스트의 의미와 텍스트 바깥의 의미가 일대일로 대응되지 않을 뿐 '미래파' 시인들의 시에서 '반제도'의 알레고리를 찾기란 어려운 일이 아니다.

알레고리 기법은 텍스트 안팎의 의미가 일대일로 대응될 때 그 매력이 반감되는 기법이므로 시에서 꺼려지기도 했다. 그런데 최근 젊은 시인들의 시에서 쓰이는 알레고리 기법은 그처럼 단순화된 알레고리와는 거리가 멀다. 일찍이 벤야민은 바로크 예술에서 엿볼 수 있는 알레고리의 특성으로 파편성을 들면서 그것이 바로크라는 시대적 한계에 갇히지 않고 현대로까지 확장될 수 있음을 지적한 바 있는데, 이른바 '미래파' 시인들의 시에 쓰인 알레고리 기법은 바로 그런 벤야민의 알레고리 개념과 유사하다고 할 수 있겠다. 벤야민은 알레고리를 구사하는 시인들에 대해 이미 역사가 몰락의 길을 걷고 있음을 인지한 멜랑콜리한 현대인들임을 간파했는데, '미래파' 시인들이 이렇듯 파편화된 '알레고리' 기법을 즐겨 쓴 데는 '지금, 여기'에 대한 환멸과 몰락의 길로 접어든 인류의 역사에 대한 우울한 자각이 그 배후로써 작용하고 있는 셈이다. 따라서 '미래파' 시인들의 시에 출현한 파편화된 알레고리는 결국 기존의 시를 부정하는 반시(反詩)의 미학이 표출된 예로 볼 수 있겠다. 2000년대 우리 시는 이렇듯 파편화된 알레고리를 통해서도 환멸과 우울의 표정을 짙게 드리우고 있었다.

저
머나먼 허공에서 오는 것들

1. 오래전의 풍경

일찍이 바슐라르는 상상력이란 지각 작용에 의해 받아들인 이미지를 변형시키는 능력이자 무엇보다도 애초의 이미지로부터 우리를 해방시키고 이미지들을 변화시키는 능력이라고 보았다. 상상력이 지닌 운동성에 주목할 때 지각 작용에 의해 일차적으로 받아들인 이미지는 시인의 상상력에 의해 늘 새롭게 변화될 수 있어야 할 것이다. 이 운동성을 잃어버릴 때 상상력이 지닌 생명력도 멎을 수밖에 없다. 그런 점에서 오랫동안 우리의 시에 아름다운 서정을 불어넣었던 비와 구름과 바람과 눈의 상상력은 새로운 시인들에 의해 새로운 상상력으로 늘 다시 태어날 준비를 하고 있다고 말할 수도 있겠다.

현대시의 초창기부터 비와 눈과 바람과 햇볕 등의 기상학적 상상력은 자연 서정의 아름다움을 드러내는 지배적인 이미지로 활용되어왔다. 일찍이 김소월은 「왕십리(往十里)」에서 "비가 온다/오누나/오는 비는/올지라도 한 닷새 왔으면 좋지"라는 화자의 중얼거림에 기대어 간절히 그리워하면서도 좁히지도 다가가지도 못하는 '님'과의 거리와 그로 인한 슬픔을 아름답게 노래했다. 김소월의 시에서 비는 '운다'는 행위와 결합해 하강의 이미지를 형성하고 이별의 서정을 자아낸다. 그런가 하면 정지용의 「비」에서처럼 산속 계곡에서 비가 내리는 풍경을 시간의 경과에 따라 소묘함으로써 일제 말기의 '수척한 내면의 풍경'(최동호)을 그리는 데 '비'가 호명되기도 했다. 비가 오기 직전으로부터 쏟아지기까지의 모습을 절제된 풍경 속에 그려 낸 정지용의 시는 그 자체로 특별한 서정을 만들어 냈다.

우리 시사에서 눈 내리는 풍경을 가장 아름답게 그린 시 중 하나인 백석의 「나와 나타샤와 흰 당나귀」에서 '눈'이 푹푹 쌓이는 겨울밤의 풍경은 화자가 기다리는 오지 않는 여인 '나타샤'를 향한 그리움과 사랑을 더욱 깊어지게 하는 정서의 심화에 기여한다. 흰 눈이 푹푹 쌓이며 깊어 가는 밤, 화자의 취기가 오르고 흰 당나귀의 울음소리가 응앙응앙 울려 퍼지는 장면은 환상적이고 낭만적인 서정을 자아내는 겨울밤의 풍경으로 우리에게 깊이 각인되어 있다. 그런가 하면 박용래의 「저녁 눈」에서는 "늦은 저녁때 오는 눈발"의 시각적·청각적 이미지를 "변두리 빈터만 다니며 붐비"는 감각으로 형상화하는 데 성공한다. 이후 김수영은 눈에 대고 "기침을 하자"고, "밤새도록 고인 가슴의 가래라도/마음껏 뱉자"(「눈」)고 시인을 독려하며 눈에 "살아 있다"는 전혀 새로운 감각을 불어넣는다.

그 밖에도 "스물세 햇 동안 나를 키운 건 팔 할이 바람"이라고 노래한 서정주의 「자화상」에서 '바람'은 시인의 자유로운 운명을 상징하는 매개로 그려지고, 윤동주가 「서시」에서 "오늘 밤에도 별이 바람에 스치운다"고 노래할 때 '바람'은 시인의 이상인 별을 흔드는 외압으로서의 이미지를 획득하게 된다. 그 후로도 많은 시인들은 비, 눈, 바람,

햇볕, 구름, 안개 등의 기상학적 상상력을 동원해 우리 시에 새로운 서정을 불어넣고자 애써 왔다. 1980년대에 기형도의 시가 만들어 낸 '안개'의 이미지는 침묵과 공포와 무기력이 지배하던 1980년대의 분위기를 드러내는 데 효과적으로 기여한다. 이 글에서 관심을 갖는 기상학적 상상력은 더 이상 오래전의 익숙한 풍경을 만들어 내던 상상력은 아니다. 바슐라르가 말한 것처럼 상상력이라는 것이 늘 운동하는 에너지라면 기상학적 상상력 또한 오늘의 시인들에 의해 늘 새롭게 태어날 것이므로 이 글에서는 오늘의 시인들이 기상학적 상상력을 통해 보여 주는 새로운 서정에 주목하고자 한다.

2. 가볍게 달아나는 기체의 몸이 되어

바슐라르는 기상학적 상상력의 원천을 형성하는 물질인 공기가 문학작품 속에서는 공중을 나는 꿈으로 형상화되기도 하고 상승적 정신을 드러내는 데 기여하기도 함에 일찌감치 주목했다. 우리의 경우 최근의 젊은 시인들에게 와서 기상학적 상상력은 다른 몸을 입기 시작한다. 그 차이를 보여 주는 대표적인 예로 김행숙의 시 한 편을 떠올릴 수 있다.

나는 기체의 형상을 하는 것들.
나는 2분 간 담배 연기. 3분 간 수증기. 당신의 폐로 흘러가는 산소.
기쁜 마음으로 당신을 태울 거야.
당신 머리에서 연기가 피어오르는데, 알고 있었니?
당신이 혐오하는 비계가 부드럽게 타고 있는데
내장이 연통이 되는데
피가 끓고

세상의 모든 새들이 모든 안개를 거느리고 이민을 떠나는데

나는 2시간 이상씩 노래를 부르고

3시간 이상씩 빨래를 하고

2시간 이상씩 낮잠을 자고

3시간 이상씩 명상을 하고, 헛것들을 보지. 매우 아름다워.

2시간 이상씩 당신을 사랑해.

당신 머리에서 폭발한 것들을 사랑해.

새들이 큰 소리로 우는 아이들을 물고 갔어. 하염없이 빨래를 하다가
알게 돼.

내 외투가 기체가 되었어.

호주머니에서 내가 꺼낸 건 구름. 당신의 지팡이.

그렇군. 하염없이 노래를 부르다가

하염없이 낮잠을 자다가

눈을 뜰 때가 있었어.

눈과 귀가 깨끗해지는데

이별의 능력이 최대치에 이르는데

털이 빠지는데, 나는 2분 간 담배 연기. 3분 간 수증기. 2분 간 냄새
가 사라지는데

나는 옷을 벗지. 저 멀리 흩어지는 옷에 대해

이웃들에 대해

손을 흔들지.

—김행숙, 「이별의 능력」 전문

시의 화자는 사랑하는 이와 헤어졌다. 실연을 당한 이의 감정은 대개 무겁게 아래로 가라앉기 마련이다. 하강해서 바닥에 눌어붙어 버리는 것이 이별의 이미지가 가지고 있는 일반적인 감각일 것이다. 시는 이 일반적이고 일상적인 감각을 늘 배반한다. 김행숙의 시는 하강 대신 상승을 택한다. 이별을 경험한 화자 '나'는 "기체의 형상을 하는 것들", "2분 간 담배 연기", "3분 간 수증기"가 된다. 그리고 마침내 "당신의 폐로 흘러가는 산소"가 된다. 기체가 됨으로써 한없이 가볍고 그 흔적이 보이지 않는 존재가 되어 '나'는 당신의 폐로 흘러 들어간다. 산소가 된 나는 뭐든지 태울 수 있는 능력을 갖게 된다. '당신'도 물론 예외는 아니다. "기쁜 마음으로 당신을 태울 거"라고 화자는 말한다. 그것이 비록 가벼움을 가장한 것일지라도 가벼운 몸을 입은 화자는 이제 가벼운 몸이 되어 말하고 움직인다.

"2시간 이상씩 노래를 부르고/3시간 이상씩 빨래를 하고/2시간 이상씩 낮잠을 자고/3시간 이상씩 명상을 하고, 헛것들을 보"는 화자의 행위는 이별을 경험한 이들이 흔히 보이는 행동 양태와 크게 다르지 않다. 그러나 하염없이 바닥에 가라앉는 대신 가벼운 기체의 몸을 입은 화자는 일상적인 행동을 하면서 마침내 "이별의 능력이 최대치에 이르"게 된다. 누구에겐들 이별이 쉬울 리는 없다. 가벼움을 가장할 수야 있지만 '쿨하게' 이별하기란 생각만큼 쉽지 않다. 하지만 모든 이별이 한 인연과의 끝을 의미하지는 않는다. 이별을 통해 비로소 다른 색깔의 만남이 시작되기도 한다. 이미 굳어져 딱딱해져 버린 관계를 되돌리기란 쉽지 않다. 되돌릴 수 없다면 멈추는 것 또한 하나의 방법일 것이다. 그것이 쉽지는 않겠지만 그러므로 우리는 이별의 능력을 기를 필요가 있다. 이 시의 화자 또한 이별의 능력이 최대치에 이르렀을 때 비로소 사라지는 기체의 형상이 되어 옷을 향해서도 이웃들을 향해서도 손을 흔들며 이별할 수 있게 된다.

3. 넌 참 이상한 구름

바슐라르에 따르면 구름은 가장 몽상적인 '시적 오브제' 중의 하나이다. 안이하면서도 덧없는 몽상을 불러일으키는 구름은 "책임 없는 몽상"을 불러일으킨다는 점에서 특별하다고 바슐라르는 말한다. 특히 그는 구름의 '무정형의 형태적 힘', '변형의 절대적 지속성'에 주목한다. 오래전부터 구름은 허망하고 덧없는 인생에 대한 비유로 익숙하게 활용되어 왔지만 시인들은 이러한 전통적인 구름의 활용법의 바탕 아래 구름에 새로운 빛깔을 입히고자 한다. 여기서는 구름의 다른 활용에 주목하고자 한다.

> 늙은 구름이 여기저기 흘러 다닌다
>
> 이 시간은 세탁소집 남자가
> 세탁 세탁 외치며 지나가야 한다
> 하수구마다 거품들은 있는 힘을 다해
> 쏟아져야 한다
>
> 아무것도 하지 않는 구름
>
> 이모부가 죽었다
> 구정 때 애들에게 준 세뱃돈을
> 주머니에 넣고 다니다
> 반찬을 샀던가

다 써 버렸다
전봇대에 올라
사방 천지로 가는 전깃줄을 잇던
전기공이었다

바보 같은 구름

—최정례, 「어처구니없는 구름」 전문

이 시에서 '구름'을 수식하는 말은 모두 네 가지이다. "어처구니없
는", "늙은", "아무것도 하지 않는", "바보 같은" 구름. 구름을 수식하
고 있지만 저 말들은 사람을 수식하는 데 더 잘 어울리는 말들이다.
시도 마찬가지다. 제목은 "어처구니없는 구름"이지만 사실 이 시는
이모부의 죽음에 대해 이야기하고 있다. 2연에서는 "세탁 세탁 외치
며 지나가"는 "세탁소집 남자" 같은 반복되는 일상의 장면이 그려지
고, 4연에서는 이모부의 죽음에 대해 이야기하고 있다. 이모부가 죽
었다는 사실은 단정적으로 서술되지만 왜 그가 죽었는지 분명히 알
수는 없다. 다만 그가 "전봇대에 올라/사방 천지로 가는 전깃줄을 잇
던/전기공이었다"는 서술을 통해 그의 죽음이 전기공 일과 관련되었
을 거라는 짐작을 할 수 있을 뿐이다. 아마도 그것은 갑작스러운 죽
음이었던 것 같다. 화자가 기억하는 이모부와의 일은 그가 "구정 때
애들에게 준 세뱃돈을/주머니에 넣고 다니다/반찬을 샀던가/다 써
버렸다"는 사실 정도다. 이렇듯 생략이 더 많은 시이지만, 이모부의
갑작스러운 죽음 앞에서 화자가 느끼는 감정을 우리는 짐작해 볼 수
있다. 그것은 대개 '구름'을 통해 전해진다.

"늙은 구름이 여기저기 흘러 다"니는 장면이 제일 먼저 제시된다.

"이 시간은 세탁소집 남자가/세탁 세탁 외치며 지나가"고 "하수구마다 거품들"이 "있는 힘을 다해/쏟아"지는 늘 반복되는 일상적인 시간이다. 그런 일상의 시간을 깨뜨린 것이 갑작스레 날아든 이모부의 죽음을 알리는 부음이었을 것이다. 화자는 아마도 한동안 멍하니 구름만 바라보고 있었던 것 같다. "늙은 구름이 여기저기 흘러 다"니고 구름을 바라보는 화자의 마음도 둘 자리 없이 흘러 다닌다. 늘 반복되던 이 시간은 붕괴되었다. 그런데 구름은 "아무것도 하지 않는"다. 아니, 화자 역시 이모부가 죽었는데 아무것도 하지 않는다. 아마도 할 수 없었을 것이다. 그저 구름만 멍하니 바라보고 있을 뿐이다. 사방 천지로 가는 전깃줄을 잇던 그는 자신의 목숨은 잇지 못했다. 갑작스러운 죽음인 것으로 미루어 보아 사고사일 가능성이 높아 보인다. 가까운 지인의 사고사를 경험해 본 적이 있는 사람이라면 화자의 심리적 반응에 충분히 공감하고도 남을 것이다. "바보 같은 구름", 힘없이 내뱉는 마지막 연에서는 바보 같은 이모부의 삶에 대해 화자가 느끼는 안타까움과 슬픔이 전해져 온다. 또한 그것은 아무것도 할 수 없는 자신에 대한 질책이기도 했을 것이다. 「어처구니없는 구름」은 '어처구니없는 죽음'에 대한 비유이다. 아등바등 살아가다가 어처구니없는 죽음에 직면할 때가 있다. 노환으로 인한 죽음이 아니라면 대개 죽음은 갑작스럽게 오기 마련이므로, 어처구니없는 죽음 앞에서 우리는 한없이 허망하고 덧없는 삶과 마주하게 된다.

어려운 건 결심의 문제다 저 구름은 오 분 간 한자리에 머물러 있기로 한 모양이다 오 분 후 구름은 쉬지 않고 내내 자세를 바꿀 수도 있을 것이다 중요한 것은 내가 보고 있는 오 분 간이다 바람이 구름을 지나치는 순간, 구름의 모양은 흐트러진다 그것이 바람의 힘이었을까를 생각하는 것은 어리석은 일이다 그렇지 않은가? 그 역도 마찬가지다 구름의 힘이 바람을 불러들인 것은 아니다 저기 있는 구름을 결정한 것은 구름의 형태가 아니고, 내가 보는 구름은 오 분 간 한자리에 머물러 있는 구름이다 우리는 오 분 간, 아주 약간, 옮겨진 건지도 모르지만

—하재연, 「오 분 간」 전문

사이의 시간에 누구보다 예민하게 집중해 온 하재연은 '오 분 간'이라는 시간을 통해 구름이라는 대상과 그것을 파악하고 인식하는 순간과 그 파악과 인식의 과정 속에서 일어나는 변화와 거리에 주목한다. 고정된 형태를 지니고 있지도 않고 정지한 듯 보이지만 움직이고 있고, 바슐라르의 표현을 빌리면 "복수적 성격"을 가지고 있고 "이질적인 이미지들이 집적되는 것을 허락하기도" 하는 구름은 최적의 대상이 아닐 수 없다. 오 분 전의 구름과 "내가 보는" 오 분 간의 구름과 오 분 후의 구름은 같은 구름이 아니다. "중요한 것은 내가 보고 있는 오 분 간"이라고 화자는 말한다. "바람이 구름을 지나치는 순간, 구름의 모양"이 흐트러지면 "그것이 바람의 힘이었을까를" 우리는 자동적으로 생각하지만 그것은 "어리석은 일"이라고 화자는 단호하게 말한다. "저기 있는 구름을 결정한 것은 구름의 형태가 아니고, 내가 보는 구름은 오 분 간 한자리에 머물러 있는 구름이다". 그것이 비단 구름뿐이겠는가? 시인은 바깥의 작용에 의해, 또는 작용의 원인을 추측하는 행위를 통해 대상을 파악하려 드는 태도를 거부한다. 오 분 간이라는 짧은 시간 동안 변화무쌍할 수도, 한자리에 머물러 있는 것처럼 보일 수도 있는 구름은 시인이 포착하는 오 분 간을 드러내는 데 적합한 대상이 아닐 수 없다. 정지하고 움직이고 흘러가고 흩어지는 구름의 무정형의 복수적인 이미지가 새로운 상상력을 가능하게 하는

원천이 된다. 참 이상하지만 매력적인 구름이다.

4. 저 머나먼 곳에서 음악 같은 눈이 내리고

앞서 살펴봤듯이 '눈'은 백석의 시에서 이미 낭만적이고 환상적인 분위기를 형성하는 데 기여해 왔다. 이후 김수영, 최승호 등의 시를 거치며 '눈'은 순수함과 살아 있음, "백색의 계엄령"(「대설주의보」)에 비유되는 압도적인 이미지라는 새로운 상상력을 획득하게 된다. 그런가 하면 박정대는 눈 내리는 밤에 '무모한 사랑'이라는 낭만적인 분위기를 더하고 그것에 음악을 입힌다.

나는 지금, 내리는 눈을 보고, 눈은 저를 쳐다보는 나를 보며 내리고 있네

눈은 처음엔 하염없는 영혼이었네, 저도 그것을 알고 있다는 듯 지금 내리는 눈은 제 몸을 숨기며 내리고 있네, 육체를 가졌다는 것이 무슨 부끄러운 일이라도 되는 양 그렇게, 그렇게, 내리는 눈을 나는 하염없이 바라보고만 있네

고요히 음악만이 살아 있는 이 시간을 나는 무엇이라고 부르면 좋을까, 가끔씩 내가 이토록 고요히 살아 있는 시간을 도대체 무엇이라고 부르면 좋을까

나는 내가 살고 싶은 시간을 「눈 내리는 밤」이라고 부르면 안 되나, 차가운 시간 위로 내려와 대지의 시린 살결을 덮어 주는 그대 따스한 숨결을 나는 지금 음악처럼 듣고 있네

세상의 후미진 곳에 서 있는 겨울나무들은 이제 마지막 남은 손바닥을 내밀어 눈물로 젖어드는 하늘의 사랑을 받아들이고 있네, 이런 걸 참무모한 사랑이라고 부른다면 눈 내리는 밤마다 나는 참으로 무모해지고만 싶은데

나는 지금, 내리는 눈을 보고, 눈은 저를 쳐다보는 나를 보며 내리고 있네

무모한 사랑을 확인이라도 하듯 우리는 지금 소리 없는 음악 소리를 내고 있네, 서로를 연주하는 마음이 세상의 어떤 음악보다 더 깊은 이 시간, 눈에 젖은 나무들이 비로소 차분히 저희들의 기타 줄을 고르고 있는 이 눈 내리는 밤에

—박정대, 「눈 내리는 밤」 전문

박정대 시인은 여전히 '청춘의 격렬비열도'를 지나가고 있다. 그의 "청춘의 격렬비열도엔 아직도 음악 같은 눈이 내"린다. 눈과 '나'는 서로 마주 보고 있다. "처음엔 하염없는 영혼이었"던 눈이 지금은 "저를 쳐다보는 나를 보며 내리고 있"다. 나의 응시에 눈이 응답한 순간이다. 이 눈 내리는 밤의 시간을 화자는 "고요히 음악만이 살아 있는" 시간이라고 부른다. 소리 없이 내리지만 온 세상을 뒤덮어 버리고 차가운 온도를 지녔지만 "대시의 시린 살결을 덮어 주는" "따스한 숨결"처럼 느껴지는 저 눈을 화자는 "음악처럼 듣고 있"다. "세상의 후미진 곳에 서 있는 겨울나무들은 이제 마지막 남은 손바닥을 내밀어 눈물로 젖어드는 하늘의 사랑을 받아들이고 있"다. 그야말로 "무모한

사랑"이 아닐 수 없다. 하지만 무모하지 않은 사랑이 어디 있으랴. 무모하지 않은 사랑을 어찌 사랑이라 부를 수 있을까. 눈과 마주 보며 교감하는 화자 또한 지금 "무모한 사랑"을 하고 있다. "무모한 사랑을 확인이라도 하듯 우리는 지금 소리 없는 음악 소리를 내고 있"다. "서로를 연주하는 마음이 세상의 어떤 음악보다 더 깊은 이 시간"이야말로 무모하기에 아름다운 사랑의 시간이 아니겠는가. 하염없이 내리는 눈의 이미지는 낭만적이고 아름다운 시인의 상상력에 깊이를 불어넣는다.

홍남부두는 노래 속에서 내린다. 굳쎄여라 금순아 속에서, 눈보라의 아우성 속에서 엄마아, 꽝 터지는 폭탄 속에서 금순이는 치마를 펄럭이며 하늘 위를 걷는다. 머리카락을 휘날리며 휙휙. 부두는 폭파되고 배는 이미 떠났는데 금순이 두 팔을 휘젓는다. 겨울 파도 위를 걸어서 내려온다. 영도다리 난간 위에서 고꾸라지듯 떨어지다가도 어림없지, 솟아오른다. 바다 갈매기들은 운다. 꽥꽥거리며 운다. 날개 달렸다고 하늘을 날면서도 운다. 명태가 가르는 찬 바다 위를 금순이는 날지 않고 울지 않고 걷다가 뛰어내린다. 허공을 가로질러 휙휙.

—최정례, 「눈발 휙휙」 전문

최정례의 시에도 음악이 있다. "눈보라가 휘날리는 바람 찬 홍남부두에"라는 노랫말로 시작되는 「굳세어라 금순아」는 가수 현인이 불러 더 유명해진 노래로 1953년 대구의 오리엔트 레코드사를 통해 발표되었다. 노래 가사를 귀 기울여 들으면 1.4 후퇴 때 금순이를 잃고 목 놓아 금순이를 부르며 찾아 헤매는 화자의 목소리를 들을 수 있다. 한국전쟁은 이 땅에 살던 많은 이들에게 이런 생이별의 순간을 맛보게 했을 것이다. "눈보라의 아우성 속에서 엄마아, 꽝 터지는 폭탄 속에서" 수많은 "금순이"들은 "치마를 펄럭이며 하늘 위를 걷는다." 눈보라가 휘날리는 배경은 피난살이의 장면을 더욱 혹독하게 하고, 툭툭 끊어지듯 노래하는 현인의 독특한 어조와 발성은 눈발 휙휙 날리는 장면의 이미지에 더없이 잘 어울린다. "부두는 폭파되고 배는 이미 떠났는데 금순이 두 팔을 휘젓는다." 이 노래가 울려 퍼질 때마다, 눈발 휙휙 날리는 장면을 마주할 때마다 저 수많은 금순이들이 우리의 기억 속에서 솟아오를 것이다. 마치 "영도다리 난간 위에서 고꾸라지듯 떨어지다가도 어림없지, 솟아오"르는 금순이처럼, 눈발처럼. 그렇게 휙휙. 허공을 가로질러 휙휙. 최정례의 시에서 지난 과거의 시간은 날리는 눈발처럼 그렇게 불쑥 찾아온다.

5. 바람에 시의 운명을 싣고

"스물세 햇 동안 나를 키운 건 팔 할이 바람이다"(「자화상」)라는 서정주의 인상적인 선언 이후에도 바람은 많은 시인들의 상상력을 불러일으켜 왔다. 일찍이 바슐라르는 "바람은 가시적일 때 상상적인 힘을 갖는 것이 아니라 비가시적일 때, 곧, 온전히 역동적인 힘으로서만 상상될 때 상상적 힘을 획득한다"(「공기와 꿈」, p.448)는 의미심장한 말을 남긴 바 있다. 그 때문인지 우리의 시인들도 흔히 형체 없이 자유자재로 이동하는 바람의 상상력에 주목해 온 것이 사실이다. 그런가 하면 비가시적인 바람에서 형체를 감지하고자 한 시인도 있다.

　나는 천년을 묵었다 그러나 여우의 아홉 꼬리도 이무기의 검은 날개
　도 달지 못했다
　천년의 혀는 돌이 되었다 그러므로

탑(塔)을 말하는 일은 탑을 세우는 일보다 딱딱하다

다만 돌 속을 헤엄치는 물고기
비린 지느러미가 캄캄한 탑신을 돌아 젖은 아가미 치통처럼 끔뻑일
때

숨은 별밭을 지나며 바람은 묵은 이빨을 쏟아 내린다 잠시 구름을 입
었다 벗은 것처럼
허공의 연못인 탑의 골짜기

대가 자랐다 바람의 이빨 자국이다
새가 앉았다 바람의 이빨 자국이다

천년은 가지 않고 묵은 것이니 옛 명부전 해 비치는 초석 이마가 물
속인 듯 어른거릴 때
목탁의 둥근 입질로 저무는 저녁을

한 번의 부름으로 어둡고 싶었으나
중의 목청은 남지 않았다 염불은 놀의 어장에 뿌려지는 유일한 사료
이므로

치통 속에는 물을 잃은 물고기가 파닥인다

허공을 쳐 연못을 판 탑의 골짜기

나는 바람의 백만 번째 어금니에 물려 있다 천년의 꼬리로 휘어지고
천년의 날개로 무너진다

　　　　　　　　　　　　　　　　　　—신용목, 「바람의 백만 번째 어금니」 전문

　　신용목은 일찍이 첫 시집 『그 바람을 다 걸어야 한다』에 수록된 「갈
대 등본」에서도 '갈대-바람-아버지'로 이어지는 상상력을 통해 '바람
의 지층'이나 '바람의 화석', '아버지의 뼛속 바람'을 상상해 왔다. 바
람에 형체를 부여하고자 하는 그의 색다른 시도는 첫 시집 무렵부터
단초를 보인 셈이다. 두 번째 시집의 표제 시 「바람의 백만 번째 어금
니」에 와서는 움직임으로써만 스스로의 존재를 증명하는 바람이 남
긴 흔적을 통해 시인은 "바람의 이빨 자국"을 본다.
　　"천년을 묵었"지만 "여우의 아홉 꼬리도 이무기의 검은 날개도 달
지 못"한 '나'는 "다만 돌 속을 헤엄치는 물고기"이다. 돌 속을 헤엄치
는 물고기의 몸은 당연히 돌로 이루어져 있을 것이다. 그 물고기는
물론 시인의 분신이며, "돌이 되었다"는 "천년의 혀"는 다름 아닌 시
인의 것이다. 그러므로 "탑을 말하는 일은 탑을 세우는 일보다 딱딱
하다". 여기엔 딱딱한 언어에 대한 시인의 깊은 절망감이 드러나 있
다. "허공의 연못인 탑의 골짜기"에 "대가 자"라고 "새가 앉"는 풍경
속에서 시인은 "바람의 이빨 자국"을 본다. 형체를 지니고 있지 않은
바람을 우리가 느낄 수 있는 방법은 바람이 남긴 흔적을 보는 것뿐이
다. 대가 자라고 새가 앉는 시간의 변화 속에서 시인은 바람의 언어
를 읽는다. "돌 속을 헤엄치는 물고기"를 천년의 바람이 스쳐 갔지만
그는 아직도 치통을 앓고 "물을 잃은 물고기가" 되어 "파닥인다". 목
청이 남지 않을 정도로 왼 중의 "염불은 돌의 어장에 뿌려지는 유일
한 사료"인 셈이다. 천년도 더 묵은 "바람의 백만 번째 어금니에 물려

있"는 '나'의 언어는 "천년의 꼬리로 휘어지고 천년의 날개로 무너진
다". 그렇게 자신의 언어가 바람의 운명을 타고났음을 신용목의 시는
고백한다.

6. 너무 많은 나와 너무 많은 빗발들

정지용의 「비」와 백석의 「비」, 「산(山)비」는 객관적인 자연 묘사를
통해 비 내리는 풍경을 감각적으로 재현한 시로 손꼽을 만하다. 정지
용의 시에서는 "종종다리 까칠한/산(山)새 걸음걸이"를 통해, 백석의
「비」와 「산비」에서는 "물쿤 개비린내"라는 냄새와 "산뽕닢에 빗방울
이" 치는 소리를 통해 비 오는 정경이 섬세하게 그려진다. 이처럼 서
정성을 불러일으키는 역할을 톡톡히 해 온 '비'는 이수명의 시에 와서
새로운 상상력으로 탈바꿈한다.

깊은 밤 검은 우산이 홀로 떠 있는 명령을 내린다. 그냥 떠 있는 것을
사랑해 우리는 일제히 비예요.

우리는 비의 형식이면서 동시에 비의 배경이다. 우리는 세계를 채운
다. 우리는 우리 이전과 구분되지 않는다.

합이 도출되지 않는 이 끝없는 연산을 무엇이라 부를까. 만나지 않는
선들이 그냥 떠 있지 그냥 사랑해 더 가늘게 더 두텁게 불확실하게

우리가 주고받는 것을 하지 못할 때 우리는 자연수로 탄생하고 자연수
는 무효가 될 때까지 자란다. 낮과 밤이 어디로부턴가 흘러나와 시가전을
벌인다. 낮과 밤을 떠다니게 하라 아무것도 생겨나지 않는 이곳에서

형상을 시작하자 우리는 존재하지 않는 현상 속에서

틀림없어지거든요

틀림없이 비를 닮아 가고 있어요 우리는 비의 형식이면서 동시에 비
의 배경이다. 우리는 세계를 벗어난다.

우리는 마찬가지가 될 모양입니다. 우리를 가로막고 있는 것, 그러나
없는 베개를 움켜잡고 베개에 머리를 묻고 떠내려갑니다.

—이수명, 「비의 연산」 전문

아마도 이 시의 상상력의 출발점은 끝없이 쏟아지는 빗발이나 비
오는 날 수없이 펼쳐진 우산들의 활보였을지도 모른다. 이 시의 화자
는 느닷없이 "깊은 밤 검은 우산이 홀로 떠 있는 명령을 내린다." 저
수많은 우산의 무리 중에서 왜 유독 '검은 우산' 하나가 홀로 떠 있는
지는 알 수 없다. 의문을 품은 청자에게 화자는 다음과 같이 말한다.
"그냥 떠 있는 것을 사랑해". "우리는 일제히 비"가 된다. 의심의 여지
없이 "우리는 비의 형식이면서 동시에 비의 배경이다." 우리는 세계
를 채운다. 무수히 내리는 비가 그러하듯이. "합이 도출되지 않는 이
끝없는 연산"을 화자는 "비의 연산"이라 부르고 싶어 한다. "틀림없이
비를 닮아 가고 있어요". 의심의 눈길을 거두라고 화자는 다시 한 번
말한다. "우리는 비의 형식이면서 동시에 비의 배경이다." 세계를 채
웠던 우리는 이제 "세계를 벗어난다." 채우는 것과 벗어나는 것은 어
쩌면 한통속일지도 모른다. 건조하고 수학적인 언어로 이수명의 시는

비에 새로운 상상력을 불어넣는다. 끝없는 연산이 계속되듯이 비가
내린다. 줄기차게.

내가 너의 손을 잡고 걸어갈 때
왼쪽 비는 내리고 오른쪽 비는 내리지 않는다.

우리에게는 언제나 너무 많은 손들이 있고
나는 문득 나의 손이 둘로 나뉘는 순간을 기억한다.

내려오는 투명 가위의 순간을

깨어나는 발자국들
발자국 속에 무엇이 있는가
무엇이 발자국에 맞서고 있는가

우리에게는 언제나 너무 많은 비들이 있고
왼쪽 비는 내리고 오른쪽 비는 내리지 않는다.

내가 너의 손을 잡고 걸어갈 때
육체가 우리에게서 떠나간다.
육체가 우리를 쳐다보고 있다.

우리에게서 떨어져 나가 돌아다니는 단추들
단추의 숱한 구멍들

속으로

왼쪽 비는 내리고 오른쪽 비는 내리지 않는다.
　　―이수명, 「왼쪽 비는 내리고 오른쪽 비는 내리지 않는다」 전문

　비에 새로운 상상력을 입혔으므로 이제 시인은 비를 통해 균열을
말하고 차이를 감지할 수 있다. "내가 너의 손을 잡고 걸어갈 때/왼쪽
비는 내리고 오른쪽 비는 내리지 않는다." 이것은 이미 실재가 아니
다. 하지만 주관적 느낌을 통과하지 않은 객관적 실재란 어쩌면 허상
같은 것인지도 모른다. "우리에게는 언제나 너무 많은 손들이 있고/
나는 문득 나의 손이 둘로 나뉘는 순간을 기억한다." 너무 많은 손들
은 다시 둘로 분열한다. 너무 많은 손들을 통해 세계를 인식하는 시
인에게 세계는 수많은 균열로 이루어졌을 것이다. "우리에게는 언제
나 너무 많은 비들이 있고/왼쪽 비는 내리고 오른쪽 비는 내리지 않
는다." 비논리적인 진술처럼 보이는 이 문장도 우리의 감각 경험에
의하면 참의 문장이 될 수 있다. 하나의 우산 속을 누구와 함께 걷느
냐에 따라 왼쪽 비는 내리고 오른쪽 비는 내리지 않는 일은 얼마든
지 일어날 수 있다. "내가 너의 손을 잡고 걸어갈 때/육체가 우리에게
서 떠나"가는 일 역시 마찬가지다. 떨어져 나간 "육체가 우리를 쳐다
보고 있다." 일상의 감각을 자유자재로 횡단하며 무너뜨리는 이수명
의 시는 비 내리는 풍경을 통해 "왼쪽 비는 내리고 오른쪽 비는 내리
지 않는" 균열과 차이의 감각을 생성해 낸다. 언제나 너무 많은 비들
은 서서히 우리의 감각을 지배하며 이전의 시들과는 전혀 다른 서정
성에 도달한다.
　그 밖에도 시인들이 선호해 온 안개, 햇볕 등의 기상학적 상상력

은 새로운 시인을 만나 새로운 운동성을 얻어 왔고 앞으로도 그럴 것이다. 김승옥의 「무진기행」에서 잠을 부르던 몽상의 안개는 기형도를 만나 공포와 무기력이 드리운 안개로 변신한다. 김영랑의 시에서 돌담에 속삭이던 따뜻한 햇발은 최정례의 시에서는 한여름 아스팔트 위를 내리퍼붓는 금방이라도 폭발할 것 같은 날카로운 햇빛으로 모습을 바꾼다. 저 머나먼 허공으로 솟아오르거나 그곳에서 지상으로 내려오거나 이동하는 바람과 구름과 비와 눈과 햇볕과 안개는 앞으로도 시가 써지는 한 새로운 상상력으로 거듭나며 새로운 서정을 구축하고 허물 것이다.

오늘의
노래

1. 기시감

조짐이 심상치 않다. 세상은 분명히 달라졌는데 데자부(déjàvu)라도 본 것일까? 어디선가 보고 겪은 듯한 익숙한 풍경이 곳곳에서 출몰하고 있다. 서울의 한복판 용산에서 경찰의 과잉 진압으로 다수의 인명 피해를 불러온 참사가 일어나고, 적잖은 사람들이 연민을 가지고 있었던 전직 대통령이 자살이라는 극단적 선택을 하고, 평택에서는 불과 며칠 전까지 전쟁과 다를 바 없는, 노조와 공권력의 대치 국면이 벌어지고 있었다.

날마다 촛불집회가 있었고 광화문 광장이 시민의 품으로 돌아왔고 각계각층에서 잇단 시국 선언이 있었다. 그런데도 세상은 너무 조용하고 젊은이들은 무기력하다. 세상이 급속도로 퇴화되어 가고 있다고 느끼면서도 먹고살기에 바빠 몸놀림은 무겁기만 하다. 이 모든 풍경은 어디선가 본 듯하다. 너무 익숙해서 오히려 낯설 지경이다.

무언가 세상이 이상해져 가고 있다고 많은 사람들이 느끼고 있고,

그중 일부는 무거워진 몸을 거느리고 작은 움직임을 시작하고 있기도 하다. 일부는 생활에 치여 마음으로만 동조하거나 그나마도 무관심하기 일쑤지만 서서히 변화의 조짐이 느껴지기도 한다. 더구나 오늘의 현실에 별 관심이 없어 보이던 시인들이 주축이 되어 '6.9 작가선언'을 하고 그 이후에도 '북 콘서트' 등의 집단적인 움직임을 보이고 있다는 점은 무언가 달라지고 있음을 상징적으로 보여 준다.

2000년대 이후에 등단한 시인들의 시가 궁금해지는 이유는 바로 여기에도 있다. 조금씩 일어나고 있는 이런 사회적 변화가 젊은 시인들의 시에 어떤 영향을 미치고 그들의 시를 어디로 끌고 갈지 솔직히 궁금하다. 아마도 직접적으로 변화가 감지되지는 않겠지만 작은 변화의 조짐이라도 읽을 수 있지는 않을까 하는 기대를 조심스럽게 하면서, 황성희, 하재연, 문길의 신작시를 읽기 시작한다. 그것은 달리 말하면 2000년대에 등단한 세 명의 시인들이 보여 주는 오늘의 노래에 대한 관심이다.

2. 딸기 맛에 길들여진 오늘

첫 시집 『앨리스네 집』에서 독특한 동화적 상상력과 대중문화적 상상력을 선보인 바 있는 황성희는 세 편의 신작시들에서 오늘 속에서 견디는 법을 노래한다. 오늘을 바라보는 시인의 태도는 냉소적이다. 마치 피터팬을 잊고 어른이 되어 버린 웬디처럼 그녀는 더 이상 꿈꾸지 않는다. 이상한 나라에 갔다가 돌아온 앨리스의 일상은 따분해지기 십상이다. 대개의 동화는 해피엔딩 그 이후에 대해 이야기하지 않지만, 황성희의 시는 시집 해설에서 권혁웅도 말했듯이, 집으로 돌아온 앨리스의 그 이후의 삶, 즉 동화 바깥에 관심을 보인다.

모든 것을 원점으로 되돌리려는 몸짓

유리창에 비치던

어떤 동물의 쓸데없는 눈알

평생 본 것이 헛것이었다면

4를 지키려는 노력

한 손에는 지우개를 꼭 쥐고

애처로운 기교, 기만에 가까운 성실

한때 고래를 지키는 사람을 꿈꾸었지만

바닷속을 염탐하지 않겠다는 약속

나무를 따라 흘러가는 바람을 그냥 두고

벽에 비친 내 그림자, 놀라는 게 이상할까

멀리 있는 별이 흐릿한 건 당연한 일

보이지 않는 것을 궁금해하지 마

심장은 언제나 가장 가까운 곳에 있다

할아버지의 얼굴을 닦고 또 닦아라

4를 지키려는 노력, 그것만이

태양 아래 산책을 즐기는 비법

―황성희, 「4를 지키려는 노력」 전문

    모든 것을 원점으로 되돌리려는 몸짓은 대개 공허한 것이기 쉽다. 그것은 하나의 몸짓, 어디까지나 하나의 바람으로 끝날 뿐 대개 현실화되지는 않는다. 지나간 시간이란 이미 돌이킬 수 없는 것이 되어 있기가 쉽다. "유리창에 비치던/어떤 동물의 쓸데없는 눈알"처럼 연민을 불러일으키지만 공허하고 쓸데없는 것이다. "평생 본 것이 헛것이었다면" 그 삶은 얼마나 공허하고 허탈할까? 하지만 그런 헛것을 좇아 평생 달리는 것이 또한 우리네 인생이기도 하다.

마치 그것은 "4를 지키려는 노력"과도 같은 것이다. '4'가 무엇을 지시하는지 분명히 알 도리는 없다. 그것은 죽음을 상징하는 숫자일 수도 있고, 방위를 가리키는 표지일 수도 있으며 화자만이 알고 있는 또 다른 기호일 수도 있다. 중요한 것은 '4'의 의미는 아니다. 그것이 무엇이든 간에 그것은 누군가에게는 평생을 바쳐 지키고 싶을 만큼 소중한 것이되, 다른 누군가에게는 헛것처럼 무의미하고 공허한 존재일 뿐이다. 중요한 것은 '4'보다는 4를 지키려는 '노력'에 있다. "애처로운 기교, 기만에 가까운 성실"을 바쳐 4를 지키려고 하는 눈물겨운 몸짓. 어쩌면 우리네 인생은 그런 조금쯤 공허한 몸짓으로 이루어진 것인지도 모른다. 누군가는 '그게 도대체 무슨 의미야? 뭔데 그렇게 집착해?'라고 말하고, 다른 누군가는 상관없다는 태도로 4를 지키는 일에 몰두하고……. '4'를 대신할 수 있는 것은 얼마든지 있다. 각자 온 존재를 걸고 지키려고 애썼던 무언가가 있다면 모두 4가 될 수 있다.

"한때 고래를 지키는 사람을 꿈꾸었지만" 지키지 못할 약속만을 낳으며 꿈은 꿈으로 묻어 두었다. "나무를 따라 흘러가는 바람을 그냥" 내버려 두고 흐르는 대로 살다가 "벽에 비친 내 그림자"에 흠칫 놀라기도 하면서 그렇게 살아간다.

"멀리 있는 별이 흐릿한 건 당연"하다. 그러니 보이지 않는 것을 궁금해할 필요는 없다. 보거나 안다고 해서 달라질 것은 별로 없는지도 모른다. "할아버지의 얼굴을 닦고 또 닦"듯 지금, 여기에서 할 수 있는 것을 할 뿐이다. "4를 지키려는 노력, 그것만이/태양 아래 산책을 즐기는 비법"이라고 시의 화자는 말한다. 지키고 싶은 무언가를 지키려는 '노력'에 방점이 찍히지만 그렇다고 해서 그 노력이 세상을 바꿀 것이라는 낙관적인 기대는 하지 않는다. 그것은 그저 오늘을 견디는 하나의 방법일 뿐이다.

평생 막대사탕이나 빠는 거다. 막대사탕을 팔아도 좋고 막대사탕을 추억해도 좋고 막대사탕만 고집해도 좋고 막대사탕을 아예 몰라도 좋고 막대사탕 대신 솜사탕이어도 좋다. 무슨 상관인가. 언젠가 눈뜨면 여기는 분명 아닐 텐데.

모아 놓은 버찌 씨를 챙겨 들고 지금이라도 철길을 따라 달릴 수밖에. 사탕가게는 점점 가까워지고 달리는 동안은 달리는 것을 믿을 수 있어라. 감사하게도.

—황성희, 「이해의 선물」 부분

"평생 막대사탕이나 빠는 거다"라는 진술에서는 이 세계에 대한 냉소가 느껴진다. 이 시의 화자에겐 '여기'에 대한 기대치가 별로 없다. "막대사탕을 팔아도 좋고 막대사탕을 추억해도 좋고 막대사탕만 고집해도 좋고 막대사탕을 아예 몰라도 좋고 막대사탕 대신 솜사탕이어도 좋다." "무슨 상관인가", '아무려면 어때'라는 무관심의 태도가 거기엔 깔려 있다. 그것은 화자가 '여기'에 대한 애정과 기대가 없고 여기가 아닌 다른 곳에 대한 기대를 품고 있다는 뜻이기도 하다. "언젠가 눈뜨면 여기는 분명 아닐" 거라는 막연한 기대가 '여기'에 대한 집착을 버리게 한다.

그런데 묘하게도 그런 태도를 시인은 "이해의 선물"이라고 부른다. 어째서 그럴까? 어떤 것에 대한 환상을 품는다는 것은 그만큼 그 대상에 대한 집착을 키워 가는 것이기도 하다. 지나친 집착은 대개 몰

이해를 동반한다. 자기 자신에 대해서는 물론이고 타인이나 집착의 대상에 대해서도 무관심하고 몰이해하기 쉽다. 그런데 집착을 버리고 대상과 거리를 둘 때 이해관계나 감정의 변화에 연연해하지 않으며 대상을 바로 볼 수 있게 된다. 그것은 대상에 대한 이해를 심화하는 일이기도 하다. 바로 그럴 때 지금 먹은 것은 "딸기가 아니라 딸기 맛"임을 비로소 인식하게 되는 것이다. 그리고 딸기 맛 막대사탕을 먹고 "끈적거리는 손을 씻을 때 옆 사람에게 치통 때문에 찡그린 얼굴을 들켜 주는 배려"도 할 줄 알게 된다. "충치 하나 없이 사는 일이 얼마나 지루"하겠느냐는 것은 어쩌면 하나의 핑계에 불과하다. 자기 안에 사로잡히지 않고 주변을 둘러보며 사는 일은 그렇게 지금, 여기와 조금쯤 거리를 두고 바라보는 것에서부터 시작할지도 모르겠다.

물론 그 안을 들여다보면 시인의 냉소가 발견되기는 한다. 하지만 그 냉소가 오히려 이해의 선물이 될 수도 있겠다. 어리석은 맹목보다는 아는 자의 냉소가 차라리 나을 수도 있다. "달리는 동안은 달리는 것을 믿을 수 있어라. 감사하게도." 확실하다고 믿을 수 있는 것들이 많이 사라진 세상에서 오늘의 젊은 시인들이 취할 수 있는 태도 중 하나는 아마도 이런 것일 게다. 그것이 타인을 향해 닫혀 버린다면 문제가 되겠지만, 이해의 선물을 마련하고 있는 한 달라질 수 있는 가능성 역시 열려 있다고 할 수 있지 않을까?

창문 밖 허공. 눈만 뜨면 만나는 광대한 출구. 기꺼이 뛰어내리지는 못하고 눈 위의 붉은 점이 혹시나 흉해 보일까 불안해하는 나이를 서글퍼하고 짝눈 교정을 위한 쌍꺼풀 수술은 미적 성형과는 다르다며 옆집에게 발끈하고 생리혈 얼룩진 팬티를 버리면서 이 정도 낭비는 하고 살아도 된다며 남편에게 울컥하고 얼마 전 만난 한 남자를 떠올리며 위대한 작가에겐 언제나 숨겨진 연인이 있었다는 일기를 쓰고 4층 여자에게 새로 한 파마의 이름을 끝내 묻지 않는 것은 질투보다 교양에 가깝다는 해석이나 하면서 오늘의 연도와 오늘의 날짜와 오늘의 요일을 나란히 쓰는 일에 아무 두려움 없는 지구 한 바퀴의 판타지와 동네 한 바퀴의 리얼리즘을 순순히 인정하는 그러나 때때로 발걸음을 멈추고 우두커니 출구를 바라보는 포즈라니 시를 쓰는 것이 현실에 대한 가장 치욕스런 아부라는 걸 알면서도 오늘을 믿고 오늘 안에서 뒹굴고 오늘 속에서 느낀 것을 오늘 산 공책에 옮겨 적는다.

—황성희, 「불감증」 부분

1980년대 말에서 1990년대 초 20대 초반이었던 그 시절, 신물 나도록 많이 들었던 말 중 하나가 '불감증'이다. 세상사에 예민하지 못하고 자기 안위에만 몰두하는 것처럼 보이는 세상을 향한 젊은이와 시인들의 우려가 종종 '불감증'에 대한 경고로 표현되곤 했었다. 세월이 지나고 보니 그 시절의 것은 노심초사에 가까웠던 것처럼 느껴지기도 한다. 그날이 그날 같은 하루하루를 보내는 일에 익숙해져 버린, 저마다 불감증을 앓는 사람들이 모여 사는 이곳에서는 그런 문제의식조차 새삼스럽게 느껴질 것이다.

　화자는 나날이 자기 합리화의 변명만 늘어 간다. "짝눈 교정을 위한 쌍꺼풀 수술은 미적 성형과는 다르다며 옆집에게 발끈하고 생리혈 얼룩진 팬티를 버리면서 이 정도 낭비는 하고 살아도 된다며 남편에게 울컥"한다. 자기반성의 시간은 줄어들고 자기변명만 늘어 간다. 합리화의 논리는 늘 새롭게 계발된다. 그러다 보면 두려움이 사라진다. "오늘의 연도와 오늘의 날짜와 오늘의 요일을 나란히 쓰는 일에 아무 두려움"이 없어진다. 심지어 "시를 쓰는 것이 현실에 대한 가장 치욕스런 아부라는 걸 알면서도 오늘을 믿고 오늘 안에서 뒹굴고 오늘 속에서 느낀 것을 오늘 산 공책에 옮겨 적는다." 마침내 시인의 합리화는, "진정한 용기는 전쟁도 혁명도 변절도 아닌 오늘 속에서 견디는 법에 있다"는 생각에까지 이른다. 문제는 그 견딤에 더 이상 떨림이 없다는 것이다. 떨림을 동반하지 않는 삶. 그것이야말로 불감증의 두려운 경지일 것이다. 시인은 이 모든 것을 거리를 두고 바라보며 스스로 냉소한다. 비록 딸기 맛에 길들여진 오늘이나마 황성희의 오늘에 기대를 걸어 보게 되는 것은 바로 견자로서의 그녀의 태도에 있다.

3. 하객이거나 문상객으로서의 오늘

『라디오 데이즈』라는 첫 시집에서 보이지 않고 들리지 않는 '사이'의 시공에 대해 예민한 감각으로 개성적인 시 세계를 열어 보였던 하재연은 이번 신작시에서 첫 시집과는 또 달라진 면모를 보여 준다. 보이지 않는 감각을 그려 내는 데 예민하고 행간의 사이가 넓었던 하재연의 언어는 이번 신작시들에서 좀 더 현실감을 획득한다. 건조하고 차분하고 예민하게 가라앉아 있다는 점은 유사하지만, 행간의 거리는 좀 좁혀진 것처럼 보인다. 그녀에게 어떤 변화가 있었던 걸까?

어제는 당신을 만났고
오늘은 당신을 만나지 못했다
그러므로 나는 내일까지
이곳에서 살아 있을 것이다
햇빛이 이렇게 맑다
많은 사람들이 죽었다

한 친구는 자살을 했다

장례식에서 우리는 십 년 만에 만나

소풍을 떠나는 꿈을 꾼다

기차를, 기차를 타고

내년 겨울 우리는 모두 다른 나라에서

어떤 나라의 겨울은 또 다른 나라의 겨울과

어떻게 다른지

눈이 녹고 나면 강물은 더 차가워지는지

떨어진 벚꽃의 분홍은 어디로 갔는지

나는 쭈글쭈글한 아기를 낳고

그 조그만 아기를 업고서

시장을 볼 것이다

몇 개의 봉지들을 들고 거리에서 만나

우리는 모든 걸 감추거나

모든 걸 드러낸다

햇빛이 이렇게 눈부셔서

웃는지 우는지 모르는 표정으로

친구들은 빅토리를 그리며 사진을 찍을 것이다

당신도 다른 나라에서 돌아와

흰 셔츠와 검은 셔츠를 입고

하객이거나 문상객이 될 것이다

그러므로 니는 견딜 수 있을 만큼

조금씩 살아간다

—하재연, 「로맨티스트」 전문

첫 시집에서 하재연의 목소리가 소녀의 목소리를 띠고 있었다면 이번 신작시들에서는 성인의 목소리가 감지된다. 『라디오 데이즈』에서 금기에 대한 두려움을 가지고 있던 소녀의 목소리나 아직 십대의 기억을 떨쳐 버리지 못한 이십대 여성의 목소리를 종종 노출하던 하재연의 시는 이번 신작시에서 성인이 되어 오늘을 견디며 살아가야 하는 화자의 목소리를 등장시킨다.

"어제는 당신을 만났고/오늘은 당신을 만나지 못했다" 같은 발화조차도 화자가 소녀를 지나 한층 성숙한 인물임을 드러낸다. "햇빛이 이렇게 맑다/많은 사람들이 죽었다/한 친구는 자살을 했다". 단문으로 짧게 끊어지는 문장들의 나열은 행간에 많은 생략을 함축함으로써 성인이 되어 버린 화자와 화자 주변의 현실을 환기한다. 그러고 보면 그녀 시의 행간이 꼭 좁아졌다고만 볼 수는 없다. 다만, 감각 바깥의 감각에 예민했던 시인의 관심이 현실 가까이로 옮겨 오면서 그런 인상을 자아낸 것이라고 말하는 편이 좀 더 정확할 것이다.

햇빛이 이렇게 맑은데, 많은 사람들이 죽었고, 한 친구는 자살을 했다. 친구의 장례식에서 우리는 십 년 만에 만나 소풍을 떠나는 꿈을 꾼다. 왜 하필 소풍일까? 십 년 전, 아마도 소풍을 가고 했을 학창 시절에 우리가 처음 만났을 때는, 많은 사람들이 죽고 친구가 자살하는 식의 미래는 적어도 생각하지 못했을 것이다. 장밋빛 미래까지는 아니더라도 평온한 미래를 꿈꾸었을 것이다. "기차를 타고" 어딘가로 가며 집에서 가져온 찐 달걀과 사이다를 나눠 먹고 기타 소리에 맞춰 노래도 부르고 지금보다 더 나은 미래를 꿈꾸기도 하며 가슴 설렜을 것이다. 목적지에 도착해서는 우르르 몰려다니며 "빅토리를 그리며" 사진도 찍었을 것이다.

우리가 함께했던 즐거운 시간을 추억하기 위해서 필히 소풍을 떠나는 꿈을 꿔야 했지만, 영원할 것 같던 사진 속 짓궂은 웃음은 이제 낯설게 느껴질 뿐이다. "어떤 나라의 겨울은 또 다른 나라의 겨울과/ 어떻게 다른지/눈이 녹고 나면 강물은 더 차가워지는지/떨어진 벚꽃의 분홍은 어디로 갔는지" 궁금해하는 사이 모두들 나이가 들어 버렸다. 이제 "나는 쭈글쭈글한 아기를 낳고/그 조그만 아기를 업고서/시장을 볼 것이다". 시장을 보다가 우연히 서로 마주치기도 하겠지만, "몇 개의 봉지들을 들고 거리에서" 만났을 때 우리는 이제 "모든 걸 감추거나/모든 걸 드러낸다".

이제 소풍의 시간은 끝나고 집으로 돌아올 때가 되었다. 성인이 된 화자와 화자의 친구들은 "다른 나라에서 돌아와/흰 셔츠와 검은 셔츠를 입고/하객이거나 문상객이 될 것이다". 소풍 가는 즐거운 마음 따윈 잊어버리고 흰 셔츠와 검은 셔츠 같은 정장을 차려입고 하객이거나 문상객이 되는 일. 그것이 어른의 삶이다. 견딜 수 있을 만큼 조금씩 살아가는 법을 시인은 비로소 터득한 것이다.

> 기러기 떼가 북반구로 날아가는 동안
> 지구에도 밤은 찾아오고
> 공원의 벤치에서 홈리스들은 아침을 맞네
>
> 집이 없는 사람에게
> 벤치는 집일까 침대일까
> 잠자면서도 출렁이는 보드피플들은 구유에 남긴
> 예수처럼 어리고 슬프다
>
> 기러기를 길들이면 정말로 거위가 될까?

거위는 새로 얻은 집을 사랑할까

지구의 북반구에서 완결되지 못한 이야기를
남반구에서 시작하려 한 건 누군가의 잘못
흩날리는 페이지들이 꿈속에서 가벼운
집을 짓는다 나더러 부수라고

—하재연, 「내가 누구인지 몰라도 괜찮아」 부분

"기러기 떼가 북반구로 날아가는 동안/지구에도 밤은 찾아오고/공원의 벤치에서 홈리스들은 아침을 맞"는다. 기러기 떼가 북반구로 날아가는 것과 지구에 밤이 찾아오는 것과 공원의 벤치에서 홈리스들이 아침을 맞는 풍경은 서로 무관하다. 무관해 보이는 풍경을 나란히 병치해 놓음으로써 새로운 이미지를 만들어 내는 기법은 하재연의 첫 시집 『라디오 데이즈』에서 자주 쓰이던 것이다. 이 시에서도 따지고 보면 위의 세 풍경은 서로 별 관련이 없어 보인다.

하지만 '기러기 떼'를 중의적으로 읽는 순간 저 '홈리스들'과 '기러기 아빠들'과 '지구의 밤' 사이에 모종의 연관 관계가 연상되기도 한다. 서사적 연결 고리를 부여하지 않아도 외롭고 쓸쓸한 그들의 신세와 밤이 형성하는 분위기는 유사한 면이 있다.

"집이 없는 사람에게/벤치는 집일까 침대일까". 화자의 천진해 보이는 질문은 실제 홈리스들의 삶과 만나면 심각한 현실이 되어 버린다. 거기에 시인은 베트남 난민인 보트피플과 구유에 담긴 예수를 병치해 놓는다. 이들은 모두 잠자면서도 흔들리고 출렁이는 존재들이며 어리고 슬픈 존재들이다.

"기러기를 길들이면 정말로 거위가 될까?"라는 질문에는 자유와 길들인다는 것에 대한 질문이 숨어 있다. 기러기가 거위가 되고 거위가 기러기가 되기도 하면서 원하지 않는 삶에 적응하며 살아가는 것이 어른의 삶인지도 모르겠다. 홈리스로서의 삶을 꿈꾸는 사람은 없지만 닥치면 생명을 부지해야 하는 것이기도 하니 말이다. 집을 짓지 않는 것도 하나의 방법이겠고, 어쩔 수 없이 집을 지어야 한다면 허물기 쉬운 가벼운 집을 짓는 것도 또 하나의 방법이 될 수 있겠다. "꿈속에서 서로 사랑을 나누는 동안" "당신의 이름을 잊어버"릴 만큼만 가볍게 사랑하고, 집을 짓되 부수기 쉬운 가벼운 집을 짓고 살아간다면 덜 상처받을 수 있을까라고 시인은 묻는다.

"나를 사랑하지 않아도 괜찮아/내가 누구인지 몰라도 괜찮아". 자기 위로처럼 보이기도 하는 이런 말들 속에는 책임과 사랑의 무게에 상처를 주고받으며 사는 삶의 무거움이 실려 있다. 가벼움이 그렇듯이 무거움도 때론 참을 수 없다. 정말 어떻게 사는 것이 잘 사는 것일까?

단발이 되거나
머리 색깔을 바꾸거나 하는 일만으로
달력이 한 장 한 장 넘어간다
세탁기에서 빨래는 돌아가고 있다
믿을 수 없이
여름이 또 왔다
장맛비가 시작되고 당신은 나를 잊고
이웃 나라로 떠났다가
옆 동네의 세탁소 앞에서 마주치고
빨래는 돌아가고 있다 세탁기가 돌아가고

있기 때문이다

주름들을 다림질하듯이

내 영혼을 편편하게 햇살에 널어 말리고 있다

—하재연, 「자동세탁기계 앞에서」 부분

　나이 먹을수록 하루하루가 무서운 속도로 지나간다는 느낌을 받을 때가 많다. 아니, 하루하루를 의식조차 못할 때도 있다. 일주일 단위, 때로는 몇 주 단위로 시간이 훌쩍 지나간다는 생각이 들 때도 있다. 너무 다른 하루하루의 일이 또렷이 기억나던 십대, 이십대가 있었다면, 어제와 오늘의 차이를 구별하기 힘든 나이도 있다. "단발이 되거나/머리 색깔을 바꾸거나 하는 일만으로" 하루하루의 달력이 잘 넘어간다는 화자의 고백은 그날이 그날 같은 일상에 대한 고백이다.

　그사이에 아무 일도 없었던 것은 아니다. "믿을 수 없이/여름이 또" 오고 "장맛비가 시작되고 당신은 나를 잊고/이웃 나라로 떠났다". 믿을 수 없이 여름이 또 왔다는 말에는 많은 말들이 숨겨져 있다. 다시는 여름이 오지 않을 것 같은 절망과 나락의 시간이 화자에게 있었음을 충분히 짐작하고도 남는다. 그것은 아마도 당신과의 이별과 관련되어 있을 것이다. 그사이에도 변함없는 일이 있다면 그것은 세탁기에서 빨래가 돌아간다는 사실이다. "영혼을 편편하게 햇살에 널어 말리고" 싶을 때가 종종 있다. 어쩌면 자동세탁기계 속에 뒤엉켜 돌아가는 빨래는 그것을 대신해 주는 존재일지 모른다. 영혼 대신 우리에게서 빠져나온 팔다리들이 뒤엉켜 돌아가고 탈수되고 그리고 편편하게 널려 햇살에 말려질 것이다.

　아이의 울음소리와 함께 세탁기가 탈탈거리며 돌아가는 소리가 화자의 동요하는 심리를 잘 그리고 있다. 애써 다스렸을 실연의 감정과 당신에 대한 원망이, 뒤엉킨 빨래가 되어 세탁기 속에서 돌아가고 있다. 하재연의 신작시는 일상의 소소한 감정을 그리는 데 좀 더 예민해진 것 같다.

4. 하얀 희망을 품은 오늘

2007년 『경남일보』 신춘문예에 「운학정」으로 등단한 문길의 시는 등단작만 해도 서정적인 향취가 풍겼다. 2000년대에 등단한 대부분의 시인들이 등단작의 성향과 상관없이 등단 이후 서정성에 대한 고민을 새롭게 시작하고 있다고 해도 과언이 아닌데, 이번 신작시를 보니 문길 역시 앞으로 써야 할 시에 대한 고민을 드러내고 있는 것으로 보인다.

지구를 언제 인간이 구워 먹을까

애당초 시의 어원이 틀렸네

지구의 종말은 시가 안 되는 겁니까

종말이란 말은 인간에게만 있어

미래가 독한 화약 냄새를 뿜고 있습니다

핵폭탄을 생고구마라고 갉아먹으며 죽어라

악동의 시를 쓰라는 겁니까

칼 같은 시를 쓰라, 지구의 공기들이 디스코를 치고 있다

인류 구원은 버려진 화투짝이다

화투짝 위로 나뭇잎이 흔들리고 있습니다

서정 한 삽 퍼 올려 너의 가랑이에 국수물이나 흐를까

시를 위하여 내 뼈를 바치오리까

—문길, 「결행(決行)의 부피」 부분

애당초 시의 어원이 틀렸다거나 지구의 종말은 시가 안 되는 거냐는 항변, 악동의 시를 쓰라는 거냐는 반문 등은 시대가 요구하는 시와 자신이 쓰고 싶은 시 사이의 불화를 드러내고 있다. 실제로 2000년대에 등단한 많은 시인들은 전통 서정시로는 더 이상 자신의 말을 담아낼 수 없다는 절망을 거쳐 새로운 언어와 감각을 추구하는 시로 변신을 거듭하고 있다. 심지어 여전히 전통 서정시의 기질과 취향을 지닌 시인들조차 뭔가 변화해야만 하는 거 아닌가라는 고민에 사로잡혀 있는 경우가 적지 않다고 한다. 자신의 시가 지금, 여기에서 읽히지 않는다는 판단을 하게 될 때 시인들이 느끼는 외로움은 상당한 것일 게다.

"시를 위하여 내 뼈를 바치오리까"라고 묻는 문길의 물음 속에도 도대체 요즘 같은 세상에 그런 일이 가능하긴 하냐는 회의가 숨어 있다. '시가 안 써지는데요.' 어쩌면 적잖은 시인들이 이런 고백을 하고

싶지 않을까? 부정의 끝을 실감나는 긍정으로 끌어내리다가 마지막에 불멸의 꽃을 밀어 올리는 "어(語) 꽃"에 대한 기대를 많은 시인들이 품고 있겠지만 또한 그 기대에 대한 배반도 적잖이 맛보았을 것이다.

좌충우돌하는 시인의 모습은 「몽블랑산 오르기처럼」에서는 인사동 한복판에서 몽골로 유랑하는 모습으로 그려진다. 그것은 "생명의 원뿌리"를 찾기 위한 여정이다. "옛날 여관 골동품 하나가 기울며 서 있는" 인사동에서 시인은 문득 몽골의 하늘을 두드려 대고 몽골의 후예들의 이야기를 듣는다. 그의 일상은 누군가를 만나 "치열한 애정 프라이드를 마치고" "이별의 결재"를 해 버리는 통속적인 성격을 지니는데 시인은 그런 통속적인 애정 행각마저 몽골의 상상력으로 표현하고 싶어 한다. 지구적 상상력은 그의 세 편의 신작시에 공통적으로 드러난다.

그의 시에 지구적 상상력이 종종 동원되는 이유는 무엇일까? 거기에는 "김치, 했다가 밥상, 했다가/김치물밥 말아먹고 산불 조심 감시원으로 출근하는 나"(「하얀 희망」)의 일상을 거리를 두고 바라보며 조금쯤 신성화하려는 욕망이 작동하고 있는 것으로 보인다. 그가 살아가는 보잘것없는 오늘에 하얀 희망의 빛깔을 불어넣기 위해, 그래서 "저 구름들의 현현한 연출"을 바라보면서도 "아 참, 아 참, 그렇게 리듬 타는 소리를 내"(「하얀 희망」)며 감탄하기 위해 그는 일상을 조금은 낯선 것으로 만들어 버리고자 한다.

5. 오늘은 진행 중

황성희, 하재연, 문길이 그리는 오늘은 저마다 그 결과 부피가 다르다. 황성희의 시에서는 딸기 맛 같은 가짜가 가득한 세상과 그 속에서 자기 합리화와 변명만 늘어놓는 불감증의 오늘이 그려지고 있고, 하재연의 시에서는 소풍의 철모르는 낭만성이 사라지고 하객이나 문상객으로서 살아가야 하는 오늘, 힘들게 이별하고도 우스꽝스러운 모습으로 우연히 마주칠 수 있는 아이러니한 오늘이 주로 그려진다. 문길은 시를 쓰지 못하게 하는 오늘에 회의하면서도 지리멸렬한 일상에 지구적 상상력을 부여함으로써 하얀 희망을 그려 보고자 한다. 2000년대에 등단한 세 명의 시인들이 그리는 오늘은 여전히 위선적이고 초라하고 아이러니하고 지리멸렬하지만 이들은 오늘을 냉소하기만 하지는 않는다. 거리를 두면서도 오늘의 현실을 인식하며 시 쓰기에 대해 진지한 고민을 지속하고 있는 것으로 보인다.

'나'를 구성하는
감각의 이동

1. 모멸과 광기를 지나

　2013년이 삼분의 일 정도가 남은 시점에서 2000년대 이후의 시를 돌아볼 때 우리는 어떤 관점을 취해야 할까? 2000년대 이후의 시에 대한 진단은 지금까지 넘치도록 많았다. 이 글에서 그것을 되풀이하는 것은 별 의미가 없을 것이다. 이미 지나간 과거가 되어 버린 2000년대 이후의 시를 새롭게 진단하기 위해서는 관점의 전환이나 판의 이동이 필요하다.

　돌아보면 2000년대 이후의 시들 중 상당수는 '나'라는 존재에 대한 관심을 다각도로 드러내고 있었다. '나'는 때로는 견딜 수 없는 모멸의 대상으로, 때로는 폭발하는 광기의 근원지로, 통일되지 않고 분산되어 있는 그 무엇으로 다양하게 호명되어 왔다. '나'에게 시선을 향한 시인들은 '나'를 통하거나 통과하면서 나를 구성하거나 나를 둘러싼 관계들로 자연스럽게 관심의 방향을 돌리기도 했다.

　첫 시집 『별 모양의 얼룩』에서 견딜 수 없는 모멸의 대상으로 '나'를 그린 김이듬은 이후의 시에서도 '나'라는 존재를 배설물, 오물 따위의 아브젝트로 형상화하면서 모멸의 정서를 이어 가지만 한편으로는 '나'를 '세이렌의 노래'를 부르는 21세기의 팜 파탈, 좀 더 자유롭게 이동하는 디아스포라적 주체로 끊임없이 확장해 나간다. 첫 시집 『날으는 고슴도치 아가씨』에서 증폭하는 유쾌한 광기의 표상으로 '나'를 그린 김민정의 '검은 나나'는 이후의 시에서 광기의 원천으로서의 폭력을 그리는 데 공들임으로써 '나'에 서사적 사연과 보편적 공감을 불어넣는 데 성공한다.

2000년대 중반에 '미래파' 논쟁의 중심에 서 있던 두 시인은 그 이후 지난 시간과 결별하지 않으면서도 지난 시간으로부터 멀리 이동하는 법을 터득한 것으로 보인다. 이들의 과감한 언어 실험을 경험하면서 이후 '나'를 구성하는 우리 여성시의 감각은 한층 더 다기한 방향으로 나아가게 된다.

2. '나'라고 불리는 구성물

2000년대 중반 이후 여성시의 지형은 상당히 변하게 된다. 좀 더 자유롭게 말한다면 2000년대 중반 이후의 여성시에 대해서는 더 이상 '여성시'라는 명명이 불필요해 보인다. 2000년대 중반 이후에 활발히 활동하고 있는 여성 시인들, 김행숙, 진은영, 하재연, 신해욱, 이근화 등의 시에서는 여성으로서의 체험의 흔적이 다양하게 드러나 있지만 이들의 시가 보여 주는 새로움은 이전의 여성시의 것과는 상당히 다르다. 달리 말한다면 이 시인들이 '나'를 인식하고 감각하는 방법이 달라졌다고 할 수도 있다.

그는 나를 달콤하게 그려 놓았다

뜨거운 아스팔트에 떨어진 아이스크림

나는 녹기 시작하지만 아직

누구의 부드러운 혀끝에도 닿지 못했다

그는 늘 나 때문에 슬퍼한다

모래사막에 나를 그려 놓고 나서

자신이 그린 것이 물고기였음을 기억한다

사막을 지나는 바람을 불러다

그는 나를 지워 준다

그는 정말로 낙관주의자다

내가 바다로 갔다고 믿는다

—진은영, 「멜랑콜리아」

(『우리는 매일매일』, 문학과지성사, 2008) 전문

    그와 나의 균열 사이에서 멜랑콜리아라는 감정이 발생한다. 그가 그리는 '나'와 실재의 '나'는 늘 어긋날 수밖에 없다. "그는 나를 달콤하게 그려 놓"고 '달콤한 나'만 보려고 하지만 나는 "아직/누구의 부드러운 혀끝에도 닿지 못했다". 이 균열에서 우울의 감정이 솟아오른다. "그는 늘 나 때문에 슬퍼한다". 하지만 그것은 '나'의 탓은 아니다. 그는 "모래사막에 나를 그려 놓고 나서/자신이 그린 것이 물고기였음을 기억한다". 그의 그림 속에서 '나'는 사막 위의 물고기처럼 늘 위태롭다. 그나마도 기억으로만 남아 있을 뿐이다. '나'는 거기 살지 않는다. 그는 자신이 그린 '나'만을 보려 하지만 그런 '나'는 그의 기억 속에서만 존재할 뿐이다. '나'는 어쩌면 단 한 번도 그의 그림 속에 없었다. 그림을 지웠다 그렸다 반복하면서 '나 때문'이라고 믿으며 슬퍼하는 '그'만 있을 뿐이다. 그가 슬퍼하는 것은 과연 나 때문일까? "내가 바다로 갔다고 믿는" "그는 정말로 낙관주의자다". '나'는 이렇게 그의 믿음 속에서만 살아 있다. 그러므로 '나'와 '그' 사이에서는 멜랑콜리아라는 우울의 감정이 발생한다. '나'와 '그'는 결코 '나'와 '너'가 될 수 없다. 우울은 수많은 나와 그의 관계 속에서 발생하는 감정인지도 모른다.

홍대 앞보다 마레 지구가 좋았다
내 동생 희영이보다 앨리스가 좋았다
철수보다 폴이 좋았다
국어사전보다 세계대백과가 좋다
아가씨들의 향수보다 당나라 벼루에 갈린 먹 냄새가 좋다
과학자의 천왕성보다 시인들의 달이 좋다

멀리 있으니까 여기에서

김 뿌린 센베이 과자보다 노란 마카롱이 좋았다
더 멀리 있으니까
가족에게서, 어린 날 저녁 매질에서

엘뤼아르보다 박노해가 좋았다
더 멀리 있으니까
나의 상처들에서

연필보다 망치가 좋다, 지우개보다 십자나사못
성경보다 불경이 좋다
소녀들이 노인보다 좋다

더 멀리 있으니까

나의 책상에서
분노에게서
나에게서

너의 노래가 좋았다
멀리 있으니까

　　기쁨에서, 침묵에서, 노래에게서

혁명이, 철학이 좋았다
멀리 있으니까

　　집에서, 깃털 구름에게서, 심장 속 검은 돌에게서
　　　　—진은영, 「그 머나먼」(『훔쳐 가는 노래』, 창비, 2012) 전문

　진은영의 '나'는 이제 "멀리 있"는 것을 꿈꾼다. 그 머나먼 곳으로
달아나고 또 달아난다. 그것은 시적 화자인 '나'가 살아온 방식이자
시 쓰기의 방향이기도 했다. 홍대 앞보다 마레 지구가 좋았고 내 동
생 희영이보다 앨리스가 좋았고 철수보다 폴이 좋았던 나. 내가 국어

사전보다 세계대백과를 더 좋아하고 아가씨들의 향수보다 당나라 벼루에 갈린 먹 냄새를 더 좋아하고 과학자의 천왕성보다 시인의 달을 더 좋아한 이유는 단 하나, 여기에서 멀리 있기 때문이다. '나'는 "가족에게서", "나의 상처들에서", 나의 "분노에게서" 멀리 있으니까 혁명이 좋았고, 철학이 좋았다. 그것은 결국 시에 다가가는 길이기도 했다. 멀어지고자 한 길이 무언가에 가까이 가는 길이 된 셈이다.

자기 고백적 어조가 종종 등장하는 진은영의 최근 시집 『훔쳐 가는 노래』에는 '나' 못지않게 '너'와 '우리'가 자주 등장한다. 화자인 '나'가 무엇으로부터 멀어지고자 했는지 고백함으로써 진은영의 시적 주체는 '너'와 '우리'의 세계로 나아갈 조짐을 보인다. 끊임없이 달아나던 '나'는 이제 '너'와 '우리'의 관계 속에서 '나'를 확장하고자 한다. "그리하여, 어느 날은 어느 날이고, 어느 날인 어느 날" "어떤 메두사의 머리로도/쏟아지며 흘러내리는 순간들을/정지시킬 수 없음을/너는 굳어 가는 눈동자로" "그 순간, 영원히 보게"(「그리하여, 어느 날」) 될지도 모른다.

> 웃음을 떠올렸던 순간은 순식간에
> 일어난 듯 바뀌어서 사라진다.
>
> 떨어져 있는 머리카락을
> 아침 햇빛이 이상하게 비춘다.
>
> 꿈속에서 나는 아주
> 여러 번 살아왔다.

내가 나였을 것이라고 생각한 적이

한 번도 없었다.

—하재연, 「픽션보다」

(『세계의 모든 해변처럼』, 문학과지성사, 2012) 전문

첫 시집 『라디오 데이즈』에서 일상적인 감각으로는 포착되지 않는 다른 시간과 공간을 예민한 감각으로 보여 준 바 있는 하재연은 두 번째 시집 『세계의 모든 해변처럼』에서도 감각 너머까지 포착하고자 하는 예민한 감각을 보여 준다. 그녀는 순간과 사라짐을 사랑하는 시인이다. 무언가에 기뻐하며 "웃음을 떠올렸던 순간"도 "순식간에" "사라진다." 그런 순간순간을 우리는 살아왔고 앞으로도 살아갈 것이다. 어제의 머리카락과 오늘의 머리카락이 다르고 어제의 아침 햇빛과 오늘의 아침 햇빛이 다르다. 아니, 조금 전의 아침 햇빛과 지금의 아침 햇빛도 분명 다를 것이다. 그러니 지금, 여기에서 말하고 있는 나를 나라고 할 수 있을 것인가? "꿈속에서 나는 아주/여러 번 살아왔다." 꿈속의 나와 현실 속의 나를 명확히 구별하는 일이 가능할까? 어쩌면 나는 아주 많은 곳에서 아주 다른 모습으로 살아가고 있을지도 모른다. "내가 나였을 것이라고 생각한 적이/한 번도 없었다." 살면서 누구나 느낄 수 있는 균열을 누구보다도 예민하게 감지하는 시인은 통일된 '나'를 의심한다. 픽션보다 더 픽션 같은 현실 앞에서 픽션과 사실을, 꿈과 현실을 가를 수 있는 사람이 누가 있을까? 하재연은 그렇게 '나'를 의심하고 '나'를 증식시킨다. 그건 아주 고요한 운동이어서 다른 감각에 열려 있는 이들만 감지할 수 있다.

아무도 모르게 체조 선수가 되었다.

옷 속에 팔과 다리를 잘 집어넣은 채로
나는 태연하게 걸어 다닌다.

잠 속에서만 팔다리가 길어진다는 건
억울한 일이지만
줄 없이도 줄넘기를 할 수 있는 밤들.
나쁘지는 않다.

달리면 나 대신
공중의 시간이 부드러워지지만
아주 약간일 뿐.
내가 나에게로
어이없이 돌아오는 일은 없다.

세상에는 언제나
한 명의 체조 선수가 부족하고
나는 심장이 뛴다.

그것은 아무도 모르는
무척 아름답고 투명한 일이다.
　　　　　—신해욱, 「비밀과 거짓말」(『생물성』, 문학과지성사, 2009)

　아무도 모르게 체조 선수가 되어 아무도 모르게 다른 삶을 사는
일. 그 비밀과 거짓말을 신해욱은 "아무도 모르는/무척 아름답고 투

명한 일"이라고 넌지시 말한다. "옷 속에 팔과 다리를 잘 집어넣은 채로" "태연하게 걸어 다"니는 일을 신해욱의 '나'는 즐길 줄 안다. 태연함을 가장하지 않고는 비밀을 지키는 건 어려운 일이다. 그러므로 체조 선수가 된 '나'는 태연하게 '나'를 속인다. '나'에게 '나'는 비밀이다. 나는 "잠 속에서만 팔다리가 길어진다". 그것은 한편으론 억울한 일이지만 "줄 없이도 줄넘기를 할 수 있는 밤들"을 선사해 주므로 "나쁘지는 않다." 그것은 나만의 비밀이자 놀이이다.

그녀의 시에서 이목구비와 팔다리가 제멋대로 노는 일은 흔히 일어난다. "내가 나에게로/어이없이 돌아오는 일은 없다"고 신해욱의 화자는 단호히 말한다. "내가 나에게로/어이없이 돌아오는 일"을 그녀의 화자는 바라지 않는다고 말하는 것이 더 정확할지도 모르겠다. 신해욱의 '나'는 통일된 하나의 몸으로 수습할 수 있는 '나'가 아니다. "세상에는 언제나/한 명의 체조 선수가 부족하고" 나는 그를 대신하므로 "심장이 뛴다." 아무도 모르게 다른 이의 삶을 사는 일. 그것은 "무척 아름답고 투명한 일"이 아닐 수 없다.

3. 이런 기분

2000년대 중반 이후의 여성시가 가장 멀리 나아간 자리는 감각 너머의 다른 감각을 포착해 온 바로 그 자리이다. 앞서 다룬 진은영, 하재연, 신해욱의 시는 다른 감각을 통해 '나'를 새롭게 구성하고 허물어 왔다. 이들 외에도 김행숙과 이근화의 시에서 '나' 또는 '우리'는 새로운 감각을 열어 주고 있다. 그리고 2013년에 출간된 한세정의 『입술의 문자』와 박상수의 『숙녀의 기분』에서 이들과는 또 다른 '나'가 포착된다.

어쩌면 우리는 지구 반대편에서 서로의 흉곽을 읽어 내는 가로수였
는지도 모른다

  궤도를 벗어난 행성이 지구 바깥쪽으로 사라지는 순간
  내 손 안에 장전된 탄환이 당신의 권총에서 발사되고
  태양은 당신의 머리 위에서 명멸할 것이다
  그때 내 눈에는
  난간에 서 있는 눈먼 자의 눈동자가 스칠지도 모른다

  당신의 그림자를 관통하지 못하는 지구 반대편 태양 아래서
  당신은 서서히 당신의 손 그늘 속으로 사라지고

  나는 여기에서, 바닥과 밀착되어 가는 고양이의 호박색 눈동자를 들
여다보는 것이다

  그리하여 다른 위도와 경도에서 우리가 던진 부메랑이 되돌아오는
시간
  태양은 다른 각도로 부메랑의 날을 재단할 것이다

  —한세정, 「그리하여 당신과 나는」
  (『입술의 문자』, 민음사, 2013) 전문

  당신과 나, 즉 "우리는 지구 반대편에서 서로의 흉곽을 읽어 내는
가로수였는지도 모른다". 당신과 나는 서로 밀어내고 끌어당기는 힘
의 관계 속에 존재한다. 따라서 우리는 지구 반대편에 존재하지만
"궤도를 벗어난 행성이 지구 바깥쪽으로 사라지는 순간" "내 손 안에

장전된 탄환이 당신의 권총에서 발사되"는 일이 벌어진다. 힘의 관계에 어떤 이탈의 순간이 생겨야만 움직임이 발생하고 결과가 일어난다. 당신과 나의 자리에는 많은 것이 올 수 있다. 고봉준이 지적한 바 있듯이 시와 시인의 관계를 지시하기도 하지만, 좀처럼 평화로운 관계로 조화를 이루지 못하고 긴장의 관계를 형성하는, 멀지만 깊이 연루되어 있는 관계라면 누구라도 당신과 나를 대신할 수 있다. "내 손 안에 장전된 탄환이 당신의 권총에서 발사되고/태양은 당신의 머리 위에서 명멸"하고 "그때 내 눈에는/난간에 서 있는 눈먼 자의 눈동자가 스"치는 저 순간들은 별개의 사건처럼 보이지만 사실은 깊이 연루되어 있다. 당신은 "지구 반대편 태양 아래서" "나는 여기에서" 각자의 시간을 살아가지만 "다른 위도와 경도에서 우리가 던진 부메랑이 되돌아오는 시간" 나와 당신의 눈동자는 잠시 마주칠지도 모른다. 아니, "고양이의 호박색 눈동자"를 통해 당신의 눈동자를 들여다보게 될지도 모른다. 당신과 나의 불화와 깊은 연루를 한세정의 시는 다른 감각으로 그려 내는 데 성공하고 있다.

        마지막으로
        계단을 올라가는 사람에겐
        날개를
        조금 먹고 조금 사는 금붕어에겐
        알약을

    종일 유리 공을 불고 종일 금 간 유리 공을 쓰고 돌아다니는 지구인들의 거리를 지나왔죠 난 자랄 만큼 자랐고 놀란 노루처럼 귀를 세울 줄도 아는데

비가 오는 날은 도무지 약이 없어요

기분은, 비단벌레들이 털실을 다 풀면 돌아올 테고 영원히 살지는 못
하겠지만 스카프를 두르고 오래된 그림책 위를 날아가네요, 꿀을 넣은
작은 홍차를 마실 거예요, 시간과 공간의 모눈종이를 펼치면 난 대체 어
디에 있는 걸까요

가슴으로 자주 비가 스며들어 온답니다 뢴트겐 씨를 부르고 심장을
얼린다면 살 수 있을까요?

내가 아는 모든 사람들의 거리를 유리 온실로 덮어 주고 내 기분은
다음 달에 바다로 갔다가 화산을 구경하고 2층 버스를 타고 없어질 거
예요 누가 뭐래도.

큐티 큐티 큐트

샤라랑!
—박상수, 「숙녀의 기분」(『숙녀의 기분』, 문학동네, 2013) 전문

그런가 하면 박상수의 시는 숙녀가 아니면서 '숙녀의 기분'을 느껴
보려 한다. 2000년대 중반 이후의 시에서, 다시 말해 '미래파' 이후의
시에서 이제 여성의 목소리는 여성 시인들만의 것이 아니게 된다. '여
성시'의 분할이 더 이상 의미를 지니지 않음을 박상수의 시는 단적으
로 보여 준다. 대놓고 '숙녀' 코스프레를 하며 숙녀의 기분을 느껴 보

려는 '나'가 등장하는 시. 이제 나를 구성하는 감각은 참 멀리 이동해
온 것 같다.

　박상수가 노래하는 숙녀의 기분은 대체 어떤 것일까. 그것은 "스카
프를 두르고 오래된 그림책 위를 날아가"는 것, "꿀을 넣은 작은 홍차
를 마"시는 일 같은 것이다. 그야말로 숙녀의 기분을 내 보는 것일 뿐
그것이 숙녀의 생활의 감각에 밀착해 있는 것은 아니다. 숙녀의 기분
을 느껴 보려는 "가슴으로 자주 비가 스며들어 온"다. "내가 아는 모
든 사람들의 거리를 유리 온실로 덮어 주"는 오지랖 자상함과 "다음
달에 바다로 갔다가 화산을 구경하고 2층 버스를 타고 없어질" 기분
처럼 변덕스러운 것. 그것이 박상수 시의 화자가 그리는 숙녀의 기분
이다. "큐티 큐티 큐트" "샤라랑!"을 외칠 만큼 한없이 가벼운 기분을
추구하지만 결코 숙녀가 될 수는 없고 숙녀의 기분만이라도 느껴 보
고자 하는 '나'. 이것이 박상수가 그리는 새로운 '나'이다. 이런 기분!
궁금하지 않은가?

부서진 파편들이
빛날 때

1. 몰락의 역사를 비추는 알레고리

알레고리의 기법에 대해서는 꽤 오랫동안 부정적인 편견이 작용해 왔다. 알레고리가 지닌 교훈성으로 인해 목적성이 앞서는 문학이라는 편견이 알레고리 기법이 활용된 문학작품에 대해 있어 왔고, 알레고리가 쓰인 텍스트와 바깥의 사회라는 텍스트가 일대일 대응 관계를 보인다는 점에서 그 단순성이 비판의 대상이 되기도 했다. 이솝우화는 알레고리가 작용한 대표적인 고전으로 종종 논의되어 왔으며, 우리 현대시사에서도 신동엽의 「껍데기는 가라」 같은 시가 대표적인 알레고리의 예로서 논의되어 왔다.

일찍이 괴테는 시인이 보편적인 것을 위해 특수한 것을 찾는 방식에서 알레고리가 나타난다고 보았으며, 쇼펜하우어도 예술작품을 의도적이면서 명백한 어떤 개념의 표현이 되게 할 때 그것을 칭찬해서는 안 된다고 하며 알레고리의 예를 들었다. 예이츠조차 알레고리를 기표적 이미지와 그 의미 사이의 관습적 관계라고 봄으로써 알레고리에 대한 부정적 편견에 일조하였다. 이와 같이 상징에 비해 상대적으로 단순한 문학적 기법으로 취급되어 온 알레고리에 새로운 상상력을 불어넣어 준 문학이론가로는 발터 벤야민을 들지 않을 수 없다. 벤야민은 『독일 비애극의 원천』에서 알레고리의 새로운 가능성에 대해 논한다. 그는 바로크 문학에 대한 연구를 통해 알레고리 개념을 발전시켰는데, 벤야민의 알레고리 개념은 비유기적 예술작품을 읽는 데 오히려 유용한 방법이 된다. 일찍이 페터 뷔르거는 벤야민의 알레고리 개념이 아방가르드적 작품을 읽는 데도 적합하다고 보았다.[1]

벤야민에 따르면 알레고리 작가는 삶의 연관 관계의 총체성으로부터 한 요소를 끄집어내어 그것을 고립시키고 그것의 기능을 탈취해 버린다. 벤야민의 관점에서 알레고리는 본질상 파편인 셈이다. 그는 유기적 상징과 대립되는 자리에 알레고리를 놓는다. 상징에서는 몰락이 이상화되는 가운데 자연의 변용된 얼굴이 구원의 빛 속에서 순간적으로 계시되는 반면, 알레고리 속에는 역사의 죽어 가는 얼굴 표정이 굳어진 원초적 풍경으로서 관찰자 앞에 모습을 드러낸다.[2] 즉, 총체성의 거짓 가상이 사라져 버리는 자리에 벤야민의 알레고리가 놓이는 것이다.[3] 이로부터 2000년대 중반 이후의 한국 시단에서 '미래파' 및 '미래파 이후'의 시인들이 알레고리 기법을 압도적으로 사용한 까닭을 짐작할 수 있을 것이다. 총체성의 거짓 가상이 이미 사라져 버린 시대에 유기적 상징으로 총체성의 가상을 구축하는 일은 어쩌면 그들에게는 헛된 작업으로 느껴졌을 수도 있다. 오히려 오늘의 역

---

1 페터 뷔르거 저, 최성만 역, 『전위예술의 새로운 이해』, 심설당, 1986, p.118.
2 발터 벤야민 저, 최성만·김유동 역, 『독일 비애극의 원천』, 한길사, 2009, p.247.
3 발터 벤야민, 위의 책, p.262.

사성을 비출 수 있는 가능성을 그들은 파편적인 알레고리에서 발견한다.

알레고리 작가들은 고립된 현실의 파편들을 조합하여 그로부터 의미를 산출해 낸다고 벤야민은 지적한다. 그것은 파편들의 원래의 연관 관계에서 생겨나는 의미와는 완전히 다른 것이다. "알레고리적 구성물에서는 사물들이 파편이 되어 우뚝 솟아 나와 있다."[4] 이렇듯 본질상 파편이라고 할 수 있는 알레고리는 몰락의 역사를 나타낸다고 벤야민은 보았다. "알레고리 속에서는 역사의 죽은 얼굴이 경직된 근원적 풍경으로서 관찰자 앞에 나타난다"는 것이다.[5]

더 이상 희망을 노래하지 않게 된 시대, 희망을 입에 올리는 것조차 고통스러워진 시대에 벤야민의 알레고리는 2010년대를 살아가는 오늘의 시인들에게 다시 일말의 빛을 비춰 주고 있는 것인지도 모르겠다. 유기적 총체성으로 구축된 아름다운 세계를 꿈꾸는 일이 가상이 되어 버린 시대, 깨어져 산산조각이 난 거울들의 파편을 수습하는 일이 불가능해진 이 시대에 몰락해 가는 우리 시대 역사의 얼굴을 응시할 수 있는 유일한 가능성이 비유기적 파편들에서 원래의 잔상을 거두고 그것들을 조합해 새로운 의미를 산출해 내는 데 있다고 이 시인들은 말하고 싶은 것일까? 어쩌면 그들 자신조차 그들이 무엇을 부수고 있고 무엇을 비추고 있는지 확신을 가지고 말할 수는 없을지 모른다. 그저 시를 씀으로써 자신들의 시대가 침몰해 가는 몰락의 역사를 비추며, 그 마지막을 끝까지 응시하고자 하는 것은 아닐까.

---

4 발터 벤야민, 앞의 책, p.277.
5 페터 뷔르거, 앞의 책, pp.119-120.

2. 나와 너의 사이, 명멸하는 타인의 의미

2000년대 후반 이후에 출간된 시집 중에서 알레고리 기법을 눈여겨볼 만한 시집으로는 김경주의 『기담』, 진은영의 『훔쳐 가는 노래』, 김행숙의 『타인의 의미』, 조연호의 『농경시』, 김상혁의 『이 집에서 슬픔은 안 된다』 등이 있다. 이들 외에도 젊은 시인들의 상당수가 파편화된 알레고리의 기법을 즐겨 사용하고 있는 것이 2010년대 시단의 풍경이라고 할 수 있다. 이 글에서는 김행숙과 조연호의 시를 중심으로 알레고리의 의미를 살펴보고자 한다.

볼 수 없는 것이 될 때까지 가까이. 나는 검정입니까? 너는 검정에 매우 가깝습니다.

너를 볼 수 없을 때까지 가까이. 파도를 덮는 파도처럼 부서지는 곳에서. 가까운 곳에서 우리는 무슨 사이입니까?

영영 볼 수 없는 연인이 될 때까지

교차하였습니다. 그곳에서 침묵을 이루는 두 개의 입술처럼. 곧 벌어질 시간의 아가리처럼.
—김행숙, 「포옹」(『타인의 의미』, 민음사, 2010) 전문

최근의 김행숙 시가 주목하는 것은 나와 타인 사이의 거리와 관계이다. 이번 시집에서 김행숙은 몸을 통해 그 거리를 사유한다. 포옹이라는 행위는 서로 다른 몸과 몸이 끌어안는 행위이다. 그들은 두 개의 입술, 두 개의 얼굴, 두 개의 몸을 가지고 있지만 포옹하는 순간

둘 사이의 거리는 최대한 좁혀진다. 아니, 적어도 좁혀지려고 한다. "볼 수 없는 것이 될 때까지 가까이" 다가가는 행위가 포옹이라고 시인은 말하는 듯하다. 거리를 두고 있을 때 둘은 서로를 바라볼 수 있지만 가까이 밀착해 포옹하게 되면 오히려 "볼 수 없는 것이" 되기도 한다. "영영 볼 수 없는 연인이 될 때까지" "교차하"는 것. 김행숙이 그리는 포옹은 그런 것이다. 하지만 그런 포옹을 통해서도 나도 너도 "검정"이 되지는 못한다. 다만 검정에 매우 가까워질 뿐이다. 포개진 "두 개의 입술처럼" 잠시 침묵을 이루지만 "곧 벌어질 시간의 아가리처럼" 불안정한 것. 타인과 타인이 만나 잠시 한 몸이 되는 포옹은 어쩌면 그런 것에 불과한 것인지도 모른다.

기이하지 않습니까. 머리의 위치 또한.

목을 구부려 인사를 합니다. 목을 한껏 젖혀서 밤하늘을 올려다보았습니다. 당신에게 인사를 한 후 곧장 밤하늘이나 천장을 향했다면, 그것은 목의 한 가지 동선을 보여 줄 뿐, 그리고 또 한 번 내 마음이 내 마음을 구슬려 목의 자취를 뒤쫓았다는 뜻입니다. 부끄러워서 황급히 옷을 주워 입듯이.

당신과 눈을 맞추지 않으려면 목은 어느 방향을 피하여 또 한 번 멈춰야 할까요. 밤하늘은 난해하지 않습니까. 목의 형태 또한.

나는 애매하지 않습니까. 당신에 대하여.

목에서 기침이 터져 나왔습니다. 문득, 세상에서 가장 긴 식도를 갖고 싶다고 쓴 어떤 미식가의 글이 떠올랐습니다. 식도가 길면 긴 만큼 음식이 주는 황홀은 천천히 가라앉을까요, 천천히 떠나는 풍경은 고통을 가늘게 늘리는 걸까요, 마침내 부러질 때까지 기쁨의 하얀 뼈를 조심조심 깎는 중일까요. 문득, 이 모든 것들이 사라져요.

소용없어요, 목의 길이를 조절해 봤자. 외투 속으로 목을 없애 봤자. 그래도 춥고, 그래도 커다란 덩치를 숨길 수 없지 않습니까.

그래도 목을 움직여서 나는 이루고자 하는 바가 있지 않습니까. 다리를 움직여서 당신을 떠나듯이. 다리를 움직여서 당신을 또 한 번 찾았듯이.

—김행숙, 「목의 위치」(『타인의 의미』) 전문

그녀의 말마따나 머리와 목의 위치는 기이하다. 이번 시집에서 그녀는 우리 몸을 이루는 신체의 특정 부위에 관심을 갖는다. 이 시에서는 머리와 목의 위치에 주목한다. 머리와 목이야말로 타인과 관계맺는 기능을 수행하는 신체 중 하나이다. 목의 방향이 어디를 향하느냐에 따라 그것은 응시가 될 수도 있고 동경이나 외면이 될 수도 있다. 목은 예의바르게 인사하는 기능을 수행하기도 하지만, 눈앞의 타인을 단호하게 외면하는 기능을 수행하기도 한다. "당신과 눈을 맞추지 않으려면 목은 어느 방향을 피하여 또 한 번 멈춰야 할까". 목의 형태와 위치는 난해하고 또한 태생적으로 정치적이다. 목은 음식물을 위에까지 이르게 하는 식도를 품고 있기도 하고 기침이나 재채기 같은 소리를 통해 의사를 표현하는 기도를 품고 있기도 한다. 긴 길목을 지나 모든 것들이 사라지기도 한다. 이따금 머리와 목으로 대면하는 타인과 낯선 세계가 부담스러워 "목의 길이를 조절"하거나 "외투 속으로 목을 없애" 보고 싶어질 때도 있지만 그래 봤자 별 소용없다 고 김행숙의 시적 주체는 말한다.. 그녀의 말처럼 어차피 "당신에 대하여" "나는 애매하"고 우리의 관계는 추운 것인지도 모른다. "그래도 목을 움직여서 나는 이루고자 하는 바가 있"다. 물론 너 또한 마찬가지다. 목의 위치는 애초에 우리가 타인과 관계 맺으며 살 수밖에 없는 존재임을 표상하는 것은 아닐까.

　　살갗이 따가워.
　　햇빛처럼
　　네 눈빛은 아주 먼 곳으로 출발한다
　　아주 가까운 곳에서

　　뒤돌아볼 수 없는
　　햇빛처럼
　　쉴 수 없는 여행에서 어느 저녁
　　타인의 살갗에서
　　모래 한 줌을 쥐고 한없이 너의 손가락이 길어질 때

　　모래 한 줌이 흩어지는 동안
　　나는 살갗이 따가워.

　　서 있는 얼굴이
　　앉을 때
　　누울 때

구김살 속에서 타인의 살갗이 일어나는 순간에

—김행숙, 「타인의 의미」(『타인의 의미』) 전문

시집의 표제 시는 '타인의 의미'에 대해 아무것도 말해 주지 않는
다. 감각의 파편들만이 그곳에서 빛나고 있을 뿐이다. 타인과 '나'의
만남은 그렇게 감각의 부딪힘 속에서 일시적으로 명멸한다. "햇빛처
럼/네 눈빛은" "아주 가까운 곳에서" "아주 먼 곳으로 출발한다". 먼
곳으로부터 오는 햇빛은 "살갗이 따가"운 감각으로 한없이 가까이 만
져진다. "뒤돌아볼 수 없는/햇빛처럼" 일방향적인 관계가 형성될 때
우리는 "타인의 살갗에서/모래 한 줌을 쥐"게 될지도 모른다. 한없이
손가락이 길어지는 것은 모래 한 줌을 끝내 쥘 수 없기 때문일 것이
다. 까끌거리며 흘러내리는 모래의 감각만이 손가락에 남아 있다. 그
것은 살갗이 따가운 감촉과 닮았다. "모래 한 줌이 흩어지는 동안" 살
갗이 따갑듯이 타인은 내게 지속적이고 유기적인 의미로 다가오지
않는다. "서 있는 얼굴이/앉을 때/누울 때" 구겨지거나 펴지듯이 미
세한 변화의 순간에 타인은 내게 감각된다. "타인의 살갗이 일어나는
순간에" 타인의 의미가 발생했다 사라진다. 그런 순간순간의 부딪힘
이 타인과의 관계를 형성하고 타인의 의미를 발생시키는 것이라고 김
행숙의 시는 말하고 싶은 것인지도 모른다. 텍스트 바깥의 의미를 명
시적으로 지시하지 않는 김행숙의 시는 감각의 파편들을 통해 우리
시대 타인의 의미를 순간적으로 비춘다. 그 빛은 따갑게 명멸한다.

3. 지상과 농경의 비의(秘義)

어쩌면 우리 시단에서 가장 개성적이고 난해한 시의 길을 독자적
으로 걷고 있는 조연호 시인의 최근 시집들에서도 벤야민의 알레고

리는 그 흔적을 드러낸다. 『저녁의 기원』에서 가족 신화의 알레고리를 읽을 수 있었다면, 『천문』에서는 우주와 천상의 상상력으로 펼쳐지는 신성의 알레고리를, 『농경시』에서는 천상과 신의 대척점에 놓이는 지상과 인간 세계의 알레고리를 읽을 수 있다. 그러나 한편으로 아름다운 비문이 가득한 『농경시』에서 벤야민의 알레고리를 읽으려는 순간, 우리는 흩어진 파편들의 형해만 발견하게 될 것이다. 읽어 가며 의미를 쌓아 가는 대신 의미를 지워 나가는 특별한 경험 속에서 우리의 독서 행위는 이내 불가능한 것이 되어 버린다.

겨울, 꿈에게 다짐한다. 밤의 모호한 흔들림에 맺힌 핏방울처럼, 떠오르는 별로부터도 검게 윤이 나도록 너희는 배회로 허공을 치장하고 있었다. 내 작은 껍질을 자르기 위해 어버이는 물 양동이 하나 가득 아름다운 선율을 가져왔다. 가라앉은 부유물의 맛이라고 쓴 달력의 식후감은 매번 물통에 목마름을 쏟아부은 사람의 것이었다. 그간 너는 떠나는 집을 모아 왔다. 또 하루가 부엌의 작은 칼에게 고드름처럼 녹는 나를 쥐여 주고 있었다. 신체는 전신상을 비우는 데 쓰여야 했다.

겨울, 반박이 없는 꿈을 꾼다. 오늘 밤은 귀신에게서 나의 가루를 묻혀 오게 될 것이다. 불 속을 뒹구는 몇 마리 짐승으로는 실은 군도(群島)를 그려 보았네. 작고 창백하게 달려 있던, 내 것이었던, 껍질 잃은 달팽이에겐 진심으로 부엌칼을 꽂았네. 겨울은 늘 벌어진 깔때기처럼 잠든 나를 돌림병이게 했다. 입술은 낡은 주름을 암초에 던지며, 떠도는 대양(大洋) 전부를 타인의 질병에게 옮겨 버렸다.

겨울, 성난 물 뒤에서 갈퀴들이 열광하고 있었다. 자신의 법정에 등장하지 않아도 좋다는 말로 한 쌍의 풍선이 다가왔다. 엄마의 이불에 흙탕물을 묶어 두고, 시골풍을 소원하는 일기 위에, 의족을 꽂는다. 한 여자와 그의 아들, 그리고 우물 모두는 서로를 꿰뚫은 작은 송곳니에 불과했다. 내겐 털이 만져지는 새로운 엄마가 필요했다. 벌레 알을 베개에 흘리고 오늘 밤의 가족을 진드기에게 빼앗긴다.

　　　　　—조연호, 「농경시」(『농경시』, 문예중앙, 2010) 부분(pp.9-10)

　　조연호의 네 번째 시집 『농경시』는 49개의 부분과 174개의 연으로 이루어진 한 편의 장시 「농경시」로 이루어져 있다. 그의 장시는 비유기적이라는 점에서 이전의 장시들과는 확연히 다르다. 인용한 시는 「농경시」가 시작되는 일련번호 '1'에 해당하는 부분인데 모호함은 처음부터 과감히 모습을 드러낸다. 그의 이전 시집들이 그랬듯이 이 시집도 제의적 성격을 드러내는데, 처음부터 그러하다. '겨울'이라는 계절적 배경과 '핏방울', '별'이라는 시어가 제의적인 분위기를 자아내고, 할례와 흡사해 보이는 피의 의식이 그 내용을 구성한다. 천상의 의식과는 다르게 지상에서 이루어지는 이 비루한 의식은 '부엌칼'과 '질병'과 '벌레 알'과 '진드기'를 동반한다. 할례 의식을 치른 아이의 찢어질 듯한 고통을 비유하기라도 하는 것처럼 이 시는 처음부터 파편들을 늘어놓고 있다. 난삽하고 비문으로 가득한 문장들을 무거운 사유의 힘으로 밀고 나가는 조연호의 시는 쓸수록 지워지고 조각나는 의미의 파편을 체험하게 한다. 새롭게 써지는 지상의 역사 속에서 신성은 한없이 곤두박질치고 지상에서 목숨을 부지하는 존재들, 즉 인간과 벌레와 같은 존재로 추락한다.

　　어둠은 글자 사이의 그림자처럼 읽힐 수 없는 독서로 밝아 온다. 거대한 수차(水車)가 도는 그런 저녁에 달에서 인간의 구취가 난다. 어린 천간(天干)이 목 잘린 벌레의 몸통에서 솟아오르자, 나는 소금을 정신에 뿌리며 갈수록 아름답고 훌륭하게 약탈되는 이방(異邦). 물결 위 벌레 먹은 잎의 서글픈 날갯짓이 영혼을 자신의 체액으로 채울 동안 상처와 치유의 우두머리가 된 자장가는 우리를 몹시도 흔들었다. 물 위의 달은 지스러기 털실 재제품(再製品)처럼 긴 꼬리를 다듬으며 한 달에 한 번씩 맑아지는 자신을 낯설게 바라봤다. 네가 받아 적은 채보에서 단엄(端嚴)이 물결을 듣게 되기까지, 넋 나간 어버이의 종자로 그가 자신을 본떠 우리를 만들 동안, 당신 할아버지의 옷자락을 거두고 나는 항문이 겨냥한 지혜에게로 떠날 것이다. 예술가를 여러 개의 다리로 붙드는 갑피의 존엄을 믿을 것이다.

　　　　　　　　　　　　　　—조연호, 「농경시」 부분(pp.29-30)

　　조연호의 「농경시」는 지상에서 이루어지는 서글픈 인간의 역사를 순간적으로 비춘다. 천상은 지상에 의해 더럽혀졌다. 이제 "달에서 인간의 구취가" 나고 "어린 천간(天干)이 목 잘린 벌레의 몸통에서 솟아오"른다. "벌레 먹은 잎의 서글픈 날갯짓"처럼 가여운 영혼이 우리를 몹시도 흔든다. 유한한 생명을 지닌 것들의 몸짓이란 저와 같이 고독하고 서글픈 것임을 모르지 않기 때문일 것이다. 조연호의 「농경시」는 한없이 천하고 더없이 낮은 자리에 기꺼이 임하고자 한다. 우리는 "넋 나간 어버이의 종자로 그가 자신을 본떠" 만든 것에 불과하며, 내가 떠나고자 하는 지혜를 겨냥하는 것은 항문이다. 그의 이번 시집에도 가득한 성애적이고 근친상간적인 이미지의 파편들은 지상에서 이루어지는 인간의 역사가 그와 같은 것임을 은연중에 암시한다. 그의 이번 시집이 종종 '니체적 마성의 텍스트'(조강석)에 비유되거나 박상륭의 소설에 비유되는 까닭은 문체의 난해한 개성 때문이기도 하지만, 성과 속의 경계를 지우며 넘나드는 조연호 시 텍스트의 마력 때문이기도 하다.

겨울은 바람과 소매 깃과 발자국으로 떠나온 자신을 예경(禮敬)합니다. 항아리에 귀를 댄 노인은 어둠에 빗금을 그으며 자신을 잡품(雜品)으로 만드는 일을 하고 계십니다. 그들의 눈과 내 눈이 매듭을 맺을 때, 이 등뼈가 처벌자라는 윤작(輪作)을 하고 있습니다. 돌림병이라는 성취를 하고 있습니다. 모성(母性)은 자기 세계의 지식을 악덕으로 잇는 원환(圓環)으로 아이들의 폐곡선을 완성하는 것입니다.

나는 예언자로 일렁이는 예언자 내부의 비참을 보았다. '너를 마치겠다.'는 선생의 말은 '내 무덤을 너희에게서 만들겠다.'는 말의 식례(式禮)였다. 빛은 행각(行脚)한다. 축복의 신음인 채로 나는 태어났다. 그리고 대개의 하루는 분변(糞便) 속에서 발견되곤 했다. 자정에 치켜떴던 나의 눈을 정오가 감겨 줄 것이다. 자정의 싹에서 침이 멈추지 않는다.

—조연호, 「농경시」 부분(pp.190-191)

지상의 역사는 저 돌림병과 자기 세계의 지식을 악덕으로 잇는 모성의 원환과 자폐적인 아이들의 폐곡선으로 완성된다. 할례의 의식(儀式)으로 시작된 「농경시」는 '나'의 탄생을 알리는 의식(儀式)으로 마감된다. "축복의 신음인 채로 나는 태어났"지만 지상에서의 "대개의 하루는 분변(糞便) 속에서 발견되곤" 할 것이다. 조연호의 오물과 배설물도 일종의 '아브젝트'이지만 한자어의 사용을 통해 더럽고 비루하고 속된 지상의 것들에 천상의 기운을 슬그머니 입혀 놓는다. 천상과 지상을 오가고 형이상과 형이하를 가로지르며 "침이 멈추지 않는"

조연호의 시는 지상에서 씨를 뿌리고 밭을 갈듯이 인간의 원죄와 고독을 파편적 알레고리로 써 나가는지도 모른다.

4. 저 눈부신 파편들

여기 한 남자가 있다. 요트에서 잠들었던 그 남자가 잠에서 깬 후 마주한 현실은 자신이 한갓 요트에 몸을 실은 채 망망대해를 떠돌고 있다는 사실이었다. 그것만으로도 경악할 만한 상황이었지만 엎친 데 덮친 격으로 망망대해에 표류 중이던 버려진 화물 컨테이너가 요트를 덮쳐 요트에 구멍이 나 버린다. 이후 남자의 눈물겨운 사투가 계속된다. 구멍을 애써 메워 보지만 폭풍우를 만나 걷잡을 수 없이 물이 들어오게 되고 결국 남자는 침몰하는 요트를 버리고 구명보트에 위태로운 몸을 싣게 된다. 로버트 레드포드가 주연한 「올 이즈 로스트(All is lost)」는 인도양에서 조난당한 한 남자의 8일 동안의 생존기를 다룬 영화다. 음악도 대사도 없는 이 영화는 처음부터 끝까지 홀로 등장하는 한 남자의 치열한 분투기를 고도의 집중력으로 화면에 담아낸다. 주름진 얼굴에 지치고 늙은 그의 모습은 어디로 가는지, 하루하루 어떻게 죽어 가는지도 모르는 채 근근이 살아가는 지금, 여기의 우리의 모습을 순간적으로 비춰 준다.

2010년대 한국 시단에서 범람하는 벤야민적 알레고리는 총체성이 사라진 시대에 우리 시가 나아갈 하나의 방향을 비춰 주고 있다. 산산조각 난 거울에 비친 현실은 햇빛에 반짝이는 물비늘처럼 순간적으로 명멸하는 것일 게다. 스스로 예술적 구성물임을 알렸던 아방가르드적 작품들처럼, 2010년대에 써지는 김행숙과 조연호의 시를 비롯한 한국의 현대시는 총체성의 가상을 파괴하고 유기적 전체로서의 작품이 아닌 비유기적 단편들의 조립품을 선보이고 있다. 비록 지속적이고 분명한 것은 아니지만, 김행숙과 조연호의 시가 조립한 저 파편들에 2010년대를 살아가는 몰락의 역사적 시간이 비침을 부정할 수는 없을 것이다. 부서진 파편들이 빛날 때 그곳에서 우리의 몰락해가는 얼굴이 불현듯 솟아오른다.

이 느낌을
무엇이라 부를까

1.

비교적 최근에 출간된 젊은 시인들의 시집을 앞에 놓고 고민에 빠진다. 주목할 만한 시인에 대해 논하는 이 꼭지가 엄청난 부담감으로 다가온다. 이 부담감의 정체는 무엇일까? 무어라 섣불리 규정할 수 없고 방향을 세우기도 쉽지 않은 저 다양한 실패의 시도들 앞에서 일부의 시, 혹은 시인을 골라 색깔을 입히는 일이 곤혹스러운 무게로 느껴진다. 그것은 분명 비평의 임무일 텐데 컴퓨터를 마주하고 앉기가 유독 힘들다. 이 원고를 시작하는 일을 미루고 미루고 또 미룬다. 더 이상 도망갈 수 없는 시간까지 미루다 간신히 컴퓨터 앞에 앉는다. 이제 어떻게든 이 꼭지에 대한 책임을 져야 한다. 후회는 때늦은 일이다.

최근에 젊은 시인들의 시집을 읽을 때마다 느끼는 것은 그들이 직면한 곤혹스러움이다. 흔히 '포스트 미래파' 세대로 불리는 그들은 이중의 부담을 떠안고 있다. '미래파'의 실험을 넘어서야 한다는 과제와

'새로움'을 포기할 수 없는 방향성 앞에서 그들은 방황하고 흔들리고 때론 절망한다. 그 언어의 무게가 고스란히 전해져 와 나 역시 섣부른 진단을 피하고 싶어진다. 새로운 매력적인 목소리를 찾기 위해 고심하는 시인들의 시도나, 이전의 시에서 덜 다루었던 무의식의 영역과 접신하거나 벤야민적 알레고리를 적극적으로 실험하는 시도들도 충분히 매력적이었다. 다만 이러한 시도들에 대해서는 이미 상당한 주목이 이루어졌다는 판단에 따라, 이 글에서는 좀 다른 시도들에 대해 이야기해 보고자 한다. 유사점이라고는 잘 보이지 않는 이 시인들의 시적 실험을 굳이 묶어 본다면 뭐라 말하기 힘든 느낌을 보여 주는 시들이라고 말할 수 있겠다. 어떤 방식의 규정이나 포획에 좀처럼 걸려들지 않는 시. 그래서 시 담론의 장에서도 알게 모르게 배제된 시들. 이 글에서는 그런 시들에 대해서 이야기를 해 보고 싶다.

2.

「시인의 말」이 먼저 눈길을 머무르게 했다. "나는 내가 없는 곳으로 갈 것이다." 마치 유언 같은 말. 툭 던지듯 내뱉은 말이 자꾸 생각난다. 첫 시집에서 감히 이렇게 말할 수 있는 이 시인이 궁금해졌다. 서대경의 첫 시집 『백치는 대기를 느낀다』는 시집의 제목과 시인의 말이 시보다 먼저 눈에 들어온 시집이었다. 주어, 목적어, 술어로 이루어진 이 단문은 서대경이 쓰고 싶어 하는 시를 상징적으로 보여 주는 문장으로 읽혔다. 백치는 그가 생각하는 시인의 모습을, 대기는 그가 포착하고 싶어 하는 대상을, '느낀다'는 시인이 시적 대상을 대하는 태도를 보여 준다고 나는 읽어 버린다. 그러면서도 이 문장은 백치에서 연상되는 흰색의 다소 병적이고 순수한 이미지와 대기를 느낄 정도의 섬세한 감각을 짐작하게 한다.

눈이 내리고 있었다
목욕탕 앞이었다
이발소 의자에 앉아 있었다
거울 앞에 앉아 있었다

영 슈퍼 간판 아래
한 여인이 비눗갑을 손에 든 채
송곳니를 드러내며 웃고 있었다
나는 이발소 거울 앞에 앉아
그녀의 젖은 머리를 바라보았다

눈이 내리고 있었다
면도칼이 나의 뒷덜미를 슥슥슥슥 긁을 때
하얀 와이셔츠 자락이 내 뒤에서
유령처럼 춤추고 있었다

전국노래자랑이 시작되고 있었다
오후 미사가 시작되고 있었다
눈이 내리고 있었다

허공으로
상어 떼가
지나가고 있었다

—서대경, 「일요일」 전문

시집의 제일 앞에 수록된 시의 제목이 '일요일'이다. 처음부터 한 템포 쉬어 가자고 짐짓 시인이 말을 건네는 듯하다. 평범한 일요일 오후의 풍경을 채우고 있는 것은 이발소 거울 앞에 앉은 나와 영 슈퍼 간판 아래 비눗갑을 손에 든 채 송곳니를 드러내며 웃고 있는 그녀의 모습이다. 그리고 "눈이 내리고 있었다". 나는 이발소 거울 앞에 앉아 그녀의 젖은 머리를 바라보고 있고, 면도칼이 나의 뒷덜미를 슥슥슥 긁는 소리가 들리는데 눈이 내리고 있었다. 그녀의 송곳니를 드러내는 웃음소리, 뒷덜미를 슥슥슥슥 긁는 면도날 소리, 가위 소리, 전국노래자랑의 노랫소리, 오후 미사가 시작되는 소리 등등. 이 시에는 크고 작은 소리들이 등장하는데 눈이 내리는 배경으로 인해 그 소리들에도 불구하고 소란함 대신 고요함이 시를 지배하게 된다. 1, 3, 4연에서 세 번 반복되는 "눈이 내리고 있었다"라는 구절이 이 시에 고요함을 부여하여, 소리들이 형성하는 청각적 감각을 눈이 내리는 배경 속에 하얀 와이셔츠 자락이 춤추는 시각적 감각으로 전환시킨다. 많은 소리들의 출현에도 불구하고 이 시는 하얗고 고요하고 정적인 이미지를 형성하게 된다. 마치 한가로운 일요일의 풍경처럼, 일요일 낮에 꾼 꿈처럼. "허공으로/상어 떼가/지나가고 있었다"라는 마지막 연에 그려진 비현실적 풍경이 이 시를 꿈속의 풍경으로도 읽게 만든다. 서대경의 이번 시집은 현실과 비현실, 실재와 꿈을 자유롭게 넘나든다.

　아름다운 그녀는 자전거를 탄다 바람이 불면 셔츠 자락이 펄럭인다 그녀는 텅 빈 도로를 달린다 가끔 소방차도 달린다 선명하게 붉은 사이렌이 그녀의 자전거를 스친다 아지랑이가 두 갈래로 갈라졌다가 그녀의 뒤에서 천천히 합쳐진다 텅 빈 도로 끝에서 서정적인 화재가 발생했다

서정적인 사건들이 신문에 났다 햇빛 때문이라고 말했다 불은 투명하고
작고 고요했다 솜털이 나 있고 매끄러웠으며 얼음처럼 차가웠다 소방관
이 말했다 아름다운 그녀는 자전거를 타고 일터로 간다 목욕탕 굴뚝에
서 사는 사내가 그녀에게 인사한다 그녀가 눈부신 미소를 지으며 사내
를 올려다본다 사내에게 말한다 화재가 발생했어요! 페달을 밟는 발이
빛난다 하얀 치마 속 종아리가 투명하게 빛난다 사내는 떨어져 가는 자
전거에 대고 소리친다 투명하고 작고 고요한 불이에요! 사내는 소리친
다, 멀어져 가는 그녀에게 소리친다 얼음처럼 차가운 불이래요!

—서대경, 「소박한 삶」 전문

　서대경의 이번 시집에는 그녀와 사내가 자주 등장한다. 이 시에도
어김없이 등장하는 그녀는 자전거를 타고 달리는 아름다운 그녀다.
텅 빈 도로를 달리는 그녀의 자전거 뒤로, 텅 빈 도로 끝에서 서정적
인 화재가 발생한다. 서정적인 화재라니! 게다가 그것은 햇빛 때문이
라고 한다. 서정적인 화재에서 일어난 불은 투명하고 작고 고요하다.
마치 그의 시가 만들어 내는 이미지처럼. 투명하고 작고 고요한 불이
난 것은 어쩌면 아름다운 그녀 때문일지 모른다. 아름다운 그녀가 자
전거를 타고 햇빛을 받으며 도로를 달렸기 때문에 그녀를 본 사람들
에게서 불이 일어난 걸 수도 있다. 그녀가 눈부신 미소를 지으며 목
욕탕 굴뚝에서 사는 사내를 올려다볼 때 어찌 불이 나지 않을 수 있
을까. 그 불은 사내의 마음에서 일어난 불이기도 하기에 사내는 멀어
져 가는 그녀에게 소리친다. "얼음처럼 차가운 불이래요!"라고. 그 불
은 투명하고 작고 고요한 것이자 얼음처럼 차가운 것이기도 하다. 그
녀가 멀어질수록 그것은 얼음처럼 차가운 불이 된다. 살면서 누구나
한 번쯤 경험했을 서정적인 화재. 그러므로 시인은 이 시에 "소박한

삶"이라는 제목을 붙인다. 그런 서정적인 화재가 발생하는 삶이라면 소박한 삶이 아니겠는가. 이 시에 그려진 소박한 삶은 시인이 꿈꾸는 사랑을 감각적으로 그려 낸 것이기도 하다. 투명하고 작고 고요하고, 차가움과 뜨거움이 공존하는 불. 이것이야말로 서대경의 첫 시집에서 느껴지는 감각이기도 하다.

머릿속에서 검은 피아노가 울릴 때

찻잔을 사이에 두고

너를 내 앞에 두고

머릿속에서 검은 피아노가 울릴 때

눈부신 햇살이 의자에

손목에

너의 눈에 들이칠 때

너는 지금 흐르는 음악이 뭐냐고 묻고

나는 하버마스의 관점에서 바라본 가다머의 해석학에 대해 얘기하고

너는 나의 귀를 비틀고

나는 계속해서 가다머의 입장에서 바라본 딜타이에 대해 얘기하고

너는 내 눈 속의 비명을 바라보고

나는 딜타이에 의한 칸트를 얘기하고

너는 나를 껴안는다

너의 품속에서

거칠게 숨 쉬며

나는 내 머릿속에 울리는 검은 소리에 귀 기울인다

—서대경, 「사랑」 전문

　어쩌면 사랑이란 "너의 품속에서" "거칠게 숨 쉬며" "내 머릿속에 울리는 검은 소리에 귀 기울"이는 일일지도 모른다. 너와 마주 앉아 있지만 내 머릿속에서는 검은 피아노가 울리고 너는 손목에, 눈에 눈부신 햇살을 받고 있다. "너는 지금 흐르는 음악이 뭐냐고 묻고" "나는 하버마스의 관점에서 바라본 가다머의 해석학에 대해" 이야기한다. 나와 너의 관심사는 서로 비켜 간다. 어긋날수록 서로를 향한 갈망은 강해져서 "너는 나의 귀를 비틀고" "나는 계속해서 가다머의 입장에서 바라본 딜타이에 대해 얘기"한다. 너는 나를 껴안고 나는 너의 품속에서 거칠게 숨 쉬지만 나는 너의 소리가 아닌 "내 머릿속에

울리는 검은 소리에 귀 기울인다". 사랑하는 대상에게서 우리가 보는 것은 대개 우리 자신의 모습이다.

공장 지대를 짓누르는 잿빛 대기 아래로 한 사내가 자전거를 타고 고철 더미가 깔린 비탈길을 느릿느릿 오른다 사내는 담배를 물고 한 손으로 자전거 핸들을 잡고 있다 한쪽 팔이 잘려 나갔는지 작업복의 빈 소매가 바람에 세차게 펄럭인다 사내는 담배 연기를 빨아들이며 허공을 올려다본다 바람의 거친 궤적이 잿빛 구름을 밀어내면서 거대한 하늘 위로 새파란 대기의 띠가 몇 줄기 좁은 외길처럼 파인다 사내는 서리가 앉은 허연 머리를 허공을 향해 한껏 치켜들고서 광인처럼 기묘한 표정을 짓고 있다 그는 더듬더듬 속삭이고 있는 것 같다 어떤 단순한 이름들을, 추위로 가득한 대기의 이름들을 겨울, 거대한 하늘, 서리의 길, 춤춘다

그녀는 천천히 입술을 달싹인다 그녀는 사내가 분명히 그렇게 속삭였다고 느낀다 그녀는 여관 유리창을 통해 사내를 지켜보고 있다 한 손으로 알약 통을 만지작거리면서 그녀는 잠시 망설인다 그녀는 눈을 감는다 그녀의 입술이 희미하게 달싹인다 겨울, 거대한 하늘, 서리의 길, 춤춘다 그녀의 야윈 손이 창문을 활짝 열어젖힌다 순간 거대한 대기의 굉음이, 고철 더미가 토해 내는 음산한 비명 소리가, 버석거리는 얼음의 숨소리가 순식간에 그녀의 전신을 덮친다 바람의 날카로운 송곳니가 그녀를 바닥에 쓰러뜨리고 그녀의 살점을 찢어발긴다 그녀의 몸이 부들부들 떨린다 그녀는 두 손으로 얼굴을 가린 채 무언가를 기다리는 사람처럼 말이 없다 갑자기 그녀의 목구멍에서 끅끅거리는 짐승의 울음소리가, 그녀의 등에서, 그녀의 어깨 위에서, 웃음인지 울음인지 모를 기묘

한 끅끅거리는 소리가 낮게, 냉혹하게 울려 퍼진다

그녀의 옆방 유리창 커튼이 반쯤 열리더니 벌거벗은 젊은 사내의 모습이 드러난다 사내는 팔을 내밀어 침대에 누워 있는 여인의 손을 잡고 있다 「그가 그렇게 말했어」 사내가 그녀에게 속삭인다 그녀는 잠들어 있다 그녀는 꿈속에서 그의 목소리를 듣고 있다 「작업복을 입은 외팔이 사내가 속삭이고 있었어」 그녀는 말이 없다 사내는 꿈속에서 자신을 응시하고 있는 그녀의 시선을 느낀다 사내는 성냥을 긋는다 성냥 위로 섬광이 일어선다 「희디희다」 그녀가 다시 말한다 「서리의 길, 춤춘다」 「그래」 사내가 대답한다 「백치는 대기를 느낀다」 사내는 방 안의 어둠 속으로 풀어지는 담배 연기를 바라본다 「희디희다」 그녀의 창백한 음성이 천천히 잦아든다 사내는 소용돌이치는 잿빛 대기 속으로 외길처럼 무겁게 파이는 새파란 대기의 띠를 바라보며 몸을 부르르 떤다 사내가 거칠게 커튼을 닫는다 「그래」 사내가 중얼거린다 여인이 눈을 뜨고 사내를 응시한다 사내의 벌거벗은 몸이 침대 속으로 어둡게 파고든다

—서대경, 「백치는 대기를 느낀다」 전문

이번 시집의 표제 시인 이 시에도 사내와 그녀가 등장한다. 사내는 공장 지대를 짓누르는 잿빛 대기 아래로 자전거를 타고 고철 더미가 깔린 비탈길을 느릿느릿 오른다. 담배를 물고 한 손으로 자전거 핸들을 잡고 있는 사내는 외팔이다. 그가 "추위로 가득한 대기의 이름들을" "더듬더듬 속삭이고 있는 것 같다"고 그녀는 느낀다. 허연 머리를 허공을 향해 한껏 치켜들고서 광인처럼 기묘한 표정을 짓고 있는 사내를 보며 그녀는 그가 "겨울, 거대한 하늘, 서리의 길, 춤춘다"라고 속삭였다고 느낀다. 여관 유리창을 통해 사내를 지켜보고 있는 그

녀는 한 손으로 알약 통을 만지작거리면서 잠시 망설이는 중이다. 그녀는 입술을 희미하게 달싹이며 "겨울, 거대한 하늘, 서리의 길, 춤춘다"라고 되뇐다. 앞서 사내의 입 모양을 그녀가 읽은 것을 그대로 따라 한 것이다. 그렇게 사내와 교감한 순간 그녀는 창문을 열어젖히고 대기의 굉음을 온몸으로 맞는다. 죽음의 길목에서 그녀를 삶으로 돌려세운 것은 사내와의 교감이었던 셈이다. 3연에 등장하는 벌거벗은 젊은 사내와 그녀가 주고받는 말은 꿈속에서 이루어지는 것처럼 보인다. 사내와 여인의 응시와 교감은 꿈속에서 이루어지는 것인 듯 희디희다. 그것은 그녀의 꿈이기도 하고 사내의 꿈이기도 하다.

인용 시처럼 산문에 가까운 모습을 한 시가 서대경의 이번 시집에서는 자주 눈에 띈다. 직접화법으로 이루어진 대화의 잦은 삽입도 그의 시를 산문적이라고 느끼게 한다. 그럼에도 서대경의 시는 서정적이고 고요하다. 소리가 등장해도 고요하고 이야기와 산문성을 지니고 있는데도 서정적이고 군더더기가 없어 보인다. 이 독특한 느낌이야말로 서대경의 시가 보여 주는 진경이라 하지 않을 수 없다.

3.

첫 시집 『라디오 데이즈』에서 일상적인 감각으로 포착되지 않는 다른 시간과 공간에 대한 섬세한 감각을 보여 준 바 있는 하재연은 두 번째 시집 『세계의 모든 해변처럼』에서 한층 더 섬세하고 예민한 감각으로 '지구의 뒷면'을 응시한다. "불이 꺼지면 순식간에 달라지는 세계", "나타났다 사라지는 너의 얼굴"을 포착할 수 있을 정도의 예민한 감각이 아니면 좀처럼 그녀의 개성을 감지하지 못한다. 시집의 뒤에 실린 시인의 자서는 그녀의 시를 읽으려는 이에게 의미심장한 열쇠를 건네준다. "나는 오늘 물고기의 혀를 처음 발견했다./뭐라고 이름을 붙여야 할지 모르겠다." 낯선 존재 앞에서 그녀가 느낀 당혹스러움을 그녀의 시를 읽는 독자들도 경험할 수도 있다. 뭐라고 이름을 붙여야 할지 모르겠는 낯선 느낌을 그녀의 시는 거느리고 있으니까. "내가 잊어 먹은 이들이 다른 환한 세계에서 그들의 이름을 가지고 산다"는 사실에 시인은 슬픔을 느낀다. "열 개의 발톱처럼,/내게서 잘려 나간 것들이 생명을 잃어버리기를,/빈다"는 그녀의 바람에서 느껴지는 것은 이를 악문 슬픔이다.

웃음을 떠올렸던 순간은 순식간에
일어난 듯 바뀌어서 사라진다.

떨어져 있는 머리카락을
아침 햇빛이 이상하게 비춘다.

꿈속에서 나는 아주
여러 번 살아왔다.

내가 나였을 것이라고 생각한 적이
한 번도 없었다.

—하재연, 「픽션보다」 전문

하재연의 시는 일상의 감각으로는 잘 포착되지 않는 순간의 흔적을 예민하게 포착한다. "웃음을 떠올렸던 순간은 순식간에/일어난 듯 바뀌어서 사라진다." 언제 그런 일이 있었냐는 듯 웃음을 떠올렸던 순간을 떠올림과 동시에 그 순간은 사라진다. 그러므로 우리는 그 순간으로 이미/항상 돌아갈 수 없다. 떨어져 있는 머리카락은 심상한 일일 수도 있지만 어제의 머리카락과 오늘의 머리카락은 다르다. 조금 전의 머리카락과 지금의 머리카락도 다르다. 아침 햇빛의 각도에 따라 떨어져 있는 머리카락은 심상한 것이 되기도 하고 이상한 것이 되기도 한다. 누군가의 몸에서 떨어져 나간 머리카락은 간밤의 존재, 혹은 사건을 가리킨다. 매일 아침 이상하게 떨어져 있는 머리카락을 보며 하재연의 시적 주체는 "꿈속에서 나는 아주/여러 번 살아왔다"고 느낀다. 현실은 종종 픽션보다 더 픽션 같다. "내가 나였을 것이라고 생각한 적이/한 번도 없었다"는 고백은 그로부터 나온다. 내가 모르는 내가 어디선가 살고 있을 거라는 생각, 누구나 해 봤을 생각으로부터 이 시는 시작된다. 성인의 세계에 편입되면서 자연스럽게 잊힌 생각. 하재연의 시는 그런 생각과 자주 마주치게 한다.

1
조금 다른 눈동자
조금 다른 머리 색깔의
내가 목마 위에서
돌아가고 있다

깜빡이는 불빛 아래 내 눈동자가
예쁘다고 생각한다.

2
어느 날 아침엔
음계가 약간 바뀌어 있다.

하나씩 풀었다 하나씩 당긴다.
비뚤어진 것은 줄 하나였을 뿐인데,
다 잘못되었다는 듯이.

3
눈이 반짝반짝 내리고,
음악이 켜지고,
만났다 헤어지는,

내 아름다운 연인들.

4
미로를 걷다가 까먹고
내버려 두고 온 소녀를 만난다.

있을 수 있는 사람과
있을 수 없는 사람

자란 것들과
자라지 않고 남은 것들

네 신발은 어디에 두었니?
단발머리 아이가 겁을 먹고 올려다본다.
이상하게도 나와 하나 닮지 않은

눈동자를 하고 있었다.

—하재연, 「놀이동산」 전문

어쩌면 우리의 인생은 거대한 놀이동산 같은 것인지도 모른다. 그 속에서 "조금 다른 눈동자/조금 다른 머리 색깔"을 하고 "목마 위에서/돌아가고 있"는 나. 불빛이 명멸하듯 나타났다 사라지는 순간의 나. 조금 전의 나와 지금의 나를 같은 나라고 자신할 수 있을까. "음계가 약간 바뀌어 있"는 "어느 날 아침"을 살고 있는 나는 어떠한가. 누군가를 만나 연애를 하고 "만났다 헤어지"고, 또 다른 누군가와 "만났다 헤어지"며 "눈이 반짝반짝 내리고,/음악이 켜지"듯이 우리는 달라진다. 그를 만나기 전의 나와 만난 후의 나를 같은 나라고 할 수 있을까. 하재연의 놀이동산에는 그렇게 사라진 무수한 '나'들이, "내가 잊어 먹은 이들이 다른 환한 세계에서 그들의 이름을 가지고" 살고 있다.

이런 감각은 어디에서 오는 것일까? "미로를 걷다가 까먹고/내버려 두고 온 소녀를 만난다"는 데서 실마리를 얻을 수 있다. 누군가에겐 쉽게 보이는 길이 누군가에겐 미로가 되기도 한다. 그렇게 길을 잃고 헤매 본 기억을 가지고 있는 이에게 세상은 얽히고설킨 미로와도 같은 곳이 된다. 그곳에선 "있을 수 있는 사람과/있을 수 없는 사람", "자란 것들과/자라지 않고 남은 것들"이 동시에 공존할 수 있다. 신발을 잃어버리고 겁을 먹은 "단발머리 아이"는 "이상하게도 나와 하나 닮지 않은/눈동자를 하고 있"다. "내가 잊어 먹은" 낯선 나와 무수히 마주친 경험에서 하재연의 시는 써진다. 그러니 그녀의 감각이 남다를 수밖에.

이 밤의 퀼트는 완벽해진다
이곳은 플라나리아의 나라

우리들은 밤의 숨결에
땀과 설탕을 흘려 넣는다

불안정한 빛의 색깔들에 의해
나는 반죽되고 몸뚱아리는 늘어난다

아름다운 인형들의 눈에 눈동자를 붙이는
밤의 작업과도 같이

—하재연, 「고요한 밤의 증식」 부분

하재연의 시가 평화롭고 순조롭게 증식되는 고요한 밤을 포착할
수 있는 것은 그런 남다른 감각 때문이다. 플라나리아처럼 무성생식
하는 너와 나의 나라에서 그녀의 시적 주체는 살아간다. "불안정한
빛의 색깔들에 의해/나는 반죽되고 몸뚱아리는 늘어난다". "아름다운
인형들의 눈에 눈동자를 붙이는/밤의 작업과도 같이" 고요하고 평화
롭고 순조롭게 '나'는 증식된다. 마치 퀼트처럼, 우리도 그렇게 무성
생식된 '나' 중의 하나에 불과한 것은 아닌지 그녀의 시는 묻는다. 고
요한 밤처럼 어딘가 섬뜩하다.

인사하는 법이 중요합니다.
개미핥기의 마음을 인정하기 위해서
딱딱한 손짓으로 코를 문질러 봐도

해삼과 멍게는 상대방의 마음을
이해할 수 없습니다.

내가 일곱 시간을 자거나 열여덟 시간을 자도
바닷속 해파리들은 이 물결에 갔다
저 물결에 왔다 흔들립니다.
재규어가 물속에서 달린다면
털이 빛나고 아름답겠지만,
그건 기상관측소의 사정과는 다른 이야기지요.

눈 녹는 아이스크림이나 얼음과자 샤베트로
취향을 존중할 수 있다면 좋은 일입니다.
아주 작은 고민거리를 가진 생물들이 모여서
하나의 나라를 건설하는 상상을 합니다.
얼음집에서 털모자가 살듯이
돌고래가 도넛을 먹듯이

세계에는 마흔일곱 가지 계절이 있어서
우주인도 말미잘처럼 낮잠을 잘 수 있다면
그건 좋은 일일까요?
정말 아무렇지도 않게 배가 고파진다면요?
그러니 언제나 인사하는 법은 중요하고
내일의 날씨는 오늘의 구름과 상관없습니다.

—하재연,「지구의 뒷면」전문

그녀가 지구의 뒷면을 궁금해하는 것은 어쩌면 당연한 일이다. 개미핥기에겐 개미핥기의 인사가, 해삼과 멍게에겐 해삼과 멍게의 인사가 있어서 우리는 상대방의 마음을 이해할 수 없다. 내가 일곱 시간을 자는 평범한 하루이든 열여덟 시간을 자는 심상치 않은 하루이든 "바닷속 해파리들은 이 물결에 갔다/저 물결에 왔다 흔들"린다. 나의 일상은 해파리의 일상에 아무런 영향을 끼치지 못한다. 재규어의 사정과 기상관측소의 사정은 서로 다른 이야기일 뿐이다. 어쩌면 그녀의 말처럼 우리가 할 수 있는 것은 "취향을 존중"하는 것 정도일지도 모른다. 이 세계의 논리로 저 세계를 지배하려 들거나 간섭하려 들지 않는 존중의 태도. 어느새 우리가 잃어버린 다른 존재에 대한 최소한의 예의. 그 때문일까? 그녀의 시적 주체는 "아주 작은 고민거리를 가진 생물들이 모여서/하나의 나라를 건설하는 상상을" 한다. "얼음집에서 털모자가 살듯이/돌고래가 도넛을 먹듯이". 지구의 뒷면을 궁금해하지 않듯이 성인이 되면서 우리가 망각한 감각을 하재연의 시는 일깨워 준다. 그녀의 시를 읽다 보면 우리가 잃어버린 감각, 우리가 잊어버린 또 다른 '나'와 마주치게 된다. 사라진 것들을 불러내는 그녀의 예민한 감각이 우리를 낯선 세계로 초대한다. 낯설다고 느끼지만 익숙한 것이었던 지구의 뒷면으로. 그곳에 함께 가 보고 싶지 않은가?

인지시학적 독법의
새로운 가능성
—진은영의 「있다」를 중심으로

1.

문학과 언어학, 시와 언어학 사이의 오랜 친연성에 대해 이야기하는 것은 새삼스러운 일이다. 쉬클로프스키, 예이헨바움, 티냐노프 등의 러시아 형식주의자들을 비롯해 로만 야콥슨, 유리 로트만, 미하일 바흐친 등의 문학이론가들은 다른 의미에서 뛰어난 언어학자이기도 했으며, 소쉬르와 벤베니스트를 비롯한 언어학자들과 그들의 저서는 시를 쓰고 연구하는 이들에게 늘 새롭게 읽히는 텍스트였다. 최근에 우리 시의 리듬에 대한 연구에 일대 전기를 마련해 준 앙리 메쇼닉의 이론도 벤베니스트의 선구적 작업 없이는 구축될 수 없었을 것이다.

그럼에도 우리 시의 경우 언어학적 방법론을 활용한 분석은 충분히 깊이 있게 전개되지 못했다. 구조주의 방법론을 활용한 시 분석, 부분적으로 진행된 문체론적 연구, 은유·환유의 구조 연구, 언술 구조에 대한 연구, 최근의 리듬 연구 등은 언어학과 시학의 접점을 형성하고 고민한 연구들이라고 볼 수 있지만, 형식과 내용을 구분하는 이분법, 리얼리즘과 모더니즘을 대립적 관점에서 파악하는 이분법에 길들여진 한국 현대문학사와 현대문학연구사 속에서 언어학적 방법론을 활용한 시 텍스트 연구는 내용을 배제한 형식 연구로 오인되거나 문학주의로 손쉽게 명명되곤 했다.

최근의 시를 언어학적 방법론을 활용해 읽어 달라는 요청 앞에서 무엇을 쓸 것인지 고민하면서 나는 다시 이런 오래된 문제들과 마주해야 했다. 문학의 형식과 내용은 분리될 수 없고 언어라는 형식에 대한 연구를 통해 우리 시를 한층 더 풍요롭게 읽을 수 있다는 상식적인 입장에 오래도록 서 왔지만, 상식을 기술하거나 낡은 문제의식을 되풀이하는 것으로는 충분하지 않다는 판단이 들었기 때문이다. 언어학과 시학의 친연성에도 불구하고 그 사이를 가로막고 있던 낡은 질문들을 돌파해 언어학과 시학이 만날 새로운 가능성을 타진해 볼 수는 없을까 하는 고민에서 이 글은 시작되었다. 그 하나의 가능성을 이 글에서는 인지시학적 독법을 통해 찾아보려고 한다.

인지시학은 문학의 언어, 시의 언어가 특별하다는 생각에서 기본적으로 벗어나 있다. 피터 스톡웰은 『인지시학 개론』에서 문학과 언어학에 대한 새로운 인지적 사고방식과 개념을 적용하여 문학작품을 이해하고 분석하고자 한다. 그에 따르면 인지시학은 문학작품 읽기에 대한 모든 것이다.[1] 문학의 철학적 측면과 실용적 측면을 함께 제시하고 텍스트의 맥락을 중시하는 인지시학적 방법론은 구조주의의 한계를 넘어서고자 하는 열망과 관계있다. 인지시학의 이론은 인지언어학이나 인지심리학으로부터 그 뿌리가 나왔지만 문학을 단순한 '또 다른 자료'로 취급하려 들지 않는다는 점에서 인지언어학과는 구별된

---

1 피터 스톡웰 저, 이정화·서소아 역, 『인지시학 개론』, 한국문화사, 2009, p.17.

다. 인지시학적 방법론을 실험적으로 활용하면서 이 글에서는 시의 맥락을 중시하되 언어의 모든 부분에 영향을 미치는 '신체화'라는 개념이 시에서 어떻게 실현되는지를 분석하는 데 초점을 맞추고자 한다. 진은영의 최근 시집에 실린 시 한 편을 인지시학적 독법을 활용해 읽어 봄으로써 오늘의 우리 시를 읽는 새로운 가능성을 찾아보고자 하는 것이 이 글의 목적이다. 아마도 이 글은 실패의 기록으로 남겠지만 새로운 시도와 실패를 통해 가지 않은 길은 열리기 시작할 것이다.

2.

진은영의 세 번째 시집 『훔쳐 가는 노래』의 언어는 빛을 머금고 있다. 첫 시집 『일곱 개의 단어로 된 사전』에서부터 색채를 부리는 남다른 감각을 보여 준 진은영의 시는 이번 시집에 와서 눈부시게 빛난다. 이것은 비유이기도 하고 아니기도 하다. 그는 빛을 부릴 줄 아는 경지에 이른 듯하다. "시를 쓰는 건/내 손가락을 쓰는 일이 머리를 쓰는 일보다 중요하기 때문"이라며 "내 몸에서 가장 멀리 뻗어 나와 있"(「긴 손가락의 詩」)는 '손가락'을 노래했던 시인은 이제 "여기에서", "나의 상처들에서" "멀리 있"(「그 머나먼」)는 '그 머나먼' 곳을 노래한다. 그것은 그의 시가 향하는 자리이기도 하다. '내 몸'에서 나왔으되 가장 멀리 뻗어 나와 있는 곳이며 그 머나먼 곳으로 달아나되 '내 몸'에서 나온 그곳. 바로 여기가 시의 자리이자 신체화된 시의 은유이다.

창백한 달빛에 네가 너의 여윈 팔과 다리를 만져 보고 있다
밤이 목초 향기의 커튼을 살짝 들치고 엿보고 있다
달빛 아래 추수하는 사람들이 있다

빨간 손전등 두 개의 빛이
가위처럼 회청색 하늘을 자르<u>고 있다</u>

창 전면에 롤스크린이 쳐진 정오의 방처럼
책의 몇 줄이 환해질 때가 <u>있다</u>
창밖을 지나가는 알 수 없는 사람들이 <u>있다</u>

<u>있다</u>고, 말할 수 있을 뿐인 때가 <u>있다</u>
여기에 네가 <u>있다</u> 어린 시절의 작은 알코올램프가 <u>있다</u>
늪 위로 쏟아지는 버드나무 노란 꽃가루가 <u>있다</u>
죽은 가지 위에 밤새 우는 것들이 <u>있다</u>
그 울음이 비에 젖은 속옷처럼 온몸에 달라붙을 때가 <u>있다</u>

확인할 수 없는 존재가 <u>있다</u>
깨진 나팔의 비명처럼
물결 위를 떠도는 낙하산처럼
투신한 여자의 얼굴 위로 펼쳐진 넓은 치마처럼
집 둘레에 노래가 <u>있다</u>
　　　　　　　—진은영, 「있다」(『훔쳐 가는 노래』, 창비, 2012) 전문
　　　　　　　　　　　　　　　　　　(밑줄은 인용자)

　제목이 "있다"인 이 시는 『훔쳐 가는 노래』에 첫 번째로 수록된 시
이다. 5연 18행으로 이루어진 이 시에는 '있다'라는 말이 15번 쓰였
다. 좀 더 엄밀하게 말하면 '-고 있다'라는 진행상의 표지로 쓰인 표

현이 3번, 존재의 상태를 나타내는 '있다'가 12번 등장한다. '있다'의 활용형까지 고려하면 가능성을 뜻하는 '-ㄹ 수 있을'이라는 표현까지 헤아릴 수도 있다. 이 시는 모두 14개의 문장으로 이루어져 있으므로 모든 문장의 서술어가 '있다'로 끝난다는 사실을 또한 알 수 있다.

시의 제목은 물론이고 시집의 제일 앞이라는 시의 위치, 그리고 시를 구성하는 모든 문장에서 '있다'를 눈에 띄게 반복함으로써 이 시는 '있다'라는 서술어를 일차적으로 강조한다. 그리고 자연스럽게 '있다'라는 서술어 앞에 오는 주어('누가' 있는지)와 '어떻게' 있는지 보여 주는 말('-처럼')에 주목하게 한다. 레이코프와 존슨에 따르면 "형태의 많음은 내용의 많음(more of form is more of content)"[2]을 가리키므로 15번 반복되는 '있다'는 무언가가 존재한다는 사실을 강조하고, 서술어 '있다'의 반복을 통해 시 전체에 리듬감을 부여한다. 또한 '-고 있다'라는 진행상의 반복은 주어의 동작이나 상태가 진행되고 있음을 의미한다.

1연은 "창백한 달빛에 네가 너의 여윈 팔과 다리를 만져 보고 있다"라는 문장으로 시작된다. 2인칭 '너'가 주어로 등장한 점이 특기할 만하다. 1인칭 주어가 쓰였다면 '나'의 개인적 경험에 고정되었을 이 시행은 2인칭 주어 '네가'가 쓰임으로써 수많은 '너'의 경험으로 확장된다. "네가 너의 여윈 팔과 다리를 만져 보고 있"는 행위는 '-고 있다'라는 진행상으로 서술되어 완결되지 않고 진행 중인 열린 의미를 획득하게 된다. 바로 이어지는 행에서 "밤이 목초 향기의 커튼을 살짝 들치고 엿보고 있다"도 진행상으로 쓰여 완결되지 않고 진행 중인 상태를 지시한다. '-고 있다'를 "한 상황의 내적인 시간 구성을 바라

---

2 G. 레이코프 & M. 존슨 저, 노양진·나익주 역, 『삶으로서의 은유』(수정판), 박이정, 2009, p.224.

보는 화자의 다른 관점"이라고 본 Comrie(1976)의 견해에 입각할 때 1연의 1,2행에서 언술 내용의 주체는 각각 '너'와 '밤'이지만 언술 행위의 주체, 즉 화자는 따로 있다. '너'와 '밤'의 완결되지 않은 행위를 바라보는 전지적 화자가 모습을 드러내지 않고 숨어 있지만 그가 '있다'는 것을 우리는 알고 있다. 1연의 마지막 행에는 "달빛 아래 추수하는 사람들"의 존재가 그려진다. 커튼을 사이에 두고 '너'는 커튼 안쪽에, "달빛 아래 추수하는 사람들"은 커튼 바깥쪽에 있다. 달빛이 그들 모두를 비추고 있다. 빛에 방향성과 인지성을 부여하는 것은 여러 개의 공간을 하나로 통합하기도 하고 하나의 공간을 여러 개로 분할하기도 하는 과정을 통해서이다.[3] 1연에서 달빛은 커튼의 안과 밖에 분리되어 있는 존재들을 비추며 그들을 빛나게 해 준다.

두 개의 행으로 이루어진 2연은 "자르고 있다"라는 진행상을 나타내는 서술어로 끝난다. "빨간 손전등 두 개의 빛이/가위처럼 회청색 하늘을 자르고 있다". 1연에서 나뉜 공간을 하나로 통합했던 빛은 여기서 공간을 분할하는 역할을 한다. 1연의 달빛이 확산되는 성질을 갖는 데 비해 2연의 손전등 빛은 직선으로 분할하는 성질을 갖는다. 진행상으로 표현된 '자르고 있다'는 행위는 완결되지 않음으로써 지속된다.

3연에서 그려지는 있음의 순간은 독서 체험과 관련된 순간이다. "책의 몇 줄이 환해질 때가 있다"고 언술 행위의 주체는 고백하는데 그것은 "창 전면에 롤스크린이 쳐진 정오의 방"에 비유된다. 인지적 깨달음의 순간이 "창 전면에 롤스크린이 쳐진 정오의 방"이라는 공간으로 은유된다. 추상적인 마음의 작용을 안과 밖이 있는 공간으로 은

---

3 M. 존슨 저, 노양진 역, 『마음속의 몸』, 철학과현실사, 2000, p.107.

유한 신체화된 은유인 셈이다. 그리고 "창밖을 지나가는 알 수 없는 사람들이 있다". 이 문장은 창 안과 창밖의 경계를 만들며 공간을 완성한다. 창 안이 깨달음의 시간이라면 창밖의 시간에는 다시 미지(未知)의 존재들이 나타난다.

'있다'가 가장 많이 쓰인 4연에서는 한 문장 안에 '있다'가 두 번 쓰이기도 하고, 한 행에 '있다'로 끝나는 문장이 두 개 놓이기도 한다. '있다'고 말해지는 존재들은 '너', "어린 시절의 작은 알코올램프", "늪 위로 쏟아지는 버드나무 노란 꽃가루", "죽은 가지 위에 밤새 우는 것들", "그 울음이 비에 젖은 속옷처럼 온몸에 달라붙을 때" 등이다. 이 것은 모두 "있다고, 말할 수 있을 뿐인 때"에 해당하는 것이다. '-고 있다'라는 현재 시제의 진행상으로 쓰였지만 이것들이 과거의 시간 ("어린 시절의 작은 알코올램프")이나 현실의 것이 아닌 것 같은 시간("늪 위로 쏟아지는 버드나무 노란 꽃가루", "죽은 가지 위에 밤새 우는 것들")을 지시하고 있다는 점은 흥미롭다. 과거 어느 순간의 장면들은 "비에 젖은 속옷처럼 온몸에 달라붙"어 울고 있는지도 모른다. 이번 시집에서 진은영은 "비에 젖은 속옷처럼 온몸에 달라붙"은 오래 지속되어 온 울음을 비로소 마주한다. 그 울음은 시로 빚어진다. "어린 시절의 작은 알코올램프"와 "버드나무 노란 꽃가루"가 희미하게 빛난다. 알코올램프와 '노란' 꽃가루는 빛은 다소 약해졌지만 따뜻함을 품어 안는다. 열기와 온기를 품은 빛은 은은하게 빛나며 밤새 운다. 언술 행위의 주체는 "비에 젖은 속옷처럼 온몸에 달라붙"는 촉각적 감각으로 열기와 온기를 드러낸다.

마지막 5연에 출현하는 존재는 "확인할 수 없는 존재"이다. 확인할 수 없지만 그 또한 "있다". 5행으로 이루어진 5연의 마지막 행은 "집 둘레에 노래가 있다"로 끝난다. 그 사이를 "깨진 나팔의 비명처럼/물결 위를 떠도는 낙하산처럼/투신한 여자의 얼굴 위로 펼쳐진 넓은 치마처럼"이라는 구절이 수식하고 있다. 비록 깨지고 떠돌고 떨어진 것이긴 하지만 나팔과 낙하산과 넓은 치마는 하나같이 확산의 이미지를 갖는 것들이다. '노래' 역시 마찬가지다. "집 둘레에 노래가 있다"는 문상에서 '노래'는 '집 둘레'라는 공간의 경계를 짓기도 하지만 확산되는 성질을 지닌 노래로 인해 그 경계는 이내 지워진다. 1행에 등장한 "확인할 수 없는 존재"의 정체는 '노래'였는지도 모른다. 물론 그것은 시인의 노래, 진은영이 쓰고자 하고 오늘도 쓰고 있는 시를 가리킨다. 그것은 아름답기만 한 노래가 아니다. "깨진 나팔의 비명처럼" 날카롭게 찢어진 소리를 내는 고통스러운 것이기도 하고, "물결 위를 떠도는 낙하산처럼" 방황하는 위태로운 것이기도 하고, "투신한 여자의 얼굴 위로 펼쳐진 넓은 치마처럼" 함께 아파하며 위안을 주는 것이기도 하다. 1-4연에 걸쳐서 존재들을 비추고 빛나게 했던 빛은 5연에 와서 사라지고 그 자리를 '노래'가 대신한다. 확산의 성질을 가지고 있다는 점에서 빛과 노래는 공통된다.

　"집 둘레에 노래가 있다"는 구절은 한편으론 '사면초가(四面楚歌)'를 떠올리게도 하지만 아득하니 앞이 보이지 않는 막막한 상황에서도 '있다'는 확신을 가지고 노래하고자 하는 진은영 시인의 의지가 좀 더 강하게 전해진다. 시집 『훔쳐 가는 노래』의 맨 앞에 이 시가 실려 있다는 사실은 그런 점에서 의미심장하다. 빛을 머금고 아름답게 빛나는 진은영의 언어는 존재에 빛나는 생명감을 부여하고 그것을 더 멀리로 확산한다. 자기 고백적인 시와 시 쓰기에 관한 메타시가 많은 비중을 차지하는 이번 시집에서 「있다」는 맨 앞자리에 가장 잘 어울리는 시가 아닐까 싶다.

3.

    진은영의 세 번째 시집 『훔쳐 가는 노래』의 제일 앞에 수록된 시 「있다」에는 신체화된 은유가 중층적으로 작동하고 있다. 먼저 존재의 상태를 나타내는 '있다'와 진행상을 나타내는 '-고 있다'의 집요한 반복을 통해 그것이 '형태의 많음'을 넘어 '내용의 많음'을 지시하게 함으로써 이 시를 존재의 시로 읽게 해 준다. 달빛과 커튼과 손전등 빛과 창과 환해지는 깨달음의 순간과 알코올램프와 노란 꽃가루는 이 시에서 빛의 은유로 작용한다. 빛은 공간을 확장하거나 분할하기도 하고, 존재를 빛나게 하는 생명력을 불어넣기도 하고 열기와 온기를 불어넣기도 한다. 궁극적으로 이 시에서는 '빛은 확산'이라는 은유가 전체적으로 작용하며 시를 감싸고 있다. 그리고 이 은유는 마지막 연에서 노래로 전이된다. 빛이 지닌 확산의 힘은 노래에 실려 퍼져 나간다. '빛은 확산'이 '노래는 확산(전파)'이 되는 순간이다. "확인할 수 없는 존재"가 생명을 부여받게 되는 것도 바로 이 순간이다. 존재를 감싸고 빛나게 하는 바로 이 순간 시인은 오래도록 부정하고 싶었던 과거의 순간과 대면하고 자신의 노래, 항상 멀리 달아나고자 했던 자신의 시를 비로소 긍정할 수 있게 된다. 진은영이 써 나갈 앞으로의 시가 더욱 기대되는 이유가 바로 여기에 있다.

네버랜드의
앨리스들

1. 네버랜드 또는 유토피아

네버랜드에 사는 소년이 날마다 창가에 날아들어 소녀의 방을 훔쳐본다. 소년은 마치 풀잎을 연상시키는 초록색 옷을 입고 초록 모자에 깃털 하나를 꽂고 있다. 장난기 있어 보이는 눈빛을 하고 밤마다 소년은 어느 한 집의 창가에 들러 안을 들여다보곤 한다. 소년의 주위에는 팅커벨이라고 불리는 꼬마 요정이 날아다니며 잔소리를 하고 있다. 소년이 들여다보는 창문 안쪽에는 잠옷 차림의 소녀 하나가 잠들어 있다. 그녀는 밤마다 초록빛 옷을 입은 소년이 찾아와 소년과 함께 하늘을 나는 꿈을 꾼다. 꿈결인지 소녀는 미소 짓고 있다.

소녀는 소년의 손을 잡고 네버랜드에 간다. 네버랜드는 피터팬이라 불리는 소년의 고향이다. 그곳에서 모든 아이들은 성장을 멈춘다고 한다. 그곳은 이상한 나라다. 흰 토끼 대신 소년의 손을 잡고 하늘을 날아 그곳으로 간 소녀는 이상한 나라의 앨리스가 된다.

천진난만하고 발랄한 앨리스는 이상한 나라에서 말이 통하지 않아

애를 먹는다. 그곳에도 힘이 센 여왕이 있어서 걸핏하면 목을 치겠다고 성화다. 그래도 앨리스는 여왕의 말에 코웃음을 친다. 여왕과 이야기하느니 참나리꽃이나 체서 고양이와 이야기하는 게 낫겠다고 앨리스는 생각한다.

네버랜드는 이 세상에 없는 유토피아다. 그러나 바로 이 세상에 존재하지 않는 곳이기 때문에 우리는 끊임없이 네버랜드를 꿈꾼다. 어른이 되고 싶지 않다는 우리의 욕망이 살아 있는 한 네버랜드는 늘 우리의 마음속에 존재한다. 웬디와 그의 남동생들이 피터팬을 따라간 곳도 앨리스가 흰 토끼를 따라 들어간 곳도 '지금, 이곳'과는 다른 세계라는 점에서 네버랜드라고 할 수 있다. 앨리스처럼 우리도 이상한 나라로의 여행을 늘 꿈꾼다.

1990년대 이후 전성기를 구가하고 있는 여성시는 21세기에 들어서도 다양한 개성을 지닌 여성 시인들의 등장과 함께 호황을 누리고 있다. 사실상 21세기의 여성 시인들에 의해 쓰이는 시에 대해서는 굳이 '여성시' 또는 '여성주의 시'라는 명명을 하는 의미가 없어 보이기도 한다. 여성 시인들에 의해 쓰이는 시에서 여성적 주체를 읽어 낼 수는 있지만, 그것을 '여성시' 또는 '여성주의 시'로 명명하는 순간 이들의 시가 지니는 다양한 개성을 '여성주의적 태도'라는 한계에 가두어 버릴 위험이 있기 때문이다. 21세기에 여성 시인들의 관심은 더 이상 남성/여성을 가르는 이분법을 관통하고 있지 않은 것으로 보인다. 이들의 시가 앞 세대의 여성 시인들의 시와 확연히 구별되는 특징이 있다면 아마도 이것일 것이다.

나는 우리의 여성시가 나아가야 할 지점이 바로 여기라고 생각한다. 페미니즘의 궁극적 목표가 결국 남녀에 대한 차별을 넘어서 모두가 더불어 행복한 사회를 꾸리는 데 있는 것처럼, 여성시의 궁극은 여성시라는 분할을 넘어서 그것을 무화하는 데 있다. '남성시'라는 말이 쓰이지 않는 것처럼 여성시라는 명명이 불필요해지는 순간을 아마도 많은 여성 시인들이 지향하고 있을 것이다. 이 글에서 21세기의 여성 시인들에 주목하는 이유도 바로 그런 가능성을 발견하려는 데 있다.

2. 팜 파탈 유령 시인

나쁜 남자 못지않게 나쁜 여자도 매력적이다. 홀로페르네스 장군을 유혹해 그의 목을 자른 유디트를 비롯해서 신화나 역사 속 팜 파탈들은 차가운 미인이었다. 그녀들의 고혹적인 매력에 빠진 남성들은 그녀가 나쁜 여자임을 안다 해도 그녀로부터 헤어 나오지 못한다. 국가권력의 중심에 있었던 수많은 남성들이 팜 파탈의 매력에 빠져 걷잡을 수 없이 나락으로 떨어져 갔으며, 그들이 짊어지고 있었던 국가의 운명도 함께 기울어 갔다. 팜 파탈은 아름다운 웃음과 미모로 국가권력을 뒤흔든 게릴라들이었던 셈이다.

더 추워지기 전에 바다로 나와
내 날개 아래 출렁이는
바다 한가운데 낡은 배로 가자
갑판 가득 매달려 시시덕거리던 연인들
물속으로 퐁당
물고기들은 몰려들지, 조금만 먹어 볼래?
들리지? 내 목소리, 이리 따라와 넘어와 봐
너와 나 오래 입 맞추게

—김이듬, 「세이렌의 노래」
(『명랑하라 팜 파탈』, 문학과지성사, 2007) 전문

반은 새이며 반은 사람의 모습을 띤 세이렌은 아름다운 노랫소리로 뱃사람을 유혹하여 배를 난파시키곤 했다. 바다에 빠진 뱃사람들은 세이렌의 먹이가 되곤 했다고 한다. 이후 세이렌은 아름다운 인어의 모습을 한 것으로 그려지기도 했다. 날개를 지닌 새의 형상을 하고 있든 물고기의 몸을 한 인어의 형상을 하고 있든 세이렌은 아름다운 인간 여인의 모습과 괴물의 형상을 한 몸에 지닌 존재다.

인간이되 인간이 아니고 새이되 새가 아닌 신비한 모습이 그녀의 매력을 더해 준다. 지상의 것이 아닌 노랫소리가 그녀의 매력을 최고조로 끌어올리는 것은 물론이다. 두 번째 시집 『명랑하라 팜 파탈』의 맨 앞에 실린 이 시는 세이렌의 노래를 빌려 김이듬이 독자에게 건네는 말이다. "들리지? 내 목소리"라고 확인하며 그녀는 "이리 따라와 넘어와" 보라고 유혹의 손짓을 한다. "너와 나 오래 입 맞추"고 싶다는 바람이 그 속엔 숨겨져 있다. 물론 그 유혹이 "갑판 가득 매달려 시시덕거리던 연인들"을 향하고 있다는 점에서 세이렌과의 입맞춤은 사랑의 균열을 동반하는 것이긴 하다. 김이듬은 기꺼이 팜 파탈의 포즈를 취하면서 자신의 노래를 독자들에게 들려주고 싶어 한다. 그녀를 따라 넘어간 자들만이 그 노래를 끝까지 들을 수 있다. 모험보다는 안정을 지향하는 이라면 아마도 그녀의 노래를 들을 수 없을 것이다.

6

우르르 유령 시인들이 몰려와 여자의 종이를 찢어 버립니다. 종이만 찢었을 뿐인데 여자의 가슴에서 피가 흐릅니다. 욕조 안에 핏물이 고입니다. 유령 시인들은 종이에 대고 협박합니다. 자신의 시를 모방했다고,

갖은 기교 범벅 비스킷 같다느니 뭐니 벽돌로 여자의 머리를 빗어 줍니다. 칭찬은 아닌 것 같은데 기분이 좋아집니다. 이상(李箱) 옆에서 김수영이 사랑에 미쳐 날뛰는 날을 이야기합니다. 전 당신들을 닮을 생각도 없고 오마주도 모르는데요. 우리는 영원히 무한히 우리를 배신하여……입에서 두부만 한 핏덩이가 쏟아집니다. 가만히 보니 오래 묵은 자의식과 낭패감 따위가 묻어 있습니다. 초라한 절망으로는 충분히 가벼워지지 않은 근육들이 핏물에 자유롭게 꿈틀거립니다. 여자는 잠에 빠지듯 혼몽합니다. 몸이 조금씩 빠져나갑니다. 스르르 욕조 구멍에서 빠져나가 다른 세계로 흘러갑니다. 모든 수치와 장난, 인연으로부터 먼 세계로 나아갑니다. 기고 있지만 날아가는 것 같고 유령들과 한패가 된 듯도 하지만 나약하지 않습니다. 아무래도 절반 죽은 것 같습니다.

(중략)

13

모든 것은 변해 가지만 아무것도 변하지 않은 날들입니다. 오히려 더욱 외롭고 춥게 더더욱 허무하게 손전등을 켜고 유령 놀이를 합니다. 텅 빈 광장에는 교활한 침묵뿐. 운이 좋아 들어온 고모라 같은 이곳에는 엇물리는 이상한 시간들이 있습니다. 포용의 복도도 삼빡한 연애나 우정의 비상구도 없습니다. 매일 문장이 탈주한 자리엔 얼음이 깊어지고 매캐한 연기가 끊이지 않습니다. 하루 끼니를 겨우 해결한 우울한 바보 여자는 유령들의 정원을 내려다봅니다. 거미줄을 걷어 보면 거울 안의 욕조에 심장의 묘비에 때가 많이 끼었습니다. 결국 그녀는 그 여자가 어디 있는지 못 찾습니다. 사실 여자라기엔 애매한 실존입니다. 둘 중 하나는 유령입니다.

　　—김이듬, 「유령 시인들의 정원을 지나」(『명랑하라 팜 파탈』) 부분

　그녀는 마른 욕조에 누워 시를 쓰는 시인이다. 첫 시집 『별 모양의 얼룩』에서도 욕조는 사물화되어 분리된 신체의 이미지를 동반하며 김이듬 시의 원초적 공간으로 기능했다(「욕조들」). 인용한 시는 새로운 시에 대한 시인의 강박과 불안이 어떤 것인지 짐작하게 한다. 유령 시인들은 21세기에 시인으로 살아가는 그녀의 존재를 압박해 온다. 이상과 김수영 같은 특정 시인들을 거론하며 김이듬은 당신들을 닮을 생각도 없고 오마주도 모른다고 말하지만, 기성의 시를 전복하는 시정신을 지향한다는 점에서 그녀의 시는 어떤 방식으로든 이상과 김수영이라는 유령 시인들을 의식하지 않을 수 없었을 것이다. 21세기의 시인, 후대의 시인이라면 누구나 그런 절망감을 느껴 보았을 것이다. 이미 지구상에 더 이상 새로운 것이 없다는 선언으로부터도 너무 많은 시간이 흘렀고, 아우슈비츠 이후에 서정시가 가능하냐는 절규로부터도 너무 멀어져 왔다. 그런데도 여전히 새로운 시를 향한 갈망이 시를 쓰게 한다. 그것은 벗어날 수 없는 시의 본능이자 운명 같은 것이리라. "모든 것은 변해 가지만 아무것도 변하지 않은 날들"이 계속되고 있다. 버림받은 어린 딸이 엄마를 찾아가듯이 시를 써 온 시인은 유령 시인들의 정원을 지나 욕조로 다시 돌아온다. 시인 스스로도 그녀가 어디에 있는지 알지 못한다. 엇물리는 이상한 시간들이 그녀들을 만날 수 없게 하는지도 모른다. "여자라기엔 애매한 실존". 그것은 21세기의 여성 시인들의 자리를 지시한다. 이미 유령이 된 이상과 김수영만 유령 시인은 아니다. 더 이상 읽히지 않는 시를 쓰는 21세기의 그녀들도 유령 시인인 셈이다. 둘 중 하나는 유령이다. 아

니, 어쩌면 둘 다 유령일 수도 있다.

3. 헛것들

21세기의 여성 시인들은 얼굴에 집착한다. 얼굴은 세계와 직접 대면하는 하나의 표상이다. 그러므로 얼굴의 표정과 움직임을 통해 세계의 표정을 읽을 수 있다. 흥미로운 것은 이들에게 얼굴은 더 이상 고정된 실체가 아니라는 사실이다. 마치 프란시스 베이컨의 그림에 등장하는 얼굴들처럼 21세기 여성 시인들의 시에 나오는 얼굴들은 일그러져 있고 흘러넘친다. 그것들은 얼굴이라고 부르기엔 어울리지 않을 만큼 기이한 고깃덩어리의 형상을 하고 있다. 무정형에 가까운 그 얼굴들은 재현과는 거리가 멀다. 들뢰즈가 말한 인간의 '동물-되기', '기관 없는 신체' 등을 프란시스 베이컨은 회화를 통해 실천한다. 그리고 그 기이하고 직접적인 감각은 21세기 한국의 여성 시인들에게도 전달된다. 김행숙의 두 번째 시집 『이별의 능력』은 바로 그런 '다른 존재-되기'의 실천을 이루어 낸 시집이다.

>나는 기체의 형상을 하는 것들.
>나는 2분 간 담배 연기. 3분 간 수증기. 당신의 폐로 흘러가는 산소.
>기쁜 마음으로 당신을 태울 거야.
>당신 머리에서 연기가 피어오르는데, 알고 있었니?
>당신이 혐오하는 비계가 부드럽게 타고 있는데
>내장이 연통이 되는데
>피가 끓고
>세상의 모든 새들이 모든 안개를 거느리고 이민을 떠나는데

나는 2시간 이상씩 노래를 부르고

3시간 이상씩 **빨래**를 하고

2시간 이상씩 낮잠을 자고

3시간 이상씩 명상을 하고, 헛것들을 보지. 매우 아름다워.

2시간 이상씩 당신을 사랑해.

당신 머리에서 폭발한 것들을 사랑해.

새들이 큰 소리로 우는 아이들을 물고 갔어. 하염없이 빨래를 하다가

알게 돼.

내 외투가 기체가 되었어.

호주머니에서 내가 꺼낸 건 구름. 당신의 지팡이.

그렇군. 하염없이 노래를 부르다가

하염없이 낮잠을 자다가

눈을 뜰 때가 있었어.

눈과 귀가 깨끗해지는데

이별의 능력이 최대치에 이르는데

털이 **빠지는데**, 나는 2분 간 담배 연기. 3분 간 수중기. 2분 간 냄새

가 사라지는데

나는 옷을 벗지. 저 멀리 흩어지는 옷에 대해

이웃들에 대해

손을 흔들지.

　　　—김행숙, 「이별의 능력」(『이별의 능력』, 문학과지성사, 2007) 전문

이별을 경험한 이들, 특히 실연을 당한 이들을 괴롭히는 것은 아마

도 미련과 집착일 것이다. 사랑하던 이와 헤어졌다는 것이 분명한 눈앞의 현실임에도 그것을 받아들이고 인정하기는 쉽지 않다. '왜?'라는 질문이 오래도록 떠나지 않고 맴돈다. '왜 우리는 헤어진 걸까?' '무엇이 우리를 헤어지게 한 거지?' '다시 돌이킬 수는 없을까?' '우리의 지난 시간이 아무 의미 없어지는 건가?' '사랑이 어떻게 변하지?' 끝없는 질문이 꼬리에 꼬리를 물고 불과 얼마 전의 상황을 닳고 닳을 정도로 되씹어 보고……. 그렇게 스스로를 괴롭히다가 슬픔과 절망의 나락으로 굴러떨어질 것이다. 아파할 만큼 아파하고 나야 비로소 이별이라는 사건으로부터 자유로워진다. 대개 이별을 경험한 이들은 그렇다.

그런데 김행숙의 시는 이별의 능력에 대해 말한다. 누군가와 이별할 수 있는 능력. 그 능력치를 따져 본다면 어떨까? 누군가에게 집착하거나 미련을 갖지 않으면서 '쿨하게' 이별하는 일이 가능할 것도 같다. 자신이 가진 이별의 능력을 최대치에 이르게 한다면 덜 아프게, 가볍게, 쿨하게, 여유 있는 웃음도 날리면서 그렇게 이별할 수도 있을 것이다. 시인이 상상하는 '나'는 기체의 형상을 하고 있는 자유자재한 존재다. 일정한 모양을 띠고 있지 않으므로 정형화되지도 않고 어디든 자유롭게 갈 수 있다. '나'는 고정된 실체가 아니다. 그러므로 '나'의 이별의 능력은 최대치이다. 미련이나 집착 따위는 '나'에게 어울리지 않는다. "나는 2분 간 담배 연기. 3분 간 수증기. 당신의 폐로 흘러가는 산소"이다. 나는 어차피 그렇게 사라지는 존재이다. "나는 2시간 이상씩 노래를 부르고/3시간 이상씩 빨래를 하고/2시간 이상씩 낮잠을 자고/3시간 이상씩 명상을 하고, 헛것들을" 본다. 실연을 당한 이후에도 일상은 변함없이 흘러간다. 금방 죽을 것 같은 느낌은 사실상 그리 오래가지 않는다. 그러고 보면 나는 애초에 "기체

의 형상"을 하고 있는 존재였는지도 모른다. 그것을 애써 모른척하
거나 의식하지 못했을 뿐. 그렇게 흘러가는 대로 일상의 노동에 나를
맡기고 나면 내 이별의 능력치는 최대에 이르고, 나는 지난 시간의
기억을 담배 연기로 흩날리듯 그렇게 잊게 될 것이다. "이웃들에 대
해/손을 흔들"면서 안녕, 안녕하고 가볍게 인사를 건넬 수 있을지도
모른다.

　강변에 서 있었네
　얼굴이 바뀐 사람처럼 서 있었네
　우리는 점점 모르는 사람이 되고

　친절해지네
　손님처럼
　여행자처럼
　강변에 서 있었네
　강물이 흐르고
　피부가 약간 얼얼했을 뿐
　숫자로 헤아려지지 않는 표정들이 부드럽게 찢어지고 빠르게 흩어질
때마다
　모르는 얼굴들이 태어났네
　물결처럼, 아는 이름을 부를 수 없네
　피부가 펄럭거리고

　빗방울을 삼키는 얼굴들
　강변에 서 있었네

아무도 같은 얼굴로 오래 서 있지 않네

          —김행숙, 「모르는 사람」(『이별의 능력』) 전문

  얼굴의 탄생과 몰락을 그리는 시에서 김행숙은 주체의 탄생과 몰락에 대한 관심을 갖는다. 익숙한 자신의 얼굴이 새삼스럽게 의식되고, 또 문득 내 것이 아닌 것처럼 느껴지기도 하는 체험을 낯선 이미지로 그리면서 그녀는 '얼굴'을 통해 익숙하지만 또한 낯선 '나'와 그런 내가 관계 맺고 미끄러지며 살아가야 하는 세계에 대해 말한다. 그녀는 앞모습보다는 옆모습에 더 관심을 가지고 있는 시인이다. 옆에 잠들어 있는 이의 옆얼굴이 새삼 신경 쓰일 때가 있다. 그건 무언가 친밀하면서도 비밀스런 시선에 의해 훔쳐볼 수 있는 얼굴이기도 하다. 앞과 뒤가 상하와 전후 관계 속에서 파악되는 것에 비해 옆은 수평적인 관계 속에서 파악되는 모습이기도 하다. 옆의 감각을 지닌다는 것은 어쩌면 그런 의미일지 모른다.

  인용한 시에서도 얼굴은 김행숙 시의 관심의 대상이 된다. 여행지에서 우리는 문득 "얼굴이 바뀐 사람"이 된다. 모르는 사람 속에 있을 때의 편안함을 현대인들이라면 한 번쯤 경험하고 공감했을 것이다. 여행을 즐기는 사람들의 심리에도 그런 것이 있지 않을까. 나를 잘 아는 사람들을 떠나서 낯선 공간과 사람들 속에 자신을 던져두고 싶은 마음 말이다. "우리는 점점 모르는 사람이 되고" "친절해"진다. 손님처럼 여행자처럼 있을 수 있는 순간에는 어쩌면 누구나 친절해질 수 있을 것이다. 모르는 사람이 되는 일은 이별의 능력을 최대치로 끌어올리는 일이기도 하다. 서로 "모르는 얼굴들"이 되어 가볍게 날아오르는 일을 이 시인은 꿈꾸는지도 모른다.

4. 감각 너머의 감각

21세기 들어서 여성시의 약진이 돋보인다. 무엇보다도 더 이상 '여성시'라고 이들을 구별 짓는 것이 의미 없어 보일 정도로 양적으로도 여성 시인의 수가 많아졌고, 의미 있는 시집들도 여러 권 출간되어 여성 시인들이 시단에서 주목을 받았다. 앞 세대의 여성 시인들이 모성성을 드러내거나 여성주의 시로서의 색깔을 분명히 드러냄으로써 여성시의 개성을 드러냈다면, 21세기에 들어서 주목받고 있는 젊은 여성 시인들의 경우에는 몇 가지 공통감각을 드러내기는 하되 그것이 젊은 남성 시인들의 시와 크게 구별되는 것은 아니다. 이들의 시에 나타나는 탈제도적이거나 탈국가적인 특성은 사실상 젊은 시인들에게서 공통적으로 발견되는 것이라고 할 수 있다. 여기서는 그중에서도 감각 너머의 감각에 예민하게 촉수를 드리우는 시인들에게 주목해 보았다.

> 오늘 네가 아름답다면
> 죽은 여자 자라나는 머리카락 속에서 반짝이는 핀과 같고
> 눈먼 사람의 눈빛을 잡아끄는 그림 같고
> 앵두 향기에 취해 안개 속을 떠돌며 지나가는
> 모슬린 잠옷의 아이들 같고
> 우기의 사바나에 사는 소금기린 긴 목의 짠맛 같고
>
> 조금씩 녹아들며 붉은 천 넓게 적시다가
> 말라붙은 하얀 알갱이로
> 아가미의 모래 위에 뿌려진다
> 오늘

네가 아름답다면

매립지를 떠도는 녹색 안개

그 위로 솟아나는 해초 냄새의 텅 빈 굴뚝같이

—진은영, 「아름답다」(『우리는 매일매일』, 문학과지성사, 2008) 전문

첫 시집 『일곱 개의 단어로 된 사전』에서 "이 시에는" "네가 좋아하는/예쁜 여자, 통일성, 넓은 길이나 거짓말과 같은 것들이" "아무것도 없다"(「이전 詩들과 이번 詩 사이의 고요한 거리」)고 선언하며 이전 시와 거리 두기를 시도했던 진은영은, 두 번째 시집 『우리는 매일매일』에서 자신의 시를 "야릇한 것"(「어떤 노래의 시작」)이라 지칭한다. 빛나는 색채 이미지의 구현에 탁월한 감각을 드러낸 바 있는 진은영은 이번 시집에서도 감각 너머에서 빛나는 감각을 개성적으로 현현한다.

모든 시인들은 저마다 아름다움을 추구하지만, 그 아름다움을 구성하는 내용과 아름답다고 느끼는 감각은 저마다 다르다. 가정법과 비유법을 통해 진은영의 시는 그녀가 느끼는 아름다움을 표현한다. 그것은 사실성과 환상성이 교차하는 세계에 비유된다. 예를 들면, "죽은 여자 자라나는 머리카락 속에서 반짝이는 핀과 같"은 것을 시인은 아름답다고 느낀다. 죽은 여자의 머리카락이 자라날 수는 없을 것이다. 그렇다면 그것은 현실이라기보다는 환상에 가깝다. "눈먼 사람의 눈빛을 잡아"끈다는 표현도 마찬가지다. 진은영이 그리는 아름다움은 그 자체로 새로운 감각을 만들어 낸다. 현실과 환상이 교차하는 그 세계는 우리의 경험 바깥의 세계이므로 낯설고 새롭다. "매립지를 떠도는 녹색 안개/그 위로 솟아나는 해초 냄새의 텅 빈 굴뚝" 역시 체험에 근거해서 이해할 수 있는 세계는 아니다. 마치 꿈속에서

본 듯한 신비로운 색감과 후각을 통해 그녀의 시는 아름답다는 낯선 감각을 창조해 낸다. 진은영의 시는 이렇게 감각 너머의 감각을 지향한다.

> 그는 나를 달콤하게 그려 놓았다
> 뜨거운 아스팔트에 떨어진 아이스크림
> 나는 녹기 시작하지만 아직
> 누구의 부드러운 혀끝에도 닿지 못했다
>
> 그는 늘 나 때문에 슬퍼한다
> 모래사막에 나를 그려 놓고 나서
> 자신이 그린 것이 물고기였음을 기억한다
> 사막을 지나는 바람을 불러다
> 그는 나를 지워 준다
>
> 그는 정말로 낙관주의자다
> 내가 바다로 갔다고 믿는다
> ─진은영, 「멜랑콜리아」(『우리는 매일매일』) 전문

진은영의 시는 우리가 익숙하게 알고 있는 말의 의미를 해체하거나 새롭게 구성한다. 일반적으로 우리는 뭔가 좀 우울한 기분이 들때 멜랑콜리하다고 말하지만, 멜랑콜리하나는 감정은 사실 여러 결을 지닌 말이다. 달콤한 우울, 나태한 우울, 꿈꾸는 우울이 있으며, 뭐라 표현하기 힘든 감정의 결이 그 안에서도 차이를 만들어 낸다. 그러므로 그가 그린 나와 실재의 나 사이에는 언제나 균열이 있을 수밖

에 없다. "그는 나를 달콤하게 그려 놓았"지만 나는 "아직/누구의 부드러운 혀끝에도 닿지 못"한다. "그는 늘 나 때문에 슬퍼"하고 "모래 사막에 나를 그려 놓고 나서/자신이 그린 것이 물고기였음을 기억"하지만, 사실 그 속에 나는 없다. 그는 "내가 바다로 갔다고 믿는" "정말로 낙관주의자다". 그의 저 믿음과 실재의 나 사이에 발생하는 균열, 그로 인해 형성되는 감정을 시인은 '멜랑콜리아'라고 이름 붙인다. 그 균열과 거리를 바라보는 독자들에게 솟아나는 감정도 그렇게 부를 수 있을 것이다. 그 감정의 결은 아마도 저마다 다를 것이다. 진은영의 시는 늘 일상의 감각 너머를 바라보고 그것을 소환하고자 한다.

이 집 만두와 저 집 만두 사이
배달통과 전화벨 사이
오토바이의 시간과
신호등의 시간 사이
깜박이는 눈동자와 떠오르는 낡은 추억 사이
배기통의 푸른 연기와 날아가는 헬멧 사이

처녀와 처녀가 빼문 붉은 혀 사이
신호등과 플래카드와 피켓과 예수회의 구원 사이

사이사이 사라지는 무한정 아름다운 꼬리와 단 하나의 꼬리 사이

귀신과 귀신의 출몰과 출몰의 이야기 속의
당신의 공포와 공포의 색깔 사이
웅크림과 웅크림 속의 푸른 알약 사이

잊혀진 손맛과

사라진 만두 사이

입맛을 바꾸어 가는 사람들과

신호등이 예비하는 발걸음 사이

당신의 무고함이 울리는 오랜 경적 소리, 소리들

　　　—이근화, 「눈뜬 이야기」(『칸트의 동물원』, 민음사, 2006) 전문

　첫 시집 『칸트의 동물원』으로 문단의 주목을 한 몸에 받은 이근화는 우리의 일상적인 감각으로는 포착되지 않는 '사이'의 감각을 표현하려는 욕망을 보인다. 그녀의 시는 "이 집 만두와 저 집 만두 사이/배달통과 전화벨 사이/오토바이의 시간과/신호등의 시간 사이/깜박이는 눈동자와 떠오르는 낡은 추억 사이/배기통의 푸른 연기와 날아가는 헬멧 사이" 존재하는 시간과 사건에 촉수를 들이댄다. 우리가 지나치는 무수한 "사이사이"에서 "사라지는 무한정 아름다운 꼬리와 단 하나의 꼬리", 그리고 그 사이를 눈여겨본다. 꼬리는 사라지는 흔적, 잡히지 않아서 더 아름다운 뒤태로만 남아 있을 뿐이다. 우리가 놓친 저 수많은 사이들 그 틈새에서 이근화의 시는 눈을 뜬 것이다.

　"꼬리를 밟지 않기에는/꼬리는 너무 길고 가늘고 아름답다"(「칸트의 동물원」). 이근화의 시는 바로 그 잡힐 듯 잡히지 않는 아름다움을 섬세하게 포착해 낸다. 아름다움을 좇는 그녀의 놀이는 늘 "사라지는 놀이"(「칸트의 동물원」)지만 처음과 중간과 끝으로 완결되는 놀이가 아니므로 어디서든 다시 시작될 수 있다. "나는 내 인생이 마음에 들어"

라고 발랄하게 말하며 "꼬리치며 웃기 시작"(「나는 내 인생이 마음에 들어」, 『세계의 문학』, 2006.가을)하는 그녀의 시는 우리가 미처 경험해 보지 못한 새로운 감각을 열어 놓는다.

5. 웬디가 된 앨리스들, 또는 금기들

영원히 어른이 되지 않고 소녀로 남아 있을 것 같았던 그녀들에게도 어쩔 수 없이 성장의 시간이 다가온다. 어른이 되기 위해서 그녀들은 여러 차례 성장통을 겪을 수밖에 없다. 이상한 나라에 간 앨리스로 살고 싶었지만, 네버랜드에서 돌아온 웬디가 될 수밖에 없었던 그녀들. 여성이라면 누군들 그로부터 자유로울 수 있을까.

소녀적 감수성은 김행숙의 첫 시집 『사춘기』에서도 잘 그려져 있었고, 학교와 가족을 비롯한 제도의 폭력을 그로테스크하게 고발한 김민정의 첫 시집 『날으는 고슴도치 아가씨』에도 21세기 소녀들의 삶이 적나라하게 그려진 바 있다. 유형진의 첫 시집 『피터래빗 저격사건』도 아날로그적 감수성과 디지털적 감수성 사이에서 방황하는 21세기 소녀-여성의 감수성을 인상적으로 그린 바 있다.

신해욱과 하재연의 시는 순수했던 소녀가 성장통을 겪으면서 어떻게 어른-여성들의 세계로 진입하는지 예민하게 그려 낸다. 신해욱의 건조한 언어와 하재연의 예민한 언어는 키덜트 소녀들의 세계를 새롭게 그려 냄으로써 우리가 잃어버린 것들을 환기시킨다.

그곳에 어린 동생을 두고 나 혼자 깨어났다.

초식동물의 꿈속처럼
나무에는 똑같은 열매들이 지루하게 열렸고

숨죽인 숨소리와
응결된 산소 입자들이 떠다녔다.

추웠다.

*

이사를 가야 하는데.
동생은 우유를 많이 먹고 뼈가 튼튼해져야 하는데.

죽은 인형을 묻어 주어야 하는데.

*

내 눈이 녹색이라면 풀이 얼마나 많았을까.
동생의 이빨이 날카로웠다면 어떤 피 냄새가 났을까.

*

나는 동생이 없는 이삿짐을 싸기 위해
선인장을 사고 있다.

동생의 주위에
식물들이 더 이상 접근할 수 없도록

인형의 손을 대신 꼭 잡고

—신해욱, 「형제자매」(『문학과 사회』, 2008.가을) 전문

'나'를 거쳐 간 유년의 사건이 친절하게 서술되어 있지는 않지만, "그곳에 어린 동생을 두고 나 혼자 깨어"난 바로 그 순간 내가 어른이 되었으리라는 사실을 짐작하기는 어렵지 않다. 잠에서 깨었더니 동생과 내가 갈 길이 달라져 있었다. 대개의 형제자매가 그렇듯이 이 시의 화자도 동생과 싸우면서도 늘 서로 붙어 있었을 것이다. 그럴싸한 모험도 엄마를 속이는 장난도 함께했을 그들은 형제자매이자 절친한 친구였을 것이다. 그런 동생을 잃어버린 상실감은 "추웠다"라는 간결한 한마디로 표현된다. 더도 덜도 필요 없는 무게가 "추웠다"라는 한마디에 전부 실린다. "이사를 가야 하는데./동생은 우유를 많이 먹고 뼈가 튼튼해져야 하는데.//죽은 인형을 묻어 주어야 하는데." 동생과 나 사이에는 이제 다른 시간이 흐르고 있다. 내가 할 수 있는 일이라곤 고작 "동생의 주위에/식물들이 더 이상 접근할 수 없도록//인형의 손을 대신 꼭 잡"는 것뿐이다. 인형과 동생의 운명은 그렇게 뒤바뀌어 버렸다.

항상 함께하던 형제자매를 어느 날 갑자기 잃어버린다면 그 상실감은 상상 이상일 것이다. 유년의 시기에 겪어야 했을 이별이라면 더욱 그렇지 않겠는가. 유년 시절 우리는 수많은 금기를 접하게 되고 그 금기를 위반함으로써 가장 가까운 사람이 해를 입을 수도 있다는 강박에 끊임없이 시달리곤 한다. 나 역시 내가 나도 모르게 설정한 금기들—가령 보도블록을 걸을 때 금을 밟으면 안 된다든가 하는 식의—을 위반하지 않기 위해 무던히도 애써 왔다. 돌이켜 보면 얼마나 피곤한 인생이었던가. 금기와 위반, 그리고 처벌이 형성하는 수많은

강박들로부터 신해욱의 시도 자유롭지 않다. "조심해./부활절 계란을
소금에 찍어 먹으면/벌을 받을 거야." 계란을 삶는 오늘의 '나'는 아
직도 그 금기를 떠올린다. "나의 미래가 불안하다"(「부활절 전야」)는 시
인의 고백은 금기와 무관하지 않을 것이다.

『라디오 데이즈』라는 첫 시집을 출간한 바 있는 하재연의 시에도
금기는 종종 출현한다. "머리카락이 예쁘게 자라지 않는 건/콩을 골
라냈기 때문/기도를 하지 않았기 때문"(「할머니의 침대」)이다. 처벌의 두
려움은 하재연의 시적 주체의 유년을 구성한다. "물고기처럼 조금만
먹고/생리를 하지 않는 어른이 될 거야"(「할머니의 침대」). 이것은 그녀
가 어른의 세계에 맞서 저항하는 방식이다. 내 병아리와 강아지를 잡
아먹은 어른들의 세계를 그녀는 뼛속 깊이 증오한다. 크면 당연히 어
른이 된다는 것을 이미 알아 버린 나이지만, 다른 어른이 되겠다는
불온한 꿈을 그녀는 꾸고 있었던 셈이다.

드레스들이 하루에 몇 번씩이나 찢어지는 건
약간 슬픈 일.

머리를 둥근 컬로 말아 올리면
조금 안정이 된다.

오늘은 놀아 주는 사람 1과
놀아 주는 사람 2가 왔다 간다.

매일처럼 조금 나쁜 일과 덜 나쁜 일과
놀랄 만한 일이 있을 뿐이지만

어떤 날은 다만
쳐다보는 자의 표정을 할 수 있는 거다.

눈 화장이 잘 되는 날은 그렇게
기분이 좋다.

잠을 자고 일어나면
또 식탁이 놓여 있고 드레스들이 걸려 있고

욕조가 빛나고 물고기들이 춤을 춘다.
아무 걸로나 골라서 요리를 할 수 있다.

목욕을 하고 손을 모으고 속눈썹을 내리고
아무 때나 잠이 들 수 있다.
　　　　―하재연, 「종이 인형들의 세계」(『시와 인식』, 2006.겨울) 전문

　지금이야 사람의 모습과 흡사한 고급스런 인형들을 어려서부터 가
지고 놀 수 있지만, 불과 이십여 년 전만 해도 여자아이들의 장난감
은 종이 인형이 고작이었다. 비록 종이 인형이었지만 인형들의 입성
은 정말 화려했다. 잘빠진 몸매에 갖은 화려한 치장을 한 옷을 마음
껏 골라 입을 수 있었다. 그래도 모자라면 만들어 입힐 수도 있었다.
하재연 시인 또래의 여자라면 누구나 어릴 적 한두 번은 가지고 놀았
을 종이 인형들의 세계를 시인은 그려 낸다. "드레스들이 하루에 몇
번씩이나 찢어지는 건/약간 슬픈 일"이다. 하지만 찢어진 옷은 테이

프로 붙이거나 다시 그리거나 새로 사서 입히면 된다. 종이 인형들의 세계는 찢어지거나 망가지기 쉬운 약한 세계이지만 그만큼 복원이 빠른 세계이기도 하다. "아무 걸로나 골라서 요리를 할 수 있"고 "아무 때나 잠이 들 수"도 있는 편리한 세계다. "매일처럼 조금 나쁜 일과 덜 나쁜 일과/놀랄 만한 일이 있을 뿐"이라는 사실은 인간의 세계와 다를 것도 없다. 오히려 시인은 "어떤 날은 다만/쳐다보는 자의 표정을 할 수 있는" 종이 인형들의 세계를 부러워하는지도 모르겠다. 이미 그 세계로 돌아갈 수는 없지만, 그 세계를 벗어난 지금은 누릴 수도 느낄 수도 없는 감각이 그 세계에는 분명 있었을 것이다.

6. 랄랄라,

우리는 저마다 마음속에 네버랜드를 품고 있다. 그곳에는 풀잎 색깔 옷을 입은 피터팬이 살고, 앞치마 달린 원피스를 입고 낯선 세계를 호기심 어린 눈빛으로 여행하는 앨리스가 산다. 신비로운 미소를 짓는 체서 고양이도 가끔 만날 수 있고, 사랑스런 요정 팅커벨도 윙윙거리며 날아다닌다. 더 이상 피터팬이 날아오지 않는 창문 안에서 늙은 웬디가 되어 살아가는 앨리스들에게도 이따금씩 꿈속을 찾아드는 피터팬이 있게 마련이다. 최근의 키덜트 문화는 어른이 되어서도 여전히 아이로 살아가고픈 수많은 어른들의 바람을 반영한 것이다.

호기심으로 충만한 사랑스런 앨리스들은 어느새 현실에 발목 잡힌 웬디들이 되어 버렸다. 이상한 나라의 매혹이 여전히 강하지만 그녀들을 붙잡아 두는 현실의 장력은 더욱 강력하다. 어쩔 수 없이 현실에 발을 딛고 살아가지만 그녀들은 짬짬이 네버랜드를 꿈꾼다. 오래 전 그녀들을 한없이 설레게 했던 그 꿈을 그녀들은 기억하고자 한다. 21세기 여성 시인들의 시는 대개 그 사이에서 피어오른다. 그녀들의 꿈은 그녀들의 신체에 아름다운 무늬로 새겨져 있다. 랄랄라, 한층 밝은 표정과 목소리로 한 옥타브 높게 노래를 불러 본다. 짐짓 즐거운 체하면서 그녀들은 노래한다. 랄랄라, 그녀들의 노래는 세이렌의 노래처럼, 현실의 장력에 강하게 이끌리던 우리의 삶에 작은 균열을 낸다. 랄랄라, 난파하더라도 그녀들의 노래를 끝까지 듣고 싶다고, 어느새 저 깊은 곳에서 속삭이는 목소리를 듣게 될지도 모른다. 랄랄라,

호명되는
소수자들
—1990년대 이후 시에 나타난
문화 현상 및 인식에 관한 소론

1. 벽이 무너지는 소리

1989년 11월 9일, 거대한 베를린 장벽이 무너지는 역사적 사건이 일어난다. 1961년에 축조된 후 28년 간 동서독을 양분하던 베를린 장벽은 마침내 철거되었다. 마치 알란 파커 감독의 「핑크 플로이드의 벽」에 등장하는 바로 그 장면처럼 거대한 벽은 일순간에 무너져 내렸다. 1980년대를 마감하는 시점에서 이루어진 저 상징적 사건은 냉전 이데올로기가 지배하고 거대 담론이 지배하던 한 시대가 무너져 내려앉는 것을 시각화해 보여 준다. 1990년대는 그렇게 거대한 벽이 무너지는 소리와 함께 열렸다.

역사라는 것이 균열 없이 매끈하게 연속되는 것도, 모든 고리를 끊고 완벽하게 단절되는 것도 아니지만, 1990년대의 개벽을 알리는 저 상징적인 사건은 한동안 1980년대와 1990년대를 가르는 선명한 경계로 누차 확인되곤 했다. 균열과 틈과 단절을 인정하면서 연속성을 발견하려는 시야를 확보하기까지 조금은 긴 시간을 필요로 했던 것이다.

20대 초반이라는 예민한 나이에 저 붕괴를 간접적으로나마 체험한 내가 기억하는 그 시절은, 혼돈 그 자체였다. 아직은 바람 불면 최루가스가 날려 절로 눈물이 흐르고, 심심찮게 학교 정문을 막아선 전경들과 '닭장차', 생긴 모양새부터 공포 그 자체였던 시커먼 페퍼포그차를 목격하던 때였다. 그래도 정상적으로 수업이 진행되고 수업 거부나 시험 거부가 비일상화되어 가는 식의 작은 변화들이 일어나기 시작했다. 1987년 6월의 민주항쟁이 얻어 낸, 형식적 민주화라는 당의정에 달콤하게 젖어 들어가고 있었던 시기였는지도 모르겠다. 그리고 조금씩 야금야금 대학가에 패스트푸드점을 선두로 한 자본의 물결이 밀려들어 오기 시작했다. 내가 다니던 대학은 유독 그 물결이 더딘 편이어서 사실 그 무렵에는 자본의 증식을 그렇게 실감하지도 못했던 것 같다. 다만, 아주 조금씩 개봉 영화에 대한 이야기가 학생들 사이에서 오고 가고, 「질투」나 「우리들의 천국」 같은 드라마가 간간이 화제에 오르기도 했으며, 당시로선 놀라울 만큼 감각적인 CF였던 심혜진 씨가 출연한 '코카콜라' 광고에 대한 이야기가 일상의 화제에 끼어들기도 했다. 아마도 그렇게 조금씩 소비 중심의 자본주의 사회에 우리는 길들여져 갔을 것이다.

　　베를린 장벽은 시각적으로는 순식간에 무너졌지만, 그 충격파를 고스란히 받은 한국 사회의 변화는 조금씩 서서히 진행되었다. 다만 한번 스며든 기운은 좀처럼 되돌릴 수 없는 길을 걷게 된다. 1990년대 초반 대학원에 진학했을 때 나는 뒤늦게 사회에 대한 관심에 눈을 떠서 대학원 신문을 만드는 일을 잠시 하기도 했는데, 대학원 수업이 끝난 뒤의 술자리에선 공공연하게 무라카미 하루키의 소설이 화제가 되곤 했었다. 대학원 수업에선 여전히 해금된 월북 문인들이 인기였지만, 뒤풀이 술자리에선 박일문의 『살아남은 자의 슬픔』이나 무라카미 하루키의『상실의 시대』등에 대한 토론이 벌어지곤 했다. 이 혼종성은 1990년대 초반의 혼돈을 그대로 보여 주는 풍경이었다. 지금에서야 하는 이야기지만, 무라카미 하루키는 까닭 모를 우울과 무기력과 불감증에 젖어 들어가던 당시 젊은이들의 문화를 상징하는 하나의 아이콘이었던 셈이다. 2000년대 중반 '황병승'이라는 아이콘이 잠시 자신의 시적 취향과 정체성을 드러내게 만들었던 것처럼, 1990년대 초반 한국 사회에서 '무라카미 하루키'라는 존재는 세대 간의 장벽을 확연히 드러내는 코드였던 것이다. 더구나 그는 아직도 민족주의적인 분위기가 강했던 시기에 '일본 대중문화'의 상징이라는 의미마저 지니고 있던 작가였으니 말이다. 이미 한국 사회의 젊은이들에게 만연하기 시작하던 퇴폐적 우울의 징조를 그의 작품이 띠고 있었다는 점도 기억될 필요가 있겠다. 그러고 보면, 이국취미의 코드를 들고나온 황병승을 비롯한 2000년대의 젊은 작가들은, 1990년대에 비해 한층 자유로운 분위기에서 출현한 것으로 볼 수 있겠다.

사실상 1990년대 이후의 변화는 이미 1980년대 후반부터 그 기미가 느껴지던 것이었다. 문화의 차원에선 더욱 그러했다. 그런 점에서 1980년대와 1990년대 사이엔 분명 급격한 변화가 있었지만 그것은 어느 날 갑자기 일어난 천지개벽은 아니었다. 그러므로 단절과 균열을 받아들이면서 연속성을 찾아내고 변화의 기미를 읽어 내려는 시도로부터 새로운 눈이 열릴지도 모른다.

1990년대 이후 우리 사회는 급격한 변화를 겪어 왔는데, 그것은 문화적 양상으로 대개 나타났다. 물론 이러한 현상은 약간의 시간차만 있을 뿐 전 지구적 현상이기도 했다. 이 글에서는 1990년대 이후 현재까지의 시에 나타난 문화 현상 및 문화 인식을 살펴보고자 한다. 2000년대 시의 뿌리는 1980년대 후반부터 이미 기미가 나타나기 시작한 1990년대적 격변에 닿아 있다고 판단되므로, 2000년대 이후의 문화적 현상 역시 그런 맥락에서 다루게 될 것이다. 1990년대와 2000년대 사이에도 작은 균열과 틈이 있지만 연속선상에서 파악하는 편이 오늘의 문화를 이해하는 데 좀 더 유효하다는 생각에서 그 차이를 일부러 부각시키지는 않았다.

2. 일상으로 침투한 전 지구적 자본주의

1980년대가 자본주의에 이념적으로 맞선 시기였다면, 소비 중심의 자본주의가 전격적으로 한국 사회를 장악하게 된 시기도 사실상 1980년대 후반이었다. 1980년대 후반 한국 사회에는 일상 곳곳으로 침투하는 자본주의가 위력을 떨치고 있었는데, 민주화 열기에 들떠 있었던 당시의 한국 사회는 사실상 그 위력을 정확하게 감지하지 못했다. 대전에서 태어나서 자란 나만 하더라도 대학에 오기 전까지는 피자라는 것을 구경해 본 적도 없었고, 패스트푸드를 접할 기회가 별로 없었다. 당시 대전에는 국내산 '롯데리아' 외에는 패스트푸드점이 생기기 이전이었으니 당연한 일이었을 것이다. 대학에 와서도 한동안 먹고사는 문화는 늘 부차적인 것에 불과했다. 자질구레한 일상보다 좀 더 중요한 것이 있다는 믿음이 있었고, 먹고 자는 일상은 시시하고 중요하지 않은 것 취급을 받았던 시절이었다. 상징적인 풍경 하나가 떠오른다. 대학 1학년 때 동기들과 라면을 먹으러 갔는데, 남자 동기들 중 몇 명이 라면에 고춧가루를 뿌렸다. 그리고 라면을 먹으려다가 라면 속에서 꼬물꼬물 기어 다니는 이물질 벌레들을 목격하고 말았다. 고춧가루가 원인이었는데, 지금이라면 당연히 다시 끓여 달라고 요구해야 하는 상황이었지만 당시 스무 살 또래들은 아무렇지도 않게 그 라면을 다 먹었다. 잘 먹고 잘 사는 문제가 모두가 관심을 갖는 가장 중요한 문제가 되어 버린 요즘의 우리 사회에선 상상하기 어려운 일이었을 텐데, 돌아보면 그만큼 그 시절엔 한 끼를 때우는 일은 그리 중요하게 여겨지지 않았던 것이다. 그리고 보면 최근 몇 년 사이에 급부상한 '웰빙'이라는 문화야말로 1990년대와 2000년대를 가르는 가장 중요한 문화적 현상이 아닌가 싶다.

문학에서는 수입된 '포스트모더니즘'의 물결을 타고 1980년대 후반부터 아방가르드적인 시들이 창작되기 시작했는데, 1990년대에 들어서 이러한 경향에 좀 더 가속도가 붙기 시작한다. 거기에는 1987년의 6월 항쟁의 승리로 쟁취한 형식적인 민주화와 그 결과물로서의 민간 정부의 수립이라는 국내적 정세와, 베를린 장벽의 붕괴, 구소련의 몰락으로 상징되는 '현실사회주의'의 붕괴와 전 지구적 자본주의의 확산이라는 세계적 정세 변화가 배후로서 작용하고 있었다.

특히 '현실사회주의'의 붕괴는 당시 한국 사회에 엄청난 충격을 가져왔다. 그 충격과 고민의 파장을 진솔하게 보여 주는 시로 백무산의 『인간의 시간』을 들지 않을 수 없다. 1994년에 출간된 『인간의 시간』은 박노해와 함께 1980년대의 노동문학을 대표하던 백무산 시인이 1980년대 후반에서 1990년대 초반에 이르는 사회적 급변을 체험하면서 그에 반응한 시집이다. 오랫동안 믿어 왔던 이념이 붕괴되는 현장을 목도한 당혹스러움과 지난 시절에 대한 진지한 반성과 고뇌, 지난 시절과 단절하되 '노동자 시인'으로서의 당파성을 포기하지 않으며 새로운 미래를 모색해 보려는 시도 등을 이 시집에서 읽을 수 있다.

> 나무는 굵은 가지가 작은 가지를 낳을 때
> 굵은 가지를 그대로 낳는다

작은 가지가 잔가지를 낳을 때도
굵은 가지를 그대로 낳는다
잔가지가 잎을 낳을 때는 나무 전체를 고스란히 낳는다
나뭇잎 하나에 나무 전체가 고스란히 펼쳐진다

소우주라는 인체에도
잔가지가 나무 전체를 낳듯이
손바닥 하나에도 전체를 낳는다
발바닥에도 귀에도 코에도 눈동자에도
전체의 바다와 구렁과 강과 산맥이
펼쳐져 있다

—백무산, 「모든 것이 전부인 이유」
(『인간의 시간』, 창작과비평, 1994) 부분

부분은 전체의 일부로서만 기능하는 것이 아니라, 그 안에 온전한 생명을 담고 있는 전체 그 자체라는 깨달음은, 이분법적이고 위계적인 사유로부터 단절하고자 하는 시인의 의지를 보여 주는 것이다. 1990년대의 우리 문화는 이분법의 붕괴에 바쳐졌다고 해도 과언이 아닐 만큼 흑백논리식 이분법을 극복하려는 열망으로 가득 차 있었다. 과거의 오류를 극복하는 길은 바로 이분법의 극복에 있다고 진단했기 때문이다. '경계'를 넘어서는 사유라는 말이 유행처럼 번진 것도 이 시기의 일이다. 이후 1990년대 후반을 거쳐 2000년대 초반까지도 경계를 자유자재로 넘나드는 상상력은 문화 전반을 지배하게 된다. 푸코와 들뢰즈, 데리다 등의 사유가 그 지적 바탕을 이룬 것은 물론이다.

손바닥 하나에서도 전체의 바다와 구렁과 강과 산맥을 읽어 내는 상상력은 불교적 사유로부터 촉발된 것이기도 한데, 장고 끝에 나온 백무산의 시집 『인간의 시간』에는 불교적 상상력이 매우 인상적으로 펼쳐져 있었다. 서구적인 근대의 이분법을 극복하기 위해 그는 불교적 사유를 빌려 오는데, 이는 그 이후 백무산 시의 변모를 예견케 하는 것이기도 했다. 이후 백무산의 시는 생태주의적 사유를 일관되게 보여 준다. 인간을 죽이는 문명을 비판하면서 그는 생태주의적 사유로부터 인간 사회의 다른 가능성을 발견하게 된다.

사실상 백무산은 『만국의 노동자여』로부터 『인간의 시간』에 이르기까지 시인으로서의 자신의 몫을 다했다고 봐도 무방하다. 이후의 시집에서의 성취가 이전의 시집만 못하다고 해도 그 책임을 온전히 시인에게만 물을 수는 없다는 뜻이기도 하다. 그런 점에서 백무산의 노동시는 2000년대에 오면 다른 형식으로 이기인에게 계승된다. 2005년에 출간된 『알쏭달쏭 소녀백과사전』은 '노동자 소녀'를 등장시키되 노동해방의 전사로서의 소녀의 모습을 부각시키는 대신 공장에서 일하는 소녀들에게 실질적으로 행해지는 억압의 실체를 들여다보고자 한다. 그것은 가난이라는 경제적 억압과 함께 성적인 착취, 상급 학교로 진학한 또래 소녀들에 대한 상대적 박탈감, 남녀 관계에서의 억압 등으로 구체화되어 나타난다. 노동을 착취당하는 피해자로서의 '노동자-여성'의 모습이 그동안 불러일으킨 정서적 반응이 분노였다면, 이기인의 시는 '노동자-소녀'의 형상화를 통해 부끄러움과 당혹스러움과 불편함이라는 다른 정서적 반응을 불러일으킨다. 그의 시는 '노동자'라는 집단화된 모습에서는 잘 포착되지 않았던 '소녀'의 모습에 좀 더 초점을 맞춘다. 노동을 착취당하면서 그녀들은 사물화·기계화되지만 공장 바깥에서는 떡볶이를 사 먹고 남자 친구도 사귀고 싶어 하고 학교도 다니고 싶어 하는 평범한 또래 소녀들일 뿐이다. 남성적 시선에 의한 복원이 아니냐는 문제를 새롭게 던지기도 했지만 문화적으로도 소외되고 억압당한 소녀들의 다양한 욕망을 호명한 것은 이 시집의 성과라고 볼 수 있겠다.

> 나비가 날아오른다
> 비 갠 여름날 오후의 공단 네거리
> 신비는 내게도 문 열어
> 나는 움직이기 시작했다
>
> 거리의 바람을 휘감고 침묵 속에서
> 내가 푸른 입술과 눈을 갖게 될 때
> 나부끼는 머리카락 햇빛 받는 나뭇잎 될 때
> 한 그루 나무 될 때
> 햇빛 속으로 숨어든
> 나비는 팔랑거리며 흔들리며 번지며
> 날 갉아먹는다
>
> 나는 사라지는 먼지
> 나부터 혁명되어야 한다
> 사랑부터 혁명되어야 한다
>
> ─장석원, 「태양의 연대기」
> (『태양의 연대기』, 문학과지성사, 2008) 부분

"비 갠 여름날 오후의 공단 네거리"는 백무산의 시 「플라타너스」에

배경으로 등장하는 "비 갠 여름날 오후의 공단 천변"을 환기한다. 거기에 임화의 '네거리'의 이미지가 겹쳐지면서 '혁명' 같은 어휘의 출현을 한결 자연스럽게 만든다. 물론 「태양의 연대기」에는 전체적으로 임화, 김수영, 백무산의 텍스트들이 묘하게 겹쳐지고 있다. 그것들이 이합집산하면서 새로운 장석원의 텍스트가 분출되어 나오는 장면을 보여 주는 점이 흥미롭다.

그는 첫 시집에서도 파편적으로 보여 줬던 '사랑'과 '혁명'에 좀 더 집중함으로써, 자신의 미학적 언어와 정치적 언어가 결합하는 장면을 『태양의 연대기』에서 보여 주고 있다. 백무산의 「플라타너스」에서는 바람에 나뭇잎이 나부끼는 풍경이, 공단 천변을 거닐던 사람이 한 그루 나무가 되고 연이어 플라타너스 숲을 이루는 모습으로 전이되는 것을 보여 준다. 인용한 장석원의 시에서는 '나'는 끊임없이 움직이며 나뭇잎이 되었다 나무가 되었다 먼지가 되어 사라지기도 한다. 그가 전하고 싶은 전언은 "나부터 혁명되어야 한다"는 것이다. '내'가 바뀌지 않는 한 세상은 바뀌지 않는다. 자신의 몸조차 바꾸지 못하면서 세상을 바꾸는 일을 꿈꾸었던 지난 시절의 과오에 대해 시인은 할 말이 많아 보인다.

백무산, 이기인, 장석원으로 이어지는 상상력과는 다른 방향에서 일상 곳곳에 침투한 전 지구적 자본주의에 대한 자각과 비판을 그린 시인들로는 하재봉, 유하, 함민복을 꼽을 수 있다. 이들의 1990년대 시에서는 소비 지향적인 자본주의 문화를 매우 핍진하게 그려 낸다.

> 나의 사유는 16비트 컴퓨터의 스위치를 올리는 순간부터 작동된다
> 모니터의 녹색 화면에 불이 켜지고
> 뇌하수체의 분비물이 허용치를 넘어 적신호가 울릴 때까지

키보드를 두드리는 나의 손은 검다

부화되지 못한 욕망과 도덕적 관점에서 비난받아 마땅할

내 개인적 삶의 흔적은

컴퓨터 파일 (삭제)키를 누르기만 하면 사라진다

나의 하루는 컴퓨터 스위치를 올리는 것

그리고 끊임없이 기록하고 기억을 저장시키는 것

세계는, 손 안에 있다

(중략)

모든 것은 개인용 컴퓨터 스위치의 스위치를 올려야만 움직이기 시작한다

전기를 공급하는 것은 그러나 그대의 의지

나는, 내 몸속으로 힘을 공급해 주는 누군가에 의해 사육된다

—하재봉, 「비디오/퍼스널 컴퓨터」

(『비디오/천국』, 문학과지성사, 1990) 부분

내가 컴퓨터라는 것을 처음 장만한 것은 1991년 가을, 대학원에 진학한 후의 일이었다. 그 당시만 해도 대학원 수업에서 발표문을 작성할 때 286컴퓨터와 워드프로세서와 타자기와 손글씨가 공존하고 있었다. 컴퓨터의 전국적 보급이 이루어지기까지 그로부터 많은 시간이 소요되지는 않았다. 컴퓨터를 사용하기 시작하면서 일상에는 많은 변화가 일어나게 된다. 예전에는 손으로 원고지에 글을 쓰고 여러 번 퇴고 과정을 거치던 시인, 작가들도 이제는 대부분 컴퓨터 작업을 하게 되었다. 최근 젊은 사람들의 문장이 길어진 이유를 컴퓨터 사용에서 찾는 견해도 있는데, 꽤 설득력이 있는 이야기라고 할 수 있다.

컴퓨터를 사용하기 시작하면서 키 하나를 잘못 눌러서 자료 전체

를 날려 버리는 일이 빈번해졌다. 편리한 삶을 위해 도입된 것이지만, 어느 순간 컴퓨터가 인간의 일상을 지배하게 되어 버린 것이다. "부화되지 못한 욕망과 도덕적 관점에서 비난받아 마땅할" 개인적 삶의 흔적조차 너무도 쉽게 지워질 수 있음을 몸소 체험하면서 1990년대의 문화에서 컴퓨터가 차지하는 영향력은 압도적이 되어 간다. 하재봉의 시는 이렇게 매체의 변화에 대해 집중적으로 관심을 보인다.

이후 1990년대 후반에 등장한 이원은 2001년에 『야후!의 강물에 천 개의 달이 뜬다』를 출간하며 디지털이 지배하는 세상에서 살아가는 방식에 대해 지속적으로 노래한다. 데카르트 세대의 코기토를 빗대어 그녀는 "계속해서 나는 클릭한다 고로 나는 존재한다"(「나는 클릭한다 고로 나는 존재한다」, 『야후!의 강물에 천 개의 달이 뜬다』, 문학과지성사, 2001)고 자기 세대의 정체성을 고백한다. 모니터 앞에 앉아 클릭질을 하면서 어디든 갈 수 있고 한 세상을 열고 닫는 것쯤 아무렇지도 않게 할 수 있는 디지털 유목민이 21세기 우리의 자화상임을 이원의 시는 보여 준다.

1991년에 나온 유하의 시집 『바람 부는 날이면 압구정동에 가야 한다』는 1990년대 들어서 대중문화가 우리의 일상에 어떤 영향을 미치기 시작했는지를 노골적으로 보여 준다. 심혜진, 최진실, 이지연 등으로 이어지는 연예인론은 컬러텔레비전이 보급된 지 10년 정도의 세월이 흐른 후 한국 사회의 대중문화에 일어난 변화를 상징적으로 보여 준다. 바야흐로 모든 것은 상품화되기 시작한다. "수제비도 압구정동 레스토랑에서 팔면 고급 음식이 되듯/그 어떤 후진 시들도 활자화시켜서 시집으로 묶어 놓으면/그럴듯해 보이듯, 귀엽게 삐죽대는 최진실의 말처럼/시집가는 날 식장의 신부치고 안 이뻐 보이는 신부는 없다". 문제는 어떤 것이 진짜고 어떤 것이 가짜인지 도무지 "확인이 안 되는 세상"이라는 데 있을 것이다. 그래서 시인은 신랄하게 비판한다. "똥투간 안에서는 구린내가 나지 않는 법"이라고, "나오라 나와 보라, 신부 화장에서 흘러나오는 구린내가 온 땅에 미아리"친다고(「수제비의 미학, 최진실論—안 이쁜 신부도 있나, 뭐」, 『바람 부는 날이면 압구정동에 가야 한다』, 문학과지성사, 1991).

> 우울 씨는 약 받을 수 있는 번호표를 받고
> 병원의 정원을 산책한다 마치,
> 병이 우울 씨의 영혼을 산책하듯
> 깊은 사색에 잠긴 바윗돌에 걸터앉는다
> 참으로 오래 앓아 왔구나
> —함민복, 「우울 氏의 一日 1」(『우울 氏의 一日』, 세계사, 1990) 부분

그러니 머잖아 전 국민이 '우울 씨'가 되는 세상이 오고 만다. 구보 씨의 계보를 이은 1990년대의 산책자 우울 씨는 불안해질 때마다 "바륨이 함유된 향정신성 약품을 입속에 털어 넣는다"(「우울 氏의 一日 3」). 가까운 거리에서 눈 둘 곳도 없이 마주 앉아 있게 만든 전철을 타고 다니면서도 불안해하고, 방금 전에 일어나서 나간 손님이 에이즈 관련 기사를 오려 가지고 간 것을 보고 에이즈 보균자일까 봐 또 불안해한다. 불안과 걱정과 우울로 그의 하루는 점철되어 있다. 이것 또한 자본주의의 병폐임을 시인은 정확하게 간파한다.

이렇게 하재봉, 유하, 함민복 등을 거치며 자본주의의 병폐와 상업적 대중문화의 병적인 번성은 비판과 풍자의 대상이 된다. 그리고 그보다 빠른 속도로 우리 사회는 상업자본주의와 결합한 신자유주의의 물결에 휩싸인다. 이승원, 채은 등의 2000년대 젊은 시인들은 이 구

제 불능의 세상에 대해 냉소로 대응한다. 모든 것을 삼켜 버린 전 지구적 자본주의에 대항할 방법이라곤 없음을 인정한 것이다. 이 구제 불능의 도시를 "나의 사랑하는 탈근대 도시"(「나의 사랑하는 탈근대 도시」, 『어둠과 설탕』, 문학과지성사, 2006)라고 부르며 노골적으로 조롱하고 냉소하는 이승원의 눈에 "신촌에서 강남역까지 청량리에서 영등포까지"는 "살아난 시체들"(「좀비」, 『어둠과 설탕』) 즉, 좀비들의 밤으로 보일 뿐이다. 죽여도 죽여도 되살아나 집단적으로 몰려다니며 살아 있는 모든 것들을 좀비로 만들고야 마는 저들의 끈질김 앞에서 살아 있는 것들은 무력감에 빠질 수밖에 없다. 모든 것을 자본의 위력으로 삼켜 버리며 누구도 그로부터 자유로울 수 없게 만드는 오늘의 전 지구적 자본주의 사회야말로 좀비들을 양산하는 사회임을 이승원은 꿰뚫어 본다.

1990년대를 풍미한 생태주의 시의 문제의식도 이 사회와 문명에 대한 진단에선 사실상 크게 다르지 않다. 다만, 가망이 없다고 보느냐 있다고 보느냐의 차이, 그 차이가 키치적인 상상력의 시와 생태주의 시를 가르는 분기점이 된다. 계몽에 빠지거나 자연의 신화화에 빠지기 쉬운 생태주의 시는 1990년대에 지속적으로 써진다. 성공적이었다고 말하기는 어렵지만, 1990년대 시에서 그나마 희망의 원리를 놓지 않은 시라는 점에서, 생태주의적 문제의식을 계승할 필요는 있을 것이다. 시로서보다는 문화 운동의 차원에서 훨씬 혁명적이었음을 인정할 수밖에 없지만 말이다.

3. Another brick in the wall, 모든 것을 부정하고 위반하라

걷잡을 수 없는 속도로 변화하는 세상에 대해 브레이크를 걸고 싶은 심리는 1990년대 문학에서 전통적 서정성을 계승한 서정시를 다시 꽃피게 하지만, 그것 역시 상업주의의 흐름에서 자유롭지는 못했다. 출판 상업주의와 결합한 서정시에서도 화장기가 느껴진 것은 사실이다. 그리고 보면 여성들의 화장 또한 온갖 화려한 색상의 짙은 화장을 거쳐 화장을 안 한 듯 보이게 하는 투명 메이크업이 오랫동안 유행하지 않았던가. 시에서도 이미지 메이킹은 중요해진다.

1994년에 출간된 최영미의 시집 『서른, 잔치는 끝났다』는 지난 시절을 돌아보며 고백한다. "물론 나는 알고 있다/내가 운동보다도 운동가를/술보다도 술 마시는 분위기를 더 좋아했다는 걸/그리고 외로울 땐 동지여!로 시작하는 투쟁가가 아니라/낮은 목소리로 사랑 노래를 즐겼다는 걸"(「서른, 잔치는 끝났다」). 후일담의 형식으로 쓰인 그녀의 시는 여성 시인의 입으로 노골적인 성 담론을 펼쳐 보였다는 점에서 화제가 된다. 1980년대에 최승자와 고정희가 여성시의 새로운 전기를 마련한 것처럼, 최영미의 시는 1990년대 여성시의 문을 활짝 연다.

여성시의 고백의 언어는 이제 거칠 것이 없어진다. 신현림, 박서원, 허수경, 나희덕, 이수명 등으로 이어지는 1990년대의 시는 이제 섬세하게 분화되기 시작한다. 한층 더 노골적인 고백의 언어를 펼쳐 보이거나 병적이고 자폐적인 언어로 내면의 상처를 드러내거나 모성적인 언어로 품어 안거나 지극히 건조한 언어로 내면의 그림자를 그려 내기에 이른다.

그중에서도 1990년대의 여성시는 몸의 상상력과 결합해 오랫동안 억압되어 온 여성의 말들을 풀어내기 시작한다. 1990년대의 여성시가 구사한 위반의 상상력은 김언희에게 와서 극점에 도달한다. 김언희는 몸과 성 담론을 극단으로까지 밀어붙이는 여성적 글쓰기의 전략을 펼친다.

나는야 고양이를

겁탈하는

쥐

랄랄랄

내 인생은

피를 보고서야 멈추는 농담

쥐는 고양이에게

射精을 한다네

사정한다네

—김언희, 「랄랄랄 2」

(『말라죽은 앵두나무 아래 잠자는 저 여자』, 민음사, 2000) 전문

　1990년대 여성시의 상상력은 지배와 피지배의 관계를 전복하는 정치적 상상력이기도 했다. 그 전복성이 유쾌한 언어를 얻을 때 폭발력은 상당했다. 김언희의 시에 대한 과도한 반응은 그녀 언어의 노골성에 기인하는 바 크지만, 그것이 지닌 고도의 정치 전략에 대한 무의식적 거부감 때문이기도 했을 것이다. 고양이를 겁탈하는 쥐의 모습이나 "射精을 한다네//사정한다네"가 유발하는 언어유희는 전복적 상상력을 통해 관계의 역전을 보여 준다. 꽃에서 시체 썩는 냄새를 맡는 그녀가 "끝장이 난 구멍/끝장이 난 다음에도 중얼거리는/크르륵거리는 구멍, 풍선껌을/씹는, 말랑말랑한 이빨로/내 머리를 씹는, 옴쭉/옴쭉 나를 삼키는/구멍//헐, 헐, 헐/웃는//구멍"(「구멍 XI」, 『말라

죽은 앵두나무 아래 잠자는 저 여자」)이라고 말할 때 움츠러들지 않을 남성
은 없을지도 모르겠다.

2000년대 중반에 화제가 된 김민정의 시는, 노골적인 언어를 통해
웃음을 유발하는 전략이라는 측면에서 단연코 돋보이는 김언희의 후
계자다. 김언희 이후에 여성적 글쓰기의 극단적 전략이라는 측면에서
여성시가 더 나아갈 지점이 과연 있을까 싶었는데, 김민정은 엽기적
인 상상력과 그로테스크함이 유발하는 유머러스한 웃음의 전략을 통
해 좀 더 나아간다.

한밤중에 목이 말라 냉장고를 열어 보니 밤의 푸른 냉장고는 고장이
났고 나는 거기 머무를 수밖에 없었다. 어둠으로 불 밝히는 캄캄한 대
낮, 갈퀴 달린 내 손톱은 빙산처럼 희게 빛나는 검은 저 삼각주를 박박
긁어 대는데 내 음부가 철철 피 흘렸다. 달콤 쌉싸래한 시럽, 붉은 고 촛
농에 젖어 살빛 카스텔라는 곰팡 난 매트리스로 푹 번져 가는데 그 위로
삐걱, 삐걱 소리를 내며 꿈틀, 꿈틀거리는 이봐요 고등어 부인 씨……
그녀는 한창 자위 중이었다.

—김민정, 「고등어 부인의 윙크」
(『날으는 고슴도치 아가씨』, 열림원, 2005) 부분

김민정의 시가 충격적인 것은 자위하는 여성을 그린 장면의 노골
성에 있는 것만은 아니다. 이미 1990년대에 왕가위 감독의 영화 「타
락천사」에서 고독한 여성 킬러의 모습을 보여 주는 도구로 유사한 장
면이 이용되기도 했고, 충격적인 장면의 수위로 보더라도 다른 장르
의 문화와 비교해 보면 그리 대단한 것은 아니다. 다만, 왕가위의 영
화에서 퇴폐적 슬픔과 쓸쓸함의 극치를 보여 주었던 장면이 김민정

의 시에서는 한층 더 유쾌하고 발랄하게 유머를 동반하며 그려지고 있다는 점에 주목해야 할 것이다.

웃음은 거리를 동반하지 않고는 발현되기 어렵다. '고등어 부인 씨'라는 희화화된 작명과 엽기적이기까지 한 그녀의 모습을 유머러스하게 그리는 시인의 시선으로 인해, 김민정의 시는 새로움의 지위를 획득한다. 김언희의 언어에서 더 나아갈 수 있을까 싶었던 여성시의 언어에 유머의 옷을 씌운 것은 2000년대 김민정의 시가 도달한 지점이라고 평가할 수 있겠다. 이제 극단으로 달리는 것에서 한 발 더 나아가 그 장면으로부터 웃음을 끌어내며 가볍게 즐길 줄 알게 되었다는 것은 2000년대 여성시가 더 이상 여성시라는 꼬리표를 붙일 필요가 없을 정도로 여유 있어졌다는 말일 수도 있겠다.

진은영, 김행숙, 신해욱, 하재연 등은 김민정이 나아간 방향과는 다른 방향으로 여성적 글쓰기를 실현한다. 이 시인들은 일상적인 감각으로 잘 포착되지 않는 감각 너머의 세계에 대해 관심을 가지고 있다. 진은영이 첫 시집 『일곱 개의 단어로 만든 사전』에서 이전의 시에서 기대하던 것을 자신의 시에서 기대하지 말라고 선언하며 자신의 시에 대해 새롭게 정의하고자 한 의도나, 김행숙이 첫 시집 『사춘기』에서 자신의 시를 "먼저 멈추지 않겠다 나는 지금 무엇에 대한 직전(直前)이다 아직"(「폭풍 속으로」)이라고 표현한 것도 이전의 시와는 다른 감각의 언어를 펼쳐 보이고자 하는 이 시인들의 욕망을 드러낸 것이라 볼 수 있다. 두 번째 시집 『우리는 매일매일』(2008)에서도 진은영은 쉽게 포착되거나 통일적으로 정의되지 않는 감각들을 펼쳐 놓음으로써 우리 시의 언어를 넓혀 가고자 한다. 김행숙이 두 번째 시집 『이별의 능력』에서 "얼굴로부터 넘치는 저 얼굴"(「해변의 얼굴」)에 대한 기묘한 탐색을 보여 주는 것도 언어와 감각으로 다 담을 수 없는 잉여의 세계에 끝없이 다가가고자 하는 시인의 욕망, '이별의 능력'치를 끌어올리고자 하는 욕망 때문일 것이다.

신해욱과 하재연의 시도 건조하고 예민한 언어로 감각의 이면을 포착하고자 한다. 신해욱이 '뒷모습'이나 기울어진 모습에 대해 말할 때 그것은 감정을 배제한 건조한 언어로 쓰이지만 쓸쓸한 여운과 예민한 떨림을 동반한다. 하재연의 시도 일상의 시선이 잘 머물지 않는 곳을 오래 들여다본다. "엄마가 아이의 이름을 길게 부"르고 난 후에 변화된 공기의 진동, "누가 벤치 옆에" 두고 간, 잊혀진 "작은 인형"(「휘파람」, 『라디오 데이즈』, 문학과지성사, 2006) 따위에 시인의 시선은 머문다. 신해욱과 하재연의 시는 이전의 여성시가 보여 줬던 전복적이고 도발적인 언어를 구사하지 않으면서도 건조하고 예민하게 다른 감각을 일깨워 열어젖힌다. 그녀들의 시를 읽다 보면, 바스락거리며 일어나는 감각을 발견하게 된다.

2000년대의 젊은 시인들은 지금, 여기를 살아가는 우리가 거대한 벽 속의 작은 벽돌 하나에 불과함을 잘 알고 있다. 불가항력의 거대한 세계 앞에서 무기력한 존재를 절감한 이 시인들은 부정과 위반의 전략을 구사함으로써 자신들의 정체성을 찾는다. 사실상 제도를 부정하고 비판하는 전면적 태도는 1980년대 후반에 황지우, 박남철, 장정일, 최승자 등이 시도한 패러디 시학과 키치적 상상력을 통해 이미 상당 부분 보여 준 것이었다. 앞서 살펴본 1990년대 하재봉, 유하, 함민복이 구사한 언어 전략도 모든 것이 무서운 속도로 상품화되어 가는 이 자본주의 사회에서 시를 통해 무엇을 말할 것인가에 대한 고민의 표현이었던 셈이다.

2000년대 중반에 첫 시집을 출간한 젊은 시인들 중 상당수는 모든 제도에 대한 부정과 거부를 통해 거대 담론이 지배하던 시대에 억압되어 있던 소수자들의 목소리를 복원하는 데 골몰한다. 황병승의 시를 통해 성적 소수자와 국적 불명의 목소리와 하위 주체들의 언어는 당당히 시적 지위를 획득하고 우리 시의 변방을 넓히는 데 기여한다. 황병승의 시를 말하지 않고 2000년대를 논하는 것이 어려울 정도로 그의 시는 2000년대를 상징하는 목소리로서의 정치성을 획득하게 된다. 김경주가 두 번째 시집 『기담』에서 시도한 장르 이탈과 확장의 시도는 이들의 실험과 위반이 앞으로도 지속될 것임을 보여 주는 선언 같은 것이기도 했다.

4. 눈먼 자들의 세계에서 살아가기

전면화된 자본주의와의 싸움은 다각도로, 일상 구석구석에서 일어날 수밖에 없을 것이다. 사실상 1980년대 이후 한국 현대시는 자본주의와의 싸움의 역사였다고 해도 과언이 아니다. 이념적인 투쟁의 방식으로는 더 이상 맞서기 어려워졌지만, 1990년대 이후 2000년대까지 지속되고 있는 우리 시의 아방가르드적 태도 속에는 전면화된 자본주의에 맞서는 태도가 기본적으로 깔려 있었다고 할 수 있다. 지나치게 대중문화에 발 빠르게 대응하면서 우리 시가 신자유주의 혹은 출판 상업주의에 영합하고 있는 것은 아니냐는 비판이 없지는 않았지만, 모든 것을 상품화해 버리는 자본의 식욕에 맞서 방어하려는 노력을 우리 시가 지속적으로 해 온 것 또한 부정할 수 없는 사실이다. 다만, 그 방향이 달랐을 뿐이다.

최근에 영화화되면서 다시 인기를 끌고 있는 주제 사리마구의 『눈먼 자들의 도시』 마지막 장면에는 이런 대화가 등장한다. 갑자기 눈이 안 보인다고 소리치던 사람들이 "눈이 보여, 눈이 보여"라고 외치기 시작한 직후, 의사와 의사의 아내가 나누는 대화다. "왜 우리가 눈이 멀게 된 거죠.""모르겠어, 언젠가는 알게 되겠지.""내가 무슨 생각을 하는지 알고 싶어요.""응, 알고 싶어.""나는 우리가 눈이 멀었다가 다시 보게 된 것이라고 생각하지 않아요. 나는 우리가 처음부터 눈이 멀었고, 지금도 눈이 멀었다고 생각해요.""눈은 멀었지만 본다는 건가.""볼 수는 있지만 보지 않는 눈먼 사람들이라는 거죠."(따옴표는 인용자의 것)

이 소설을 읽으면서 나는 나이트 샤말란 감독의 최근작 「해프닝」이 문득 떠오르기도 했다. 정체불명의 바이러스를 다루고 있다는 점에서 두 작품은 유사하다. 하나는 자살 바이러스라면, 하나는 백색 실명 바이러스. 둘 다 생명 보존에 치명적인 바이러스다. 두 작품은 많이 다르면서도 극한 상황에 내몰린 인간에게 선택 의지가 있을 수 있는가, 혹은 인간성이라는 것을 지킬 수 있을 것인가라는 질문을 던지고 있다는 점에서는 닮은 데가 있다. 「해프닝」보다는 『눈먼 자들의 도시』가 훨씬 정치적인 텍스트라는 생각은 들지만 말이다.

우리가 살고 있는 '지금, 여기'도 볼 수 있지만 보지 않는 눈먼 사람들로 가득한 세계다. 아마도 눈먼 자들의 세계에서 문학이 할 수 있는 몫이 있다면, 보지 않으려는 것을 보게 하는 것이 아닐까 싶다. 볼 수 있는데도 보지 않고 애써 피하고 있는 것은 무엇일까? 어쩌면 너무 많은 국면에서 우리는 여전히 눈먼 자들이다. 그러나 눈을 뜨는 일이 불가항력은 아님을, 우리 시야를 가리고 있는 백색 안개를 걷어내고 가려진 것들, 보지 않으려 피해 왔던 것들을 똑바로 들여다보게 하는 것이야말로 앞으로 우리 시가 감당해야 할 중요한 역할이 될 것이다. 그것은 우리의 세포 하나하나에까지 침투한 자본의 생명력, 저 무한 증식의 욕망과의 지극히 일상적인 싸움으로부터 시작될지도 모른다.

유동하는
주체들

1.

굳이 호미 바바를 들먹이지 않더라도 1990년대 후반 이후의 한국 사회에서 혼종성에 대한 담론은 주류를 이루어 왔다 해도 과언이 아니다. 순혈주의에 대한 환상의 붕괴와 다문화 시대의 돌입, 융합을 강조하는 사회적 분위기 속에서 혼종성에 대한 담론에 힘이 실리게 된 것이다. 타자와의 관계 속에서 다원적 주체를 어떻게 구성할 것인가라는 질문은 문학에도 예외 없이 던져지며 고정된 경계를 자유롭게 횡단하거나 뒤흔드는 방식으로 문학적 사유와 상상력이 전개되기에 이른다. 지그문트 바우만이 오늘의 사회를 유동하는 '액체근대' 사회로 진단하는 것도 이러한 연장선 위에서 이해될 필요가 있다.

지그문트 바우만은 이전의 근대와 오늘의 근대가 다르다는 데 착목한다. 이전의 근대가 딱딱한 고체의 근대였다면 오늘의 근대는 유동적인 주체들이 활보하는 '액체근대'라는 것이다. 그의 표현을 빌리면, "'더 큰' 것들은 이제 '더 좋은 것'이 아닐 뿐만 아니라 합리적이지도 않다. 이제 향상과 진보를 뜻하는 것은 더 작고, 더 가볍고, 더 쉽게 이동 가능한 것들이다."[1] 영토 정복의 시대였던 '무거운 근대'를 지나 이제 소프트웨어적이고 가벼운 근대의 시대에 접어들었다. 이 액체근대의 시대는 많은 것을 용해해 버렸다. 가령 '영원한 지속' 같은 것들. 액체근대는 시간의 지속을 용해한다.[2] 그것은 이 사회의 가치와 개인의 생활 방식과 공동체의 속성을 바꾸어 놓았다. 공공 영역은 사라지고 사적인 것들이 공적 공간을 맹렬한 속도로 식민화하고 있는 이 액체근대의 사회에서 공동체와 해방의 가능성에 대해 처음부터 다시 묻는 것이 바우만의 문제의식이라고 할 수 있다.

　공공의 영역이 사라진 자리를 사적인 것들이 맹렬히 식민화하는 현상은 오늘의 한국 사회 곳곳에서도 나타나고 있다. 한국 사회가 공감의 능력을 상실한 사회로 급격히 전락해 가는 현상도 공공 영역의 상실과 밀접히 관련되어 있는 것으로 보인다. 스스로 닦달하지 않고는 견딜 수 없게 만드는 자기 착취로 병든 '피로 사회', 보이는 것에만 가치가 부여되는 전시적 '투명 사회', 인터넷상으로는 쉴 새 없이 접속하는 것처럼 보이나 타자를 끊임없이 차단하고 감시하고 관리하며, 질문을 가로막고 타인의 고통을 외면하는 '단속 사회' 등 오늘의 한국 사회에 대한 진단은 넘쳐 나지만 어디서부터 어떻게 공공의 영역을 회복해 갈 것인지에 대해서는 아직 본격적인 논의에 이르지 못했다. 고통을 민낯으로 대면하고, 병든 사회에서 우리를 치유하고 구원하는 일이 과연 가능할 것인가? 전 국민이 비탄에 잠긴 작금의 한국 사회의 현실 앞에서는 다른 의미에서 우리 모두가 뿌리내리

---

1 지그문트 바우만 저, 이일수 역, 『액체근대』, 강, 2010, p.24.
2 지그문트 바우만, 위의 책, p.201.

지 못하고 유동하는 주체들이 아닌가 묻지 않을 수 없다. 그토록 간절히 경계를 허물고 딱딱한 세상을 극복하고 횡단하는 삶을 갈망했건만 우리가 이룩한 사회 시스템의 수준이라는 것이 고작 이 정도였나 하는 절망감에 대다수의 사람들이 우울과 애도와 분노의 시간을 보내고 있다. 마음은 혼란스럽고 언어는 한없이 무력하기만 하다. 함민복 시인의 말을 빌린다면, "숨 쉬기도 미안한 사월"(「숨 쉬기도 미안한 사월」), 우리는 모두 어쩔 줄 모르고 유동하는 주체들이다.

2.

신해욱 시인의 두 번째 시집 『생물성』의 세계를 인상 깊게 읽은 나는 세 번째 시집의 출간을 설레며 기다려 왔다. 『syzygy』라는 독특한 제목을 하고 있는 이번 시집에서 신해욱의 세계는 좀 더 깊어지고 넓어졌다. 깊어지는 것이 신해욱의 행보에서 예측 가능한 일이었다면 넓어지는 것은 다소 예상 밖의 일이었는데 이번 시집은 이 두 마리 토끼를 모두 잡은 것으로 보인다.

영물들에게 둘러싸여
눈부신 하룻밤을 보냈습니다.

동심원들이 찰랑거렸습니다.

깊이
깊이
아주 깊은 데까지 젖은 돌이
이쪽을 물끄러미 보고 있었습니다.

바꿀 것이 있는데

나의 아름다운 악몽은 조금씩
밝아 오고 있었습니다.

지평선이 없었습니다.
　　　　　—신해욱, 「체인질링」(『syzygy』, 문학과지성사, 2014) 전문

　『생물성』의 첫 시가 「축, 생일」이었던 기억이 난다. 두 번째 시집에
서 신해욱은 제멋대로인 이목구비를 지닌 낯선 '나'에 대해 주로 말했
다. 어른이 되기를 단호히 거부하는 '비성년'의 주체는 제멋대로인 이
목구비를 지니고 길어진 팔다리를 숨긴 채 성년의 세계에 비밀스런
균열을 냈다. 그 비밀을 공유하는 이들에게 신해욱의 시는 깊은 공감
을 얻어 냈다. 막 출간된 세 번째 시집 『syzygy』에서 신해욱은 좀 더
과감해진다. 이제 그녀의 주체는 자유자재한 몸을 얻은 듯하다. 신해
욱의 시적 주체는 자신을 둘러싼 세계에 대해 좀 더 본격적으로 말하
기 시작한다. 영물들에게 둘러싸여 보낸 눈부신 하룻밤에 대해, 영물
들에 대해, 영물들로 인해 찰랑거리는 동심원들에 대해. 저 동심원의
찰랑거림을 가능케 하는 것은 영물들의 존재와 영물들과 교감하는 주
체로 인한 것일 게다. 유동하는 주체와 교감하는 세계의 유동성을 신
해욱의 시적 주체는 동심원들의 찰랑거림으로 형상화한다. 저 찰랑
거림은 비밀스럽기까지 하다. 찰랑거리지만 넘치지는 않는, 그러므
로 동심원이 깨지지는 않는 세계. 유동하는 주체와 유동하는 세계가
맺는 깊은 인연이 "깊이/깊이/아주 깊은 데까지 젖은 돌"을 가능하게

한다. "이쪽을 물끄러미 보고 있"는 "아주 깊은 데까지 젖은 돌"은 유동하는 주체와 타자가 만들어 내는 세계에서 비로소 존재할 수 있다. 딱딱한 돌의 깊은 곳까지도 젖어드는 액체의 힘. 그렇게 서로가 서로에게 젖어들 수 있는 세계에서는 많을 것들이 바뀔 수 있을 것이다.

'체인질링(changeling)'은 원래 '뒤바뀐 아이', '못생긴 아이'를 의미한다고 한다. 그것은 달리 말하면 있어야 한다고 정해진 자리에 있지 못하는 모든 존재를 가리키는 말일 수 있다. 뒤바뀐 아이, 있어야 할 곳에 있지 못하는 존재들은 못생긴 존재로 취급당할 수 있다. 그런 의미에서 '미운 오리 새끼'도 하나의 '체인질링'일 수 있고, 주어지거나 요구되는 정체성을 거부하거나 따르지 않는 모든 존재들이 '체인질링'일 수도 있다. 뒤바뀌었다는 것은 악몽일 수도 있지만 다른 삶을 살 수 있는 가능성이 될 수도 있다. 그러므로 그것은 "아름다운 악몽"이다. 신해욱이 그리는 유동성의 주체들의 세계에는 하늘과 땅을 나누고 세계와 세계를 나누는 "지평선이 없"다. 영물들과 내가, 젖은 돌과 내가 수시로 몸을 바꾸고 악몽과 현실이, 하늘과 땅이 교감하며 넘나드는 세계. 어쩌면 시인이 꿈꾸는 세계는 그런 세계일지도 모르겠다.

입안이 이빨로 가득해서
나는 지금
하고 싶은 말을 할 수가 없구나.

하고 싶은 말을 다 하고 나면
배가 고파질 텐데.

우유가 마시고 싶어질 텐데.

*

우유를 먹고 자란 이 세상의 모든 아이들이 지붕 위에 던진 젖니를 모아

차근차근 탑을 쌓아 보면 어떨까.

바벨의 탑보다 높이.

더 높이.

*

그런 탑의 꼭대기에 까마득히 서서
젖니를 혀 밑에 숨긴
이 세상의 모든 아이들이 모르는 이야기에 닿으면 좋을 텐데.

내 목에는 묵음들이 가득 고여 있으니까.

묵음들 속에는
생각이 없으니까.

내가 놓친 소리들이 가청권 바깥에서
나를 기다리고 있을지도 모르니까.

—신해욱, 「뮤트」(『syzygy』) 전문

'뮤트'는 음 소거를 가리키거나 악기의 진동을 억제해 음을 줄이는 주법을 가리킨다. 여백이 많은 시를 써 온 신해욱 시인은 이번 시집에서도 음 소거의 상태, 즉 침묵의 상태에 대한 관심을 보인다. 언어를 누구보다 예민하게 사용하는 시인이기 때문에 말 없음의 상태, 언어로 옮길 수 없는 어떤 상태를 표현하는 언어에 대한 관심이 큰 것일 수도 있겠다. 악기를 연주할 때는 하나의 기법으로 쓰이기도 하는 뮤트를 시를 쓰는 시인이 시에서 실현해 본다면 어떤 언어가 될 수 있을까. 이런 생각이 이런 상상을 낳는다. "입안이 이빨로 가득해서/나는 지금/하고 싶은 말을 할 수가 없구나." 이빨로 가득한 입안. 공기가 들어설 자리조차 없어 소리가 새어 나오지 않는 입안에 대한 상상.

이 시의 2연과 3연은 그렇게 하고 싶은 말을 다 하고 난 상태에 대해 말한다. "하고 싶은 말을 다 하고 나면/배가 고파질 텐데.//우유가 마시고 싶어질 텐데." 하지만 '-텐데'라는 어미가 말해 주듯이 그것은 하지 못한 상태에 대한 후회의 의미를 담고 있을 뿐이다. 하고 싶은 말을 다 하고 난 뒤의 허기와는 정반대되는 상황에 오히려 이 시의 주체는 놓여 있다. 신의 언어를 따라가고자 한 오래전 인간들이 바벨의 탑을 쌓았듯이, 하고 싶은 말을 다 하며 "우유를 먹고 자란 이 세상의 모든 아이들이 지붕 위에 던진 젖니를 모아" "바벨의 탑보다 높이" 탑을 쌓아 올리는 상상을 해 보지만, 현실은 오히려 하고 싶은 말을 할 수 없고 "이 세상의 모든 아이들이 모르는 이야기에 닿"을 수 없고 "내 목에는 묵음들이 가득 고여 있"을 뿐이다. 소리가 되어 나오지 않는 말들로 가득한 목. 신해욱의 시는 그런 묵음들에 대한 생각으로 가득하다. 아니, "묵음들 속에는/생각이 없으니까" 그의 생각은 텅 비어 있는지도 모른다. 그렇게 신해욱의 시적 주체는 "내가 놓친 소리들", "가청권 바깥에서/나를 기다리고 있을지도 모르"는 놓친 소리들에 주목한다. 말들의 홍수로 넘쳐 나는 세상, 그의 묵음이 차라리 위로가 되는 것은 무슨 까닭일까.

대역이 정해졌다. 이제 나는
무대 밖의 피아노 앞에 앉아
반주만 하면 된다.

그러나 내게 주어진 악보는
두 개의 손과 한 개의 손가락을 위한 행진곡.
나의 반주에 발을 맞춰 걷는다면
대역은 분명 절름발이가 될 것이다.

이봐, 대역. 안 되겠다. 말을 타라.

그러나 대역에게 주어진 말은 두 마리.
혼자서는 두 마리의 말을 동시에 탈 수 없다.
말을 버리고
몰래 달아날 수도 없다.

우리는 처음부터 틀렸던 것일까.

있어야 할 선율은
왼손과 오른손의 자리가 뒤바뀌어 있는 둔주곡.
말을 대신해서
허벅지 뒤쪽이 뻣뻣해지도록 트랙을 달린 다음

갑자기 쓰러지는 주인공의 이야기.

이제 와서 역할을 바꿀 수는 없다.

나는 절름발이에 가깝고
대역은 얼굴이 필요하고
피아노 건반의 수는
셀 수 없을 만큼 많다.

이런 피아노는
어떻게 혼자서 치는 것이더라.

　　　　　　　　　　　　　—신해욱, 「역할들」(『syzygy』) 전문

　어쩌면 이 세상에서 우리에게는 처음부터 특정한 역할이 정해져 있는 것인지도 모른다. 주인공에겐 주인공의 역할이, 대역에겐 대역의 역할이. "이제 와서 역할을 바꿀 수는 없다." 세상이라는 무대 위에 대역이 정해지고 '나'의 역할도 정해졌지만 그렇다고 매뉴얼대로 세상이 움직이는 것은 아니다. "무대 밖의 피아노 앞에 앉아/반주만 하면" 되는 세상 따윈 어디에도 없는지도 모른다. 나로 인해 대역은 절름발이가 될 것이고 그것을 막기 위해 대역과 대화를 시도하지만, 대역은 "혼자서는 두 마리의 말을 동시에 탈 수 없"고 "말을 버리고/몰래 달아날 수도 없"는 진퇴양난의 상황에 놓인다. "우리는 처음부터 틀렸던 것일까." 신해욱의 시적 주체가 던지는 질문은 뼈아프다. 어쩌면 우리는 처음부터 틀렸던 것인지도 모른다. "왼손과 오른손의 자리가 뒤바뀌어 있는 둔주곡"일지라도 열심히 연주해야 하는 것일까. 아니, 연주하는 시늉이라도 해야 하는 것일까. "이제 와서 역할을 바꿀 수는 없다"는 것은 절망에서 나온 탄식이겠지만 역할이라는 건 어차피 주어진 것, 바꿀 수 없을 리 없다. "이런 피아노는/어떻게 혼자서 치는 것"인지 '나'는 주법을 잊어버렸지만 기억을 되돌리는 일도 역할을 바꾸는 일도 불가능하지는 않을 것이다. 역할들의 감옥에 갇혀 있는 건 어쩌면 우리 자신인지도 모른다.

쉿. 나는 눈병을 앓고 있으니까

왼쪽으로 더듬더듬 단체 사진 속으로 몰래 들어가
눈에 띄지 않는
잘못이 되어야 할 것 같아.

나는 나의 장르를 바꾸어야 하거든.

오늘은 오른쪽에 나와야 하거든.

내일은 새벽 아홉 시의 방향에서
처음부터 다시 태어나야 하거든.

*

나는 구인 광고의 주인공이 되어 있겠지.

점점 더 작은 것에 눈독을 들이다가

눈이 멀어 버린 미생물학자의 조수가 될지도 모르지.

눈을 비비고 싶을 거야.

그의 머릿속에 핀셋을 넣어
더듬더듬
눈에 띄지 않는 벌레들을 집어내야 할 거야.

—신해욱, 「괄목」(『syzygy』) 전문

　　그렇게 나는 신해욱의 시를 읽으며 "처음부터 다시 태어나"는 일에
대해 생각한다. 놀라울 정도로 발전해서 눈을 비비고 다시 본다는 의
미를 가지고 있는 괄목(刮目)이라는 말을 신해욱의 시는 문자 그대로
의 '눈을 비비다'라는 의미와 '놀라울 만큼 달라졌다'라는 두 가지 의
미로 받아들인다. 눈병을 앓고 있는 '나'와 단체 사진 속에서 눈에 띄
지 않는 아이의 출현은 눈을 비비는 행위와 눈에 띄게 발전했다는 괄
목의 사전적 의미와 연관되어 있다. 시적 주체의 말처럼 괄목은 "나
의 장르를 바꾸"는 일이거나 방향을 바꾸는 일이거나 "처음부터 다시
태어나"는 일 같은 것이 아닐까. "구인 광고의 주인공이 되"거나 "눈
이 멀어 버린 미생물학자의 조수가" 되는 일 정도가 일어나지 않는
한 "눈을 비비고 싶"어지지는 않을지도 모른다. 신해욱의 이번 시집
에서도 이처럼 이목구비에 대한 관심은 지속된다.

　　잘 가.
　　다음에는 중간에서 만나자.

나는 뒷걸음질을 친다. 나는 손을 흔들어 본다.

여기는 남의 땅. 발을 딛기가 좀 그러니까

다음에는 중간에서
두 개의 영혼이 한 몸뚱이에 속해 있는
쌍둥이가 되어야지.

외로운 점괘들을 모아
데칼코마니를 만들어야지.

모래시계를 뒤집어 놓고
시간이 거꾸로 가는 모래 속에 절반쯤 파묻혀
태어남과
태어나지 않음을 동시에 체험해 보아야지.

여기는 남의 땅. 과분한 것이 많아
기울어지기 십상이니까

손금이 포개어지지 않으니까

다음에는.

중간에서.

　　　　　　　　　　─신해욱, 「다음에는 중간에서」(『syzygy』) 전문

"잘 가./다음에는 중간에서 만나자." 우리가 흔히 나누는 인사말에 시적 주체는 주목한다. 대개 저 말은 타인에 대한 배려에서 나온 말이지만 신해욱의 시에서는 어느 쪽으로도 귀속되지 않는 유동적인 주체의 자리에 어울릴 법하다. '중간'은 유동하는 "두 개의 영혼이 한 몸뚱이에 속해 있는" "쌍둥이"의 자리이기도 하다. "외로운 점괘들을 모아" 만들어진 데칼코마니의 가운데 자리. 그곳은 시적 주체의 표현을 빌리면 "모래시계를 뒤집어 놓고/시간이 거꾸로 가는 모래 속에 절반쯤 파묻혀/태어남과/태어나지 않음을 동시에 체험해" 볼 수 있는 자리이기도 하다. 태어남과 태어나지 않음을 동시에 체험해 볼 수 있는 자리라니 매력적이지 않은가. 내 땅도 남의 땅도 아닌 자리에서, 그러니 누구에게도 발을 딛기가 불편하지도 과분하지도 않은 자리에서 신해욱의 시적 주체는 유동적으로 살아가고자 한다. 하지만 액체근대의 시대를 유동적 주체로 살아가려는 시적 주체의 바람은 늘 연기된다. "다음에는." "중간에서." 어쩌면 저 다음은 영원히 올 수 없는, 미끄러지는 '다음'일지도 모른다. 그러므로 신해욱의 시적 주체는 말한다. "이제 되었다니. 그럴 리가"(「未然에」)라고. '아직 일어나지 않은 때'를 지시하는 말로 마지막을 마무리하고 있는 이번 시집은 "누가 누"(「未然에」)군지 알 수 없는 주체를 통해 "이런 시간은 뭐지"라는 질문을 던진다. 이제 되었다니. 그럴 리가 없다.

3.

어쩌면 시와 혼종성을 이야기하기에 신해욱의 시는 최적의 선택은 아닐지도 모른다. 하지만 닿지 않는 세계에 대한 갈망을 보여 주는 『syzygy』의 세계는 바우만이 말한 유동적 주체의 가능성을 보여 주는 것이 아닐까 싶다. 시집 표지 뒤에 실린 자서에서 신해욱은 'syzygy'

이 단어를 본 순간 "난감한 에로티시즘에 사로잡혔다"고 고백한다. 독자들이 시집 제목을 통해 저 단어를 처음 보았을 때 느꼈을 당혹감을 신해욱 시인도 느꼈던 듯하다. 선뜻 읽히지가 않는 저 단어를 보며 그는 "읽기보다는 만지고 싶었다"고 말한다. 'syzygy'는 사전에 나오는 말이지만 사전적 의미도 복잡하고 손에 잘 잡히지 않기는 마찬가지다. 천문학, 생물학, 수학, 심리학, 철학, 시학 등에서 쓰인다는 저 말은 시인의 말마따나 "닿을 듯 닿을 듯 소리는 혀에 닿지 않고 뜻은 뇌에 닿지 않는다." 시야에 닿지 않고 삶에 닿지 않는 저 난감한 말 앞에서 "부적을 붙이는 심정"으로 시인은 시집의 이름을 'syzygy'라 지었다고 고백한다.

그 때문인지 이번 시집에는 시인의 감각에 닿지 않고 삶에 닿지 않는 언어에 대한 고민이 스며 있기도 하다. 더 근본적으로 액체근대의 시대를 살아가는 유동하는 주체의 흔들림을 신해욱의 시적 주체를 통해서도 감지할 수 있다. 진보 진영의 논리조차 공공의 삶의 질을 개선하는 담론에서 개인적인 생존의 담론으로 바뀌어 가는 시대에, 공공의 영역이 사라지고 공감 능력을 상실한 시대에 도래한 참담한 비극 앞에서 신해욱의 시는 비기(祕記)처럼 읽히기도 한다. "이제 되었다니. 그럴 리가"(「未然에」) 없다. 바로 이 자리에서 우리의 물음은 처음부터 다시 태어나야 할 것이다. 혼종성이 유동하는 액체근대 시대를 표상하는 현상에 그치지 않고 다시 공동체와 해방을 논하는 가능성이 되려면 바로 그 자리에서 처음부터 다시 태어나야 할 것이다.

그로테스크,
잔혹 웃음의 미학

1. 비실재적인 것과 그로테스크

기괴하고 새로운 이미지를 추구하던 시대에 그로테스크는 늘 주목받았다. 미래파의 실험적인 시들과 아르토의 잔혹연극에서, 표현주의 연극의 돌출적인 무대에서도 그로테스크 미학은 표출되곤 했다. 그로테스크 미학은 이미 20세기에 자기의 역할을 다한 것처럼 보였다. 기괴하고 우스꽝스러운 이미지의 충돌을 통해 일상의 감각을 일깨우는 충격 효과는 모더니즘 미학에서 선호되던 것이기도 했다.

그런데 21세기 한국 시단에서 그로테스크 미학은 새삼 다시 주목의 대상이 되고 있다. 그것은 특정 경향의 시인들에게서만 찾아볼 수 있는 미학은 아니다. 기괴함과 우스꽝스러움이 공존하면서 일으키는 미학적 효과는 묘하게 오늘의 현실을 비틀어 보여 주기도 했다. 나는 일찍이 김민정과 최금진 시의 미학을 그로테스크 미학으로 규정한 바 있다.[1]

---

1 이경수, 「그로테스크, 그 이중성의 미학」, 『다층』, 2007.겨울.

김민정의 시에서는 기괴함과 웃음의 공존이 유발하는 그로테스크한 효과가, 최금진의 시에서는 현실을 환기하는 그로테스크 리얼리즘이 제대로 구현되었다고 볼 수 있다. 김민정과 최금진이 서 있는 시적 좌표는 서로 거리가 있지만, 그로테스크 미학을 시적으로 구현하고 있다는 점에서는 닮은 면이 있다.

김민정과 최금진 말고도 최근의 젊은 시인들에게서 그로테스크 미학이 여전히 세를 과시하고 있는데 이러한 현상은 그로테스크가 환상성과 본질적으로 통한다는 사실과 무관해 보이지 않는다. 환상은 실재 바깥의 것으로, 환상의 세계에선 자연의 과장이나 왜곡이 종종 일어나고 비실재적인 것들의 향연이 벌어지곤 한다. 실재하지 않는다는 전제는 온갖 기괴한 상상을 가능하게 한다. 그러니 환상과 실재를 자유롭게 넘나드는 젊은 시인들의 시에서 그로테스크 미학이 출현하는 것은 어쩌면 당연한 일인지도 모르겠다.

환상성을 논한 적잖은 논자들이 그로테스크를 환상성과 관련지어 이해했는데, 사실 나는 현실을 환기하지 못하는 환상이라면 그것은 진정한 의미에서의 그로테스크 미학이 아니라고 생각한다. 실재하지 않는다는 전제 아래 우리는 무한한 상상이 가능한 세계를 경험하게 된다. 인간이 상상할 수 있는 최고의 기괴함이 그 세계에선 구축될 수 있을 것이다. 하지만 그것이 환상이라는 것이 전제되는 한 충격의 효과는 반감된다. 일어나지 못할 일은 없다는 전제가 이미 마련되어 있는 세계이기 때문이다.

김민정과 최금진이 구축한 그로테스크 미학은 오늘의 현실을 강하게 환기한다는 점에서 그로테스크 미학의 핵심을 관통하고 있다. 단, 그로테스크 미학의 이중성을 이들의 시가 어떻게 구축하고 있는지에 대해서는 이미 다른 지면에서 거론한 바 있으므로 이 글에서는 이들의 첫 시집 이후에 출간된 다른 시인들의 시집을 대상으로 우리 시에 나타나는 그로테스크 미학에 대해 좀 더 이야기를 해 보려고 한다.

2. 마더구스의 잔혹동화—강성은의 시

2009년에 첫 시집 『구두를 신고 잠이 들었다』를 출간한 강성은의 시는 동화적 상상력을 지배적으로 활용한다. 시집의 맨 앞에 실린 시가 「세헤라자데」라는 사실만 보아도 그녀의 시에서 이야기성과 동화적 상상력이 중요한 시적 모티프를 형성하고 있음을 짐작할 수 있다. 시집 뒤에 실린 「시인의 말」에서 그녀 역시 "어쩐지 나는 모든 사람의 마술, 세상의 모든 마법으로 둘러싸여 있는 기분"이라고 고백한 바 있다. 그녀에게 시는 "도처에서 번득이며 투명한 손으로 나를 잡아당기는, 결코 다다를 수 없어서 빛나고 아름다운 그곳"이다.

옛날이야기 들려줄까 악몽처럼 가볍고 공기처럼 무겁고 움켜잡으면 모래처럼 빠져나가 버리는 이야기 조용한 비명 같은 이야기 천년 동안 짠 레이스처럼 거미줄처럼 툭 끊어져 바람에 날아가 버릴 것 같은 이야기 지난밤에 본 영화 같고 어제 꿈에서 본 장면 같고 어제 낮에 걸었던 바람 부는 길 같은 흔해빠진 낯선 이야기 당신 피부처럼 맑고 당신 눈동자처럼 검고 당신 입술처럼 붉고 당신처럼 한 번도 본 적 없는 이야기 포르말린처럼 매혹적이고 젖처럼 비릿하고 연탄가스처럼 죽여주는 이야기 마지막 키스처럼 짜릿하고 올이 풀린 스웨터처럼 줄줄 새는 이야기 집 나간 개처럼 비를 맞고 쫓겨난 개처럼 빗자루로 맞고 그래도 결국에는 집으로 돌아오는 개 같은 이야기 당신이 마지막으로 했던 이야기 매일 당신이 하는 이야기 내가 죽을 때까지 죽은 당신이 매일 하는 그 이야기 끝이 없는 이야기 흔들리는 구름처럼 불안하고 물고기의 피처럼 뜨겁고 애인의 수염처럼 아름답고 귀를 막아도 들리는 이야기 실험은 없고 실험 정신도 없고 실험이란 실험은 모두 거부하는 실험적인 이야기 어느 날 문득 무언가 떠올린 당신이 노트에 적어 내려가는 이야기 어젯밤에 내가 들려준 이야기인 줄도 모르고 내일 밤 내가 당신 귀에 속삭일 이야기인 줄도 모르고

—강성은, 「세헤라자데」

(『구두를 신고 잠이 들었다』, 창비, 2009) 전문

강성은이 우리에게 들려주려고 하는 옛날이야기는 "악몽처럼 가볍고 공기처럼 무겁고 움켜잡으면 모래처럼 빠져나가 버리는" "조용한 비명 같은 이야기"다. 「천일야화」에서 세헤라자데는 생존을 위해 이야기를 계속한다. 부정한 왕비 때문에 여자를 믿지 않았던 샤라아르 왕은 매일 새 신부를 맞아 다음 날 날이 밝으면 죽이는 일을 계속한다. 잔혹한 보복 살인을 계속하던 왕의 새 신부가 된 대신의 딸 세헤라자데는 죽음을 피하기 위해 왕에게 이야기를 들려주기 시작한다. 그녀는 항상 이야기의 끝을 맺지 않고 다음 날 이야기의 나머지를 들려주겠다고 하면서 하루하루 연명해 간다. 그녀의 이야기가 너무 재미있었던 나머지 왕은 이야기를 마저 듣고 싶어서 그녀의 처형을 하루하루 미루었고, 그렇게 흘러간 날들은 어느새 천 하루가 되었다. 길고 긴 이야기는 왕의 살해를 멈추고 왕의 마음을 바꾸는 기적을 일으킨다. 마침내 이야기의 힘이 승리한 것이다.

강성은은 "어제 꿈에서 본 장면 같고" "낮에 걸었던 바람 부는 길 같은 흔해빠진 낯선 이야기"를 들려주겠다고 한다. 끝이 없는 그 이야기는 불안하고 뜨겁고 아름답고 귀를 막아도 들리는 매혹적인 이야기라고 한다. "실험은 없고 실험 정신도 없고 실험이란 실험은 모

두 거부하는 실험적인 이야기"를 열망하는 그녀의 발언에서 우리는 이 시대가 요구하는 이야기를 그녀가 교묘히 피하면서도 새로움을 포기하고 싶어 하지 않는 욕망을 읽을 수 있다. 끝없이 펼쳐질 그녀의 이야기는 기이하고 낯설고 새로운 이야기를 지향할 것으로 보인다.

누가 그레텔 부인을 죽였나
자줏빛 스카프가
내가 아름다운 두 팔로
그녀를 목 졸랐네,라고 말했네

누가 그녀가 죽는 것을 보았지?
마룻바닥이
내 커다란 눈으로
떨어지는 핏방울들을 보았네,라고 말했네

누가 그녀의 피를 가져갔지?
양탄자가
내 고운 실들이
그녀의 피를 먹었지,라고 말했네

누가 그녀를 운반하지?
쓰레기통이
그녀를 토막 내 준다면
내가 운반하지,라고 말했네

누가 그녀를 토막 내지?

가위가

그녀가 종이처럼 얇게 마른다면

내가 자르지,라고 말했네

누가 그녀를 말리지?

먼지가

그녀가 기억마저 잃었다면

내가 그녀를 감싸 안고 까맣게 말리지,라고 말했네

누가 그녀의 기억을 가져가지?

그림자가

그녀가 쓴 노트들을 태운다면

내가 모든 기억을 데리고 달의 뒤편으로 가지,라고 말했네

누가 그녀의 노트들을 태우지?

태양이

그녀의 눈알들을 준다면

내가 노트들을 불살라 버리지,라고 말했네

누가 그녀의 감은 눈꺼풀을 열고 눈알을 뽑지?

음악이

그녀의 목소리를 준다면

내가 그녀를 눈뜨게 하지,라고 말했네

누가 그녀를 깨워 노래 부르게 하지?

고통이

그녀가 지금도 나를 기억한다면

내가 그녀를 일으켜 세워 노래 부르게 하지,라고 말했네

그레텔 부인은 하루 온종일 노래 부르네

누가 그레텔 부인을 죽였나

누가 그레텔 부인을 죽였나

누가 내 사랑스런 그녀를 죽였나

—강성은, 「누가 그레텔 부인을 죽였나」

(『구두를 신고 잠이 들었다』) 전문

　마더구스의 노래 「누가 울새를 죽였나」를 변형한 시이다. 원래의 시 「누가 울새를 죽였나」에는 제비, 올빼미, 떼까마귀, 종달새, 방울새, 비둘기 등 각종 새와 딱정벌레, 고기 등이 질문에 대답하는 화자로 등장하는데, 이 시에서는 자줏빛 스카프, 마룻바닥, 양탄자, 쓰레기통, 가위, 먼지, 그림자, 태양, 음악, 고통 등이 그 자리를 대체한다. 이 시에 낯설고 그로테스크한 상상력이 발휘되었다고 느껴지는 이유는 바로 여기에 있다. 강성은의 시는 생물을 무생물로 대체함으로써 기이한 분위기를 조성하는데 그것이 그로테스크한 효과를 발휘한다.

　울새가 죽은 것에 대한 안타까움을 노래한 원래의 노래와는 달리 그레텔 부인의 죽음은 끔찍하고 적나라하고 기이하게 그려진다. 게다가 반복되는 '누가 −하지?'라는 질문과 그에 대한 대답은 끔찍한데도 불구하고 웃음을 자아낸다. 사물에 생명을 부여하는 동화적 상상력이

반복된 표현으로 리듬감을 형성하면서, 그로테스크 미학을 제대로 구현해 낸다. 전래동화 특유의 잔혹미가 살아 있으면서도 그것이 웃음을 유발한다는 점에서 이 시는 그로테스크 미학을 구현한 예라고 볼 수 있다. 그 밖에도 동화적 상상력이 펼쳐지는 강성은의 시에서 그로테스크 미학을 발견하기란 어렵지 않다.

3. 끝나지 않은 기이한 이야기―김경주의 시

김경주의 두 번째 시집 『기담』은 말 그대로 기이한 이야기들로 가득한 '기형'의 알레고리라고 할 수 있다. 첫 시집 『나는 이 세상에 없는 계절이다』에서도 '기형'에 관한 모티프는 등장했는데, 두 번째 시집에 와서는 한층 노골적으로 '기형'을 추구한다. 이러한 김경주 시의 상상력은 기본적으로 그로테스크 미학을 구현해 낸다. "시간을 기묘한 형신(形神)으로 견디고 있는 그곳으로 묽게 흘러가 보는 작업은 시 같은 것에 가까울지 모른다는" 그의 생각이 기형의 추구로 그의 시를 몰아갔는지도 모른다.

지도를 태운다
묻혀 있던 지진은
모두, 어디로
흘러가는 것일까?

태어나고 나서야
다시 꾸게 되는 태몽이 있다
그 잠을 이식한 화술은
내 무덤이 될까?

방에 앉아 이상한 줄을 토하는 인형(人形)을 본다

지상으로 흘러와
자신의 태몽으로 천천히 떠가는

인간에겐 자신의 태내로 기어들어 가서야
다시 흘릴 수 있는 피가 있다
　　　　—김경주, 「기담(奇談)」(『기담』, 문학과지성사, 2008) 전문

　김경주가 만들어 내는 기이한 이야기는 방에 앉아 이상한 줄을 토하는 인형의 이미지로 형상화된다. 인형의 기괴함은 인간의 형상을 닮았다는 데서부터 시작된다. 인간의 형상을 닮았으되 생명을 부여받지 못한 인형이 움직이거나 생명을 지닌 존재처럼 느껴지기 시작하면 그때의 괴이함은 극에 달한다. 공포영화나 괴담에 인형이 종종 활용되는 이유도 바로 여기에 있을 것이다. 김경주가 그려 내는 인형은 방에 앉아 이상한 줄을 토하는 모습을 하고 있다. 그것은 마치 탯줄을 토하는 형상을 떠올리게 하면서 그로테스크한 효과를 자아낸다.

　"인간에겐 자신의 태내로 기어들어 가서야/다시 흘릴 수 있는 피가 있다"는 알 듯 모를 듯한 아포리즘을 던져 놓음으로써 그의 기이한 이야기는 완성된다. 자신의 태내로 기어들어 가는 이미지와 이상한 줄을 토하는 인형의 이미지가 겹쳐지면서 그로테스크 미학은 그에 어울리는 몸을 얻는다. 태어나고 나서야 다시 꾸게 되는 태몽처럼, 시간이 뒤엉키고 삶과 죽음, 이승과 저승이 뒤얽힌 기묘한 이야기가 시집 전체를 통해 펼쳐진다. 방향과 위치를 안내하는 지도 따위

는 필요 없는 기묘한 이야기다. 지도를 태워 버린 그의 이야기는 어디로 흐를 것인가.

　-골목에서 발견한 아기의 신발 한 짝은 언제나 섬뜩하다

　그건 누군가의 전생 같아서 뒤로 물러나서는 안 된다 그냥 지나치는 짝이다

　#

　미음, 미음을 먹어요. 미음, 미음에 대해서 나는 말해요. 미음에 대해서만.

　당신이 마권을 들고 춤을 출 때 내가 찍은 말은 경마장 마구간에서 병신처럼 울고 있어요. 언제 그 말은 다리를 모두 버릴 수 있을까요. 당신은 언젠가 내게 이렇게 말했죠. "가출한 여고생이 하룻밤만 재워 달라고 한 적이 있었어. 나는 새벽에 내 방에서 잠들어 있는 그녀의 이마를 만지다가 몰래 짧은 치마를 올리고 빤스를 내려다보았어. 생리대가 없어 밑에 화장지를 붙이고 다니더군. 비릿한 기분에 난 담배를 꺼내 물었지." 난 당신이 그 소녀의 빤스를 다시 올려 주었다고 했을 때 진심으로 흥분했어요. 나 역시 언젠가 경험이 전혀 없는 남동생에게 이렇게 말한 적이 있죠. "네가 만일 그걸 아끼고 있는 것이 확실하다면, 길거리 여자에겐 주지 마라. 그럴 거면 차라리 나한테 다오." 그날 나는 이빨 사이에 낀 털을 퉤퉤 뱉으면서 누군가에게 말했어요. 어젯밤은 입안이 경험한 모국(毛國). 그곳은 털이 아닌 탈(脫)이 많고 많은 세계란다.

　맞아 당신은 이제 더 이상은 털이 날 나이가 아니지. 이제 탈이 났군 그래.

미음, 미음을 먹어요. 미음, 미음에 대해서만, 사랑이란 서로의 구멍을 가장 자세히 들여다볼 수 있는 사이예요. 우리 어머니와 아버지도 이빨 사이에 낀 서로의 '음모'를 퉤퉤 뱉으며 사랑했어요. 정기적으로. 미음처럼 부드럽게 우리는 서로에게 넘어갔죠.

#

어머니는 그날 아침 이빨 사이에 낀 아버지의 자지 털을 손가락으로 끄집어내며 말했다. 어젯밤엔 사람을 하나도 태우지 않은 회전목마들이 피를 흘린 채 빙빙 도는 꿈을 꾸었어요. 나는 육(肉)을 당신은 구(口)를 사랑한 세계, 내가 딱딱한 구멍을 벌려 낳을 뼈는 지금 얼마나 구멍이 자라고 있을까요. 내 안에서 자기 뼈를 모으고 맞추고 있는 한 아이의 눈에 우리의 육신(肉身)이 밝아지고 있어요. 당신은, 이걸 짝이라고 부를 수 있을까? 그날 아침 아버지는 이빨 사이에 낀 어머니의 보지 털을 퉤퉤 뱉으며 말했다. 당신 몸속의 전화선을 꺼내 지금 당장 통화를 하도록 해 줘. 어젯밤엔 부모의 처량한 관계를 훔쳐보고 처음으로 지붕에서 춤이란 걸 추어 보았고, 다음 날엔 면도칼을 들고 새벽의 놀이동산에 가서 자고 있는 회전목마들의 배를 갈랐다. 음모(陰謀)에 친친 감긴 핏덩이가 세상으로 흘러나왔다. 자연스럽게.
　　　　—김경주, 「미음, 미음을 먹어요」(『기담』, 문학과지성사, 2008) 전문

반복되는 '미음, 미음'은 환자가 먹는 음식이기도 하고 한글 자음인 'ㅁ'이기도 하며 구멍이자 구(口)이다. 펀(pun)은 그 밖에도 시 곳곳에서 활용된다. 모국(毛國)과 모국(母國), 털과 탈(脫), 음모(陰毛)와 음모(陰謀). 어쩌면 어울리지 않는 짝을 맞붙여 놓음으로써 기이한 효과를 유발하고 싶었는지도 모른다. 이 시가 그로테스크하게 읽히는 이유는

이러한 의도적인 펀(pun)이 일으키는 불일치 때문이기도 하지만, 상식을 깨는 언행 때문이기도 하다. 하룻밤 잠잘 곳을 구걸하는 가출한 여고생이나 잠든 그녀에 대한 관음적 행위, 그로 인해 알게 된 그녀의 기막힌 속사정, 근친상간 등은 비밀스러운 것을 노출했을 때 갖게 되는 끔찍하고 기괴한 분위기를 잘 전달해 주고 있다. 이미 김민정의 시에서 충분히 경험했지만, 노골적인 언행은 한편으론 인상을 찌푸리게 하고 한편으론 웃음을 유발한다. 그 웃음의 강도는 김민정의 시에 비해 상대적으로 약하지만 김경주의 일부 시에서도 끔찍함과 웃음이 공존하는 장면을 볼 수 있다. 특히 기이한 이야기를 펼쳐 놓으며 극단적인 언어 실험을 감행하고 있는 두 번째 시집 『기담』에서 그로테스크 미학은 어렵지 않게 발견된다.

4. 기이함을 넘어서

그로테스크 미학은 결국 추의 미학이다. 아름답고 보기 좋은 것만이 미를 구성한다고 생각했던 시절도 있었지만, 불편하고 끔찍하고 기괴하고 낯설고 보기 싫고 추한 것이 오히려 새로운 미학을 구성한다고 생각하는 견해가 새로울 것도 없는 시대가 되면서 그로테스크 미학은 주목받게 되었다. 상반신이 물고기 머리의 형상을 하고 있고 하반신이 인간의 다리 형상을 하고 있는 르네 마그리트의 유명한 그림 「집합적 발명(Collective Invention)」이야말로 그로테스크 미학을 구현한 대표적 사례라고 할 수 있을 텐데, 그것조차도 처음 봤을 때만큼 충격적이지는 않은 것이 사실이다. 그런 점에서 그로테스크 미학 역시 새로움만을 추구하는 것은 한계가 있어 보인다.

기이함만으로는 그로테스크 미학을 제대로 구현할 수 없다. 끔찍함과 웃음, 매혹과 공포, 불편함과 우스꽝스러움이 동시적인 효과를 자아낼 때 그로테스크 미학은 성공적으로 구현된다. 그로테스크의 유래로 흔히 거론되는, 처음 로마 유적지가 발굴되었을 때 기이한 모양의 벽화에서 사람들이 느낀 감정도 아마 그런 것이었을 게다. 이질적이고 복합적인 감정을 불러일으키는 그로테스크는 보는 이들을 불편하고 당혹스럽게 한다. 이런 미학적 효과의 측면에서 보면 오늘날의 젊은 시인들 중 상당수가 그로테스크 미학을 시작 방법론으로 구현하고 있다고 말할 수도 있을 것이다. 2000년대 상반기에 황병승이나 김민정의 시를 읽으며 독자들이 느꼈을 감정도 그로테스크가 자아내는 당혹감이나 불편함과 유사한 것이 아니었을까.

독자들과의 소통과 공감보다는 불통과 불편과 불일치를 추구하는 요즘의 젊은 시인들이 끔찍하고 기괴한 이미지를 찾아 그로테스크 미학을 구현하는 것은 어찌 보면 당연한 일이다. 다만, 독자들도 일회성의 충격에 점차 내성을 갖게 되었다는 점은 기억해야 할 것이다. 이미 모더니즘 미학의 정점에 섰던 시인, 작가, 극작가, 미술가 등이 그로테스크 미학을 구축해 왔다는 사실은 오늘의 시인들이 넘어서야 할 과제다. 더구나 동시대에도 김민정과 최금진의 성취가 있었으니 그것을 넘어서는 것도 또 하나의 과제로 주어진 셈이다.

저 너머와
헛것들

믿을 수 없는 일이 날마다 일어나는 이 지상의 삶을 살다 보면 어느 순간 현실감이 사라질 때가 있다. 분노하고 아파하다 지쳐 갈 때쯤 현실의 고통이 주는 통증에 무감각해지기도 하고 현실감을 잃어버리기도 한다. 아마도 지상의 인간이라면 싸움을 지속하거나 절망하거나 도피하거나 하는 선택을 하겠지만, 시인은 늘 그런 세상에 맞서 자신의 세계를 새롭게 구축하는 존재가 아닐까 싶다. 우리가 안다고 믿어 온 것들, 삶이라고 생각해 온 것들을 끊임없이 의심하고 회의하면서 우리가 아는 세계 너머를 꿈꾸고 그것을 언어로 구축하는 일이야말로 시인에게 주어진 사명일 것이다. 조용미의 시적 주체도 이 무간지옥과도 같은 지상을 통과해 '저 너머'를 지향하는 상상력을 보여준다. 그것은 때로는 천체의 상상력으로, 때로는 현실과 환상을 넘나드는 세계로 시에 구축된다. 살아 있음과 죽음이 공존하고 산 자와 죽은 자가 더불어 사는 일이 그 세계에서는 심상하게 일어난다. 어쩌면 이 지상을 벗어나고 싶은 시인의 간절한 바람이 저 너머와 바깥을 향해 나아가기 때문에 시인이 구축하는 세계의 진폭이 이렇듯 진동하는 것인지도 모른다.

조용미의 시는 지상의 삶에 대해 근원적인 질문을 던진다. 이 삶이 어디로부터 왔으며 어떻게 시작되었는지 기원에 관심을 갖는다. 다섯 권의 시집을 내면서 특유의 고요하고 고독한 세계를 미학적으로 구축해 온 조용미의 시가 지속적으로 품고 있었던 질문은 궁극적으로 삶의 기원을 향한 것이기도 했다. 그녀의 시에서 이따금씩 목도되는 이 지상의 것이 아닌 것 같은 표정과 언어, 주변을 서성이는 고독한 시적 주체와 그가 구축한 공간은 그로 인한 것이 아니었을까.

우리가 보는 모든 색이 모두 幻은 아닐 것이다
저 물과 구름과 나무의 색이 모두 환이라는 걸 어떻게 믿을 수 있겠는가
그럼 지구의 밖에 있는 것들은, 빛나는 감마선이 철사 줄처럼 길게 이어져 있는 이 우주는
거대한 별의 뿌리가 내뿜는 뜨거운 에너지와 그 빛은 또 뭐란 말인가

여기 내가 편애했던 색과 빛이 있다
인디고 프러시안블루 코발트블루 세룰리언블루 피콕블루 울트라마린 그리고 적외선 자외선 감마선
붉음의 바깥에 있다는 것 보라의 바깥에 있다는 것
바다의 저 너머에는 우리가 알지 못하는 무수 빛과 색이 별처럼 많단 말인가

큰 접시 안테나로 우리가 저 너머에 있는 어떤 우주의 파장을

    그 미세한 빛과 색의 기미를 한 올 한 올 잡아낸다면 감각할 수 있다
면 그것 역시 환일까
    이 세상의 바깥에는, 푸른 밤의 공기가 숨기고 있는 수많은 빛들은
    우리가 보는 모든 빛과 색은, 어둠을 만날 때마다 새벽이 올 때마다
변형되는 이 세계는
                              —조용미, 「우리가 아는 모든 빛과 색」 전문

    빛을 받은 물체가 어떤 파장의 빛을 흡수하고 반사하는가에 따라
나타나는 물체의 빛깔이 색임을 기억한다면, 우리가 보는 모든 색은
환(幻)이라고 할 수 있을 것이다. 하지만 우리의 시각에 감지된 저 색
을 어찌 환이라고만 할 수 있겠는가. 무수히 많은 저 색이 형체를 드
러내기까지는 빛의 파장과 물체와 그것을 감지하는 우리의 감각기관
사이에 긴밀한 작용이 이루어져야 한다. 빛의 파장과 물체와 감각기
관이 환이 아니듯이 그들의 상호 작용의 결과인 색 또한 환이라고 할
수는 없을 것이다. "우리가 보는 모든 색이 모두 환은 아닐 것"이라는
시적 주체의 전언에는 이러한 의미가 담겨 있다. 색이 환이면서도 동
시에 환이 아니듯이, "지구의 밖에 있는 것들", "빛나는 감마선이 철
사 줄처럼 길게 이어져 있는 이 우주"와 "거대한 별의 뿌리가 내뿜는
뜨거운 에너지와 그 빛" 또한 환이면서 동시에 실재하는 것이다. 우
리의 눈에 보이지 않는다고 해서 존재하지 않는다고 단언할 수는 없
다. 조용미의 시는 우리가 아는 모든 빛과 색, 우리가 보는 모든 빛과
색의 바깥에 관심을 기울인다. 조용미가 그리는 바깥은 문학 이전에
놓인 문학의 기원이자 절대적 부재의 현전이라는 점에서 모리스 블
랑쇼의 '바깥'을 연상시키기도 한다.
    "인디고 프러시안블루 코발트블루 세룰리언블루 피콕블루 울트라

마린", 시적 주체가 "편애했던 색과 빛"은 모두 "붉음의 바깥"과 "보라의 바깥"에 있는 것들이다. 깊은 바다와 하늘의 빛깔만큼이나 다양한 블루. 그중에서도 짙고 푸르고 우울하고 어두운 파란 빛깔을 그는 선호한다. 붉음의 바깥, 보라의 바깥에 위치한다는 것이 이 색과 빛의 공통점인 셈이다. 조용미 시에서 풍겨 나오는 짙은 우울과 고독의 빛깔은 어쩌면 여기서 비롯하는 것일지도 모르겠다. 시적 주체의 시선은 "바다의 저 너머"에 있을 "우리가 알지 못하는" "별처럼 많"은 "빛과 색"을 향한다. "우리가 보는 모든 빛과 색은", 그리고 "이 세상의 바깥에" 존재하는 "푸른 밤의 공기가 숨기고 있는 수많은 빛들은", "어둠을 만날 때마다 새벽이 올 때마다 변형되는 이 세계"의 표상이다. 지상 저 너머를 추구하는 조용미의 시적 주체는 우리가 아는 모든 빛과 색은 물론이고 우리가 알지 못하는 빛과 색까지 자신의 시적 공간에 불러오고자 한다.

명왕성 너머에 있는 먼 곳, 거기서부터 오르트 구름이다
그곳까지 햇빛은 어떻게 도달하는가

한낮의 햇빛이 눈이 부시지 않는 기이한 곳 해를 정면으로 바라볼 수 있는 아름다운 곳을 오래전부터 생각해 왔다
목성의 바다가 아니다

명왕성에서도 몇 광년을 더 가야 하는 우주의 멀고 먼 공간, 아무도가 보지 못한 태양계의 가장자리, 내가 사람이 아니었을 때
난 거기서부터 고독을 습득한 것이 틀림없다

먼지와 얼음의 띠에서 최초의 무언가 시작되었을지 모른다, 오르트 구름으로부터 여기로 네가 오고 있다

그 둥근 고리에서부터 무언가 생겨났을 테니

명왕성까지 도달하려면 아직 조금 남았다

어서 천천히 가자 그다음은 사막이 있는 푸른 별 지구로 가는 일만 남았다 내가 사람이 되었을 때

—조용미, 「내가 사람이 아니었을 때」 전문

조용미의 다섯 번째 시집 『기억의 행성』에서 그려진 태양계의 상상력은 신작시에도 이어지는데, 이 또한 '저 너머'를 추구하는 조용미의 시적 지향과 연관되어 있다. 조용미의 시는 태양계에서 태양으로부터 가장 먼 곳, 태양계의 맨 가장자리에 위치한 명왕성을 지나 그 너머에 있는 먼 곳을 꿈꾼다.

태양은 가장 빛나지만, 눈이 부셔 그곳을 정면으로 바라볼 수는 없다. 태양은 빛의 근원지이지만 멀리서 우러러볼 뿐 정면으로 바라볼 수는 없는 곳에 위치한다. 조용미의 시적 주체는 한낮의 햇빛이 눈이 부시지 않는 기이한 곳을 꿈꾼다. 기이한 곳이라고 시적 주체 스스로도 말하고 있지만 해를 정면으로 바라볼 수 있는 곳이야말로 아름다운 곳이라는 가치 판단이 거기엔 숨어 있다. 그것은 시적 주체의 오랜 바람이다. 눈이 부셔서 차마 바라볼 수 없는 빛, 주변이나 가장자리에 있는 이들은 정면으로 바라볼 수도 범접할 수도 없는 빛이 아니라, 모두가 해를 정면으로 바라볼 수 있는 공평한 아름다움이 존재하는 곳. 그곳이야말로 조용미의 시적 주체가 꿈꾸는 유토피아이다. 그곳은 "내가 사람이 아니었을 때" 존재하던 곳이었으며 우주의 티끌이

나 먼지로 존재하던 시절 "난 거기서부터 고독을 습득한 것이 틀림없다"는 생각에서 비롯된 곳이다. 생명의 기원이자 고독의 기원을 "명왕성 너머", 즉 태양계 너머에 있는 먼 곳에서 찾은 것이다.

조용미의 시적 주체는 고독을 태생적으로 습득한 존재이다. 고독과 자연스럽게 어울리고, 너무 친숙해 이젠 고독과 한 몸처럼 닮아버린 시인. 그녀에게선 자연스럽게 '저 너머의 먼 곳'이 떠오른다. 그곳의 이미지는 어디에 있든 홀로 떠 있는 섬 같은 존재인 그녀를 닮았다. 태양계를 둘러싸고 있는 가상의 천체 집단인 '오르트 구름'은 바로 그 고독한 머나먼 곳의 이미지를 형상화한 것으로 볼 수 있다. "먼지와 얼음의 띠에서 최초의 무언가 시작되었을지 모른다"는 상상은 태양계 바깥의 머나먼 곳에서 생명의 기원이자 고독의 기원, 시의 기원을 찾는 시인에게서 비롯된 것이다.

　　레오나르도, 다비드, 가브리엘라, 에드, 마테오, 알베르토, 스테파니아 다섯 살부터 예순이 넘는 내 친구들 모두 안녕한가 이들 때문에 그곳을 다시 찾은 건 아니었어도 누구에게도 연락하지 않았던 건 그들을 잊지 않기 위함이었다

　　그들을 그리워하며 한 계절 적막하게 지내고 돌아왔다 대신 죽은 것 같은 사람들이 자꾸 찾아왔다 새 친구들은 스페인에서 왔거나 이스라엘이나 독일 출신이었다 운하 옆 저택은 오래된 팔라초였다

　　운하 쪽으로 난 창과 침대 머리맡에 타르초가 매달려 있었다 티베트와 베네치아와 나는 어떤 유연관계로 묶여 있는 걸까 밤과 낮 할 것 없이 죽은 사람들이 드나들었다 그들은 오래된 장식장 안에서 걸어 나오거나 침실의 뒤뜰 창에 붙어서 저녁내 나를 지켜보았다

　　한밤 아르세날레로 가는 해안의 가파른 길 아래를 내려다보면 등을

보이며 수초들과 섞여 둥둥 떠다니기도 했다 그들은 한결같이 말이 없
어서 고독한 이방인에게 도움이 되지도 방해가 되지도 않았다

　조금 불편하다 이내 많이 불편해졌다, 두렵다가 친근해졌다, 무관하
다가 다시 두려워졌다, 내가 만들어 낸 헛것이 분명하다고 믿은들 그것
은 사실이 아니었다 그렇다고 다른 사람들의 눈에 보이는 것 같지는 않
았으니

　나는 왜 읽지도 못하는 팔리어 경전을 들고 간 걸까 레오나르도가 잡
은 장난감 통에 들어 있던 어린 게들은 자주 가리발디의 운하로 올라오
곤 하는 걸까 가브리엘라의 집 발코니에는 아직도 무심히 협죽도가 피
어 있을까 안개로 앞이 보이지 않는 카나레지오의 새벽을 나는 여전히
헤매 다니고 있는 걸까

―조용미,「베네치아 유감」 전문

　오래전 베네치아를 찾은 적이 있는 시적 주체는 다시 그곳을 찾는
다. 시의 앞부분에 열거되는 이름들은 아마도 베네치아에 갔을 때 시
적 주체가 만났거나 인연을 맺은 인물들일 것이다. 그들은 살아 있
는 사람들일 수도 있고 그렇지 않을 수도 있다. 그들은 "다섯 살부터
예순이 넘는 내 친구들"이다. 모두 안녕한지 안부를 궁금해하면서도
'나'는 "누구에게도 연락하지 않"는다. "이들 때문에 그곳을 다시 찾은
건 아니었어도" "그들을 잊지 않기 위"해서 연락하지 않았다고 '나'는
고백한다. 그것은 아마도 그들과의 소중한 기억에 어떤 방식으로든
흠집을 내는 것을 원하지 않았기 때문일 수도 있고, 만나지 않음으로
써 "그들을 그리워하며 한 계절 적막하게 지내고" 돌아올 수 있었기
때문일 수도 있다. 아마도 그 두 가지가 모두 진실일 것이다.

　그런 시적 주체에게 그들 대신 "죽은 것 같은 사람들이 자꾸 찾아"

온다. "새 친구들은 스페인에서 왔거나 이스라엘이나 독일 출신이었다"고 한다. 그런데 그들이 찾아오기 시작하면서 과거와 현재가 얽히고, 죽은 이와 산 자들이 엉키고, 티베트와 베네치아와 '나'가 "어떤 유연관계로 묶"인다. '팔라초'와 '타르초'가 한 공간에 존재하고, 산 자들의 공간에 "밤과 낮 할 것 없이 죽은 사람들이 드나"든다. "그들은 오래된 장식장 안에서 걸어 나오거나 침실의 뒤뜰 창에 붙어서 저녁내 나를 지켜"본다. "그들은 한결같이 말이 없어서 고독한 이방인에게 도움이 되지도 방해가 되지도 않"는다. 이 도시의 고독한 이방인이라는 점에서 저 "죽은 것 같은 사람들"과 '나'는 서로 닮았지만 말없이 서로를 느끼고 훔쳐볼 뿐 서로에게 다가가지 않고 일정한 거리를 유지한다. 그럼에도 시적 주체의 감정은 변화한다. 그의 거주 공간에 예고 없이 출현하는 그들이 "조금 불편하다 이내 많이 불편해"지기도 하고, "두렵다가 친근해"지기도 하고, "무관하다가 다시 두려워"지기도 한다. 그들에 대한 시적 주체의 감정은 일정하지 않고, 가까워졌다 멀어졌다 두려워졌다 친근해졌다 계속해서 진동한다. 그리고 그곳에서는 "읽지도 못하는 팔리어 경전을 들고 간" 시적 주체가 "안개로 앞이 보이지 않는 카나레지오의 새벽을" "여전히 헤매 다니고 있"다. 죽은 이와 산 자가 뒤섞여 존재하는 이국의 한 도시에서 시적 주체는 영원한 이방인의 신분으로 헛것들과 함께 헤매 다닌다.

조용미의 시적 주체는 "파도문 와편"을 만져 보고 "마른 손끝에서 물기"를 느끼는가 하면, "등에 커다란 나무가 솟아오른 물고기를 보고" 나서는 "풍랑이 칠 때마다 피를 흘려야 하"는 물고기의 운명에 마음이 일렁인다. 그녀가 구축한 시적 공간에서는 "어제오늘의 앞뒤가/ 그곳과 이곳이 훌렁 휘저어지는 느낌"(「습득자」)이 든다. "이 세상의 모든 덩어리는 출렁이고 접히고 또 출렁이는 질료"라는 깨달음, "아무것도 끝이 없다"는 깨달음에 마침내 조용미의 시는 이른다. "표면은 덩어리고 덩어리는 심연"인 그 세계에서 "각자 죽을 때까지 고독할 수 있다"(「표면」)는 그 사실이 조용미의 시를 읽다 보면 새삼 위로가 된다.

부유하는 삶,
떠도는 사람들

1. 전 지구적 자본주의 시대의 직업과 시

요즘의 시를 읽다 보면 특정 주제를 가지고 시를 읽는 방법에 대해 약간의 회의가 드는 것이 사실이다. 특히 최근의 젊은 시인들의 시를 읽을 때 주제를 의식하며 시를 읽는 방법은 그다지 유효해 보이지 않는다. 더구나 그것이 '직업' 같은 주제일 경우 그 어려움은 배가된다.

'직업'이라는 주제나 소재에 주목해서 시를 읽을 때 그것이 의미를 지니려면 아무래도 최근 우리 사회의 변화를 반영하는 현상이 시에 나타나야 할 텐데, 과연 그런지에 대해서 나는 솔직히 회의적이다. 물론 특정 경향의 시를 읽는 데는 이 주제가 의미를 지닐 수 있다. 최근 우리 사회의 문제로 떠오르고 있는 '비정규직' 문제라든가 '88만원 세대'의 문제, 평생직장 개념이 사라져 가고 투잡족이나 쓰리잡족이 늘어 가는 추세 등을 생각할 때, 아무래도 그런 현상이 어떤 형식으로든 반영된 시를 읽는 데는 이 주제가 유효할 수 있다.

그렇다고 해서 곤혹스러움이 해소되는 것은 아니다. 나는 이미 지난 계절에 '파트타임'이라는 주제를 가지고 평론을 쓴 적이 있고,[1] 그 주제에 대해서 그로부터 생각이 더 진전되지는 않았다. 게다가 최근의 우리 사회에 나타나는 여러 가지 직업적 특성이 시에 반영된 방식에만 주목하다 보면 글의 방향이 미리 결정될 우려가 있고, 그런 방향이 '시와 직업'이라는 주제를 전체적으로 조망하기에는 좀 협소하다는 판단이 들기도 한다. 최근 시에 나타난 직업이라는 주제를 중심으로 시를 읽다 보면 아무래도 특정 경향의 시를 중심으로 읽게 될 가능성이 높아진다. 시 작품 속에서 새로운 현실을 구축하고 있는 시들의 경우, '직업'이라는 코드를 동원해 시를 읽는 것이 별 의미가 없을 수 있기 때문이다.

예측 가능한 이런 한계들을 어느 정도 인정하면서, 이 글에서는 가급적 다양한 경향의 시들을 포괄하여 '직업'이라는 프리즘을 통해서 최근의 우리 시들을 다시 읽어 보고자 한다. '시와 직업'이라는 주제는 다소 생소해 보이고 서로 거리가 멀어 보이기도 하지만, 이런 기준으로 시를 읽어 오지 않았기 때문에 '시와 직업'이라는 코드를 통해 시를 읽었을 때 무언가 새로운 지점이 발견될지도 모른다는 다소 막연한 기대감을 가지고 이 글은 시작된다. 우선 최근의 시를 중심으로 비교적 여러 시인들의 시에서 의미를 가지고 등장하는 직업을 먼저 추려 보았으며, 그것이 시 작품에서는 물론이고 사회적으로 어떤 의미를 지니는지 살펴보고자 했다.

2. 샐러리맨이 살아남는 법

자본주의의 바깥을 상상하기 힘든 사회에서 대개의 직장인들은 거

---

1 이경수, 「파트타임 생애와 불안의 존재론」, 『시와 시학』, 2008. 봄.

대한 기계의 작은 부품이나 나사 하나로 존재한다. 나사 하나가 빠지거나 작은 부품이 고장 나도 기계 작동에 문제를 일으킬 수 있는 것을 생각하면 어쩌면 그만큼의 존재감조차 갖기 힘든 것이 오늘날의 샐러리맨들의 현실이라고도 할 수 있겠다. 관료화 사회의 문제점이 지적되어 온 지 오래되었지만, 거대한 조직의 일원으로 살아가는 전지구적 자본주의 사회에서 관료주의적 속성은 점점 더 강화되어 가고 있다. 게다가 1990년대 중반 이후의 한국 사회에서는 신자유주의의 논리까지 가세해 무한 경쟁 체제 속에서 살아가도록 대부분의 사람들을 몰아가고 있다.

>　자로 잰 듯 정직 성실한 보폭이
>　남들 부러워하는 오늘의 그를 만들었다
>　맹금류의 매서운 눈 전방을 응시할 뿐
>　그는 우연이라도 하늘 우러르거나
>　주변 돌아보지 않는다 일상의
>　주행속도 십계명인 양 지켜 온 그에게
>　시간의 낭비는 죄를 짓는 일
>　그는 때로 먹는 시간조차 아까워
>　노변 식당에 서서 끼니를 때우기도 하면서
>　시간의 연병장 제식훈련병처럼
>　각진 자세로 보내 온 것이다
>　귀가해서도 신문과 티브이
>　한 눈으로 읽고, 한 눈으로 시청하면서
>　저녁 먹고 전화 받고 메일 보내고
>　정신없이 보낸 일과

꼼꼼히 복기한 뒤 잠자리에 든다

묶인 일에서 풀려날까 전전긍긍인 그는

꿈속에서도 서류 꾸미고 결재란에 사인을 한다

—이재무, 「날카로운 각」(『저녁 6시』, 창비, 2007) 전문

이재무의 시는 바깥이 없는 자본주의 사회에서 살아가는 샐러리맨의 모습을 전형적으로 보여 준다. 조직 사회에서 샐러리맨이 무한 경쟁을 뚫고 성공하기 위해서는 "자로 잰 듯 정직 성실한 보폭"으로 평생을 살 수밖에 없을 것이다. 아니, 그렇게 살아서 성공할 수만 있다면 그나마 희망이 있는 사회이다. 개인의 노력을 떠나 있는 문제들이 성패를 좌우하는 경우도 많다. 어쨌든 "남들 부러워하는 오늘의 그를 만들"기까지 그는 "맹금류의 매서운 눈"으로 "전방을 응시"하며 살아왔다. 우연이라도 하늘을 우러르거나 주변을 돌아볼 시간 따위는 없다. "시간의 낭비는 죄를 짓는 일"이다. 이것은 신자유주의 경쟁 체제를 들여온 오늘의 자본주의 사회가 그 사회의 구성원들을 세뇌하는 논리이다. 그들이 한눈팔지 않고 온몸을 바쳐 일해 줄수록 자본가들에겐 이익이 된다. 야근을 밥 먹듯이 하고 밥 먹는 시간과 화장실 가는 시간까지 아껴 가며 일하는 것을 그들은 선호할 수밖에 없다. 조직에서 원하는 것이 무엇인지 온몸으로 체득한 "그는 때로 먹는 시간조차 아까워/노변 식당에 서서 끼니를 때우기도" 한다. "늘 늦은 점심을 먹"고, 그가 밥을 먹는 것이 아니라 "밥이, 그를 먹는"(유홍준, 「지하급식소」, 『나는, 웃는다』, 창비, 2006) 샐러리맨의 일상을 그린 유홍준의 시도 밥에 의해서도 소외되는 자본주의 사회의 그늘을 그린다.

조직 사회라는 점에선 군대나 사회나 다를 바 없다. "시간의 연병장"에서 "각진 자세로" 살아가는 "제식훈련병처럼" 살아야만 경쟁 사

회에서 살아남을 수 있다. "묶인 일에서 풀려날까 전전긍긍인 그는" 일중독임에 분명하다. "꿈속에서도 서류 꾸미고 결재란에 사인을" 할 정도다. 하지만 남보다 앞서가기 위해서는 일중독이 되지 않을 수 없 다. 여가를 즐기는 생활 따위는 잠시 잊어야만 한다. 평범한 샐러리 맨이 남들과의 경쟁에 이기기 위해서는 남들보다 더 노력하고 오로 지 일만을 위해 모든 개인적 시간을 포기해야만 한다는 것을 그들은 조직 사회의 생리를 통해 체득한다. 그런 삶을 행복하다고 할 수는 없겠지만, 내일의 행복을 위해 현재를 저당 잡힌 채 살아가야 하는 것이 자본주의 사회의 구성원으로 살아가는 오늘날 직장인들의 운명 이라고 할 수 있다. 자본주의의 바깥을 사유하기 힘든 이 시대에 누 군들 그 운명으로부터 쉽게 벗어날 수 있겠는가.

i는 술병을 들고 테이블 위로 올라갔다 그가 든 술병엔 술이 없었다 술이 없는 술병이란 애주가를 종종 실연의 슬픔에 젖게 한다 i는 조금만 써도 똥이 나오는 0.7mm 모나미153 볼펜이었다 그가 다니는 석세스컴 퍼니에는 그와 같은 153볼펜들이 수두룩이 앉아 있었다 i의 회사는 사원 복지와 근무 환경 개선에 모범적인 직장으로 근로복지공단에서 AA평가 를 받은 업체였다 그래서 볼펜들은 오전 열 시 반 오후 세 시 반이면 사 내 방송에서 틀어 주는 모차르트의 「터키 행진곡」에 맞추어 중간 체조를 해야 했다 볼펜들의 체조는 일종의 전위 무용 공연이었다 무용 공연이 끝나면 153볼펜들은 다시 얌전히 앉아 열심히 잉크 똥을 만들어야 했다 그러기를 반복반복반복. 그가 술병을 들고 테이블 위로 올라가게 된 것 도 무리가 아니었다

i는 애주가가 되기를 희망해 본 적이 없다 그는 자신이 무언가를 사

랑하게 되리라고는 예상하지 못했다 테이블 위의 i를 끌어내리려는
BAR의 e마담은 전직 회계사무소 직원이었다 e마담은 i를 사랑했다 i는
늘 얌전했으므로 그녀가 애용하던 모나미153 볼펜 같았으므로 그를 위
로해 줄 수 있는 이는 자신밖에 없었으므로 i를 사랑했다 e마담에게는
뭐든지 이유가 필요했다 이유 없는 지출은 연말결산 신고에서 애를 먹
였기 때문에 그런 버릇이 생긴 것이다 매달 열세 번째 수요일 오후 다섯
시면 그녀의 BAR가 있는 거리엔 비가 내렸다 비가 내리고 난 다음 날이
면 e마담은 어김없이 생리를 시작했다 그런데 그녀의 i에 대한 심적 지
출은 이유가 분명치 않았다 i는 e마담의 손을 뿌리치며 옆 테이블로 건
너갔다

—유형진, 「애주가 i」
(『피터래빗 저격사건』, 랜덤하우스중앙, 2005) 부분

유형진의 시는 조직 사회의 논리에 철저히 길들여진 샐러리맨들을
'모나미153 볼펜'에 비유한다. 그러고 보니 소문자 i로 표상된 왜소화
된 주체는, 정체성을 가지고 살아가기 힘든 현대인을 표상하는 동시
에 똥이 잘 나오는 모나미153 볼펜의 모습을 닮았다. 그들의 삶이란
누르면 나오는 모나미153 볼펜과 다를 것도 없다. 사회 구성원을 기
계의 부품으로 길들이는 자본주의 하의 조직 사회에서 살아가는 사
람들은 이렇게 사물화된다. "사원 복지와 근무 환경 개선에 모범적
인" 석세스컴퍼니는 사원들의 휴식까지도 철저히 관리한다. "오전 열
시 반 오후 세 시 반이면 사내 방송에서 틀어 주는 모차르트의 「터키
행진곡」에 맞추어 중간 체조를 해야"하며 "무용 공연이 끝나면 153
볼펜들은 다시 얌전히 앉아 열심히 잉크 똥을 만들어야" 한다. "그러
기를 반복반복반복", 다람쥐 쳇바퀴 돌듯 하는 그들의 철저히 관리된

삶은 마침내 "술병을 들고 테이블 위로 올라가"는 일탈을 불러온다. 그렇게라도 스트레스를 풀지 않고는 미치지 않고 살아가기 힘들 것이다.

김중일은 "지구로 파견된 SMLC의 영업사원" K를 통해, 그것을 뒤집는 거대한 손에 의해 모든 것이 세팅되어 있는 '지금, 여기'의 모래시계 같은 삶을 그린다. 그곳에서는 심지어 기억마저 "당신이 찾을 수 없는 폴더에 모조리 백업된다." "모래 기둥이 아주 조금씩 바람에 깎여 나가듯, 흔적도 없이 증발하는 날들"(김중일, 「모래시계—made by SMLC」, 「국경 꽃집」, 창비, 2007)은 '지금, 여기'에서의 우리네 삶을 닮았다. 이 거대한 조직 사회에서 개개의 구성원의 의지 따위로 바꿀 수 있는 것은 아무것도 없음을 모래시계의 비유를 통해 김중일은 그려 내고 싶었을 것이다.

3. 시들어 가는 노동자와 불안의 징후들

최근 노동계를 강타한 최고의 이슈는 비정규직 노동자의 처우 문제일 것이다. 4대 보험의 혜택을 받을 수 없고 내일이 보장되지 않는 비정규직 노동자들의 삶은 그날 벌어 그날 먹고사는 하루살이와 다를 바 없다. IMF 외환 위기 이후 평생직장 개념이 무너진 한국 사회에서 비정규직으로 살아간다는 것은 내일이 불안한 하루하루를 근근이 살아간다는 뜻이다. 최근에는 예비 비정규직 인생이 될 운명에 처한 젊은 세대들을 가리켜 '88만 원 세대'라고 명명할 정도로 내일이 보장되지 않는 생계에 대한 사회적 불안이 확산되어 가고 있다. 한국 사회의 양극화가 심화되면서 비정규직 노동자들이 겪는 사회적 불안은 더 이상 남의 일이 아닌, 누구에게나 언제든지 닥쳐올 수 있는 일이 되어 가고 있다. 이러한 현상은 노동 현장에서의 체험을 기반으로 시를 쓰는 시인들의 시에서 적나라하게 그려진다.

일을 하다 말고 김 형과 박 형이 싸운다
종두도 덕형이도 얽혀 든다
최 씨도 이 반장도 얽혀 든다

나는 고장 난 그라인더나 뜯어말리자
네 개의 고정나사를 푼다
커버를 벗기고
또 네 개의 기어 고정나사를 푼다
모터와 베어링을 뜯어말린다
엉켜 있는 기어와 접속기어를 뜯어말린다

차분히 앉아 담배를 피우는 동안
부품들은 따로 떨어져서 반성 중이시다?

어이? 김 형 이리 와 봐, 풀 때는 풀었는데
이거 어떻게 조립하는 거야?
박 형 이 베어링 새거 있나?
박 형은 베어링을 찾으러 창고로 가고
김 형은 나에게 오고 있다
그라인더는 다시 조립되고
모두 제자리로 돌아간다

저마다 하나의 나사가 되어

조여지고 있다

—최종천, 「나사들」(『나의 밥그릇이 빛난다』, 창비, 2007) 전문

21세기에도 여전히 노동자로서의 정체성을 가지고 시를 쓰고 있는
최종천은 노동 현장에서 흔히 일어나는 김 형과 박 형의 싸움을 빌려
그들을 나사에 넌지시 비유한다. 김 형과 박 형이 벌인 사소한 싸움
에 종두도 덕형이도 최 씨도 이 반장도 얽혀 든다. '-도'라는 조사를
반복적으로 사용함으로써 시인은 이들 외에도 누구나 그 싸움에 얽
혀 들 수 있음을 우회적으로 보여 준다. 그런데 화자인 '나'의 행보가
좀 남다르다. 다른 이들처럼 싸움에 얽혀 드는 대신 '나'는 "고장 난
그라인더나 뜯어말리자" 생각하며 "네 개의 고정나사를" 풀기 시작한
다. 모터와 베어링을 뜯어말리고 "엉켜 있는 기어와 접속기어를 뜯어
말린다". 그렇게 나사를 풀어 엉켜 있는 문제점을 하나하나 해결하듯
'나'는 그들의 싸움을 말린다.

어느새 엉켜 있던 그들은 따로따로 떨어져 나와 어색한 시간을 보
내고 있다. '나'는 "차분히 앉아 담배를 피우"다가 넌지시 싸움에 가담
했던 동료들을 한 사람씩 불러 어색함을 해소하도록 돕는다. 김 형에
게는 그라인더의 조립 방법을 묻고, 박 형에게는 새 베어링이 있는지
묻는다. 물론 조립 방법이나 새 베어링이 있는지 여부를 몰라서 물었
다기보다는 어색함을 풀고 그들이 다시 평온한 일상으로 돌아가도록
돕기 위한 질문이라고 봐야 한다. 어느새 김 형과 박 형은 노동자로
서의 일상으로 돌아간다. 그라인더가 조립되듯이 그들은 모두 제자리
로 돌아간다. 이 시는 나사의 비유를 통해, 잘못 조립된 우리 사회도
그렇게 나사들의 재조립에 의해 다시 짜여질 수도 있다는 가능성을
말하고 싶었는지도 모른다.

이 시가 흥미로운 것은, 그 이중성에 있다. 노동자를 나사에 비유하는 시선이 흔히 거대 조직의 일원으로서 자유의지가 상실된 인간의 모습을 주로 그려 왔다면, 이 시에서는 그런 기존의 시각을 바탕으로 하면서도 나사를 풀어 다시 조립하는 것이 가능한 것처럼 얽히고설킨 관계를 푸는 변화의 가능성을 지닌 존재로 나사의 비유를 사용하고 있다. 이러한 전유는 노동자의 시선을 통해 가능한 것이기도 하다.

그는 "인간의 유일한 실재인 노동보다/입에서 쏟아지는 허구가 힘이 되고 권력이" 되는 세상에 절망하면서도 "실재의 아무것도 만들지 않으며/허구 조작에 전념하고 있"는 "노동을 잃어버"(최종천, 「가없은 내 손」)린 자신에게 비판의 화살을 돌리는 것 또한 잊지 않는다. 이러한 자기반성의 시선이 최종천의 시에 시적 긴장을 불어넣는 힘으로 작용하고 있다. 21세기의 노동시에 필요한 윤리적 시선은 아마도 이런 것이 아닐까 생각해 본다.

> KTX 여승무원이 되고 나서
> 나는 껌을 씹지 않는다.
> 컵라면도 통조림도 먹지 않는다
> 봉지 커피도 티백 보리차도
> 드링크도 탄산음료도 마시지 않는다
> 물티슈도 내프킨도 종이컵도
> 나무젓가락도 볼펜도 쓰지 않는다
>
> (중략)

KTX 여승무원이 되고 나서야 나는

이 세상이

한번 쓰고 버려지는 것들의

눈물이라는 것을 알았다

흐르고 넘쳐

자꾸자꾸 밀려오는

파도란 것을 알았다

　　　　　　　─김명환, 「계약직─KTX 여승무원이 되고 나서」 부분

　비정규직, 계약직, 임시직……. 4대 보험의 혜택을 받을 수 없고 신분 보장이 되지 않는, 비정규직을 이르는 말은 많기도 하다. 김명환의 시는 한동안 서울역에 가면 볼 수 있었던 KTX 여승무원의 처우 개선 문제를 계약직 여승무원의 입을 빌려 직접적으로 노래하고 있다. 대개의 노동 현장에서 그려지는 시가 선동성이 강한 데 비해, 이 시는 여승무원의 비정한 현실과 그로 인한 서러움을 그리는 데 주력하고 있다.

　현대인이라면 누구나 일회용품을 쓸 기회가 많다. 환경을 의식해 일부러 쓰지 않으려 애쓰지 않으면 일회용품을 쓸 기회는 얼마든지 널려 있다. 이 시의 화자인 KTX 계약직 여승무원도 일회용품이나 인스턴트식품을 별 의식 없이 써 왔다. 하지만 KTX 여승무원이 된 후에는 차마 그럴 수 없었다고 그녀는 고백한다. "껌을 씹지 않"고 "컵라면도 통조림도 먹지 않는다". 한번 마시고 버리는 인스턴트식품이나 시중에서 파는 일회용으로 포장된 음료수, 종이컵이나 나무젓가락 같은 일회용품도 쓰지 않는다. "한번 쓰고 버려지는 것들"이라는 점에서 그것들이 마치 자신의 신세처럼 느껴졌기 때문이다. KTX 여승

무원이 되고 나서 "이 세상이/한번 쓰고 버려지는 것들의/눈물"임을 비로소 깨달았다고 그녀는 말한다. 김명환의 시는 이렇게 정서에 호소한다. 다소 감상적으로 느껴질 수도 있지만, 내일이 보장되지 않는 비정규직의 노동조건을 남의 일이 아니라고 느끼는 사람들에게 이 시는 공감의 힘을 자아낸다. 저들의 목소리가 저들만의 것이라고 어찌 단언할 수 있겠는가.

4. 뿌리 뽑힌 사람들의 비애

직업이라는 프리즘으로 최근 시를 읽을 때 가장 두드러진 현상은 직장을 잃거나 직장으로부터 밀려난 사람들, 고향이나 고국을 떠나 떠돌아다니는 사람들을 그린 시가 부쩍 많아졌다는 점이다. 노동 현장에서 써지는 시나 비정규직 노동자를 그린 시와 함께 최근 우리 사회의 노동환경의 변화를 가장 잘 보여 주는 시가 이런 유형의 시들이라고 할 수 있겠다. 직장을 잃고 백수가 되어 고시원을 전전하거나 노숙자가 되어 살아가는 사람들, 어느새 우리 사회 노동력의 상당 부분을 차지했지만 여전히 경제적으로나 정서적으로나 소외되어 있는 외국인 노동자들, 뿌리 뽑힌 디아스포라들이 모두 이 부류에 속한다고 볼 수 있겠다.

> 물이 신고 가는 물의 신발과 물 위에 찍힌 물의 발자국, 물에 업힌 물과 물에 안긴 물
> 물의 바닥인 붉은 포장과 물의 바깥인 포장 아래서
>
> 국수를 만다

허기가 허연 김의 몸을 입고 피어오르는 사발 속에는 빗물의 흰머리
인 국숫발,
젓가락마다 어떤 노동이 매달리는가

이국의 노동자들이 붉은 얼굴로 지구 저편을 기다리는,
궁동의 버스 종점

비가 내린다,
목숨의 감옥에서 그리움이 긁어내리는 허공의 손톱자국!
비가 고인다,

궁동의 버스 종점
이국의 노동자들이 붉은 얼굴로 지구 이편을 말아먹는,

추억이 허연 면의 가닥으로 감겨 오르는 사발 속에는 마음의 흰머리
인 빗발들,
젓가락마다 누구의 이름이 건져지는가

국수를 만다

얼굴에 떠오르는 얼굴의 잔상과 얼굴에 남은 얼굴의 그림자, 얼굴에
잠긴 얼굴과 얼굴에 겹쳐지는 얼굴들
얼굴의 바닥인 마음과 얼굴의 바깥인 기억 속에서
—신용목, 「붉은 얼굴로 국수를 말다」
(『바람의 백만 번째 어금니』, 창비, 2007) 전문

"이국의 노동자들이 붉은 얼굴로 지구 저편을 기다리는,/궁동의 버스 종점"에 비가 내린다. 궁동의 버스 종점에 붉은 포장을 치고 자리 잡은, 비 내리는 포장마차에서 얼굴이 붉은 이국의 노동자들이 국수를 말아먹는다. 추적추적 비는 내리고 바닥에 물은 흥건히 고여 가고 허연 김이 나는 국수는 계속 삶아지고 이국의 노동자들의 작업복은 비에 젖어 비 젖은 포장마차처럼 축축 처져 간다. 포장마차 바깥은 어둡고 안은 허연 김이 서려 있다.

국수를 말아먹으며 그들은 지구 저편에 두고 온 추억도 함께 말아먹는다. 그들에게도 사랑하는 가족이 있을 것이고, 사랑하는 연인이나 조국도 있을 것이다. 위화감 없이 쓸 수 있는 그들의 언어도 있을 것이다. 그 모든 것을 버리고 낯선 땅 한국에 와서, 허기에 젖은 채 위화감과 소외감을 느껴 가며, 종종 부당한 대우와 폭력에 시달림을 당하며 이국의 노동자로서 그들은 살아가고 있다. 그들 역시 오래전 우리가 그랬듯이 가난을 벗어나기 위해, 가족의 더 나은 미래를 위해 낯선 땅에 일하러 온 이들이다. 우리가 아메리칸 드림을 가지고 미국으로 사우디로 돈 벌러 갔듯이, 그들 역시 코리안 드림을 품고 이곳에 왔다.

고향에 두고 온 사랑하는 사람들에 대한 그리움쯤은 이렇게 추적추적 비가 오는 날, 허기를 달래기 위해 국수를 말아먹으며 잠깐 떠올릴 뿐이다. 신용목의 시는 이국의 노동자들이 이 땅에서 겪을 외로움과 소외감을 물기 어린 서정의 언어로 그려 낸다. 전 지구적 자본주의의 재편을 가장 첨예하게 보여 주는 이 존재들은 오늘의 우리를 돌아보게 한다는 점에서 타자임에 분명하다. 3D업종에서 일하며 우리의 노동시장의 빈자리를 메워 주는 중요한 노동 인력이 되었지만, 다른 언어를 쓰고 다른 국적을 가지고 있으며 경제적으로 약자라는 이유로 그들은 대개 부당한 대우를 받으며 착취당하고 있다. 피해자의 얼굴을 하고 있던 우리는 어느새 가해자로 둔갑해 우리가 당한 것 이상을 그들에게 행사하고 있다. 이 패권주의와 힘의 논리의 악순환을 극복하지 않는 이상 인류 사회에 희망은 없어 보인다. 우리에게 필요한 것은 그들에 대한 동정이 아니라 타자에 대한 최소한의 윤리이다. 그것은 국가와 인종의 문제를 떠나 더 근원에서 맺어지는 연대와 관련이 있는 문제이다. 그러나 많은 논의들이 있었듯이, 패권주의가 지배하는 인류 사회에서 그 최소한의 윤리를 지키는 일이 결코 쉽지는 않다.

신용목의 시는 뿌리를 잃고 떠돌아다니는 사람들을 그리는 데 관심을 기울이고 있다. "구두 수선 구두 닦음"이라는 표어를 내걸고 서울에 정착하기까지 뗏목 하나에 의지해 여러 차례 위기를 겪으며 표류해 온 허봉수의 일대기를 그린 「허봉수 서울 표류기」(『바람의 백만 번째 어금니』) 역시 비슷한 문제의식을 지닌 시이다.

> 화장실 변기통에 앉아서
> 콩팥을 팝니다 전화 주세요,를 보다가
> 나도 내 장기를 팔아 노후를 준비하듯
> 우리나라를 조금씩 떼어서 해외로 수출한다면
> 사람들은 모두 부자가 될 것이다
> 당겨 쓴 카드 빚과 텅 빈 통장을 생각하면
> 개인이 겪는 슬픔 따윈 아무것도 아닌
> 다수의 다수를 위한 두루마리 화장지처럼
> 계속 풀려오는
> 누군가의 슬픈 낙서 앞에서

나라가 있어야 개인이 있는 것이다,라고 말하지 말자

누가 나를 좀 팔아 다오

나도 그에게로 가서

기꺼이 삼사만 원의 현찰이 되어 줄 테니

의지할 곳 하나도 없이 늙어 가는 건달들아

제 손금을 들여다보지 마라

거기엔,

낳으시고 기르신 부모님 은혜가 없다

그 손으로 태극기 앞에 맹세할 의무가 없다

변기통의 물을 내리고

씩씩하게 지퍼를 올리고 아무리 다짐을 해도

갈 곳이 없는 사람들이

자신의 생으로 뭔가를 증명해야 한다면

화장실 벽에

이렇게 쓸 수밖에 없다

제일 싼 혈(血) 팝니다,

자본주의 만세!

　　―최금진, 「팝니다, 연락 주세요」(『새들의 역사』, 창비, 2007) 전문

　최금진의 시는 한층 더 냉소적이고 직접적이다. 그는 우회하기보다는 대놓고 이 대책 없는 자본주의 사회를 비판한다. 화장실에서 "콩팥을 팝니다 전화 주세요"라는 문구를 본 화자에게 그 문구는 지극히 현실적인 상상력을 불러일으킨다. 실제로 자신의 장기를 팔아서라도 가족의 생계를 책임지려 들거나 자신의 생계를 이어 나가야 하

는 사람들이 우리 사회에는 많다. 불법 장기 매매가 얼마나 위험하며 사기당할 확률이 얼마나 높은지 그 위험성을 그들이 몰라서 피하지 못하는 것은 아닐 게다. 그만큼 벼랑 끝까지 몰려서 다른 방도가 없으니까, 어차피 죽을 수밖에 없으니까 혹시나 하며 마지막 몸부림을 쳐 보는 것뿐이다.

벼랑 끝으로 절박하게 몰린 그들에게 '신체발부수지부모'니 나라가 있어야 개인이 있는 것이라느니 아무리 떠들어 봐야 소용없다. 그보다 훨씬 절박한 것은 "당겨 쓴 카드 빚과 텅 빈 통장"이다. 바깥이 없는 자본주의 사회가 무섭고 끔찍한 것은, 가난을 인간으로서의 최소한의 도리와 윤리마저 행할 수 없는 비인간적 조건으로 몰아넣는다는 데 있다. 이 가난에 낭만 따위가 있을 리 없다. 그것은 어느새 부끄럽고 죄스러운 것이 되어 버렸다. 조국도 부모도 인간다움도 모두 자본주의의 논리를 앞설 수 없다. "낳으시고 기르신 부모님 은혜"를 갚을 의무도 "태극기 앞에 맹세할 의무"도 그들에겐 부과되지 않는다. 그러니까 이 갈 곳 없는 사람들이 "자신의 생으로 뭔가를 증명해야 한다면/화장실 벽에/이렇게 쓸 수밖에 없다". "제일 싼 혈 팝니다". 정말이지 위대한 "자본주의 만세!"라고 말이다. 최금진의 시는 우리 시대의 자본주의가 그 내부자들을 어떻게 관리하고 통제하는지 정확하게 꿰뚫어 보고 있다. 최금진은 적나라하게 현실을 보여 줌으로써 바깥 없는 자본주의를 냉소한다.

5. 친절과 속도로 무장한 서비스 업종의 이면

자본주의 사회에서 급속도로 증가할 수밖에 없는 업종이 있다면 그것은 아마 서비스 업종일 것이다. 소비를 찬양하는 자본주의의 논리를 경배하는 업종이 바로 3차산업인 서비스 업종이다. 친절과 속도와 편의로 최상의 서비스를 제공하는 각종 서비스 업종은 불황 속에서도 호황을 누리고 있다. 불황으로 서민 경제는 위태로워져도 백화점에서는 고가의 제품일수록 더 잘 팔리는 아이러니가 현실이 된 지이미 오래다. 빈익빈 부익부는 점차 심화되어서 사회 전체를 양극화로 몰아가고 있는 것이다. 서울은 물론이고 지방의 대도시들도 어김없이 양극화되어 가고 있다.

친절과 속도를 모토로 하는 서비스 업종을 그린 시들은 대개 그 이면을 그리는 데 관심을 갖는다. 고객 앞에서 늘 친절한 웃음을 웃어야 하는 서비스 업종 종사자들의 비애를 그리거나 속도로 상징되는 자본주의의 위태로움을 그리고자 한다.

언제나 당신들이 옳았다는 것을……

변기에 얼굴을 처박고 나는 생각했다
당신들의 비슷비슷한 외모 태도와 말솜씨
그런 것들은 오랜 시간이 흘러도
당신들의 주문이 옳았다는 것을 확신케 하고
될 수 있으면 나는 이런 식의 이야기들을
유니폼과 에이프런,
검은색과 흰색으로만 적고 싶었다

먹고 토하고 먹고 토하는 일에 대해
스탠드의 불빛이 흰 벽을 스치듯
식기와 찻잔을 나르는 일에 대해
수저를 주워 당신들의 테이블에 되돌려 놓는

혼자만의 시간에 대해

변기의 물을 내리고
입술을 씻으며 나는 생각했다
언제나 당신들의 계산이 옳았다는 것을
당신들의 지나간 날들 얼룩진 과거와 현재
그런 것들은 오랜 시간이 흘러도
더 이상 당신들의 감수성이
당신들의 삶을 변화시킬 수 없다는 것을 깨닫게 하고
되도록 나는 이런 식의 이야기들을
메뉴와 빌즈,
검은색 흰색으로만 쓰고 싶었다

속고 속이고 사랑하고 배신하며 죽이고 살리는 일에 대해
낡은 오디오의 음악이 흰 벽을 타고 흐르듯
침묵 속에서 조용히 칼과 포크를 나르는 일에 대해
부서진 컵 조각을 주워 당신들을 안심시키는
혼자만의 시간에 대해

밤이 지나고 아침이 와도
아침이 가고 또 다른 밤이 찾아와도
언제나 되돌아오는 그 시각 그 테이블에서
당신들의 멈추지 않는 식욕이 옳았다는 것을
흰색 블라우스와
검은색 스커트의 주름을 바로잡으며

이 불빛의 도시에서 가장 초라하고 더러운 화장실 밖으로

그 어떤 웨이트리스보다 더 밝고

친절한 얼굴로 걸어 나가는 일에 대해

역시 옳다고 믿는 앞으로의 기나긴 시간들에 대해.

—황병승, 「웨이트리스」

(『트랙과 들판의 별』, 문학과지성사, 2007) 전문

"당신들의 멈추지 않는 식욕"이 지배하는 자본주의 사회에서 화려한 소비도시의 밤을 책임지는 웨이트리스의 삶에 대해 황병승의 시는 그녀의 입을 빌려 노래한다. 식기와 찻잔을 나르고, 손님들이 주는 술을 받아먹고 토하고 먹고 토하는 일을 되풀이하고, 침묵 속에서 조용히 칼과 포크를 나르며 사는 그녀들의 "혼자만의 시간에 대해" 황병승의 시적 주체는 관심을 갖는다. 항상 최고의 친절과 봉사와 웃음으로 고객 앞에 서는 그녀들이지만, "이 불빛의 도시에서 가장 초라하고 더러운 화장실" 안에서는 받아먹은 술을 고통스럽게 토하고 "변기의 물을 내리고/입술을 씻으며" "흰색 블라우스와/검은색 스커트의 주름을 바로잡으며" "당신들의 멈추지 않는 식욕이 옳았다는 것을" 깨닫는 웃음기 가신 그녀들이다.

굵은 글씨로 쓰여 있는 **"언제나 당신들이 옳았다는 것을⋯⋯"**에서 느껴지는 것은 계란으로 바위를 쳐 본 사람이 갖게 되는 무력감이다. 그러므로 그녀들은 "그 어떤 웨이트리스보다 더 밝고/친절한 얼굴로 걸어 나가"며 "옳다고 믿는 앞으로의 기나긴 시간들"을 살아가려고 한다. 흥미로운 것은 '-에 대해'라는 표현이 반복된다는 데 있다. '-을'이 정면으로 대하는 태도라면 '-에 대해'는 조금쯤 사선으로 비껴서 있는 태도이다. 거기서 사유의 공간이 생겨난다. "검은색

흰색으로만 쓰고 싶"은 흑백의 세계에서 벗어날 가능성이 이 사유의 공간에서 열린다. 그녀는 여기서 '아는 자'가 된다. 그것은 속지 않는 자이기도 하다. "당신들의 멈추지 않는 식욕이 옳았다는 것을" 알면서 "초라하고 더러운 화장실 밖"에서 어떻게 살아야 하는지를 아는 존재. 그녀에게 일말의 희망이 있다면 그것은 바로 이 앎에서 올 것이다.

검은 옷과 검은 헬맷의 퀵서비스맨 오토바이로 차들 사이사이를 비집으며 달린다 등 뒤에서 밀봉된 박스가 덜컹거리고 엉덩이 아래 양쪽에서 주황색 비상등은 쉴 새 없이 동시에 깜박인다 비상등은 허공의 맥박이다 몸의 주술이다 시간의 다급한 구토다 퀵서비스맨 쉴 새 없이 차선을 바꾼다 납작하고 가파른 사이드 미러에 차들과 허공을 담았다 뱉어 버린다 차들의 사이드 미러에 느닷없이 들이닥쳤다 나와 버린다 허공의 암벽에 시선을 척척 갖다 건다 퀵서비스맨 허공의 암벽을 뚫는다 소리가 울퉁불퉁하다 파편들이 사방으로 튄다 시간이 하혈한다 퀵서비스맨 몸이 줄줄 샌다 길은 계속 질주한다 퀵서비스맨이 흘리고 가는 몸을 차들이 짓이기며 간다 몸은 잘 다져진다 길에서 살냄새가 난다 몸이 빠져나간 바지와 점퍼가 펄럭인다 퀵서비스맨 곧 철거될 임시 천막 같다 어깨를 따라 둥글게 새겨진 성실퀵서비스가 타다 남은 뼈처럼 덜그럭거린다 낡은 오토바이의 비좁은 난간 위에 악착같이 붙어 있는 것은 두 발인가 굳어 버린 절규인가 절망이라는 새살인가 바람이 천막의 앞가슴을 퍽퍽퍽 치며 묻는다 텅 빈 몸 안에 바람의 근육을 달고 질주하는 퀵서비스맨 살을 내어주고 삶의 시간을 얻는 퀵서비스맨 느닷없이 급브레이크를 밟는다 허공이 쭉 찢어진다 짙은 곰팡이 냄새가 난다 브레이크 등에서 흘러내리다 멈춘 퀵서비스맨의 심장이 펄떡거린다 심장은 아

직 붉다 물컹하다

(『세상에서 가장 가벼운 오토바이』, 문학과지성사, 2007) 전문

이원의 최근 시집 『세상에서 가장 가벼운 오토바이』는 속도에 관한 시집이다. 퀵서비스맨과 오토바이들이 자주 등장하는 것도 속도에 대한 그녀의 탐색 때문이다. 디지털 시대야말로 속도가 지배하는 세계이다. 그런 점에서 그녀의 선택은 필연적인 것이기도 하다. 작은 오토바이 하나에 몸을 싣고 달리는 퀵서비스맨. 이들은 종종 밤이면 폭주족들로 변신한다. 그들은 속도를 온몸으로 체감할 수 있는 자들이다. 위험을 담보하는 만큼 그들이 느끼는 속도는 가장 현실감 있는 스릴을 선사한다. 오토바이에 올라타 속도를 내는 퀵서비스맨은 곧 오토바이와 하나가 된다. 속도에 몸을 실은 퀵서비스맨은 도로에 몸을 흘리고 간다. 속도는 존재의 얼굴과 몸을 지워 버린다. 빠른 속도를 추구하는 전 지구적 자본주의 사회에서 살아가는 우리의 삶도 시간이 하혈하고 도로에 몸을 흘리고 가는 퀵서비스맨과 그리 달라 보이지 않는다.

6. 제도와 억압의 상징으로서의 교사

최근 젊은 시인들의 시에서 빈번히 등장하는 직업 중 하나가 교사이다. 제도의 폭력과 억압에 민감한 젊은 시인들의 시는 주로 가정 폭력과 학원 폭력을 대상으로 하는 경우가 많은데, 그러다 보니 자연스럽게 교사라는 직업이 자주 등장하게 된다. 이때 교사는 대개 제도와 억압의 상징으로서 그려지며, 부정적인 기성세대의 이미지를 갖는다.

어제는 담배 오늘은 귀걸이 우리들은 허벅지에 테이프로 붙인 커닝 페이퍼 윤나는 머리털 이런 거 다 빼앗겼지만 아아아 고마워라 자 합창 합시다 악보를 읽을 줄 몰라도 공식적으로 소리 지를 수 있다면 무슨 노래라도 부를 수 있었다 이즈음이면 방화가 잦던 산 아래 학교였고 나무를 좋아했지만 숲을 피해 다녔다 나는 있는 둥 마는 둥 한 아이였다 잃어버리거나 압수당할 물건도 없었다 강당에 다녀오니 빈 지갑이 없어졌고 그날 주번이 바뀌었다

붕괴 조짐이 보이는 옥상을 뛰어다녔다 제발 부서져라 부모님은 뭐 하시니 가정방문 온 담임을 보고 새엄만 홀복처럼 찰랑찰랑했다 이브 몽탕 닮으셨어요 아버지는 밀수하다 또 걸려 간 후였고 나는 신발을 구겨 신고 부둣가를 서성거렸다 몽땅 얕고 좁고 짧은 목구멍을 탓했다 다 합창하세요 아아아 보답하리 학교에 다녀오니 새엄마가 사라졌다 양복장이 홀가분해져 있었다 다음 날 담임이 결근했다

결손은 불어 제시문같이 낯설었지만 미지수를 소거한 후 답을 찾는 규칙과 그 부질없는 답처럼 정해져 있었다 합창하세요 아아아 선생이란 입만 벌렸나 소리를 내나 뚫어져라 쳐다보는 사람이었고 키 큰 학생과 구분하기 위해 붙인 이름이었고 부모와 견줄 만큼 이상한 사람들이었다 그들은 또 하느님처럼 절대 이해할 수 없었고 무조건 맞아요 하면 옳다고 대답했다

체육관 창가에 오래 붙어 서 있다 아버지가 먹다 던진 두부 같은 구름은 비와 옛날을 불러오고 마이크에 팅팅 불어 나오는 노랫말 소리는 십 수 년 전과 변하지 않았다. 아아 고마워라 천벌 같은 폭풍우를 좋아

하지만 우산을 잊지 않는다 학생들의 것도 **빼앗아** 쓴다 이제 나는 선생을 이해하고 모자람 없이 결손되었다

—김이듬, 「합창합시다—스승의 날」

(『명랑하라 팜 파탈』, 문학과지성사, 2007) 전문

'아아아 고마워라 스승의 사랑 아아아 보답하리 스승의 은혜'라는 후렴구가 붙어 있는 노래 「스승의 은혜」는 아직도 스승의 날이면 종종 학교에 울려 퍼지지만, 진정한 스승이 사라져 가고 스승의 권위가 땅에 떨어진 지 오래인 오늘의 학교에서 그 노래에 진심이 담겨 있기는 쉽지 않다. 김이듬의 시에서 인용된 「스승의 은혜」 노래 역시 마찬가지다. "아아아 고마워라", "아아아 보답하리" 하며 아이들의 합창이 울려 퍼질 때 거기엔 존경과 감사가 아닌 조롱과 경멸이 차라리 담겨 있다. 아이들은 그 노래에 공감하거나 그 노래를 원해서 불렀다기보다는 "악보를 읽을 줄 몰라도 공식적으로 소리 지를 수 있다면 무슨 노래라도 부를 수 있었"던 것에 불과했다. "어제는 담배 오늘은 귀걸이" "허벅지에 테이프로 붙인 커닝 페이퍼 윤나는 머리털", 아이들은 할 수 있는 한 일탈과 반항을 시도했고 선생들은 그 모든 일탈의 흔적을 압수하기에 바빴다.

담임교사의 가정방문이 있던 시절, 학교라는 조직에 의해 '결손가정'으로 낙인찍힌 아이들이 느꼈을 상대적 박탈감이란 엄청난 것이었을 게다. 그것은 사회에 나가서 그들이 겪을 소외감에 대한 선행 학습 같은 것이었을지도 모르겠다. 운이 좋아서 좋은 교사를 만나는 학생들은 좀 달랐겠지만, 그렇지 않은 학생들에게 학교에서의 생활이란 지옥 같은 것이 아니었을까.

"결손은 불어 제시문"처럼 해당 아이들에게도 낯설지만 이미 정해

져 있는 것이었다. 아이들의 눈에 비친 선생들이란 "부모와 견줄 만큼 이상한 사람들이었다". 아이들에게 선생들이란 "절대 이해할 수 없"는 존재들이었고 "무조건 맞아요 하면 옳다고 대답"하는, 복종만을 원하는 사람들이었다. "천벌 같은 폭풍우를 좋아하지만 우산을 잊지 않는" 현실주의자인 선생을 시의 화자는 이제 이해한다고 말한다. 그것은 곧 그가 선생들과 마찬가지로 제도의 편에 선 어른이 되었음을 의미한다. "모자람 없이 결손되었다"고 그녀가 말하는 까닭도 여기에 있을 것이다. 이 이상한 사회에 너무도 잘 적응해 사는 대부분의 어른들은 진정으로 모자람 없이 결손된 존재들인지도 모른다.

　파리채 선생
　진짜 인생을 모르는 늙은 노처녀가 있다 그녀가 어떻게 선생이 되었는지 아무도 모른다 국가적인 위협이 아닐 수 없다 이를테면 수업이 끝나는 즉시 집에 가서 숙제를 하고 불쌍한 부모를 도우라는 식이다 우리는 차라리 학교라는 게 없었으면, 하고 바라는 열일곱인데 그것을 표현하기라도 하면 또 등짝으로 파리채가 떨어진다 바보 같은 짓이다 우리를 일깨워 주기는커녕 늙은 노처녀 선생의 이마에서는 땀이 흐르니까 말이다 국가적인 시간 낭비가 아닐 수 없다 서로의 인생관이 너무나 다르고 말이 통하지 않는다
　　　　　　　—황병승, 「트랙과 들판의 별」(『트랙과 들판의 별』) 부분

　황병승의 「트랙과 들판의 별」 한 부분에는 '파리채 선생'이 등장한다. '파리채 선생'은 그의 첫 시집부터 종종 등장하던 황병승 특유의 알레고리화된 인물들 중 하나이다. "수업이 끝나는 즉시 집에 가서 숙제를 하고 불쌍한 부모를 도우라는 식"의 교과서적인 충고를 일방

적으로 전달하는 '노처녀' 선생에 대해 황병승 시의 주체는 "진짜 인생을 모르는 늙은 노처녀"라고 생각한다. 사실상 그것은 삐딱한 그 나이 아이들이 흔히 가질 만한 불만 어린 시선이다. 아이들과 교감을 하는 방법을 모르는 선생에게도 책임이 있을 것이다. 저 나이의 아이들이란 대개 "차라리 학교라는 게 없었으면, 하고 바라는 열일곱인데" 그녀는 그것을 이해하려 들기는커녕 그런 마음을 표현하기라도 하면 아이들의 등짝을 사정없이 파리채로 후려친다. 그녀는 이미 아이들을 교감의 대상으로 보지 않는 매너리즘에 빠진 교사라고 할 수 있다. 아이들 또한 그것을 잘 알고 있다. "서로의 인생관이 너무나 다르고 말이 통하지 않는다"는 사실을 말이다. 아이들에게 그녀는 그저 '파리채 선생'일 뿐이다. 자신들을 한낱 파리로 취급하는 선생. 그 아이들에게 그녀의 존재도 다를 리 없다.

젊은 시인들에 의해 그려지는 교사의 모습이란 이렇게 제도와 억압과 불통의 상징인 기성세대 그 자체이다. 아이들과 선생들 사이에 대화란 차단되어 있고, 선생들은 오히려 아이들의 갑갑증을 더욱 부추길 뿐이다. 말이 통하지 않는다는 점에서 그들은 부모와 닮아 있다. 이런 젊은 시인들의 시각은 사실상 이미 권위가 땅에 떨어질 대로 떨어진 우리 사회의 스승의 모습을 핍진하게 그리고 있다. 그들은 더 이상 스승이 아닌 수많은 직업 중 하나인 교사일 뿐이다. 씁쓸하지만 그것이 우리 사회의 현주소다.

7. 디지털 시대를 살아가는 시인과 예술가들

부정적인 이미지의 교사와 함께 최근 젊은 시인들의 시에서 자주 등장하는 직업은 시인을 비롯한 각종 예술가들이다. 여기에는 시인을 비롯해 순수예술을 하는 예술가들뿐만 아니라 랩퍼와 같은 대중예술가, 빵을 굽는 장인, 마술사 등에 이르기까지 디지털 시대의 전문 기술직을 포함시킬 수 있다. 최근 젊은 시인들의 시에서는 그들과 시인 자신을 동일시하는 시적 상상을 보이는 시들이 종종 눈에 띈다.

　　당신의 기차는 내 창가에 묶여 있어요
　　창을 열면 낯선 구두가 이마를 꾹꾹 눌러요
　　하늘엔 새들이 오래도록 멈춰 서 있고요
　　여섯 가닥의 먹구름이 흘러가요 그 위로
　　한 줄기 번개가 소리 없이 디스토션을 걸어요
　　고압선을 따라 당국의 메시지가 전송되는 아침
　　소리 분리 수거법이 강화됐다는 전갈이에요
　　주부들이 소음을 가득 채운 쓰레기봉투를 던져요
　　기타 줄은 소각됐고 당신의 기타는
　　기다란 손톱을 사랑하는 소리의 방주예요
　　레일을 잃은 기차예요

　　당신의 기타는 너무 오래 묶여 있어요
　　창을 닫으면 낯모를 신음이 벽을 두드려요
　　소녀들이 수화를 재잘거리며 지나가요
　　음반 가게에선 침묵을 구워 팔아요
　　아나키스트들은 복화술로 지령을 전달하고
　　사람들은 초음파로 대화하는 데 익숙해져 가요
　　그 많던 기타 줄은 다 어디로 갔을까요?
　　역사가는 백가쟁명의 선사라 우기고
　　정치가는 반국가적 복화술 책동이라 우겨요

사람들은 몰라요

기타는 달리고 기차는 울고

소리 없이 뛰는 건 당신의 심장이에요

자궁 위로 초음파가 지나듯 해가 저물어요

빈 술독 틈에서 소리 없는 나날이 저물어요

　　　　　　　　　　—신동옥, 「악공, Anarchist Guitar」

　　　　（『악공, 아나키스트 기타』, 랜덤하우스코리아, 2008) 전문

　신동옥이 그리는 풍경 속에서 모든 움직이는 것들은 정지해 있고, 소리 나는 것들은 침묵에 갇혀 있다. 고압선을 따라 "소리 분리 수거법이 강화됐다는" 당국의 메시지가 전송되는 아침, 주부들은 "소음을 가득 채운 쓰레기봉투를 던"지고 기타 줄은 소각된다. 기타는 "레일을 잃은 기차"가 되어 "너무 오래 묶여 있"다. 소리가 금지된 세상 속에서 소녀들은 "수화를 재잘거리"고 "음반 가게에선 침묵을 구워" 판다. "아나키스트들은 복화술로 지령을 전달하고/사람들은 초음파로 대화하는 데 익숙해져" 간다. 시인은, 당국의 공식적인 언어만이 일방적으로 사람들에게 전달될 뿐, 제대로 된 소리들은 모두 금지된 세계를 그린다. 그것은 시인이 이해하는 '지금, 여기'의 모습에 가까워 보인다.

　기타 줄 없는 기타를 연주하는 악공은 복화술로 지령을 전달하는 아나키스트인 셈이다. 신동옥은 언어에 대한 믿음이 사라지고 소통 가능성이 줄어든 이 시대를 살아가는 시인 역시 그런 점에서 저 아나키스트와 다르지 않다고 본다.

　내 육체 속에서는 무언가 가끔씩 덜그럭거리는데

그것은 가끔씩 덜그럭거리는 무언가가 내 육체 속에 있음을 상기시
킨다

욕조 속에 몸 담그고 장모님이 한국에서 보내 온 황지우의 시집을 다
읽었다
시집 속지에는 "모국어를 그리워하고 있을 시인 사위에게"라고 씌어
있었다
(장모님이 나를 꽤나 진지한 태도의 시인으로 오해하는 것이 사실은
부담스럽다)
문득 무중력 상태에서 시를 읽는 기분이 어떨까, 궁금해져
욕조 물속에 시집을 넣고 한 장 한 장 넘겨 보았다
그렇게 스무드할 수 없었다
어떤 시구들은 뽀골뽀골 물거품으로 올라와 수면 위에서 지독한 냄
새를 터뜨리기도 했다

욕조에서 나와 목욕 가운을 걸치며 나는 생각했다
정말 이 안에 아무것도 안 입어도 되는 것일까?
도덕적으로 그리고 미적으로 그래도 되는 것일까? 그러나
현 자본주의의 존재는 정당화될 수 있는가?
라는 질문에 대한 답을 나는 오랫동안 미루어 왔다, 아니, 사실은
그런 질문을 애초에 던지기라도 한 것인가?

머리를 드라이어로 말리고 있는데
사회운동가인 맥에게서 전화가 왔다
그는 마찬가지로 사회운동가인 애인 레슬리 집에서 동거 중이다

오늘 밤에 자기네 집에서 식사나 같이하자는 것이었다

(그가 나를 한국에서 온 좌파 급진주의자로 오해하는 것이 사실은 부
담스럽다)

네 시인데 방 안은 벌써 어둑어둑해지고 있었다

주관적 조건과 객관적 조건이 맞아떨어질 때, 혁명이 일어나듯이

블라인드의 각도를 태양 빛의 입사각에 정확하게 맞출 때

이 방은 제일 밝다, 그러나 그런 일은

나같이 게으른 인간에게는 거의 일어나지 않는다

대학 다닐 때, 데모 한번 한 적 없는 아내는 의외로 나의 좌파 친구들
과 잘 어울린다

심지어는 오늘 또 다른 사회운동가 아라파트도 오는 거냐고 묻기까
지 했다

(그러고 보니 아내는 지난 대선 때 민중 후보를 찍었다)

지난번 우리 집에서 「위 섈 오버컴」을 다 함께 합창할 때도

아내는 옆에서 녹차를 따르며 잠자코 웃기만 했다

아내는 그러나 이혼을 의식화시키는 결혼이라는 제도 속에서

그럴듯한 열매 한번 못 맺은 나쁜 품종의 식물, 나를 가꾸며 삼 년 동
안 잘 버텨 왔다

문득 고마운 마음이 들어 컴퓨터 앞에 앉아 있는 아내에게 다가가 목
욕 가운을 활짝 펼쳐 보이고 싶었으나

나는 그런 짓이 도덕적으로나 미적으로 용납이 될 수 있을지 확신이
서지 않았다

의자에서 일어나 블라인드의 각도를 고치며 아내는 투덜거렸다

더 밝은 곳으로 이사 가고 싶어

하지만 집세를 생각해야 할 것 아냐. 그리고 당신, 내가 한 질문에 먼저 대답이나 하란 말이야!

그러나 내가 어떤 질문을 아내에게 한 것인가? 질문을 과연 하기나 한 것인가?

를 난 기억할 수 없었다, 기억하려고 애쓰는 동안

태양 빛이 블라인드의 각도를 심각한 수준 이상으로 초월하였으므로

방은 속수무책 어두워져 갔고 이내 모든 것이 암흑 속에 잠겨 버렸다

—심보선, 「엘리베이터 안에서의 도덕적이고 미적인 명상」

(『슬픔이 없는 십오 초』, 문학과지성사, 2008) 부분

21세기형 지식 룸펜 시라고 불릴 만한 성향을 보이는 심보선의 시에서도 시인으로서의 자의식이 종종 노출된다. 시인의 육체 속에서는 "무언가 가끔씩 덜그럭거리는" 또 다른 분신이 존재한다. 장모의 눈에 비친 그는 "모국어를 그리워하고 있을 시인"이며, 사회운동가인 맥에게 그는 "한국에서 온 좌파 급진주의자"이다. 아내에게는 삼 년 동안 잘 가꿔 온 조금은 별 볼 일 없는 남편이지만, '나'는 "도덕적이고 미적인" 문제 앞에서 항상 갈등하고 번민하는 21세기의 시인이다. 한때 사회운동에 헌신했을 것으로 추정되고, 지금은 "현 자본주의의 존재"가 "정당화될 수 있는"지 스스로 질문을 던져 보고 답을 미루며 회의하는 존재이다.

바깥의 시선과 스스로의 자의식 사이에 괴리감이 있고, 그 사이에서 혼란스러워하고 갈등하는 존재. 심보선이 그리는 시인의 자화상은 시의 위기를 맞은 21세기에 미적인 문제와 도덕적인 문제 사이에서 방황하고 갈등하는 지식 룸펜 시인의 모습을 적실하게 그려 내고 있다.

8. 자본의 논리와 시의 존재론

'직업'이라는 주제를 중심으로 최근의 우리 시를 살펴보았을 때, 가장 두드러진 특징은 자본의 전 지구적 재편과 신자유주의의 논리가 시에도 어떤 형식으로든 반영되고 있는 점이라고 할 수 있다. 당장 한 치 앞이 불안한 샐러리맨들과 비정규직 노동자들, 그리고 그들의 불안한 미래가 될 수도 있는 실직자와 노숙자들 같은 뿌리 뽑힌 사람들의 삶을 그린 시는 말할 것도 없고, 모든 것을 상품화하는 자본의 논리에 가장 잘 적응하고 있는 서비스 업종이나 제도와 억압의 상징으로서의 교사, 디지털 시대를 살아가며 회의하는 예술가들을 그린 시에서도 전 지구적 자본주의와 신자유주의의 그림자가 어른거린다. 21세기의 한국 사회에서 그것은 이미 시적 취향이나 이데올로기의 문제를 벗어나 있는 것으로 보인다.

전 지구적으로 확장된 자본주의의 바깥을 상상하기 힘든 오늘의 한국 사회에서 발표되는 시들은, 주로 미래에 대한 불안감으로 흔들리고 있거나 무기력하게 소외되어 가는 직장인들을 그리는 데 바쳐진다. 뿌리 뽑힌 채 떠돌아다니는 것이 어디 그들의 삶뿐이겠는가. 우리의 미래라고 그와 다르다고 누군들 확언할 수 있겠는가. 아니, 현재의 문제에 붙들려 미래는 잊은 지 오래거나 상상할 여유조차 없는 사람들도 적지 않다. '직업'에 주목하면서 최근의 우리 시를 읽을 때 두드러진 것은 역시 전 지구적 자본주의 시대의 첨예한 풍경이었다. 시적 취향과 이데올로기의 문제를 떠나 전 지구적 자본주의 시대의 삶의 방식으로부터 자유로울 수 있는 존재는 아무도 없다는 사실을 새삼 확인할 수 있었다. 자본의 논리는 점차 창궐하지만, 바로 그렇기 때문에 시는 존재의 이유를 갖게 되는 것인지도 모르겠다. 자본주의의 바깥을 상상하기 힘든 시대이지만, 또한 체제의 외부자가 되지 않고는 꿈틀거리는 동력을 얻을 수 없는 것이 시의 운명일 테니 말이다.

바짓단에 걸린
가족

1. 가족, 욕망의 진원지

가족은 시인들에게 주홍 글씨처럼 아로새겨진 상처이거나 회복 불
가능해진 그리움의 대상이거나 거부해야 할 제도였다. 서정주는 "나
를 키운 건 팔 할이 바람"이라는 도발적 언술을 통해 가난한 가족을
부정하는 방식으로 자신의 자화상을 그렸으며, 백석의 시에서 가족은
뿔뿔이 흩어진 채 기억 속에만 존재하는 모습으로 그려졌으며, 2000
년대 젊은 시인들에게서 가족은 종종 부정해야 할 제도의 일부였다.

다른 사회구성체와는 달리 혈연이나 그에 버금가는 결속력으로 맺
어진 특이한 구성체인 가족은, 최초로 경험한 사회라는 점에서 모두
에게 특별할 수밖에 없을 것이다. 최근에는 대안 가족의 형태가 많아
지면서 가족에 대한 다른 모델들이 나타나고 있지만, 다른 사회구성
체와 구별되는 가족 특유의 결속력이 적잖은 시인들에게는 억압이자
형벌로 작용한 것처럼 보인다. 사랑이라는 이름으로 부과되는 책임은
가족을 한층 더 무거운 존재로 인식하게 했는데, 관계를 깊이 맺는

것을 꺼리는 가벼운 시대에 가족이 주는 중압감은 더욱 남달랐던 것
으로 보인다.

하긴 꼭 시가 아니더라도 알란 파커 감독의 유명한 영화 「핑크 플
로이드의 벽(The Wall)」에서 일찍이 '가족'은 '학교'와 함께 벗어나고 부
숴 버려야 할 제도이자 벽으로 그려졌었다. 전쟁 중에 죽은 핑크의
아버지도 핑크를 과잉보호하고 간섭하는 어머니도 그에겐 무너뜨려
야 할 '벽'이었다. 이러한 인식은 2000년대 상반기를 강타한 황병승
이나 김민정의 시에서도 지속적으로 나타나는 상상력이었다.

가깝다는 이유로 소유욕이 가장 무섭게 작동할 수 있는 것도 가족
이요, 윤리와 도덕이라는 이름으로 무거운 짐을 떠맡기는 존재들 역
시 가족이다. 일제 말기에는 해체된 가족의 모습으로 잃어버린 고향
과 조국을 상징적으로 보여 줬으며, 이성복은 「어떤 싸움의 기록」에
서 아버지의 권위가 해체된 1980년대를 빗대어 표현했다. 1980년대
의 많은 시인들에게 '아버지'는 부재하는 존재였다. 2000년대에도 가
족은 여전히 시가 싹트고 꿈틀대는 원천이다. 지난 계절의 시에서도
가족으로 인한 내상(內傷)을 곳곳에서 찾을 수 있었다.

2. 부재로 존재하는 아버지, 애증의 시간

아들에게 아버지는 자신의 존재 근거이자 최초의 경쟁 상대이다.
어머니를 사이에 둔 아버지와의 경쟁 관계는 굳이 프로이트를 들먹
이지 않아도 모든 아버지와 아들의 관계에서 어렵지 않게 발견된다.
아들이 아버지에게서 보는 것은 "나 같은 남자"이며, 아버지 역시 아
들에게서 자신의 어릴 적 모습을 본다.

가족+이데올로기

아버지는 참 착했습니다 나에게 사랑을 가르쳤습니다

아버지는 나를 흙먼지로 만들었는데
아버지는 지금 흙먼지가 되어 나를 사랑하고 있습니다
흙먼지 속에서 흙먼지의 표정으로 나는 아버지 흙먼지를 움켜쥡니다
신음 때문에 비로소 흙먼지 속의 아버지를 보게 되었습니다

아버지의 유언: 널 사랑해, 네 아름다운 몸을 가지고 싶어, 내 뜻을
따르지 않으면, 널 혁대로 때리겠어, 하루 종일 나는
퍽킹을 꿈꿔

간절한 아들: 움켜쥐고, 맘껏 먹어요, 이것이 나의 몸이에요

저 푸른 초원 위에 그림 같은 집을 짓고 사랑하는 아버지와 한 백 년
살고 싶은데, 지금 아버지는 흙먼지일 뿐인데, 나는 무엇을 해야 하나

친구들의 조언: 한때 우리는 마마집에서 막걸리를 마시며 젓가락 장
단을 두드리며 투쟁을 호소하며 원수를 사랑하겠다
고, 아버지를 배반하지 않겠다고, 다짐하며 노래를
부르지 않았니? 함께 가자고 맹서하지 않았니?

그들의 코러스: 지랄하고 자빠졌네

나는 지금 혼자입니다 서약서를 펼쳐 봅니다

1. 나에게 사랑의 기술을 가르쳤던 아버지. 그는 양철북입니다. 투쟁의 상대입니다.

2. 무의식의 세계는 아름답습니다. 그곳에서 나는 아버지와 결탁합니다. 나는 아버지가 되기 위해, 아버지처럼 북이 되기 위해 모든 것을 바칠 것입니다. 몸과 마음을 바쳐 충성을 다할 것을 굳게 다짐합니다. 북을 치는 순간 그와 나의 피가 섞입니다. 어떤 씨앗이 영글까요. 북소리가 빨라집니다.

3. 세계의 무의식은 아름답습니다. 그곳과 나는 아버지에 의해 결탁됩니다. 아버지가 된 나를 위해, 북이 된 아버지처럼 모든 것을 바친 아버지처럼, 나 역시 몸과 마음을 아버지에게 바쳐 영원한 충성을 다짐하는 개가 되기 위해, 개처럼 복종하기 위해, 개복하기 위해……

4. 사랑의 기술을 나에게 가르쳤던 아버지 양철북을 찢어 버리겠습니다.

사람들은 식물과 꽃의 색깔이 빛의 직접적인 생산이라고 생각합니다
　　　　　　　　　—장석원, 「식물」(『서정시학』, 2007.겨울) 부분

장석원의 시에서 아버지는 애증의 대상으로 모습을 드러낸다. 그는 '지금, 여기'에 없는 부재하는 아버지이지만, 부재로서 비로소 존재하는 아버지이기도 하다. 부재하는 아버지는 시적 주체의 의식과 무의식을 지배한다. 아버지는 "나 같은 남자"로 "나에게 사랑을 가르쳤"다. "아버지는 나를 흙먼지로 만들었는데/아버지는 지금 흙먼지가 되어 나를 사랑하고 있"다. 아버지는 흙먼지가 되어 이승을 떠난 후

에도 아들의 삶을 간섭한다. "저 푸른 초원 위에 그림 같은 집을 짓고 사랑하는 아버지와 한 백 년 살고 싶"었는데, 지금 아버지는 그의 곁에 없다. 아버지는 장석원 시의 시적 주체에게 "양철북"이자 "투쟁의 상대"였다. '나'는 아버지 파시즘에 맞서다가도 복종을 다짐하기도 한다. 마치 파시즘 앞에 굴복하는 민중 주체의 모습을 닮았다. 논리적으로는 설명이 불가하지만 자발적으로 파시즘에 굴복하게 되는 민중의 모습은 아버지를 미워하면서도 한편으로는 사랑을 갈구하며 반항과 복종 사이를 방황하는 시적 주체의 모습을 닮았다.

아버지에게 사랑의 기술도 배웠고 아버지로 인해 생명을 얻기도 했지만, 아버지가 사랑한 것은 "복사된 나", 즉 아버지 자신일 뿐이었음을 깨닫는다. "당신은 이제껏 당신을 반복해 왔"을 뿐 "나를 사랑하지 않았"던 것이다. 그러므로 '나'는 "아버지 없이 태어나 번성"한 존재이다. "모든 것을 받아들이는 고요한 식물처럼" 아버지 없이 태어나 자란 것이다. '식물'은 부재로 존재하는 아버지의 상징이자 그런 아버지를 닮은 '나'의 상징이다.

장석원의 시에서 아버지가 출현할 때 그것은 종종 지난 시대의 기억과 맞물린다. "한때 우리는 마마집에서 막걸리를 마시며 젓가락 장단을 두드리며 투쟁을 호소하며 원수를 사랑하겠다고, 아버지를 배반하지 않겠다고, 다짐하며 노래를 부르지 않았니? 함께 가자고 맹서하지 않았니?"라고 물으며 옛 기억을 환기하는 '친구들의 조언'은 왜곡된 기억처럼 뒤틀려 있지만, 지난 시대의 일말의 진실이 그 속엔 들어 있다. 조국과 아버지, 또는 사회와 아버지가 동일시되었던 시절의 상흔이 그 시절에 성장기를 보낸 세대에겐 남아 있었으며, 그들의 대사회적 투쟁은 때론 아버지에 대한 투쟁이기도 했다. 그리고 그것은 종종 애증의 형태를 띠고 있었다.

3. '다른 나라'를 꿈꾸는 가족

아버지와 어머니, 피를 나눈 형제처럼 혈연으로 맺어진 가족도 있지만, 결혼이라는 제도로 인해 후천적으로 맺어지는 가족도 있다. 아내가 대표적이며, 장인, 장모를 비롯한 아내의 가족 역시 그러하다. 한국도 머잖아 다민족국가가 될 거라고 하지만, 아직은 혈연에 대한 집착이 강한 것 또한 부정하기 힘든 현실이다. 결혼 제도로 인해 새롭게 연을 맺게 된 가족들의 경우에는, 결혼 전까지 각자 다른 나라를 꿈꾸며 살아오던 사람들끼리의 만남이라고 할 수 있다. 결혼 이후에도 그들에겐 버리지 못한 꿈이 어떤 형태로든 남아 있을 것이다.

내 육체 속에서는 무언가 가끔씩 덜그럭거리는데
그것은 가끔씩 덜그럭거리는 무언가가 내 육체 속에 있음을 상기시
킨다

욕조 속에 몸 담그고 장모님이 한국에서 보내 온 황지우의 시집을 다
읽었다
시집 속지에는 "모국어를 그리워하고 있을 시인 사위에게"라고 씌어
있었다
(장모님이 나를 꽤나 진지한 태도의 시인으로 오해하는 것이 사실은
부담스럽다)
문득 무중력 상태에서 시를 읽는 기분이 어떨까, 궁금해져
욕조 물속에 시집을 넣고 한 장 한 장 넘겨 보았다
그렇게 스무드할 수 없었다
어떤 시구들은 뽀글뽀글 물거품으로 올라와 수면 위에서 지독한 냄
새를 터뜨리기도 했다

욕조에서 나와 목욕 가운을 걸치며 나는 생각했다

정말 이 안에 아무것도 안 입어도 되는 것일까?

도덕적으로 그리고 미적으로 그래도 되는 것일까? 그러나

현 자본주의의 존재는 정당화될 수 있는가?

라는 질문에 대한 답을 나는 오랫동안 미루어 왔다, 아니, 사실은

그런 질문을 애초에 던지기라도 한 것인가?

머리를 드라이어로 말리고 있는데

사회운동가인 맥에게서 전화가 왔다

그는 마찬가지로 사회운동가인 애인 레슬리 집에서 동거 중이다

오늘 밤에 자기네 집에서 식사나 같이하자는 것이었다

(그가 나를 한국에서 온 좌파 급진주의자로 오해하는 것이 사실은 부담스럽다)

네 시인데 방 안은 벌써 어둑어둑해지고 있었다

주관적 조건과 객관적 조건이 맞아떨어질 때, 혁명이 일어나듯이

블라인드의 각도를 태양 빛의 입사각에 정확하게 맞출 때

이 방은 제일 밝다, 그러나 그런 일은

나같이 게으른 인간에게는 거의 일어나지 않는다

대학 다닐 때, 데모 한번 한 적 없는 아내는 의외로 나의 좌파 친구들과 잘 어울린다

심지어는 오늘 또 다른 사회운동가 아라파트도 오는 거냐고 묻기까지 했다

(그러고 보니 아내는 지난 대선 때 민중 후보를 찍었다)

지난번 우리 집에서 「위 셸 오버컴」을 다 함께 합창할 때도

아내는 옆에서 녹차를 따르며 잠자코 웃기만 했다

아내는 그러나 이혼을 의식화시키는 결혼이라는 제도 속에서

그럴듯한 열매 한번 못 맺은 나쁜 품종의 식물, 나를 가꾸며 삼 년 동안 잘 버텨 왔다

문득 고마운 마음이 들어 컴퓨터 앞에 앉아 있는 아내에게 다가가 목욕 가운을 활짝 펼쳐 보이고 싶었으나

나는 그런 짓이 도덕적으로나 미적으로 용납이 될 수 있을지 확신이 서지 않았다

　　　　　　　　　—심보선, 「엘리베이터 안에서의 도덕적이고 미적인 명상」

　　　　　　　　　　　　　　　　　　（『문학동네』, 2007.겨울) 부분

심보선의 시는 그 꿈의 흔적을 "내 육체 속에서" "무언가 가끔씩 덜그럭거리는" 존재로 표현한다. 아마도 그것은 일상적인 자아와는 어긋나는 또 다른 자아, 남들이 인식하는 자신과는 다른 자기의 분신 같은 것이 아닐까 싶다.

인용한 시는 시인의 소소한 일상을 그린다. 욕조 속에서 목욕을 하고 나와서 목욕 가운을 걸치고 머리를 드라이어로 말리고 저녁 식사 초대 전화를 받고 초대받은 집에 가기 위해 아내와 함께 엘리베이터에 탄다. 그 사이사이로 문득 장모님이 "모국어를 그리워하고 있을 시인 사위에게" 선물한 황지우 시집을 읽는 모습이라든가 자신이 이곳에서 "한국에서 온 좌파 급진주의" 시인으로 통하는 점이라든가 자신의 좌파 친구들과 아내가 의외로 잘 어울린다는 사실이라든가 그 친구들을 초대했을 때의 기억이라든가 아내에 대한 새삼스러운 고마움 따위가 끼어든다.

시인의 육체 속에서 "가끔씩 덜그럭거리는 무언가"는 괄호 속의 진술로 나타나기도 한다. "나를 꽤나 진지한 태도의 시인으로 오해하는" 장모님의 시선이라든가 "나를 한국에서 온 좌파 급진주의자로 오해하는" 사회운동가 맥의 시선을 시인은 부담스러워하지만, 한편으로 그런 시선으로 자신을 바라보게 한 것은 바로 시인 자신이다. "도덕적으로나 미적으로 용납이 될 수 있을지"가 그가 생각을 행동으로 옮기는 판단 기준이지만 사실상 도덕적이고 미적인 기준은 항상 변해 왔으며, 또한 도덕적인 것과 미적인 것은 서로 모순되거나 불화하는 경우가 더 많았다. 두 가지 기준을 들이대는 것 자체가 이미 그 안에 모순을 가지고 있는 셈이다.

누군들 또 다른 모습을 거느리지 않은 사람이 있겠는가? 누구나 서로 상반되거나 모순되는 여러 가지 모습을 동시에 지닌 채 살아간다. 그것이 너무 심해서 어느 순간에도 도저히 하나로 통합되는 것이 불가능할 때 다중 인격체가 되는 것일 테지만, 대부분의 사람들은 통제가 가능한 선에서 여러 가지 모습을 지닌 채 살아갈 것이다. 그것을 시인은 "가끔씩 덜그럭거리는 무언가"로 표현한다. 그것은 시인뿐만 아니라 그의 아내나 장모에게서도 발견되는 모습일 것이다. 레슬리 집을 방문하는 엘리베이터 안에서 아내를 곁에 두고도 다른 생각에 깊이 빠져 있던 그는 엘리베이터 문이 열리는 것을 보면서 "다른 세계로 통하는 길을" 본다. 어쩌면 우리는 모두 그렇게 다른 세계에서 또 다른 세계로 이동하며 살아가고 있는 존재들인지도 모른다. 서로 다른 세상에서 살다 가족의 연을 맺은 사람들 또한 마찬가지일 것이다. 어디 가족뿐이겠는가? 누군가에 대해서 잘 알고 있다는 생각은 종종 착각이기 쉽다.

4. 불모와 불결과 공포의 시절

최근 들어 '신 모계사회'에 관한 이야기가 화제다. 설 명절을 맞아 과거의 가부장적이고 일방적으로 여성의 희생을 강요했던 명절 분위기에서 벗어난 최근의 모습을 '신 모계사회'라고 지칭하거나 남편들의 명절증후군을 다소 과장되게 보도하는 기사를 흔히 볼 수 있다. 과거에 비해 얼마간 분위기가 달라진 것은 사실이겠지만 경제 위기를 핑계로 출산과 육아와 직장 생활까지 전담하는 슈퍼우먼들이 다시 늘어나고 있는 작금의 현실을 함께 주목하지 않는 한, 여전히 이런 기사는 편향적인 게 사실이다. 어쩌면 출산율 저하에 대한 지나친 우려가 이런 유의 기사들을 부추기는 것인지도 모르겠다.

기존의 체계와 제도를 파괴하고 거부하는 상상력을 보여 주는 젊은 시인들의 시에서 부계보다는 모계가 더 선호된다. 그 모계에 덧씌워진 환상마저 벗겨 버려 더럽혀진 모계를 노래하는 상상력을 발휘하는 시를 찾는 것도 어려운 일이 아니다. 두 번째 시집 『저녁의 기원』에서 "짐승의 언어로 쓰는 나의 농경시"(「근친의 집」)를 쓴 조연호의 상상력은 그 연장선 위에 있다.

손으로 만들어진 사람이
손으로 만들어진 사람을 조용히 붙들고 있었다.

북쪽 측랑 근처
이모와 함께 작은 여자들은
근대적인 반성을 처음 대했다.

이렇게 고양이 수염 같은 발이 달린 나를 좋아해 주다니

너희들의 위생도 내 것만큼 얇은 것이고
가방을 열면 청결이 사라지는 걸 바라보게 되겠지.

코스모스가 피고 있었다.
서간체 양식으로
인간을 매료시킨 신의 불손
소독, 그리고 인체의 시절

착한 사람이며 착한 율법사인 당신
사람이 원하면 그것은 사람으로 나타났다.
네가 남자와 여자에게서 나오기 때문에
신비의 위치는 알 수 없었다.

거기서 나는 하나의 이름을 듣고 그것을 불렀다. 따뜻한 돌을 안은
변온동물이 먼저 그 이름을 받아 갔다. 더 즐거운 일은 결혼과 출산의
부작용으로 우리의 온도는 어떤 것으로부터도 선물 받지 못한다는 것.
그때 너의 코와 귀에 달린 장신구는 성별이 나뉘고 중성(中性)을 떠나
는 첫 번째 꿈이 되었다.

신체의 여러 이름은 너무 애절하게 바람을 쥐고 있었기에
풀은 자기 냄새를 맡고
사람과 눈 마주치지 않도록 손바닥으로 얼굴을 가리고 있었다.
선행, 그리고 처벌의 시절

입구는 빈집에 남아 떠난 것의 무게를 재고 있었다.

하루에 두 끼씩 나는 지옥을 부러워하고

지상의 가장 낮은 층이 내게 보여 준 것은

열쇠를 품는 방법

엄마가 낳은 첫 인간에 대한 생각

손을 만든 자의 업적은

떠난 자의 손을 남겨진 자의 손에 붙여 주는 것

다섯째 날에 그는 바다에게 이별을 낳으라고 명령했다.

치솟는 이별

고산병 환자처럼 한 걸음씩 토하고

한 마리가 여러 마리가 될 때까지

치솟는 이별

　　　　　　　—조연호, 「두 발의 시」(『문학과 사회』, 2007.겨울) 부분

　조연호의 시는 기원을 말하는 듯하지만, 정작 기원의 해체에 관심을 가지고 있는 것처럼 보인다. 그의 관심은 모계 혈통에 있는 것이 아니라 이런저런 신화를 파괴하고 더럽히는 데 놓여 있다. 이번에는 손과 발이 동원된다. "손으로 만들어진 사람"과 "고양이 수염 같은 발이 달린 나"가 등장한다. '나'는 "너희들"과 구별되는 존재이지만, "너희들의 위생도 내 것만큼 얇은 것"이라는 점에서는 서로 닮았다.

　그가 노래하는 이 세계에서 온도와 성별이 나뉘는 것은 정해진 기준에 의한 것이라기보다는 일시적이고 우연적인 것에 가깝다. "결혼과 출산의 부작용으로 우리의 온도는 어떤 것으로부터도 선물 받지 못"했으며, "성별이 나뉘고 중성(中性)을 떠나는 첫 번째 꿈"은 이름이 불려질 때 "너의 코와 귀에 달린 장신구"에 따라 결정될 뿐이다. 그것

을 시인은 "더 즐거운 일"이라고 부른다. 미리 정해지는 것은 없으며, 모든 것은 그저 우연에 의해 결정될 뿐이다. 그것은 사실 여부를 떠나 즐거운 상상이기는 하다. 각종 제도와 체계와 틀도 원래부터 정해져 있던 것은 아니니 말이다. 그는 기존의 체계가 지닌 권위를 유쾌하게 무너뜨린다. 지옥과 낙원, 청결과 불결, 위생과 오염 역시 그렇게 단순하게 나뉘지 않는다.

다섯째 날과 여섯째 날을 호명할 때 조연호의 시는 마치 세계를 창조하던 신의 목소리를 연상시키지만, 그가 명령하는 것은 영 딴판이다. "다섯째 날에 그는 바다에게 이별을 낳으라고 명령했"으며, 심지어 "여섯째 날에"는 "맹인 소녀"가 "월경 자국에게 말한다." 인용한 시에서도 조연호는 대립적 질서를 염두에 둔 서술을 하고 있지만, 질서라고 부르기엔 그것은 여지없이 우리의 기대를 배반하고 무너뜨린다. 일곱째 날은 끝내 오지 않으며, 첫째 날의 변형인 "첫 번째 꿈"과 "엄마가 낳은 첫 인간"을 겨우 찾을 수 있을 뿐이다. 하지만 그뿐이다. 그의 시가 더 분명한 알레고리를 지닐 거라는 기대는 빨리 접을수록 좋다.

기원에 대한 탐색이 결국 마주치게 되는 것이 허구라면, 조연호의 시는 그것을 잘 보여 주고 있다. 그의 말처럼 "불모지가 있기 때문에/불타는 땅은 그리운 세계가 될 수 있었"는지도 모른다. 어쩌면 가족 또는 혈통이라는 것도 단지 그런 것일지도 모른다. "불모지가 있기 때문에" "돌아갈 장소"라는 착각 또는 환상을 불러일으키는 곳 말이다.

　　해가 지면 안식일이 시작된다 몰약(沒藥)에 어울리는 시간, 아마포
　에서 배어 나오는 혈흔처럼
　　섬세한 저녁이 온다 손바닥을 보면서 길을 짐작할 수 없는 자는 불가

지론자라고 너는 말했지

선의 반대편에 있는 것은 악이 아니라 충동이야, 손을 모으면 주먹이 되듯, 무언가 저지르듯,

노을이 피주머니를 터뜨린다 그게 예정된 몰년(沒年)이다 꿈의 목록에는 윤달이 없으니

손바닥을 뒤집는 것으로 평일들을 복기한다면 해와 달이 아닌, 별들은 어느 요일에 속하는 것일까

뒤돌아보다 멈춘 어머니는 그 자리에서 굳었다 나무의 옹이가 나를 낳았고 그래서 나는

식구 중에 제일 어렸다고, 할머니는 이미 뼛가루로 흩어졌고 아버지는 목곽 안에서 어머니를 기다리고 있지

너희들은 안식일에 어린 양이 우물에 빠지면 어쩌겠느냐?

네모난 우물에 고인 시즙(屍汁)은 나를 당긴다 빨래는 마르는 게 아니라 제 몸을 쥐어짜는 것이다

목이 긴 화병처럼 하늘은 좁은 주둥이를 하고 있다 가늘고 얇은 동굴 같은 게 내 안에서 파였다고

몇 마디 말이 바닥에 고였을 뿐이라고 통주저음(通奏低音)은 천천히 나를 달랜다

효모를 넣지 않은 내 피를 문설주에 바른다면 네 문 앞에 지린 오줌 자국은 썰물처럼 물러갈 거다

악희(惡戲)도 각다귀 떼도 없는 저녁은 유황 냄새를 풍긴다 그건 비명을 지르기 전

네 입안에서 쏟아지던 물과 피와 몇 마디 신음—네 잇바디가 적어 내려간 정치경제학의 몇 구절

　　　—권혁웅, 「성(聖) 금요일의 어린 양」(『문학수첩』, 2007.겨울) 부분

권혁웅이 그리는 성(聖) 금요일의 분위기는 성스러움과는 다소 거리가 있다. 아니, 성스러운 날이기 때문에 그것을 더럽히고 모욕하고 싶은 충동이 더욱 강해지는 날이라고 하는 것이 맞을지도 모르겠다. "무언가 저지"를 것 같은 분위기. "아마포에서 배어 나오는 혈흔처럼" "노을이 피주머니를 터뜨"리고 금기를 위반한 어머니는 뒤돌아보다 "그 자리에서 굳었다". "할머니는 이미 뼛가루로 흩어졌고 아버지는 목곽 안에서 어머니를 기다리고 있"는 분위기는, 죽음을 강하게 연상시킨다. 성 금요일에 가족의 주변에는 죽음의 그림자가 어른거린다.

　"너희들은 안식일에 어린 양이 우물에 빠지면 어쩌겠느냐?" 마가복음의 구절을 변형해 목사가 던졌을 질문 앞에서 '나'는 독실한 자세로 정답을 갈구하기보다는 "네모난 우물에 고인 시즙"에 유혹을 느낀다. 몰약과 유황 냄새가 동방박사가 아기 예수에게 주었다는 물건을 연상시키지만 그것은 성스러움을 넘어선 공포의 분위기를 풍긴다. 모든 종교가 풍기는 잔인함과 공포의 분위기를 살리는 데 권혁웅의 시는 성공한다. 금기와 금기의 위반, 주술적 분위기와 희생양, 피와 죽음이 가족사와 어우러져, "나는 2000년의 이쪽과 저쪽에서 여전히 어렸고/어리고 어릴 것이다"라는 예언적 진술을 낳는다.

　안식일이면 시적 주체를 고민하게 한 "우물에 빠"진 "어린 양"에 그는 자신을 동일시했는지도 모른다. "2000년"을 분기로 그는 "이쪽과 저쪽에서 여전히 어렸고" 앞으로도 "어리고 어릴 것이다". 성 금요일마다 스스로 희생의 어린 양이 되어 그는 상상 속에서 희생 제의를 치러 왔는지도 모른다. 금기를 위반하고 굳어 버린 어머니와 이미 죽은 할머니와 아버지의 죄를 씻는다는 명분 아래 어린 양의 희생, 그 잔인한 피의 정화는 계속되어 왔던 것이 아닐까. 그리고 보면 종교가 내뿜는 잔혹함과 가족이라는 이름의 희생은 어딘가 닮은 데가 있다.

5. 가족이 붕괴되어 가는 시대의 새로운 시적 상상력

가족은 인간이 속한 작은 단위의 사회 집단이다. 혈연과 같은 생물학적 관계나 결혼, 입양, 기타 사회적 관습 등에 의해 맺어진 친족 집단의 하나인 가족은 현대사회가 발달할수록 점점 더 그 결속력이 약화되어 가고 있다. 대안 가족의 형태가 등장하기도 하고, 새로운 가족 관계를 맺는 것 자체를 꺼리는 사람들도 늘어 가고 있다. 다른 사회 집단과는 달리 가족은 개인에게 선택의 자유가 온전히 주어지는 것도 아니면서, 무거운 도덕적 책임과 사랑이라는 이름의 구속까지도 감당해야 하는 예외적인 집단이다. '나'로부터 출발하고 개인적 성격이 강한 시라는 장르에서 가족이 벗어나고 싶은 제도의 일부로서 오랫동안 그려져 온 것은 어찌 보면 당연한 일이다. 가장 가까운 존재이니만큼 가장 깊은 상처를 주고받는 존재들 또한 가족이기 쉽다.

젊은 시인들의 시에서 가족은 여전히 상처의 원천으로 등장한다. 개인적 체험을 극복하는 문제가 시인에게 무엇보다도 중요한 일인 한, 그것은 어쩔 수 없을 것이다. 더구나 경제적 독립의 시기도 늦어지고 있고, 어른이 된 후에도 어린이가 되고 싶어 하는 환상을 지닌 '키덜트'들이 증가하고 있는 추세가 계속된다면 가족은 여전히 매력적인 시의 테마가 될 것 같다. 다만, 가족이라는 억압에 저항하고 그것을 파괴하는 상상력은, 비록 다른 장르이긴 하지만 이미 「핑크플로이드의 벽」에서 보여 줄 만큼 보여 줬고, 사회적인 알레고리를 좀 더 강하게 담고 있기는 했지만 1980년대의 시에서도 인상적으로 보여 준 바 있다. 이제 우리 시인들에게 필요한 것은 새로운 상상력이 아닐까 싶다. 그런 점에서 이 글에서 살펴본 시들을 다시 음미할 필요가 있다.

정오의
그림자들

1. 첫 번째보다 의미 있는 두 번째

꽤 인상적인 첫 시집을 낸 시인들에게 두 번째 시집은 넘어야 할 관문이자 무거운 그림자 같은 것이 아닐까 싶다. 언젠간 통과해야 하는 것이지만, 첫 시집을 넘어설 수 없을지도 모른다는 두려움 때문에 회피하고 싶은 상태의 지속과 무한한 연기. 그것을 다 넘어설 수 있거나 적당히 포기할 수 있을 때 두 번째 시집이 세상에 모습을 드러낼 것이다. 이른바 '미래파' 논쟁의 한가운데 있었던 시인들의 경우가 다 그러하지만, 김록과 김행숙의 두 번째 시집이 궁금한 것도 비슷한 이유에서였다. '여성 시인'이라는 이름이나 제한이 그녀들의 시를 말해 주는 데 별 의미를 가지지 않는 두 젊은 여성 시인의 첫 시집이 꽤 인상적이었기 때문에 이들의 두 번째 시집도 궁금했다. 첫 시집으로부터 얼마나 나아갔을까, 또는 달라졌을까.

1990년대의 막바지에 잡지로 등단해서 같은 해인 2003년에 첫 시집을 출간했던 김록과 김행숙은 2007년 7월에 나란히 두 번째 시집을 출간했다. 『광기의 다이아몬드』(2003)라는 첫 시집에서 광기 어린 언어를 통한 도발적 상상력을 선보인 바 있는 김록은 그녀의 시와는 어딘지 어울리지 않는 제목을 달고 두 번째 시집 『총체성』을 출간했다. '총체성'이라는 말이 완강하게 환기하는 의미와의 균열로 인해 김록의 두 번째 시집은 호기심을 자아낸다. 사춘기 소년 소녀와 귀신의 입을 빌려, 배제되고 지워진 무의식의 언어를 분출했던 김행숙은, 첫 시집 『사춘기』(2003)에 이어 출간한 『이별의 능력』이라는 두 번째 시집에서 한결 유연하고 능수능란해진 언어를 선보인다.

김록과 김행숙은 잘 읽히는 시를 쓰는 시인은 아니다. 그보다는 낯설고 이질적인 자기 언어를 개척해 가는 시인에 가깝다. 그런 점에서 이들의 시적 지향은 최근 젊은 시인들의 행보와 유사하다고 할 수 있다. 김록과 김행숙의 첫 시집이 개성적이면서도 다소 거친 면을 드러냈다는 점에서 유사성을 지니고 있었다면, 두 번째 시집에서 이들의 시는 한층 더 갈고 닦은 개성을 보여 준다. 김록에게서는 한층 더 완강하게, 김행숙에게서는 한결 더 유연하게 나타나는 이들의 개성을 두 시인의 두 번째 시집을 통해 엿보면서 오늘의 우리 시를 진단해 보고자 한다.

2. 상습을 거부하는 언어 모험가

김록은 두 번째 시집 『총체성』에서 관습과 상습을 거부하는 언어 모험가로서의 위상을 분명히 드러낸다. 그것은 시집의 편재에서부터 분명하게 나타난다. 그녀의 두 번째 시집 『총체성』에는 해설이 붙어 있지 않은데, 그것은 출판사마다 다른 시집의 편재로 인한 것이 아니라 그녀의 시집에만 유독 해당되는 것이다. 그 자세한 사정이야 알 수 없지만, 어쨌든 해설이 빠져 있는 시집의 편재는 김록의 두 번째 시집의 독특한 개성을 상징적으로 보여 주고 있다. 그녀의 시는 해설을 필요로 하지 않는 시이다. 사실상 해설 없이는 일반 독자들이 읽기 힘든 그녀의 시에 해설이 빠져 있다는 것은 시집 편재의 관습을 거부하고 해설의 어정쩡한 끼어듦을 차단한 시인의 고집을 읽을 수 있게 해 준다. 그리고 그것은 김록 시집의 전략과 교묘히 맞아떨어진다.

그녀는 스스로를 상습을 거부하는 "언어 모험가"(「시론—비문론」)라 지칭한다. 언어 모험의 주체는 말이고, 비문 저술가(다른 말로 시인, 또는 문장의 혁명가들)가 오히려 그 말의 수단이다. "불가능 앞에서 문장의 정신이 살아난다"(「시론—비문론」)고 그녀는 믿는다. 그녀의 이번 시집은 죽음에 바쳐져 있는데, 친구의 죽음으로부터 김록의 죽음까지를 그녀의 이번 시집에서 목격할 수 있다. "김록은 죽고 김록주의자만 살아 있다"는 시집의 제일 앞에 실려 있는 그녀의 전언은 상징적으로 읽힌다. 그것은 다분히 푸코가 『말과 사물』에서 말한 저자의 죽음과 관련되어 있다. 물론 맥락은 좀 다르다. 푸코의 경우, 근대의 몰락과 새로운 시대의 도래를 예언하기 위한 것이었다면, 김록의 경우에는 시인과 자전적으로 동일시된 존재로서의 시인의 죽음을 지칭한 것일 게다. 시는 시인의 정서를 드러내는 주관적이고 동일화된 장르라는 서정시에 대한 전통적 정의를 그녀의 시는 허무는 동시에, '김록주의자'의 생존을 통해 시를 시인의 정서적 상관물로써가 아니라 논리적 상관물로써 읽을 여지를 여전히 남겨 둔다.

의식한다, 서 있음은 그 있음으로 앉아 있음을.
다리가 아픔은 아픔을 의식하지 않고 서 있음을 의식한다.
여기에서 서 있음은 앉아 있음을 의식하는 것이 분명하고 다리가 아픔은 서 있음을 의식하는 것이 분명하고, 나는 졸리다.

졸린데 졸리지 않고 안 졸린데 졸리는 의식의 장난.

앉아 갈 필요가 있는가.

앉아 가게 되면 다리가 안 아플 테고, 다리가 안 아픈데

앉아 갈 필요는 없다.

앉으면 앉아서 하는 의식으로 안 아픈 다리를 의식한다.

그 의식은 처음부터 안 앉으면 편하다.

그러나 마침 의식이 찌푸려졌고 공교롭게 그 찌푸림 앞에 부츠가 있

었다.

부츠는 딴생각이 없고 찌푸림을 의식한다.

의식할수록 찌푸림은 왜 하필 부츠였을까.

의식한다, 부츠는 그 있음으로 공교로움을.

딴생각은 생각하지 않고 부츠를 의식한다.

부츠는 졸리다.

부츠의 지퍼를 내리는 의식이 다시 지퍼를 올리는 의식의 함축.

　　　　　—김록, 「비문론」(『총체성』, 랜덤하우스코리아, 2007) 전문

　시인이라는 이름으로 "태만한 문장의 소탕꾼"(「시론—비문론」)이 되는 것에 김록은 상당한 거부감을 가지고 있다. 익숙한 문장, 문법에 충실한 익숙한 언어의 조합에 그녀가 다소 신경증적인 반응을 보이는 까닭도 바로 여기에 있다. 행위 또는 상태와 사고의 관계, 사고와 언어의 관계에 대해 그녀의 시는 새로운 탐색을 시도한다. 서 있음 또는 앉아 있음이라는 하나의 상태는 고정되었거나 정지된 상태가 아니며, 엄밀하게 나누어지는 상태도 아니다. 서 있음은 이미 앉아 있음을 의식하고 다리가 아픔은 서 있음을 의식하고 있다. 의식은

상태를 앞서고 언어는 항상 뒤처진다. 하나의 행위는 그 순간에 보이는 하나의 선택일 뿐 그 이상도 이하도 아니며, 무한한 연속의 일부일 뿐이다. "졸린데 졸리지 않고 안 졸린데 졸리는 의식의 장난"은 끝없이 계속되고 그것을 표현하는 언어는 항상 늦거나 잉여를 남긴다. 문장 속에서 안락사하는 사상이나 감정이 아니라 문법의 체계와 관습과 문장의 안정감을 뚫고 나와 펄떡펄떡 살아 숨 쉬는 사유나 감정을 그녀의 시는 지향한다. 김록이 비문에 집착하는 이유는 바로 여기에 있다. 다만, 그녀의 언어는 날 서 있는 의식과 논리로써 논리를 무너뜨리고자 한다.

총체성이라는 것이 파악 가능한 것이라면, 그것은 전형을 통한 방식이 아니라 낱낱의 파편적인 것들이 새롭게 만들어 가는 흐름 그 자체에 의해 순간적으로만 포착 가능한 것이라고 아마도 그녀는 말하고 싶었는지도 모른다. 포착되었는가 하면 놓치고 놓쳤는가 하면 또 새로운 흐름의 도중에 있고 하는 그 끝없는 움직임의 과정을 통해서만 파악 가능한 유동적인 것에 총체성이라는 이름을 붙일 수 있을지언정 주관과 객관의 통일을 통해 파악되는 고정적인 실체로서의 총체성 따위는 없다고 김록의 이번 시집은 말하는 듯하다. 총체성에 대한 재정의를 통해 김록은 그녀의 시가 세계를 파악하는 인식론을 드러낸다.

시집의 뒤표지에 실린 자서에서 김록은, 죽은 친구를 만나러 가는 과정과 시를 쓰고 시집을 묶는 과정을 겹쳐 놓는다. 그 와중에 "김록은 죽고 김록주의자만 살아 있다." 그리고 이 책(시집)을 통해 죽은 친구를 만나러 가서 죽은 친구를 살리고, 지은이도 살았다. 살아난 게 아니라 살았다고 그녀는 고백한다. 이 자의식 과잉의 언어를 뚫고 엿볼 수 있는 것은, 시를 쓰는 행위가 그녀에게는 죽은 것을 살리는 행위로 인식된다는 것이다. 그 살림의 대상에는 시인 자신도 포함되어 있다. 다만, 그 과정에서 철저하게 상습과 관습을 거부할 뿐이다.

3. 달아나고 사라지는 것들의 감촉

김행숙의 두 번째 시집 『이별의 능력』은 첫 시집 『사춘기』에서 선보인 바 있는 달아남의 상상력을 한층 집요하게 추구해 하나의 탄탄한 시론을 구축하는 경지로까지 끌어올린다. 첫 시집에 실린 시들의 결이 좀 거칠었다면, 이번 시집에 실린 시들은 한 편 한 편이 자유로운 듯 보이면서도 어느 것 한 편을 떼어 놓고 읽어도 김행숙 시의 색깔을 좀 더 분명히 드러내고 있다. 첫 시집에서 그녀는 "멈추지 않"고 "으으으 달릴" 것이라고 말하며, "나는 지금 무엇에 대한 직전(直前)이다 아직"(「폭풍 속으로」)이라고 고백한 바 있는데, 이 시적 선언은 아직 유효하다. 그녀의 시는 여전히 '무엇'이라는 규정을 벗어나고자 한다. 어떤 규정도 규정과 동시에 벗어나려고 꿈틀대는 힘. 그것이 바로 그녀 시의 동력인 셈이다.

한편으로 시에 대한 그녀의 입장과 지향은 한결 명료해졌다. "처음 보는 사람처럼/지평선이 뜯어진 세계처럼/우리는 안녕"(「시인의 말」)이라고 이제 그녀는 언제 어디서든 쿨하게 이별을 고할 줄 알게 되었다. 그야말로 "이별의 능력"을 "최대치"(「이별의 능력」)로 끌어올린 셈이다. 그녀의 이번 시집에 '발'과 '팔'과 '손'에 대한 시가 유난히 많은 것도 이와 무관하지 않을 것이다. 온몸을 최대치로 넓게 펼쳤을 때 몸통으로부터 가장 멀리 내뻗은 신체의 일부가 바로 발과 손일 테니 말이다. 그것은 몸의 일부지만, 이미 몸을 벗어나 달아나고 있는 존재들이다. 그리고 그것들은 서로 가장 멀리 있을 수 있는 존재들이기도 하다. "쓰러질 때 손은 발에서 가장 멀리 있었다."(「발」) 그리고 "닿을

수 있는 곳을 지나 팔은 꿈속에서도 먼지 속에서도 자란다."(시집 뒤표
지에서 인용.)

　나는 기체의 형상을 하는 것들.

　나는 2분 간 담배 연기. 3분 간 수증기. 당신의 폐로 흘러가는 산소.

　기쁜 마음으로 당신을 태울 거야.

　당신 머리에서 연기가 피어오르는데, 알고 있었니?

　당신이 혐오하는 비계가 부드럽게 타고 있는데

　내장이 연통이 되는데

　피가 끓고

　세상의 모든 새들이 모든 안개를 거느리고 이민을 떠나는데

　나는 2시간 이상씩 노래를 부르고

　3시간 이상씩 빨래를 하고

　2시간 이상씩 낮잠을 자고

　3시간 이상씩 명상을 하고, 헛것들을 보지. 매우 아름다워.

　2시간 이상씩 당신을 사랑해.

　당신 머리에서 폭발한 것들을 사랑해.

　새들이 큰 소리로 우는 아이들을 물고 갔어. 하염없이 빨래를 하다가
알게 돼.

　내 외투가 기체가 되었어.

　호주머니에서 내가 꺼낸 건 구름. 당신의 지팡이.

　그렇군. 하염없이 노래를 부르다가

　하염없이 낮잠을 자다가

눈을 뜰 때가 있었어.

눈과 귀가 깨끗해지는데

이별의 능력이 최대치에 이르는데

털이 빠지는데, 나는 2분 간 담배 연기. 3분 간 수증기. 2분 간 냄새
가 사라지는데

나는 옷을 벗지. 저 멀리 흩어지는 옷에 대해

이웃들에 대해

손을 흔들지.

    —김행숙, 「이별의 능력」(『이별의 능력』, 문학과지성사, 2007) 전문

이별의 능력은 고정된 자기 자신을 버리고 다른 것이 되는 능력이
다. 사랑하는 대상과 자신을 동일시하는 것이 아니라, 자신의 전 존
재를 기울여 사랑했던 대상과도 쿨하게 헤어질 수 있는 능력이다. 이
별의 능력이 최대치가 되면 자기 자신과도 언제든 이별할 수 있다.
지금까지 나 자신이라고 믿어 왔던 것, 상대방이 나라고 보고 믿어
왔던 것을 부정하고 '다른 존재-되기'를 실천할 수 있을 때 이별의 능
력은 극대화될 것이다. 조금 전까지 내가 사랑했던 것은 지금의 그것
이 아니다. 또는 조금 전까지 당신이 사랑한 나는 지금의 내가 아니
다. 그러므로 김행숙의 시는 늘 미끄러지고 달아난다. 여전히 그녀의
시는 "멈추지 않"고 "으으으 달"(「폭풍 속으로」)리고 있는 중이다.

그리고 보면 이동이 가장 자유로워 보이는 것은 "기체의 형상"을
한 것들이다. 담배 역시 그런 것들 중 하나다. 담배를 피워 물고 담배
연기를 내뿜을 때 영혼이 자유로워진다고 착각을 하는 것도 그 때문
일지 모른다. 담배를 피우는 순간 우리는 "2분 간 담배 연기" "3분 간

수증기"가 될지도 모른다. 김행숙의 시에 구름이 자주 등장하는 것도 비슷한 이유에서일 것이다. 구름이 되었다 비가 되었다 강이 되었다 얼음이 되었다 바다가 되었다 수증기가 되었다 하는 이것이야말로 이별의 능력이 최대치에 이른 존재가 아니겠는가. 옷을 벗고 손을 흔들고 '안녕'이라고 말하며 김행숙은, 그녀의 시는, 또 어딘가로 사라지려 한다. 그녀의 시는 "얼굴로부터 넘친 얼굴"(「해변의 얼굴」)이며 "작아지기 시작할 때까지만 작아지려"는 "더 작은 사람"(「더 작은 사람」)이고 "녹아내리는, 끝없이 다가오는" "소수점 이하의 사람들"(「소수점 이하의 사람들」)이다. 끝없이 미끄러지고 달아나고 사라지는 것들이 그녀의 시에 새로운 기운을 불어넣는다.

4. 비-논리의 논리와 무-의식의 의식

정오의 그림자는 결핍이나 부재로서 존재를 증명한다. 해 뜬 후 아침과 해 지기 전 저녁의 그림자가 길고 거대한 형상을 하고 있는 것과는 달리 태양이 머리 위를 비추는 정오의 그림자는 잘 보이지 않을 정도로 짧다. 하지만, 태양의 기세는 그 어느 때보다도 강하다. 정오의 짧은 그림자는 오히려 태양의 빛남을 강하게 증명한다.

최근 젊은 시인들의 시적 지향도 이와 유사한 면모를 보여 주고 있는데, 김록과 김행숙의 경우도 다르지 않다. '서정적인 것'의 부재, 또는 '시적'이라고 통용되어 온 것의 부재로써 오히려 시적 존재론을 강하게 펼치고 있는, 이들의 언어 실험의 극단이 어디까지 향할지 짐작하기는 쉽지 않다. 일단 이들의 실험 정신이 첫 시집의 출사표로 일단락되지 않고 한층 더 고집스러운 길을 걸을 것임을 보여 준 것은 환영할 만한 일이다. 그 실험의 끝이 어디가 되었든 간에 첫 시집에 한정된 도발로 끝나지 않을 것임은 분명하기 때문이다. 이들의 실험이 우리 시의 스펙트럼을 다양하게 넓히는 데 기여할 것이라는 데는 의심의 여지가 없다. 다만, 새로움조차 자본의 논리에 포섭되기 쉽고 새로움의 지향이 또 하나의 권력이 되어 가는 시대에, 새로움을 끊임 없이 추구하는 이들의 시가 하나의 전범을 향하거나 이미 존재하는 것들을 연상시키는 방향으로 나아가는 것에 대해서는 경계할 필요가 있어 보인다.

가령, 김행숙의 이번 시집은 첫 시집보다 한 권의 시집으로서의 구성과 체제를 더 잘 갖춘 시집임에는 분명하지만, 베이컨의 그림에 대한 들뢰즈의 해석을 연상시키거나 저자의 죽음에 관한 푸코의 발언을 연상시키거나 하는 방식으로 현대 철학의 흐름을 환기하는 면에 대해서는 좀 더 두고 볼 필요가 있어 보인다. 첫 시집에서 그녀의 시는 들뢰즈를 연상시키면서도 그것만으로 다 읽어 낼 수 없는 잉여의 지점을 분명히 가지고 있었다. 두 번째 시집은 미학적으로 더 완결되어 있는 시집임에는 분명하지만, 여전히 풍부한 잉여를 가지고 있는가 하는 물음에 대해서는 선뜻 긍정적인 답변을 내놓기 어렵다. 김행숙의 시는 여전히 아름답고 매혹적이지만, 이론을 넘어서는 풍부함을 지닐 때 가장 매력적이기 때문이다. 비-논리의 논리로 '비문론'을 구축하는, 자의식이 과잉되어 있는 김록의 시와 무-의식의 의식적 언어로 무심한 듯 이동하며 고정된 세계를 허무는 김행숙의 시는 근대를 넘어서는 코기토의 혁명을 지향한다는 점에서 이렇게 서로 닮아 있다. 이 시인들의 다음 행보가 벌써 궁금해진다.

사라짐,
저 두려운 매혹에 대하여

1. 사라진다는 것

아무런 흔적도 남기지 않고 사라지고 싶다는 생각이 들 때가 있다. 누구나 그러할 것이다. 나도 가끔 사라짐에 대해 생각해 본다. 자신의 존재의 가치를 발견하고 그것을 증명하고 인정받고 싶어 하는 것이 인간의 보편적인 욕망이라면, 이따금씩 그런 보편적 욕망의 틈새를 흔적 없이 사라지고 싶다는 생각이 비집고 들 때가 있다. 그것도 욕망이라고 부를 수 있다면, 그런 욕망의 정체는 어디에 있는 것일까? 자존감의 부족이나 자기모멸감에서 기인하는 것일까? 아니면, 어차피 이 세계에 영원한 건 없음을 알면서도 영원을 추구하는 욕망을 아이러니하게도 지니고 있는 인간 존재에 대한 반발 같은 것일까? 어쩌면 이것 또한 영원성에 대한 또 다른 방식의 추구 같은 것일지도 모르겠다. 영원한 존재를 꿈꾸듯 그 반대급부로 영원한 소멸을 꿈꾸는 것 말이다.

그 근저에는 일종의 허무주의 내지는 염세주의가 흐르는 것 같기도 하다. 무(無)로 돌아간다는 생각, 또는 세상에 대한 지독한 환멸 같은 것. 한편으로는 일종의 염결성이 작용하는 것인지도 모른다. 더러운 세상에 적극적으로 맞서 세상을 바꿔 보려고 하는 것이 아니라, 혼자 조용히 사라지고 싶어 하는 심리가 내면에 흐르는 것일 게다. 백석의 「나와 나타샤와 흰 당나귀」에 나오는 "세상 같은 건 더러워 버리는 것이다"라는 발화의 심층에 작용하는 마음 상태도 그런 것이 아닐까? 더러운 세상 따위 버리고 사랑하는 여인 '나타샤'와 '흰 당나귀'를 타고 먼 산골의 '마가리'(오막살이)에 가서 살고 싶다는 바람은 더러운 세상과 자신을 격리시키려는 것이며, 더 나아가서는 소리 소문 없이 조용히 사라지는 것을 꿈꾸는 것일 게다. 아무도 자신을 아는 이가 없는 곳에 가서 살고 싶다는 바람도 이와 비슷한 심리일 거라고 나는 생각한다.

그러고 보면 우리는 존재함 못지않게 사라짐에 대해서도 많은 생각을 해 온 듯하다. 특히 시라는 장르에서는 그래 왔다. 대체로 주변적이었고 중심의 담론과는 거리를 유지해 온 시의 화법은 늘 사라짐의 매혹에 빠질 수밖에 없었는지도 모르겠다. 그것은 죽음 충동과 통하는 것이기도 하며, 자기 존재의 부정을 통해 오히려 존재의 의의를 찾고 싶은 특별한 욕망이기도 하다. 지난 계절의 시를 읽으면서 유독 눈길을 끄는 시들은 그런 사라짐에 대해 개성적인 발상이나 시선을 보여 주는 시들이었다.

2. 지리멸렬한 일상과 증발의 욕망

지리멸렬한 일상을 받아들이고 견디는 일은 생각만큼 쉽지는 않다. 어쩌면 일상이 지리멸렬해지는 바로 그 순간부터 우리는 나이를 먹기 시작하는 것인지도 모른다. 물론 그것은 물리적인 나이와는 다른 문제이다. 오래전에, 지금처럼 봉준호라는 이름이 널리 알려지기 전에 그가 만든 단편영화 「지리멸렬」을 보고 나는 그 이름 석 자를 기억하게 됐다. 세 개의 에피소드로 구성된 그 영화는 그야말로 지리멸렬한 우리네 일상을 기가 막히게 잘 보여 주고 있었다. 서로 물고 물리는 세 개의 에피소드를 통해 봉준호는 나름대로 고귀하고 권위를 지니고 있다고 생각하는 존재들을 여지없이 허물어뜨린다. 그 무너짐은 웃음을 동반하지만, 동시에 우리가 발 딛고 있는 현실의 지리멸렬함을 확인하게 해 줌으로써 씁쓸함을 남겼다.

생각해 보면 지리멸렬한 일상이야말로 '사라지고 싶다'거나 '떠나고 싶다'는 욕망을 부추긴다. 지리멸렬한 일상이 끝없이 반복된다고 할 때 그 반복을 견디기는 쉽지 않다. 변화를 꿈꾸는 영혼은 지리멸렬한 일상을 어떻게든 벗어나고자 애쓸 것이다.

때론 설탕이 녹아내리고
때론 기적처럼 찻잔이 엎어진다

식탁 위에 눌어붙는 설탕

설탕은 남는다

초인종을 하나하나 누르다가 멈춘
여호와의 증인처럼

나는 서 있다
새카만 결정이 내 앞에 놓여 있다

증발하라 증발하라 속으로 외치며 낮과 밤으로
뒤엉킨 전선과 기울어진 전신주와 깨진 가로등을 믿으면서

정수리를 두 쪽으로 가르는
바람을 맞으며 갔지

수백 페이지 중
한 장이 넘어갔지 두꺼운 양장본에 발등을 찍혔지

설탕에 절여진 석양빛 그 아래
고인 흙탕물과 방치된 자동차와 다닥다닥 붙은 집들

대개 이렇게 영원히 사는 것을 믿사옵나이다
   —김승일, 「설탕과 여호와의 증인」(『서정시학』, 2008.여름) 전문

 그날이 그날 같은 일상을 기습하는 초인종이 울릴 때가 있다. 지치
지도 않고 집집마다 찾아드는 저 신념에 찬 발걸음. '여호와의 증인'
의 저 굳건한 믿음은 어디에서 오는 것일까? 얼마나 완강한 믿음이
기에 수많은 냉대와 무관심을 무시하며 끝없이 초인종을 누를 수 있
는 것일까? 꾸벅꾸벅 졸거나 음악을 듣거나 문자 주고받기에 열중한
사람들의 틈새를 흔드는 여호와의 증인들의 목소리가 지하철에 울려
퍼질 때도 있다. 누구 하나 관심을 보이지 않고 하던 일에 계속 열중
하고 있지만 그래도 저들은 끄떡하지 않는다. 저들의 신념에 찬 소음
은 이미 지하철 풍경의 일부를 이루고 있다. 저 완강함은 대체 어디

서 기인하는 것일까?

어쩌면 그것은 지독한 공포에서 오는 것일지도 모른다. 프랭크 다라본트 감독의 「미스트」라는 영화를 뒤늦게 보면서 그런 생각을 잠시 했었다. 원래 지리멸렬한 일상과 죽음의 공포의 틈을 파고드는 것이 사이비 종교가 아니겠는가? 여호와의 증인들의 저 흔들리지 않는 믿음과 강변도 그 근원은 공포에 가닿아 있을 것이다.

김승일의 시가 주목하는 것은 "여호와의 증인"이 "초인종을 하나 하나 누르다가 멈춘" 바로 그 순간이다. 단단해 보이는 그들의 믿음에도 잠깐의 망설임의 순간이 있다고 시인은 생각하는 것처럼 보인다. 그 역시 "새카만 결정"이 앞에 놓여 있을 때 그런 멈춤을 경험한 적이 있다.

"증발하라 증발하라 속으로 외치며 낮과 밤으로/뒤엉킨 전선과 기울어진 전신주와 깨진 가로등을 믿으면서" "정수리를 두 쪽으로 가르는/바람을 맞으며" 그는 갔다. 사라짐에 대한 욕망을 지닌 채 저 지리멸렬한 일상과 그것의 깨트림을 한편으로 믿으면서 그는 살아온 것일 게다. "때론 설탕이 녹아내리고/때론 기적처럼 찻잔이 엎어"지기도 하는 것. 그것이 인생이다. 설탕은 녹아내리다 식탁에 눌어붙기도 하고, 눌어붙은 설탕은 끈적끈적한 흔적을 남긴다. "새카만 결정"은 의외의 곳에서 마주치게 되기도 한다. "고인 흙탕물과 방치된 자동차와 다닥다닥 붙은 집들"의 지리멸렬함. 그 속에서 "대개 이렇게 영원히 사는 것", 그런 삶을 믿는 것. 그것이 우리네 일상이지만, 그 일상으로부터의 증발을 꿈꾸는 것 또한 우리의 숨길 수 없는 욕망일 것이다. 누구나 완벽한 사라짐을 꿈꾸기도 한다.

3. 구름의 욕망, 혹은 거울 속으로 사라지는 나

이민하는 일요일의 한가로움과 사라짐에 대해 노래한다. 그녀가 그리는 풍경은 아름다우면서도 기이하다. 저 푸른 초원이 펼쳐져 있고, 목자와 양 떼와 늑대가 그 풍경을 완성한다. 그리고 익숙한 '양치기 소년'의 이야기가 그 풍경에 삽입된다. "풀 뜯는 소리와/풀 밟는 소리"만이 들리는 그곳. "저 푸른 초원 위에"(「풀밭의 율법」) 동화 같기도 하고, 동화 바깥의 냉혹한 현실 같기도 한 풍경이 펼쳐진다.

> 바람의 목소리로 속삭여 줄게
> 사라짐과 일요일에 대하여
> 풀 뜯는 소리와
> 풀 밟는 소리
> 저 푸른 초원 위에
>
> 늑대들이 살금살금 발꿈치를 들고서
> 주섬주섬 양들을 장바구니에 담을 때
>
> 목자(牧者)께서 가라사대
> 그대로 멈추라
> 양 떼 사이에 잔뜩 천사채처럼 깔아 놓은 기절염소들
> 목장의 오후
>
> 늑대들이 엉금엉금 천년을 기어 다니며
> 풀썩풀썩 고꾸라지는 기절염소들의 나무다리를 주워 막대사탕처럼
> 입에 물 때

장바구니에서 뛰쳐나온 양들은 구름처럼 흩어져
목장의 평화

갓 태어난 목동들은 석양이 뚝뚝 떨어지는 요람에 누워
늑대다 늑대가 온다
까르르까르르 옹알이를 시작하고

뻗정다리로 휘청휘청 어둠의 끝까지 달려도
검게 깔린 늑대밭과 귓가의 지뢰들
그대로 멈추라
몸뚱이에 입력된 목소리는 누구 꺼니
아빠 꺼니 엄마 꺼니
맨발의 늑대들과 양치기 소년
너는 누구니

늑대들이 야금야금 갉아먹어도 피 한 방울 나지 않는
사방연속무늬 유리풀밭

멋진 역사야 신기하게 맛있게
무릎이 녹아 거울 속으로
나는 자꾸 사라져
           —이민하, 「풀밭의 율법」(『창작과 비평』, 2008.여름) 전문

'율법'과 '목자'와 "그대로 멈추라"라는 주문은 기독교적 상상력에

기반을 둔 것이다. 그것은 사라지는 양 떼를 지키려는 주문이기도 하다. 양 떼 사이에 "천사채처럼 깔아 놓은 기절염소들" 사이를 늑대들이 헤매고 다닐 때 양 떼들은 "장바구니에서 뛰쳐나"와 "구름처럼 흩어"진다. 그것을 시인은 "목장의 평화"라고 부른다.

그러나 평화로워 보이는 목장의 이면에는 거짓말과 금기와 "맨발의 늑대들과 양치기 소년"이 있다. 갓 태어난 목동들은 요람에 누워 옹알이도 "늑대다 늑대가 온다"라고 한다. 그들의 몸뚱이에는 목동으로서의 목소리가 입력된다. 그리고 "너는 누구니"라는 정체성을 묻는 물음이 이어진다. 양치기와 늑대와 양 떼에겐 그들에게 요구되는 목소리가 입력되고 그렇게 길들여지는 것이라고 시인은 생각하는 듯하다. 그러고 보면 '풀밭의 율법'은 풀밭만의 것은 아닌 것 같다. 우리 역시 입력되어진 목소리에 의해, 그것이 자신의 정체성이라 믿으며 '매트릭스' 위를 살아가는 존재인지도 모른다. "늑대들이 야금야금 갉아먹어도 피 한 방울 나지 않는/사방연속무늬 유리풀밭"은 그렇게 조작된 가상현실, 일종의 '매트릭스'를 상징하는 것으로 보인다. 정체성을 알 수 없거나 조작된 정체성을 가지고 살아갈 수밖에 없는 그곳에서 "나는 자꾸 사라"진다. 누군들 '이것이 바로 나다'라고 자신 있게 선언할 수 있을까? 자기 자신도 자신을 알 수 없게 만드는 세상. 그 속에서 우리는 저마다 그렇게 사라져 가고 있는지도 모른다. 이민하의 시가 포착한 지점이 흥미로운 이유도 바로 여기에 있다.

4. 아우라의 소멸, 또는 진본의 사라짐

일찍이 벤야민은 기술복제시대에는 예술에서 아우라가 사라질 수밖에 없음을 지적하였다. 그런가 하면 에릭 홉스봄은 현대미술을 예로 들면서 카메라의 발명이 미술의 방향성을 급변하게 했음을 솔직히 인정하기도 했다. 진본에 대한 추구와 확정이 중요한 시기도 있었지만, 현대예술에서 진본은 더 이상 존귀하고 독보적인 가치를 갖지 못한다. 그것은 현대예술의 비극이자 태생적 운명 같은 것이다. 문학역시 다르지 않다. 진본의 유일무이한 절대적 가치를 인정하는 것은 근대적인 태도라고도 할 수 있겠다. 이희중의 시는 이런 사태에 대해 흥미롭게 그린다.

참다못해 알린다. 최근 10년 동안 지구에 이른바 디카가 지나치게 늘어나 사람들이 저마다 몰래 집에서 각종 모니터로 사진을 들여다보는 통에 사진을 보고 돌리는 실상을 우리 조직이 알 길이 없어져 바야흐로 사진 세상이 대혼란에 접어드는 사태를 비통한 심정으로 지켜봐 왔다. 옛날에는 사진에 접근하는 거의 모든 사람들이 사진관에 현상과 인화를 맡겼으므로 우리는 필름과 현상액과 인화지의 경로를 추적함으로써 사진의 유통 양상을 점검해 왔다. 그러나 지금 겨우 우리가 할 수 있는 일이란 온라인의 몇몇 사진 사이트를 살피거나 정체를 숨긴 채 온라인 사진관을 직접 운영함으로써 사진을 통제하는 것일 뿐인데, 그 수가 워낙 적어 표본의 의미밖에 지니지 못하는 것이어서 한숨만 나온다. 지금까지 우리는 진실과 진상을 관리하는 공익 비밀 조직이었다. 우리의 존재 이유는 진실과 진상을 소중하게 관리하려는 데 있다. 그런데 진실을 베끼는 사진과 복사기, 스캐너까지 쏟아져 나옴으로써 진실은 전례 없이 함부로 다루어지게 되었다. 그동안 진실은 소수의 훈련 받은 사람이 관리하도록 되어 있었다. 지금은 어떤가. 너도나도 디카와 폰카를 들고 마구잡이로 낭비하고 있다. 자세히 말해서 이해할 리도 없겠지만, 너희들은 사진을 아무리 찍어도 대상은 손실이 없겠다고 생각하고 있다. 얼토당토않은 소리다. 생각해 보아라, 어떻게 세상일이 그렇겠느냐. 주는 것이 있으면 받는 것이 있고, 얻는 것이 있으면 잃는 것이 있는 법. 문자에 치중하지 않고 직관을 키워 온 몇몇 족속들이 오래전 사진의 위험성을 경고한 바 있으나 너희들은 귀 기울이지 않았고 급기야 그들과 그들의 문명을 절멸시키고 말았다. 진실을 이렇게 허비하면, 지구에서 진실은 점점 더 희미해지고 허술해질 것이다. 진실이 위축되는 데 그치지 않고 그 자리를 거짓이 채우게 될 것이다. 벌써 너희들은 느끼고 있지 않느냐. 좋은 풍광이 사라지고 의로운 사람들이 사라지고 있지 않느냐. 너희들이 함부로 사진기를 갖고 돌아다니며 좋은 풍광이라 찍어 대고 훌륭한 사람이라 함께 찍어 대고 해서 그렇게 된 것이라고는 생각하지 못하느냐. 부디 사진을 함부로 찍지 말거라. 몇 년 동안 대책을 두고 고심하면서 모여 논의하다가 지구진실기구 산하 실행 조직인 지구사진협회에서 경고한다. 기왕 얼굴을 드러내고 입을 열었으니 앞으로 종종 자잘한 일로도 경고할 것이다.

　　　　　　　　—이희중, 「지구사진협회에서 알림—序」(『너머』, 2008.여름) 전문

'지구사진협회'라는 곳에서 알리는 글의 형식으로 써진 이 시는 최근 디카와 폰카를 사용하는 사람들이 급속도로 증가하면서 우리 사회에 일어나게 된 변화를 진술하고 있다. 이 시의 진술에 따르면, '지구사진협회'는 "진실과 진상을 관리하는 공익 비밀 조직이었다." 그들의 존재 이유는 "진실과 진상을 소중하게 관리하려는 데 있다." "그런데 진실을 베끼는 사진"은 물론이고 "복사기, 스캐너까지 쏟아져 나옴으로써 진실은 전례 없이 함부로 다루어지게 되었다"는 것이다.

흥미로운 것은 이렇게 진짜와 가짜, 원본과 복제가 구분되지 않고 마구잡이로 다루어지게 됨으로써 진실이 허비되고, 결국 그에 따라 "지구에서 진실은 점점 더 희미해지고 허술해질 것"이라는 사실이다.

지구사진협회의 이 경고는 주의 깊게 들을 필요가 있어 보인다. 실제로 우리 주위에서는 진실이 위축되고 그 자리를 거짓이 채우는 일이 아무렇지도 않게 빈번히 일어나고 있다. 화자의 말마따나 벌써 우리는 느끼고 있다. 좋은 풍광이 사라지고 의로운 사람들이 점점 사라지고 있다는 사실을 말이다.

이희중의 시는 이렇게 다른 관점에서 진실의 사라짐을 경고하고 또한 안타까워하고 있다. 이미 오래전에 벤야민이 지적했듯이 복제가 횡행하는 시대에 '아우라'는 사라졌고, 이제 거기에 더해서 진실이니 진상이니 하는 것들이 점점 소홀히 취급되고 사라져 가고 있다. 이러다가는 지구상에 진실이라는 말이 영영 사라져 버릴 수도 있다. 거짓만이 횡행하고, 거짓끼리 진짜를 다투는 이상 현상이 일어나지 말라는 법도 없다. 아니, 이미 우리 사회의 곳곳에서 그런 일들이 벌어지고 있다.

그러니 사진 좀 찍는다고 풍경이 닳겠냐고 더 이상 함부로 말하지 말자. 시인의 말마따나 우리는 함부로 사진 찍는 행위에 의해 진짜 풍경과 진실이 닳아 없어질 수 있음을 이미 직감적으로 느끼고 있지 않은가. "부디 사진을 함부로 찍지 말거라." 시인의 이 경고를 귀담아 들을 필요가 있다. 따지고 보면 어디 사진뿐이겠는가?

진본의 사라짐에 대해 경고하는 이희중의 시는 우리 사회에 대한 일종의 풍자의 성격을 띠고 있기도 하다. 짐짓 걱정하고 경고하는 "지구진실기구 산하 실행 조직인 지구사진협회"의 공식적인 경고가 한편으로는 웃음을 자아내기도 하지만, 그 뒷맛은 솔직히 쓰다. 문명의 이기가 가져다준 편리함과 거리를 두며 그것이 무엇을 사라지게 하는지에 대해서도 이제는 눈 돌릴 때이다. 그것은 분명 이 시대의 시가 감당해야 할 몫이기도 할 것이다.

상처,
그 아린 흔적에 대하여

기억

나는 잘 넘어지는 편이다. 신발이 불편해서 그런 것 같지는 않다. 구두 탓인가 생각도 해 봤지만, 운동화를 신고 넘어진 기억도 있는 걸 보면 꼭 신발이 원인은 아닌 것 같다. 전에는 혹시 다리 길이가 살짝 다르지는 않을까 고민해 보기도 했다. 생각해 보면 20대에서 30대 그렇지 않아도 사는 게 만만치 않고 힘들던 시절, 이따금씩 넘어지기까지 했다. 넘어져서 무릎이 까지는 건 아이 적에나 경험하는 일이라고 믿고 싶었지만, 넘어져서 스타킹이 찢어지고 무릎이 까진 경험을 더 나이 들어서도 종종 했다.

그리고 보니 요즘은 잘 넘어지지 않는 것 같다. 물론 미끄러운 겨울에는 여전히 양발에 모든 신경을 곤두세우고 조심 또 조심하는 편이지만, 확실히 예전에 비해서는 잘 넘어지지 않는다. 높은 구두를 통 신지 않고 가급적 편한 신발만 골라 신는 것도 이유라면 이유겠지만, 어쩌면 삶이 돌부리에 걸려 자주 넘어지던 시절 덩달아 나도 넘어지곤 했었던 것 같다.

요즘도 무릎을 들여다보면 가끔 상처를 발견할 때가 있다. 자주 넘어지기도 하지만 자주 부딪히는 편이라 나도 모르게 생긴 멍이나 희미해진 상처를 발견하게 되는 경우가 흔하다. 남아 있는 상흔은 잊힌 기억을 환기한다. 오래전의 아픈 기억이 상흔과 함께 불현듯 떠오를 때가 있다. 시도 결국 그런 상흔이다. 2008-2009년에 등단한 젊은 시인들에게도 시는 지난 시절의 상처로 아로새겨져 있다. 아련한 흔적으로만 남아 있는 경우도 있고 지워지지 않는 얼룩으로 새겨진 경우도 있으며 보랏빛 멍이 아직 남아 있는 경우도 있다. 상처를 돌보는 일. 그것은 시를 쓰는 일이자 읽는 일이며 지난 시간을 부여잡고 오늘을 살아가는 일이다.

얼룩

상처가 지워지지 않는 얼룩으로 남아 있는 시인들이 있다. 대개 유년기의 상처가 남긴 얼룩이다. 억압과 길들임을 먼저 배우게 하는 학교는 대개의 젊은 시인들에게 얼룩의 공간이 된다. 김상혁의 시가 주목하는 공간도 대부분의 사람들이 유년기와 청소년기에 지나왔을 학교이다. "귀가 시간이면 변기처럼 질린 얼굴들이 코를 막은 채 비명을 질렀고 선량한 애들은 길어진 팔을 끌며 그날의 가장 붉었던 건물로 돌아"가곤 했던 학교에서 시의 화자는 "울타리를 넘으려 하는 모든 자세에 유의하였고, 내내 달릴 수 있었다"(「운동장」)고 한다. "아무렇지 않게 제 몸의 절단면을 빡빡 긁어 대는 불구들의 꿈속"에서 우리의 지난 청춘은 병들어 가고 "담을 넘기로 결정했던 몇이 후문처럼 무참히 변색되"(「운동장」)고 과거는 지워지지 않는 얼룩을 남기고 만다.

동생의 마음이 이해가지 않는 것은 아니다. 나도 양아치였으니까. 그렇지만 나는 깨달아 버린 것이다. 학교에 가지 않는 양아치보다는 학교에 가는 양아치가 더 멋있다는 사실을.

부모가 죽고 세 달이 흐르자, 숙제가 밀리면 그 숙제는 하지 않는다. 그것이 형의 방식. 형이라서 라면을 먹어, 역기도 들고, 찬송하고, 낮잠을 때리지. 형이라서, 형이라서 배탈이 났어요. 나는 학교에 늦게 간다. 하고 싶다면 너도 형을 해. 그러나 네가 형을 해도. 네가 죽으면 내 책임이지.

학교에서, 나는 농구하는 애. 담배 피는 애. 의자로 후배를 때린 선배. 아버지가 엄마보다 늦게 죽을 줄 알았어. 자주 앓는 사람이 오래 사는 법이니까. 부모가 동시에 죽고, 이제 누가 화장실 청소를 하나? 형이라서 배탈이 났어요. 이십 분 간격으로 물똥을 눈다. 창피하게. 동생이 옆에서 샤워를 한다. 구석구석.

친구들이 모두 집에 돌아간 뒤에도 나는 학교에 남아 침을 뱉는다. 구령대에서, 나는 침을 멀리 뱉는 애. 부모가 죽고 세 달이 흐르자. 부모가 죽고 네 달이 흐른다. 그리고

운동장을 가로지르며 동생이 뛰어온다. 변기에서 쥐가 튀어나왔어. 괜찮아. 내일부터 학교에 오자. 똥은 학교에서 누면 되지. 그래 그러면 된다.

—김승일, 「부담」 전문

김승일의 시는 얼룩을 남긴 상처에 대해 도발적이다. 부모가 죽고 세 달이 흐르자 동생과 단 둘이 남은 형제의 삶에는 많은 변화가 일어난다. 동생은 학교에 가지 않으려 하고, 형 역시 숙제가 밀리면 그 숙제를 하지 않게 되었다. 다만 형은 "학교에 가지 않는 양아치보다는 학교에 가는 양아치가 더 멋있다는 사실"을 깨달아 버렸다. 그만큼 세상의 때가 묻은 것이다.

　학교에서 형은 "농구하는 애. 담배 피는 애. 의자로 후배를 때린 선배", 이른바 문제아로 낙인찍힌다. "친구들이 모두 집에 돌아간 뒤에도" "학교에 남아 침을 뱉는다." 졸지에 가장이 되어 버린 형의 삶은 외롭고 쓸쓸하고 막막하다. 하지만 형이기 때문에 동생에게 내색을 할 수도 없다. 쓸쓸한 가장의 인생이 어린 형에게 열리고 만 것이다. 형은 빠른 속도로 체념을 배우고 빨리 체념할 줄 알게 되고 세상에 대해서는 그만큼 냉소적이 되어 간다. "변기에서 쥐가 튀어나왔"다고 야단하는 동생에게 "괜찮아. 내일부터 학교에 오자. 똥은 학교에서 누면 되지"라고 의연하게 말한다. "그래 그러면 된다"는 것을 그는 너무 일찍 알아 버렸다. 부모의 죽음은 이 형제의 삶에 돌이킬 수 없는 지독한 얼룩을 남기고 만다. "나는 평범함보다는 평평함이 좋"(「멋진 사람」)다고 도발적으로 말하는 김승일의 시적 주체는 나밖에 없는 것, 남들의 이목을 끄는 것에 집착하는 모습을 통해 지독한 외로움을 드러낸다.

　김은상에게 "꿈은 얼룩"(「렘수면행동장애」)이다. 꿈을 꾸는 그의 시적 주체는 "방 모서리에서 밤의 피가 번져" 오고 "끊어진 기타 줄이 내는 소리를 앓"는다. "누구나 몸속에 끓고 있는 지도를 품고 있"음을 그는 짐작한다. "호주머니 속에서 잃어버린 유년의 메아리"(「렘수면행동장애」)가 꿈 밖으로 흘러나오는 일이 렘수면행동장애 환자들에겐 일어난다. 소원 성취의 욕망을 지닌 꿈이 현실에까지 상관하는 것 역시 얼룩으로 남은 상처 때문일지 모른다. 그런가 하면 박병수에게 유년은 "열 달이 지나도록 달걀들은 부화되지 않았"고 "별이 엉망으로 떨어"지고 "어른들은 밤마다 수제비 밥상을 물리지 않"(「아주 가벼운 밥상」)은 가난한 밥상으로 기억된다. 그에겐 가난이 얼룩이다.

보랏빛 멍

상처에 오랜 세월이 흐른 뒤에 남는 흔적이 얼룩이라면, 아직 상처가 아물지 않아 보랏빛 멍 자국이 선명한 시들도 있다. 김은주, 김지율, 김호기, 박성준, 김정웅의 시에는 보랏빛 멍이 아직 선연하다. 시간이 지나면 저 멍 자국은 사라지겠지만 아직은 시인을 사로잡고 있는 상처들이다.

삼촌 우리 엄마한테 욕하지 마요[1] 엄마는 하얀 봉투를 싫어해요 참 잘했어요 도장 속 어린이들이 삼촌 주먹에 질려 보라로 떨고 있잖아요 이제 곧 저녁이니 파 껍질을 벗기고 양파처럼 얌전히 계세요

한결 같은 양파들의 자세가 불만인가요 보편적인 타격의 식순에 대해 고민할 때 삼촌 주먹은 점점 양파를 닮아 가요 똑같은 표정을 부르는 둥근 생김이

한 알에서 다 까먹는 공기놀이의 편협한 규칙 같아요 일 년만 더 채우면 오십 년인데 할아버지는 자꾸 꺾기에서 한 알을 놓쳐요 손바닥을 빨아들이는 할아버지의 얼굴을 까먹을 때마다 삼촌의 어깨 위로 무지개가 떠요 모든 떠오르는 건 근사한 일이지만

엄마는 기지개가 아프대요 빨주노초파남보로 살기 바랐지만 삼촌은 주노초파남보빨 혹은 보남파초노주빨 된 발음의 세계에서만 살잖아요 긴 말 필요 없는 이상하기도 이가 상하기도 하는 그 세계에서 썩은 비유는 있어도 더 이상 상할 비위는 없는 것처럼

무지개는 햇빛 속에서만 사니까요 삼촌 주먹이 바람을 때려눕히며 광포로 달릴 때 햇빛들은 산산이 그림자를 토해 내요 햇빛 대신 그림자를 주머니에 찔러 넣고 돌아올 때마다 엄마는 하얀 봉투 속에다 표정을 부셔 넣고 울어요

시절의 행방으로 살기 바랐지만 늘 순간의 한 방으로만 기억되는 삼촌 삼촌의 손바닥 안으로 빨주노초파남보 무지개 빨려 들어가면 저기 저 골목 끝에서 똥파리 씹은 표정으로 한 무리의 햇빛이 걸어 나오고 있을 거예요

---

1) 영화 〈똥파리〉의 대사

—김은주, 「생활의 길잡이」 전문

김은주에게 가족은 상처와 폭력의 이름이다. 엄마에게 욕하고 때론 주먹도 휘두르는 삼촌, 삼촌 주먹 앞에서 "보라로 떨고 있"는 아이들, 자꾸 무언가를 놓치는 할아버지, 삼촌 때문에 흰 봉투를 들어야 하는 날이 많은 엄마, 그래서 하얀 봉투를 싫어하는 엄마가 화자의 유년을 구성하고 있다. "엄마는 하얀 봉투 속에다 표정을 부셔 넣고 울"고 있다. 그렇게 울고 있는 엄마의 모습이 시인에게 상처로 남

아 아직도 보랏빛 멍 자국을 드러내고 있다.

"시절의 행방으로 살기 바랐지만" 바람과는 달리 "늘 순간의 한 방으로만 기억되는 삼촌"은 화자의 가족이 안고 살아가는 상처의 근원일 것이다. 그런 삼촌의 뒤에는 무언가를 자꾸 놓치는 할아버지와 그런 할아버지와 삼촌 때문에 눈물짓는 엄마가 있다. 김은주의 시는 아이의 시선으로 그 상처에 대해 고백한다. 그 상처는 매사에 냉소적인 「달의 목적」의 화자를 낳는다. "한 사람이 솔직해지면 곧 두 사람에게 비밀이 생기"는 것을 알아 버린 화자, 그것을 아무렇지 않게 발설해 버리는 김은주의 화자는 도발적인 매력을 풍긴다.

김지율은 "벌어진 지퍼 사이로/가득 차 있는 네 얼굴로" 보랏빛 멍 자국을 드러낸다. "혓바닥이 빨갛게 후들거"릴 정도로 '네 얼굴'의 상처로부터 그의 시도 자유롭지 못하다. 김호기의 시에서는 "독이 창궐하"고 있다. "당신과 만든 감자 인형들에" 뒤늦게 "싹이 자라고 있"다(「감자 인형」). "싹이 트는 것은 독이 고개를 내밀고 밖을 내다보는 것"임을 그는 잘 알고 있다. "잠에서 깨어"나도 "세상엔 벌써 파란 독이 가득하"다(「감자 인형」). 박성준은 "내일 오후, 애인이 떠나면서 선물한 벽지로" "도배를 할 것인가"(「수증기」) 질문을 던질 만큼 상처에 애써 둔감해지려는 포즈를 취하기도 한다. 김정웅의 시는 목감기에 따른 고통을 "살점이 완전히 뜯기는 것을 견디었던 시간", "머리와 몸통을 잘라 버린 목"(「목감기에 따르는 고통을 무게로 환산하는 시간」)처럼 고통스러운 시간에 비유하며 아직 퍼런 멍이 든 상처에 대해 고백한다.

그래도 오늘

과거의 상처가 아직 보랏빛 멍으로 선연하거나 지워지지 않는 얼룩으로 남아 버렸다 해도 오늘을 살아가야 하는 것이 살아남은 자들의 운명이다. 최근 젊은 시인들의 시는 과거의 상처에 붙박여 있는 경우가 더 많지만, 그래도 오늘에 대해 관심을 보이는 시인들도 있다. 박소란, 박시하, 민구, 김제욱의 시를 오늘의 시로 읽을 수 있겠다.

박소란의 시는 "지하철 1호선 첫차가 이제 막 출근길에 오른 무렵," "빈 사무실에서 홀로 숨진 채 발견된"(「사고」) 김 부장에 대해 보고한다. "이십 년 간 한결같이 빌딩을 오르내림으로써 존재를 구한 은수자"는 야근에 시달리고 생에 시달리다 마침내 "생(生)의 넥타이를 풀어헤"친다. 그러나 "단 한 줄의 사고(社告)로" 그의 죽음은 결재될 뿐이다. 수많은 김 부장들이 오늘도 빌딩을 오르내리고 있을 것이므로 박소란의 시는 저 김 부장들의 삶에로 우리의 시선을 잡아끈다.

1

편지를 보내기로 마음먹었습니다.
내 옆에는 지금 푸른 소파와 붉은 책상이 마주 보고 앉아 있습니다.
참 날씨 한번……
갈매기라도 휙 날아갈 것 같습니다.
난 니나가 아니고, 당신은 그 누구도 아니지만.

그럭저럭 배가 고파 옵니다.
사는 일이 그렇습니다.
나는 갈매기처럼 편안합니다.
나는 나의 길을 가졌습니다.
나는 죽음에 관한 아마츄어입니다.
죽어 가며 다시 살아나고 있는 중이라고도 생각합니다.

당신은 바다를 보고 있는 중이라고 하셨지요.
당신은 지금도 푸른 지팡이처럼 단단하신가요?
당신의 사막에는 아직도 찢어진 바위들이
너덜대며
흩날리고 있습니까?

당신의 가위질은 황홀했지요.
매일 내 머리칼의 침묵이 길어졌기에
푸른 지팡이가 소파가 되도록
붉은 책상이 산 너머로 멀어지도록
우리는 죽도록
황홀했지요.

편지를 쓰는 지금, 나는
담담합니다.
바다만 바라보는 갈매기처럼
슬프지만.
사는 일이 그렇습니다.

2

가장 높이 날 때
새는 잠시 눈을 감는 것입니다.

—박시하, 「픽션들」 전문

"무지개 야광링을 열심히 흔들며/애인들의 이름이 적힌 피켓을 들"고 "루루루/환호성과 야유를 쉬지 않고 보내"는 "서부 태생 소녀 들"(「팬클럽」)의 팬클럽을 통해 오늘날 10대의 풍경을 그린 박시하는 '오늘'에 관심을 보이는 젊은 시인 중 하나다.

인용한 시 「픽션들」에서 화자는 담담한 어조로 죽음에 대해 말한다. 편지를 쓰는 지금, 화자는 담담하다. "바다만 바라보는 갈매기처럼" 슬픈 화자에겐 분명 무슨 일이 있었지만, "사는 일이 그렇"다. 원래 그렇다. 산 자는 어떻게든 살아가게 되어 있다. 화자가 회상하고 있는 '당신'은 지금 화자의 곁에 없지만 남은 화자는 "그럭저럭 배가 고파" 오고 "갈매기처럼 편안"해질 때도 있다. 산 자들은 삶에 금방 익숙해진다. 당신과의 "죽도록" "황홀했"던 기억이 오늘을 살아가게 하겠지만, 화자는 애써 덤덤하고자 한다. "가장 높이 날 때/새는 잠시 눈을 감는 것"일 뿐이라고 시인은 그렇게 믿고 싶은 것인지도 모르겠다.

죽음 또는 언어를 대하는 김제욱의 태도도 닮은 데가 있다. 어제 분명 "잃어버린 너에 대한 슬픔 속에 지쳐 잠이 들었"는데 "지금의 난/그때의 폐허,/헤어진 순간 바라본 너의 눈빛조차 기억하지 못한다." 빠른 결별을 통해 그는 "비로소 자유로울 수 있"(「天葬師의 중얼거림을 베끼다」)게 되었다. 민구는 "한때 선원들의 갓집을 품고 뒤척이던 말들의 마구간"(「말을 찾아서」)으로, "비어 있는 세계로"(「비어 있는 세계로」) 말을 찾아 헤매고 있다. 그 역시 언어에 대한 고민으로 가득한 오늘의 시인이다.

경계에 선
시인들

1.

1990년대 후반은 한국 사회가 급격히 후기 자본주의의 물결에 휩쓸린 시기로 상업주의적이고 신자유주의적인 이데올로기가 한국 사회 전반을 장악해 가던 시기였다. 1990년대 초중반을 지나며 형식적 민주주의를 달성했다고 생각한 한국 사회는 현실사회주의의 몰락과 전 지구적 자본의 재편을 몸소 체험하면서 전 지구적 자본주의라는 시대적 조류의 급물살에 몸을 맡긴다. 그 이전까지 신념에 가까웠던 이념이 무너지는 체험을 해야 했고, 무서운 속도로 가치관이 변해 가는 한국 사회에 실용주의적이고 상업주의적인 가치들이 보무도 당당하게 모습을 드러내기 시작한다. 더구나 1997년에 겪은 IMF 체험은 경제적 가치를 최우선의 가치로 인식하도록 사회적 분위기의 변화를 이끌게 된다.

실용주의적이고 경제적인 가치가 중시되는 사회에서 인문학적이고 문학적인 가치가 인정받기는 쉽지 않다. 1990년대 후반에 '문학의 위기'에 대한 논의가 끊이지 않았던 데는 세기말적 분위기와 함께 이러한 시대적 분위기가 작용하고 있었다. 1990년대 후반에 등단한 시인들은 '문학의 위기'에 대한 풍문이 끊임없이 떠도는 시대에 문학의 장에 발을 들여놓은 시인들이었다.

대개의 1990년대 후반에 등단한 시인들은 그들이 시를 읽고 좋아하고 습작하던 시절의 시와 자신들이 등단해서 시인으로서 살아가야 하는 시기의 시적 유행이나 담론 사이에 상당한 거리를 느껴야 했을 것이다. 그들이 배운 문학과 문학에 대한 열정으로 동시대를 돌파해 나가기엔 많은 벽에 부딪힐 수밖에 없었던 세대. 시인으로서의 정체성에 대한 고민이 필연적으로 뒤따를 수밖에 없었던 세대. 그것이 바로 1990년대 후반에 등단한 시인들의 자화상이었다. 이 글에서 이들을 '경계에 선 시인들'이라고 명명한 까닭은 바로 여기에 있다.

1990년대 후반의 시단에서 중요한 쟁점은 몸의 상상력에 기반을 둔 이른바 '몸시'와 지구 환경과 인류의 미래에 대한 새로운 모색을 위해 현대 문명을 비판하고 인간중심주의를 극복하고자 하는 생태주의적 상상력이라고 할 수 있다. '신서정'이라 불린 현상이 1990년대에 주목받게 된 것도 생태주의의 유행과 무관해 보이지 않는다. 그런가 하면 1980년대를 풍미한 '민중시' 및 '리얼리즘 시'에 대한 비판이 이어지면서 리얼리즘 시의 갱신에 대한 고민도 1990년대 시단의 중요한 쟁점을 형성한다. 1990년대 후반에 등단한 시인들은 대개 이러한 영향 아래에서 새로운 언어와 목소리를 찾기 위해 자기와의 싸움을 벌여 왔다.

이 글에서는 1990년대 후반에 등단한 시인들의 등단작 1편과 신작시 1편을 통해 이들의 시적 변모를 살펴보고자 한다. 등단작이야 1편이라고 해도 시인이 직접 뽑은 작품이니 어느 정도 대표성을 띤다고 볼 수 있지만, 신작시의 경우에는 1편의 작품에 대단한 의미를 부여해 읽는 것은 사실 무리가 따른다. 따라서 등단 이후 최근에 출간한 시집의 경향도 경우에 따라 참조하면서 이 시인들의 변모에 관해 논하려고 한다.

2.

1990년대 한국시에서 신서정과 생태주의는 중요한 역할을 담당했지만, 1990년대 후반에는 그것이 미학적 보수주의 내지는 상업주의와 결탁할 가능성에 대한 비판이 일어나고 있었다. 1990년대 후반에 등단한 시인들 중 실험적인 경향의 시를 선보인 시인들 중에는 욕망의 흐름을 중시하는 '몸시'의 영향과 함께 '신서정'에 대한 불만도 작용하고 있었던 것으로 보인다.

강기원, 김록, 김언, 문혜진, 이기성, 이재훈, 장무령, 조말선, 진수미, 최치언 등은 각각의 시 세계가 보이는 차이에도 불구하고 대체로 새로움을 추구하는 시적 경향을 지닌 시인들로 묶을 수 있다. 이들의 경우에 등단작에서도 모던한 성향이 얼마간 드러나기는 했지만 실험적이라고 부를 만큼 두드러진 것은 아니었다. 하지만 등단 이후 대체로 2000년대에 첫 시집을 내면서 이들의 실험적인 성향은 한층 견고해진다. 김록, 김언, 조말선, 진수미, 김행숙의 경우가 특히 그렇다. 이들은 2000년대 젊은 시인들의 새로운 감수성과 상상력을 논할 때 자주 등장하는 시인들이기도 하다. 이재훈의 시에는 실험적이라는 말을 붙일 수는 없지만 개성적인 자기 언어를 실현해 가고 있는 시인이라는 점에서 이들과 함께 묶일 수 있다. 최치언은 모던한 성향의 시집 출간 이후 오히려 서정적인 경향이나 현실 체험과 적절히 조화를 이루는 방향으로 변모하고 있는 경우라고 할 수 있겠다.

1998년에 『작가세계』로 등단한 김록은 등단작 「작은 것들을 믿는다」에서 무한대로 작아지는 존재에 대한 예민한 감성을 선보인 바 있는데, 이후 『광기의 다이아몬드』, 『총체성』 등 두 권의 시집을 출간하면서 기존의 언어 체계를 뒤흔드는 실험에 본격적으로 투신한다. 새로운 언어의 결정체를 추구하려는 시적 광기를 다 쏟아부은 것일까. 신작시 「철거」는 이름을 가리고 보면 그녀의 시인지 알 수 없을 정도로 확연한 변화를 보여 준다. 단 한 편의 시로 판단을 내리기는 어렵지만 그녀의 시는 또 한 번의 변화를 예감케 한다.

"24톤의 집이 무너졌다/지은 집이 폐기물이 되는 데 33년이나 걸렸다"고 한다. 하지만 무너지는 것은 순간이다. "정든 것에 일일이 경의를 표하는 사람도 있"지만 "불도저는/한 집안의 위엄을 뭉갤 때 조금도 망설이지 않"는다. 집이 철거되는 장면을 바라보며 시인은 "이러나저러나 어쩌면 아무것도 아니"며 "결국 다 버리기 위해 또 살아가는 것"인지도 모른다고 생각한다. 어쩌면 이 깨달음은 두 권의 시집을 통해 그녀가 얻은 것일지도 모르겠다. 이제 그녀는 그간 지어온 집을 무너뜨리고 새로운 집을 짓기 위한 싸움에 다시 자신을 내맡기려는 것처럼 보인다. "아무것도 남지 않은 터에서,/가훈을 다시 어깨에 짊어지고"(「철거」) 오는 행위는 첫 마음을 잊지 않으려는 각오 같은 것으로 이해해도 되지 않을까.

『숨 쉬는 무덤』, 『거인』 등 두 권의 시집을 낸 김언은 등단작 「해바라기」에서 보여 준 예민하고 독특한 관찰력과 언어적 감수성을 두 권의 시집에서 한층 단련시킨다. 건조한 언어들이 꽉 짜인 구조로 배치된 그의 시는 텍스트 너머의 의미를 상상하게 한다는 점에서 알레고리적으로 읽힌다. 텍스트 너머의 의미가 텍스트의 의미와 단순하게 일대일 대응되지 않으며 다소 모호한 잉여를 남기는 점은 그의 시가 지닌 매력이자 미덕이다. 신작시 「라면의 흐름」에서도 그런 매력은 잘 살아 있다. 상 한가운데에 라면 냄비를 놓고 함께 라면을 먹는 친구들의 모습을 쉬지 않고 영화와 뉴스와 광고를 내보내는 텔레비전 화면과 절묘하게 겹쳐 놓음으로써 라면을 먹는 친구들 사이에서 형성되는 기류와 인생사의 흐름이 별다를 것도 없음을 보여 준다. "어떻게 국물이 끝내준다는 라면과 면발이 살아 있다는 라면이/한 냄비에서 같이 끓을 수 있는가"(「라면의 흐름」)라고 시인이 물을 때 우리의 머릿속에는 전혀 지향점이 다른 사람들이 쉽게 한통속이 되고 도저히 화합할 수 없을 것 같았던 사람들이 손을 맞잡는 숱한 상황들이 떠오른다. 그 구체적인 면면은 개개인의 체험의 차이에 따라 달라질 것이다. 라면을 앞에 놓고 서로 눈치 보다가 겨우 일곱 가닥을 제외하곤 다 먹어치우기까지 친구들 사이에서 형성되는 기류와 각자의 머릿속에서 일어나는 생각들을 흥미롭게 그린 이 시는 텔레비전에 나오는 장면들과 겹쳐짐으로써 텍스트 너머의 의미를 환기하는 알레고리로서 기능한다.

3.

1980년대를 풍미한 민중시, 노동시 등의 리얼리즘 시가 1990년대 초중반 현실사회주의의 몰락 이후 급격히 쇠퇴하면서 그 자리를 '신서정'을 표방한 시들이 메우게 된다. 안도현, 김용택, 나희덕 등은 이 시기에 대중적으로도 사랑받은 시인이다. 1990년대에 생태주의 담론이 한국 사회에서도 부상하면서 현대 문명을 비판하고 지구 환경의 미래를 고민하고 인간중심주의를 재고하는 흐름이 시에서도 형성된다. 즉각적으로 대응할 수 있는 시의 특성상 생태주의 문학 담론은 시를 중심으로 전개되기 시작한다. 그러나 생태주의 시는 낭만적

신화라는 함정에 빠지거나 계몽적인 성향을 드러냄으로써 대개 시적 형상화에 성공하지는 못한다.

이러한 분위기 속에서 1990년대 후반에는 이미 '신서정' 풍의 시에 대한 불만과 비판이 제기되고 있었다. 숲으로 가는 시인들에게 현실을 직시할 것을 요구하는 비판적 견해가 이 시기에 등장한다. 앞서 살펴본 시인들이 '신서정'의 시나 생태주의 시에 대한 비판으로부터 시적 정체성을 찾아갔다면 여기에서는 전통적인 시작법에 비교적 충실하거나 자연에 관한 생태적 상상력을 보여 준 시인들의 경우를 중심으로 살펴보고자 한다.

손택수, 박해람, 이영광, 김지연, 유홍준, 조정인, 신해욱의 시를 전통적인 시작법에 비교적 충실한 시로 묶을 수 있다. 특히 손택수, 박해람, 이영광은 이러한 경향을 지속적으로 지켜 온 대표적 시인이다. 반면 신해욱의 시는 모던한 감각과 서정적 단아함이 공존하고 있어서 어느 한쪽에 귀속시키기에는 어려움이 있다. 그녀의 시는 자기 색깔을 지닌 언어로 환골탈태한 대표적 예라고 할 수 있다.

신해욱의 등단작 「나비」는 나비를 관찰함으로써 도달한 새로운 인식을 그린 시이다. "저 날개도/땅으로 팽팽하게 끌리는 물체"이며 나비의 "가벼움은" "지구의 중력"을 "온몸으로 거부하고 있"는 것임을 깨달은 것이다. 등단작에서부터 보이지 않는 기운이나 힘에 관심을 가지고 있던 시인은 이후 수식이 없이 건조하고 간결한 자신의 언어를 찾아 눈에 보이지 않고 들리지 않는 감각 너머의 기운이나 존재를 향한 탐색을 지속한다. 첫 시집 『간결한 배치』는 그 결정체이다. 신작 시 「성장소설」은 자기 고백적인 어조를 띠고 있는데, "나는 상상력이 너무 빈곤해서/손가락을 잘라도 가루가 날릴 것이다"라든가 "나는 그림자만 키가 큰다" 같은 문장은 건조한 그녀의 언어와 눈에 보이지 않는 배후에 대한 그녀의 탐색을 잘 드러내 주는 표현이다.

1998년에 등단한 이후 『호랑이 발자국』, 『목련전차』 등의 시집을 출간한 손택수는 힘이 있는 서정시를 일관되게 써 온 시인이다. 붉은색과 흰색이 조화를 이루며 만들어 낸 아름답고 서정적인 풍경이 인상적인 그의 등단작 「언덕 위의 붉은 벽돌집」은 지금은 사라지고 없는 붉은 벽돌집의 아이와 허물어진 붉은 벽돌집에 대한 기억을 통해 시를 지펴 올린 전형적인 서정시이다. 『호랑이 발자국』과 『목련전차』에서도 그는 자연의 생명력에 대한 추구와 현실 체험이 조화를 이룬 건강한 서정시를 써 왔다. 신작시 「나의 아름다운 세탁소」에서도 새로운 변화가 발견되지는 않는다. "양복을 들고 온" 세탁소 아낙의 "주름이 자글자글"한 얼굴을 보며 "내 양복 주름이 모두/아낙에게로 옮겨간 것 같다"고 생각하던 시인은 "범일동 산비탈 골목 끝에 있던" 오래전의 세탁소를 떠올린다. 오래전의 기억을 환기하는 방식, 과거와 현재를 부딪치는 방식 등은 전형적인 서정시의 문법을 따르고 있다. 자신에게 가장 잘 맞는 옷을 일찌감치 찾은 손택수는 변모에 대한 고민보다는 긴장의 지속에 대한 고민을 하고 있을 것 같다.

4.

1980년대가 민중시, 노동시 등 리얼리즘 시가 전성기를 이룬 시기였다면, 1990년대는 지난 시대의 리얼리즘 시가 이룩한 과오를 비판적 거리를 가지고 돌아보고, 리얼리즘 시의 갱신을 이루고자 노력한 시기라고 평가할 수 있다. 현실사회주의의 몰락은 리얼리즘 시를 써 온 시인들을 곤혹스럽게 했지만, 그 곤혹으로부터 새로운 모색도 가능했다. 1990년대 중반에 출간된 백무산의 『인간의 시간』은 이러한 분위기를 상징적으로 보여 준 시집이다. 리얼리즘 시는 이제 비로소 이념이 아닌 구체적인 현실에 대해 고민하기 시작한다.

김경후, 유홍준, 이덕규, 이승희, 전남진, 김희업 등의 시는 구체적 현실 체험을 바탕으로 한 시라는 점에서 하나로 묶을 수 있다. 물론 이 중에는 서정성과 결합하거나 모던한 형식과 결합한 시들도 적지 않아 그 경계가 분명한 것은 아니다. 어쩌면 이러한 성향은 1990년대 후반에 등단한 대부분의 시인들이 얼마간 가지고 있는 특성이기도 하다. 김행숙이나 손택수처럼 뚜렷한 자기 세계를 구축한 시인들도 있지만, 이제 등단 10년 정도가 된 대부분의 시인들은 아직도 암중모색 중이라고 봐야 할 것이다.

이승희는 구체적인 현실 체험과 서정적인 시풍이 조화를 이루고 있는 시를 써 왔다. 등단작 「씨앗론」은 "꽃이 피거나 열매 맺는 일"이 본성이나 습성이 아니라 "검은 흙 속을/아주 오래 무던히 걸어온 시간들이/단단하게 뭉쳐 있다가/풀려지는 일"임을 피력하고 있다. 자연사에 인간적인 해석의 시선을 덧붙이고 있는 이 시에서는 감상적인 시선이 느껴지기도 하는데, 그의 첫 시집 『저녁을 굶은 달을 본 적이 있다』에서는 이러한 성향을 그의 시적 개성으로 끌어올리는 데 성공한다. 이승희의 시에는 둥근 돌, 둥근 웃음 등이 자주 등장하는데, 그 둥긂의 속에는 각진 세월이 퍼렇게 날을 세우고 있다. 둥긂을 죽도록 미워한 세월을 거친 후에 그가 이르게 된 긍정의 웃음은 단단한 힘을 가진다. 신작시 「다락방의 불빛을 사랑했지」에서 "참 따뜻하구나, 버려진 것들아"라고 그가 말할 때 절로 고개가 끄덕여지는 것도 그가 지나온 모진 세월에 대한 동의가 없이는 어려울 것이다.

유홍준의 등단작 「우리 집에 와서 다 죽었다」는 화려한 수사나 비유를 활용하지 않고도 단순하고 직설적인 언어가 지닐 수 있는 아름다움을 잘 보여 주는 시이다. "벤자민과 소철과 관음죽/송사리와 금붕어와 올챙이와 개미와 방아깨비와 잠자리/장미와 안개꽃과 튤립과 국화/우리 집에 와서 다 죽었다"는 시인의 고백이 마음을 울리는 것은 그것이 체험의 언어이기 때문일 것이다. 그러고 보면 우리네 삶이란 이렇듯 많은 것들의 죽음 속에서 영위된다. "행복이란 이런 것/죽음 곁에서/능청스러운 것/죽음을 집 안으로 가득 끌어들이는 것". 이 예사롭지 않은 시인의 깨달음에서 삶에 대한 빛나는 통찰을 엿볼 수 있다. 『상가에 모인 구두들』, 『나는 웃는다』 등의 시집을 거쳐 삶과 죽음에 관한 유홍준의 통찰은 한층 깊어진다. 신작시 「인공수정」에서도 구체적인 질감의 언어는 살아 있다. 수의사가 비닐장갑을 끼고 소를 인공수정하는 과정을 상세히 보여 줌으로써 그의 시는 "소는 이제 소끼리/접붙지 않"고 "더 굵고 더 기다란, 인간의 팔하고만 붙는" 기막힌 현실을 통해 우리 삶의 불모성을 들여다본다.

5.

겨우 두 편의 시를 가지고 1990년대 후반에 등단한 시인들의 변모의 징후를 읽어 내는 것은 솔직히 쉬운 일이 아니다. 모든 분류와 일반화는 얼마간 폭력적일 수밖에 없지만, 이 글을 쓰고 나서도 그런 아쉬움이 오래 남을 것 같다. 등단 시기부터 자신의 문학적 정체성에 대해 심각한 고민에 부딪힐 수밖에 없었던 이 시인들은 지금도 여전히 경계에 서서 암중모색을 하고 있다. 새로운 시의 첨단에 서서 다양한 실험을 지속해 온 시인들 중 일부에게서 감지되는 변화의 조짐은 아직은 뭐라 단언할 수 없지만 의미 있는 징후가 되지 않을까 기대해 본다. 그것이 새로움을 포기하고 주저앉는 방식이 되어서는 곤란하다. 나는 이 시인들의 감각이 단단한 껍질을 깨고 나와 시적으로 한층 더 성숙해지기를 바란다. 아마도 그들 역시 누구보다도 변화를 열망할 것이다. 그런가 하면 전통적인 시작법에 비교적 충실한 시를 써 온 시인들에게서도 변화를 향한 갈망은 느껴진다. 치열한 삶의 감각을 통해 언어의 감각을 유지하는 일이 그들의 과제일 것이다. 구체적인 삶의 체험에 밀착한 시로부터 진정성을 길어 올리려고 하는 시인들도 리얼리즘 시의 과오를 극복하고 새로운 가능성을 찾기 위해 골몰하고 있을 것이다. 이들이 치열하게 벌일 암중모색의 과정이 우리 시의 미래를 풍요롭게 해줄 것이라 믿는다. 그들이 제각각 지어 올릴 새 집이 궁금하다.

최근 시단의
풍경과 모색
―2000년대 하반기의 시단을 중심으로

1. 고요의 이면

최근 시단의 풍경은 한마디로 별다른 이슈 없이 조용한 편이다. 이 고요함의 의미를 어떻게 해석하느냐에 따라 최근 시단의 풍경에 대한 이해도 달라질 것이다. 2000년대 상반기가 최근 시에 나타난 '탈서정'의 징후를 어떻게 해석할 것인지를 둘러싸고 무척 소란스러웠던 데 비해 2000년대 하반기는 그 소란스러움이 가라앉은 후에 앞으로의 우리 시에 대한 모색이 이루어지는 시기라고 볼 수 있다.

고요함의 이면에는 여전히 꿈틀거리며 우리 시의 현재를 고민하고 미래를 모색하는 흐름이 진행되고 있다. 마치 바람에 각자 다른 방향으로 나부끼는 나뭇잎처럼 우리 시인들도 제각각 다른 방향의 모색을 계속하고 있는 것으로 보인다. 아마도 2000년대 상반기를 뜨겁게 달군 '미래파' 논쟁(비록 의사 논쟁이라 하더라도)에 성과가 있었다면 바로 여기서 찾아야 하지 않을까 싶다. 논쟁의 한가운데에 휘말린 시인이든 그 바깥에 소외된 시인이든 젊은 시인이든 기성 시인이든 오랜만에 소란해진 시단의 풍경을 바라보며 저마다 '다른' 풍경을 꿈꿨던 것 같다.

최근 시단의 고요가 의미심장해 보이는 이유는 그것이 시인들의 다양한 모색과 곤혹스러움이 표출된 형상이라는 데 있다. 즉, 한차례의 폭풍이 지나간 후의 고요함인 셈이다. 오늘의 시단은 숨을 고르면서 새로운 방향에서 우리 시의 현재와 미래를 고민해야 할 필요를 절감하고 있는 것으로 보인다. 적어도 그런 점에서는 적잖은 시인과 평론가들이 의견을 같이할 것이다.

최근 '미당 문학상' 수상작이 결정되었다. 함께 발표된 '황순원 문학상'의 경우 수상작을 내지 못했는데, 심사평에서 세대 간의 갈등이 표출되었다는 점을 눈여겨볼 필요가 있다. 수상작을 결정하기는 했지만, '미당 문학상' 심사평에서도 그런 분위기는 미묘하게 감지된다. 이는 '미래파' 논쟁으로 불거졌던 세대론이 여전히 그 그림자를 드리우고 있음을 확인할 수 있는 장면이기도 했다. 물론 이러한 현상을 세대론으로 일반화하는 시선에 대해서는 좀 더 면밀한 고려가 필요해 보인다. 아마도 그보다 선행하는 것은 시적 취향의 차이, '시란 무엇인가?'라는 본질적 질문에 대한 대답의 차이에서 그 원인을 찾아야 할 것이다.

이쯤에서 1930년대 말 이른바 '순수 논쟁'과 '세대 논쟁'의 첨예한 한가운데 서 있었던 김동리의 말을 기억해 보는 것도 좋겠다. 그는 새로운 세대에 대한 유진오의 비판에 대해 먼저 선행되어야 할 것은 좋은 문학작품을 쓰는 일임을 강조한 바 있다. 지난 세대의 공과와 문제의식에 대해 좀 더 관심을 기울여야 한다는 유진오의 충고에 동의하지 않는 바는 아니지만, 김동리로 대표되던 신세대의 문제의식 또한 지난 세대의 공과로부터 나온 것이기는 하다. 문학에 대한 절실함의 차이가 질의 차이를 낳는다는 김동리의 원론적 주장은 상당히 설득력 있는 것이기도 했다. 오늘의 문학이 '미래파' 논쟁 이후에 도달한 성과도 결국 내적 성숙에 대한 공감대 형성이라는 측면에서 찾을 수 있을 것이다. 그것은 기성세대는 물론 신세대에게도 동시에 주어진 과제이다. 그 궁극은 우리 시의 다른 미래에 대한 구체적 모색으로 통할 것이다.

2. 두 번째 시집의 무거운 의미

이른바 '미래파' 논쟁의 중심에 있었거나 그 주변에 있었던 젊은 시인들의 두 번째 시집이 최근 일 년 사이에 쏟아져 나왔다. 김행숙의 『이별의 능력』, 황병승의 『트랙과 들판의 별』, 김이듬의 『명랑하라, 팜 파탈』, 이민하의 『음악처럼 스캔들처럼』, 정재학의 『광대 소녀의 거꾸로 도는 지구』, 진은영의 『우리는 매일매일』, 김근의 『구름극장에서 만나요』 등등. 그리고 들리는 바로는 2000년대 상반기에 첫 시집을 냈던 다른 젊은 시인들의 경우에도 두 번째 시집을 준비 중이거나 출간을 곧 앞두고 있다고 한다. '탈서정'의 징후를 드러낸다는 점에서 공통적인 성향을 보이는 이 젊은 시인들의 첫 시집이 출간된 것이 대개 2005년경이었으니, 비교적 빠른 시간 안에 두 번째 시집을 출간했거나 출간을 앞두고 있다고 볼 수 있겠다. 사실 빠르다고 느끼는 데는 불과 얼마 전까지도 '미래파' 논쟁의 끝물이 시 전문 문예지에서 다루어지곤 했던 사정이 작용하고 있다. 그 이후 한동안 시단에 별다른 이슈가 없다 보니 꽤 오랫동안 지난 논쟁을 들먹인 것이다.

2000년대 상반기에 젊은 시인들이 주목을 받으면서 각종 문예지에서도 이들의 시가 집중 조명의 대상이 되곤 했었다. 그로 인해 발표작이 많을 수밖에 없었고 그 결과가 결국 두 번째 시집의 이른 출간으로 이어졌다고 해도 그리 틀린 말은 아닐 것이다. 하지만 본의 아니게 2000년대 상반기 시단 논쟁의 중심 또는 주변에 서게 되면서 주목을 받은 이 젊은 시인들은, 그만큼 두 번째 시집에 대해 상당한 부담감을 안을 수밖에 없었다. 첫 시집과 달라져야 한다는 부담감을 한편으로는 안고 있었을 것이고, 첫 시집보다 나은 평가를 받아야 한다는 부담감 역시 가지고 있었을 것이다.

그것은 비단 이들 시인들만의 문제는 아니었다. 이들의 시를 바라보는 평론가 및 독자의 시선에도 기대와 우려가 반반씩 섞여 있었던 것이 사실이다. 이들이 보여 줄 새로운 시 세계에 대한 기대와 함께 과연 이 시인들이 첫 시집의 성취를 넘어설 수 있을까 하는 우려, 더불어 '미래파' 논쟁에서 제기되었던 문제들에 대해 이들의 시가 어떤 방식으로 반응할 것인지에 대한 기대감이 이들의 두 번째 시집을 향해 쏠려 있었다.

황병승의 두 번째 시집에 대한 침묵에 가까운 냉담한 반응, 김행숙의 두 번째 시집에 대한 찬사, 그 밖에 젊은 시인들의 두 번째 시집에 대한 엇갈린 반응들은 이런 맥락 속에서 이해될 필요가 있다. 빨리 소비되고 소모되는 우리 사회의 문화 현상은 시단에도 영향을 미쳐, 눈에 띄는 신진 시인들의 시에 대해서 지나치게 주목하고 과잉의 반응을 보이다가 그만큼 빠른 속도로 망각해 버린다. 속전속결의 속도전의 논리가 그와는 영 거리가 멀어 보이는 시단에까지 침투해 들어온 것이다. 황병승의 시를 향한 과도한 열광이 두 번째 시집에 대한 냉담이라는 결과를 낳는 데 일조한 셈이다. 새로움에 대한 열망은 시인들에게도 절실한 것이어서 두 번째 시집에서 이들은 '새로움'과 '다름'에 대해 나름의 고민의 흔적과 세계의 개진을 보여 준다. '탈서정'에 관한 논쟁을 불러일으키며 집중적인 주목을 받은 젊은 시인들의 시는 두 번째 시집의 무거운 무게를 감당하며 진화하고 있는 중이다.

3. 다시 찾아온 동인들의 시대

우리 문학사에서 동인지 시대라고 불릴 만큼 동인지를 중심으로 한 동인 활동이 활발했던 시대로는 1920년대와 1980년대를 꼽을 수 있다. 문학사에서 동인이라고 하면 대개 문학적 지향성을 함께하는 문인들로 이루어진 경우가 많은데, 2000년대 들어서 젊은 시인들을 중심으로 한 동인 활동이 다시 활발해지고 있다. 이들의 경우 동인지를 내는 등 가시적인 활동이 활발한 것은 아니지만, 동인 간의 유대감과 문화적 교류는 상당히 깊은 것으로 보인다. 2008년에 문지문화원 사이에서 기획한 토요문화기획에서는 '문학 동인 페스티발'을 열어 동시대의 문학에 대해 동인을 통해 조명해 보는 자리를 갖기도 했는데, 이는 그만큼 오늘의 우리 문학을 이끌어 가는 동력으로 동인에 주목해 볼 필요가 있다는 판단에 근거한 것으로 보인다.

애초에 동인은 상업적인 목적과는 거리를 두고 순수한 문학적 활동을 하는 모임을 가리켰는데, 최근의 문학 동인들은 그런 순수한 의미에서의 동인의 모습에 얼마간 가까워지고 있는 것으로 보인다. 문학에 대한 고민을 공유하는 젊은 시인들이 모여, 함께 문학에 대해 토론하고 합평회도 하고 문화적 교류도 함께하면서 하나의 문화 공동체를 이루어 가고 있는 것이다. 이들의 교류는 생활 공동체에 가까운 의미로까지 확장될 가능성을 지니기도 한다. 이런 현상은 삶과 유리되지 않은 문학을 생활 속에 몸소 실천할 가능성을 열어 준다는 의미에서 바람직해 보인다.

현재 활발하게 문학적으로 교류하며 활동하고 있는 동인으로는 '시힘', '21세기 전망', '천몽', '불편', '인스턴트', 텍스트 실험 집단 '루'

동인 등이 있다. 이 중 텍스트 실험 집단 '루'를 제외하고는 모두 시 동인들이다. 텍스트 실험 집단 '루'에서는 송승환, 최하연, 이준규 등 의 시인과 강계숙 평론가 등이 활동하고 있다. 다른 시 동인들과 달 리 시, 소설, 평론 등의 장르를 포괄하고 있는 점은 텍스트 실험 집단 '루'만의 특징이라고 할 수 있다.

역사가 오래된 '시힘' 동인은 김백겸, 김경미, 고운기, 안도현, 정일 근, 최영철, 박철, 나희덕, 이윤학, 박형준, 문태준, 김선우, 이병률 등 기존의 동인 이외에도 휘민, 김성규, 김윤이 등 2000년대 이후 등단 한 시인들이 합류해 활발한 활동을 계속해 나가고 있다.

유하, 함민복, 허수경, 차창룡, 윤제림, 이선영, 김중식, 함성호, 윤 의섭 등이 활동한 '21세기 전망 동인'은 최근에도 심보선, 강정, 황병 승, 이용임, 조인호 등의 젊은 시인들이 활발히 활동함으로써 문학적 활력을 유지하고 있는 것으로 보인다.

'천몽' 동인은 30대에서 40대 초반에 이르는 또래 시인들로 이루어 진 집단으로 권혁웅, 고찬규, 이장욱, 유종인, 이미자, 정재학, 진수 미, 김행숙, 박해람, 이기성, 손택수, 김언, 배영옥, 진은영, 이근화 시 인 등이 활동하고 있다. 동인을 구성하던 초기에 비해 지금은 대부분 의 동인들이 시단에 이름을 널리 알려 활발하게 시 창작 활동을 하고 있다. '천몽' 동인의 경우, 다양한 성향의 시인들이 하나의 동인으로 묶인 점이 특징적이다.

그에 비해 '불편' 동인은 독자들에게 불편함을 느끼게 하는 시를 쓰 겠다는 일관된 성향을 드러내고 있는 점이 눈에 띈다. 안현미, 김민 정, 김근, 김경주, 하재연, 이영주, 김중일, 장이지 등이 '불편' 동인으 로 활동하고 있는데, 세상과 불화하는 시, 독자들이 불편함을 느낄 만한 시를 쓰겠다는 데서 동인 간의 의견의 일치를 보이고 있다. 아직 동인지를 묶지는 않았지만 동인 간의 문화적 교류가 매우 활발하게 이루어지고 있는 것으로 알고 있다. 최근 두 번째 시집을 출간한 김근 시인의 인터뷰에 따르면 조만간 동인지도 묶을 모양이다.

'인스턴트' 동인은 2001년 당시 한양대에 재학 중이던 신동옥, 박장호, 서대경의 시 모임을 모체로 시작해, 그 후 강성은, 김안, 황성규 등이 가세하여 현재의 모습을 띠게 되었다고 한다. 처음엔 시 합평회와 독서 토론을 목적으로 시작했지만 이후에는 인간적인 교류로까지 확장되었다고 하는데, 젊은 시인들을 중심으로 한 동인들은 대개 이런 성격을 지니는 것으로 보인다.

문학적인 교류를 넘어서 인간적인 교류로까지 동인의 의미가 확대될 때 그것은 하나의 문화 공동체이자 생활 공동체로서의 가능성을 지니게 된다. 동인은 애초에 상업성과는 거리를 둔 활동을 의미했다. 최근에 다시 활발해지고 있는 동인 활동이 초심을 잃지 않기 위해서 필요한 것도 상업성과의 거리 두기가 아닐까 싶다. 문학에 대한 열정과 문제의식을 공유하고, 좋은 작품을 창작하기 위한 문화적 교류를 지속하고, 그것을 통해 궁극적으로는 인간적인 교류를 넓힐 수 있을 때 동인 활동의 의미는 더욱 커질 것이다. 동인 간의 작품 활동에 자극과 도움을 주면서도 권력화를 거부하는 시선을 지닐 수 있을 때 동인 활동은 좀 더 의미 있는 것이 될 수 있을 것이다.

4. 문화예술위원회의 위상 변화와 시의 재도약

2000년대 상반기의 시단에서 두드러진 현상은 젊은 시인들의 약진이라고 할 수 있다. '탈서정'을 둘러싼 담론이 2000년대 상반기 시단을 들썩이게 한 데는 쏟아져 나오는 젊은 시인들의 시가 집단적 성격을 지니고 있다는 판단이 작용하고 있었다. 소수의 젊은 시인들에 의한 변화였다면 아마도 '미래파'라는 명명도 그에 대한 비판이나 우려의 시선도 그렇게 전격적으로 제기되지는 않았을 것이다. 이와 같은 젊은 시인들의 약진이라는 현상 뒤에는 문화예술위원회의 지원 정책도 얼마간 영향을 미쳤던 것으로 보인다. 출판사 및 문예지에 대한 지원이 바탕이 되어 젊은 시인들의 시집을 전격적으로 출간해 주는 출판사가 늘어났고 문예지에서도 젊은 시인들에게 할애되는 지면이 늘어났다. 그 밖에도 문예창작기금은 물론 신진예술가 지원이나 해외 연수 지원 등의 다양한 프로그램이 젊은 시인들을 독려한 면이 없지 않다.

문학예술에 대한 지원이라는 측면에서 비교적 풍족했던 시대를 지나, 현 정권은 문학예술에 대한 지원을 대폭 삭감할 것으로 알려지고 있다. 경제를 최우선시하고 실용주의 일변도의 정책을 펴는 정권에서 문화예술 정책에 대한 제대로 된 전망을 가지고 있을 리 없다. 얼마간 예측 가능한 일이기는 했지만, 문학에 대한 지원의 삭감이 시단에 미칠 영향에 대해서도 생각해 보지 않을 수 없다.

사실 모든 제도가 그렇지만, 문학예술 지원 정책에도 빛과 그늘이 존재하게 마련이다. 문학예술에 대한 다양하고 폭 넓은 지원을 통해 시인, 소설가, 평론가 등 문학예술의 현장에서 창작 활동을 하는 문인들이 양질의 작품을 생산할 수 있도록 도와주는 것은 물론, 궁극적으로는 우리 문학예술의 자생력을 기르고 내구성을 강화하는 데 문학예술 지원 정책의 목적이 있다고 할 수 있다. 실질적으로 꽤 많은 문인들이 지원 정책의 혜택을 입었고 그러한 분위기가 젊은 시인들의 약진에 기여한 바 적지 않다. 하지만 그것이 우리 문학의 자생력을 기르고 내구성을 강화하는 방향으로 가기 위해서는 좀 더 긴 시간이 필요해 보인다. 한편으로는 인디언 보호 구역을 설정해 놓고 멸종

해 가는 그들을 보호하듯이, 우리 문학의 문학예술 지원 정책에 대한 의존도가 높아 가는 것은 아닌가 자문해 볼 필요도 있을 것이다.

박금산의 연작소설 『바디페인팅』이나 김이듬의 「언제쯤 침이 나오지 않을까」 같은 시는 문학예술 지원 정책에 대한 자성의 목소리를 낸 작품이라는 점에서 의미가 있다. 문학예술에 대한 지원 정책은 국가적 차원에서 반드시 필요한 사업이지만, 문인들의 경우에는 그로부터 적절한 거리를 유지할 줄 알아야 하는 것은 물론이다. 그렇지 않을 때 지원 정책의 노예가 되는 것은 시간문제일 것이다. 문학예술에 대한 지원이 축소되는 것은 매우 유감스러운 일이지만, 이것을 기회로 삼아 문학의 자생력을 기르고 내구성을 강화할 필요가 있어 보인다. 따지고 보면 시는 제도의 혜택으로부터 늘 거리를 유지해 왔다. 당장 시집을 출간하는 출판사들이 어려움을 겪을 것이고 시 전문지도 예외는 아니겠지만, 더 어려운 시절도 버텨 왔음을 상기하고 실용주의적인 가치가 최우선시되는 사회 풍조와 거리를 두면서 문학 본연의 정신을 지키는 노력이 그 어느 때보다도 절실할 것으로 판단된다.

보호 구역 바깥의 현실은 냉혹해져 가고 있다. 경제적 위기가 닥치고 양극화가 심해질수록 우리 사회가 겪게 될 정신적 혼란도 가속화될 것으로 보인다. 상대방에 대한 배려 역시 하나의 습관이다. 조금도 손해를 보지 않으려는 태도가 만연해지면 상대방에 대한 배려는 설 자리가 없어지고 만다. 그 와중에 쌓이는 것은 타인에 대한 심각한 피해의식일 수밖에 없는데, 그것은 머지않아 상대방에 대한 공격성으로 전화하게 마련이다. 뻔히 눈에 보이는 현실 속에서 시가 감당해야 할 몫이 있을 거라고 나는 생각한다.

시정신은 늘 위기의 시대 속에서 싹터 왔다. 그런 점에서 지금이야말로 시가 다시 소환될 시점인지도 모른다. 젊은 시인들이 동인 활동을 통해 조금씩 꿈틀거리기 시작한 셈인데, 그것이 문학적 연대를 넘어서 정서적 공동체이자 생활 공동체로서 연대의식을 확장할 날이 어쩌면 그리 멀지 않았는지도 모르겠다. 우리 시가 새롭게 걸어갈 길을 상상하고 그 상상을 구체화하는 일. 오늘의 시단에 필요한 일은 바로 그런 일이 아닐까.

이후의
풍경

1.

2008년에 등단한 시인들의 시에서 기대하게 되는 것은 결국 새로움이다. 그들의 시가 이전의 시와 무엇이 어떻게 다른지 눈여겨보고 그들의 시가 만들어 가는 이후의 풍경을 기대를 품고 바라보게 된다. 2008년에 등단한 11명의 시인들의 시에서는 이전의 시를 계승하면서도 그로부터 단절하려는 흔적을 읽을 수 있었다. 이들의 시는 2000년대 상반기를 뜨겁게 달군 '탈서정'을 둘러싼 논쟁을 강하게 의식하면서 이후의 풍경을 구축해 가고 있는 것으로 보인다.

포스트모던한 도시적 감각과 디지털 감각을 노래하는 시로부터 신화적 상상력, 생태적 상상력을 보여 주는 시, 체험의 힘에 기초한 현실적 상상력을 보여 주는 시, 묘사적 상상력을 충실하게 보여 주는 시 등 매우 다양하게 그 시 세계가 펼쳐진다. 이들의 시가 어느 한쪽으로 경사되지 않은 채 다각도의 모색을 하고 있는 점은 우리 시의 미래를 위해서도 바람직해 보인다. 결과적으로 '탈서정'을 둘러싼 논의들은 우리 시의 현재와 미래를 한층 더 견고하게 한 것이 아닐까 싶다.

도시를 상상력의 거점으로 삼은 시들이 높은 비중을 차지하는 것이 특히 눈에 띈다. 디지털 세대의 디지털 감각을 보여 주는 시로부터 도시의 좁은 골목의 생리를 그린 시까지 도시적 상상력은 2008년에 등단한 시인들의 시에서도 주축을 이룬다. 농촌을 기반으로 생태적 상상력을 보여 주는 시들도 그 반대급부로써 도시에서의 일상을 의식하고 있다는 점에서 비슷한 맥락에서 읽을 수 있다.

2.

최근의 시와 소설에서 '고시원'이라는 공간은 일정한 직업 없이 떠도는 사람들이 많아진 우리 사회의 일면을 보여 주는 공간으로 각광받고 있다. 강서민구의 「휴대폰 공습」은 고시원이라는 공간의 특성에 주목한다는 점에서 그런 시들과 비슷한 맥락에서 읽을 수 있다. 고시원이라는 공간은 칸막이로 나뉘어져 있지만, 칸막이로도 차단할 수 없는 소리를 공유함으로써 사생활 보호가 전혀 되지 않는다는 특성을 지닌다. 고시원에서 울리는 휴대폰 알람 소리는 사생활은 물론 생리 현상까지 통제하고 지배한다. 아침 일찍 울리는 휴대폰 알람 소리는 대개 멜로디를 지닌 음악 소리로 설정해 놓는 경우가 많다. "멜로디 뒤섞인 소음"(「휴대폰 공습」)은 사생활에 대한 개인적 정보를 담고 있어서 시끄러운 소음 못지않게 타인의 신경을 건드린다. 질 낮은 음악으로 포장되어 있어서 더 괴로운 소음이다. 그러니 가히 '휴대폰 공습'이라 할 만하다. "아침 일곱 시 휴대폰 알람에 눈을 떠 고시원 방문을" 열고 "머리를 긁으며 오줌을 누러 공동 화장실로" 가는 모습은 고시원에서 먹고 자며 생활하는 사람들 대부분의 아침 풍경일 것이다. 눈뜨면 화장실부터 가는 것은 자연스러운 생리 현상일 수 있지만 문제는 눈뜨는 시간이 알람 소리에 의해 지배되고 통제된다는 데 있다. 조건반사처럼 알람 소리를 들으면 자연스럽게 화장실에 가게 된다. 사생활이 전혀 보호되지 않는 고시원의 생리는 그것을 일사불란한 움직임으로 만든다. 급기야 알람 소리는 화자에게 "오줌 누세요 오줌 누세요 오줌 누세요" 하는 사인으로 들리게 된다. "멜로디 뒤섞인 소음이 누군가들의 하루를 부팅시"키고 "오줌 누기를 강요한다". "멀쩡한 사람을 오줌싸개로 만들어 버리"는 휴대폰 알람은 정말이지 빌어먹을 것이 아닐 수 없다. 강서민구의 시는 고시원과 휴대폰 같은 새로운 도시 문화를 상징하는 소재를 활용해서 도시인의 감각을 새롭게 그려 낸다.

권오영의 「센서」도 "현관문을 열고 들어서자" "나를 감지하기 시작"하는 "인공 센서"의 시선을 그림으로써 디지털적 상상력과 감각을 보여 준다. "열두 개도 넘는 전등들이/스무 개도 넘는 그림자를 만들어/또렷이 지켜보고 있"는 모습을 시인은 "온몸에 눈이 생기기 시작했다"고 표현한다. 전등들의 시선에 의해 '나'는 "구부러지고 휘어지고 늘어나고 줄어들다가" "얼굴이 몸통이" "터질 것 같이 커"진다. 그것은 실물이 아니라 왜곡된 상이지만, 어느 것이 실상(實像)인지 알기는 어렵다. 실상과 가상이 구별되지 않는다는 생각이야말로 디지털적 감각을 지닌 세대를 대변하는 생각일지 모른다. 「센서」를 통해 권오영이 말하고자 하는 바도 그런 감각일 것이다.

그런가 하면 송기영은 「사건 A」에서 대도시 샐러리맨의 일상을 확률론으로 표현하고 있다. "몸의 70%는 언제나 사무실에 있"고 낭만에 젖어 "어느 바닷가를 거닐고 있"을 확률은 고작 '4%'에 불과한 대도시의 샐러리맨이 "점심을 제때 먹을 확률은 50%" 정도이고 "이중

국적의 갈비탕을 먹고 주인 여자에게나 욕할 확률은 80%이다." 그런
점에서 그들은 김수영의 후예인 셈이다. "수치가 높을수록 사람들은
나를 나라고 말하고, 낮으면 변했다고 한다." 다수의 의견을 군소리
없이 따라가고자 하는 그들은 불만은 많되 불만을 뒤엎을 생각은 하
지 못하는 도시의 소시민이다. 송기영의 시는 소시민의 일상을 확률
론에 기대 표현하는 상상력을 보여 준다.

3.

2008년에 등단한 시인들의 신작시 중에는 신화적 상상력이 두드
러진 시도 몇 편 눈에 띈다. 세계의 구성과 시간에 대한 관심을 드러
내는 시로부터 그리스 신화에 나오는 오르페우스가 등장하는 시, 아
이의 탄생을 그린 우주적 상상력이 드러난 시, 영웅의 발굴 과정을
그린 시 등을 신화적 상상력이라는 관점에서 읽을 수 있다.

김연아의 시는 두 편 모두 신화적 상상력을 적극적으로 활용하고
있다. 특히 세계의 구성과 시간의 구성에 대한 관심을 보인다. "나는
이 순간 숲이고 깃발이고 나무"이며 "다양한 계절, 이월 아니면 십일
월"이 되기도 한다. "월요일 다음에 화요일이 오고" 하는 순차적이고
이미 정해진 시간을 시인은 거부하고자 한다. 그러므로 "물이 빛나는
날(水曜日)을 지나/바람이 빛나는 날이 오면" 안 되는지 "말이 빛나는
날이 오면"(「월요일 다음에 화요일이 오고」) 안 되는지 묻는다. 이 시에서
이카루스를 인용한 김연아는 「거울 너머—오르페우스에게 바치는 노
래」에서는 그리스 신화에 등장하는 음악가이자 시인인 오르페우스를
인용하면서 신화적 상상력을 본격적으로 펼쳐 보인다. 신화적 상상
력을 동원해 그녀의 시는 시간에 대해 탐색하고자 한다. "오랜 잠에
든 당신은 거울 속으로 빠져들어 가고/시간은 소용돌이치며 달아"나

고 "어둠은 분화구를 지닌 수렁이" 된다. 시인을 강하게 연상시키는 이 시의 화자는 "눈먼 시인"을 부르며, 거울로 가득 차 있는 세상에서 "거울 밖"과 "언어 밖"을 추구한다. 거기에 시가 있다고 그녀는 믿고 있는 것이 아닐까?

박미산의 시 「오르트 구름은 아이를 낳는다」는 생명의 탄생을 노래한다. 구름의 변화에서 시인은 우주의 탄생과 생명의 신비를 읽는다. "하늘은 폭발할 듯이 들썩거리고/일몰의 해변에선 지진이 일어/온 우주가 먹먹해질 때/사력을 다한 아이들"은 태어난다. 생명의 탄생에는 이렇게 온 우주의 사력을 다한 운동이 뒷받침되는 법이다. "매일 구름을 흔들며 아이들을 낳"는 모습이나 "지루해진 아이들"이 "뽀얀 발꿈치를 들고/낯선 사내애들을 만나러 달려가"고 "서로 밀치며 몰려가다 뒤엉켜 푸른 계곡에 빠져 죽기도" 하는 모습은 생명의 탄생과 죽음을 감각적으로 그려 내는 데 성공한다. "비밀로 가득" 찬 "아홉 살 아이의 골방"과 그 골방에 가득 들어찬 상처를 그리고 있는 「사라진 J」에서도 "배고플 때마다 아이의 작은 방으로 들어"오는 외삼촌에 의해 자행된 끔찍한 폭력을 "계절도 없이 밤꽃"이 피고 지는 모습이라든가 "아이의 작은방"이 "꽃 무덤이 되어"가는 모습으로 형상화하고 있다. "뜯어내도 뜯어내도 피어나는 꽃"의 이미지에는 슬픔이 선연하게 묻어난다. 박미산의 시는 이렇게 생과 사, 탄생과 소멸이라는 문제에 관심을 가진다.

목초지 능선을 생각하는 날이 많아졌다. 나무들은 과녁이 되기 위해 자라고, 태양의 흑점은 응시할수록 자꾸 부풀어 오른다. 떠오르는 태양이 싫어, 소녀는 한쪽 팔을 접어 가슴에 활을 감추곤 했다. 뭘 잡기 위해서도 아니고 능선 너머는 한 번도 가 본 적 없다고 소녀는 말했다. 다른

쪽 팔이라도 굳세게 펴렴. 활대를 잡고, 주먹을 꼭 쥐고. 제 몸의 성장판을 닫아 버린 초원이 난쟁이처럼 웅크렸다. 코칭 스탭들은 구릉의 등에 깃발 꽂으며 도시 외곽으로 사라졌고 밟힌 야생초 군락지에서 소녀는 무방향의 화살을 쏘았다. 단지 바람의 장난이라고 생각해 두자. 새들과 풀벌레가 소녀의 눈에 커 보일 때까지 기다리기로 하자. 나는 소녀에게 먼 과녁판의 점 하나로 남기로 했다. 오월, 혼자만의 귀국은 슬픈 일. 소녀는 활 쏘는 일을 멈췄을까.

—박강, 「양궁 소녀 발굴기(記)」 부분

그런가 하면 박강의 시 「양궁소녀 발굴기」는 독특한 감성과 상상력으로 영웅의 탄생 과정을 노래한다. 대개의 신화나 설화가 그렇듯이 이 시도 그 시간적·공간적 배경으로부터 시작된다. "목초지 능선"이 등장하고 "나무들은 과녁이 되기 위해 자라고, 태양의 흑점은 응시할수록 자꾸 부풀어 오른다." "떠오르는 태양이 싫어"라고 단호하게 말하는 이 소녀는 "한쪽 팔을 접어 가슴에 활을 감추곤 했다." 태양을 향해 활을 겨눌 수 있는 이 소녀를 양궁 선수로 길들이는 일은 그 소녀로부터 자유를 박탈하는 것임을 이 시의 화자는 알고 있었을 것이다. "밟힌 야생초 군락지에서 소녀는 무방향의 화살을 쏘았다." "단지 바람의 장난이라고 생각해 두자"고 짐짓 말하던 화자는, "소녀에게 먼 과녁판의 점 하나로 남기로 했다"고 과감하게 결단을 내린다. 시의 화자는 양궁 소녀를 발굴하는 데는 비록 실패하지만, 아마도 소녀는 활 쏘는 일을 계속하며 행복하게 살았을 것이다. "혼자만의 귀국은 슬픈 일"이지만, 슬픈 일이기만 하지는 않았을 것이다. 영웅마저 철저히 발굴하는 오늘의 시스템을 박강의 시는 신화적 상상력을 빌려 우회적으로 비판한다. 「물음표에 대한 짧막한 질문」은 물음표의 외양에 대한 묘사로부터 시작해서 물음표에 대한 구조적 인식을 보여 준다. 특히 "언제나 침묵을 지킨 그에겐 자아도 얼굴도 없다"거나 "제거될 일 없으므로 우선은 안심하고 그에게 저항할 것이다" 같은 구절은 '지금, 여기'의 삶에 대한 알레고리로 이 시를 읽을 수 있는 가능성을 열어 준다.

4.

2008년에 등단한 시인들의 신작시를 읽으며 눈에 띈 점 중 하나는 체험을 중시하는 현실적 상상력이 발휘된 시들이 상당수 발견된다는 사실이었다. 이는 '탈서정'이라는 지향점을 가지고 있었던 2000년대 상반기의 시단과는 상당히 달라진 모습이라고 할 수 있는데, 그런 점에서 이들이 만들어 가는 이후의 풍경을 주목할 필요가 있다. 문정, 박준, 유희경 등의 시가 대체로 여기에 해당된다.

문정의 「싸전다리를 건너는 택시」는 더 이상 "자루에다 싸르르 쌀 퍼붓는 소리"가 들리지 않는 싸전다리를 "택시들만 씽씽 달려가고 있"는 달라진 풍경을 그리고 있다. '싸전다리'라는 이름의 유래가 되었을 '싸전'은 이제 이름에만 그 흔적이 남아 있을 뿐이다. 시인의 관심은 싸전이라는 잊힌 풍경보다는 "택시 기사들이 내야 하는 사납금이 얼마나 탱글탱글한지, 뜨거운 타이어 바닥들이 얼마나 빨리 너덜너덜 해어지는지"에 놓인다.

너는 금속 세공사의 아들이었고 너는 아파트 수위의 아들, 나는 15톤 덤프트럭 기사의 아들이었으므로 또 새봄이 온데다 공업고에 가야 했으므로 우리는 머리색을 바꿔야 했다. 맥주를 샀고 졸업식 날 과학실에서 알코올램프를 들고나왔고 대중목욕탕에서 남성용 스킨을 훔쳐 왔다 우

리는 머리털이 빠지고 이마가 헐은 채로 범용 선반 기계 앞에 섰다

　　경품게임기 업자들은 기계 위에 빈 포장 상자들을 쌓아 두기도 한다
벼락 맞은 대추나무는 다시는 화(火)를 입지 않는다 하여 오래전 그 나
무 아래서 돌탑을 쌓던 장돌림들의 손끝처럼, 대추나무 도장을 바라보는
지금 저 눈들이 뜬다 경품을 손에 쥐고 돌아가는 사람들의 걸음은 전자
식 만보기로 재지 않아도 안다 그들은 걸음을 아껴 골목으로 사라진다
　　　　　　—박준, 「골목과 사람과 소망의 이름으로—경품게임기」 부분

　　좁은 골목이 잠시 소란한 것을 보며 화자는 오래전 금속 세공사의
아들과 아파트 수위의 아들과 함께 공고에 다니며 어울리던 시절을
떠올린다. 머리색을 바꿔야 할 핑계는 생각하면 생각할수록 늦어질
것이다. 맥주를 샀고 졸업식 날 과학실에서 알코올램프를 들고나왔
고 대중목욕탕에서 남성용 스킨을 훔쳐 왔다. 그 결과 머리털이 빠지
고 이마가 헌 채로 범용 선반 기계 앞에 서야 했다. 그 후로 오랫동안
범용 선반 기계 앞에서 청춘이 저물어 갔을 것이다. 이따금씩 경품
을 손에 쥐고 돌아가는 사람들의 발걸음이 골목을 북적이게 했을 뿐
이다. 생장 한계점 근처에서 자라는 전나무들이 유난히 키가 큰 것처
럼 좁은 골목이 소란한 것은 마지막 삶의 에너지를 불태우기 때문일
지 모른다. 골목과 사람과 소망의 이름으로 부를 수 있는 것이 고작
경품게임기라는 사실은 아이러니하기 그지없다. 「아현동 고백」에서도
"음지식물처럼 숨죽이고" 반지하 방에 살던 시인의 모습이 실감나게
그려진다.
　　유희경의 시는 좀 다른 양상을 보인다. 체험에 기반을 두고 있다는
점에서는 문정이나 박준의 시와 비슷해 보이지만, 그의 관심사는 오

늘의 현실보다는 사랑하는 남녀 사이에서 발생하는 "슬픔의 지형과 습도와 기온"(「나는 당신보다 아름답다」)을 실감나게 그리는 감각을 향하고 있다. "개인의 역사란 뒷골목에 묻은/울음소리 같은 것"이지만 누구에게나 자기 자신을 받아 내는 일이 또한 가장 중요할 것이다.

5.

1990년대에 한참 맹위를 떨치다 1990년대 후반 이후부터 급격히 쇠퇴한 생태주의적 상상력은 한동안 젊은 시인들의 시에서는 자취를 감추었다 해도 과언이 아니다. 올해 등단한 신진 시인들의 시에서 생태주의적 상상력이 발견되는 것은 그러므로 흥미로운 일이 아닐 수 없다. 박정수와 이가영의 시는 생태주의적 상상력이라는 관점에서 읽을 만한 시들이다.

박정수의 「만리포」는 유조선 사고로 바다에 기름띠를 형성했던 최근 몇 년 간의 사고들을 그 배경으로 깔고 있다. 특히 기름띠를 제거하기 위해 태안으로 향하던 전 국민의 발걸음과 차츰 망각의 눈에 덮여 가던 12월의 만리포를 쓸쓸하게 그려 낸다. 어부의 자식인 사내는 "사발면의 국물을 마시듯 바다를 마셔 버리고" 싶다고 생각한다. 바다는 그곳에서 나고 자란 사내에게 삶의 터전이자 목숨 줄이므로 사내의 애절함이야 두말할 필요가 없을 것이다. "애절한 사내의 아침은 기름 장화를 신고 마이너스 통장 숫자처럼 무거운 걸음을 옮겨야 한다". 우는 것이 어디 바다뿐이겠는가. 바다도 그 바다에 목숨을 대고 사는 사람들에게도 시커멓게 죽음이 진행 중이다. "흡착포가 치유 중인/검은 바다에 눈물처럼"(「만리포」) 눈이 녹아내리는 모습은 죽어 가는 것들의 풍경 속에서 그나마 작은 위안을 준다. 박정수의 시는 자연과 그곳에 정착해 사는 인간 사이의 조화로운 풍경을 아름답고 애절하게 그려 내는 데 성공한다. 그의 감각은 새롭지는 않지만 소박한 울림을 가지고 있다.

이가영의 시는 자연을 노래하되 모성에 좀 더 밀착해 있어서, 박정수의 시보다 좀 더 보편적인 정서의 울림을 갖는다. "한밤중에 꽃피는 소리란/서늘하다 못해 차고 검었다"(「난초 피우는 법」). 시인은 "이보다 더/서러운 소리"를 들은 적이 없다고 한다. "몸을 동그랗게 뭉치고 앉아/모락모락 난초꽃 피우"시는 어머니의 모습은 그 자체만으로도 위안이 된다.

이상에서 살펴본 11명의 신진 시인들의 시는 저마다 다양한 개성을 지니고 있었지만, 도시적인 일상이 그들의 상상력을 촉발시키는 매개가 된다는 점은 대체로 공통적이다. 심지어 생태주의적 상상력에 기반을 둔 시도 도시적인 일상을 끊임없이 의식하고 있다는 점을 눈여겨볼 필요가 있다. 이들이 앞선 시인들을 어떻게 의식하고 극복하면서 자신의 개성을 이룩해 가는지를 지켜보는 일은 우리 시를 읽는 또 하나의 즐거움이 될 수 있을 것이다.

곤경을 넘어
애도에 이르기까지

1. 그날 이후의 풍경

문학은 누군가에겐 상처의 기록이라는 생각을 오래도록 해 왔었다. 내가 문학에 끌려 들어간 계기도 크게 다르지 않았고, 청춘이라 불리던 시절 내가 공감하고 매혹되었던 시와 소설도 상처와 마주 선 글들이었다. 비평가로서의 글쓰기도 별반 다르지 않았다. 글을 쓰는 행위는 한편으로 내게 막막하고 암담한 현실을 버티며 살아갈 힘이 되어 주었다. 쓰는 행위로 존재를 견디며 그렇게 주변의 자리, 소외된 자리가 문학의 자리라는 생각을 갖게 되었다. 그것은 무척 자연스러운 이행이었다.

그런데 어떤 상처는 문학이 설 자리를 앗아 가 버리기도 한다. 거리를 두는 일도 위로를 건네는 일도 비판적 성찰조차도 어렵게 만드는 절대적 슬픔 앞에서 때론 문학은 너무나 무기력하다. 2014년 4월 16일, 눈으로 보면서도 믿을 수 없었던 광경을 이 땅에 사는 모든 이들이 지켜봐야 했던 그때 이후로, 시를 쓰고 소설을 쓰고 비평을 하는, 이른바 '문학'을 한다고 믿어 왔던 많은 이들은 그런 곤경과 마주해야 했을 것이다.

우리 사회의 민낯을 확인하고 우리의 민낯을 확인하는 일의 곤혹스러움. 예고 없이 맞닥뜨린 그 곤경을 어떻게 헤쳐 나가야 할지 막막해 넋 놓고 있기도 했을 것이다. 저 절대적 슬픔 앞에서 아무것도 할 수 없다는 절망감에 사로잡혀야 했고, 한없이 비루하고 초라한 나의 언어를 원망하기도 했다. 하지만 그 곤경 앞에서 절망하면서도 주저앉아 버릴 수는 없었다. 주저앉는 것은 문학의, 시의 몫이 아니기 때문일 것이다. 어쩌면 그날 이후 우리 문학은 지금까지 경험해 보지 못했던 새로운 '접촉 지대'에 놓이고 만 것일지도 모른다. 이 곤경을 어떻게 통과하느냐에 따라 전혀 다른 세상과 만날 수 있는 접촉 지대. '세월호 참사'는 우리 문학을 그런 자리에 서게 했다.

곤경을 넘어설 수 있는 가능성은 쓰고 읽고 나누며 기록하고 기억하는 길밖에 없음을 지난 1년 3개월여의 시간을 지나면서 우리는 자연스레 체득해 왔던 것 같다. 2014년 4월 16일, 그날 이후의 문학이 달라야 한다는 당위의 차원을 넘어서, 달라질 수밖에 없는 현실이 자연스럽게 열리고 있다. 그날로부터 1년하고도 3개월 가량이 더 지난 지금의 시점에서 그날 이후의 풍경을 문학적 글쓰기의 실천을 중심으로 돌아본다면, 현실이 문학을 다른 세상으로 이끄는 자연스러운 변화가 일어났다고 말할 수 있을지도 모르겠다. 그것이 무엇이 될 수 있을지는 아직 알 수 없지만 그날 이전의 문학과 이후의 문학은 달라졌다. 아니, 달라진 건 문학이 놓인 풍경, 우리 마음의 풍경인지도 모르겠다. 당위와 윤리의 차원을 넘어서 서서히 다른 세상이 열리고 있다고 나는 고백하련다.

2. 불편한, 두려운 고백

2014년 4월 16일 '세월호 참사'를 겪으며 이 믿을 수 없는 사태가 우리 시대를 전혀 다른 자리로 이끌 거라는 예감에 많은 이들이 사로잡혔을 것이다. 이 예감은 어떤 면에서는 적중했고 어떤 면에서는 빗나갔다. 여전히 현재진행형 사건이라는 점에서 세월호는 우리 시대를 다른 자리로 이끌고 있지만 한편으로는 아무것도 밝혀지거나 해결된 것이 없다는 점에서 우리의 시계를 2014년 4월 16일에 멈춰 세우고 말았다. 세월호를 통해 우리의 민낯과 바닥을 다 보아 버렸다고 생각했는데, 그 이후에 벌어진 일련의 사건들은 우리가 바닥이라고 생각했던 곳이 바닥이 아니었음을 날마다 환기시켰다. 1980년대를 통과한 많은 이들이 '광주'를 트라우마로 기억할 수밖에 없었듯이, 2014년 4월을 통과한 이들에게 세월호는 지울 수 없는 트라우마로 마음속 깊이 새겨졌다. 1980년대의 문학에 '광주'가 깊은 상처로 아로새겨졌듯이 2014년 이후의 우리 문학은 '세월호'의 기억에서 자유로울 수 없을 것이다.

가늠하기 어려운 절대적 슬픔 앞에서 한없이 초라할 수밖에 없는 문학이 할 수 있는 것이라곤 그 슬픔과 분노를 기록하고 기억하는 일뿐일 것이다. 그날 이후 시인, 소설가, 비평가들을 중심으로 이루어진 자발적인 문학 활동은 기억의 투쟁이라고 부를 만한 것이었다. 2014년 4월 16일에 일어난 세월호 참사를 기록하는 일은 물론이고 그날 이후 오늘에 이르기까지 세월호 유가족과 실종자 가족과 생존자 및 그 가족들에게, 광화문과 청운동과 우리의 거리와 광장에, 그리고 우리의 마음에 어떤 일이 일어났고 어떤 감정의 변화를 겪었는지 기록하는 일, 겨우 1년 3개월여 만에 무엇을 망각하고 지우려고 하는지 무엇을 지겹다고 말하는지 무엇으로부터 도망가려고 하는지 기록하고 기억하는 일 또한 문학의 몫이 될 것이다.

그날 이후 읽고 쓰고 기억하고자 하는 문학적 실천은 여러 가지 형태로 나타났다. 작가회의를 중심으로 『우리 모두가 세월호였다』라는 공동 시집을 출간했고 시를 쓴 시인들이 광화문이나 서울 광장의 세월호 문화제에 나와 광장의 시민들 앞에서 시를 낭송했다. 김애란, 김연수, 김행숙, 박민규, 진은영, 황정은 등이 중심이 되어 『문학동네』에 연재한 세월호 관련 기록들은 『눈먼 자들의 국가』라는 이름으로 책으로 묶여 출간되어 널리 읽혔고 많은 이들의 공감을 자아냈다. 그 밖에도 240일 간의 세월호 유가족의 육성을 기록한 『금요일엔 돌아오렴』, 인문학협동조합이 기획한 『팽목항에서 불어오는 바람』, 세월호 이후 100일이 넘는 기간 동안 일기처럼 그날의 아픔을 기록한 전영관 시인의 『슬퍼할 권리』, 세월호 참사 이후 안산에 거주하며 치유 공간 '이웃'에서 이웃 치유자로 살아가고 있는 정혜신 선생과 진은영 시인의 대담을 기록한 『천사들은 우리 옆집에 산다』 등 많은 책들이 쏟아져 나왔다. 많은 시인, 작가들이 저작에 참여했지만 세월호 관련 책들은 시인, 작가들에 의해 쓰였다 해도 더 이상 그들만의 것은 아니었다. 문학이되 이미 문학 너머의 것인 이 글들을 무엇이라 불러야 할까?

세월호와 관련된 문학적 실천은 이전과는 다른 세상으로 우리 문학의 자리를 서서히 열어 주고 있는 것 같다. 특히 '304 낭독회'와 '생일시 쓰기'는 시민들 속으로 걸어 들어가 시민들과 함께 이어 가고 있는 문학 활동이라는 점에서 더욱 그렇게 보인다. 304 낭독회는 2014년 9월 20일 4시 16분에 광화문 광장에서 시작된 한 줄 선언 낭독회로, 2009년에 있었던 '6.9 작가 선언'의 맥을 잇는 문학적 실천이었다. 304 낭독회의 문제의식은 '사람의 말'을 하겠다는 6.9 작가 선언의 문제의식과 맥이 닿아 있었지만, 시민들과 함께한 선언이었다는 점에서 그 형식은 좀 더 진화했다고 볼 수 있다. 6.9 작가 선언은 시인, 작가, 비평가들이 주체가 된 선언이다 보니 이후 창작을 통해 각자의 문제의식을 지속해 갔다고는 해도 선언 자체는 일회성의 성격을 가지고 있었다. 304 낭독회는 시인, 작가, 비평가들과 시민들이 함께하는 한 줄 선언으로 시작된 만큼 시인, 작가, 비평가들은 물론이고 시민들이 직접 참여하는 낭독회로 자리 잡아 가고 있다. 세월호에 관해 직접 쓴 글이나 마음에 드는 글을 가져와서 함께 읽고 듣는 304 낭독회는 광화문, 청운동, 시청, 대학로, 연희창작촌, 대학교 등으로 장소를 옮겨 가며 매달 진행되어 왔는데 어느새 10회를 채웠고 곧 11회를 앞두고 있으니 일 년 가까이 진행되어 온 셈이다. 세월호와 함께 가라앉은 304명의 희생자를 기리는 의미로 '304 낭독회'라 이름 지었지만 한편으로는 304번의 낭독회를 진행하도록 그날의 아픔과 분노와 슬픔과 부끄러움을 잊지 않겠다는 의미를 담고 있기도 하다.

304 낭독회를 시작할 때 여는 글에서 항상 "오래 읽고, 쓰고, 행동하겠습니다"라는 다짐을 먼저 되뇌는 까닭도 망각과 싸우는 기억의 투쟁에서 함께 읽고 쓰고 행동하는 일이 얼마나 중요한지 잘 알고 있기 때문일 것이다. 304 낭독회는 시작하는 말을 하고 나서 준비된 글을 한 사람씩 나와서 읽고 모두가 읽는 것을 마치면 행사가 끝난다. 무언가 다른 것을 기대하고 낭독회에 온다면 실망할지도 모르겠다. 하지만 낭독의 시간이 주는 공감의 힘은 생각보다 크고 무겁다. 낭독의 힘 못지않은 듣는 힘이 작동하는 공간은 낭독회가 진행되는 동안 전혀 다른 공간으로 태어난다. 타인의 말에 공감할 준비, 누군가의 말을 진심을 다해 들어줄 준비가 되어 있는 사람들 앞에서 준비한 글

을 낭독하고 함께 듣는 경험은 오래고 짙은 여운을 가지고 마음 깊이 울려 퍼진다. 그 공간의 공기를 바꾸는 힘이 거기에서 만들어진다. 이 공간에서 만들어지는 공감력과 감응력이 더 많은 사람들에게 퍼져 그들의 마음을 움직이기까지는 많은 시간이 필요하겠지만 한없이 느려도 눅진하게 공기에 들러붙어 좀처럼 흩어지지 않을 기운이 그곳에서 생성되고 있다고 감히 말하고 싶어진다. 낭독자의 자리에 서는 이들은 시인이든 시민이든 곤경을 고백하는 경우가 적지 않다. 그것은 말할 수 없음을 말하는 일이자 부끄러운 자신과 마주하는 일임을, 그럼에도 말해야 하는 일임을 알고 있기 때문일 것이다. 어쩌면 그것은 다른 누가 아닌 자기 자신의 마음을 치유하는 첫발일지도 모르겠다.

시인들을 중심으로 이어지고 있는 단원고 희생 학생들의 생일을 맞아 아이들의 목소리를 받아 적는 '생일시 쓰기' 활동도 세월호 희생자 유가족을 비롯해 그들의 친구들, 지인들 속으로 시인들이 들어가 함께하는 활동이라는 점에서 전문적 시인과 시민의 경계를 허무는 '접촉 지대'에서 생성되는 새로운 문학적 실천이라 부를 수 있을 듯하다. 조심스럽고 불편하고 두려운 고백이지만 그 고백의 경험은 시를 쓴 시인에게뿐만 아니라 그 시를 함께 읽고 나눈 이들에게도 특별한 공감과 치유의 시간을 경험하게 해 줄 것이다. 영혼 깊은 곳을 어루만지는 치유의 힘을 좋은 문학이 가지고 있다는 것을 새삼 경험할 수 있을 것이다.

3. 곤경의 기록을 넘어

그날 이후 우리 모두가 놓인 곤경을 쉽게 타개할 수는 없을 것이다. 명명백백하게 진상이 밝혀지지 않는 한 우리는 내내 저 곤경과 마주해야 할 것이다. 섣불리 치유를 말할 수 없는 이유이기도 하다. 무슨 말을 해야 할지 모르겠다고, 도저히 시를 쓸 수 없다고 고백하는 경우가 종종 있는 까닭도 그 때문일 것이다. 세월호 참사를 몸소 겪거나 가까이서 지켜본 이들의 아픔과 비교할 수는 없겠지만 사실상 우리 모두가 목격자이자 사건 당사자였던 사건이 세월호 참사였다고 말할 수도 있을 것이다. 그러므로 우리가 목격하고 경험한 저 사건을 기록하는 일도 비단 시인, 작가들만의 몫은 아닐지도 모르겠다.

4. 16. 11:18-

아니요…… 끝나지 않았습니다
아니요…… 이제 시작입니다 우리는 여기, 있습니다
아니요…… 죽임이 나타났습니다 사선 뒤의 사선이 나타났습니다
뉴스가 꺼지고,
카톡이 안 되는 시간입니다
스마트폰이 숨 거둔 시간입니다
기다려라 기다려나 봐라 기다려 버려라, 없어진
우리는 천천히 오그라듭니다
고통이 너무 많이 천천히, 천천히 옵니다
우리는 천천히, 천천히, 천천히 죽임이 옵니다
우리는 천천히, 천천히, 천천히 죽임이 만집니다
우리는 천천히, 천천히 죽임이 알아봅니다
우리는 다급히…… 죽음을 모릅니다
헤어지지 않습니다, 버려졌으니까 네 손과 내 손을
묶습니다 정말 없어질지도 몰라, 입 맞춥니다

젖은 몸을 안습니다 젖었으니까 안습니다 웁니다

그칩니다 웁니다 어둡습니다

무섭습니다

미끄러지고 뒹굴고 떨어지고 부딪히고 처박힙니다

떱니다

찢어지고 흘립니다 움켜쥐고 끊어지고 긁습니다

부러집니다 꺾입니다 그리고……

어둡습니다

우리는 너무 많이 숨을 안 쉽니다

우리는 너무 자꾸 피에 젖습니다

모면하고 모면하고 모면합니다 실낱같이

가혹해집니다 희미하게 희미하게, 살아집니다

고통이 너무 많이 번개처럼 옵니다

고통이 너무 많이 번개처럼 옵니다

살고 싶어요를……죽고 싶어요를 눌러 죽이는 시간입니다

아픕니다 아팠습니다 아팠던 것 같습니다

아프고 있습니다

끝났습니까 끝났습니다 끝났습니까 끝났습니까……

(중략)

0. 00. 00:00

초록 바다 수평선 너머 먼 곳으로 수학여행 가야 해요

수학여행, 가고 싶습니다

수학여행 보내 주세요

아니, 아니……돌아가야 해요
예쁘고 미운 친구들과 괴롭고 즐거운 학교와
인사하던 골목길과 상점들에게로 그렇고 그런 사람들에게로
돌아가야 해요, 꿈꾸고 꿈꾸고 꿈꾸면 괜찮아지던 곳으로,
끝내 와 주지 않던 그, 나라라는 곳으로 돌아가야 해요
무엇보다, 몰래 우는 엄마에게로
숨죽여 울어야 하는 아빠에게로
집으로,

돌아가고 싶습니다
수학여행 다녀오고 싶습니다
수학여행 다녀올게요
수학여행 다녀올게요
　　　　　　　　—이영광, 「수학여행 다녀올게요—유령 6」 부분

　이미 많은 지면에서 소개된 이영광 시인의 「수학여행 다녀올게요」
는 두 번째 304 낭독회에서 낭독된 시이다. 4월 16일 사건 당일 8시
59분부터 10시 11분까지의 시간, 배가 기울자 단원고 학생들을 비롯
한 승객들이 구명조끼를 입고 가만히 있으라는 방송에 따라 구조를
기다리던 바로 그 시간으로부터 시작해 같은 날 11시 18분 스마트폰
이 멎은 시간을 지나, 4월 17일, 18일, 20일, 그리고 영원히 지속될 무
한대의 시간을 세월호와 함께 가라앉은 단원고 학생들의 목소리로
기록한 시이다. 이영광의 '유령' 연작시 여섯 번째 작품이기도 하다.

아이들이 찍은 스마트폰 동영상을 통해 우리가 듣고 보았던 목소리들이 이영광의 시에는 살아 있다. 그는 충실하게, 따라서 몹시 고통스럽게 사건의 현장을 기록하고 있다. 스마트폰이 멎은 이후에는 우리가 볼 수 없고 들을 수 없었던 장면과 소리들이 아이들의 목소리를 빌려 기록된다. 이 시를 쓰고 낭독할 때 이영광 시인은 무(巫)의 자리에 가닿았을 것이다. 말할 수 없는 목소리를 말하게 하고 들을 수 없는 소리를 듣게 하는 힘을 지니고 있다는 점에서 신의 영역과 인간의 영역의 접촉 지대를 오가는 무당은 치유의 기능을 지니고 있기도 하다. 그날 현장에서 낭독될 때 이 시도 상처 입은 우리 모두의 영혼을 어루만져 주고 치유해 주는 놀라운 힘을 보여 줬었다. 사건 당일로부터 오늘에 이르기까지 희생된 단원고 학생들이 느꼈을 복잡한 감정과 말도 안 되는 일을 목격하며 우리 모두가 겪어야 했던 감정들을 어루만지고 아파하고 슬퍼하게 하는 힘이 이 시에는 있었다. 정제된 말이 아니었기 때문에, 아이들의 날것의 목소리로 전달되었기 때문에 이 시는 더 많은 이들의 마음을 울릴 수 있었을 것이다.

아빠 미안
2킬로그램 조금 넘게, 너무 조그맣게 태어나서 미안
스무 살도 못 되게, 너무 조금 곁에 머물러서 미안

엄마 미안
밤에 학원 갈 때 핸드폰 충전 안 해 놓고 걱정시켜 미안
이번에 배에서 돌아올 때도 일주일이나 연락 못 해서 미안

할머니, 지난간 세월의 눈물을 합한 것보다 더 많은 눈물을 흘리게

해서 미안

할머니랑 함께 부침개를 부치며

나의 삶이 노릇노릇 따듯하고 부드럽게 익어 가는 걸 보여 주지 못해서 미안

아빠 엄마 미안

아빠의 지친 머리 위로 비가 눈물처럼 내리게 해서 미안

아빠, 자꾸만 바람이 서글픈 속삭임으로 불게 해서 미안

엄마, 가을의 모든 빛깔이 다 어울리는 우리 엄마에게 검은 셔츠를 계속 입게 해서 미안

엄마, 여기에도 아빠의 넓은 등처럼 나를 업어 주는 포근한 구름이 있어

여기에도 친구들이 달아 준 리본처럼 구름 사이에서 햇빛이 따듯하게 펄럭이고

여기에도 똑같이 주홍 해가 저물어

엄마 아빠가 기억의 두 기둥 사이에 매달아 놓은 해먹이 있어

그 해먹에 누워 또 한숨을 자고 나면

여전히 나는 볼이 통통하고 얌전한 귀 뒤로 머리카락을 쓸어 넘기는 아이

제일 큰 슬픔의 대가족들 사이에서도 힘을 내는 씩씩한 엄마 아빠의 아이

아빠, 여기에는 친구들도 있어

이렇게 말해 주는 친구들도 있어

"쌍꺼풀 없이 고요하게 둥그레지는 눈매가 넌 참 예뻐"
"너는 어쩌면 그리 목소리가 곱니,
어쩌면 생머리가 물 위의 별빛처럼 그리 빛나니"

아빠! 엄마! 벚꽃 지는 벤치에 앉아 내가 친구들과 부르던 노래 기억
나?
　나는 기타를 잘 치는 소년과 노래를 잘 부르는 소녀들과 있어
　음악을 만지는 것처럼 부드러운 털을 가진 고양이들과 있어
　내가 좋아하는 엄마의 밤길 마중과 내 분홍색 손거울과 함께 있어
　거울에 담긴 열일곱 살, 맑은 내 얼굴과 함께, 여기 사이좋게 있어

　아빠, 내가 애들과 노느라 꿈속에 자주 못 가도 슬퍼하지 마
　아빠, 새벽 세 시에 안 자고 일어나 내 사진 자꾸 보지 마
　아빠, 내가 여기 친구들이 더 좋아져도 삐치지 마

　엄마, 아빠 삐치면 나 대신 꼭 안아 줘
　하은 언니, 엄마 슬퍼하면 나 대신 꼭 안아 줘
　성은아, 언니 슬퍼하면 네가 좋아하는 레모네이드를 타 줘
　지은아, 성은이가 슬퍼하면 나 대신 노래 불러 줘
　아빠, 지은이가 슬퍼하면 나 대신 두둥실 업어 줘
　이모, 엄마 아빠의 지친 어깨를 꼭 감싸 줘
　친구들아, 우리 가족의 눈물을 닦아 줘

　나의 쌍둥이 하은 언니 고마워
　나와 함께 손잡고 세상에 와 줘서 정말 고마워

나는 여기서, 언니는 거기서 엄마 아빠 동생들을 지키자

나는 언니가 행복한 시간만큼 똑같이 행복하고

나는 언니가 사랑받는 시간만큼 똑같이 사랑받게 될 거야,

그니까 언니 알지?

아빠 아빠

나는 슬픔의 큰 홍수 뒤에 뜨는 무지개 같은 아이

하늘에서 제일 멋진 이름을 가진 아이로 만들어 줘 고마워

엄마 엄마

내가 부르고 싶은 노래들 중 가장 맑은 노래

진실을 밝히는 노래를 함께 불러 줘 고마워

엄마 아빠, 그날 이후에도 더 많이 사랑해 줘 고마워

엄마 아빠, 아프게 사랑해 줘 고마워

엄마 아빠, 나를 위해 걷고, 나를 위해 굶고, 나를 위해 외치고 싸우고

나는 세상에서 가장 성실하고 정직한 엄마 아빠로 살려는 두 사람의

아이 예은이야

나는 그날 이후에도 영원히 사랑받는 아이, 우리 모두의 예은이

오늘은 나의 생일이야

—진은영, 「그날 이후」 전문

　　단원고 2학년 3반 학생이었던 유예은의 생일시로 써진 이 시도 304 낭독회에서 낭독되었다. 이 시는 "예은이가 불러 주고 진은영 시인이 받아 적다"라는 부기와 함께 『천사들은 우리 옆집에 산다』에도 수록되어 있다. 예은 양의 목소리로 말하는 이 시를 읽다 보면 고 유

예은 양이 얼마나 사랑스러운 소녀였는지 짐작이 가고도 남는다. 예은이의 목소리로 이 시를 받아 적기까지 시인은 예은이에 대한 이야기들을 귀 기울여 들었을 것이고 예은이가 어떤 아이였는지 세심히 들여다보았을 것이다. 그 공들임의 시간이 시인에게 예은이의 목소리를 허락해 주었을 것이다. 아빠, 엄마, 할머니, 하은 언니, 성은이, 지은이, 이모, 친구들을 하나하나 호명하며 남겨진 가족과 친구들을 걱정하고 미안해하는 예은이의 예쁘고 안타까운 마음이 잘 담겨진 이 시는 기막힌 참사 앞에서 충분한 애도의 시간을 갖지 못한 가족들에게 예은이가 들려주고 싶었을 이야기를 들려줌으로써 애도를 허락한다. 이별의 시간조차 갖지 못했던 세월호 희생자 유가족들에게 사랑하는 아이와 작별할 시간을 선사한다. 슬픔의 바닥까지 가닿을 수 있을 때 슬픔을 넘어서는 일도 가능해질 것이다. 무당과 같은 교통의 기능을 한다는 점에서 이 시는 이영광의 시와도 상통하지만, 이영광의 시가 고통의 기록에 좀 더 충실했다면 진은영의 시는 예은이의 목소리로 들려주는 위로를 우리에게 건넨다. 이영광과 진은영의 시는 이렇게 곤경을 넘어 치유의 시간을 열어 준다.

딸을 잃고 40일째 단식 중인 아빠 앞에서
폭식 투쟁 한다고 떠들썩한 꼬마 마귀들,
단식 3일째 안내문을 앞뒤로 써 붙이고
자장면 시켜 먹는 늙은 마귀들,
연옥에도 장유유서는 있다고
어버이들 뒤에 엄마들, 그 뒤에 대학생들,
줄줄이 늘어선
마계 서열 100위권 밖의 떨거지들,

10위권 이내의 강자들은 그렇게 안 하지

먼저 CCTV를 끄지

가만있으라고 말하고는 자기도 가만있지

이놈이 범인이라고 뼈만 남은 시체를 던져 주지

자기는 컨트롤타워가 아니라고

그래도 밝히라, 밝히라, 밝히라고

단식하는 이들이 백 명, 천 명, 만 명으로 늘면

멀리 도망가서 오뎅을 먹지

꼭꼭 숨어라, 머리카락 보인다,

경내에서 술래잡기를 하지

그래도 밝히라, 밝히라, 밝히라고

동조하는 이들이 만 명, 이만 명, 삼만 명이 되면

교황 앞에서 총칼 들고 열병식이나 하지

애들 대신 경제는 꼭 살리겠다고 동문서답하지

컨트롤도 안 되고 타워도 없어서

대뇌피질에 숭숭 싱크홀이 생겼지

그래도 밝히라, 밝히라, 밝히라고

천국의 아이들이 보내 주는 환한 빛이

그 구멍들을 죄다 비추지 그렇게.

쥐구멍에도 볕 들 날이 오겠지

꼭 오겠지

—권혁웅, 「마계대전」 전문

세월호 참사 이후의 시에 주어진 소명이 있다면 그것은 그 후 어떤 일이 벌어졌는지를 낱낱이 기록하는 일일 것이다. 5.18 광주 민중항쟁의 진상이 알려지기까지 얼마나 오랜 세월이 소요되었는지 우리는 안다. 진상이 규명된 후에도 학살의 주범이 제대로 된 책임을 지지 않았고, 심지어 5.18의 상징과도 같은 「임을 위한 행진곡」에 대한 탄압이 다시 꿈틀대고 있음을 우리는 기억한다. 하지만 1980년 5월 광주의 현장에 있었던 많은 사람들이 이후 어떻게 살아왔는지 기억하는 일에 우리는 소홀했다. 한강의 『소년이 온다』가 이 땅에서 살아가는 많은 이들의 마음을 움직인 힘은 1980년 오월의 광주가 지난 역사가 아니라 여전히 살아 있는 역사로 우리 곁에서 진행되고 있는 현재의 상처임을 아프게 증언했다는 데 있을 것이다. 어쩌면 2014년 4월 세월호 참사를 겪고서야 우리는 1980년 5월의 아픔을 다시 기억할 수 있었는지도 모른다.

세월호 참사의 진상이 규명되기까지도 적잖은 시간이 소요될 것으로 보인다. 그러므로 그날 이후 무슨 일이 벌어졌는지 기록하고 기억하는 일은 더없이 중요하다. 권혁웅은 『마징가 계보학』 이후 지난 시절의 문화사를 그려 왔던 방식으로 세월호 참사 이후를 기록한다. 304 낭독회에서 낭독된 「마계대전」은 그날 이후 광화문에서 벌어졌던 목불인견의 참상을 보여 준다. 진상 규명을 외치며 단식 농성에 돌입한 김영오 씨를 비롯한 유가족들 앞에서 폭식 투쟁을 벌였던 이들, 온갖 방법을 동원해 유가족들을 조롱하고 그들의 마음에 치명적인 상처를 입힌 이들을 "마계 서열 100위권 밖의 떨거지들"이라 호명한다. 마계 서열 10위권 이내의 강자들이 진상을 은폐하기 위해 무슨 짓을 벌였는지도 낱낱이 기록한다. 그날 이후에도 1년 3개월여의 시간 동안 우리가 얼마나 믿을 수 없는 일들을 계속 겪어야 했는지를 권혁웅의 시는 적나라하게 보여 준다. '가만히 있지 않겠습니다'를 목소리 높여 외쳐 보아도 CCTV를 끄고 아무것도 하지 않고 범인의 시체를 던져 주고 교황을 모독하고 모든 문제를 경제로 환원해 동문서답하며 지쳐서 나가떨어지기를 기다린다. 어쩌면 시인의 바람처럼 "쥐구멍에도 볕 들 날이" 꼭 올 거라 믿으며 기나긴 기억 투쟁을 시작해야 할지도 모르겠다. 아마도 이 긴 싸움이 우리 문학을 지금까지와는 다른 자리로 이끌 것이다.

정영효가 말했듯이 "많은 게 사라졌고/비로소 그 사실을 알게 되었"지만 "갑작스럽게 떠돌던 풍문이 사라지면/풍문이 없어진 확실한 이유도 사라"질 것이고 "굳게 입을 닫을 때 우리"(「사라졌다」)도 사라질 것이다. '파도처럼 펼쳐지는 어둠' 속에서 사라지지 않기 위해서라도 우리는 끊임없이 말하고 기록하고 기억해야 할 것이다. 광범위하게 퍼지고 있는 망각과 맞서 싸우기 위해서는 문학과 문학 아닌 것의 접촉 지대에서 시인, 작가와 시민들이 함께 읽고 쓰고 기억하는 일을 지속해야 할 것이다. 권여선의 말을 빌리면 세월호를 기억하는 일은 고통의 무늬를 포개 놓는 일이다. 저마다의 고통과 세월호의 고통이 포개질 때, 고통을 어루만지고 마음을 포개며 서로 공명하고 치유하는 시간도 서서히 열릴 것이다.

누가 미래를
말할 수 있는가

1. 불안이 영혼을 잠식하는 시대

'읽고 싶은 시'라는 주제를 받아 들고 고민에 빠진다. 무슨 말을 해야 할까. 아니, 무슨 말을 할 수 있을까. 시의 시대라 불렸던 1980년대에 대학에 다니면서 시를 읽었다. 황지우, 이성복, 박노해, 기형도, 최승자, 백무산, 허수경⋯⋯. 당시 내 가슴을 뛰게 했던 시인들의 이름이다. 세계정세가 급변했던 1990년대의 막바지인 1999년에 평론가로 등단해 문학 현장에서 활동하기 시작했고, 등단한 해부터 꾸준히 적잖은 양의 평론을 써 오며 우리 시와 시단에 대해 발언해 왔다. 그사이 여러 차례 문학의 위기에 대한 담론도 제기됐었고, 문학 대중과 유리된 시에 대한 시단 안팎의 조명이 있었다. 따지고 보면 시의 시대라 불렸던 1980년대가 다소 예외적인 시대였을 뿐 문학이 위기 아닌 시대는 거의 없었다고 해도 과언이 아닐 것이다. 문학의 위기를 논하거나 문학의 효용성을 논하는 논의들 앞에서 나는 원론적 질문을 던지거나 원론적 주장을 펼치면서 대응해 왔다. 문학의 위기 담론이 겨냥하거나 노리는 이면은 무엇인지를 들여다보는 데 더 집중해 왔던 것도 같다.

2015년, 저성장 시대를 지나며 문학을 비롯한 인문학이 다시 위기 상황을 맞고 있다. 대학 바깥에서는 여전히 이상하리만큼 인문학 열풍이 불고 있지만, 정작 대학 안에서는 인문학에 대한 구조조정이 본격적으로 진행되기 시작했다. 취업을 기준으로 문학을 비롯한 인문학을 재단하고 줄 세우려는 시도와 (인)문학에 대한 몰이해 앞에서 모멸감을 느끼곤 하지만 응대하려는 생각을 별로 하지 않았던 듯도 하다. 평론가로서 읽고 싶은 시에 대해 논해 달라는 원고 청탁을 앞에 두고 문학의 존재 이유에 대한 바깥의 물음에 더 이상 무응답으로 대응하지 않겠다는 생각을 해 본다. 문학을 향해서도 쓸모를 기준으로 내세우며 쓸모없으니 대학에서도 퇴출되어야 한다는 논리가 횡행하는 시대에 문학의 존재 이유에 대해 말하지 않는다면 시를 교육 현장에서 가르치고 연구하고 비평하는 사람으로서 의무를 다하지 않는 것일 수도 있겠다는 생각이 들어서다.

저성장 시대라곤 하지만 과거보다는 풍요로워진 시대에 더 많이 가진 이들을 보며 상대적 박탈감을 느끼고 이대로 낙오될지도 모른다는 불안감에 대부분의 이삼십대가, 아니 심지어 사십대마저도 시달리고 있는 사회를 정상이라고 말할 수는 없을 것이다. 고용 불안정이 극심해져서 평생직장은커녕 정규직으로 진입하는 것이 가능하기는 한지 불안해하는 청춘들이 힘겹게 살아가는 시대. 너무 힘든데 모두가 힘들다는 게 유일한 위안이라고 말해지는 시대. "잘못 든 길이 지도를 만든다"(강연호, 「비단길 2」)는 패기조차 부리기 힘든 시대. 모두가 외롭고 아픈데 웅크린 채 자기 상처를 들여다볼 뿐 서로의 상처를 어루만지거나 이해하려고 들지 않는 시대. 그리하여 타인의 아픔에 공감하는 능력을 상실해 버린 시대. 우리가 살아가는 시대는 슬프게도 이런 시대가 되어 버린 듯하다. 이런 시대에는 어떤 시가 써질 수 있을까?

2014년 4월 16일 전 국민의 마음을 무너뜨린 끔찍한 사건이 있었다. 박민규의 말대로 사고였다가 사건이 되어 버린 세월호(「눈먼 자들의 국가」). 세월호가 침몰하고 304명의 목숨이 수장된 지 1년에서 한 달 남짓 모자란 시간이 흘렀다. 선내 방송만 믿고 아무것도 하지 않고 가만히 있다가 그대로 수장된 아이들의 모습과 통신이 두절되기 전까지 아이들이 남긴 흔적이 공개되면서 우리 모두에게는 평생 잊을 수 없는 트라우마가 생겼다. 아니, 아직도 돌아오지 못한 9명의 목숨을 거두기 위해 팽목항을 지키는 실종자의 가족들이 있다. 그중에는 한국인 아버지와 베트남인 어머니 사이에서 태어나 한국에 살러 온, 여동생에게 구명조끼를 벗어 주고 실종된 일곱 살 권혁규 어린이도 있다. 그리고 조카와 형부가 돌아오기를 기다리며 초를 밝히는 베트남인 이모 판응옥하인 씨가 있다. 이들의 이름을 입에 올리는 것이 이토록 힘든데, 일 년 가까운 시간이 지났건만 아무것도 밝혀진 것이 없다. 광화문에서의 두 번째 '304 낭독회' 때 진실을 말하는 일이 왜 싸움이 되어야 하는지 모르겠다고 울먹이던 여중생의 목소리가 아직도 귓가에 울리는 듯하다. 많은 이들이 말도 안 되는 상황이라고 생각했는데도 진상 규명도 세월호 인양도 책임자 처벌도 유가족의 요구를 제대로 반영한 특별법 제정도 뭐 하나 제대로 이루어진 것이 없다. 이토록 기막힌 땅에서 하루하루 목숨을 부지하며 살고 있다. 모두의 가슴에 치명적인 상처를 남긴 세월호 사건을 겪고 나서도, '세월'이라는 말만 들어도 눈물이 날 것 같은 트라우마를 갖게 되었으면서도, 일 년도 채 안 되어서 지겹다고 그만하자고 갈가리 찢긴 가슴에 상처를 내는 말을 아무렇지도 않게 내뱉는 무자비한 사회가 되어 버렸다. 공감 능력을 상실한 사회가 그 대신 갖게 된 것은 망각의 능력인 모양이다.

2. 기억의 힘

시는 기억과 원천적으로 맞닿아 있다. 에밀 슈타이거가 말한 서정적인 것의 특징인 회감은 과거의 일이 현재의 시점에서 시인의 심혼 속에 정서적으로 융합되는 것을 일컫는데, 자아와 세계의 정서적 융합 혹은 동화는 과거를 현재화하는 기억의 힘과도 닿아 있다. 기억한다는 것은 자신을 응시하는 일이기도 하다. 자신이 지나온 과거의 시간을 기억함으로써 자신을 돌아보는 일. 이것이야말로 시의 원천이자 출발이 아니겠는가. 이즈음 해서 오래전 한 시인이 떠오른다. 지나온 시간이 비치는 내면의 흰 바람벽을 응시하며 시인으로서의 운명을 생각했던 시인. 백석의 시가 여전히 사랑받는 이유는 과거를 기억하는 힘, 그것을 통해 공감력을 불러일으키는 힘에 있을 것이다.

오늘 저녁 이 좁다란 방의 흰 바람벽에
어쩐지 쓸쓸한 것만이 오고 간다
이 흰 바람벽에
히미한 십오촉 전등이 지치운 불빛을 내어던지고
때글은 다 낡은 무명 샷쯔가 어두운 그림자를 쉬이고
그리고 또 달디단 따끈한 감주나 한 잔 먹고 싶다고 생각하는 내 가
지가지 외로운 생각이 헤매인다
그런데 이것은 또 어인 일인가
이 흰 바람벽에

내 가난한 늙은 어머니가 있다

내 가난한 늙은 어머니가

이렇게 시퍼러둥둥하니 추운 날인데 차디찬 물에 손은 담그고 무이

며 배추를 씻고 있다

또 내 사랑하는 사람이 있다

내 사랑하는 어여쁜 사람이

어늬 먼 앞대 조용한 개포가의 나즈막한 집에서

그의 지아비와 마조 앉어 대구국을 끊여 놓고 저녁을 먹는다

벌서 어린것도 생겨서 옆에 끼고 저녁을 먹는다

그런데 또 이즈막하야 어늬 사이엔가

이 흰 바람벽엔

내 쓸쓸한 얼골을 처다보며

이러한 글자들이 지나간다

─나는 이 세상에서 가난하고 외롭고 높고 쓸쓸하니 살어가도록 태

   어났다

   그리고 이 세상을 살어가는데

   내 가슴은 너무도 많이 뜨거운 것으로 호젓한 것으로 사랑으로 슬

   픔으로 가득찬다

그리고 이번에는 나를 위로하는 듯이 나를 울력하는 듯이

눈질을 하며 주먹질을 하며 이런 글자들이 지나간다

─하눌이 이 세상을 내일 적에 그가 가장 귀해하고 사랑하는것들은

   모두

   가난하고 외롭고 높고 쓸쓸하니 그리고 언제나 넘치는 사랑과 슬

   픔 속에 살도록 만드신 것이다

   초생달과 바구지꽃과 짝새와 당나귀가 그러하듯이

그리고 또 「프랑시쓰·쨈」과 도연명과 「라이넬·마리아·릴케」가 그
러하듯이

　　　　　　　　　　　　　　　　　　—백석, 「흰 바람벽이 있어」

　　　　　　　　(『문장』 3권 4호, 1941.4, pp.165-167) 전문

　쓸쓸한 것만이 오가는 좁다란 방의 흰 바람벽은 시인의 내면이 영
사된 스크린과 같은 공간이다. 가지가지 외로운 생각과 함께 흰 바람
벽에 비치는 것은 "내 가난한 늙은 어머니"와 지금은 남의 아내가 된
"내 사랑하는 어여쁜 사람"이다. 가난한 어머니의 노동과 사랑했던
여인이 가족과 함께 저녁을 먹는 단란한 모습이 흰 바람벽에 비친다
는 것은, 시적 주체가 고향을 떠나오면서 그리워하게 된 대상뿐만 아
니라 어머니의 고단한 현재와 그가 가질 수도 있었지만 끝내 갖지 못
한 단란한 가정이라는 미래까지도 비친다는 것을 의미한다. 과거를
기억해 낸다는 것은 이렇게 현재를 직시하고 미래를 예비하는 일과
닿아 있다.

　백석이 만주에 기거할 때 써진 이 시의 시적 주체는 두고 온 것, 잃
어버린 것이 많아 "쓸쓸한 얼골"을 하고 있다. 그런데 그의 정서는 이
쓸쓸함에서 머물지 않는다. 과거를 기억할 줄 아는 시적 주체는 쓸쓸
한 얼굴을 하고 있는 자신의 현재의 원인을 알고 있는 것은 물론이고
그럼에도 자신이 잃어버린 것을 통해 얻게 된 것 또한 잘 알고 있다.
"나는 이 세상에서 가난하고 외롭고 높고 쓸쓸하니 살아가도록 태어
났다"는 깨달음은 자신이 놓친 것들, 잃어버린 것들을 기억하는 자만
이 자각할 수 있는 것이다. 가난으로 표상된 결핍과 외로움, 그럼에
도 높은 정신과 현실에 발 딛고 있음을 잊지 않는 쓸쓸함. 이것을 모
두 지닌 자만이 시인으로서의 운명에 필적함을 이 무렵의 백석은 느

끼고 있었던 듯하다. 그것은 과거를 기억하는 시인이 직시하고 있는 현재이자 미래의 자신의 운명이기도 했을 것이다. 시인이 아끼고 사랑한 '초생달', '바구지꽃', '짝새', '당나귀' 등의 작고 소박한 존재들과 시인으로서의 백석이 동경한 프란시스 잠과 도연명과 라이너 마리아 릴케를 떠올리며 백석은 "넘치는 사랑과 슬픔 속에" 살 수밖에 없는 자신의 과거와 현재와 미래를 운명적으로 예감했을 것이다.

어느 사이에 나는 아내도 없고, 또,
아내와 같이 살던 집도 없어지고,
그리고 살뜰한 부모며 동생들과도 멀리 떨어져서,
그 어느 바람 세인 쓸쓸한 거리 끝에 헤매이었다.
바로 날도 저물어서,
바람은 더욱 세게 불고, 추위는 점점 더해 오는데,
나는 어느 木手네 집 헌 샅을 깐,
한 방에 들어서 쥔을 붙이었다.
이리하여 나는 이 습내 나는 춥고, 누긋한 방에서,
낮이나 밤이나 나는 나 혼자도 너무 많은 것 같이 생각하며,
딜옹배기에 북덕불이라도 담겨 오면,
이것을 안고 손을 쬐며 재우에 뜻 없이 글자를 쓰기도 하며,
또 문밖에 나가디두 않구 자리에 누어서,
머리에 손깍지 벼개를 하고 굴기도 하면서,
나는 내 슬픔이며 어리석음이며를 소처럼 연하여 쌔김질하는 것이었다.
내 가슴이 꽉 메어 올 적이며,
내 눈에 뜨거운 것이 핑 괴일 적이며,
또 내 스스로 화끈 낯이 붉도록 부끄러울 적이며,

나는 내 슬픔과 어리석음에 눌리어 죽을 수밖에 없는 것을 느끼는 것
이었다.

그러나 잠시 뒤에 나는 고개를 들어,

허연 문창을 바라보든가 또 눈을 떠서 높은 턴정을 쳐다보는 것인데,

이때 나는 내 뜻이며 힘으로, 나를 이끌어 가는 것이 힘든 일인 것을
생각하고,

이것들보다 더 크고, 높은 것이 있어서, 나를 마음대로 굴려 가는 것
을 생각하는 것인데,

이렇게 하여 여러 날이 지나는 동안에,

내 어지러운 마음에는 슬픔이며, 한탄이며, 가라앉을 것은 차츰 앙금
이 되어 가라앉고,

외로운 생각만이 드는 때쯤 해서는,

더러 나줏손에 쌀랑쌀랑 싸락눈이 와서 문창을 치기도 하는 때도 있
는데,

나는 이런 저녁에는 화로를 더욱 다가 끼며, 무릎을 꿀어 보며,

어니 먼 산 뒷옆에 바우 섶에 따로 외로이 서서,

어두어 오는데 하이야니 눈을 맞을, 그 마른 잎새에는,

쌀랑쌀랑 소리도 나며 눈을 맞을,

그 드물다는 굳고 정한 갈매나무라는 나무를 생각하는 것이었다.

—백석, 「南新義州柳洞朴時逢方」

(『학풍』 1권 1호, 1948.10, pp.104-105) 전문

해방 후 만주에서 고향으로 돌아오는 길에 써진 것으로 추정되는
「남신의주유동박시봉방」에서도 시적 주체가 머무는 공간은 방이다.
낯선 곳, 낯선 집에서 외로운 이방인이 잠시 얻어 든 방. 그곳에서 시

적 주체는 자신이 지나온 시간을 돌아본다. 아내도 없고 아내와 같이 살던 집도 없어지고 살뜰한 부모며 동생들과도 멀리 떨어져 홀로 헤맸던 그에게 남은 것은 아무것도 없다. 해방이 되었지만 그사이 많은 소중한 것을 잃어버린 시적 주체는 한없이 무력해 보인다. "나는 나 혼자도 너무 많은 것 같이 생각하며" 몇 날 며칠을 방 안에서 뒹굴뒹굴하며 시간을 보내고 있다. 소가 되새김질하듯이 "내 슬픔이며 어리석음이며를" 연하여 새김질하면서 자신의 슬픔과 어리석음과 부끄러움과 절망감을 곰곰이 들여다본다. '내 슬픔과 어리석음에 눌리어 죽을 수밖에 없'다고 느낄 정도로 시적 주체의 무기력한 절망감은 점점 무게를 더해 간다. 그는 "내 뜻이며 힘으로, 나를 이끌어 가는 것", 즉 자신의 의지보다 더 크고 높은 운명의 존재를 깨닫기에 이르지만, 운명 앞에 무릎 꿇고 체념해 버리지는 않는다. 주어진 바깥의 상황은 전혀 바뀐 것이 없고, 시적 주체가 머무르는 곳도 여전히 홀로 있는 방 안이지만 그의 내면엔 의미 있는 변화가 생긴다. 어느 먼 산 뒷옆에 바위 섶에 따로 외로이 서서 어두워 오는데 하이야니 눈을 맞을 "그 드물다는 굳고 정한 갈매나무라는 나무"를 생각하는 데 이른 것이다. 마른 잎새에 쌀랑쌀랑 소리도 나며 눈을 맞을 굳고 정한 갈매나무라는 상징을 마음속에 심어 올리기까지 그가 처한 상황이 달라진 것이라곤 없다. 단지 방 안에서 뒹굴뒹굴하며 이런저런 생각들로 시간을 보냈을 뿐이다. 그랬는데 시적 주체에겐 놀라운 변화가 생겼다. 체념의 한복판에서 굳고 정한 갈매나무 한 그루를 심어 올리는 일. 아무것도 하지 않고 빈둥거린 시간, 그러면서 내내 자신이 지나온 시간을 기억하고 되새긴 바로 그 시간이 그의 마음에 가히 혁명적이라고 할 만한 놀라운 변화를 이끌어 낸 것이다.

너거 부모 살았을 때 잘하거라던 말은
타관을 오래 떠돈 나에게
무슨 침 뱉는 소리 같았다

나 이제 기울어진 빈집,
정말 바람만이 잘 날 없는 산그늘에 와 생각느니
살았을 적에 잘하는 것이 무슨 소용 있으랴

무대 위에서 잠깐 어른거리는 것은
막(幕) 뒤의 오래고 넓고 깊은 어둠에 잠기기 위한 것,
산다는 것은 호두나무가 그늘을 다섯 배로 늘리는 동안의 시간을
멍하니 앉아서 흘러가는 것

그 잠깐의 시간을 부여안고 아득히 헤매었던 잠깐의 꿈결을 두 손에
들고
산다는 것은, 고락(苦樂)을 한데 버무려 짠 단술 한 모금 같은 것
흐르던 물살이 숨 거두고 강바닥에 말라붙었을 때
사랑한다는 것은, 먼지로 흩어진 것들의 흔적 한 톨까지도
끝끝내 기억한다는 것
잘한다는 것은 죽은 자를 영원히 잊지 못한다는 것,

죽은 자가 모두의 기억 속에서 깡그리 죽어 없어진 뒤에도
호두나무 그늘을 길구리빌레처럼 천천히 기어가
바지에 똥을 묻힌 채 헛간 앞에서 쉬던 생전의 그를,
젖은 날 마당을 지나가는 두꺼비마냥 뒤따라가

그의 자리에 앉아 더불어 쉬는 것,

살아서 잘하는 것이 무슨 소용 있으랴
호두알이 떨어져 구르듯 스러진 그를 사람들은 잊었는데
나무 그늘 사라진 자리, 찬바람을 배로 밀며
눕기 위해 그가 집 안으로 들어오는 것, 아무도 보지 못하는데

—이영광, 「호두나무 아래의 관찰」
(『그늘과 사귀다』, 랜덤하우스코리아, 2007) 전문

이영광의 두 번째 시집 『그늘과 사귀다』에 실려 있는 이 시에서 시
적 주체는 기억한다는 것의 의미에 대해 묻는다. 육친의 죽음을 소재
로 한 이 시에서는 살아서 잘할 기회를 갖지 못한 자식은 그러면 먼
저 간 부모에게 잘할 수 있는 기회를 영영 잃어버린 것일까 질문을
던진다. 절박함에서 나온 질문이었지만 육친을 잃은 슬픔에 오래도
록 젖어 있던 시적 주체는 문득 기억한다는 것의 의미에 대해 깨닫게
된다. 그는 풍수지탄에 잠겨 "살았을 적에 잘하는 것이 무슨 소용 있
으랴" 탄식하다가 어쩌면 이승의 삶이 "무대 위에서 잠깐 어른거리는
것"일지도 모른다는 생각에 이른다. "막 뒤의 오래고 넓고 깊은 어둠
에 잠기기" 위해 어쩌면 우리는 무대 위에서 잠깐 어른거리는 것일지
도 모른다는 생각은 호두나무 아래 멍하니 앉아서 슬픔을 삭이며 보
낸 시간 속에서 얻어진 것이다. "산다는 것은 호두나무가 그늘을 다
섯 배로 늘리는 동안의 시간을/멍하니 앉아서 흘러가는 것"이라는 깨
달음도 그런 자기 응시의 시간을 거쳐 오는 것이다. 어쩌면 시적 주
체의 말처럼 떠나간 그를 살아 있게 하는 것도 깡그리 죽어 없어지게
하는 것도 결국 남은 이들에게 달린 일일지 모른다. "사랑한다는 것

은, 먼지로 흩어진 것들의 흔적 한 톨까지도/끝끝내 기억한다는 것" 임을, "잘한다는 것은 죽은 자를 영원히 잊지 못한다는 것"임을 그는 역설한다. 떠나간 그가 우리의 눈에 보이지 않고 그를 기억하지 못하는 것은 우리가 그를 끝끝내 기억하지 못하고 망각 속으로 빠뜨렸기 때문일지도 모른다. 기억이 살아 있는 한 그는 살아 있는 것임을 긴 슬픔의 시간을 견딘 시적 주체는 비로소 깨닫는다.

두 번째 시집에서 육친의 죽음이라는 개인적 아픔에 집중했던 이 영광의 시는 세 번째 시집 『아픈 천국』에 와서는 개인적 의미의 죽음을 사회적 죽음으로 확장하고, 개인적 아픔을 사회적 아픔으로 확장하기에 이른다. 기억의 문제에 몰입했다는 점에서 『그늘과 사귀다』에서도 그의 시가 한 시대에 대한 기억이자 비망록으로 확대 해석될 가능성이 없지 않았지만, 용산 참사를 비롯한 사회적 죽음을 시적 원천으로 삼고 있는 『아픈 천국』에 오면 죽음에 대한 그의 인식과 기억에 대한 생각은 한층 더 깊어진다. 최근의 시집 『나무는 간다』에서도 그러한 인식은 기본적으로 바뀌지 않았다. 아마도 이영광은 시가 지닌 기억의 힘을 가장 깊이 사유하고 온몸으로 실현하고자 하는 우리 시대의 시인이라고 할 수 있을 것이다.

4. 20-

아니요, 나타납니다…… 나타나고 나타나고 나타납니다
떠는 손과 엎드린 몸, 무너지는 가슴들에 젖고 있습니다
아니요……구조 없는 구조를, 그저 귀찮고 귀찮고 귀찮아 죽겠다는
표정들을,
썩은 돈다발을,

통곡과 능멸의 항구를 떠다닙니다

행진을 가로막는 도심의 장벽을 봅니다

슬픔을 내려치는 칼 위에 앉아 있습니다

우는 누나와 굶는 아빠와 얻어맞는 엄마를 안고 있습니다 조준하듯

망각이 되자고 날뛰는 기억들을 기억하고 있습니다

물속에서 기억합니다, 무사하지 말아요

슬픔을 비웃는 얼굴들을, 기쁜 슬픔들을 보고 있습니다 저격하듯

어떤…… 거짓을 보고 있습니다

악마라 부를 거예요

교통사고야 조류독감이야 미개한 국민이야를

물속에서 듣습니다 아무도 무사하지 말아요 놓아주지 않아요

몰려옵니다 유가족이 벼슬이야가 이제 그만이

사방에서 습격해 옵니다, 말해 주세요 물을 철벽에 허공의 콘크리트

속에

말을 넣어 주세요, 피 속엔 피를 흘려 넣어 주세요

도대체 왜? 도대체 왜? 도대체 왜?

떠나보낸 겁니까…… 악마의 배 속에서 기어 나갈 거예요

땅끝까지 기쁜 악마들을 추적하는 아우성이 될 거예요

안을 수 없고 만질 수 없는 몸이지만 나타날

힘이란 없지만, 나타나기 직전의 발버둥으로

허공인 두 손으로, 그대들을 움켜쥡니다

허공인 두 발로 그대들에게 매달리고 있습니다 긁습니다

허공으로, 그대들에게 엎드려 빌고 있습니다

도대체 왜? 도대체 왜? 도대체 왜?

오지 않은 겁니까…… 우린 죽지 않았습니다 그대들은

살지 않았습니다

수학여행, 가고 있었습니다 수학여행 가고 있을 뿐입니다

우리가 죽어야 그대들은 살아요

그대들이 살아야 우리는 죽어요, 어서

죽여 주세요, 어서 우리를

말해 주세요 살려 줄게요, 말해 주세요

살려 줄게요…… 살려 드릴게요

0. 00. 00:00

초록 바다 수평선 너머 먼 곳으로 수학여행 가야 해요

수학여행, 가고 싶습니다

수학여행 보내 주세요

아니, 아니……돌아가야 해요

예쁘고 미운 친구들과 괴롭고 즐거운 학교와

인사하던 골목길과 상점들에게로 그렇고 그런 사람들에게로

돌아가야 해요, 꿈꾸고 꿈꾸고 꿈꾸면 괜찮아지던 곳으로,

끝내 와 주지 않던 그, 나라라는 곳으로 돌아가야 해요

무엇보다, 몰래 우는 엄마에게로

숨죽여 울어야 하는 아빠에게로

집으로,

돌아가고 싶습니다

수학여행 다녀오고 싶습니다

수학여행 다녀올게요

수학여행 다녀올게요

—이영광, 「수학여행 다녀올게요—유령 6」

(『두 번째 304 낭독회 자료집』, 304 낭독회, 2014.10.25) 부분

두 번째 '304 낭독회'의 현장에서 시인이 직접 낭독한 시이다. 그의 「유령」 연작시는 이렇게 여섯 번째 작품을 낳았다. 세월호 사건으로 희생된 단원고 학생의 목소리로 발화하고 있는 이 시는 4월 16일부터 20일까지의 기록이자 이후 무한대로 계속될 기억의 시간에 대한 기록이다. 총 여섯 부분으로 이루어진 이 시는 세월호 사건이 발생해 구조가 가능했던 바로 그 시간으로부터 시작된다. 시의 첫 부분인 "4. 16. 08:59-10:11"에서는 단원고 학생들이 수학여행을 가기 위해 타고 가던 배에 문제가 생겼고 그것이 실제 상황임을 승객들이 인식했지만 "가만히 있으세요 절대 이동하지 말고" "기다리세요"라는 방송만이 되풀이되었고, 시간이 흘러 심상치 않은 일이 벌어졌음을 깨달은 아이들이 사랑하는 가족에게 마지막 인사를 남겼던 바로 그 시간을 기록하고 있다. 두 번째 부분인 "4. 16. 11:18-"부터는 "아니요 …… 끝나지 않았습니다", "아니요…… 아무것도 끝나지 않았습니다"로 시가 시작된다. 시인은 뉴스가 꺼지고 카톡이 끊기고 천천히 아이들이 죽어 가던 그 시간을, 왜 죽어야만 했는지 왜 아무도 오지 않았는지 끊임없이 되묻는 아이들의 목소리를 빌려 기록한다.

인용한 부분에서는 "망각이 되자고 날뛰는 기억들을 기억하고 있"는 아이들의 목소리를 들려줌으로써 2014년 4월 16일 이후로 우리 사회를 지배하고 있는 슬픔과 통곡과 거짓과 능멸을 모두 보여 주고자 한다. "도대체 왜?"라는 저 물음에 대답할 수 없다면 우리는 살아도

산 게 아님을 이영광의 시는 똑똑히 기록하고 있다. 어떤 지독하고 잔인하고 흉측한 말들이 오갔는지, 그 말들이 어떻게 이 땅의 상처를 후벼 팠는지 고개 돌리지 말고 귀 막지 말고 똑똑히 보고 들으라고 그의 시는 말한다. "우리가 죽어야 그대들은 살아요/그대들이 살아야 우리는 죽어요, 어서/죽여 주세요, 어서 우리를/말해 주세요 살려 줄게요"라고. 그날의 기억을 망각에 빠뜨리고는 우리가 살 수 없음을, 이영광의 시는 단호하게 말한다. 진상이 규명되기 전까지는 그 시간이 "0. 00. 00:00"으로 무한히 계속될 수밖에 없음을 그의 시는 보여준다.

우리가 살아가는 세상의 속도가 광기의 속도가 되어 버린 지는 이미 오래다. 그 광기가 마침내 이유도 모르는 채로 우리 아이들을 잡아먹었다. 전 국민이 그 현장을 두 눈으로 지켜봤다. 그런데도 일 년이라는 시간이 다 되어 가도록 아무것도 밝혀내지 못했다. 그리고도 지겹다며 괴롭다며 이제 그만 잊자고 말한다. 살 사람은 살아야 하지 않겠냐고 말한다. 이 지독한 망각의 시대에 시의 자리는 단연코 기억의 자리에 설 수밖에 없을 것이다. 과거를 낱낱이 기억하는 자, 그만이 미래를 말할 수 있는 자격을 지닐 것이다. 과거를 낱낱이 기억하고 말하는 시가 아니고서는 감히 우리의 미래에 대해 말하지 못할 것이다.

3. 괜찮은 꿈을 회복하기 위하여

미친 광풍의 시대에 괴물이 되지 않기 위해서는 우리가 망각한 것들을 기억하고 되살리는 일을 각자의 자리에서 각자의 방식으로 해나가야 하지 않을까. 낱낱이 기억하고 기록하는 일. 당분간 우리 시대의 문학은 기억과 기록의 몫을 감당하게 될 것이다. 과거를 기억함으로써 현재를 직시하고 비로소 미래를 전망해 볼 수 있는 것. 그것은 오랫동안 문학이 짊어져 온 몫이기도 했다. 황현산의 문장을 빌려 말한다면 "시는 패배를 말하는 시까지도 패배주의에 반대한다. 어떤 정황에서도 그 자리에 주저앉지 말라고 말할 수 있는 용기가 시의 행복이며 윤리다." 그러므로 시는 미래를 말할 자격을 부여받는다.

최근에 출간한 시집 『개천은 용의 홈 타운』의 표제 시에서 최정례 시인은 이렇게 말한다. "용은 날개가 없지만 난다. 개천은 용의 홈타운이고, 개천이 용에게 무슨 짓을 하는지는 모르지만 날개도 없이 날게 하는 힘은 개천에 있다.(중략)//그냥 그 자리에서 뒤척이고 있어, 영원히 오지 않는 버스를 기다린다 해도 넌 벌컥 화를 낼 자격은 없어. 그래도 개천은 용의 홈타운, 그건 그래도 괜찮은 꿈 아니었니?"(「개천은 용의 홈타운」)라고. 지금은 우리 사회에서 사라져 가고 있는 '개천에서 용 난다'는 속담이 환기하는 세상을 최정례의 시는 기억하고자 한다. 꿈을 꾸는 것이 가능했던 시절의 기억을, 꽤 괜찮은 그 시절의 꿈을 회복하기 위하여 기억하고 기록하는 일을 온몸으로 감내할 시를 나 역시 기다려 본다. 패배주의에 반대하며 주저앉지 말라고, 괜찮은 꿈을 기억하라고 집요하게 말하는 시를.

다시, 무엇을 할 것인가?: 『시작』, 2013.봄.

멎어 버린 시계, 중지된 말: 『서정시학』, 2014.겨울.

절망의 봄, 공감의 노래: 『시로 여는 세상』, 2015.여름.

현실 접속의 실재와 증언문학의 가능성: 『서정시학』, 2016.봄.

시도하라! 실패하라!! 다시 실패하라!!!: 『딩아돌하』, 2013.봄.

다시, '혁명'을 노래하는 시절: 『작가들』, 2014.봄.

모국어의 실험과 새로운 전통 수립의 가능성: 『포지션』, 2015.여름.

우리는 무엇을 뒤섞고 싶었을까: 『서정시학』, 2010.여름.

목소리들의 세계사: 『다층』, 2009.겨울.

사랑, 그 위험한 열도: 『서정시학』, 2012.겨울.

우리는 아직 진행 중: 『작가와 비평』, 2010.상반기.

외로운 영혼들이 소통하는 법: 『통』 창간호, 2009.겨울.

리얼리즘 시의 새로운 가능성: 『화요문학』, 2009.겨울.

오늘, 그리고 내일의 서정: 『시와 사람』, 2009.가을.

'전위'와 '감각'이라는 쟁짐이 남긴 것들: 『시작』, 2009.겨울.

시의 기원을 둘러싼 풍경들: 『딩아돌하』, 2007.가을.

시의 숙명, 혹은 필연: 『시와 소금』, 2012.여름.

구름과 바람과 달의 노래:『시와 사상』, 2008.겨울.

대지의 생산성과 가이아의 딸들:『신생』, 2007.가을.

알레고리의 확장과 반시(反詩)의 미학:『작가와비평』, 2009.상반기.

저 머나먼 허공에서 오는 것들:『시인동네』, 2013.가을.

오늘의 노래:『서시』, 2009.가을.

'나'를 구성하는 감각의 이동:『문학사상』, 2013.10.

부서진 파편들이 빛날 때:『시작』, 2013.겨울.

이 느낌을 무엇이라 부를까:『문학사상』, 2013.1.

인지시학적 독법의 새로운 가능성:『현대시』, 2014.1.

네버랜드의 앨리스들:『문학마당』, 2008.겨울.

호명되는 소수자들:『서정시학』, 2009.봄.

유동하는 주체들:『시인수첩』, 2014.여름.

그로테스크, 잔혹 웃음의 미학:『시현실』, 2009.가을.

저 너머와 헛것들:『시와 표현』, 2014.가을.

부유하는 삶, 떠도는 사람들:『리토피아』, 2008.여름.

바짓단에 걸린 가족:『서정시학』, 2008.봄.

정오의 그림자들:『꿈』, 2007.겨울.

사라짐, 저 두려운 매혹에 대하여: 『서정시학』, 2008.가을.

상처, 그 아린 흔적에 대하여: 『현대시』, 2009.12.

경계에 선 시인들: 『시평』, 2008.봄.

최근 시단의 풍경과 모색: 『시인광장』, 2008.겨울.

이후의 풍경: 『현대시』, 2008.11.

곤경을 넘어 애도에 이르기까지: 『시인수첩』, 2015.가을.

누가 미래를 말할 수 있는가: 『시와 표현』, 2015.4.